大明帝国的荣光

李浩白　著

抗日援朝1592

㊤

山西出版传媒集团　北岳文艺出版社
·太原·

图书在版编目(CIP)数据

大明帝国的荣光:抗日援朝1592:上、下 / 李浩白著.
—太原:北岳文艺出版社,2022.5
ISBN 978-7-5378-6545-6

Ⅰ.①大… Ⅱ.①李… Ⅲ.①长篇历史小说—中国—当代 Ⅳ.①I247.5

中国版本图书馆CIP数据核字(2022)第062466号

大明帝国的荣光:抗日援朝1592(上、下)

李浩白　著

//

出品人
郭文礼

选题策划
韩玉峰

责任编辑
韩玉峰

书籍设计
张永文

印装监制
郭　勇

出版发行:山西出版传媒集团·北岳文艺出版社
地址:山西省太原市并州南路57号
邮编:030012
电话:0351-5628696(发行部)　0351-5628688(总编室)
传真:0351-5628680
经销商:新华书店
印刷装订:山西人民印刷有限责任公司

开本:787 mm × 1092mm　1/16
字数:480千字　印张:36.5
版次:2022年5月第1版
印次:2022年5月山西第1次印刷
书号:ISBN 978-7-5378-6545-6
定价:118.00元(全二册)

打开尘封的历史(序言)

王立群

“明之亡，实亡于万历”，这是史学界长期以来的定论。但黄仁宇先生在《万历十五年》一书中，通过大历史的新颖视角，从看似细枝末节的小事入手，分析出明朝体制上不可根治的痼疾，指出了明朝必然灭亡的命运。也就是说，万历皇帝朱翊钧，只是明朝灭亡的那一只无奈的替罪羊。

这告诉我们，历史的真相，与以往的认识，也许相去甚远。

对于万历一朝历史的认识，正是这样。万历皇帝是明代在位时间最长的皇帝。提起他在位的四十八年间，人们往往只记得张居正变法、清算张居正、夺嫡之争、党争兴起、努尔哈赤崛起辽东等大事件，其中有一件大事却被人们遗忘在故纸堆里。

这件事，就是万历三大征之一的援朝平倭战争。

1592年，日本实际统治者丰臣秀吉发兵侵略朝鲜。在朝鲜国王的请求下，万历皇帝派遣李如松率数万明军入朝作战，经过几番奋战，最终漂漂亮亮地打败了日本侵略者。这场战争集中体现了中华民族扶弱济困、不畏强暴的民族精神；是一段振奋人心、可歌可泣的辉煌历史。正所谓“我国家仁恩浩荡，恭顺者，无困不援；义武奋扬，跳梁者，虽强必戮”。

同时，万历援朝平倭战争对中、日、朝三国的影响又极为深远。朝鲜，作为最大的战争受害者，在日本侵略军的蹂躏下，人民流离失所，百业萧条，战后经过很多年才恢复元气。日本，作为战争的发动者，也受到了惨痛的教训，丰臣秀吉历经艰辛奠定的基业，在这场战争中分崩离析，政权最终落到了德川家康的手中。中国明朝，则在这一场长达七年的战争中耗费过多，加速了本就走下坡路的大明帝国的灭亡。

但就是这样一段意义重大、影响深远的历史，四百年来却在我们国内被人遗忘，许多研究者甚至不得不去日本和朝鲜寻找资料。先不去分析被遗忘的原因究竟是明朝的迅速灭亡还是清朝的刻意封锁，相信有很多人都想了解这段历史，想让这段尘封的历史重见天日。

值得欣慰的是，就在翘首以盼的时刻，我看到了青年作家李浩白创作的这一部洋洋五十万字的《大明帝国的荣光——抗日援朝1592》。

这部作品以小说的形式，为我们艺术再现了这一段尘封已久的历史。这虽不是唯一反映万历朝鲜战争的作品，却是迄今为止最为精彩的一部。

二月河小说的笔法，让这部作品具有了很高的艺术性。全书结构严密，故事紧凑，既分头讲述中、日、朝三方的动态，布局宏大，又统一于援朝平倭的主线，主干鲜明。同时，作者构思精巧，情节抓人，常常在貌似波澜不惊之时宕开神来之笔，带给读者愉悦的阅读享受。作者刻画人物众多，且形象丰满、真实可信，如书中的万历皇帝朱翊钧，就是一个虽然只有中人之资却敢于担当的青年，不同于以往脸谱化的“昏君”定位。此外，中方的李如松、申时行、石星、沈惟敬，日方的丰臣秀吉、德川家康、石田三成、小西行长，朝鲜国王李昖、大臣柳成龙等人，也个个栩栩如生，立体可感。

艺术性之外，这部作品的历史性也值得肯定。从文学作品的历史性这一点来说，我认为《大明帝国的荣光——抗日援朝1592》的追求从学于熊召政的《张居正》一书：有虚构但不戏说，以历史进程为主线，以人物命运与事件冲突为经纬，虚实相生，以虚补实，以实现艺术性与历史性的高度统一。比如书中描写丰臣秀吉与德川家康这两位日本枭雄之间的斗争，步步玄机，处处机关，丰臣秀吉的霸气与阴险，德川家康的隐忍与智慧，跃然纸上，比起日本国内司马辽太郎等历史小说大家的手法，亦大有可观，且符合这些人物的历史形象。难能可贵的是，本书不同于以往常见的一些抗日题材作品，对日方人物肆意丑化、矮化，而是尊重历史的本来面目，不偏不倚。另外，书中不但再现了万历朝鲜战争的来龙去脉，而且点出了明朝、日本、朝鲜、努尔哈赤女真几方的历史走势及未来命运。

作者还秉承“文以载道”的理念，揭示导致明朝衰亡的原因与弊端，为后世提供前车之鉴。书中借申时行之口写道“我恐大明之忧，不在倭寇，而在朝廷之内”，这一句话让我印象颇深，表达出中国人只要自己不折腾自己、外族永远不可能打败我们的深切含义，在国际竞争领域越来越广、手段越来越高的今天，这一点非常值得读者感悟和反思。

正因为具有以上优点，本书带给我们的是一场艺术盛宴，也是一桌历史大餐，可以让读者在愉快的阅读享受中，去了解万历援朝平倭战争这一段尘封已久而弥足珍贵的历史。

打开本书，就打开了一段尘封的历史。而我，希望更多的读者去打开这段历史。

为了那些远逝的辉煌

——《大明帝国的荣光：抗日援朝1592》创作谈

三十岁的时候，你在干什么？

我手头有一份一些商界名流们在他三十岁时候的履历：三十岁的时候，从校园里退学的比尔·盖茨正当着一个毫不起眼的“个体户”，在为IBM写程序；三十岁的时候，李嘉诚正在香港店铺里做着一个小小的“塑料花”经销商；三十岁的时候，美国“脱口秀”女王、哈波娱乐集团公司董事长奥普拉正刚刚找到自己人生的转折点，进了芝加哥电视台担任“名人访谈”节目的主持人……

“三十而立”，他们已然头角崭露。

那么，最先提出“三十而立”说法的那位孔夫子他自己在三十岁时又是何等的状态呢？我查了一下孔子的年谱，他三十岁时正是公元前523年，年号是周景王二十三年，鲁昭公二十年。在这一年里，他拿得出来的成就似乎就是开办了私学塾堂，实施了平民教育，招收了颜路（颜回的父亲）、曾点（曾参的父亲）、子路等人为首批弟子。但既然能够自立门户对外传道授业解惑，这也足以证明孔子是“学有其余，德有其余，才有其余”，可以溢泽于人了。而在我个人的理解中，孔子口中的“三十而立”，大概就是指在三十岁这个时候该当“自尽其性，自展其才”而为世所用，而不是像当代人所曲解的那样单纯地把“购房买车、升官发财”当作唯一的标志。

我又将目光投向了蒙尘的史籍：那么，在“三十而立”这个人生阶段性的分水岭上，那些曾经名耀汗青的历代王朝中兴之君在自己的三十岁那一年里，又做出了什么“自尽其性，自展其才”的事业呢？就让我们翻开史书来看一看吧！

西汉孝武帝刘彻在他三十岁（前127）时，也就是西汉元朔二年那一年里，接受了中大夫主父偃的上书，决定实施《推恩令》，在内政上进一步巩固了西汉王朝的中央集权制；同时，他不拘一格而任命奴隶出身的卫青为车骑将军，在对外作战上屡建奇功，尽逐匈奴白羊、楼烦等部众，一举收复河朔之地，置立朔方、五原等郡，自此京都长安再无烽火甘泉之警矣。

大唐玄宗李隆基在他三十岁时（714）时，也就是唐朝开元二年那一年里，推行“崇本抑末”之政，沙汰僧尼二万余人，又于各州各郡广建“常平仓”，以救灾民之急；同时，他任命周玄庆为安南市舶使，开通了中国历史上第一道海关，开启了“开元盛世”的海运对外贸易之门。

清高宗爱新觉罗·弘历在他三十岁（1740）时，也就是清代乾隆五年那一年，他严惩贪腐，御史褚泰、福州将军隆升等因贪污受贿而被他革职杖问罪，展现了一位新君力图刷新吏治的朝气和魄力；同时，他任命张广泗为主帅，彻底平定了广西、湖南两省的苗人之乱。

……

看着他们的丰功伟绩，我除了满心的钦仰之外，还是满心的钦仰！最后，我的手搁在了《明史》的封面上——我有些犹豫了：在这个曾被康熙赞为“远迈汉唐、治隆古今”的大明王朝，她的中兴之君又该是谁呢？这位中兴之君在他三十岁时又做出了什么样的辉煌事业呢？

翻阅了许久，我的手指在大明万历二十年（公元1592）这一页上停了下来：明神宗朱翊钧那张被历史的尘埃层层遮掩的面孔，终于从史书中浮凸而出——那一年，他正是三十岁；那一年他所做的事业，已然足以使他当之无愧地荣升为大明中兴明君的最佳人选。

关于朱翊钧究竟是不是如同某些史书、人物所描述的那样“昏庸懒惰”“不上朝、不批表、不办公”等等，这个问题可能现在看来已经是一个比较可笑的“伪命题”了。依我之见，恰恰是在他的祖父嘉靖皇帝和他的这一代里实现了某种真正意义上的“垂拱无为、君相分权共治”的比较科学的政治制度格局。明末学者陆易旸在他那本被清代统治者下令禁毁的《樵史演义》一书里是这么描绘当年朱翊钧和他的大臣们开创的那个“万历盛世”的：

“且说明朝洪武皇帝定鼎南京，永乐皇帝迁都北京，四海宾服，五方雍熙，真个是极乐世界，说什么神农尧舜稷契皋夔。”

“传至万历，不要说别的好处，只说柴米油盐鸡鹅鱼肉诸般食用之类，哪一件不贱？假如数口之家，每日大鱼大肉，所费不过二三钱，这是极算丰富的了。还有那小户人家，肩挑步担的，每日赚得二三十文，就可过得一日了。到晚还要吃些酒，醉醺醺说笑话，唱吴歌，听说书，冬天烘火夏乘凉，百般玩耍。那时节大家小户好不快活，南北两京十三省皆然。”

“皇帝不常常坐朝，大小官员都上本激聒，也不震怒。人都说神宗皇帝，真是个尧舜了。一时贤相如张居正，去位后有申时行、王锡爵，一班儿肯做事又不生事，有权柄又不弄权柄的，坐镇太平。至今父老说到那时节，好不感叹思慕。”

这样的场景，恐怕到了今天，还是很让我们这些升斗小民羡慕不已的——且不说在他治下，更是群星璀璨：伟大的医学家李时珍、伟大的小说家吴承恩、伟大的剧作家汤显祖（堪比西方的莎士比亚）、伟大的思想家吕坤，还有伟大的数学家农学家兼文学家徐光启，等等！这样的成就可以与清代对比——有清一代近三百年历史，似乎人才之盛远不及此。然而，这一切都是在曾经被批评得体无完肤的朱翊钧和他的内阁治理之下取得的。

还是回到朱翊钧的三十岁时来吧——在那一年里，他所面临的难题和困境，比起汉武帝、唐玄宗、清高宗来，实在不知是惊险了多少倍、严峻了多少倍！

在他三十岁时，也就是万历二十年（1592）时，他从进入阳春三月起，就再也没有消停过：三月戊辰日，宁夏镇副总兵、鞑靼族出身的哱拜擅杀巡抚党馨，据城拥兵而反；五月，日本太阁丰臣秀吉发兵渡海登陆而侵朝鲜，并欲以朝鲜为跳板，要进犯大明！一时之间，朱翊钧面临着“东西交困，两面作战”的绝大困境：西边是经营日久、蓄谋作乱的鞑靼叛军，东边是日本倾举国之力孤注一掷、咆哮而来的二十万倭兵，压力之大不知比汉武帝所面临的匈奴铁骑、清高宗所面临的苗族叛军严重了多少倍！更何况他的对手是日本战国时代的“第一霸主”丰臣秀吉啊！日本人至今仍在到处鼓吹：丰臣秀吉之于日本，就如曹操之于中国！

然而，朱翊钧没有慌也没有乱——没有像唐德宗一样周章失措，也没有像宋钦宗一样畏缩自闭，而是毅然挺身而起，用自己那还似乎稍显稚弱的肩膀扛下了这如同须弥山一般压将下来的“天降大任”！并且，在他的鼎力支持之下，前方将士浴血奋战，最终在一年之后就打得倭寇损兵折将、丢盔弃甲、乖乖认输！

朱翊钧用自己的实际行动诠释了这样一个真谛：真英雄、真豪杰，能够超越常人一跃而起的关键一点，就是“敢担敢当、敢作敢为”，在历史和百姓最需要你的时候做了你最应该做的事。也就是凭着这一点，朱翊钧已可当之无愧地跻身于中国历代中兴明君之列。这也是后来的清朝统治者和腐儒们始终抹杀不了的。

但是，英主明君并不是“无所不知，无所不能”的一代完人。朱翊钧也是有缺点的：他有驭人之术，却乏治国之能；他不喜欢自己手下再次出现第二个“张居正”式的权臣，自己却又无法做到朱元璋、朱棣一样高效廉政。所以，不可避免的，他只能在大多数的时候依靠明朝官僚集团来维持他的统治。在平倭灭寇之役中，他就是拼命地用共同的外患危机来驱动明朝官僚集团奋起出击。这里面的精英分子，如李如松、宋应昌、吕坤等自然是竭力响应的。像赵志皋、石星他们开始也是大力支持的。然而，中国人“好内耗、好折腾”的劣根性，很快就发作了出来——自然，一般是在战役将近结束、论功行赏之际发作的。这是一个不断循环上演的悲剧。真希望我们中华民族有一天能够最终走出这个悲剧的“循环”。

当然，从另一个角度来看，朱翊钧、李如松、宋应昌未能在平倭之役中底定功成，其实也是遭到了庞大的官僚既得利益集团的牵绊和掣肘的。我在这部作品里就是这样揭露的：顾养谦是明廷昏官庸吏的代表，赵志皋、石星等是奸官猾吏的代表，李高则是最腐朽的贪官污吏的代表。我认为，他们是蛀空了大明王朝根基的蠹虫，也是阻碍大明王朝驶向永续盛世的“三大暗礁”。

在我和朋友们交流这些想法时，一个朋友指出我这本书中充满了巧妙的寓言，他说：你连命学奇书《推背图》的卦象、图谶都搬到你的小说了，你还没有写入寓言？我只是向他哂笑：“仁者见仁，智者见智”——他举了一个例子，他认为努尔哈赤所代表的就是一股新兴势力。朱翊钧没有响应这股新兴势力要求“革弊图强”的呼吁，回避了他们的恳求，所以才最终导致了“万历盛世”的昙花一现。我想，这位朋友能够看出这一点，实在是远远超出了我当初写这本书的构思和立意——然而，可能这就是纪实体小说的好处：它能留给读者们无限的想象和推理的空间。

因为这本书中的另一个主要涉及方是我们千百年来一衣带水的近邻日本，我不得不在这里谈上几句。普通人对日本的文化底蕴一直是有些不太了解的：中国有万世景仰的大教育家孔子，英国有文笔流利的大哲学家休谟，法国有巨笔如椽的大文学家司汤达，德国有思维深刻的大哲学家黑格尔，俄罗斯有鸿篇盖世的大文学家托尔斯泰，那么日本有什么？其实，日本还是有它独具一格的文化特色。《源氏物语》朗朗上口，《名侦探柯南》引人入胜，《圣斗士星矢》让人热血澎湃……这些都是日本奉献给世界的文化财富。我们应该给予尊重。

同样，关于中日关系的问题，邓小平说得对："发展才是硬道理。"我相信中日之间的关系改善，会随着双方综合国力对比数据的改变而改变的。所以，面对任何来自外部刻意的挑衅和恶性的刺激，我们中国人自己都要冷静沉着，从容淡定，稳步夯实自身经济基础，进一步提高国内人民群众的向心力、凝聚力、战斗力、忍耐力，"一心一意谋发展，聚精会神搞建设"，为中华之崛起而筑牢深固之基。

而在目前现实的条件之下，我们和日本保持这样一种关系状态：你不犯我，我不犯你，客观行事，理智从事，如同两条"平行线"，该和我交往就得正正常常进行交往，该和我竞争就得正正当当进行竞争，不发生严峻的恶性冲突与排斥，但在涉及中华民族的核心利益问题上却要"寸土必争"，毫不示弱！

当然，中日之间的关系其实还夹杂着许多外部因素，十分错综复杂。但我们应当始终坚持用最大的耐心和充足的时间来化解其中的破坏性因素。古人说得好："情愈迫者，从事愈舒；志愈专者，咨谋愈广；名愈正者，愈尽其实；断愈坚者，愈周其虑。大有为之君相，务此而已矣。"我相信日本大多数人民群众也是不愿和中国敌对的。毕竟，第二次世界大战的伤痛都在我们双方的记忆深处打下了深深的烙印。我们始终如一地坚持和平发展道路，愿与日本人民一道携手共创“和谐亚洲”！也许，亚洲人的事由亚洲人自行协商解决，才是唯一正确的道路。我们应该有信心、有能力成功地化解中日关系恶化之难题，使中日两国友谊世代传承！

在写作和修改这本书的过程中，我非常感激各位网友、编辑和学者老师们。尤其是曾经写出《刘备不是传说》的“剑眉枉凝”网友，他就我稿件中的地名、官名、事件背景、故事情节设置等不少细节性问题与我进行了认真细致的梳理与交流——用他的话讲，是站在一个超脱于中、朝、韩、日四方主体之上的外人立场上来纯粹客观地看待这本书的是非正误。我面对他严肃而到位的指正，本着面对一位历史大法官的惶恐诚敬的心态来反省、修改。相信这本书的质量和价值是经得起读者和时间的检验的。

最后，我要说的是：站在三十岁左右这个年龄阶段的我们，其实还是可以在埋首柴米油盐、歌舞游娱之外，放空自己心境仰望一下那灿烂的星空！每一颗星都闪着属于自己的光芒，而我就是其中的一颗；我是在充实地燃烧着自己，放射着自己特有的光芒！就这样时不时仰望一下、自信一下，也许将来在某一天沉沉夜幕如崩如倾一般盖将下来之际，我们就能找到自己的正确位置并迸射出光和热，构建成一条银河划破那一团黑暗！

所以，为了他们，也是为了我们自己，我们都不应该忘却那些远逝的辉煌——它们正是激励我们走向丰富自我、完善自我、升华自我的根本动力！

目录

第一章　风起日本国

丰臣秀吉蓦地从榻席上站起身来，“铮”的一声抽刀出鞘，寒光一闪，竟将面前茶几的一块木角一刀劈落！然后，他阴寒无比的目光盯在地板上那块木角之上，一动不动，口里却一字一句说道：“这次御前会议，用不着再议下去了。此番西征朝鲜、大明之役，本关白认为能赢就一定会赢！谁若再敢有所质疑，便如此木！”

丰臣秀吉的野心

凛冽的寒风扬起层层海涛，在一望无际的沙滩上粉碎开来，溅起漫天飞沫，人们的视野一派迷蒙。

顺着那一片片浪花直望过去，在很远很远的海天相接处，几个黑点若隐若现。许多日本人都知道，那些黑点便是对岸朝鲜国的岛屿了。但他们也仅仅是从别人的传言中知道这一点而已——对于这个一海相隔的邻国，他们从来都不曾亲身踏上它的国土，对那里的风土人情自是陌生得很。

距离海滩三四里外的荒野上，“叮叮当当”的响声此起彼伏，一队队穿着紧身装束、戴着尖顶小笠的日本足轻士卒正拿着钻头、手锤，挥汗如雨地埋头打磨着一块块黑亮如漆的混合土城砖。这些城砖是用最坚硬的黑黏土掺进白石灰，混合着糯米汁搅拌蒸煮，然后加压密实而成的。

“我说，桃四郎，这关白大人为何要在这儿修建一座号称‘最坚固、最壮观、最华丽’的‘名护屋’?”一个胖胖的日本足轻抬起头来，随手揩了一把脸上横流的热汗，有些疑惑地问身旁另一个足轻，“我先前以为，关白大人会把天皇陛下居住的京都修成‘最坚固、最壮观、最华丽’的城池呢!”

“犬半助！你没事乱嘀咕什么?”桃四郎头也没抬，一边继续俯身握着手锤、钢钻，专心致志地打磨着自己面前那块黑色城砖，一边冷冷说道，“关白大人颁布的命令，咱们只能一丝不苟地执行，谁也不能多问什么！你还是专心把你手头的这十块城砖打磨好吧!”说到这里，他忽地仰脸看了犬半助一眼，加重了语气说道：“你别怪我没提醒你——关白大人说了：‘一定要把这座名护屋的每一块城砖都打磨得坚不可摧……’”

“好了，好了，我不打扰你了！你也别唠叨了……”犬半助讨了个没趣，只得又埋下头弯下腰“叮叮当当”打磨起自己脚下那块坚硬异常的黑色城砖坯料来。

正在这时，一阵震耳欲聋的车马喧哗之声轰然而来，惊得那些正在打磨黑色城砖的足轻士卒们不禁停下了手头的活，纷纷扭头看去。

只见东面那条黄土大道上尘土飞扬，一面面绣着“三株桐”花纹的旌旗迎风猎猎招展。而那些旌旗之下，便是一列列车辆和一队队骑兵飞驰而来。

一看到那“三株桐”花纹旗，士卒们便慌忙丢下手中的铁锤、钢钻，一个个就地埋头伏下身来，也顾不得地上碎石硌得身上生疼，一齐朝着这些马车、骑兵拜迎不起。

“哗哗哗”一阵杂响，那数不清的马车、骑兵一直驰到这个城砖打磨场的周边才停下。在他们众星拱月般的簇拥下，一辆顶上插着五彩描金孔雀翎团扇的马车径自驶到了场地中央。然后，马车的珠帘掀了开来，一位身着金亮缎袍的秃发老者在两名绝美侍姬的搀扶下，踏着八个躬身伏地的武士脊背，就像踩着一块块宽阔的“垫脚石”一样悠然自得地缓缓走了下来。

在场中众人眼里，这个秃发老者已年近六旬，却显得精神矍铄，一双三角眼更如夜空寒星一般灼灼闪光，眼神凌厉得让人不敢对视。在他举止顾盼之际，一股咄咄逼人的气势掩盖了他本人的丑陋相貌。剥去那股戾气的掩饰，他其实是尖嘴猴腮、额角狭窄、颧骨高耸，活脱脱一只瘦猿的模样。

秃发老者双脚刚一落地，便使了个眼色，让搀扶他的那两名侍姬放手退了开去。他整了整衣襟，在那片空地当中负手而立，犀利的目光向四周环视着，仿佛一个凛然不可接近的霸主，那么高傲，又那么威严。

就在那些打磨城砖的士卒们惊疑不定之时，却听那老者身后一列手持长刀的侍卫突然齐声高呼：“关白大人驾到！”

这声音宛如一阵惊雷在士卒们的心头滚滚而过——原来，这个金袍老者就是当今日本国内连天皇陛下都要礼敬三分的关白大人丰臣秀吉！

对于这些士卒来说，有关被日本人誉为“乱世第一奇男子”的丰臣秀吉的各种传说实在就像神话一般扣人心弦、引人入胜：三十七年前，二十岁的丰臣秀吉还只是织田信长府中一个卑微的奴仆；三十七年来，丰臣秀吉在织田信长的一手提拔之下，异军突起，先后打败了明智光秀、柴田胜家、泷川一益、北条氏政等强宗大藩，收服了德川家康、前田利家、小早川隆景等各方枭雄，终于一飞冲天，成了驾驭诸侯、一统日本的“关白”！

在日本的历史上，“关白”一职相当于中国古代官制里的丞相，是“一人之下，万人之上”的极高职位。自古以来，日本的“关白”只能由出自上古藤原一族的近卫、鹰司、一条、二条、九条等所谓

“五摄政”家族人员出任。

而丰臣秀吉挟降服诸侯、肃清日本之赫赫功勋，打破了这千百年来由“五摄政”世族垄断“关白”之职的传统，凌驾于诸侯、百官之上，被正亲町天皇封为日本国历史上第一位平民出身的“关白”。所以，关于丰臣秀吉的一切，都被日本士民视为莫大的奇迹，士民无不对他敬畏臣服。

可是今天，就是这位近似于天皇陛下一般拥有巨大权势和传奇色彩的大人物，居然驾临他们的身边！这让士卒们心头既狂喜又惶恐——狂喜的是，他们竟然能目睹关白大人赫赫不凡的威势和风采；惶恐的是，他们还不清楚关白大人猝然驾临所为何事，一个个都禁不住战战兢兢起来。

这时，从另一辆马车上下来一位三十出头的文官打扮的青年。他举手投足之际显得十分精干，刚一下车便左顾右盼，仔细地打量城砖打磨场里的情形，不时满意地微微点头。然后，他缓步来到丰臣秀吉身旁停下，沉吟了片刻，问道：“请问关白大人，现在就把铸刀室锻造好的新刀发放给他们？”

“三成，你先把车厢里的新刀拿出来让本关白看一看。”丰臣秀吉的目光定在那一块块黑亮泛光的城砖上，面无表情地说道。

众士卒听到丰臣秀吉把这个青年文官唤为“三成”时，心头又是一惊：原来他就是丰臣秀吉手下“五奉行”之首、心腹谋臣——石田三成。

石田三成恭恭敬敬地点了点头，转身向那些下马而立的武士们打了个手势。

武士们得令，便将马车车厢里装着的那一口口大木箱抬了下来，纷纷打开，从中取出了一柄柄寒光闪闪的崭新长刀，放在了地上。

丰臣秀吉慢慢走到堆放在一起的那些长刀前，俯身拿起了一柄长达四尺有余的斜月形弯刀，握在手中，静静地凝视着。

“关白大人，这些利刃是铸刀室的师傅们呕心沥血锻造出来的，”石田三成满脸堆笑地跟过来说道，“他们还说：‘我们日本的宝刀，必然能像关白大人的眼神一样无坚不摧！’”

“呵呵呵……本关白的眼神有这么犀利吗？”丰臣秀吉干瘦如猴的脸颊上慢慢现出了一丝笑容。他认真看了看手中长刀的锋刃，轻轻往刀身上吹了一口气，淡淡地问道：“不过，本关白还是有些怀疑：这些利刃当真如他们所说的那样能‘无坚不摧’？”

“是的！是的！”石田三成连忙点头哈腰。

丰臣秀吉也不言声，右手提着那柄长长的倭刀，让刀锋划在地面上，然后迈步向离他最近的桃四郎这边走来。

“刺啦啦”一阵刺耳的锐响传了开来，丰臣秀吉手中长刀的刀锋拖在他身后的地面上，如同分波破浪般在黄土地上划开了一道深深的槽印——这柄长刀当真是锋利之极！

他就这样拖着长刀缓缓走到桃四郎面前止住，用左手指了指桃四郎面前那块刚刚打磨好的黑色城砖，沉声问道：“这就是名护屋城墙的城砖吗？”

桃四郎早已惊得连话都说不出来，只是伏身在地战战兢兢地点了点头。

“很好！那么，就用这块城砖来验证本关白手中这柄利刃是不是真的‘无坚不摧’吧！”丰臣秀吉哈哈一笑，说时迟，那时快，右手的长刀闪着一道弧光向那块黑亮亮的混合土城砖劈了下去！

“当”的一声巨鸣，余音袅袅，久久不绝。众人定睛看去：丰臣秀吉一下将手中长刀劈在了城砖之上，片刻之后慢慢移了开去，却见那块城砖除了砖面上略略现出一缕淡得几乎看不见的刀痕之外，竟是丝毫无损。

丰臣秀吉把目光从那城砖面上收回来，投在了自己手中长刀的刀身上——那柄长刀的刀刃竟被劈得朝后卷了起来！

“关白大人……”石田三成一见，顿时吓得跪伏在地，浑身哆嗦个不停，“这……这……”

“这样的刀算得上‘无坚不摧’吗？这样的刀能够帮助我们大日本国的武士们势如破竹地劈开朝鲜和大明国的城墙而后长驱直入吗？”丰臣秀吉紧紧地盯着那柄长刀卷起来的刀刃，半晌之后才突然像怒狮一样咆哮起来，“马上传本关白的命令下去，把锻造这柄长刀的那个铸刀师立刻斩首示众！还有，要用他的脑袋警戒所有的铸刀师——一定要锻造出真正‘无坚不摧’的利刃来！”

“是……是……卑职马上照办。”石田三成把头磕得就像捣蒜一样。

“当”的一响，丰臣秀吉将那柄长刀丢在了地上，俯身伸手在那块黑色城砖上抚摩了片刻，然后抬头注视着桃四郎，带着淡淡笑意赞道：“看来，你蒸筑打磨的这块城砖还真是坚固嘛！——你可知道，刚才本关白那一刀若是劈开了这块城砖，恐怕今天要掉脑袋的就不会是那个铸刀师，而会是你了！”

桃四郎吓得魂不附体，全身大汗淋漓，只是“咚咚咚”地叩着头，不敢答话。

“这些士卒把城砖蒸筑打磨得很好！”丰臣秀吉慢慢站起身，环视了全场一圈，向石田三成吩咐道，“你下来之后，立刻奖赏他们每人二十石大米！”

这二十石大米足够一个足轻士卒全家老小吃一年多了，在日本算得上是很大的一笔奖赏。那些打磨城砖的士卒们听了，不禁纷纷叩头高声谢道：“多谢关白大人！”

丰臣秀吉淡淡一笑，大手一挥，止住了众士卒的山呼之声，肃然说道："各位武士：你们一定要把这座名护屋城修建成全天下最坚固、最壮观、最华丽的城池！这个城池竣工之日，便是本关白将关白府从大阪迁移在此指挥你们饮马海滨、扬威域外、俯取朝鲜、征服大明之时！"

"饮马海滨、扬威域外、俯取朝鲜、征服大明！"那一队队骑兵立即高举战刀扬声大呼，"万岁！万岁！天皇陛下万岁！关白大人万岁！"

在他们这种无比狂热的激情感染之下，那些打磨城砖的士卒们也像着了魔似的跟着狂呼起来，声浪越掀越高。

倾听着这狂涛般的呼声，丰臣秀吉脸上慢慢绽放出满意的笑容。他将目光投注在大海的西边，眸中顿时燃起了万丈烈焰……

血星耀夜

名护屋内城新建关白府中的"黄金室"里，丰臣秀吉和一位须眉如雪、面容慈祥的玄袍老僧在榻榻米上对面而坐，正慢慢地品着茶。

这座"黄金室"是一间由黄金铸造而成的宽大会客厅室：它的墙壁、地板、天花板都是由整块整块的纯金锻成的，甚至连纱门、纱窗的骨架也是金质的。人们一坐进这座厅室，立刻便会被里边金灿灿的光华晃得几乎睁不开眼。

喜好奢华的丰臣秀吉正是用它来向别人炫耀自己无与伦比的权势与财富的——确实，在全日本，就连天皇所居的殿堂也只是由上好的花岗石砌成的。

"西笑大师！本关白亲手为您沏的这壶'樱花茶'味道还可以吧？"丰臣秀吉满脸谦笑地望着正举杯品茶的玄袍老僧，话语间透着一丝难耐的期待。原来，这老僧便是日本第一高僧、京都相国寺住持——西笑承兑。

“当然！当然！关白大人亲手泡的‘樱花茶’当世实在无人能及啊——它的味道馥郁清醇，令人满口留香，妙不可言！”西笑承兑捧着茶杯，眯着双眼，深深地回味不已，“想当年织田信长将军在世之时，就一直对关白大人的茶艺赞不绝口——老衲能品尝到您沏的宝茶，实在是不胜荣幸！”

“哪里……哪里……大师谬赞了！”丰臣秀吉听了西笑承兑的夸奖，只是淡淡一笑，点头谦谢而已。

然而，他今夜邀请西笑承兑前来，终究不仅仅是为了品茶。于是，隔了片刻，他才缓缓说道：“西笑大师不愧为我日本国首屈一指的禅教领袖啊！您上知天文、下知地理，且又精通星相占卜之术，本关白一向都钦佩得很！”

一听此言，西笑承兑捧着茶杯的双手顿时一顿，他的目光凝视着杯里那碧绿如玉的茶水，一动不动。半晌之后，他才悠悠开口说道：“关白大人碰到什么难解之事了吗？老衲静待垂询。”

丰臣秀吉却不言声，从榻榻米上慢慢站起身来，缓缓踱到黄金室的西窗前，“哗啦”一声将那扇水晶薄丝纱窗推开了。

西笑承兑闻声微一抬头，向他这边望来。二人的目光一齐投向了窗外群星闪烁的夜幕，沉默不语。

隔了许久，丰臣秀吉仍静静地立在那西窗边，仿佛是自言自语，又仿佛是在对西笑承兑说道：“今天上午有一个术士告诉本关白，说昨天夜里天空东北角有一颗硕大的流星，像血球一样鲜红夺目。它倏地便划向了西北角的夜空……这是一场百年难遇的‘天降异象’啊！”

“本关白当时便细问那术士这场‘天降异象’的含义……可那术士似乎也是一知半解，对本关白支支吾吾，答得模模糊糊……唉，看来本关白心中的疑问，只有大师您才能剖析得清了……”

西笑承兑仍看着那窗外深深的星空，面色如古井没有半分波动，显得十分沉郁。

他缓缓捧起了茶杯，送到自己唇边，慢慢呷了一口“樱花茶”，轻轻长叹了一口气，道：“老衲昨夜也曾看到了这一幕……今天即便关白大人不屈尊请老衲，老衲也会不请自来告知关白大人的……”

丰臣秀吉慢慢转过身，静静地看向西笑承兑。

西笑承兑透过面前那茶杯上的缕缕白汽，盯着窗外灿烂星空的深处，慢慢道：“请恕老衲直言，这‘血星耀夜’之象，乃不祥之兆啊！”

“哦？”丰臣秀吉的唇角掠过一丝惊愕，“此话怎讲？”

“关白大人，此‘血星耀夜’，象征着明年年初我日本国必会发生一场惨烈的刀兵之灾。老衲在此提醒关白大人要多加小心才是啊！”西笑承兑讲到此处，方才将自己的目光慢慢从窗外收了回来，直直地望着丰臣秀吉的脸，“不过，您无须过虑。老衲的心底还有一丝疑惑：这‘血星耀夜’的天象，来得很是蹊跷。它和我大日本国目前的国情丝毫对应不上啊！”

丰臣秀吉面色平淡如水，毫无表情地说道：“本关白愿闻其详。”

“当今我日本国内，关白大人披坚执锐，历时二十余年，用兵如神，肃清四域，降服诸侯，正本清源，一统天下，海内升平，国势蒸蒸日上……”西笑承兑一脸疑惑地说道，“老衲冥思苦想，也猜不出哪一个‘大名’竟敢罔顾天意民心公然兴兵作乱……这‘血星耀夜’所预示的刀兵之灾又会从何而起呢？……老衲百思不得其解啊！”

西笑承兑口中所言的“大名”，就是指盘踞在日本国各州郡那些拥兵自重的封建领主和藩臣。一百多年前，正是由于他们在四方割据称雄，才酿成了日本历时百载的“战国时代”。而今，丰臣秀吉已然收服了各地“大名”，战国乱世自是一去不复返了，刀兵之灾又从何而来？难怪西笑承兑摇头不解了。

丰臣秀吉静静地听他说完，干瘦的猴脸上突然浮起了一丝深深的笑意。

他踱回到西笑承兑对面的茶几前盘膝坐下来，转换了话题，淡淡地问道："本关白相信，西笑大师的博学多才，在我日本国堪称'超群绝伦'了。却不知大师您的佛学造诣，和远在海疆之外的大明国少林寺高僧们相比如何？"

"唉！老衲才疏学浅，在日本国已是'井底之蛙'，又焉敢与皇皇天朝的圣僧相提并论？"西笑承兑缓缓摇了摇头，又无限憧憬地望向窗外西边的夜空，"老衲其实一直盼望着自己在有生之年能乘舟越海西去大明国，前往嵩山少林寺恭聆诸位圣僧的点化呢……"

"嗯……西笑大师的这个愿望，本关白很快就可以帮您实现了。"丰臣秀吉深沉地一笑，笑得有些神秘。在西笑承兑惊愕的目光中，他又道："你们佛教的前辈高人吉田兼俱曾讲过：'神佛之学，根源生于日本，舒枝展叶于中土大明，开花结果于天竺。'现在，本关白已下定决心，要将邻邦朝鲜、大明国逐一吞并于我日本国版图之内，实现织田信长将军'天下布武'的遗志!"

"什……什么？"西笑承兑一听，心头顿时一阵狂震：这关白大人今夜怕是吃错了东西吧！怎么突然讲起"疯话"来了？不错，丰臣关白的确是雄才大略、英武超凡，仅仅花了二十余年工夫，便扫平了国内六十六州的动乱和积寇——可是，丰臣关白大概还不懂得这区区的日本国六十六州，在那皇皇大明天朝的疆域之中，不过是小小的一角！照他们汉人的说法，丰臣关白时常炫耀的"削平六十六州积寇"的伟绩，大概只相当于平定了明朝版图之内六十六个乡镇的动乱而已！他们大明朝一个省的疆域就不知道要比我们日本国大多少——然而，丰臣秀吉居然想将邻邦朝鲜、大明国逐一吞并，还要做什么"实现织田信长将军'天下布武'的遗志"，这岂不是在痴人说梦吗？

他认真地盯了盯丰臣秀吉的眼神——那是一双燃着熊熊欲焰的眼睛，仿佛在向外喷射着灼人的戾气，非常狂热，非常亢奋。看来，丰臣关白的的确确有几分“走火入魔”了。

虽然知道得罪丰臣秀吉的后果很可怕，西笑承兑还是暗暗咬了咬牙，鼓起勇气说道：“老衲记得，我日本国一百多年前那位曾经扫平群雄、肃清海内、一统天下的征夷大将军足利义满，是何等神勇无敌，又是何等威武雄壮——然而，面对无比强大的大明天朝，他也只能俯首称臣、送表朝贡……难道一向心高气傲、不可一世的足利大将军是甘居人下的鼠辈吗？连他都对大明国如此畏服，请关白大人亦要三思啊！”

“本关白的武功才略岂是区区一个足利义满所能比拟的？”丰臣秀吉听了他这番话，唇角顿时掠过一丝不屑，满脸不以为然，冷冷说道，“他秉承祖荫、坐拥雄兵，凭着世代贵胄之资，自然可以轻轻巧巧扫平诸藩，这又何足道哉？本关白以一介仆隶之身，投袂而起，一呼百应，战无不胜，攻无不克，故能在二十年间肃清天下，岂非天命所归？”

说罢，他顿了一顿，双目一抬，直直地盯着西笑承兑，肃然道：“不瞒西笑大师，家母当年怀本关白时，曾经梦见一轮红日破窗飞入她腹中。她醒来之后，请相士占卜吉凶。相士对她讲：‘夫人所怀之子，贵不可言，乃是天照大神之嫡子，将来其赫赫威势，必如日光普照，无处不及，无人能敌。’西笑大师请看，本关白今日所建之丰功伟业，不正应验了那术士的预言吗？现在，本关白就是将相士当年的预言全部实现——征服朝鲜、大明，将四海八荒尽行收入掌中！”

西笑承兑哪里会信他这番神神道道、自欺欺人的谎话，却不敢反驳他，只得垂头深深叹道：“战端一启，兵连祸结，我日本臣民再无宁日矣。一切还请关白大人三思啊！”

顿时，黄金室中倏地静了下来，静得令人有些窒息。

丰臣秀吉沉默着，也不抬头看西笑承兑，只是盯着他面前茶几上的那只茶杯，隔了许久才道："本关白听说近来京都中西洋天主教的余孽们又死灰复燃、蠢蠢欲动……西笑大师身为佛门领袖，对这些异教徒破坏了我日本佛门正统的行为只怕也是头痛得很吧！"

"是啊！近来，这些异教徒们大倡妖言邪说，扰得我日本国内的善男善女人心浮动、歧念横生……老衲恭请关白大人施以雷霆手段，尽行驱除日本境内的西洋异教徒，还我佛门一片清净之地！"西笑承兑急忙双掌合十恭敬地讲道，"我日本四万佛门弟子必将对您感恩戴德、没齿难忘！"

"驱除西洋异教徒，维护日本佛门正统，这个好说。本关白明晨便可颁下一道手令，费不了多少工夫便可彻底解决。只是——"丰臣秀吉忽地拖长了声音，似笑非笑地抬眼看向西笑承兑，悠悠说道，"此番征伐朝鲜、入主大明之事，本关白志在必行。为了团结我日本臣民上下一心共同对敌，本关白希望作为我日本国镇国之教的佛门众弟子，能够在您的领导之下，广开法坛，在民间多多宣讲我日本国凌驾于朝鲜、大明之上的正当性，多多发动各州郡的青壮男子舍身为国投入到这场'圣战'之中！西笑大师对此意下如何？"

"这……"西笑承兑脸色一僵，在犹豫之际，抬头一瞥，却见丰臣秀吉双眸之中的凛凛寒光已似利剑一般直逼而至！他心头一跳，只得战战兢兢俯首答道，"老衲知道应该如何去做了。"

听到西笑承兑这般回答，丰臣秀吉铁青着的脸色才缓和了下来。他哈哈一笑，端起茶壶，亲手又为西笑承兑斟上一杯热茶，显得十分和气地说道："来，来，来，请西笑大师继续品茶……"

西笑承兑推辞谦谢之际，心中一个念头却是闪电般一掠而过：看来，这"血星耀夜"的凶象并没有显错——从今夜起，日本国一场惨烈的刀兵之灾果然是在劫难逃了！

忍者德川家康

一面黑绸织成的崭新旗帜上，用雪白丝线精致地绣着一朵水桶口般大的“三叶葵”。

这面绣着“三叶葵”家纹的旗帜，在日本是仅次于丰臣氏“三株桐”家纹旗的另一个赫赫有名的大藩——德川一族的标志。日本关东、关西各州郡的战场上，这面“三叶葵”家纹战旗只要凌空顺风扬起，所有的敌人都会望而生畏、退避三舍——只因它的主人便是素有“不死神龟”之称的德川家康。

德川家康是谁？稍为年长一点儿的日本武士们都知道，他曾经是全日本唯一一个在“小牧长久手之役”中击败过丰臣秀吉的“大名”。丰臣秀吉后来耍尽了手腕，不惜将自己的亲妹妹嫁给他为妻，才将他笼络在自己手下。

但即便他们两大家族结成了姻亲，丰臣氏还是一直对他深怀忌惮，从不赋予他军政实权。所以，名噪一时的德川家康在大阪的府邸里，现在却只能像一位即将退役的老兵一样，凝望着自己铺放在桌儿上的这面“三叶葵”家纹旗而唏嘘不已。

正在这时，室门外被人“笃笃笃”地敲了数声。德川家康稳了稳情绪，恢复了平静，缓缓将家纹旗卷了起来，搁放在桌儿一边，向外慢慢说道：“进来。”

“哗啦”一声，室门被轻轻推开到左侧。德川家康的首席家臣本多正信恭恭敬敬地垂手走了进来，禀道：“启禀大人，关白府总管黑田如水大人前来拜访。属下请问，您见还是不见？”

黑田如水是追随丰臣秀吉东征西战了十余年的老臣，堪称他帐下第一谋士。在一向自命不凡的德川家康眼里，能看得上的人才在整个日本国中屈指可数，他算是难得的一位。一听到是他前来拜访，德川家康想也没想便答："见！且慢，家康我要亲自前去迎他！"说罢，迅速站起身，举步往外走去。

本来，就丰臣秀吉麾下所有的官阶而论，德川家康身为关白府中仅次于丰臣秀吉的核心辅臣"五大老"之首，比身为关白府总管的黑田如水高了两个级别。

然而，今天因为黑田如水的来访，他居然"屈尊降贵"亲自跑到府门口处去迎接——这也忒多礼了！本多正信一时按捺不住，就出声提醒道："主君不必如此……还是由属下前去将他迎进来吧……"

"怎么？你认为黑田君（日本人在战国时代对有身份、地位的某人一般尊称为'某某殿'。然而，在中国人的礼仪用语中'某某殿'显然是极不恰当的。故而作者在本书中将日本人口头所称的'某某殿'一律改为中日共通共用的'某某君'，方便读者理解阅读）当不起家康我亲自出迎之礼？"德川家康听了脚下一停，目光一转，盯在他脸上冷冷说道，"你有所不知，以黑田君的谋略才智，倘若不是他当初淡泊名利、主动让贤，而今在关白府中像家康我一样担任一位辅政大老都绰绰有余！我岂敢失敬于他！？"

说罢，他顾不上多言，径直向前院小跑着去了。

只见一位身形高瘦的黑袍长者，此刻刚刚走进府门站在前院，就那么神态孤傲地在院坝上负手仰天而立，举手投足中自有一派卓尔不群之气，令人难以接近。

轻轻走近这黑袍长者身旁，德川家康急忙欠身行礼道："黑田君尊驾光临，家康我实在是不胜荣幸啊！"

仿佛是习惯了别人的恭敬作礼，也仿佛是从来不在意别人的殷勤和"客套"，黑田如水仍然那么负手站着，只是淡淡地"嗯"了一声，点了点头，大摇大摆地由德川家康在前引路进了府中会客厅。

由于当年黑田如水在“贱岳之战”中为保护丰臣秀吉而受了腿伤，所以他走起路来至今还是一瘸一拐的，甚是吃力。

德川家康见状，一脸谦笑着，退到他身边便要来搀扶。黑田如水却并不领情，没有伸手来接，自己一瘸一拐地走入厅中，和德川家康分宾主两侧对面而坐。

坐定之后，黑田如水的脸色便一下变得严峻起来。他肃然向德川家康说道：“德川公，如水今日前来叨扰，是奉关白大人之命邀您起程赶到名护屋，参加明日下午的‘关白府御前大会’的。”

“哦？关白府御前大会？”德川家康一听，不禁愣住了。所谓的“关白府御前大会”，即是指由丰臣秀吉以天皇陛下的名义在自己府中主持召开的全国军政要务决策大会，届时朝中文武百官和各州大名全部都要参加。一般来说，这样的大会在日本每年只会召开一两次。它召开的次数愈少，就愈加凸显了它的重要性和权威性。但是，这一次关白大人事先一个招呼都不打，便突然决定迅速召开“关白府御前大会”，身为辅政大老的德川家康自是惊讶不已。

德川家康定下心神，静静思忖片刻，才缓缓问道：“黑田君，关白大人此番召开‘关白府御前大会’，莫非又是为了要调兵征伐哪一个谋反作乱的大名吗？”

“德川公有所不知：关白大人在他府中召开的这次‘御前大会’，实是非同小可。不过，您猜对了，他确实要调兵大举征伐。但他这一次的对手，并不是某一个小小的大名……”黑田如水皱了皱眉头，脸上忧色淡淡而现，“而是远在海峡对岸的朝鲜和大明国！”

“啊？”德川家康一听，顿时面色大变，一副匪夷所思的模样，“关白大人好大的抱负啊！他居然想起兵征伐朝鲜和大……大明国？这样惊人的雄图大志，恐怕我日本国千百年来也唯有他一人敢这么去想、这么去做吧！”

“德川公……您也觉得这件事不可思议吧！”黑田如水脸上的忧色愈来愈浓，“实不相瞒，如水就是为了这件事才亲自前来贵府与您私下一议的。”

“承蒙黑田君如此看重，本将军感激不已，”德川家康急忙谢了一礼，同时伸手抚了抚自己的短须，微眯着双眼，深沉地看着黑田如水道，“那么阁下对关白大人意图起兵征伐朝鲜、大明又是何意见呢？”

黑田如水迎视着德川家康深不可测的目光，竟是毫不回避，侃侃说道：“如水的意见十分明确：当今日本，刚刚结束了百年战乱，正是人心思安、人心思和之际。关白大人当顺应民心，息戈销兵，同时广施富国惠民之仁政，使我日本百废俱兴，开创一代太平盛世。这才是我日本国的当务之急。”

“倘若关白大人弃此良策而不顾，轻启战端，前去攻打朝鲜、大明……那可真是舍本逐末，将来必会追悔莫及啊！当然，如水也相信关白大人之武功谋略，拿下一个朝鲜应该不是什么难事。但是，朝鲜背后所依恃的宗主国——大明朝，才是我日本国最可怕的劲敌啊！它的国力、疆域，哪里是我们日本国能望其项背的！又哪里是我们日本国冒犯得起的！关白大人竟要发兵攻打大明——真是想一想都令人胆寒啊！”

“这个……黑田君，您将自己这番意见进献给关白大人了吗？”德川家康听完，不动声色地缓缓接上一句。

“唉……”黑田如水闻言，却是深深一声长叹，垂下头来，半晌没有答话。

终于，他仰起脸来，黯然答道：“这几月来，如水一直在不厌其烦地劝谏关白大人不要挑战朝鲜和大明国。但关白大人执意不听，反而认为如水在动摇他的决心，近来对如水也是冷眼相对、冷语相向……明天的‘关白府御前大会’，他都不让如水参加了……大概也不愿让如水这番意见扰乱了百官和大名们的立场吧……唉！如水此刻也只能前来恳求德川公，从我日本国百年大计出发，出面劝谏关白大人不可对大明国轻举妄动啊……”

“石田三成、宇喜多秀家等这些关白大人的宠臣们，又是什么意见呢？”德川家康沉吟了许久，方才缓缓答道，“这些人对关白大人的决策也颇有影响啊！”

“唉！这些年轻人……”黑田如水一听，便禁不住愤愤地说道，“一个个没有半分直言抗上的风骨！私下里，他们每个人都认为如水的意见是对的。可是，到了关白大人面前，他们畏于关白大人的虎威，又一个个噤若寒蝉！如水在关白府中实是孤掌难鸣啊！”

“黑田君的耿耿风骨，家康我很是钦佩啊！”德川家康闭目沉思良久，才睁开眼来看着他，沉声说道，“不过，请恕家康直言：如果关白大人真固执己见的话，谁又能劝谏得了呢？——其实黑田君也不必急于一时……明谏不行，可以暗谏嘛；正谏不行，可以反谏嘛；直谏不行，可以曲谏嘛；急谏不行，可以缓谏嘛……来日方长，您完全可以顺势而谏嘛……”

“呵呵！德川公不愧是智谋超群的一代人杰！”黑田如水听了，顿觉豁然开朗，不禁面露微笑，缓缓点头道，“在下受教了！在下受教了！”

德川家康含笑不语，只是一味谦谢，待得黑田如水转身告辞，却和先前迎他进府一样，仍是谦恭有礼地将他送出了本府大门。

目送着黑田如水骑马的身影渐渐远去，德川家康像木像一样久久伫立在府门口一动不动。

过了一盏茶的工夫，德川家康才慢慢转过身，看着像自己的影子一样悄无声息趋上来的本多正信，深深叹道：“他真是一位足智多谋而又不计得失、敢于犯颜直谏的忠臣贤士啊！你们今后都应该向他学习啊！”

“是！属下记住了。”本多正信连忙点头答道。

“你且下去收拾行李，稍后我就要启程赶往名护屋了，”德川家康肃然吩咐道，“另外，你去通知一下德川秀忠，让他到府中的‘心斋室’内单独来见我，不得让闲杂人员前来打扰。”

“心斋室”里，四壁如玉，洁净无尘。

德川家康将那面“三叶葵”家纹旗重新平铺在几案之上，背着手站着，静静地凝视着它。

门被轻轻向左推开，一个高高胖胖、相貌敦厚的赤衣青年走了进来。他虽体态臃肿，举止顾盼之间却有一股英武之气扑人而来。

“父亲大人……”赤衫青年无声地关上了室门，缓步上前禀道。

“嗯……是秀忠来了吗？”德川家康将目光慢慢从“三叶葵”家纹旗上抬了起来，正视着这个赤衫青年——自己的嗣子德川秀忠，“你进来的时候，没发现这‘心斋室’周围有其他闲杂人员在逗留吧？”

“没有，没有。孩儿连自己的侍卫都没带进来，”德川秀忠急忙躬身答道，“本多正信还在前院守望着呢！不会有任何人前来打扰我们的。”

“这就好，”德川家康听了，很是满意地点了点头，“最重要的事情，就应该在最安全的地方办才行啊！——怎么？你对为父今日的举动，感到很诧异是吗？”

德川秀忠默默地点了点头。

“也怪不得你会深感诧异。只因为父今天要和你在这‘心斋室’里讲的话，将是我德川家族百余年来顶尖的机密！”德川家康微微俯身伸手按着几案两侧，低头看着那面“三叶葵”家纹旗，沉声说道，“如果这些话泄露出去，将会给我德川一族带来灭门之灾！所以，为父今天才不得不这么谨慎、如履薄冰啊！”

“父亲大人，孩儿懂得了，”德川秀忠急忙跪伏在地，“父亲大人今日在这里对孩儿所讲的每一个字、每一句话，孩儿发誓永远都不会向外泄露的。”

“不可能‘永远不向外泄露的’！”德川家康抬眼望着他，深沉地笑了，“在今后的二三十年内，我们总有一天会挺胸抬头当着全天下的人扬眉吐气地宣布今日‘心斋室’里这番谈话的！那个时候，所有的日本人都会俯首恭听、倾身折节的！”

听到这里，德川秀忠惊得瞠目结舌，一时什么话也答不上来。

德川家康突然伸起手掌拍了几声。

只见密室的绯纱屏风后面，缓缓转出了一个腰佩长刀的魁梧青年——赫然正是德川家康当年送给丰臣秀吉的人质兼养子：羽柴秀康。

德川秀忠见了，不由得大吃一惊：这个羽柴秀康，原来曾经是他同父异母的兄长。但他在十岁时就被德川家康作为人质送给了丰臣秀吉当养子，从而失去了在德川家的嗣子身份。而且，在较长一段时间里，羽柴秀康还受到了丰臣秀吉的深深宠爱。丰臣秀吉赠他为河内国一万石，任从五位下侍从兼三河守，后又让天皇授任他为左近卫权少将，并曾经当众说过：“倘若本座将来没有亲生子嗣，本座就会让秀康继承大业的。”所以，在德川家族内部，几乎所有的人都认为羽柴秀康就已经是丰臣氏真正的心腹亲信了，对他素来是疏而远之。然而，今天德川家康居然把他带入自己的密室，岂非咄咄怪事！

德川家康很是亲热地让羽柴秀康在自己身边坐下，道：“秀忠，秀康虽然被为父送入丰臣氏内多年，但他永远是为父的亲生儿子、你的嫡亲兄长！他的心，是永远向着我德川家的！即使丰臣秀吉用再多的功名利禄来诱惑他、羁系他，都是毫无用处的。”

德川秀忠虽然只有十四岁左右，但早熟的他在父亲德川家康多年的熏陶指教下，已经懂得了不少权谋计策。他在转念之间，已经隐隐明白过来：父亲大人这是在用“亲情牌”把羽柴秀康收揽回来，借以作为自己的“楔子”深深打入丰臣氏的内部。

德川家康又转头向着羽柴秀康意味深长地说道：“养子毕竟是养子。别人说什么‘把大位继承给你’，那都是谎话！你看，丰臣鹤松刚一出生，丰臣秀吉就放出风声，要把你送给别人家当养子——而丰臣鹤松早夭后，你依然还是被他隔离于权力中心之外。你知道吗？从我的‘眼线’得来的消息是：丰臣秀吉将会把关白之位传给他的亲外甥丰臣秀次！”

羽柴秀康脸色一白，把手指深深地掐进了地板的板缝里，沉沉地答道：“父亲大人，孩儿生是德川家的人，死也是德川家的鬼——愿为德川家付出一切！”

德川家康把他和德川秀忠的手拉了过来，将它们紧紧握在一起，郑重说道：“秀忠，你也要向你的兄长秀康多多学习啊！他在你这个年龄的时候便亲身参加了九州之役，圆满完成了身为武士的初阵！秀忠，你也要随着秀康的步伐好好拓进啊。要记住：兄弟同心，其利断金！”

德川秀忠和羽柴秀康一齐躬身低头恭然答道：“孩儿等谨遵父亲大人的教诲！”

德川家康欣慰地看着他俩，静了静心神，小心翼翼地用双手将“三叶葵”家纹旗当胸提了起来，轻轻展开。他又望了一眼跪坐在对面的德川秀忠、羽柴秀康，缓缓说道：“秀忠、秀康啊！你们可知道我德川一族的家纹为何要选定‘三叶葵’吗？”

“父亲曾经多次给孩儿说过，我们德川一族，也就是松平一族的家纹选定为‘三叶葵’，是象征着我们德川家族永远能像葵花一样始终仰承着天照大神的灵光普照而结出累累硕果！”德川秀忠看了看羽柴秀康，先行恭恭敬敬地答道。

“不错。你能记得这么清楚，也真不枉我立你为德川家族的嗣子了！”德川家康目光中饱含着赞许地冲他点了点头，“可是现在，只有关东八州的领地上插着我们德川家族的‘三叶葵’家纹旗帜……这让为父的心里一直是郁郁不欢哪！”

“父亲大人……”德川秀忠听出了父亲话中那一丝悖逆之意，顿时满脸涨得通红，不敢接话。羽柴秀康眼底却是波光一闪，亦无多言。

“唉……为父心底藏了太多太多的话，而如今却只能向你们畅怀倾诉了！这些话，我在你们的母亲面前都不会吐露半个字啊，”德川家康悠悠地说道，“你的祖父当年也曾只对为父一个人说过——那就是，身为名门贵族苗裔的德川一族，传承了世世代代的雄图大志：要始终如一坚持不懈地奋斗下去，直至有一天让整个日本的国土都插满我们德川家的三叶葵之旗！”

“父亲大人！”德川秀忠听到这番话时，如遭雷轰电击一般——父亲大人所说的话可是犯上作乱的大逆之言啊！

“你很吃惊吧！你万万没有料到一向以恭谨自守、谦卑待人的为父在心底深处居然会有这等雄伟的抱负吧！”德川家康近乎自嘲地说道，“唉！是到了该告诉你一切的时候了！——其实，如果没有眼下这个天赐良机降临到我德川家族的头上，为父这一辈子也许只有在临终之际才会告诉你这些话啊！秀康，你说呢？”

“天赐良机？什么天赐良机？”德川秀忠听得云里雾里的。

羽柴秀康却淡淡言道：“父亲大人果然是明察秋毫。”

“是的！为父隐忍潜伏、苦心孤诣等待这么多年，终于等来了振兴我德川一族‘百年难遇’的天赐良机了！”德川家康的眸子中射出了狂热的兴奋的光芒，“既然机遇已经降临，为父就应该及时告诉你这些话了！——从现在起，身为德川家族嗣子的你，要马上站到为父的身边，一齐为我德川氏‘独揽天下’的大志而去奋斗打拼！”

“父亲大人……”德川秀忠嗫嚅道，“父亲大人的这番教训，孩儿自然是牢记在心了——但是父亲大人，如今丰臣关白大人执天下诸位大名之牛耳，势力如日中天，我们德川一族凭什么和他争雄？”

“凭什么和他争雄？”德川家康冷冷地说道，“为父就凭他竟敢妄自尊大去兴兵挑战大明！你可知道刚才黑田如水来告诉了为父什么消息？他是来告诉为父：丰臣秀吉一味好大喜功，居然心比天高，想发兵征服大明！他真是昏了头了！”

“哦？丰臣关白大人决意要去征伐大明国？”德川秀忠若有所思地说道，“难怪这半年来丰臣关白大人一直在整编各州大名的军队和急速修建名护屋城啊！前几日我们德川家被关白大人抽调过去蒸筑打磨名护屋城墙砖的那些士兵们回来报告，说丰臣大人曾当面向他们宣称要‘饮马海滨，扬威域外，俯取朝鲜，征服大明’……孩儿还以为这是丰臣关白大人向大家口出戏言呢！没想到他真的决意西征大明……”

“不错。为父相信丰臣秀吉这一次挑战大明应该是动真格的，”德川家康沉吟道，“不过依为父之见，关白大人这次发兵挑战大明，实是不自量力，必会碰壁而归！”

“父亲何出此言？”德川秀忠心有不甘地问道，“我大日本国的武士无一不是天生神勇的精锐之士，素来攻无不克、战无不胜……料那大明也难撄我锋！”

“哼！蠢材！”德川家康冷冷地说道，“我们大日本国有天生神勇的精锐之士，难道大明国就没有？我们大日本国的武士一向是攻无不克、战无不胜，难道他们大明国的武士就是草包饭桶？只知己，不知彼……像你这样盲人摸象，必会因骄致败！”

“是，父亲大人训斥得是。”德川秀忠虽不甘心，也只得低头认错。

“为父问你，丰臣秀吉用了多少时间才基本平定了日本全境?”德川家康见他似有不服之意，便又问道。

“丰臣关白大人东征西讨，浴血奋战，总共耗费了三十年时间才基本平定了日本全境。”德川秀忠答道。

“你也许并不清楚：那个远在大海彼岸的大明国，它的疆域比我们日本全境整整要大二三十倍!”德川家康淡淡说道，“为父再问你，征服一个日本就耗去了丰臣秀吉三十年的生命，那么现在已经年近六旬的他还会有多少个三十年能用来征服大明?”

“这……父亲大人的思维视角总是这么巧妙啊!”德川秀忠顿时恍然大悟，“您总能想到孩儿所不能想到之处……孩儿佩服！看来丰臣关白大人就是历尽毕生之力，也无法征服大明啊!”

羽柴秀康却是静静地看着父亲，什么话也没有多说。

“其实，为父在心底也一直在怀疑丰臣秀吉是否真的有可能彻底占领大明国……”德川家康喃喃地说道，“所以，为父一直在思考和揣度丰臣秀吉发起的这场西征大明之战的用意……为父断定他这么做，如果不是他一时头脑发热之举，则必定含有极大的阴谋……”

“极大的阴谋?”德川秀忠大惑不解，“关白大人莫非真正要对付的敌人并不是朝鲜和大明?”

“是啊，为父也有这个怀疑——他或许是想借刀杀人!”德川家康慢慢伸手抚摩了一下“三叶葵”家纹战旗，满面忧色地说道，“如果不出为父所料，丰臣秀吉此番征伐朝鲜、大明，应该不会过多地动用自己嫡系家将的兵力，而会从各州大名手中抽调人马出来为他效命——这是他极为阴险的‘一箭双雕’之计，既损了朝鲜、大明的国力，又伤了各州大名的元气。对他这一招，为父不可不防啊!”

一直似木头人一般沉默着的羽柴秀康这时又点了一句："关白大人，可能还觉得日本国内的土地不够分封给手下的大名们了，所以打起了开拓海外疆域的主意……"

"父亲大人真是神机妙算！想得如此周密、深远……"德川秀忠听了他俩的话，顿时惊得出了一身冷汗，"关白大人既然用心如此阴险毒辣，父亲大人……那……那我们该怎么办呢？"

"不要担心，为父自有安排，"德川家康沉吟了一会儿说道，"这样吧，秀忠我儿，你今晚立刻易服秘密潜回我们德川家所辖的关东，让武藏、上野、伊豆等地的家臣们伺机起兵攻打盘踞在本地的那些浪人、流寇——但是，你要记得吩咐他们：对那些浪人、流寇的攻势既不能太重，亦不能太轻。要恰到好处，要闹得'雷声大，雨点小'……这样的话，为父就可以名正言顺地以'征外必先安内'的理由来保存实力，半推半就地让丰臣秀吉无法抽调我们德川家的兵力了……"

"是！"德川秀忠在榻榻米上伏下了身，恭恭敬敬地应道，"孩儿一定切实照办！"

"秀康我儿，你就继续潜伏在丰臣府里，为我刺探各种密情。"德川家康又向羽柴秀康吩咐道，"他一有异动，立刻给我禀报！"

羽柴秀康弯下了腰，无声地磕了磕头。

关白御前大会

关白府的议事厅里，丰臣秀吉昂然端坐在首席榻位上。他右手边坐着被他收为养子的当今日本国周仁天皇之皇弟——年轻的八条宫亲王。因为丰臣秀吉主持召开的是"关白府御前大会"，所以不得不请八条宫亲王这样的皇室成员代表天皇陛下列席。

不过，谁都懂得：无论丰臣秀吉装出一副多么尊重日本皇室的姿态，他在骨子里实际上一直都把周仁天皇、八条宫亲王等人当作傀儡来操纵和利用的。

前来参加此次“关白御前大会”的人很多：日本国内第一流的大名们基本都已到齐，日本朝廷从三品以上的要员亦无一缺席。

德川家康就坐在丰臣秀吉左侧首席。自他以下，分别是前田利家、毛利辉元、小早川隆景、宇喜多秀家等另外四位辅政大老。丰臣秀吉右侧，坐着丰臣秀吉的外甥兼养子丰臣秀次以及石田三成、小西行长、福岛正则、加藤清正等丰臣氏的家臣、家将。

而丰臣秀吉对面席位上坐着的便是岛津义弘、大友义统、龟井兹矩、伊达政宗、上杉景胜等诸位大名和朝廷要员。

见到各位大名和朝臣都差不多到齐了，丰臣秀吉这才端起日本关白的架子，举手扬了一扬。

“当”的一声，厅门处悬着的那座羊脂玉钟被他的家臣大野治长举起金棍轻轻地敲了一下。清越悠长的钟鸣过后，会场里顿时鸦雀无声。

丰臣秀吉抬头环视了会场一圈，这才不紧不慢地说道：“诸位大人，今日本关白奉天皇陛下之命，召集诸位前来，是为了共同商议决定一件关系我日本国数百年、数千年国运的大事！”

一听他开篇讲话便是这般耸人听闻，会场中那些不明底细的大名和朝臣们不禁一惊，一个个把诧异的目光投向丰臣秀吉，恭敬地听着他继续说下去。

丰臣秀吉停顿一下，举目四顾，看到各位大名和朝臣们都是一副肃然关注的样子，心底甚是满意，便又继续说道：“这件大事，就是倾我日本举国之力，在数年之内，饮马海滨、扬威域外、俯取朝鲜、征服大明！”

“啊?!”会场中那些事先并不知情的大名和朝臣们一个个失声长

呼，下巴都惊得快要掉下来了。

在这一片乱哄哄的惊呼声中，丰臣秀次肃然出列，跪伏在大厅当中的地板之上，奏道："属下恳请关白大人三思：如今我日本国战乱刚息、天下初定，关白大人应当念念以与民更始、休养生息为重才是！此刻，您若劳师远征，只怕人心不安、四方扰动，反而会得不偿失啊！"

他此言一出，议事厅内顿时静了下来，静得连地板上掉一根羽毛都可以听得清清楚楚。

因为丰臣秀次与丰臣秀吉有着特殊的亲戚关系，他自然可以不像别的大名和朝臣那样由于敬畏丰臣秀吉而缄口不言——于是，他一下便将昨夜黑田如水指点他反对出征的理由抛了出来劝谏丰臣秀吉，以求先声夺人。而厅中各位大名与朝臣见状，便一个个只是盯着丰臣秀吉，也不跟风进言，且看他如何反应。

丰臣秀吉高高地坐在首席榻位之上，脸上如无波的古潭，让人测不出深浅来。

他听完丰臣秀次的话，沉默了许久，并不正面作答，只是伸手向其他大名和朝臣虚招了一下，淡淡地说道："本关白说了，这是一件关系到我日本国数百年、数千年之国运的大事。这件事成功与否，与在座诸君都有着莫大的关系。你们也都谈一谈自己的想法嘛！无论你们今天在这里说什么，本关白都不会怪罪的。"

终于，在一片沉默之中，前田利家和小早川隆景两位大老开口了："秀次君言之有理。关白大人须三思啊！"

这时，另一位辅政大老兼丰臣秀吉的养子宇喜多秀家也讲道："据属下所知，朝鲜有海峡天险可恃，大明有百万雄师可用——我日本国武士纵神勇过人，但众寡悬殊，也难有胜算啊！"

听到三位辅政大老都不赞成出征，厅下的各位大名和朝臣们顿时窃窃私语起来，个个摇头皱眉，亦是为难之极。

丰臣秀吉见此情形，再也按捺不住，直接点了手下素有“铁胆虎将”之誉的小西行长的名：“小西君！你一向最是骁勇善战、不畏强敌——这西征之事，你的意见如何呢？”

小西行长是关西堺港巨商家族出身，他父亲当年就是靠与朝鲜、大明走私的海盗们暗通贸易才大发横财的。由于从小在父亲身边耳濡目染，小西行长对朝鲜、大明的情形比较熟悉。而且，尤为难得的是，他会讲几句生硬、拗口的汉语，这在日本国已属难能可贵了。

他听得丰臣秀吉猝然点名向自己发问，丝毫不敢大意，急忙深思片刻，方才小心翼翼地说道：“关白大人，您也许看过一本大明国的奇书吧？”

丰臣秀吉面无表情，冷冷问道：“什么奇书？”

小西行长屏气敛息，躬伏在地，缓缓说道：“这本奇书的名字叫《三国演义》，是大明国一位姓罗的师傅写的。”

“《三国演义》本关白没阅过，但是听西笑大师讲解过，”丰臣秀吉蹙起眉头回忆了片刻，悠悠说道，“本关白记得，那书里边那个诸……诸葛亮当真是计谋百出，了不得、了不得啊！”

“还有关羽、张飞的‘万夫不当之勇’啊！”小西行长急忙接过话头说道，“我日本国的武士哪个比得过他俩的厉害？”

“你这是什么意思？”丰臣秀吉听出了一些弦外之音，不禁有些不悦，“不要弯弯绕绕的，有话直说。”

“关白大人！”正在这时，丰臣秀次插话进来说道，“其实小西君的言下之意已经很清楚了：大明国地大物博、人才济济，其中必然不乏像诸葛亮、关羽、张飞这样的贤臣良将……若是贸然与之为敌，我日本国岂有十足的胜算？”

“这……”丰臣秀吉顿时语塞了一下，沉吟片刻，仰天深深一叹，

“是啊！今日之大明国，还会有诸葛亮、关羽、张飞这样的贤臣良将吗？如果有的话，我日本国自然不会轻易出兵了。”

他讲到这里，话音一顿，用手抚了抚自己领下那绺稀疏的须髯，忽又哈哈一阵大笑，道：“实不相瞒！诸君！十年前，本关白就已打探到大明国曾经有一位像诸葛亮一样神机妙算的‘关白’……哦，用他们的汉文来讲，应该是‘丞相’——他叫张居正！他手下还有一位像关羽一样智勇过人的大将，名叫戚继光！”

“戚继光?!”在座的日本关西一带年老的大名们听了，仿佛触电般失声惊叫起来，“他的确很厉害啊！二十年前，他把我们那些先行潜入大明国境内的浪人、武士们打得一败涂地……他们逃回来后，提起他的名字就吓得直哆嗦……大明国有他在，谁……谁敢再去送死啊？……”

丰臣秀吉看着他们一个个惊恐万状的表情，顿时十分恼火，便提高了嗓门儿喝道：“你们怕什么？他们都已经死了！”

“死了？”那些年老的关西大名有些不相信自己的耳朵，“真的死了？”在看到丰臣秀吉一脸认真地点了点头后，他们一个个又不禁鼓掌欢呼起来：“太好了！太好了！那真是太好了！”

“十年之前，张居正就病死了；五年之前，戚继光也病死了。大明国目前当政的，只是一个和秀次君、石田君他们年龄一般大的小皇帝，”丰臣秀吉坐在榻席上，仰天纵声哈哈大笑，“天照大神垂恩于我日本国，一下便为我们除去了两个大敌……这是千载难逢的良机啊！我们千万不能再错过了！”

德川家康坐在一侧听得清楚，心中不由一动：古语讲“知己知彼，百战不殆”。这丰臣秀吉是从哪里打探到这些消息的？他看起来对大明国朝廷的情况了如指掌啊！

看到诸位大名和朝臣惊疑不定的模样，丰臣秀吉笑容一敛，脸色一肃，缓缓举起手掌，“啪啪”地拍了两下。

掌声刚落，他身后的洒金樱花屏风背面，无声无息地转出两个人来！

这两个中年汉子蓦地一现身，竟令在座的诸位大名猛吃一惊！只见其中一位身穿黑色劲装，面目冷峭，眉宇之际煞气逼人；而另一位则是身着青色宽袍，圆脸胖头，憨态可掬，一双瞳仁却如鼠目一般转动生光，颇有几分商贾之气。

他俩绕行到厅堂当中，恭恭敬敬地坐到丰臣秀吉对面席位之上，伏地行礼，不敢抬头。

“来！来！来！”丰臣秀吉向他俩招了招手，朝着在座的各位大名介绍道，“这两位可是为我日本国进击朝鲜、大明而立下头功的功臣啊！——你们就向各位大人介绍一下自己吧！”

那个黑服壮汉半跪着抬起头来说道：“多谢关白大人抬爱。各位大人，在下在日本国的名字是服部正全，在朝鲜国的名字是金完用，在大明国的名字是何全忠。”

“服部正全？”小早川隆景听罢，不禁抬眼看了他一眼，诧然问道，“原来阁下是服部忍者世家的人。服部半藏正成是你什么人？”

“正是家父。”黑服壮汉恭敬地答道。

他这一答，在场诸人都是吃了一惊。原来，当今日本国中，忍者界内分四大流派，各有四大统领执掌：伊贺一派，由百地丹波执掌门户；服部一派，由服部半藏正成执掌门户；风魔一派，由风魔小太郎执掌门户；杂贺一派，由杂贺孙一执掌门户。而四大忍者世家流派之中，尤以服部一派最为著名。服部正全既系服部半藏正成的嫡子，其人的忍术自然远非常人能及。大家刚才又听到他自称在朝鲜、大明均有化名，由此可见他实是行踪诡秘，更是高深莫测了。

他们正在惊诧之间，却听那另一个青袍胖汉躬身说道：“各位大人，在下在日本国的名字是来岛通明，在大明国的名字是胡图汉。至于朝鲜国那边，在下倒从未涉足过。”

“来岛通明？”小西行长颇感意外，“关西大名来岛通久是阁下的什么人？”

“正是家兄。”青袍胖汉缓缓答道。

原来，来岛世家是关西一带靠与朝鲜、大明进行走私贸易而逐渐壮大起来的海盗家族。来岛通明既是来自这一家族，自然可以在大明国内来去自如了。

望着来岛通明全身上下一派汉人打扮，诸位大名和朝臣亦是惊疑莫名，面面相觑。

这时，却见丰臣秀吉满面含笑，向他们说道：“诸君有所不知，服部正全、来岛通明都是本关白在二十年前派驻在朝鲜、大明的两个间谍首领……若不是他们二十年如一日地给本关白送有关朝鲜、大明的各种情报，本关白何来‘俯取朝鲜、进击大明’的底气？”

“二十年前他们就已经潜入朝鲜和大明了？”在座的大名和朝臣们大吃一惊，“关白大人二十年前就开始谋划‘俯取朝鲜、进击大明’了？”

“不错，”丰臣秀吉面色凝重地点了点头，“早在二十年前，织田信长大人在世的时候，本关白身为他的首席辅臣，就已经向他提出了‘养精蓄锐、窥伺天下、俯取朝鲜、进击大明’的方略。织田大人对这一方略十分赞成，当时就让本关白物色了许多日本国的‘忠臣卫士’，舍身为国，抛家离乡，易服改容，潜入朝鲜、大明等国，刺探敌情，伺机而动。

“现在，我日本全国兵精粮足，完全可以腾出手来‘饮马海滨、扬威域外、俯取朝鲜、进击大明’了！所以，在今日御前大会上，本关白专门召回了服部君、来岛君，为在座各位大人详细介绍朝鲜、大明的内情，然后再请大家共同商议如何调兵遣将、择机进发!”

德川家康听到丰臣秀吉二十年前便已开始窥伺朝鲜、大明，心中顿时微微一震：此人为了西征朝鲜、大明，竟是这般苦心孤诣、费尽心机，倒是不可小觑了！且看服部正全、来岛通明打探到的朝鲜、大明消息如何？一念及此，他屏住了声息，只在一旁静观其变。

这时，服部正全先是向丰臣秀吉伏身行过一礼，然后转身面向各位大名与朝臣，侃侃而谈：

“诸位大人，在下这二十年的大部分时间是潜伏在朝鲜，所以对朝鲜的情形更清楚一些。现在，在下就斗胆向各位介绍一下朝鲜的内情。”

“朝鲜李朝近二百年一直臣属于大明国，为大明国东北之外藩。自其开国之君李成桂主政时起，每一代朝鲜君臣都对大明国忠心不二。朝鲜国中的礼仪、典章、图籍、制度，无一不是效法大明，素有‘小中华’之称。”

“然而，在这二百年间，朝鲜自恃有大明国荫庇，所以军事不修、武备废弛，居安忘危，歌舞升平。尤其是近五十年来，朝鲜大臣分为‘东人党’与‘西人党’，离心离德，内讧不已，纲纪紊乱。目前的朝鲜国君李昖，年约四旬，为人骄奢淫逸，毫无刚健中正之德，内不足以消弭朋党之争，外不足以强兵富国，实乃庸才之主。他所任用的水师总督元均更是怯弱无能，和我日本水师相比，堪称鼠与猫斗，焉能取胜？而且，朝鲜的士兵以矛戟刀剑为武器，若是与我日本武士从西洋各国购置的无坚不摧的‘火绳枪’对抗，必会不堪一击!”

“所以，在下一直毫不动摇地坚信：我日本雄师挥帜进兵之日，便是朝鲜举国臣服之日！这一点，在下敢当着关白大人和诸位大人的面立下军令状——在下此言若误，甘愿剖腹自杀以谢诸位!”

听罢了服部正全的发言，在场的大名和朝臣们一个个半信半疑，只是抬眼看向丰臣秀吉，观他有何话说。

丰臣秀吉并不评论服部正全的汇报，而是面沉如水地向来岛通明挥了挥手："来岛君，请向在座的诸位大人介绍一下你所知道的大明国的情形吧！"

来岛通明急忙应了一声，从地板上抬起头来，平视着各位大名，一脸凝重地说道：

"大明国要比服部君口中所说的朝鲜国复杂得多。它不是短短几个时辰能完全说清楚的。在下唯有粗粗浅浅地叙述一下大明国的轮廓给诸位大人知晓。"

"大明国的兵力在两百年前绝对是天下无敌的——那个疆域辽阔无边的蒙古王朝，就是被大明国开国之君朱元璋率领的一批农民击溃的。那个朱元璋，从一个一无所有的游丐，赤手空拳地开创了大明朝这样一个庞大的国家！这简直是一个神话啊！"

丰臣秀吉听到这里，眉头皱了一皱，却是大不相信，冷冷地问："哦？这世上还有像朱元璋这样'从乞丐变为帝王'的奇人？他建立大明国用了多少年时间？"

"这个……"来岛通明蹙着眉回忆了好一会儿，恭恭敬敬地答道，"他……他建立大明国好像只用了二十余年的时间……"

"你胡说！"丰臣秀吉的心里突然冒起了一股邪火，大手一挥，有些失态地冲着来岛通明吼道，"本关白身不离鞍、东征西战，不知费了多少工夫，不知冒了多少危险，好不容易用了近三十年的时间才堪堪平定了日本全境。他朱元璋仅用了二十年时间就建立了比我日本大二三十倍的大明国——中华人民真有这么厉害吗？这不可能吧！你竟敢胡编出来欺骗本关白！本关白要治你的罪！"

"关白大人恕罪啊！关白大人恕罪啊！"来岛通明一听他话中之意甚是不善，顿时吓得伏倒在地板上"砰砰砰"地直磕响头，"在下说的句句都是史实啊！那朱元璋以一介游丐之身而成为大明天下之主，也确有其卓异过人之处……当然，他能‘小人得志’，是因为像关白大人您这样的盖世英雄没有降临到中土。所以，‘山中无老虎，猴子称霸王’，那朱元璋才侥幸成功……在下坚信：若是关白大人您与那朱元璋同生于世，互为敌手，朱元璋唯有向您望风臣服而已……”

“嗯……你这些话倒还说得有理。”丰臣秀吉这才缓和了脸色，转怒为喜，对来岛通明说道，“好了，本关白恕你无罪，你继续向诸位大人介绍大明国内情吧！”

“是……是……在下遵命，”来岛通明听到丰臣秀吉这话，方才松了一大口气，伸手抹了抹额头上沁出的冷汗，抬头继续说道，“在朱元璋死后的近二百年里，大明国再也没有出现过几个像样的皇帝。当今的大明皇帝朱翊钧，今年才刚满三十岁，生于深宫之中，长于妇人之手，不过是一个乳臭未干的娃儿罢了。现在，他手下张居正、戚继光等贤相良将先后逝世，又加上朱翊钧曾对去世的张居正进行了种种清算，伤了天下不少士民的心——纷纷抨击他只知收权、揽权却不擅治国理民。据此看来，大明国亦是外强中干，不足为惧。”

丰臣秀吉听了，不禁暗暗高兴，只是捋着须髯，含笑点头不已。

这时，却见服部正全双眉蓦地往上一挑，脸色一紧，突然开口打断了来岛通明的话：“来岛君，您不能当着诸位大人的面‘只报喜不报忧’啊！不错，张居正死了，戚继光也死了，但是目前大明国内能真正威胁到我日本将士的还有几个仍然活在世上啊……”

“这……”来岛通明抬眼看了看服部正全，似乎也懂得了他话中所指的是谁，顿时有些口吃起来。

“谁？这几个人是谁？”丰臣秀吉冷冷地看着服部正全。

“在下在朝鲜潜伏日久，探知如今大明国朝中文有太子太师申时行，武有宁远伯李成梁、李如松父子，俱是栋梁之臣，不可小觑啊！”服部正全伏在地板之上，忧心忡忡地说道，“且不说申时行为政行事之深沉宏大、中正笃实，便是那李成梁、李如松父子踞守辽东多年，北抗蒙古，东御女真，英勇善战，战功赫赫，委实不在戚继光之下，堪称我日本国日后进取大明之劲敌啊！在下不敢将此重大敌情隐瞒，特此禀告关白大人，还望您早做提防才是！”

“李成梁、李如松父子？”丰臣秀吉听罢，却并不动怒，而是沉吟片刻，眼珠倏地一转，突发奇想，“这样吧！本关白就派你们服部忍者一派的顶尖高手，不惜一切代价、不择手段，潜入大明国内，将他们伺机刺杀，如何？”

“这……这……”这一次轮到服部正全语塞了。他支吾了半晌，才垂头说道：“在下等也曾多方探察过，据查李成梁府中蓄有死士数千名，个个都是武林高手，我们日本忍者与之对敌，只怕难以取胜……另外，李如松更是出身中华少林正宗，武艺超群，在下亦是自愧不如……”

“啊？”诸位大名听了，个个惊得直吐舌头，面面相觑。

“其实关白大人和服部君都不必太过在意申时行、李成梁、李如松三人，”来岛通明脸上深深一笑，缓缓说道，“在下刚刚得到消息：申时行、李成梁二人于本月已因年寿太高而告老离职，李如松等辽东名将也被调离辽东，任山西总兵官去了。这是大明国自撤辽东屏障啊！此机不乘，更待何时？”

“可是，只要我们日本武士一入朝鲜，李如松等人便会立刻从山西驰援而来——那时，来岛君又有何计可御？”服部正全不以为然，冷冷反问他道。

“嗯……看来服部君对大明国此刻的内情还知之不深啊！”来岛通明微微笑了一笑，缓缓说道，“根据在下从大明国有关官吏那里得到的消息：近来大明国西部的宁夏副总兵哱拜，本系鞑靼族人，暗中与蒙古河套部族内外勾结，企图拥兵自立，叛君作乱。大明皇帝急调李如松及其手下辽东铁骑赶赴山西上任，也多半是为了对付哱拜而去。”

“但目前哱拜尚在勾结外族叛乱的密谋筹备之中，大明国尚在静观其变，伺隙而动。不过，依在下之见，三个月内，哱拜必会发兵叛乱，李如松等人自然便被牵制在了大明西疆一带……那个时候，就是我们日本武士‘饮马海滨、扬威域外、俯取朝鲜、进击大明’的绝妙良机了！——这也正是在下一接到关白大人的命令便十万火急地赶回名护屋来见各位的原因了。”

丰臣秀吉决意侵朝

来岛通明和服部正全禀报完毕之后，关白府议事厅内仍是一片沉寂。大名和朝臣们沉默着，谁也不愿先行开口发表意见。

丰臣秀吉等了半晌，见场中无人呼应，不禁仰天叹道：“我大日本国臣民身为天照大神的子孙，本应享有这世上最高的荣华与福泽，难道一个个自甘雌伏——要窝在这海岛荒野之中默默无闻地了却残生吗？唉……这真是身为天照大神子孙的莫大耻辱啊！”

听到他这般慨叹，他手下的著名骁将加藤清正不禁双眉一竖，亢声说道：“关白大人休要烦恼！在下自孩提时起便追随您出生入死、建功立业，素来坚信关白大人所谋之事无一不成——这一次您准备西征朝鲜、大明，一定也能马到成功！我加藤清正甘愿听从您的一切调遣——在西征之役中一定再立新功！”

“很好！很好！难得虎之助拥有这份忠勇之心啊！”丰臣秀吉顿时大喜，向加藤清正连连赞道，“本关白也坚信，以虎之助迥异常人的骁猛，在西征之役中必能再立新功！”

关西大名岛津义弘新近归附了丰臣秀吉，正想着立下战功来讨取这位喜怒无常的关白大人的欢心，便也附和着加藤清正说道：“对！加藤君的话显出了我大日本武士傲立群雄、迎难而上的铮铮风骨！在下也相信：关白大人旌旗所指，朝鲜、大明的敌军必会望风而溃！我们岛津氏愿为您的西征大业而誓死效力！”

看到丰臣秀吉听了加藤清正、岛津义弘的话而高兴得手舞足蹈的样子，关白府家臣大野治长也一脸谄媚地笑道：“是啊！是啊！我们日本国万千武士，个个身经百战、所向披靡，岂是朝鲜、大明两国内的那些散兵冗卒所能抵挡的？在鄙人眼里，朝鲜、大明两国不过是两个婀娜多姿的弱质美女，终究会成为我日本国这样威武盖世的猛汉的掌中之物的。”

“你这个比喻不错！”丰臣秀吉听了，扬声哈哈大笑起来，“既是如此，那就要看你们诸位大人谁能‘捷足先登’，先行享受到这两个‘婀娜多姿的弱质美女’的美妙滋味了。”

听着大野治长和丰臣秀吉的话，德川家康、前田利家、小早川隆景等老成持重的大名们都不禁微微皱了皱眉头，只是低下头并不吭声。

丰臣秀次却是按捺不住，大声说道：“大野君！你真是可笑！你真的以为朝鲜、大明两国似‘两头待宰的羔羊’那么好对付吗？如果你是真的这么认为，那就证明你太愚蠢、太无知了；如果你这番话是口是心非，那就证明你竟敢当众欺骗和愚弄关白大人——应该拖下去重重杖责！”

大野治长听到丰臣秀次说得这般声色俱厉，顿时吓出了一身冷汗，急忙跪伏在榻席上连叩响头：“哎呀！秀次大人这话真是冤枉鄙人了！请关白大人明鉴！鄙人岂敢当众欺骗、愚弄您啊！鄙人就是有天大的胆子也不敢啊！……”

丰臣秀吉拉下了脸，右手一抬，止住了大野治长的叩头哭诉。他面色阴沉地盯着丰臣秀次，隔了半晌，才缓缓说道：“本关白并不认为大野君在愚弄、欺骗我们！本关白很快就能让你们清清楚楚地看到：他的话，其实是说出了一个铁的事实！”

接着，他蓦地从榻席上站起身来，“铮”的一声抽刀出鞘，寒光一闪，竟将面前茶几的一块木角一刀劈落！然后，他阴寒无比的目光盯在地板上那块木角之上，一动不动，口里却一字一句说道：“这次御前会议，用不着再议下去了。此番西征朝鲜、大明之役，本关白认为能赢就一定会赢！谁若再敢有所质疑，便如此木！”

他这番举动一出，在座的大名和朝臣们谁还再敢提出异议？即便是丰臣秀次，也只得垂下了头，闭上了口，满面畏服之情。

“好了！”丰臣秀吉左手用倭刀拄在地板上，右手却向石田三成一招，肃然说道，“将本关白昨夜亲手拟定的那篇诏书，现在就当众颁发了吧！”

石田三成恭恭敬敬地应了一声，双手托起一卷紫绢，站了起来，然后缓缓展开念道：

“为实现我日本国‘饮马海滨、扬威域外、俯取朝鲜、进击大明’之宏图伟业，特此诏告诸位大名及朝臣：须得同心同德、同进同退，同赴西征大业，进有功则论功行赏，战有失则严惩不贷，个个勿生异心、勿怀歧念。在此，奉天皇陛下御旨，本关白号令：

“‘一、各大名均须按自己所享年俸之多寡出兵：每万石则出兵一百人，每百万石则出兵一万人；’

“‘二、各大名均须按自己所享年俸之多寡出船：每十万石则出船二只，同时自行提供水手、粮草，于五十日内于大阪港湾集中；’

“‘三、西征大军以松浦郡名护屋为大本营，以对马岛为第一线前沿，择日西进朝鲜，伺机再取大明。’”

听到丰臣秀吉早已以天皇陛下的名义拟好了这篇西征诏令，其语态之蛮横霸道实是无以复加，在场的大名和朝臣们一个个心怀暗怨，却又不敢形之于外，只得唯唯诺诺、垂头称是。

丰臣秀吉也没把他们大多数大名的反应放在眼里，而是目光一转，射向了德川家康脸上，若有心似无意地淡淡说道："德川公，你是关东第一大名，享有年贡二百六十万石俸米——那么算起来，你就要投出二万六千兵马和五十二艘战船……你不会感到不痛快吧？"

"哪里！哪里！"德川家康毕恭毕敬地答道，"家康我能为关白大人的西征伟业稍尽绵薄之力，已是倍感荣幸，怎会感到不快呢？"

"嗯……很好！很好！"丰臣秀吉虽然并不相信德川家康这话是完全源自真心的，但毕竟他在口头上表示了支持，这已是足够了。于是，他伸手摸了摸自己的下颌，微微笑了："德川公不愧为我日本国的栋梁之臣，能始终如一地做到忧公忘私，难得！难得啊！你带头为诸位大名献身于西征朝鲜、大明之战做出了榜样，本关白感到十分高兴啊！"

前田利家、小早川隆景等其他大名见状，也只得纷纷应道："我等誓死效忠关白大人，愿以德川将军为榜样，按时足额配齐兵马、战船、粮草。"

丰臣秀吉顿时心花怒放，哈哈笑道："好！好！好！你们的尽忠为国之心，本关白都知道了。打下朝鲜、大明之后，本关白一定会裂土分封、重重有赏！"

说至此处，他忽然又如想起了什么似的，转头向德川家康说道："本关白深知德川公足智多谋、深通兵法，在此便将一个重任托付于你——请你及时为我日本武士'饮马海滨、扬威域外、俯取朝鲜、进击大明'好好谋划出一套征伐方略来，让本关白和诸位大名遵而行之！"

"关白大人此语吓杀在下了！"德川家康一听，面色大变，急忙跪伏在席位上叩头惊道，"关白大人之谋略才智，实乃举世无双，家康岂敢在您面前献丑？"

"这段时间里，本关白要忙着理清内政、招兵买马，实在是无暇分神啊！”丰臣秀吉摆了摆手，长长一叹，“德川公就为本关白分担这一点儿忧虑吧！本关白不胜感激。”

德川家康推辞不掉，只得应允道：“既然关白大人这么说了，家康唯有鞠躬尽瘁了！”

丰臣秀吉抬眼看了看下面坐着的那些表情各异的大名们，沉吟了许久，才挥了挥手，吩咐道：“御前大会就这样结束了吧！除了丰臣秀次、宇喜多秀家、石田三成、小西行长、加藤清正、福岛正则和八条宫亲王殿下留下来之外，诸位大人请自便吧！”

德川家康、前田利家、岛津义弘等大名一听丰臣秀吉这么说，便很知趣地纷纷起身垂手退了出去。

没多久，偌大的议事厅里，只剩下了丰臣秀吉和他刚才指定的那七个人。待得丰臣秀吉挥手让两侧的侍姬们也退下去之后，八条宫亲王便恭恭敬敬地从他身边的席位上站了起来，退坐到他的右手下方，俯首问道：“父亲大人有何明示？”

丰臣秀吉见八条宫亲王这个养子倒也懂得“人前是君臣，人后是父子”这个礼数，心底颇是受用。他急忙伸手虚扶了一下，道：“八条宫亲王多礼了！本关白担当不起啊！”

“关白大人是孩儿的再生父亲，孩儿施再大的礼也是应当的，”八条宫亲王不敢抬头，只是屏住气息，小心翼翼地说道，“您一手扶起了在战乱之中摇摇欲倾的日本皇室，这一份恩情，天皇陛下和孩儿除了对您敬之若父之外，实在是无以为报啊！”

丰臣秀吉听了他这番话，久久地端坐在榻席上欲言却止，他抬眼又望向丰臣秀次、宇喜多秀家、羽柴秀康等其他养子，悠然说道：“冲着你们对为父的这一片纯孝之心，为父也要挺身而上，在这场西征大战中，为你们拼得万里江山来！”

“父亲大人！”“关白大人！”……八条宫亲王、丰臣秀次、宇喜多秀家、羽柴秀康还有石田三成、小西行长、加藤清正、福岛正则等人齐齐伏在榻席上跪了下去，一个个的眼眶里泛出了莹莹的泪光。

“为父今年五十五岁了……在这个能活到四十岁便算老年人的战乱年代，为父可算是‘老人中的老人’了……”丰臣秀吉抬起了头，望向议事厅那高高的屋顶，自顾自地喃喃说道，“在这垂暮之年，为父何尝不想躺下来好好休息一场？……可是，我日本国‘威加四海、总齐八荒’的大业还没实现啊！为父害怕万一有一天自己撒手西去之后，你们会仅仅满足于这日本国的区区六十六州，坐困海岛一隅，不思进取——那就真是辜负了天照大神对我日本子民的深宠厚爱了！”

听着丰臣秀吉这不无深情的表白，八条宫亲王、丰臣秀次、宇喜多秀家、羽柴秀康等人只是伏地不起，叩首无语。

“秀次！你抬起头来看看我！”丰臣秀吉静了片刻，突然开口说道。

丰臣秀次听得养父蓦地点到了他的名，心头不禁一跳，急忙抬头仰面看向丰臣秀吉。

“秀次啊！你是为父膝下最为年长的孩儿，这么多年来陪着为父南征北战，吃了许多的苦，也历练出了许多的本事，”丰臣秀吉深切地盯着他，缓缓而道，“这一次西征朝鲜、大明，比在国内以前任何一场大战都更为惨烈……秀次啊！你要多多为为父分忧解难才是啊！”

“父亲大人……”丰臣秀次顿首伏地，忍了又忍，终于还是禁不住开口嗫嚅道，“您为孩儿们开疆拓土这一片苦心，孩儿们自是感激不尽。但西征朝鲜、大明，那是何等艰险！孩儿就是到了此刻，仍然恳求您要慎思啊……”

“你呀！到眼下这个时节了，竟还如此犹豫！”丰臣秀吉沉下了脸，将手一摆，止住了他的继续劝说，“佛说：‘我不入地狱，谁入地狱？’为父心意已决，你就不要再多说了。再难再险，为父也要争取在有生之年亲自踏上大明皇宫的御座，实现我日本国千百年间历代英主雄君所不能企及的宏图伟业！哪怕为此粉身碎骨，为父也在所不惜！”

“父亲大人……”丰臣秀次见到丰臣秀吉的决心如此坚定，只得闭住了口，叩首在地，不再多言。

“另外，为父要先向你们宣布一件事，”丰臣秀吉深沉地凝望着远方，缓缓说道，“三日之后，为父就要向天皇陛下辞去关白之位，同时转任‘太阁大臣’……你们不要惊讶，为父这么做，完全是为了从朝廷政事堆中抽出身来，一心一意投入西征大业中……”

“关白大人怎可忍心轻弃天皇陛下而退居‘太阁大臣’之位？”八条宫亲王一听，不禁含泪说道，“关白大人要三思啊！”

“没什么。亲王殿下，请你转告天皇陛下，”丰臣秀吉沉沉静静地说道，“我丰臣秀吉无论是进也罢，是退也罢，一切的良苦用心都是为了使我日本国能‘威扬四海、总齐八荒’，成为‘无敌之国’！请天皇陛下体念老臣这一片苦心而忍痛割舍了吧！”

说着，他伸手指了指跪伏在地的丰臣秀次，又道：“秀次担任老臣的副手有不少年头了，治国理民有章有法——老臣特意向陛下推荐他担任关白之职，则老臣在朝中也可谓是‘虽去犹在’了！”

正为劝谏西征之事失败而暗暗沮丧的丰臣秀次一听，只觉得万分意外，耳朵里“嗡”地一响，竟再也听不清丰臣秀吉往下说什么了……

他心中只有一个声音在回响：“父亲大人，终于让我接任关白之职了……终于让我接任关白之职了……”这个声音，淹没了他脑海里的所有想法……

跪在他身后的羽柴秀康顿时全身微微一震，始终没有抬起头来。只是，谁也没看到他冷厉的目光足以把地板刺穿！

宋风诊局

松浦郡的“宋风诊局”是日本关西一带著名的民间诊所。这家“宋风诊局”的生意好，主要是由于诊局的主人许仪是一名中医高手，精通针灸和药膳之术，疗效神奇，令前来就诊的日本百姓无不满意。加上许仪一向乐善好施，卖的药又实惠，所以他的诊局门口常常是来者如云。

这一日下午，他见天色已晚，正准备吩咐弟子朱均旺去关门收局，却见一个青年武士略弯着腰，一步一步缓缓挪近了门口边。

“桃四郎——平时都是你母亲生病了由你扶着来，今天你怎么一个人来了?”朱均旺站在门口一看，原来是诊局里的常客桃四郎。见到他弯腰驼背的样子，坐在店中医案后面的许仪亦是一惊：“桃四郎有什么地方不舒服吗？且过来让许某瞧一瞧。”

桃四郎伸手在后背上轻轻捶着腰，也不立刻答话，只是吃力地在朱均旺的搀扶下走上前来，倚着医案前的椅子坐下，声音沉闷地说道：“在下倒没得什么病。只是近日忙着为关白大人修建名护屋城墙，好像在抬城砖时扭伤了腰——许医生，你开点儿治疗跌打损伤的药膏让在下敷一敷再看吧……”

“哦？抬城砖时扭伤了?”许仪急忙从医案后面转了出来，走到桃四郎的身后，撩起他的衣裳，仔细察看了一下他背上的伤势，沉吟着说道，“你这伤并非一朝一夕所致，恐怕有了些日子吧？……唉！依许某之见，你的体质本属上乘……能让你累成这般的，必是极繁重的苦差事啊……”

许仪一边说着，一边退回医案后边坐下，提笔写了一张处方，交给朱均旺去抓药。同时，他从案头的一方红木药匣里取出一只青瓷小瓶来，倒出六粒朱红色的药丸，拿了一张干净的白纸包了，递给桃四郎说道："这是原产我们大明国的'虎骨麝香丸'，对治疗跌打损伤极有疗效的……你拿回去服用吧！"

"这……这怎么使得？"桃四郎似是感动至极，连连用手推辞，"许医生，这药丸既是大明国原产，想来一定很珍贵吧？在下哪有米钱购买得起？谢谢了……"

"不收你的米钱！"许仪呵呵一笑，挥了挥手，一脸的和蔼可亲，"我大明国人行事，一向是'义利分明''济人为本'。你家境困难，购药治病实属不易，这'虎骨麝香丸'就当是许某送给你的了……"

"许医生……许医生，您真是菩萨心肠啊！"桃四郎的眼眶里顿时浮起了晶亮的泪花，"在下的母亲这么多年来身患痼疾，常常到您这里问诊求医……您几乎每一次都减免了我们的药钱……算起来，您怕是为我们家省掉了近千石米钱……您……您真是在下的恩人啊！桃四郎我实在是无以为报！"

"哪里……哪里……我中华儒宗孔子曾教导我们：'仁者爱人。'许某虽是一介庸医，却也不敢忘了此语，"许仪听了，急忙拱手谦逊地答道，"桃四郎，这是许某应该做的。你不必如此多礼。"

"中华人氏果然是'谦谦君子、仁者风范'啊……"桃四郎感慨万分地看着许仪和蔼的面容，"那大明国里像许医生这样高风亮节的人一定很多吧！"

"那是当然，"许仪双目从店门口望出去，投向那遥远的西方，仿佛带着一丝深深的思念，悠悠说道，"许某的所作所为，在'礼仪之邦'的大明国里，三岁童子亦能做到——这又何足称道？只可惜，当年一别故乡，至今已二十余年，不知何时才能重新踏上大明国的土地啊！"

"噢……如您所说，这大明国也真不愧为'礼仪之邦、鼎盛之国'了……"桃四郎也无限憧憬地举目遥望西方，喃喃说道，"可是，唉……也不知丰臣关白大人心底里怎么想的，却要‘饮马海滨、扬威域外、俯取朝鲜、进击大明’！”

“哦？许某近来也曾听到松浦郡里的僧人在大办法坛，宣扬要兴兵征伐朝鲜、大明……”许仪面色微微一变，却又迅速平静下来，若有所思地说道，“今天听到桃四郎也这么说——看来，丰臣关白大人真是要发兵征伐大明国了！”

“是啊！”桃四郎沉沉一叹，点了点头。

“这会不会是流言呢？丰臣关白大人最喜欢空嚷嚷了……”许仪按捺住心头的紧张，脸上仍是装着若无其事地说道，“他说了好多大话从来没兑现过……这一次喊什么‘饮马海滨、扬威域外、俯取朝鲜、进击大明’，只怕又是他的梦话吧！”

“嘘……噤声！”桃四郎做了个手势打断了许仪的话，瞧了瞧店门外四下无人，便探头凑到许仪耳边，压低了声音说道，“许医生日后千万不可在别人面前评说关白大人什么事了——万一被一些奸佞小人听到后举报上去，是要杀头的呀！”

“这一次‘俯取朝鲜、进击大明’，他倒真的不是在只喊不做了。他是认了真的了。实不相瞒，让在下累得扭伤了腰肌的这座名护屋城池，就是为丰臣关白大人亲自坐镇指挥西征大业而修建的。还有个消息告诉你，听我们的首领大人小西殿说：关白大人连下了三道手令，让各位大名出兵出船限期集结出征呢！三四个月后就要向朝鲜、大明发兵宣战了……唉！我们在国内才刚刚休战了不到半年……又要被关白大人征调出去渡海远征朝鲜和你们的大明国……”

说到这里，桃四郎语气停顿了一下，仰脸看了看许仪，深深感慨道：“本来，许医生是我家的恩人，和你同族同根的那些中华人民应该也算是我家的恩人。在下岂愿与他们为敌啊?！唉！真不知道丰臣关白大人是怎么想的，突然就逼着我们背井离乡踏上异域之地跋涉万里西征大明……只是这一去之后，我那可怜的老母亲又有谁来照顾她呢？……这件事，让我桃四郎一直是念兹在兹、难以释怀啊……”

“唉！丰臣关白大人也真是……”许仪开口刚说了半句，忽然想起方才桃四郎的提醒，便又闭口打住了，在药案后面静了片刻，才悠悠说道，“算了，算了，事已如此，我们黎民百姓又能再说什么？大战将至，也唯有勉力自保了！桃四郎……你放心——此番你若被征调离去，照顾你母亲的事儿，就搁在许某身上吧！她的米钱、药物，许某会及时派朱均旺给她送去的……”

“朱均旺在一旁听到了，也微笑着点头说道：“就是就是！桃四郎，你就不要为你母亲的事儿烦恼了……”

“许医生这么说，不知让在下怎样报答才好呢？”桃四郎闻言，双眸中泪光莹莹，“扑通”一声跪倒在地，哽咽着说道，“许医生，你们的大恩大德，在下没齿难忘！我们日本人有句古话：‘志士报恩，在行而不在言。’——日后，许医生只要发一句话，我桃四郎就是上刀山、下火海，也不会皱一皱眉头的！”

“哎呀！使不得！使不得！”许仪急忙起身向他摆了摆手，“我们这所诊局先前也曾被那些无耻浪人骚扰过，若不是桃四郎挺身而出仗义解围，许某又岂会有今日之余力来照顾你母亲？说起来，这也是桃四郎平日里行善积德的报应啊！”

“许医生这番话可就令在下无地自容了……”桃四郎伏在地上，只是连连叩头，“那些浪人不敢把您怎么样的……朱均旺兄弟的身手，当时在下曾见过，他们哪能在您手底下占得了便宜？在下当时拔刀相助，也实在是对他们的无耻言行看不下去了……没想到许医生却一直将这事儿挂在心上……”

“呵呵呵……你就别再谦谢了……”许仪举步上前将他扶了起来，又将朱均旺抓齐包好的药物递到了他手上，含笑说道，“扶危济困、助人为乐，本是我中华人氏的立身之本！你我平等相待、真诚相助，本就是分内之事，谈不上什么报答不报答的……你且拿药回去好好调理自己的腰伤才是……”

桃四郎慢慢伸手接了许仪递来的药包，双目噙着泪光，深深地鞠了一躬，带着谢意转身而去。

许仪站在店门口处，目送着桃四郎走出了很远很远，方才折身缓缓走回店中。

他坐到药案后边的木榻上，面色一下凝重起来，静静地深思了许久。然后，他才轻声吩咐朱均旺道：“把店门关了，顺便看一看门外有没有什么闲杂人……”

朱均旺一愣：此时刚近黄昏，离关门收店还有些时间呢！但他看到许仪的面色，便不再多说什么，应了一声，急忙上前探头在门口处四下里探望了一番，见周围并无人影，这才紧紧关上了店门，转身回到许仪面前站住。

“均旺……”许仪抬眼深切地看了他许久，突然开口用汉语说话了，声音显得有些沙哑低沉，“记得二十三年前，为师带着你随那批日本浪人乘船远来这日本松浦郡行医谋生时，你才刚满六岁……一转眼二十三年过去了，你今年也是二十九岁了，明年你就三十，该独立了……为师也有意放你出去悬壶坐诊……”说着，他语气蓦地一顿，沉沉又道：“为师本来还想好好为你庆祝一番，但现在看来怕是不成了……”

“师父怎么说这样的话？”朱均旺大吃一惊，“您身体好好的，说什么‘成’呀‘不成’的……这让均旺听了很是惶恐啊！”

“该来的终究要来……今天也到了该告诉你一切真相的时候了……”许仪喃喃自语着，站起身，慢慢地走到店中照壁挂着的那幅巨大的华佗画像前，他静默了片刻，忽然一伸手，将它掀了上去。

朱均旺一见之下，惊得张大了嘴几乎要脱口喊出声来：那张华佗画像背后还悬挂着一张微微发黄的画像，上面画着的是一位金盔银铠、持刀而立的汉人将军。他在画中虎目环睁、须髯如戟，睥睨之际威风凛凛，令人肃然起敬。

“戚大帅……”许仪站到那幅画像前，恭恭敬敬地抬脸仰望着，眸中闪起了点点泪花，声音也哽咽了，似有无限感慨地说道，“您真是料事如神啊……二十三年过去了，您的预言果然应验了……倭寇果然是狼子野心，又要对我大明朝下手了……许某真希望您还能活在世上，还能带着我和兄弟们奔赴海疆‘壮志饥餐胡虏肉，笑谈渴饮倭寇血’啊！……”

“师父……”朱均旺迟疑着说道，“您……您……”

许仪背对着他，一动不动地望着画像，哽咽着流泪，没有立刻答话。半晌过后，他才渐渐平复了心情，却仍是一言不发。

在朱均旺惊疑交加的目光中，只见许仪忽然伸手解开了腰间丝绦，慢慢脱下了身上的白衫——在他健壮结实的肢体上，一道道伤痕深深长长、斑斑驳驳，令人触目惊心。

“均旺……你先别吃惊……”许仪依然没有回头，仍是低沉地说道，“其实为师在二十三年前便是大明抗倭第一名将戚继光大帅手下的一员游击将军。二十三年前，大明朝福建、浙江一带的倭寇被戚大帅一举荡平、驱除净尽之后，他并没有对溃退回日本国的倭寇们放松警惕。那时他就预言：倘若日本国有朝一日内战平息，难免会有狂妄之徒野心骤发，纠集倭寇卷土重来犯我大明。为了及时做到‘知己知彼、百战不殆’，他密令为师和其他数十名深通倭情的得力干将伪装成海盗、游商，随着溃退回去的倭虏半挟半揽地进入了日本国内。然后，为师等就潜伏下来，随时伺察倭情，若是发现他们对我们大明稍有异动，便要及时传送消息回国，让大明朝廷能‘防患于未然’……”

言至此处，许仪的语气顿了片刻，瞧了一眼正听得张口结舌的朱均旺，又道：“如今，丰臣秀吉这狗贼野心勃勃，蓄谋进犯我大明，大战已然难以避免。我大明实是不可不防啊！——值此千钧一发之际，为师须得千方百计将这消息送回国内以备不测！可是，这里的形势波谲云诡，随时会有令人意想不到的变化，为师又不敢轻易离去，生怕误了自己的伺察之责……唉……为师真是左右为难啊！……”

“师父，您的意思徒儿已经懂了，”朱均旺听到这里，顿时从一片惊愕转回清醒中来，“师父这么多年来在日本为了我大明朝的安危而屈身隐忍，这一份苦心孤诣之精神，委实令徒儿敬佩不已！您经常教导徒儿要‘奋不顾身以殉国家之急’——如今我大明朝是‘山雨欲来’，您若有什么事需要徒儿做的，尽管吩咐吧！徒儿拼了这条小命也要圆满完成……”

“很好！很好！”许仪听罢，无限欣慰地看着朱均旺，伸出手来在他肩头上拍了数下，高兴地说道，“均旺，你真不愧是为师的好徒儿！其他的话也就不多讲了！为师希望你能尽快收拾一下行装，明天以购买药材的名义乘船先到琉球国去，然后再从琉球国转乘商船赶回大明境内向朝廷报送倭寇即将来犯的消息……”

说着，许仪又转身到药案案头上那个红木匣中摸索片刻，拿出一块巴掌大的虎头铜牌来，递给了朱均旺：“到了大明的宁波港后，你立刻带上这块虎头铜牌到福建总兵衙门找游击将军吴惟忠和骆尚志，报上为师的姓名，他们都是为师在‘戚家军’中的刎颈之交……他们也知晓当年为师奉戚将军之密令潜入日本伺察倭情一事……只要你把为师的口信带到，剩下的一切事情他们应该知道怎么办了……”

“师父尽管放心，徒儿一定不辱使命，”朱均旺伸手接过了那块锃亮的虎头铜牌，含泪看着师父，动情地说道，“不过，徒儿这一去之后，师父孤身一人留在狼窟，想来定是凶险万状，还望师父您要多多保重才是……”

许仪暗暗一咬牙，忍住了几乎夺眶而出的眼泪，脸上绽出淡淡的笑容，挥了挥手，满不在乎地说道：“傻徒儿！你又不是不知道，为师这一身武艺，只怕十几个倭贼也近不了身来！……倒是你这一路舟车劳顿、万里远航，才要时时谨慎啊！——你放心去吧！为师每天夜里都会在戚大帅的英灵前为你焚香祈祷的……”

第二章　倭寇侵朝鲜

"义州府!"柳梦鼎正色侃侃奏道，"大王只有赶紧迁到我国与大明天朝接壤的义州府，进可以光复朝鲜，退可以凭恃大明！——数月之前，微臣奉命出使大明，大明皇帝陛下已经降下玉音，随时准备助我抗倭。大王此刻还不求援于大明天朝，却待何时?"

"柳爱卿真是一语惊醒梦中人啊!"李昖听了，顿时喜出望外，激动地从龙椅上跳了起来，脸上阴云一扫而光。

朝鲜国王寿诞

朝鲜的王宫，基本是仿照大明国的紫禁城修建的，但其中的各种殿宇规格、规模却相当于大明朝藩王府邸。然而，由于朝鲜又是与大明关系最为密切的一个藩国，在大明各大藩国中汉化最深，对明廷执礼最恭。所以，经大明成祖皇帝朱棣特别下诏批准：允许朝鲜国君在自己的金銮殿上配有一座雕饰五爪金龙的王椅，但体积要比大明紫禁城中的龙椅小许多。

对明成祖这一恩典，朝鲜历代国君自是感激不尽。他们平时便供着那龙椅不敢入座，只有每逢盛会大典之时，他们才会登上金銮殿的龙椅，召集百僚、宣诏发令，以示本国的赫赫威仪。

这一日，朝鲜王宫的金銮殿上，忽然没了往日的静穆凝重，竟是歌姬如云、酒宴铺陈，一派热闹非凡的气象。

原来，今天是朝鲜国君李昖的四十岁生日。一向喜好繁华、热闹的他，突然狂性大发，竟在金銮殿上大办宫宴，与文武百僚同乐共娱。一些恪守礼法的老臣认为他此举有失体统，上奏劝他不住，只得由他去了。

席间，朝鲜内阁领议政李山海、左议政柳成龙等恭恭敬敬举起手中玉杯，率文武群僚祝道："臣等恭祝大王与天同寿、安享永乐！"

"好！好！好！众卿不必多礼。"李昖坐在那张纯金龙椅上，胖胖的圆脸笑意盈盈。他也不起身，一举金杯正欲欢喜答谢，忽然脑中灵光一闪，忆起刚才群僚的祝词当中有"永乐"二字，急忙放下了金杯，走下龙椅，俯身便向西方拜倒——原来柳成龙在无意中提到了朝鲜宗主国明成祖朱棣的年号，这是对宗主国大明的不敬。而李昖急忙向大明国的北京方向拜倒，则是以自己虔诚礼敬来弥补刚才众僚犯讳的失礼之处。

见到本国大王这般举动，李山海、柳成龙一愣之余，立刻醒悟过来，急忙率领群僚离席纷纷向西而拜，战战兢兢地说道："臣等愚鲁无知，冒犯了大明天朝上国先帝的年号，实在是罪该万死！罪该万死！"

李昖君臣等人向西行过三拜九叩大礼之后，这才心有余悸地纷纷平身。李昖抬眼看了看李山海、柳成龙，惊魂未定地说道："李爱卿、柳爱卿，今后你们谈吐措辞之际，须得多加留意才是！倘若大明天朝上国闻知今日此等失敬之事，一纸御诏斥责下来，那可如何是好？本王听说当今的大明皇帝陛下春秋正茂，刚正明决，驭下甚严——只怕他一怒之下，遣使来问，本王也回护不了爱卿你们了……"

"是！是！是！大王训斥得是！愚臣等日后再也不敢造次了！"李山海、柳成龙伸手抹了一下额上的冷汗，起身急忙和文武群臣一道退回座席边跪下。

李昖站在王座前静了片刻，稳住了自己的心神，轻轻咳嗽一声，然后走回到王宴上坐了下来。

“你们也入席吧！”他向跪伏在席位边上的群臣吩咐了一声，径自提起了银箸，开始用膳。

隔了片刻，李山海便告称自己年迈力衰，不堪久劳，委托柳成龙留下代为打理宴会，拜退而去。君臣上下倒也吃得热热闹闹、一团祥和。

蓦然，只听到殿外宦官扬声禀道：“本国抚倭正使黄允吉、抚倭副使金诚一，现在殿外守候，急速请求大王赐见。”

“黄爱卿和金爱卿回来了？”李昖听了，正伸向那盘“五香爆炒白虎肝”的银箸顿时停在了空中，沉吟一下，道，“速速召他二人上殿觐见。”

这黄允吉、金诚一是李昖日前以邻国使臣的身份专门派往日本国祝贺丰臣秀吉“肃清四方、一统扶桑”的。当然，在明面上，黄允吉、金诚一是前去祝贺的；在暗地里，李昖却是让他俩打探日本关白丰臣秀吉对待朝鲜的态度。他久闻丰臣秀吉深怀异志，若不先行派人予以暗查摸清实情，心中无底又岂能随机应变？

殿门开处，只见黄允吉、金诚一二人面无人色，满头大汗，气喘吁吁奔到王宴之前，“扑通”一声跪倒在地，似是累得筋疲力尽，一个劲儿地摇头吐舌，连话都说不出来了。

“歇一歇……歇一歇再说吧！”李昖见他二人这等模样，岂好意思再加催问？只得挥手让两名宫女各自端了一杯温茶给黄、金二人递了过去。

黄、金二人叩头谢过，仰起身来，也顾不得什么礼仪，“咕嘟咕嘟”将杯中的茶一饮而尽，然后静息片刻，这才平复了心情，跪正了姿态，准备开口奏事了。

正使黄允吉咳嗽了一声，语气中仍掩不住激烈的惊慌和激愤，急促地说道："大王，倭国关白丰臣秀吉野心勃发，'狮子大开口'，竟然想要侵吞我朝鲜三千里江山了！"

此语一出，大殿之上顿时一片死寂，连那些翩翩起舞不问国事的朝鲜歌姬们也立刻停住了动作，木然而立。大殿两侧奏乐的乐师们也放下手中的乐器，一个个瞠目结舌地看着李昖，不敢再演奏下去了。

在生日大宴上骤闻这等祸事，李昖再也无心娱乐了，将手中的银箸"啪"地一丢，沉着脸向外挥了挥手。歌姬、乐师们急忙知趣地匆匆退了下去。

金銮殿上的空气就像一下凝固了似的沉闷起来。

许久，许久，才听到李昖有些有气无力的声音打破了这一团沉闷："黄爱卿！他莫非是在虚言恫吓尔等？他是不是嫌本国送给他的贺礼太少了？本王这一次送给他的是十八株珊瑚树、六斗夜明珠和五张白虎皮——件件都是稀世珍宝，价值也等同于我们奉送给大明天朝的贡品了……他难道还不知足？"

听了李昖这么说，黄允吉和金诚一二人都有些哭笑不得，张了张嘴想说什么，但看到李昖自顾自在王座上喃喃说着，却又不敢出声打断了他，只得捺住性子默默地听着。

"算了！算了！想那倭国不过是蛮夷之邦，本王也不和他们计较了……柳爱卿，你待会儿下去再备一份厚礼，派一个口齿伶俐、官职在二品以上的大臣，择日急赴倭国与他们说和，不可激起事变！"李昖沉浸在自己的臆想之中，对柳成龙吩咐道，"黄允吉、金诚一办事不力，不能为本王调和外夷关系，暂且退下去听候发落……"

"冤枉啊！冤枉啊！"黄允吉和金诚一听了，惊得跪在地上连连磕头，齐声喊道，"倭虏实乃狼子野心，不噬我朝鲜入腹而决不罢休……无论大王再送多少的珍品厚礼，丰臣秀吉那狗贼都会跨过海峡直扑过来啊！……"

大殿之上一下沉沉地静了下来，只剩下他俩嘶哑而凄厉的呼喊在大殿上空久久回响着。

“你们有何证据能切实证明倭国一定会来侵犯我朝鲜？”过了许久，柳成龙终于开口打破了殿上的沉默。他到底阅历丰富，性格也要沉稳一些，挥手止住黄、金二人的嘶声呼喊，缓缓说道：“两国交战，兹事体大，容不得你俩在此虚声鼓噪！”

“柳……柳大人，臣等岂敢虚声鼓噪、扰乱君心？大……大王，丰臣秀吉托臣等二人给您送了一封信来……”黄允吉不顾自己的脑门被磕出了一颗颗血珠，双手托起一封黄色绢函，膝行着呈上前来，“大王只要看过这封信，一切就会明白了……”

柳成龙从王宴右首席位上站起，接过了丰臣秀吉那封黄绢信函，急忙捧给了李昖。

李昖的心跳得“咚咚”直响，将那封黄绢信函握在手中，竟似握着一块灼热的赤炭一样，脸色铁青。

他定了定心神，缓缓嘘了一长口气，然后将信函慢慢拆开，认认真真阅了起来：

日本国关白丰臣秀吉致书朝鲜国王阁下：

雁书薰读，舒卷再三，多谢贵国美意。我日本国虽拥六十六州之地，比年各藩林立，乱朝纲、废礼法、不奉天皇久矣。故吾奋志投袂，三四年之间，伐叛臣、削逆藩，声威波及异域远岛，终于安定全国，天下太平。

吾深夜扪心自思：竟有何德能成此大业？忆及吾当年托胎之时，吾母梦见赤日飞入怀中。相士据此断曰：“此儿系日神之子，故世上凡日光照临之处，无不归其掌握。待其成年之后，威震四海、权倾八荒，宇内唾手可得也。”吾有此等天赋异禀，何敌不可灭？何功不可建？何事不可为？

吾一念及此，遂生鹰扬之志，岂能郁郁乎久居海隅之国？故而，吾不惜以年过半百之身，不顾国家之隔、山海之遥，乘势长驱直入大明国，易吾朝之风俗于其千百余州，施吾仁政以化育其民直至亿万年。

尔国既已闻风来朝，吾心嘉之，特赐尔等为我日本国属下大藩，优礼以待。尔等自接吾书函之日起，便须厉兵秣马、织衣修甲，助吾日本武士饮马海滨、征服大明！若有怠慢，吾当执四尺青锋兴师问罪！

读着读着，饶是一向生性懦弱的李昖，竟也不禁气得"咯咯"咬牙，涨红了脸。他突然一下发作起来，"哗啦"一下将丰臣秀吉的那封黄绢信函摔在地上，失声怒喝道："欺人太甚！欺人太甚！丰臣秀吉这狗贼欺人太甚！"

"大王息怒！"柳成龙一见，急忙带领文武群臣齐齐跪下泣请不已，"主辱臣死——倭虏欺我大王，臣等誓与倭虏永不两立！"

"卿等平身！"李昖在殿上急速踱了好几圈，这才慢慢平静下来，抬手指了指被自己摔在地上的那封黄绢信函，愤愤地说道，"卿等看一看那封信函内容……便知本王今日为何愤怒失态了……"

柳成龙闻言，急忙上前拾起了那封信函，展开一看，也是气得直吹胡子！他跺了跺脚，正欲开口大骂，见到将军李镒、申砬二人探过头来也想看看这封信函，便忍住怒气把信递给了他们。

李镒、申砬把头凑在一起，不看则可，一看之下亦是怒不可遏："这倭虏实在是狂悖之极！臣等愿意竭尽全力以报大王所受之辱！"

李昖伸出手指缓缓掐按着自己的太阳穴，空空洞洞的目光又投向了跪伏在下面的金诚一、黄允吉二人，有气无力地问道："你俩再说一说：丰臣老贼是不是真的会来侵略我朝鲜和大明？他恐怕没有这么大的狗胆吧！”

这个时候，在下面跪奏着的这两个使臣的心理活动已经暗暗发生了微妙的变化：原来，朝鲜廷臣一向分化为“东人党”“西人党”两大派系，素来以党同伐异、互相攻斥为能事。而金诚一正属于“东人党”，黄允吉则出身“西人党”。先前，他们因对丰臣秀吉同仇敌忾而暂时放下分歧、视倭寇为公敌，所以一致认定倭寇必来侵朝。现在，揣摩到李昖惧敌畏战的心思后，金诚一马上开始了迎合：“微臣细细想来：那丰臣老贼实有侵略我国和大明的野心，但也未必确有侵略我国和大明的实力和行动。大王但可防而备之，不必为之深忧。”

黄允吉一听，大吃一惊：“金诚一，你这是什么话！丰臣老贼不单单是徒有侵略野心而已，他已在日本各地大肆征调兵马了……这可是你我都在日本耳闻目睹的呀！”

“那是他在虚张声势罢了！他就是想把我们先吓倒！”金诚一佯装不屑地说道，“你们‘西人党’真是畏倭如虎！”

“你……你……你这是欺君误国！……”黄允吉气得结结巴巴地讲不出话来。

“好了，好了，不要再争吵了！”李昖把大袖向外一拂，“柳爱卿，你将丰臣老贼这封‘恫吓书’传给廷上诸位爱卿看一看吧……”

柳成龙应了一声，便将它递送给在座的各位大臣一一看了。大臣们个个捶胸顿足，激愤不已。

李昖看到文武大臣们群情激愤的样子，在心底里十分满意，他静了静心神，缓缓说道：“难得众位爱卿如此忠心护国！本王很是高兴。丰臣秀吉不过是一狂妄小儿耳！蛮夷之徒，不足与讲礼法。依本王之见，还是由柳爱卿选一位能说会道的大臣，携重礼重返日本与他修和。”

“另外，我朝鲜乃大明天朝的‘附藩’，也不是丰臣秀吉胆敢轻易侵犯的。礼曹柳梦鼎爱卿，你今日便携这封丰臣秀吉写来的信函，速速奔赴大明天朝的北京，面见大明皇帝陛下陈情备倭。”

“还有，李镒将军、申砬将军，从明日起便奉本王诏令前往釜山、东莱、庆州等地整兵积粮，以防不测。”

“臣等领命。”柳梦鼎、李镒、申砬等人急忙离席跪答道。

“臣有一事要奏，”却见礼曹尚书申朝平也出席跪奏道，“大王，今年为各位王子殿下择嫔立妃而开展的‘秀女擢选盛会’还如期举办吗？微臣恭请大王示下。”

“你这个申朝平……到了这等紧要关头你来提这事干什么！”柳成龙一听，便不禁沉下了脸，“如今本国大敌当前，危在旦夕——朝廷岂有余力去办这‘秀女擢选盛会’？”说罢，又转身向李昖奏道：“依微臣之见，此事唯有恳请大王暂停不办以安民心了！”

“这……这个……”李昖犹豫一下，慢慢站起身来，负手在背，踱了数步，还是开口说道，“倭寇尚且远在海疆之外，还不能算是迫在眉睫……倘若本王为防万一便停办‘秀女擢选盛会’，反而会为倭寇所笑——他们认为本王倒是真的怕了他们！我朝鲜国倚有大明天朝为恃，谅他暂时不敢轻举妄动的！”

“为显示我朝鲜国雍容宏大、镇静沉实的升平气象，本王决定：今年的‘秀女擢选盛会’如期举办，不容怠缓！”

“大王……大王……”柳成龙伏在地上叩头劝道，“据微臣自全罗道水师节度使李舜臣那里得到的军情急报：倭虏这几个月来，天天都有贼船出没我朝鲜海域，似在刺探军情，居心险恶呀！只怕丰臣秀吉所言的‘饮马海滨、扬威域外、征服大明’之事绝非停留在一纸空文之上而不见行动啊！倭寇离我朝鲜太近，朝发而夕至……我等若不时时小心、全力防备，只怕届时难免会有噬脐之悔啊！”

"柳爱卿不可自乱方寸，"李昖缓缓说道，"本王心意已定，无须再变。依本王之见，一则有本王派出使臣奉上重金厚礼以示殷勤，二则又有我朝鲜国依恃的大明天朝在我们身后屹立如山——丰臣秀吉暂时还是不敢逞凶的！"

明廷惊变

大明万历十九年（1591）的八月，虽已是初秋，天气却仍是十分酷热。太阳火辣辣的，炙烤得北京满城街道两旁杨柳丛中蝉鸣吱吱。

明朝的兵部堂院掩映在一片绿云似的树荫之中，隔开了阳光的灼射，显得凉幽幽、静悄悄的，倒成了一个清净凉爽的佳处。

此刻，兵部右侍郎宋应昌坐在佥事房内，一边悠然自在地呷着清茶，一边漫不经心地浏览各方军镇送来的文函。和往常一样，这些公函大都还是离不开索粮、索饷的老套路。不管他们在文字上做得何等"弯弯绕绕""遮遮掩掩"，一篇篇文牍"曲径通幽"的最终目的，仍然不外乎想从国库中多要些银两来借机"揩油"罢了。宋应昌看在眼里，只是连连冷笑：国库如今虽也有些"底子"，但那可是当年内阁首辅张居正拼着文武百官的百般斥骂一文一厘地省下来的，是用来应付国中不测之变的，哪里是各方藩镇想要就要得去的！他一边这么想着，一边伸手将那些乱七八糟的文函拂到书案一边去。"哗"的一声，却见底下一份盖着火漆封印、粘着七寸白翎的八百里快骑急函映入了他眼帘！

宋应昌面色一紧，急忙搁下手中托着的茶盏，抓过那急函拆开一看，顿时一下惊住了：

臣福建巡抚赵参鲁紧急呈文如下：

近日，据琉球国尚宁遣使来报：倭国诸酋数月来于琉球国内广购木材、火药，并在各港与西夷奸商频频接洽，购有火铳、枪炮等甚多军械。依尚宁之见，倭酋此举大是可疑。

更有数日前，本省游击将军吴惟忠、骆尚志携一曾寓居倭境之青年朱均旺来禀：其人奉前蓟镇总兵戚继光麾下遣倭密使许仪之命，万里越洋，归国送讯，声称倭国关白丰臣秀吉于松浦郡修建名护屋城郭，屯兵积粮，修整兵械，耀武扬威，妄图伺机进犯朝鲜、大明。

臣等反复核验，以为琉球国尚宁及朱均旺所言不虚——倭寇确有跳梁狂逞之心，不可不防。兹事体大，臣等不敢滞留，以八百里快骑火速呈报，拟请兵部与内阁疾送陛下裁夺。

宋应昌看罢，又惊又怒，不敢耽搁，急忙拿起这封八百里快骑加急呈文，往兵部尚书石星的审签房匆匆而来。

没料到他刚奔至审签房门口，却见一位宫中的内侍正在里边向石星传达口谕："陛下有旨，朝鲜国使臣柳梦鼎入宫禀报要事，涉及藩国军务事宜，急宣石星、宋应昌二人速速进宫会商。"

宋应昌急忙跪在门边，和石星一道接了旨，不敢稍事停留，跟在那名内侍后面，出了堂院，在门口等着坐轿。趁着这个空当，宋应昌将手中赵参鲁的八百里快骑加急呈文递给了石星。

石星见他神情异常紧张，自是懂得这份呈文非常重要，便一把拿在手中，进了乘轿坐下，细细看了起来。

一看之下，石星也是面色骤变，掀开轿帘，吩咐外边的轿夫道："快！快！本部堂有要事进宫面呈圣上！你们不可耽误！"

轿夫们听这位老爷风风火火地催得甚急，抬着坐轿，一个个连忙运步如飞，向前一溜烟儿似的奔去了。

紫光阁里的那尊八宝嵌珠镶玉金猊香炉内，缕缕香烟袅袅上升，在半空中飘荡成千姿百态。

今年刚满三十岁的大明皇帝朱翊钧此刻正肃然端坐在龙椅上。他双手撑着御案，蹙着两道浓眉，圆圆胖胖的脸庞上仿佛笼罩着一层淡淡的阴云，嘴唇也抿得紧紧的。

他一双黑亮亮的大眼里射出灼灼逼人的精芒来，只是定定地投注在御案上一份绢帛制成的奏稿上——那正是从朝鲜呈上来的那封丰臣秀吉恫吓信的汉文译稿。

他对面两侧的杌子上分别坐着内阁首辅赵志皋、许国、张位等人。面前的水墨色大理石地板上，却跪着朝鲜使臣柳梦鼎。

“石星和宋应昌怎么还没到呢?”朱翊钧沉沉地说道。

“陛……陛下……请稍候片刻，他俩应该已经在赶往宫中的路上了，”躬身站在紫光阁门口处的秉笔太监陈矩急忙向里边恭声应道，“奴才这就派人再去催一催……”

他话犹未了，阁门外一阵急促的脚步声匆匆走近，只见石星和宋应昌的身影一闪而入，双双拜倒在地，顾不得擦去满额的汗珠，齐声道：“臣等接诏来迟，请陛下恕罪。”

朱翊钧面无表情，挥了挥左手，让他俩平了身。然后，他一语不发，用左手手指隔空点了一点御案上那份丰臣秀吉恫吓信的汉文译稿。陈矩会意，趋步上前将它拿去交给石星、宋应昌传阅。

石星、宋应昌二人细细看罢那份译稿，俱是大吃一惊，愕然对视了一下：皇上对这倭虏来犯的消息真是知晓得好快!

“你们兵部是专管封疆军务的。朕现在想知道：朝鲜藩国送来的这个消息，你们可曾有所察知?”朱翊钧冷冷地开口了，“倭贼们是不是已经在磨刀霍霍、蠢蠢欲动了?又或许只是丰……丰臣秀吉这个倭酋一个人在‘狂犬吠日’而已?”

“陛……陛下！关于倭酋丰臣秀吉妄图犯我大明之事，臣等已有察觉，正欲入宫面禀陛下……”石星听到朱翊钧问得犀利，急忙一步跨出，跪倒在地，双手捧着赵参鲁的那封八百里快骑急函呈上，颤声说道，“这是福建巡抚赵参鲁送来的倭情急报，恭请陛下阅示……”

“哦？福建省和你们兵部的耳目竟有这等灵通？”朱翊钧颇感意外地瞅了石星一眼，一边从转递过来的陈矩手中接过了那份八百里快骑急函，一边不无嘲讽地说道，“如此看来，那些御史、言官们弹劾你们兵部里的人大多是‘尸位素餐’，倒是有些错了……”

石星脸上倏地一下红了，却不敢答话，只是垂着头默不作声。

朱翊钧细细看完了那份八百里快骑急函，微微闭目凝思了片刻，方才睁眼开口说道：“依赵参鲁来报，这倭酋丰臣秀吉当真是在蠢蠢欲动了！哼！西汉名将陈汤有云：‘敢犯我强汉者，虽远必诛。’——我大明连当年一代巨枭铁木真创下的赫赫蒙元都能一举扫灭，又何惧他只有区区一掌之地的扶桑岛国？他丰臣秀吉倘若胆敢来犯，朕必让他有来无回！”

“陛下英明神武，威震万里，臣等敬服。”赵志皋等内阁辅臣一听，急忙个个起身拜倒，山呼万岁。

柳梦鼎听到朱翊钧这等豪言壮语，不禁激动得热泪盈眶，在地板上连连叩头，泣道：“陛下如此神勇盖世、恩及海外，我朝鲜藩国君臣上下感激涕零，永世不忘天朝上国的大恩大德。”

听了他这番陈词，石星和宋应昌都是心头一跳，互视一眼，甚是惊讶：这朝鲜使臣当真是精明圆滑得很，借着陛下的话头立刻便拽到了保卫他们朝鲜国的角度上去了！陛下可是说“倭寇来犯我大明朝”才出兵让他们有来无回，可没有讲“倭寇来犯朝鲜属国”也会发兵相助啊！

这时，朱翊钧似是尚未觉察出由于自己年轻口快一时被柳梦鼎抓了个“话柄”去，看着他伏在地下一副感激异常的模样，也不禁有些恻然。他挥了挥手，吩咐陈矩将柳梦鼎扶了起来，缓缓说道：“柳卿且回朝鲜告诉你们大王：我大明天朝虽不会坐视尔等遭到倭寇侵犯，但尔等切不可以此为恃，忘了固本自强之道。依朕之见，倭寇虎视眈眈，伺机发难，只在这数月之间耳！尔等若不谨慎提防、小心戒备，只怕届时措手不及啊！”

“微臣谨记陛下圣训。回到朝鲜之后，必定将陛下圣训一字不漏地转呈本国大王。”柳梦鼎听得连连点头。

“扶他下去休息吧……”朱翊钧觑见柳梦鼎已是累得声嘶力竭，便不再让他待在紫光阁里苦撑，吩咐陈矩从阁外唤来几个内侍把他扶了出去。

闻听柳梦鼎有些踉跄的脚步声渐渐走远，朱翊钧那刚毅沉着的表情一瞬间便崩裂开来，露出了深深的忧色。

他抬眼看了看赵志皋、石星、宋应昌等人，声音低沉了下来，慢慢说道：“朕刚才是为了稳住他们朝鲜藩国君臣的心，才不得已而故作雄豪之语……唉……身为他们的宗主之国，朕不能损了皇皇天朝的威风啊！”

“陛下既做这等雄豪之语，想那朝鲜藩国上下必会据此而有恃无恐，反倒会不加警惕、文恬武嬉……只怕他日难免‘移祸辽东’！”内阁次辅许国素来以刚直忠正闻名于朝，面对朱翊钧也是直言不讳。

朱翊钧听了，面色一沉，端坐在龙椅之上，并不搭话。

“是啊！陛下，昨日内阁又收到了陕西巡抚党馨和宁夏镇总兵张惟忠联名写来的密函，”内阁第三辅臣张位也禁不住忧心忡忡地奏道，“他们声称宁夏镇副总兵哱拜与其子哱承恩近来与鞑靼胡虏勾结日深，似有借夷作乱之逆谋……陛下不可不防啊！”

“这个事情，朕安排在宁夏镇的锦衣卫密探早已呈报上来了。石星、宋应昌，你们兵部也速速下去暗查一番，及时在陕西境内布兵设备，以防不测！古语讲：‘欲攘外，必先安内。’眼下我大明朝东北有倭虏潜伏之患，西北又有哱拜父子包藏祸心……倘若二虏同时兴兵作乱，我大明将面临两线作战啊……”朱翊钧的眉头紧紧皱了起来，沉吟片刻，终于袍袖一挥，加重了语气肃然道，“看来，宁夏哱拜之事不能久拖……兵部下去后先拟一道调令，将哱拜转任到沈阳城协助蓟辽总督顾养谦备倭筹战……他若是拒不奉诏，便由朝廷下诏公示其犯上抗旨之罪状，立即发兵征剿，不留后患！”

听到朱翊钧当即便决定以铁腕手段对付哱拜父子，石星不禁吃了一惊：这位青年天子当真是刚毅异常，做事如此咄咄逼人，却不知他胸中究竟有何成熟方略？他虽是心中惊疑不定，但这时在紫光阁内，当着朱翊钧的面，也只得俯下身去，便欲应声领旨。

“陛下，依老臣之见，此刻不宜对哱拜骤施狠招啊！‘不战而屈人之兵’方为削寇平乱的上上之策……”年满七旬的赵志皋终于按捺不住，颤颤地斜身离了杌子，跪下奏道，“况且哱拜在西疆一带经营多年，势力深厚，只怕我大明天兵仓促之际也难获全胜啊！不如赐他厚币、牛羊、绸缎，多方笼络于他，而不可将他逼得‘狗急跳墙’……”

“赵阁老此言差矣！”宋应昌一听，急忙挺身站出，向朱翊钧躬伏着奏道，“哱拜包藏祸心，实非绫罗绸缎、金银珠宝所能笼络得了的。若不及时加以征剿，则他日潜伏构乱之患发愈缓而势愈骤；若是及时施以征剿，则他日潜伏构乱之患发愈早而势愈弱。此事，还请阁老详思。”

“这……”赵志皋没料到身居从二品的宋应昌竟会公然在内阁御前会议上出言反对他的意见，不禁迟疑一下，有些恼怒地盯了宋应昌一眼，开口便欲驳斥。

朱翊钧却似对宋应昌的话十分满意，微一抬手止住赵志皋，接过话来便道：“宋爱卿所言甚是。石爱卿，你们兵部在哱拜一事上，就按照朕刚才的口谕去办吧！记住——要‘见机而作，不俟终日’！”

“臣等遵旨。”石星和宋应昌急忙跪答。

朱翊钧这时才似觉得朝务已毕，微微打了个哈欠，正欲开口让他们退下，不料许国忽然跪到御案之前奏道：“陛下，老臣有要事欲奏。”

“许爱卿请讲。”朱翊钧见他满面涨红，须发俱动，似是心情激动得很，不由得有些诧异。

“王恭妃所生之皇长子常洛，已年满九岁。臣等恭请陛下及时下诏册立其为东宫太子，以早正其位、早安国本。”果然许国一开口，讲的便是震惊全场的大事。他此语一出，紫光阁内顿时一片沉寂。

朱翊钧坐在龙椅之上，立时面现不悦之色。他静默了片刻，站起身来袍袖一拂，冷冷说道：“此事容后再议，朕今日有些乏了，卿等自退吧！”

他就在拂袖欲去之际，忽又想起了什么似的，回身伸手拿起放在御案上那封赵参鲁写来的八百里快骑急报，重新翻开看了看，对石星肃然吩咐道：“哦……朕差点儿忘了：赵参鲁这本折子上提到的那个青年朱均旺，能够不远万里漂洋过海，历经艰险返回我大明报送倭情——这份精神，也实在是难能可贵了！你们兵部下去之后要重重嘉赏他——留着他这么一个深通倭情的人，日后未必没有用处。”

话说至此，他又抬起眼来，从阁楼的雕花窗户望了出去，目光深深投注在那遥远的东方，缓缓说道：“另外，你让赵参鲁带信给琉球国尚宁，让他及时派人与戚继光先前派出的那个遣倭密使许仪联系，就说：让他多加小心、谨慎自保，同时又要对倭情多加留意，及时搜集送回。待有朝一日平倭成功之后，朕要给他封爵赐赏！”

朱翊钧与郑贵妃

皇宫的御花园里，叠着嵯峨的怪石，种着一簇簇的奇花异卉。草坪上，两只天竺进贡来的孔雀正展开了屏翎争奇斗艳。一溜儿的桂花树下吊着各色笼子，里边的珍禽异鸟们正一声接一声地浅唱低吟着。

朱翊钧负着双手，正慢慢地在花间小道上散着步。太医们说了，他近来身体有些发胖，若不多多走动走动，难免会有膏粱之疾。朱翊钧听取了他们的建议，每天都要抽出半个时辰到宫中的花苑林廊里散心漫步。

虽说是在散步，但朱翊钧此刻的心情却并不平静。一想到自己刚才在紫光阁里拍板决定对宁夏哱拜、扶桑丰臣秀吉两个贼酋动武，他的心中便是激荡不已，竟忍不住脱口吟出了苏东坡的那首名词《江城子·密州出猎》：

> 老夫聊发少年狂，左牵黄，右擎苍。锦帽貂裘，千骑卷平冈。为报倾城随太守，亲射虎，看孙郎。
>
> 酒酣胸胆尚开张，鬓微霜，又何妨？持节云中，何日遣冯唐？会挽雕弓如满月，西北望，射天狼。

在他扬声高吟之际，顿感胸中豪气顿生，仿佛自己也和数百年前的那位苏大学士一样“左牵黄，右擎苍”，纵马引弓奔驰在西北的茫茫沙场之上！

“陛下好兴致啊！”一个温婉动听的声音忽然在他身后响起。

朱翊钧急忙回头一看，原来竟是郑贵妃。他的脸上立刻浮起了一片灿烂的笑意。

这郑贵妃二十六七岁，生得窈窕大方、体态秀逸，尤其是眉棱间于端庄沉静之中透着一股隐隐的清灵之气，宛若冰峰蜡梅一般高洁明艳，只是让人觉得有些不敢接近。她见朱翊钧回过头来，便袅袅婷婷地施了一礼，柔声道："臣妾打扰了陛下，还请陛下恕罪。"

朱翊钧哈哈一笑，道："爱妃何时竟也变得这般多礼了？平身，平身。朕有要事和你谈一谈。"

郑贵妃是大明皇宫中唯一一个可以不经通禀便能直接见到朱翊钧的妃嫔。宫中的内侍和宫女们都知道，这是因为朱翊钧太过宠爱她了，以致祖宗家法都被这位青年天子抛到了脑后。而郑贵妃七年前便与朱翊钧互有肺腑之交，多年来宠爱不衰，早已视朱翊钧的恩遇为平常，听了他的吩咐，便站起身来，离他二尺开外立定，静听他的发话。

"朕今日在紫光阁里向藩国使臣和内阁、兵部大臣们议定了两件大事……"朱翊钧便将自己决定东平倭虏、西剿哱拜之事细细说给了郑贵妃听。

郑贵妃静静地听完了朱翊钧的话，歪着脑袋，沉思了片刻，伸手指了指脚下的花间小道，轻轻说道："陛下，请和臣妾一道边走边谈，好吗？"

朱翊钧"嗯"了一声，便陪同郑贵妃沿着铺满了七彩卵石的花园小道慢慢向前踱去。

"陛下的英明神武，臣妾实在敬佩，"郑贵妃缓缓前行了数步，转过身来，一脸真诚地对朱翊钧说道，"大明能有您这样的英主贤君，实乃社稷之福、万民之幸！"

"溢美之词、溢美之词啊！"朱翊钧呵呵一笑，连连摆手说道，"朕哪里当得起！不过，无论是什么样的溢美之词，在爱妃口中说出来，朕都会觉得心花怒放……但是，今天在没有预先准备的情况下，朕就决定了'东平倭虏，西剿哱拜'的两件大事……不瞒爱妃呀！朕的心里还是颇有几分忐忑的……”

“是啊！请恕臣妾直言：臣妾也觉得陛下当着朝鲜藩国使臣的面许诺帮助他们‘东平倭虏’有些轻率了！”郑贵妃略略拿眼瞟了一下朱翊钧，也是毫不隐讳地说道，“陛下不应该让他们对我大明朝的支援怀有太多的侥幸和依赖之心……”

“这……”朱翊钧身形一定，面色一滞，停住了脚步，缓缓说道，“你当时没有在场看到那幕情形：一是倭酋丰臣秀吉的书信言辞之间太过狂悖无礼了，二是朝鲜藩国使臣一把鼻涕一把泪哀求哭诉的可怜样儿……朕心一软，就允了……”

“陛下天性仁厚，不愧有明君之风，”郑贵妃微微含笑，抬眼正视着朱翊钧，深深赞道，“臣妾最敬服您的就是这一点。”

被自己心爱的女人这么夸赞，朱翊钧的脸颊“唰”地一下红到了耳根子。他感到自己的心仿佛在半空中猛地虚荡了一下，似乎有些飘飘然起来。

然而，这样的感觉只是在他心底一掠而过。他一瞬间便定住了心神，恢复了平静。

沉默了片刻，朱翊钧才悠悠说道：“爱妃一向博学多才，深明经史，今日可有什么诤言裨益于朕的吗？”

“朝中自有赵阁老、许阁老、石尚书、宋侍郎等重臣辅弼，”郑贵妃急忙辞谢道，“臣妾焉敢坏了宫中‘妇人不得干政’的祖训来越矩进言呢？”

“这有什么？太祖高皇帝还有孝慈高皇后时时拾遗补阙呢！”朱翊钧笑了笑，不以为然地说道，“爱妃有何建言，但讲无妨！”

“其实要想打消朝鲜藩国浑浑噩噩、得过且过、不思自立的心态，并不是没有办法，”郑贵妃玉容一敛，静思片刻，正色说道，“陛下若真是对倭虏来犯有所警惕，本应该派出一名智勇双全的大臣驻入朝鲜担任监军，及时帮助他们整顿军务、操练兵马以抗倭虏才是！而不能仅仅是一番口谕训示其自强保国之后便撒手不理了……”

“你……你……”朱翊钧没料到郑贵妃年纪轻轻，竟有这等明智果断的见识，倒是大吃一惊，心道：可惜这郑贵妃身为弱质女流，倘若她是须眉之辈，只怕那些衮衮诸公的器识也难望其项背。唉！她虽有这等贤才，却因时运不济，也只得滞留于贵妃之位，终难“母仪天下、总领六宫”啊！

一想到这里，朱翊钧在心底便深深叹了口气。他抑制住自己心情的浮动，将思绪拽回到郑贵妃刚才所讲的那番话上，细细思忖了起来。

“怎么？臣妾刚才的话讲得有些不妥吗？”郑贵妃见朱翊钧沉吟不语，不由得微一蹙眉，目不转睛地盯着他问道。

“没有……没有……”朱翊钧急忙摇了摇头，缓缓开口肃然说道，“爱妃此言甚是。不过，我大明朝虽为宗主之国，素来极少插手藩邦内部事务，以示宽仁。况且，朕亦久闻朝鲜藩国朋党交争、内乱难弭，只怕贸然派遣监军大臣入驻，反会引来诸多事端……再说，朝鲜藩国自身也未提出申请天朝大臣协助抗倭之要求，朕纵是万乘之尊、四海之主，岂能执意强加于人？你这番建议，朕先缓过一阵子再看吧！——朝鲜藩国总不至于‘全无根基、一击即溃’吧！”

郑贵妃静静地听罢，在心底里思忖了片刻，却是微微一笑，淡淡地说道：“臣妾听陛下这么一讲，觉得还是您想得周全！唉……罢了，罢了！陛下既是来这御花园里散心，就不必再过于劳神苦思了！先到‘小天湖’那边观鱼戏水，休憩一下如何？”

“好吧！”朱翊钧脸上的表情松弛了下来，仍是背着双手慢慢向前踱了过去。没走几步，他忽然又似想起了什么似的，转头向郑贵妃说道：“对了！你记得要提醒一下内务府——明年将会有两场硬仗要打，从今日起，内务府里的开支一律从简！首先便从节约朕的膳食和衣饰做起……”

“陛下！”郑贵妃却蓦地打断了他的话，语气里带着一丝隐隐的嗔意，“您又忘了：臣妾只是一介妃嫔，恭妃娘娘有位有德、居宫在前，似乎还轮不到臣妾来指令内务府啊！”

“哦……”朱翊钧一怔，圆胖的面庞上慢慢泛起了一丝窘意。他避开了郑贵妃幽幽的目光，将自己的眼神投在了鞋尖上，低声说道：“朕待会儿吩咐陈矩传旨给内务府去办这件事……”

是啊！朱翊钧在心中暗想：恭妃只因生了皇长子，就在名分上似乎顺理成章地被人看成了未来的皇后、未来的“六宫之主”——尽管她的才德远远不及“母仪天下”的标准。然而，郑贵妃再有贤德，再有才略，再有自己宠爱，她也只能屈居于妃嫔之位，始终不能公开站到六宫之首的位置上协助自己打理内外事务。一念及此，他也只得在心底深深叹了口气，当下无言无语，和同样也是心事重重的郑贵妃一道闷闷地往“小天湖”那边踱去。

丰臣秀吉西征方略

站在名护屋城楼尖阁顶的窗户眺望出去，广阔无垠的海面上，掀起了层层白浪，推到岸际溅成漫天水花，宛若碎琼玉屑，纷纷散落。

这样壮观而绚丽的海景，倘若落在高僧名士的眼中，那该是何等的惬意！但是，在丰臣秀吉看来，它们却毫无美感——他久久地注视着它们，心底里却只是在暗暗盘算如何巧妙地在这片海面上行舟布阵，以迅雷不及掩耳之势登上彼岸“俯取朝鲜”！

“太阁大人……”石田三成走到正凭窗远眺的丰臣秀吉身旁，恭恭敬敬地呈上了一封帛书，“这是德川公为我日本国‘饮马海滨、扬威域外、俯取朝鲜、进击大明’精心拟写的一套西征方略，请您过目。”他见丰臣秀吉只顾望着窗外似是没有反应，便试探性地问道：“需不需要属下拆开读来让您听一听？”

“先别拆开，”丰臣秀吉慢慢开口说话了，声音凝滞，“让本太阁先猜一猜他在这套西征方略里写了什么——如何？”

石田三成闻言，停住了正在拆开那封帛书的手，躬身说道：“属下恭听太阁大人垂教。”

“无论德川家康在这帛书里怎样洋洋洒洒、堆砌辞藻、卖弄才智，”丰臣秀吉静默了片刻，方才慢吞吞地说道，“他这套所谓的‘西征方略’其实也只能浓缩成三句话——”

“三句话？”石田三成一愕。

“是的，”丰臣秀吉仍是眺望着那一片蔚蓝的海面，神情淡然，“这第一句话就是‘集中兵力，雷霆出击，以强压弱，摧枯拉朽’！”

“嗯……”石田三成微微点了点头，“请太阁大人再行赐教！”

“这第二句话就是‘不宣而战，出其不意，以快打慢，速战速决’！”丰臣秀吉这时才回转头来，双目深处闪出鹰一般凌厉的光芒，“我们要找到一个既能让朝鲜麻痹大意，又能让大明国措手不及的时机来将他们‘一剑穿喉’——不容易！不容易啊……”

“是啊！为何两个月过去了，来岛通明所说的‘大明国西疆哱拜叛乱’之事还未发生呢？”石田三成深深地忧虑道，“难道我们还要继续等待下去吗？”

“大明国离我们太遥远了……来岛君他们传送消息来得再快，也需要很多时间嘛……”丰臣秀吉不紧不慢地说道，“我们该等还得等啊！不过，只要大明国西疆一旦爆发叛乱之事，他们就无暇抽身东顾朝鲜了……这个机会，我们一定要按捺住所有的烦躁来咬牙等待……”

“太阁大人定力过人，临事不乱，在下佩服。”石田三成深深一躬，赞叹不已。

“还有，这最后一句话就是‘水陆并进，紧密协作，此呼彼应，各尽其妙’！”丰臣秀吉的思绪又回到了先前的话题上，缓缓说道，“你现在可以拆开德川家康的帛书——看一看他书中的主要内容是不是本太阁这三句话……”

“属下遵命。”石田三成应声拆开了德川家康的帛书，细细阅看起来。看罢，他非常惊愕地仰起脸来望着丰臣秀吉，颤声叹道：“太阁大人真是料事如神！依属下看来，德川家康将军在帛书上所写的‘西征方略’完全可以总结成您这三句话！”

丰臣秀吉的眼角里顿时掠过了一缕隐隐的得意之色。他故作平静地摆了摆手，目光仍是投在那茫茫海面之上，换了一个话题说道：“眼下各地大名对本太阁分配下去的兵马、粮草、战船等任务都完成了多少？”

石田三成沉吟了起来，在心底里暗暗盘算了一会儿，才面有忧色地答道：“唉！大名们对此番征兵调粮的事儿，没有几个认真落实的。他们大多是‘能拖则拖、能推则推、能赖则赖’——只有德川公完成得最好。但是，像他那样一味刚猛的做法，属下又有些担忧他会激起民变啊……”

“激起民变？怎么？德川家康把征兵调粮的事儿搞得很猛吗？”丰臣秀吉脸色倏地变了，惊疑异常地向石田三成问道，“你且讲来让本太阁听一听：他到底是怎么个猛法？”

“哦……德川公是这样做的：先是到处张贴告示，宣称此番西征是为日本而战、为太阁大人而战，他自己还带人亲自深入到乡村山野的农户家中去反复演说发动，”石田三成一边蹙着眉回忆着，一边缓缓讲道，“在进行了多日的宣传发动之后，他便对那些不按期限供役纳粮的士民们施行株连重罚之法：哪一户农民完不成供役缴粮的任务，就由他那一族的亲人来分摊……唉！搞得关东那里是鸡飞狗跳……”

“哦……他这么积极地投入这征兵调粮的任务，倒是本太阁始料未及啊！”丰臣秀吉沉吟着点了点头，冷冷而道，“不过，不像他这样搞猛一点儿也不行啊！我们日本有一句俗话说得好：‘羊儿不用鞭子抽，是不会乖乖进羊圈的！’……”

石田三成听到丰臣秀吉这么说，便也不敢再多说什么了。

却见丰臣秀吉还站在那里自言自语地说道：“那些逃避西征之役的士民们真蠢！难道他们生来就注定是贱命吗？注定要一辈子窝在这几个岛屿里了此一生吗？本太阁要带领他们打进朝鲜、杀进大明，那里的珠宝堆积如山，那里的美女众多如云，都是他们唾手可得的呀——他们居然还不愿意?!”说这些话的时候，他把自己的两只拳头捏得紧紧的，一双眼睛射出了野兽般凶狠的光芒，那神态便似欲择人而噬！

石田三成生怕一个不小心触了他的怒焰，急忙把头垂得低低的，大气也不敢多出。

丰臣秀吉发泄了这一通怒气之后，转过身去，双手负在背后，仰视着阁中照壁上悬挂着的当年织田信长亲笔赐写“天下布武”四个金字的横匾，神情肃重地说道：“本太阁今年五十五岁了，如果不能亲眼看到我日本国的武士踏进大明国京都的紫禁城——本太阁死不瞑目啊！……”

一语方尽，他才略显无力地向背后招了招手。两个侍立在阁檐下的侍女见状，急趋上前，扶着他退坐到阁内的榻榻米上。

正在这时，楼阁门外的侍婢们向门里禀道：“太阁大人，淀姬夫人前来谒见。”

丰臣秀吉听了，面色一动，这才又高兴了起来：“哦？让她进来！”

他话音刚落，便听得一个娇滴滴的声音传入阁内：“太阁大人，贱婢快要闷死了，闷死了……”

随着这个声音进来的，是一个满身珠翠、浓妆艳抹的妖媚女子。她一扭蛇腰，便倏地偎到了丰臣秀吉身边，娇嗔道：“您这么多天忙于政事，把贱婢一个人抛在名护屋的偏殿里闷死了……”

丰臣秀吉见了淀姬，却是哈哈一笑，顺手将她一把搂在怀里，说道：“是啊！淀姬，本太阁近来忙于西征大业，倒真的有些冷落你了……”

看到丰臣秀吉和淀姬二人这般轻浮放肆的举动，石田三成不言不语，立刻知趣地伏在地板上轻轻叩了一下头，蹑手蹑脚地退了出来。

丰臣秀吉用眼角余光瞥见他悄悄退出，也不以为意，仍是抱着淀姬哈哈笑道：“怎么？你在名护屋的偏殿里不好玩吗？那些下人对你侍奉不周吗？他们若是惹你不开心，本太阁马上下令把他们杀了！”

“那倒没有，”淀姬用双手勾着丰臣秀吉的脖子，和他正面对视着，目光里透出深深的幽怨来，“这个地方太偏僻、太冷清了——没有京都的繁华，没有大阪的热闹，街上穷人又太多，两边的楼房也是破破旧旧的……贱婢觉得自己好像是被流放到这里受苦来了……”说着，眼眶里还眨出了几颗泪珠儿来。

“别烦，别烦，”丰臣秀吉急忙和颜悦色地安慰她，“我们在这里待不了多久的……你很快就可以离开了……”

“回京都去？那太好了！”淀姬闻言，伸手揩了揩脸颊上的泪，破涕为笑，“太阁大人可不要骗贱婢……”

“嗯……不是回京都去，”丰臣秀吉脸上露出深深的笑容，“本太阁要带你到一个比我们日本京都繁华一百多倍、比我们大阪热闹一千多倍的地方去——那就是海峡对岸的大明国的京都！”

“本太阁听说，那里的皇宫比我们天皇陛下现在居住的皇宫还宽阔、气派……你不是最喜欢珍珠和翡翠吗？大明国皇宫里面的珍珠一颗颗都有鹅蛋那么大，翡翠一块块都雕成了各种各样漂亮的花朵……到时候，任你挑、任你选、任你佩戴……”

“真的啊?!”淀姬惊得目瞪口呆，清醒过来之后更是满脸狂喜之色，“这世界上竟还有这么好玩的地方？那里还有这么多的珍宝？太阁大人，那您就赶快带贱婢去吧!”

“好啊！在带你到那里之前，你今天先得把本太阁带到另一个极乐世界里去!”丰臣秀吉两眼放着淫邪的光芒，像饿狼一般将淀姬一下扑倒在榻榻米上，撕开她的衣裳，露出她白狐般的胴体，粗暴地压了上去……

哱拜之乱

“爝火之方微也，一指之所能息也，及其燎原，虽江河之水，弗能救矣。鸿鹄之未孚也，可俯而窥也，及其翱翔浮云，虽蒲且之巧，弗能加矣。人心之欲，其机甚微，而其究不可穷，盖亦若此矣……禁于未发，制于未萌，此豫之道也，所以保身保民者也。”

朱翊钧一边慢慢吟诵着这段话，一边在御书房里缓缓踱来踱去。

站在房中御案一侧侍立着的郑贵妃静静地听他诵完，隔了片刻，方才微微笑道：“陛下，您刚才吟诵的这段话实是精妙。请恕臣妾无知：这等精妙之语，臣妾还是第一次听闻，却不知是哪位贤哲所著?”

听了郑贵妃的疑问，朱翊钧并未立即回答，而是将自己幽幽的目光投向了御书房里间那紧闭着的扉门上。过了一会儿，他才有些表情复杂地说道：“朕也记不清是哪位贤哲说的了。朕小时候背诵过这段话，今天不知怎的便忆了起来——也就随口吟出了……”

“哦……”郑贵妃便不再多问了。

“爱妃……”朱翊钧有些吞吞吐吐地问道，“依你之见，朕将来能成为何等样的君主?”

“陛下自即位以来，仁德久彰，天资英断，革除弊政，”郑贵妃不假思索地脱口答道，“将来必成我大明中兴之主!”

“你这又是在谬赞了!”朱翊钧悠悠地叹了口气，脸上现出一丝苦笑，“朕希望你要对朕讲真心话！哪怕你的真心话再难听，朕也听得下去!”

“陛下何出此言?”郑贵妃一听，急忙双膝跪下，面颊微微变色，“臣妾字字句句出自真心，绝无谬语。臣妾记得七年之前，京师一带久旱不雨，民不聊生。陛下当时身患热症，举止无力，却仍决定亲自带病登坛为民祈雨。您为示对上天虔敬，先是在宫中斋戒了三天，然后步行数十里亲临天坛，顶着炎炎烈日，自省自责，祈求上苍降雨泽民……”讲到这里，她不禁眼圈一红，泪珠儿大颗大颗地掉了下来，哽咽着又道，“终于，在您这一片爱民如子的仁慈之心感动之下，没过几天，上苍便降下甘霖，解了旱灾……从那时起，臣妾就断定陛下日后必能成为大明朝的中兴贤君，亦必能赐予天下万民一个太平盛世!”

“谢谢爱妃的期许和夸赞。”朱翊钧被她这番话感动得热泪盈眶，连忙上前扶起了她，用手轻轻拭去她颊边的泪痕。他静了片刻，定住了心神，才幽幽说道：“朕若真能成为大明中兴贤君，那就太好了……那也算对得起他们对朕寄予的殷殷厚望了……”

“他们?”郑贵妃一愣，失声问道，“陛下口中所说的‘他们’是谁?”

“没……没什么……”朱翊钧意识到自己一时口快失了言，面色微微一窘，沉吟着答道，“朕刚才所说的‘他们’是我大明朝的列祖列宗啊！除了他们会对朕寄予厚望，还能有谁啊?!”

郑贵妃听他这么一说，自是再无疑惑，便没多问什么了。

朱翊钧转身走到御案之前，提起了一支狼毫细笔，蘸了蘸紫石砚中的朱红墨汁，便欲批阅司礼监送过来的文牍。

正在这时，只听得御书房外的内侍急声宣道："启奏陛下：内阁大学士赵志皋、许国、张位及兵部石星、宋应昌等大人有十万火急的军情讯报面呈陛下，恳请陛下恩准。"

"十万火急的军情讯报?"朱翊钧握在手中的狼毫朱笔顿时在半空中一定，竟落不到笔下文牍的纸面上去。他喃喃地轻声自语道："莫非倭虏这么快就打到朝鲜了?"

"陛下，臣妾恳请回避。"郑贵妃闻听有内阁大臣前来商议国事，连忙欠身施了一礼，便欲退出。

"慢着……"朱翊钧面色微动，将手中狼毫朱笔搁回到那座青玉笔架之上，轻轻对她说道，"爱妃且到这张屏风背面坐下，听一听我们如何商议军国大事……如若朕有缺漏之处，还望爱妃直言相谏……"

"这……"郑贵妃一听，不禁迟疑了一下。朱翊钧用充满期盼的目光迎望着她，深切地说道："爱妃……你……你还是留下来在这屏风后面陪一陪朕吧！……朕……"

"陛下……好吧!"郑贵妃被他那目光看得心头倏地一暖，便不再坚持，轻轻转身去了御书房里那张"百鸟朝凤"屏风背面，拉过一张杌子，静静地坐了下来。

"宣!"朱翊钧面容一肃，正了正衣襟，向正在御书房门外恭候旨意的内侍吩咐了下去。

只听得一阵急促的脚步声匆匆趋近，御书房房门开处，赵志皋、许国、张位、石星、宋应昌等人径自进来，一个个脸色凝重，当场跪倒。

“有何军情讯报?”朱翊钧此刻倒是显得十分平静，从容问道。

“陛……陛下，哱拜真的反了!”首辅赵志皋跪前一步，满面愁容地奏道，“臣等叩请陛下圣裁!”

朱翊钧脸色一凝，将目光倏地投向了正跪在他身后的石星。

石星会意，轻咳一声，补充奏道：“臣启禀陛下：那哱拜父子一接到兵部下发的调任令，自知其勾结胡虏兴兵作乱的阴谋已被陛下洞察，便铤而走险，逼死了巡抚党馨和总兵张惟忠，驱走了朝廷派去的使臣，关门闭城，拥兵自守——居然反了!”

“朝鲜那边倭寇有何举动?”朱翊钧在心底紧张而迅速地思忖着，趁着石星讲话稍停的空当，插了一句问道。

“这……这，兵部暂时还未接到朝鲜那边有何军情讯报，”石星一怔，回忆了一阵儿，才小心翼翼地答道，“微臣已经行文函告蓟辽总督顾养谦、辽东建州女真部都督佥事努尔哈赤等密切关注鸭绿江对岸的一切动态……”

“很好!很好!”朱翊钧听了，这才暗暗松了一大口气，缓和了脸色，向辅臣们吩咐道，“你们且下去拟旨吧：即刻先派陕西驻兵围住宁夏，不要让哱拜他们与朔方鞑靼勾结成势，再调精兵良将火速剿灭之!”

“臣等叩请陛下圣裁：调谁前去主持征剿大事?”赵志皋和石星对视了一眼，急忙问道。

“你们的意见呢?”朱翊钧目光一闪，反问了他们一句。

御书房中顿时静了下来。推荐何人征宁夏，确实令赵志皋他们有些头痛：胜任者自是不必多说了，不胜任者却会连带举荐者同过同罚——倘若自己推荐的将领万一丧师误国了呢?于是，赵志皋和石星等人跪在地下你看看我、我瞧瞧你，谁也不肯开口多言。

朱翊钧见他们这般举动，心头亦是一阵愤然：平日里朝廷里有了什么“肥差”空缺出来，这些辅臣们哪个不是你举我荐、好不热闹？到了今日这般兵凶战危之事，他们却个个缄口不语、袖手旁观，生怕自己推荐的人选一不胜任便牵累于己！

“依微臣之见，唯有调派山西总兵李如松前去平叛，”宋应昌按捺了半晌，终于膝行出列脱口奏道，“李如松出身将门，智勇双全，又在辽东抗击蒙古土蛮之时战功卓著，完全可以胜任征剿哱拜之大任！”

听罢宋应昌这番奏言，朱翊钧却没有马上回答，而是沉默了一会儿，才淡淡说道：“调谁过去征剿哱拜……这个事儿，朕两日之后便会给你们手谕的。你们且退下吧！”

京师的李府，掩映在浓浓密密的绿荫之中，那朱红大门上的银钉兽环和门前的一对花岗石狮，显出了这个府邸的豪华与气派。

府中的一座紫竹亭下，一青衣一红衣两位白须老者正静静地坐着对弈。

“哎呀！李大帅！你当真是战将出身，下起棋来也是大刀阔斧，老夫实在是吃不消啊！”青袍老者看着那棋枰蹙眉沉思有顷，呵呵笑道，“你这几着下来，老夫的腰都快被你的棋势压弯了！”

“申阁老！你这棋风也是符了你的名字的！”那被称为“李大帅”的红袍老者仰起脸来看着他，竟是生得面如重枣、须垂及腹，笑声里透着一股异乎常人的雄豪之气，“本帅岂敢大意啊！”

“哦！李老兄！老夫的棋风竟与老夫的名字相符？”青袍老者微微一愣，从棋枰上抬起头来有些疑惑地看向红袍老者，“你此话怎解啊？”

红袍老者用手一指他手中所执的白子，朗朗笑道：“你的名字叫‘时行’——‘时行’‘时行’，即是‘与时偕行’。申阁老，你下棋落子，那可是该硬的时候一点儿也没软，该软的时候也一点儿没硬啊！

这算不算是‘与时偕行’？本帅一味强攻猛击，倒多次被你这不温不火的路数‘吞’了好几个子儿去！”

“呵呵呵……原来你是这么理解的呀！……”青袍老者听了，禁不住“扑哧”一声喷出笑来，“那么……你的名字叫‘成梁’，老夫是不是应该讲你的棋着每一步来得就像‘木桩打地’，扎扎实实呢？……”

正在他俩捧腹谈笑之际，却听得竹亭边上一个有些尖细的声音突然响起：“申阁老、李大帅两位大人好兴致啊！谈笑对弈之间，尽显英雄本色与名士风流——实在令咱家敬服不已啊！”

听到这个声音，两位老者俱是一惊，急忙敛起了笑容，转头一看，却是皇宫大内司礼监秉笔太监陈矩在亭门处躬身而立。他的身后还站着一位身形高大的青年，全身却披了一件玄色斗篷，连面容也遮掩在头罩之中。

“陈公公！”两位老者一怔，急忙放下棋子，站了起来。红袍老者惊诧道：“您大驾光临老夫府中，为何竟不让人前来通禀一声？也好让老夫稍尽待客之道……”

他正说之间，目光往亭外一掠，不禁诧异地发现：不知何时，院坝里竟已密密麻麻地站满了百十位锦衣卫，将这座紫竹亭团团围护了起来！

“是朕不让他喊你们府上的下人来通报的。”在他莫名惊诧的目光中，陈矩身后那位高大青年将头罩慢慢掀开，露出自己的真面目来——赫然正是大明天子朱翊钧。他微微带笑说道：“朕闻听两位卿家正在宁远伯府中对弈取乐，便特意让陈矩带着朕微服寻访而入，却不知扰了两位卿家的兴致否？”

“啊呀！原来是陛下大驾光临——臣等有失远迎，”两位老者一见之下，甚是惊讶，急掀袍角，跪了下来，“申时行、李成梁恳请恕罪。”

“快快平身，”朱翊钧看着这一文一武两位已经告老在家的元老重臣，急忙上前亲自伸手来扶，“今日在朕面前，卿等不必多礼。”

前任内阁首辅申时行和宁远伯李成梁不胜感激地谦谢着，连忙在朱翊钧伸手未及之前，顺势站了起来，躬着身答道：“陛下如此体念老臣，臣等感激不尽。”

陈矩这时却在二人方才对弈的棋枰边一张太师椅上铺了一片从宫中带出来的黄绢，扶着有些虚胖的朱翊钧坐下，自己则规规矩矩地垂手侍立在一旁。

朱翊钧用一幅银丝手帕轻轻擦了一下自己额上的细汗，正了正脸色，向申时行、李成梁缓缓说道：“朕今日微服出宫前来访问两位卿家，实乃为我大明社稷的长治久安而来。还望两位卿家倾心授朕以奇谋大略……”

“陛下此言甚令老臣等惶恐不已！”申时行二人听了，极为震骇，又倒身下拜奏道，“老臣等年衰智竭，岂敢劳陛下大驾降临垂询！”

“两位卿家免礼！”朱翊钧摆了摆手，止住了他俩，转身向陈矩吩咐道，“陈矩，拿过椅子，让两位卿家坐下说话。”

“是！”陈矩闻言，很麻利地拉过了两张太师椅，分别放在竹亭门口左右两侧，先是搀扶着申时行去坐了下来，然后伸手又来扶李成梁。

李成梁自恃体健气壮，哪里肯让别人搀扶，他呵呵笑着摆了摆手，谢绝了陈矩的好意，径自退到左侧的那张太师椅上坐了。

待两位老臣千恩万谢坐定了之后，朱翊钧才开口说道：“朕就有话直说了——两位卿家都已经看过宁夏镇哱拜起兵叛乱的邸报了吧？”

本来，依照朝廷惯例，告老致仕的官员是无权阅看载有朝廷事务的邸报的。但朱翊钧对像申时行、李成梁这样的元老重臣却格外看重，特令内阁与各部务必将每期邸报派专人送呈他俩阅看，并赐予他俩“密折进言”之权。所以，朱翊钧才问起申、李二人是否阅过载有宁夏哱拜叛乱之事的邸报。

“启奏陛下：哱拜起兵叛乱之事，刚才老臣还和宁远伯议论呢……”申时行沉吟了一下，转头和李成梁交换了一下眼神，又朝向朱翊钧缓缓奏道，“看到那份写着他罔负圣恩、叛君作乱的邸报，老臣和宁远伯不禁义愤填膺……想那哱拜，本乃胡虏出身，当年先帝之时因鞑靼内乱，他们一族备受排抑，为求我天朝庇护，方才归顺了我朝。唉……古语有云：‘非我族类，其心必异。’我大明朝对他封爵赐赏、立为藩镇，施恩倚重之情不可谓不深。却不料他妄生逆志，居然勾结鞑靼犯上叛乱！若不对他大加挞伐，我朝日后何以立威四夷、惩恶扬善?!”

听得申时行这般刚毅果断之语，朱翊钧面色一暖，深有同感地点了点头。

申时行见皇帝颔首表示赞许，便又款款言道：“自古历朝西疆之乱不易平定——唐末有沙陀李克用雄踞河东而称霸一时，北宋有西夏李元昊占据银川而坐大成患，前车之鉴，不可不慎啊！今日哱拜勾结塞外鞑靼悖君叛乱，实乃效仿李克用、李元昊之所为，企图拥兵自立称霸，其志不小……陛下不可轻视了！”

“是啊！申师傅所言甚是！不过，欲斩封豕长蛇，须恃倚天神剑……”朱翊钧脸色一动，伸手拍了拍双膝，深深叹道，“如今宁夏巨寇逞凶作乱，朕之‘倚天神剑’何在？朕实在是焦心不已啊！……”

“陛下勿忧！”李成梁在一旁听得是义愤之气大作，一时按捺不住，长髯一掀，高声奏道，“老臣虽年近七旬，自信身负廉颇之才，甘愿立下军令状，亲身率我辽东铁骑直驱宁夏，只需百日为期，便可扫平哱拜!”

“好！李爱卿豪气冲霄、神勇盖世！”朱翊钧一听，不禁拊掌微微笑道，“朕心嘉之！”

“陛下！直驱宁夏、扫除哱拜，何劳宁远伯亲征？”申时行却是捋须一笑，在旁进言道，“宁远伯的长子、山西镇总兵官李如松，智勇双全、胆略过人，用兵之才不在宁远伯之下——老臣坚信他代父出征，必能旗开得胜！”

“申师傅所言极是。李爱卿意下如何？”朱翊钧闻言，沉思片刻，微微点头而道，“朕还想请李爱卿留居京师、镇抚朔方呢！”

“也罢！既然陛下着意挽留，老臣便留守京师为陛下坐镇六师……”李成梁听朱翊钧这么一说，也只得抑下胸中勃然的斗志，敛容缓缓答道，“老臣稍后便给犬子如松修书一封，责成他尽心竭力扫平哱拜，建成大功以谢皇恩！若有闪失，老臣必以家法惩戒于他——不获全胜则不许再进我李府一步！”

“呵呵呵……李爱卿满门忠良、家风严谨，朕实是深感欣慰，为我大明朝有这等柱石之臣欣喜不已！”朱翊钧听得李成梁此番表态，这才暗暗放下心来，一直紧锁着的眉头也在不知不觉之中舒展开来。

“陛下真的不必过虑，”李成梁声如洪钟，侃侃谈道，“哱拜此人老臣也曾见识过，不过是一个只有几分枭勇的狂徒罢了！想那十年之前，张阁老在世之时，哪有他这小小狂徒撒野的地方?！那时候，他对朝廷是俯首听命、任君驱使，焉敢生此逆志？哼！……”

申时行、陈矩见他心直口快提到了已被皇上剥夺了一切荣宠的“权相”张居正时，不禁都为他捏了一把冷汗，急忙暗暗拉他的袍角，向他连使眼色劝止。李成梁一见之下，也立刻意识到自己此话触犯了皇帝朱翊钧的忌讳，急忙从太师椅上跪下地来自责道：“老臣无意中提及‘专权怙宠、有负圣恩’的张……张居正，请陛下谅解老臣的失言之过！”

“无妨！无妨！李爱卿这话何错之有？”朱翊钧端坐在那太师椅

上，脸上一阵微微的抽搐，眉角掠过一丝复杂的感情，他轻轻一摆右手，沉沉叹了一口气，“事实便是如此：十年之前，哱拜亦曾谨守臣节——朕宫中的青海大玉佛都是他亲自贡献上来的。他那时候焉敢逞肆今日这般狼子野心？是朕自己文弱有余而威武不足，没能镇住他这头枭獍啊……”

倭寇出师

凛冽的海风呼呼地从日本武士们的头顶扫过，诸位大名那一张张图案各异的家纹旗被刮得猎猎作响，在阴沉沉的天幕下犹如一只只巨大的蝙蝠张扬而怪异。

戴笠裹甲的武士们整整齐齐地站在海滩边的沙场上，列成了大大小小数十个方阵，举着树林般的火绳枪，神情凝肃地目视前方。

丰臣秀吉在各位大名的簇拥下，检阅着准备渡海西征的武士队伍。西征大军的总统领宇喜多秀家率着先锋大将小西行长与加藤清正在前面一边为他领路，一边恭敬地介绍着：“这是黑田长政君麾下的一万一千名武士，他们组建成右翼冲锋营……这是福岛正则君麾下的二万五千名武士，他们组建成左翼冲锋营……这是岛津义弘君麾下的一万四千名武士，他们组建成后卫储备营……”

看到士卒们饱满的士气和精良的军械，丰臣秀吉微微颔首，满脸溢出了得意的笑容。当他和众位大名走到竖着“三叶葵”家纹旗的德川氏军阵前，蓦地停住了脚步——他伸手指着站在前排的那几个士卒，有些惊诧地问道：“你们脸上的伤疤好像还是新的！看起来才刚刚结了血痂嘛！咦？一个个还满身汗渍的模样……这到底是怎么回事？”

场中静默了片刻，众人都将诧异的目光投向了立在丰臣秀吉身侧的德川家康，却见他一脸的踌躇之情，犹豫着没有答话。终于，德川氏军阵中一个年长的武士向丰臣秀吉低低地开口答道："我……我们刚刚才参加过激战……为了不耽误太阁大人的阅兵大典，我们拼命及时地赶到了……"

"参加过激战？什么激战？"丰臣秀吉面容一肃，转头将凌厉的目光倏地射向了德川家康，"嗯？本太阁怎么不知道？这是怎么回事？"

德川家康似是不敢与他对视，低下了头仍是踌躇着嗫嚅答道："没什么大问题的。太阁大人不必多问了。为了太阁大人'饮马海滨、扬威域外、俯取朝鲜、进击大明'的雄图伟业，我们德川氏无论付出多大的牺牲都是应该的。"

丰臣秀吉见德川家康不肯正面回答原因，便问其他的大名道："你们知道这是怎么回事吗？"

就在那些大名面面相觑之际，黑田如水跨前一步出列说道："太阁大人近来忙于西征大业——您可能不知道：由于德川公命令他的部下以铁腕手段去完成征粮任务，直接造成了他治辖下的关东十三郡内有数万名浪人、流寇和饥民发生暴乱。德川公这些部下很显然是刚刚参加了平息暴乱的战斗后才赶过来的……太阁大人！向国中百姓征粮太多，他们若是不堪重负，只怕对西征大业大大不利啊！您要三思而行啊！"

"就是掏光他们米缸里的最后一撮米粟，本太阁也要发动这场西征！"丰臣秀吉不理黑田如水的劝谏，把脸一板，冷冷地说道，"本太阁才不怕他们暴乱不暴乱呢——德川公，你们的征粮任务足额完成了吗？"说着，将询问的目光投向了掌管此番西征后勤供给事务的石田三成。

"德川公早已超额完成了征粮和供船任务……"石田三成恭恭敬敬地答道。

"这就好……这就好……"丰臣秀吉听了，很是满意地点了点头，这才向德川家康淡淡地问了一句，“那些刁民的暴乱平定下去了吗?”

“在下正在竭力平定当中。”德川家康脸上隐有忧色，“只是，在下的大部分部下目前尚在关东平乱，此刻怕是难以及时赶到，请太阁大人降罪!”

“那就是还没彻底平定喽?”丰臣秀吉不禁眉头一皱。

“请太阁大人不要担心。在下自己造成的暴乱，自己能够解决，”德川家康一副惊慌失色的样子，急忙垂手答道，“在下不会耽误太阁大人西征大业的——一定会按时配齐二万六千名精壮武士赶赴前线的……”

“算了。西征朝鲜、大明是大事，平定暴乱、安邦宁国也是大事啊!”丰臣秀吉有些无可奈何地一摆手，“你暂时先调拨五千精锐武士赶赴前线吧！剩下的二万一千名武士，你自己留着投入关东各郡平定暴乱去吧！……”

“太阁大人，这怎么行?”德川家康一脸恳切地说道，“您只要稍缓几天，在下便能……”

“不要再多说了！就这样定了吧！本太阁可不想因为等待你把士卒们慢慢配齐而延误了战机！也不想因为‘后院失火’，酿成内乱而误了大局!”丰臣秀吉以不容争辩的语气吩咐道，“你们德川氏的大队人马随下一批队伍开赴前线吧!”

说着，他将有些焦灼的目光投向了遥远的西方，喃喃地说道：“大明国的西疆果然爆发了哱拜之乱，这天赐良机已经降临到了本太阁的头上！——本太阁是一刻也不想再拖了！我们要争分夺秒地先行夺下朝鲜!”

然后，他收回目光，瞥了德川家康一眼，又缓缓移了开来，深深地盯向了黑田如水，肃然而道：“本来，这次西征大军的军师之职，本太阁想让德川公去担任的……现在看来，只有拜托黑田君接下这个重任了……”

黑田如水闻言，不禁面色微变。他在心底里思忖了一会儿，自知此事难以推脱，只得沉沉应道：“属下遵命。”

这时，石田三成靠近过来，向丰臣秀吉轻声提醒道：“太阁大人：快到您登台发布西征命令的吉时了！”

丰臣秀吉微一点头，深深地吸了一口气，敛住了心神，表情显得无比肃重，在无数道含意不一的目光注视之下，一步一步独自向场中的耀武台上登去。

终于，他站到了高高的云梯之上，俯望着地面沙场上黑压压一大片乌云般集合的武士，一股睥睨天下的狂傲之气顿时从他胸中溢然而生！他定了定神，将自己的声音提到了有生以来最响亮的程度，一字一句地缓缓说道：

“战无不胜、攻无不克的武士们：”

“为了日本国‘天下布武、总齐八荒’的宏图大业，为了日本国千百年来代代相传的伟大抱负，为了不负天照大神对我们日本君民的深宠厚爱，为了让我们出类拔萃的日本子民获得普天之下‘人上之人’的崇高地位——我们要团结起来，抱着‘杀身成仁、舍生取义’的决心，带着天照大神的灵光佑护，万舰齐发，乘风破浪，所向披靡，俯取朝鲜、横扫大明！”

载歌载舞的朝鲜王宫里，四处彩带飘扬，鲜花铺地。宫中的广场上更是人头攒动，热闹非凡——原来，三年一度的全国“秀女擢选盛会”正在锣鼓喧天地举行着。李昖和他的长子临海君李珒、次子光海君李珲、三子义安君李珹等王室贵胄高坐于礼台之上，一边饮酒取乐，一边仔细观赏着各位秀女登上对面的舞台献艺比赛。按照往届“秀女擢选盛会”的惯例，获得冠军殊荣的秀女，将被李昖纳为妃嫔；

其余剩下的秀女，则由王子们自行择入府中成为侍妾。

秀女们登台所献之艺，无外乎是歌舞萧瑟、琴棋书画之技。李昖和诸位王子早在宫中看过了千百遍，再加上一路观来，今年的这些秀女中间似乎并无秀色出众之辈，顿时令他们大为乏味——有几个王子竟禁不住当众打起了哈欠！

忽然，只听得礼仪官高声宣道："东莱府节度使宋象贤大人的长女宋贞娥登台献艺，以供擢选。"

闻听"宋贞娥"三个字，几乎恹恹欲睡的李昖和诸位王子立刻精神一振，双目放光——据说宋象贤的这个女儿不但美貌惊人，素有"朝鲜第一美女"之誉，而且自幼便拜著名高僧休静大老为师，练得一身卓异超群的武艺，甚是了得。对于她这样一个富有传奇色彩的女子，李昖和诸位王子焉能不怦然心动？一个个不禁定睛向对面舞台上看去。

舞台上的宋贞娥看似二十左右，手执一柄青锋长剑，身着一袭紧身装束，亭亭而立。但见她生得长发披肩，细眉如月，双眸如星，面如美玉，举止顾盼之间更是英姿飒爽，别有一种清冽冷艳的高华气质，令人望而倾心。台下一声锣响过后，宋贞娥朝着坐在对面礼台上的李昖和诸位王子不卑不亢地抱剑行礼，声如银铃，清朗非常："小女子出身将门之后，情愿挥剑起舞以显巾帼英姿，恳请大王恩准！"

"这……"礼仪官迟疑着将询问的目光投向了李昖。

李昖听了她这话，却是微微一笑，颇有兴致地点了点头。

"大王有旨，准宋贞娥舞剑献艺！"礼仪官见状，连忙高声宣道。

宋贞娥应声躬身谢过，然后站直身来，皓腕一扬，手中长剑直指向天。忽听"铮"一声，宛若凤鸣九天，清越入云，余音袅袅。随着这一声剑鸣，她玉腕又是倏地一拧，灿灿然挽出了磨盘大小的一轮白亮亮的剑花，将她整个娇躯掩藏在森森剑芒之中，令人看不分明！

但闻“呼呼”风响之际，这一轮剑花已然离地升上半空，滴溜溜团团流转，看得台下诸人无不目眩神驰、赞不绝口——乍然又听“哗啦”一声，万道流光散射开来，向四面八方飞逝而尽：当中那宋贞娥凌空长身玉立，手中宝剑当胸而持，犹如玄女临凡，宝相庄严，徐徐降下，那一份绰约风姿端的是曼妙绝伦、美不胜收。

舞台之下顿时爆起了一片雷鸣般的掌声，经久不息。

李昖看得也是满面微笑，马上伸手招来礼仪官，向他低声吩咐了几句。

那礼仪官听了他的口谕，笑呵呵地走了上前，待得观众们的掌声稍稍低了，方才欣然扬声宣道：“大王有旨：宋贞娥才貌不凡，堪称‘巾帼英杰’，擢选为本国第一秀女，即日进宫听封。”

他话音一落，舞台之下又是一片鼓掌称赞之声。

宋贞娥听了，却似不以为意，反而蛾眉微蹙，神色一变，缓缓收剑入鞘，在舞台上欠身谢了一礼，然后开口肃然奏道：“启禀大王：小女子有一恳求，还望恩准……”

“哦？宋爱卿有何请求？”李昖见她表情异常，不禁微微一愣，“你且禀来……”

就在这时，只听得献艺场外传来一阵混乱的喧哗之声，打破了场内喜庆祥和的气氛。

李昖等人循声望去，却见是领议政柳成龙带着一个满脸血污的将领急匆匆推开人群直奔上来！

在一片茫然中，李昖定神一看，见那员将领乃是东莱府左兵使李钰。他正自惊愕之际，柳成龙已是在他面前一头跪下，急声禀道：“大王！倭寇四日前不宣而战，猝然发难，偷袭了釜山、巨济岛、东莱府，如今正直逼尚州而来！李钰将军是杀出重围进京报讯来的……大王可向他询问详情以早做决断！”

他的声音非常急促也非常响亮，场内场外的人都听得清清楚楚——全场一下静了下来，只剩下他一个人的声音在场地上空回响着。

李昖在听到这个消息的一瞬间，便像被人当头打了一记闷棒，颓然跌坐在王座之上，立时面无人色。许久，许久，李昖颤抖着的声音响了起来："怎么会这样？怎么会这样？七天前他们日本不是派出了使臣前来表示要与我朝鲜结为友邻吗？他们怎么会这样？……"

"大王！"李钰跪在地上声泪俱下，哭号起来，"大王！倭寇出动战船千百艘、兵马二十万，猝然杀来，三日之内便攻陷了釜山、巨济岛、东莱府……我们朝鲜将士浴血奋战，可是……可是倭寇的武器太厉害了！——我们的刀枪再锋利，也比不过他们的枪弹来得像雨点一样密集啊！我们朝鲜将士死得惨啊！一大片、一大片地中弹倒地……"

"我爹爹呢？"宋贞娥在舞台上听得分明，急忙身形一纵，跃下台来，飞步冲到李钰身边失声问道。

李钰在涕泪横流中抬脸一看，见是宋贞娥，不禁大放悲声道："宋……宋姑娘，宋……宋大人他……他已经壮烈殉国了！"

此语一出，全场的人顿时都惊得呆住了！

"爹爹！"宋贞娥蓦地红了眼圈，拔剑出鞘，"唰"地削落了自己的一绺秀发，一手握在掌中，哀哀哭道，"女儿若不能为你报仇雪恨，立誓有如此发，绝不独生！"说罢，她一抹眼泪，长啸一声，竟是越众而出，径自往场外飞身去了。

"宋……宋爱卿！宋……"李昖急忙大声呼道，却也唤她不回。

"看来这宋姑娘性情刚烈，一定是去找倭寇报杀父之仇去了！"柳成龙望着宋贞娥远去的背影，不由得深深叹了一口气，"不过，似她这般只逞血气之勇，实在是凶多吉少啊！"

"柳……柳爱卿！"李昖面色涨得通红，双手紧捏着王座两侧的扶手，勉力撑直了上身，哆哆嗦嗦地下令道，“马……马上发诏给李镒将军，让他率……率领举国二十万大军，急赴尚州城，与倭寇决……决一死战！”

败绩尚州城

尚州城外宽阔的阵地上空，杀气腾腾，弥漫了整个天际，连正午的太阳也仿佛被蒙上了一层浅灰，让人朦朦胧胧地瞧不分明。

白衣黑甲、持刀仗剑的一列列朝鲜士兵在尚州城池之下，犹如森林一般整整齐齐地肃立着。

朝鲜宿将李镒身着金盔银甲，骑着高头大马站在阵前，神情沉峻，目光凛凛地注视着前方。而宋贞娥则是一身戎装打扮，头戴束发玉冠，乘着战马，护持在李镒身畔，把手中剑柄握得紧紧的，向着前方的敌阵投去仇恨的目光。她从“秀女擢选盛会”下来后，便立即主动投奔到李镒麾下要求从戎抗倭复仇。李镒和其他将帅费尽唇舌，一直劝阻不住，便也只得任她随军出战而来。

在他们的对面，是手持火绳枪和长矛弯刀的日本武士们。他们戴着各式各样的头盔：五角星形的、牛头形的、立桃形的、黑圈帽形的、铁锹形的……而且，他们那些家纹旗也是怪模怪样、异态纷呈：有绣着长长蜈蚣的，有绣着盘成团状的毒蛇的，有绣着一只秃鹰的，也有绣着一个狼头的……远远望去，仿佛是一大群牛鬼蛇神从地狱之中杀到了人世间。

这一次尚州之战，李镒带来的是二十万朝鲜主力大军。而他们的敌人，却是刚刚从釜山、东莱府、朝鲜南滨道三个方向会合过来的三路日军，分别由小西行长、加藤清正与黑田如水的嗣子黑田长政率领，共计八万七千余人。

由于西征日军大统领宇喜多秀家此刻尚在巨济岛殿后，他事先便明令与他关系较为亲密的先锋大将小西行长担任登陆大军代统领，全权指挥陆军对朝作战事宜。所以，这三路日军刚一会合，小西行长便当仁不让地行使了自己的指挥权，把作战计划部署了下去：他自己率领三万三千人马居中直取朝方主将李镒，加藤清正率领二万八千人马负责攻击朝军右翼，黑田长政则率领二万七千人马负责攻击朝军左翼。虽然心高气傲的加藤清正并不甘心屈居偏将之位，跃跃欲试要与人称“朝鲜第一名将”的李镒当面决一雌雄，但面对小西行长以登陆日军代统领的身份硬压下来的命令，也只得咽着一肚子闷气勉强接受了。

望着小西行长在中军战旗下迟迟未动的身影，加藤清正等得有些心焦了。他打着战马在原地兜了半晌圈子，终于禁不住向身边一员副将抱怨起来：“小西君怎么还不下令进攻？他莫非还想和李镒在阵前磨叽一番吗？对这些朝鲜贱民废那么多啰啰唆唆的话干什么？”

那副将知道加藤清正和小西行长一向拧着劲儿，只是在一旁沉默着，不敢从中插言。

加藤清正又提拉着胯下的骏马兜了一个圈子，劈头又问那副将道：“你知道他们那边是采用什么样的‘枪击法’？”

“好像是织田信长大人当年传下来的‘三段射击法’。”那副将侧头看了看小西行长那边的列阵状态，小心谨慎地答道。

所谓织田信长的“三段射击法”，即是将日军阵中执有火绳枪的士卒分为三组，一组士卒在前射击时，另外两组的士卒退在后面往枪膛填弹引火随时替代而上。按照这样的枪击阵法，每一轮枪击之间有七八秒的间隔时差。他们三组士卒轮番上阵，连续性很强，杀伤力也很大。

“那么我们这边的枪队就全部采用铃木重秀先生创下的‘筒炮狙击法’！”加藤清正略一思忖，眼珠一转，径自向那员副将吩咐道，

“你马上把本将这道命令传下去！”

他口中所谓的铃木重秀“筒炮狙击法”，则是指将每一杆大型筒炮由四名士卒一齐协作使用：在射击手身后左右两侧各设一人，另有一人专门在射击手后面为他端枪。当前面的射击手射出一发枪弹之后，他身后左侧的士卒负责立即给枪膛填入子弹，右侧的士卒随即填入火药，后面端枪的士卒负责及时点火。每一次射击之间，这四个士卒紧密配合，只需四五秒便可完成，实在是日本国目前最快速的枪击之术了。

副将听了他这般吩咐，不禁一愣：加藤大将采用这“筒炮狙击法”，分明就是在想“以快争先”，和小西代统领抢功嘛！他正沉吟之际，加藤清正已是拉长了脸有些不悦地大声喝道：“你还在这里磨磨蹭蹭干什么？快给本将传令去！”

见到加藤清正如此声色俱厉，那副将只得急忙拍马向右翼军阵中传令而去。

那边，只听得小西行长用朝鲜话向对面阵前的李镒他们喊道：“诸位朝鲜将士们：你们这李氏王朝腐败无能、党争不断，以致天怒人怨、灾患丛生。我日本国为救尔等脱离水深火热之境，不惜跨海过峡，大举义师，前来征讨李氏昏君！尔等若是顺应大势、弃暗投明，我日本武士必保尔等一切安然无恙。倘若尔等冥顽不灵、执迷不悟，就休怪我日本武士刀下无情了！”

他的话音犹如枭鸣一般，尖利异常，刺人耳膜。像暴风骤雨来临之前而深深静默着的朝鲜军队用无言的蔑视回答了他满嘴花言巧语的诱降。

李镒不愿与他多费唇舌，唰的一声拔剑出鞘，朝天一举，扬声喝道：“我朝鲜儿郎们！为了保家卫国、驱除倭虏，冲啊！”

他简短有力的冲锋号令刚一出口，千万名朝鲜将士齐齐怒吼一声，便如离弦之箭一般向着敌人阵前冲杀过来！

小西行长目光阴冷地望着朝鲜将士们如怒潮般咆哮而来，在心底暗暗叹了一口气，缓缓地将手中倭刀举到了半空。

正当他准备猛地朝下一劈向己方军阵中发出攻击之令时，却听得右翼那边“啪啪”一片爆豆般的脆响骤然而起——原来是加藤清正手下的部众不遵他的号令已经抢先动了手！

“这个加藤清正！……”小西行长面色倏变，惊怒交加地朝着右翼那边瞪了一眼，在心底暗暗骂了一句，同时急忙将手中倭刀劈了下去！

看到小西行长也发出了攻击令，他麾下的中军武士们和左翼黑田长政的部卒们这才纷纷开枪出击，一条条火舌流窜着，射向了直冲过来的朝鲜将士们！

刹那间，怒潮般狂卷而来的朝鲜将士在倭军阵前十余丈开外蓦地一滞——冲在最前面的一大批朝鲜士兵捂着胸口纷纷倒了下来！

“砰砰砰”爆响连天，倭寇的火绳枪和长短铳犹如毒蛇吐芯般一刻不停地喷射着火舌——朝鲜将士们一批又一批地跌倒下来，一批又一批地猛冲过来！

然而，尽管他们前仆后继、毫不退却，却始终不能扭转这种形同送死的局面——战斗进行了半个时辰，朝军除了在双方对峙的中间线上留下了一堆堆小山丘似的尸体外，一丝一毫也未能冲乱倭寇的阵脚！

“怎……怎么会是这样？”李镒在事先已经听李钰讲过倭寇火绳枪的厉害，心头本还有些不以为然，如今目睹之下，顿时他的声音亦因惊惧与愤怒而失常地颤抖了起来，“他……他们怎么会有这等可怕的武器？”

护持在他身畔的宋贞娥也是一脸的焦虑，几欲放马冲上前去，但又担忧自己离开之后会对李镒的人身安全不利，只得拉着马缰心神不定地来回兜圈，手中的剑柄几乎被她捏得断裂开来！

李镒沉思片刻，猛一振臂，举刀在手，高呼道："朝鲜儿郎们！为了朝鲜三千里江山和二百万士民的安危存亡，让我们以身报国吧！"语毕双腿一夹马腹，往前直冲而上！

本已有些退却的朝鲜士卒们听到李镒的呐喊，又见到他策马赶来，一个个立时又鼓起了斗志，持刀放箭地向前奋不顾身地冲去！

小西行长蹙紧了眉头看着那一队队踏着战友尸体拼命前进的朝鲜士卒，深深叹了一口气："这些朝鲜傻瓜勇气可嘉、其志可悯！罢了，罢了，为了让你们免遭无谓的伤亡——本将还是来个'射人先射马，擒贼先擒王'，一枪毙了你们的李镒将军再说！那个时候，你们就会放弃这无谓的送死了吧?!"

他一边喃喃地说着，一边拿起了自己那一支射程最远的长铳，遥遥地隔空瞄准了骑马冲刺在朝军"李"字帅旗下的李镒，"砰"地开了一枪！

"不好！"宋贞娥耳力过人，听得这一发子弹挟着尖利的啸声迎面直射李镒而来，急忙将他的上身往前疾速一推，伏平在马背之上——然而，只听"当"的一响，李镒虽是伏身险险避过了这一枪，而他身后的宋贞娥头上那顶束发玉冠却被小西行长那枚子弹击了个粉碎！

刹那间，她的乌亮长发便似瀑布一般垂垂而下，飘散在她玉颊两侧，迎风一吹，那姿态更显得翩翩如仙子，英武之中平添了无尽的妩媚！

小西行长在对面一看，顿时大吃一惊，眼珠都快弹出了眼眶："咦！朝鲜军队里竟有这等绝色的女将？啧啧啧……"他随手一把扯过侍候在一旁的那个昨天从汉城府那里投降过来的朝鲜叛徒，急声问道："她是谁?"

那名朝鲜叛徒望了宋贞娥一眼，然后一脸谄笑地答道："她就是前天刚刚从朝鲜各地美女当中擢选出来的'朝鲜第一秀女'宋贞娥！"

"原来是'朝鲜第一秀女'！"小西行长贪婪地盯着宋贞娥，口中淫笑了一声，"如果我们能把她擒住后送回日本名护屋，我想太阁大人一定会很喜欢的！"

然后，小西行长手中长铳一举，朝天鸣了一枪，下达了冲锋号令！

随着他这一声枪鸣，战阵前沿的枪手们倏地向两边让了开来，上万名日本骑兵抡着长矛大刀狂驰而出，犹如风卷残叶，直向已经被枪林弹雨打得阵脚大乱的朝鲜军队横扫而来！

夜色已经很深了，朝鲜王宫的金銮殿里却仍是灯火通明、人声嘈杂，全无平日雍容肃穆的气象。

李昖背着双手，在朱阶龙椅之前焦躁地来回走动着，脸上满是潮红之色，一双眼睛也如蛛网一般爬满了密密麻麻的血丝。

诸位王子和六曹要员们在朱阶之下战战兢兢地张望着，一个个显出一筹莫展的样子。

"咚"的一声闷响，那两扇殿门被猛地推开了。几个内侍扶着全身盔甲残破不堪、肩头插着一支断箭、鲜血浸湿了衣襟的李镒急趋而入，慌慌张张地径直到朱阶下跪倒。

看到这般情形，殿上诸人的心都蓦地一沉——看来白天大家听到的传闻是真的了：尚州城失陷，二十万朝军惨败。

"真的一败涂地了？"李昖在朱阶上身形一停，呆了片刻，方才神色木然地看着李镒，怯怯地问道。

李镒在地下把头磕得"砰砰"直响，以无声的哽咽做了回答。

"怎……怎么会是这样？"李昖有些呆呆地自言自语道，"二……

二十万大军啊！怎么说败就败了？对了，还有申砬呢？他在忠州守得怎么样？”

“申砬将军也在忠州弹琴台全军覆没了！大王，我们真的一败涂地了！倭虏正在一路追杀而来，”李镒哽咽着断断续续地说道，“用不了多久，他们就会兵临汉城府外……形势万分危急啊！”

“对啊！大王！”站在六曹要员之首的柳成龙已从最初的惊慌失措中冷静下来，沉吟着向李昖奏道，“值此倭虏逼近之际，我军或战、或迎、或守，大王须得尽快拿一个主意啊！”

“这……这……”李昖跌坐回龙椅之上，只是一个劲儿地唉声叹气，“欲战，只怕如今已无精兵可用；欲守，而今尚州失陷，王京门户洞开，亦已无险可守……卿等竟来逼着本王速决大计——本王此刻又决得了什么大计？唉……”

眼见着李昖垂头丧气的模样，柳成龙和李镒面面相觑，也是无话可说。

“大王，依微臣之见，如今战亦不能，守亦不能，那就只有先行迁都避敌，然后再谋‘卷土重来’！”这时，却见礼曹侍郎柳梦鼎出列奏道。

“迁都？迁往何处？”李昖沉沉一叹，“在我朝鲜三千里疆幅之内，总有无处可迁之时啊……”

“大王，咱们终究还有一处可以迁得。”柳梦鼎肃容说道。

“哪一处？”李昖和柳成龙、李镒等听了，都不禁有些莫名其妙。

“义州府！”柳梦鼎正色侃侃奏道，“大王只有赶紧迁到我国与大明天朝接壤的义州府，进可以光复朝鲜，退可以凭恃大明！——数月之前，微臣奉命出使大明，大明皇帝陛下已经降下玉音，随时准备助我抗倭。大王此刻还不求援于大明天朝，却待何时？”

“柳爱卿真是一语惊醒梦中人啊！”李昖听了，顿时喜出望外，激动地从龙椅上跳了起来，脸上阴云一扫而光，扬声下令道，“本王即刻下令：一、着柳梦鼎为遣明使臣，今晚马上动身，急赴天朝上京求援；二、着柳成龙总领各曹臣僚，速速收集图章、典籍、器物，尽快办妥迁都事务；三、着李镒将军带伤立功，调兵遣将，再振雄威，全力阻击倭虏逼近王京汉城府！”

“臣等遵命。”柳成龙、李镒、柳梦鼎等人连忙叩首应道。

安排好了这三件大事之后，李昖方才心头一松，渐渐恢复了平时的庄敬平和。他缓过神来，忽然心头一动，似乎想起了什么，嘴巴张了几张，还是忍不住向李镒问了出来：“对了！李爱卿……那个……那个和你一道上阵杀敌报仇的宋……宋贞娥怎么样了？”

李镒听到李昖搁开敌我双方情势不问，反而单单朝他打听一个宋贞娥的情形，不由得暗暗一怔，忖了片刻，答道：“那日尚州之战中，倭虏的万余骑兵往我们阵内一冲，本将和宋贞娥姑娘就被冲散了……”

“她现在怎么样了？”李昖瞪大了两眼急切地追问道。

“本将实是不知她的下落，”李镒老老实实地回答，“宋姑娘身手不凡、武艺高强，本将起初还能看到她连连劈翻了四五个倭虏骑兵……后来，倭虏越来越多，我们就失散了……她目前是生是死，本将也甚为挂念啊……”

“唉！当初本王就该直接下诏让你拒绝她上阵！”李昖缓缓地摇了摇头，满脸懊恼之色，“可惜了！可惜了！倭虏万骑铁蹄之下，只怕她也是凶多吉少了……唉！‘佳人难再得’！……李镒呀李镒！你让本王折损了一位‘巾帼英杰’……你罪责不小！”

李镒听得李昖语意有些不善，急忙跪地叩首致歉不已。

李昖却没心思听他的道歉和辩解，只是痴痴地将目光投向了尚州所在的方向，恋恋难忘之情赫然流露……

柳成龙跪在朱阶之下瞧着李昖这副痴相，却是隐隐悲痛：想当年那大唐天子李隆基贪恋女色、荒淫无道、朝政废弛，以致酿成“安史之乱”，险些丢了江山社稷——而今，这位当初在倭虏虎视眈眈之下犹自举办“秀女擢选盛会”的大王，又何尝不是如此！看来，“得道者昌，荒淫者危”实是历朝历代用鲜血凝成的惨痛教训啊！

第三章　大明定策

“罢了，罢了。赵爱卿！你‘战事不可轻启、战端不可妄开’这些话讲得还是没错的。战者，军国大事也，不可不慎，不可不谨，”朱翊钧挥了挥袖让他平身，深深凝望着殿上肃然而立的群臣，吩咐道，“朕意已定：择日便发兵入朝平倭。众卿家散朝之后，须得为朕分忧——且将各自心中筹谋的平倭方略写成奏本，呈进宫来！朕要‘博采众长、集思广益’，与众卿家一道‘运筹帷幄之中，决胜于千里之外’！”

努尔哈赤请缨

“吁！”一声劲斥犹如利箭一般划空而过——一位身后垂着长辫、一袭貂皮紧袍的青年将官一把勒紧了胯下的骏马，在大明建州女真部都督佥事府的大门前倏然停了下来！在他马后，一匹赤马随即奔驰而至，上面乘着一名头戴宽檐高帽的中年朝鲜男子，却是带着一脸的忧惧之色。

“都督佥事大人回来了！”站在府门口一直张望着的一名汉人侍卫急忙下阶迎了上来，“龚先生正在议事堂里等着您呢！”

“易寒，你去把本汗的弟弟舒尔哈齐喊来！”那青年将官飞身跃下了马背，顺手将缰绳递给了身侧的一个女真卫兵，一边向那名汉人侍卫——易寒吩咐道，一边朝身后跟来的那朝鲜男子示意，带着他疾步往府门口里走去，“就对他讲：本汗和龚先生要与他一道在议事堂共商大事!”

这位神采奕奕、英气勃勃的女真族青年将官正是大明建州都督佥事爱新觉罗·努尔哈赤。虽然此刻的努尔哈赤才刚满三十三岁，但他举止顾盼之际所流露出来的那一份沉敏干练，已然迥非同龄青年所能比拟。

他健步如飞地跨进了都督佥事府的庭院，一眼便见到一位须发苍然的白袍老者正立在议事堂门口的屋檐下静静地迎视着自己。

这位白袍老者，正是他的汉人师傅龚正陆。龚正陆本是浙江绍兴府一位儒商，自中年时起便出入辽东经营马匹，资产颇丰。后来，努尔哈赤见他博学多才、品行端重，便聘请他为本人及自家子弟的师傅，极尽恩礼厚待。龚正陆见这名女真青年颇有几分英豪之气，实乃可造之才，便也“倾囊相授”，意欲将他锻造成为朝廷一代名将，立功于世，扬名于后。于是，在他的辅弼和指点之下，努尔哈赤的势力从当初起兵时仅有的“盔甲十三副、部众三十人”渐渐发展壮大，直至横扫辽东女真族栋鄂部、苏克苏护河部、朱舍里部、纳殷部等各部族，据有方圆数千里之疆域，俨然以一方诸侯雄立于辽东白山黑水之间。女真族各部落见他势力庞大，亦纷纷推戴他为“女真国大汗”。

但努尔哈赤并未接受他们奉上的“女真国大汗”这一尊号，却是极为看重大明朝廷为了招抚他而封赐的“从二品都督佥事”之职位，一直以辽东边臣的身份忠心耿耿地为大明朝尽到自己的藩卫之责。

今天，他从鸭绿江畔急急赶回建州首府佛阿拉城里自己的都督佥事府，就是向龚正陆、舒尔哈齐共商边境紧急军情的。

努尔哈赤带着那名朝鲜男子，上了议事堂的台阶，向龚正陆抱着施了一礼，恭然道：“龚师傅，学生有重要军情和您商议，请入内再谈吧!”

他正说之间，他的胞弟、建州都督副佥事爱新觉罗·舒尔哈齐也疾步而至，满面惊疑地看着他和那名朝鲜男子，张了张口，想问什么却又止住了。

龚正陆瞧了努尔哈赤身后的那个中年朝鲜男子一眼，仿佛猜到了什么似的，深深一叹，默默地点了点头，转身先行迈步进了议事堂。

努尔哈赤站在门槛之外，一直待到龚正陆先进堂门之后，方才恭恭敬敬地和舒尔哈齐一道跟在后面走了进去。

站在一侧的那名朝鲜男子看着努尔哈赤兄弟的这般举动，不禁大吃一惊：想不到这两个被视为“蛮夷野人”的赳赳武夫般的女真族将领，居然如此尊师重礼，丝毫不逊于朝鲜国内第一流的谦谦君子。一念及此，他顿时对努尔哈赤兄弟刮目相看。在努尔哈赤的招呼之下，他才急忙收敛了心思，随后而来。

进得议事堂后，努尔哈赤先扶着龚正陆在上座坐下，自己坐在了他的右下首，正了正脸色，说道：“龚师傅真乃神人也！您事先料得不错：倭虏果然悍然出兵侵入了朝鲜！”

“唉！……数月之前，兵部就来了公函，告知我们建州要及时预防倭寇侵朝作乱……当时为师还就此事亲赴沈阳城与顾养谦大人商议了一番边防部署事务……顾大人却认为为师是在‘杞人忧天’，过于多虑了……”龚正陆伸手抚了抚自己颔下白须，长长一叹，“如今看来，为师果是预料得不错！——只是，这又如何？为师倒是希望自己料错了……唉！朝鲜和大明的百姓又要遭受刀兵之灾了……”

“师傅真乃慈悲心肠……”舒尔哈齐听了，不禁慨然说道，“您放心！有我和大哥在，绝对不会让建州百姓遭到倭虏侵害的！”

“舒尔哈齐说得对！我们女真族的勇士是谁也打不怕、谁也打不倒的——那矮冬瓜似的倭虏算个什么东西？”努尔哈赤也点头赞许着舒尔哈齐的话，同时转过头来看向坐在他身后的那名朝鲜男子，对龚正陆介绍道，“师傅，这位是从朝鲜和我们建州接壤的咸镜道府衙门的尹思恩先生……他是逃到我们建州来避难的……他应该比较熟悉倭虏侵入朝鲜的情形了……”

“原来是朝鲜国尹大人……老夫龚正陆这厢有礼了。”龚正陆听了，面色一正，忙从堂中太师椅上站起来向尹思恩拱手一礼。

尹思恩一脸哀伤地起身回礼道：“小国难民尹思恩，惶惶如丧家之犬，能够得到大明建州都督佥事大人的援手，已是感激不尽……龚老先生对倭虏情形但有所问，尹某知无不言。”

“尹大人在朝鲜咸镜道官居何职？”龚正陆问道。

“尹某觍颜尸居咸镜道左府使之职。”尹思恩脸上一红，嗫嚅道。

龚正陆听了，心底不禁一惊：咸镜道左府使之职，乃是朝鲜国内正三品的官秩，亦是咸镜道的首席副职长官……如果连他这样的官员都落荒而逃了，看来咸镜道应该已是陷落了！……他沉吟了一会儿，右手拍了拍膝盖，喟然叹道：“想不到倭虏来得如此之快——连咸镜道都失守了……看来，他们逼近建州也就在这几天了……”

“呃……”尹思恩语气滞了一滞，脸庞涨得通红，暗暗咬了咬牙，半晌才道，“龚老先生……实不相瞒——咸镜道暂时还没失陷，但依尹某看来，也不过是迟早的事儿……所以……所以尹某就急忙投到建州来了……”

“哦？想不到尹大人倒很会‘见机而作’啊！”龚正陆沉默了片刻，静静地看着他，脸上掠过了一丝深深的嘲笑。

努尔哈赤兄弟在一旁听了，也是不禁面露鄙夷之色。

“孟子有云：‘知命者不立乎岩墙之下。’唉……尹某也是迫不得已，”尹思恩低低地垂下了头，嗫嚅着为自己辩解道，“您是没见过那倭虏的厉害……那倭虏的‘神兵利器’实在可怕……只需一点火绳，便‘砰’的一响，夺人性命于千百步之外啊……”

“他们的武器真有这般厉害？”舒尔哈齐半信半疑地问道，“居然能伤人于千百步之外？那岂不是妖术、妖物了？”

“那他们的武器可有咱们女真人的‘连环弩’厉害吗？”努尔哈赤却在一旁沉思片刻，忽然向尹思恩问道。

“连环弩？”尹思恩闻言，不禁一怔，“那是什么武器？”

努尔哈赤见状，便知他并未见过自己女真族的“连环弩”，于是站起身来，走到议事堂的照壁之前，伸手取下壁上悬挂着的一把弓弩，握在了掌中。

尹思恩定睛看去，却见这把弓弩的形状有些怪异：它的握柄比普通的弓弩要小巧得多，弓翅弯曲的幅度则更大，原来放箭的直木上没有刻箭槽，下端凭空多了一块枕木。细看之下，可见这弓弩似是硬木所制，弓翅却为牛角打磨而成。

努尔哈赤拿起那弩在尹思恩面前展示了一番，让他仔细观看了一遍，然后从腰间箭袋中拔出一把羽箭来，一支支塞进了弩下的枕木之中。

塞完了羽箭后，努尔哈赤执起了那弓弩，对准大堂照壁旁的一根大柱，手指猛地一下扣住了弩枕木前端的机簧——刹那间，尹思恩只觉眼前一花，数束白光连成一道银流，“嗒嗒嗒”一阵疾响，一串羽箭从弩腹中猛射而出，倏地深深钉入了那大木柱之中！

“厉害！厉害！”尹思恩看得目瞪口呆，半晌才回过神来，夸赞不已，“都督佥事大人这‘连环弩’倒也确是可以和那倭虏的‘妖物妖器’一抗！……”

努尔哈赤听了他这番惊叹，脸上顿时露出了得意之色，微微笑道：“那是自然……我这‘连环弩’一样也可夺人性命于数百步之外……”

“都督佥事大人，您部下有多少人拥有这样的‘连环弩’？”尹思恩惊喜之下，不禁从木椅上“腾”地一下站了起来，“难怪都督佥事大人能横扫辽东蛮族、巍然雄立朔方……”

“嗯……这种弩制造工艺繁杂，极费匠人功夫……”努尔哈赤低头瞧了瞧自己手中紧握的“连环弩”，沉吟有顷方才说道，“本将部下只有二百亲兵配备了这‘连环弩’，他们组建成了一个‘神弩营’……”

“才二百多名亲兵配备了这种神弩？……仅仅只有一个营的兵力？……”尹思恩一听，立时便如被人兜头浇了一盆冷水，木然跌坐回木椅之上，喃喃说道，“那真是太少了！……他们倭虏人人手里都配有那‘妖物利器’……唉！还是寡不敌众啊！”

龚正陆听到了这里，亦是心头一震。他静坐在红木太师椅上微闭着双目凝思许久，又站起来在堂上负手踱了几个来回，才对努尔哈赤兄弟说道：“努尔哈赤、舒尔哈齐，依为师之见，如今大敌当前，唯有‘三管齐下’，方能防患于未然！”

“怎么个‘三管齐下’法？”努尔哈赤一听，神色随即一敛，直视着龚正陆，极为认真地问道。

“第一，你俩要马上派出探子，随时守在建州与朝鲜的边界线上，随时打探倭情，随时上报辽东抚衙与朝廷兵部……”龚正陆缓缓说道。

“这是自然。”努尔哈赤点了点头。

“第二，乘着倭虏暂时还未侵近建州，你俩要让匠人们尽快多多制造一些‘连环弩’来，以备急用。”龚正陆缓缓又道。

“这也行！学生下去后马上吩咐匠人们做这件事！”努尔哈赤颔首说道，“只要他们造得快、造得多、造得好，本将重重有赏。”

“第三嘛……”龚正陆语气稍稍一顿，肃然言道，“努尔哈赤，由为师给你起草一份奏稿，然后你以‘大明建州都督佥事’身份亲笔书写一份奏章正文，呈给朝廷表白自己一心忠顺守边、恭谨奉贡……”

“写这道奏章干什么?”舒尔哈齐有些惊疑地问。

努尔哈赤也将疑惑不解的目光投向了师傅龚正陆。

“哎呀!都督佥事大人还没明白过来?”尹思恩禁不住出语点醒,“倘若倭虏真的一举侵吞了我朝鲜,下一步必会乘势直逼建州、辽东,形势岌岌可危……到了那时,唯有大明天朝方能击败倭虏……此刻您若不及时向大明天朝‘输款献诚’,事到临头岂能获得他们的鼎力相助?”

“师傅原来是这个意思。学生懂得了,”努尔哈赤埋头沉吟了好一会儿,才缓缓说道,“这道奏章确是应该写,而且写得越早越好。但学生有一个请求:希望师傅把我的另一层意思也写到奏章里去……”

“哦!另一层意思?”龚正陆一愕。

“学生这一层意思是:学生意欲进京陛见大明皇帝陛下,剖白忠顺守边之心迹,同时恳求陛下恩准赐予本将‘龙虎大将军’的称号,让本将成为抗击倭虏的先锋大将……”努尔哈赤面色一动,意气风发地慨然言道,“本将要学那戚继光大将军,以卓异赫然的抗倭功勋留名青史!”

朝鲜使臣哭明廷

五月十八日,素来不喜御驾临朝的朱翊钧这一次却异乎寻常地召集臣僚上朝理政了。在京的所有四品以上官员被通知进金銮殿共议朝鲜来使求援抗倭之事。

在金銮殿上,朝鲜来的陈情使柳梦鼎一身白衣,满面泪痕,跪伏在玉阶之下,嗓子已然哭得又嘶又哑,眼睛也肿成了两个红桃,一副痛不欲生的模样。

朱翊钧高高地端坐在盘龙金椅之上,双眉紧蹙,面色犹如铜浇铁铸一般凝重至极。他无声地拂了拂袍袖,让陈矩站到陛前宣布了这场关于朝鲜来使求援抗倭之事的公开朝议正式开始。

由于事前朱翊钧已经给了各位臣僚充分准备此次朝议的时间，所以他们一个个自有主见，都准备着在今天上朝后一吐为快。

然而，看到朱翊钧那副凝重如山的表情，大臣们在摩拳擦掌之余，又都不禁绷紧了心弦——这次朝议可是关系到本国安危治乱的大事、要事啊！岂能掉以轻心为逞口舌之长而罔顾皇皇天朝的利弊得失？心中既有此念，他们反而一个个缄默闭口，谁也不敢第一个站出来陈奏自己的意见。

坐在龙椅之上的朱翊钧面色沉凝，心底里又是好气又是好笑：平时这满朝的“清流之臣”和礼法之士，最是喜欢无中生有、引经据典、高谈阔论，到了今天这般真要“集思广益、群策群言”的时候，他们却都“谦让”起来了！

他心中暗想：这也怪不得他们——两个月前朕刚刚派出了李如松前去征讨宁夏哱拜，战况如何现在还不得而知；如今朕便又要让他们就东面援朝平倭之事表态发言——他们面对如此重大的军国之事，岂敢空谈妄言？朕自己不也是觉得心底并不踏实才来搞这个公开朝议以求“兼听则明”吗？

在脑际里转了无数个念头之后，朱翊钧终于脸色一缓，轻轻咳嗽了一声。

听着这一声咳嗽，熟知朱翊钧脾气习性的殿上诸臣们立刻懂了：皇帝要开始点名进言了！

果然，朱翊钧那清清朗朗的声音在空阔的金銮殿上空响了起来：“石爱卿，你是兵部尚书——对于此番朝鲜求援抗倭之事，你有何见解？”

石星听了，迟疑了一下，慢步出列，在朱陛之下站定，沉吟着奏道：“回禀陛下：微臣既然身为兵部尚书，对朝鲜来使求援抗倭之事，自是责无旁贷而应有所建言。然而，‘天下大事须与天下之人共议共决’，微臣焉敢恃兵部尚书之职而妄行自专？大殿之上，朝臣共议曰‘可援可抗’，微臣便尽力去援、去抗；朝臣共议曰‘不可援、不可抗’，微臣便俯首遵从，不援、不抗而已——且请诸位大臣各抒己见，微臣洗耳恭听。”

闻到他这番话，金銮殿上顿时静得连一滴水珠掉在地上都听得见。

朱翊钧不禁怔了一下，深深地盯向了石星，心头暗道：好个石星！讲起话来八面玲珑、滴水不漏，却全然空洞无物、一无可取！听他之言，大有撇清责任、务求自保之意，毫无奋发图强、励志有为之心！这样的臣子，实在可恶！他想到这里，正欲勃然发作。就在这关头，他忽又转念一想：其实石星身为兵部尚书，也确有为难之处——他若曰“出兵援朝平倭”，则言官们难免会攻击他兴兵生事；他若曰“闭关自守不出”，则言官们又难免会指责他畏缩无能。站在石星和兵部臣僚的位置之上，他们确实也不便就“战”与“守”两个问题直接表态。一念及此，朱翊钧这才缓和了面色，又将目光扫视着金阶之下站着的诸位臣工，等待着中间有人出列建言。

过了半晌，金殿之上仍是鸦雀无声。

朱翊钧有些无奈，只得轻咳一声，打破了殿上的沉寂，自己慢慢开口言道：“罢了！你们一个个既然‘揣着明白装糊涂’，朕也不想再一个一个地点名逼着你们发言了。这样吧！蓟辽总督顾养谦，他是掌管辽东边防之事的……在探察和辨析朝鲜遭到倭虏侵犯一事上，顾养谦对真情实况的了解比我们在金銮殿上的每一个人都更多一些……早在这位朝鲜陈情使柳梦鼎柳爱卿入京求援之前，他就给朕送了一道专门辨析如何处置朝鲜之事的奏章……就让列位爱卿们听一听他在奏章中到底说了些什么吧！”

说罢，他微一转首，目光一掠，向侍立在一旁的司礼监秉笔太监陈矩示意。

陈矩躬身而应，轻轻打开了一直拿在自己手上的顾养谦那份奏折，尖声尖气而又有节奏地读了起来：“微臣顾养谦进言陛下：朝鲜藩国近日遭遇倭难，诚为可虑。但微臣素闻四方藩国之守，专为拱卫我皇皇天朝，从未曾闻我皇皇天朝反为四方藩国而守边。朝鲜虽然堪称忠顺我朝，但其国朝纲败坏、百务废弛，一遇倭虏来侵，随即望风逃窜、自弃基业，实不可援也！”

“而今我大明西疆又猝生哱拜之乱，朝廷不得不劳师远征，岂有余力余财可以援朝平倭乎？倘若内阁执政诸君听信浮言，误投兵力于朝鲜，以致我大明朝东西交困，岂不危哉？微臣恳请陛下三思而后明决，免生左支右绌之忧。”

待得陈矩念罢之后，朱翊钧隔了一会儿才淡然而道：“诸位爱卿以为顾养谦这封奏折所言如何？”

他话音刚落，都察院御史许弘纲、吴道隆等数人立刻应声出班奏道：“臣等启奏陛下：顾大人此奏鞭辟入里，字字句句道尽臣等心声——臣等再无他言，只求陛下采纳！”

朱翊钧面无表情，微微点头答道：“朕知道了。尔等退下。列位卿家，有何异见速速道来！”

内阁首辅赵志皋脸色一变，缓步出列，沉吟着奏道：“老臣也有直言欲谏，只是有些刺耳，还请陛下先恕老臣放言无忌之罪。”

朱翊钧有些惊讶地看了他一眼，只是默然地点了一下头。

赵志皋举起手笏，两眼只盯着手笏顶尖之处，毫不旁睨，缓声而道：“当日陛下下诏欲将哱拜调任异地以削其根本之时，老臣就料到哱拜必会借机而反。结果，此事被老臣不幸而言中。”

“这也罢了。哱拜起兵作乱之时，老臣又料到：倭虏必会乘此机会而发兵朝鲜、大明。结果，老臣又一次不幸言中。

“唉……事虽如此，老臣至今仍然以为：亡羊补牢，犹未为晚！这一次，老臣恳请陛下降心抑志，视朝鲜之乱为悠悠浮云，任其自生自灭——依老臣看来，即使倭虏吞并了朝鲜，也不过是‘此夷而代彼夷’，我大明天朝仍然可以以宗主国之身份凌驾其上，谕之以礼法，束之以训化，令其称藩纳贡。陛下以为如何？”

他话音一落，金銮殿上顿时又是一片沉寂。

在这一片几乎令人喘不过气来的沉寂之中，突然间一阵揪心的抽泣之声凭空响起。明朝君臣循声看去，却是柳梦鼎趴倒在冰冷的金砖地板下，“砰砰砰”连连叩头哽咽，额角已被磕得血流如注。

朱翊钧默默地看着他这一幕情形，不由得在心底里深深一叹。

他正欲开口发话，忽又听得宫门外“咚咚咚”远远传来了一阵沉闷而抑郁的鼓声，震得殿上每一个人的心头都为之颤抖不已。

这是朝廷在午门外特设的“登闻鼓”，专为臣民及时上报紧急大事而置的。

“何人在敲‘登闻鼓’？”朱翊钧脸色微微一变，转头向陈矩说道，“你且去午门看来！”

金殿御前议事之际，竟有人中途敲捶“登闻鼓”，自然非同小可。陈矩一瞬间也紧张起来，急忙便欲飞步出殿查看。却见午门守卫太监何平匆匆走上殿阶，他身后有两名羽林军挟着一个气喘吁吁、摇头吐舌的朝鲜官员跟了进来。

何平一入殿内，便一头叩下奏道：“启奏陛下：兹有一名朝鲜官员力敲‘登闻鼓’，自称有十万火急的倭情要禀报陛下……臣等已将他拿来，但凭陛下处置。”

听得何平这么一说，兀自叩头不已的柳梦鼎顿时身躯一僵，停住了动作，慌忙扭头看去——那名朝鲜官员正是兵曹右侍郎郑昆龙。

"郑……郑大人……"柳梦鼎的心蓦地一下提紧了，脸色变得惊疑莫名，"你……你怎么来了……"

郑昆龙有气无力地抬起头来，有些神情呆滞地看了柳梦鼎一眼，突然眸中一亮，认出他来，同时号啕大哭！

陈矩、何平见他竟是这般失态，甚是不耐，便欲上前喝止。朱翊钧看在眼里，右手一抬，向外摆了一摆。陈矩二人见状会意，只得止住，任他在金銮殿上如丧考妣般痛哭流涕。

"郑大人……郑大人节哀啊！节哀啊！"柳梦鼎急忙爬了过去，连声劝慰着郑昆龙。过了一盏茶的工夫，郑昆龙才慢慢止住了痛哭，仰起身来抬头望着朱翊钧，带着哭音急切地奏道："朝鲜罪臣郑昆龙，谨奉本国大王之命，冒死陈情于天朝皇帝陛下：七日之前，倭虏猖獗扑噬，我朝鲜王京汉城府已然失陷，宗庙被毁，王室被夺，士民遭殃，生灵涂炭——本国大王和国中大臣不得已仓皇北迁，避难于义州之境。值此千钧一发之际，本国大王恳求天朝皇帝陛下速速调兵驰援，否则我朝鲜旦夕之间便会社稷丘墟、万劫不复矣！"

"汉城府陷落了?!"柳梦鼎听罢，立时如遭雷击，一头跌伏在地，竟是昏了过去！

郑昆龙瞧着柳梦鼎的情状，不禁心如刀绞，又向朱翊钧号啕哭道："罪臣前来天朝上京求援陈情之时，本国大王专门委托罪臣向陛下转禀其泣血陈情之词。本国大王言：'朝鲜，天朝上国之子也；倭虏，亦天朝上国之子也。然而，我朝鲜实乃天朝大国忠心不二之孝子；倭虏，却是天朝上国居心险恶之逆子。天朝上国素为我等偏邦属国之慈父，还望严惩倭虏逆子，而扶济我朝鲜孝子也！'……"

听到这里，殿上已有一些明室大臣不禁情动于衷，纷纷含泪发出了唏嘘感慨之音。

朱翊钧脸色亦是一片恻然。他沉默了一会儿，方才开口吩咐道：

“陈矩、何平，你们让人把这两位朝鲜使臣扶下去休息吧！”

“皇帝陛下……皇帝陛下……”郑昆龙仰起头来凝望着他，眼眶里又溢出了莹莹泪光。

“朕已经听到尔等的泣血陈情了。朕和天朝众臣自会考虑的，”朱翊钧的语气显得十分慎重，“尔国国君李昖，始不自立图强于承平无事之时，终至哀号哭救于大祸临头之日，何其悲也！朕此刻也不欲多说尔等了。希望尔等回国之后，将今日今时这幕情景永永远远铭记于尔朝鲜君臣上下每一个人的心中，念念不忘，卧薪尝胆，自立图强——或许还有一线复兴之机……否则，纵是苍天来佑，亦难再救此等灾厄……”

郑昆龙听了，只是伏倒在殿中地板之上，把头磕得“砰砰”直响，涕泪横流，呜咽着什么话也说不出来了。

待宫中内侍上前将他和柳梦鼎搀扶下殿之后，朱翊钧才慢慢从龙椅上站起身来，仰望着那高高的金碧辉煌的藻井穹顶，负手而立，静静地站了许久许久。玉阶之下的每一位大臣都已看出：这位青年皇帝虽外表看似雍然平静，而胸中实则暗潮汹涌、难以自抑。

终于，朱翊钧沉沉地嘘出一口长气，重又走回龙椅之上坐下，目光一抬，慢慢盯向赵志皋问道：“赵爱卿，你听了刚才郑昆龙他们的泣血陈情，有何看法？”

赵志皋脸色一凝，沉默了片刻，才缓缓答道：“请恕老臣直言，老臣依然认为：战端一开，国无宁日！且我大明朝近来各省天灾连绵，而宁夏镇哱拜之乱正紧，李如松数千里远征亦是胜负难料……我朝仅有恩准朝鲜君臣‘避难内附’一途而已……”

“你的建议到了此时此刻还是‘恩准朝鲜君臣避难内附’？”朱翊钧冷冷地笑了一笑，转头吩咐陈矩道，“把那七个月前由日本关白丰臣秀吉写给朝鲜李昖的那封威胁信给殿上的众位卿家每人一份读一读，然后朕再与众卿共议一下此信……”

“奴才遵旨……”陈矩细细地应了一声，右手轻轻一挥，四名宫女各自捧着厚厚一叠信笺从金殿两侧走了上来，一一分发给殿上诸臣阅看。

赵志皋、石星、宋应昌、许国等人都曾看过那封信，这时却见朱翊钧突然当众公开了那信的抄件，顿时一个个心中惴惴不已。

大约过了半盏茶的工夫，朱翊钧估计着殿上诸臣应该看完了那信，他才慢慢地说道：“本来，朕起初以为这封信不过是一介狂徒的一篇疯话罢了！却不曾想到丰臣秀吉这倭贼居然狼奔豕突，真的侵入了朝鲜——众卿家结合眼下情形，谈一谈此事须当如何因应……”

他话音刚落，殿上百官已是群情激愤，一个个面现怒色，愤愤不已。

只见山西道御史彭好古第一个出列说道：“启奏陛下：臣等万万不曾料到丰臣秀吉那倭贼竟有所谓‘饮马海滨、扬威域外、征服大明’之野心！看来，即使我皇皇天朝不欲与他这蛮夷倭虏计较，他亦会如同疯狗一般扑噬而来，‘不食人肉而不止’！——为今之计，唯有恳请陛下乾纲独断，奋起天威，大举义师，对倭虏大加挞伐！”他此言一出，各部的官员们纷纷出列站到了他身边，同声附和，一致要求对倭虏发兵征讨。

其中，礼部右侍郎刘道明更是激动不已，颤抖着白花花的胡须亢声而道：“只要陛下诏令一发，老臣甘愿捐出全年俸禄充作征倭军饷！……”

……

然而，金殿之上，仍有赵志皋气喘吁吁的声音在沉沉响起：“陛下！陛下！……请听老臣一言：战事不可轻启，战端不可妄开啊！……诸位大人，为了拯济偏藩朝鲜一国之安，而将我天朝万千将士拖入兵祸之中……值得吗？值得吗？……”

他这番话讲得如此尖刻，使朱翊钧不由得微微变了脸色——这个赵志皋，当真是连铁锤也敲之不破的“花岗石脑袋”！果然固执得很！他心念一动，暗暗咬了咬牙，终于没有当场发作——只是微一抬手示意，让全场静了下来。他的目光在每一位大臣的脸上缓缓扫视着，慢慢开口说道：

“其实今日上朝，朕让众卿一同观听朝鲜使臣的泣血陈情，是有深意的。众卿有所不知，数月之前，丰臣秀吉那倭贼的这封威胁信送到之时，朕就苦心教诲朝鲜君臣不可掉以轻心，务要查漏补缺、以备不测。然而，朕是‘言者谆谆’，朝鲜君臣却是‘听者藐藐’，一个个祸在眉睫而浑然不觉、荒淫度日——唉！他们落到今日这般呼天抢地哀号求援的地步，又怨得了谁？”

“如今朝鲜八道几乎尽皆陷没，其宗庙被焚，王宫被掳掠一空，两位王子被擒，国中男子几乎尽皆沦为倭寇之奴，女子也几乎尽皆沦为倭寇之婢……真是令人痛心疾首！耳闻目睹此情此景，朕实是不安！朕相信——今日殿堂之上，耳闻目睹此情此景而不心生戒惧修省之念者，亦必非我大明朝之忠臣！”

他讲到这里，朝中大臣顿时尽行跪下，齐声应道：“臣等誓与陛下同心同德、休戚与共、不敢有二！”

“很好！很好！你们都平身吧！”朱翊钧挥手止住了他们，复又抬眼看着赵志皋说道，“所以，赵爱卿，你劝朕让李昖‘避难内附’，朕实是不能听从——朝鲜固然可以依赖我大明朝‘避难内附’，而这倭寇倘若在占据朝鲜全境之后，仍然狼奔豕突、侵我辽东而来……万一祸发如崩，你让朕和在殿众卿又到哪里‘避难内附’呢？……”

听得朱翊钧把话讲得这般切直，赵志皋心头一震，自知此刻不宜再僵持下去，急忙跪伏在地，眼睛眨了几眨，脸上便是老泪纵横：

“陛下！老……老臣柔懦无刚、临危怯敌，还请陛下恕罪……”

“罢了，罢了。赵爱卿！你‘战事不可轻启、战端不可妄开’这些话讲得还是没错的。战者，军国大事也，不可不慎，不可不谨，”朱翊钧挥了挥袖让他平身，深深凝望着殿上肃然而立的群臣，吩咐道，“朕意已定：择日便发兵入朝平倭。众卿家散朝之后，须得为朕分忧——且将各自心中筹谋的平倭方略写成奏本，呈进宫来！朕要‘博采众长、集思广益’，与众卿家一道‘运筹帷幄之中，决胜于千里之外’！”

倭寇长驱入汉城

朝鲜国王李昖的龙椅是由纯金锻造而成的，只不过比大明朝北京紫禁城里的龙椅小了许多。但椅背上那条盘龙仍然雕刻得栩栩如生，在夕阳斜晖的映照之下，圆睁着双眼，扬须舞爪，似乎也在为朝鲜王京汉城府的陷落而愤怒。

宇喜多秀家、石田三成、小西行长、黑田如水、加藤清正、锅岛直茂等倭军将领站在这座龙椅面前，或喜或思，神情各异，却又全都沉默不语。

过了半晌，加藤清正才轻轻叹道：“二十天！二十天！我大日本武士就一举攻占了朝鲜的王京！——太阁大人‘扬威域外，俯取朝鲜’的目标已然实现了！”

“是啊！小西君和加藤君真乃我大日本国的两柄‘神剑’，所向无敌啊！”宇喜多秀家点了点头，深深赞道，“本统领要马上呈文将你们二位攻破朝鲜王京汉城府的功绩禀报给太阁大人，请太阁大人给予你们二位应得的封赏。”

“哪里！哪里！还是宇喜多大统领指挥有方啊！”小西行长满面谦恭地说道，“宇喜多大统领才是‘扬威域外、俯取朝鲜’的头号大功臣啊！您才应该得到太阁大人隆重的封赏！”言至此处，他目光倏地一转，瞥向了站在一边的石田三成：“不过，这种向别人表白自己功劳的事儿，宇喜多大统领本人来做却不太合适……石田君，还是由你执笔将宇喜多大统领的赫赫功勋写成密折报送给太阁大人吧！”

石田三成闻言，向小西行长微微颔首说道：“小西君说得很对！在下待会儿下去后便准备拟写这份请功密折——不过，在下已想到了一个能够真实证明宇喜多大统领这桩盖世奇功的方法了……”他伸手一指李昖的那张龙椅，有些得意地说道：“不如把这张龙椅和在下为宇喜多大统领写的请功密折一道送回名护屋去！在下相信：太阁大人在看到这张龙椅和那份请功密折之后，一定会‘圣颜大悦’的！”

听着小西行长和石田三成如此露骨地向宇喜多秀家“拍马屁”，加藤清正双臂抱胸站在一旁从鼻孔里“嗤”地哼了一声出来：这两个家伙终究不过是商贩出身啊！只知道一味地向高位者献媚邀宠！他俩若是能把这份多余的心思放到如何谋划好下一步歼灭残敌的事情上来，该有多好啊！

这时，锅岛直茂却插话进来哈哈笑道：“石田君、小西君，平日里在下看到你们两位品茶吟诗颇具风雅，一向对此仰慕得紧。今天在下一路从全罗道攻来，杀敌砍头犹如切瓜削菜一般爽快着呢……不知怎的竟也诗兴大发！但在下才疏学浅，只作了两句——”说到这里，他停顿了一下，摇头晃脑地吟道：“力劈沧海无人敌，秋风扫叶夺朝鲜！——你们觉得在下这两句诗作得怎么样？”

小西行长听他写得这般直白肤浅，不禁“扑哧”一声笑了出来，一想又不能过分打击锅岛直茂的虚荣心，又急忙咬牙忍住，绷紧了脸皮“嗯”了一声，道：“这个……这个……锅岛君的这两句诗确是作得蛮好的……”

他正说之间，宇喜多秀家和加藤清正已是捂着肚子弯下腰去笑得前仰后合。

石田三成瞧着锅岛直茂，脸上笑意却是一掠而过，淡淡地问道：“哦？你‘杀敌砍头真如切瓜削菜一般爽快’？那你今天一共割下了多少朝鲜士兵的鼻子和耳朵？”

原来，丰臣秀吉规定：对诸位将领的奖赏，完全由他们及其手下割来敌人的鼻子或耳朵的数量多少而定。锅岛直茂先前被宇喜多秀家和加藤清正一番嘲笑，脸上表情有些挂不住了。这时他听得石田三成这般问来，自知是石田三成在帮他“解窘”，便接过话头答道：“噢……这个嘛，在下一时也记不清了！反正割下来的那些朝鲜士兵的耳朵和鼻子一共装了好几十麻袋……在下待会儿就让手下把它们扛过来请阁下过一过目、点一点数吧！”

“哦！这么说——你割的一定很多喽？在下倒希望锅岛君给咱们带来一个崭新的惊喜！”石田三成眉梢之间尽是淡淡的笑意，“锅岛君有所不知啊：加藤君一共已经割下敌人七万六千七百只耳朵和鼻子了！小西君也割下敌人七万八千五百只耳朵和鼻子了！锅岛君割的可有他两位多吗？”

锅岛直茂听罢，惊得吐了吐舌头，老老实实地回答：“在下好像没有加藤君和小西君割得多啊！实不相瞒，在下大概最多只割到了三四万只……”

这时，却见加藤清正眉毛一扬，板起了面孔，冷冷地向石田三成问道：“石田兄怕是记错了吧！小西君割的好像并没有本将多哟！……”

“什么？加藤清正！你欺人太甚！”小西行长一听，勃然大怒，“你凭什么说本将军割的没有你多？”

“哼！就凭你素来在战场上采用的是‘三段射击法’攻打敌人，而本将军一向采用的却是‘筒炮狙击法’攻打敌人！”加藤清正毫不退让，语气生硬地迎了上来，“根据这一点，大家心底都应该清楚：到底是你在战场上出手更快还是本将军出手更快!”

“你……你……你竟敢诬蔑本将‘冒功窃赏’?”小西行长愤愤地说着，一手伸向腰间按住了刀鞘，“你再说这样的话，我就和你决斗!”

“决斗就决斗！你以为我会怕了你？我向来都是凭事实说话的……”加藤清正满脸横肉涨得通红，也握紧了腰间的刀柄直逼上来，“本来嘛……有些人就只会用舌头和纸笔去吹嘘自己的战绩，而我却是真刀真枪地砍下敌人的头颅的……”

他这么一说，石田三成和宇喜多秀家都顿时微微变了脸色，仿佛被黄蜂蜇了一下，脸上表情显得有些难堪——加藤清正这个“愣头青”，口无遮拦，一竿子把他们也“扫”了进去!

此时，只有黑田如水见加藤清正和小西行长二人剑拔弩张一触即发，便“咄”一声猛喝，站到中间用自己的身体隔开了他二人，厉声斥道：“大敌未灭，身居险境，你这两个小子居然还有这份劲头搞‘内斗’？来！来！来！——你俩可有本事敢把老夫先一刀劈成两半再去决斗?!”

见到黑田大军师这般疾声厉颜，加藤清正二人不由得脸上微微一红，互相狠狠地盯了一眼，脚下却不自觉地都向后退开了一步。

黑田如水就那样直直地站在他俩当中，缓下了语气，深沉地说道：“老夫给你俩一个举行‘决斗’的建议——老夫记得德川公给我们提供的西征方略里有一条是‘以快打慢，速战速决’。老夫认为，目前只有尽快抓住朝鲜国君李昖，不让他趁势逃到大明国里获得喘息之机，这才算是真正的‘速战速决’！你俩暂时也不必去争什么谁比谁割下的敌人的耳朵和鼻子多了！——依老夫之见，谁能抢先抓到李昖，谁就是此番西征之役的第一功臣！这才是你二人该做的真正的

‘决斗’!”

“好!”加藤清正和小西行长同时应了一声，他俩的目光在半空中一碰，立时火花四溅！然后，二人又同时把头往侧一扭，你不愿瞧我，我也不愿瞧你！

黑田如水见状，眉头微皱，又冷冷开口而道：“老夫不管加藤君和小西君私下里是何等的不睦——但老夫以三军元老的身份在这里要毫不隐讳地代太阁大人警告你们：我大日本武士，从来都是为了国家而献身的英雄，而绝不应是为了赌气争胜而‘内斗’的小人！——今后，大家的刀刃要一致对外，绝对不能砍向自己的同胞手足!”

他这段话一落地，可谓铮铮有声：加藤清正和小西行长各自面有惭色，微微垂下头去！场中一下便静了下来——大家都在默默地“咂摸”着黑田如水的这番话。

隔了片刻，石田三成才开口打破了这一片沉默，沉吟着问道：“黑田军师……在下有一个问题想请教一下……”

“石田君但问无妨。”黑田如水淡淡地说道。

“在下认为，无论是加藤君或小西君，只要擒住了李昖，这都很好，”石田三成正视着黑田如水，缓缓言道，“但是，倘若那李昖万一越过鸭绿江逃进了大明国内去了呢！我们还追不追进大明国里去?”

黑田如水听了，抚了抚颌下的须髯，蹙紧了眉头，半晌没有答话。石田三成却是紧紧地盯着他的面庞，耐心地等着他回答。

许久，许久，黑田如水将目光抬了起来，远远地投向西方的天际，慢慢地开口了：“你们不要以为这么顺利就拿下了朝鲜，那么直接挑战大明国似乎也没什么可怕的。其实，这段时间里大明国没有抽出手来支援朝军，只不过是由于他们本国内部西边边疆宁夏镇鞑靼人的叛乱牵制了他们而已。在大明国尚未倾注全力转向辽东的这段空隙里，我们应当积极巩固自己在朝鲜已经取得的战果：扫荡余敌，屯兵积粮，加固城池，以备不测。”

“万一李昖逃进了大明国，我们也不要轻举妄动，更不能在时机尚未成熟之前去冒险触犯大明国。现在，无论如何也只能是‘走一步、瞧一步’！其实，不瞒诸位，本军师此刻最担心的便是大明国突然从西疆顺利抽身直接介入了朝鲜局势当中……唉……本军师真希望大明国西疆的宁夏叛军能够与我们遥相呼应，把大明国的大军拖在那里越久越好啊！……”

听了黑田如水的这番意见，全场立时又静了下来。隔了好一会儿，宇喜多秀家有些迟疑的声音在这一片沉默中响了起来：“黑田军师……可是，可是太阁大人发给本统领的密令是‘马不停蹄，乘胜追击，直捣辽东，深入大明’啊……”

他的嘀咕之声，在场诸将听得明白，场中又是一片沉寂。

“黑田军师深谋远虑，知利知弊，缜密至极，我石田三成愧不能及也！”却见石田三成一步跨出，俯首向黑田如水赞道，“在下现在就将您这番指教写成我西征大军全体将领根据现实情形而发的建议书送给太阁大人定夺！”

黑田如水听了，沉吟了一下，双瞳深处倏地一亮，在石田三成脸上盯了片刻，方才淡然说道：“石田君可谓才识内敛、深藏不露啊！本军师刚才所谈到的一切，只怕石田君也早就料到了吧！石田君巧妙地将本军师这番意见引出来，并行文呈给太阁大人，恐怕也是为了将来在发生意外之后能将这个责任推到本军师头上吧！”

“这……这……”石田三成没料到黑田如水的目光竟是如此犀利，一下便洞悉了自己心底最隐秘的念头，顿时惊得背上冷汗涔涔而流，颤声而道，“您……您错怪在下了……”

“错怪你了？呵呵呵，没关系。石田君今年才三十岁，前程远大，怎么会为了拂逆太阁大人的某些‘瑕疵之见’便公然和太阁大人针锋相对呢?”黑田如水一边仍是淡淡地说着，一边伸出手去缓缓抚摩着李昖那张龙椅上雕的那条金龙凌空飞扬的绺绺龙须，“太阁大人的‘龙须’，谁敢乱捋啊?——本军师已经老了，在利害得失之际也看淡了许多。得罪太阁大人的事儿，还是推在本军师身上更适当一些吧!石田君，你就把本军师这番意见原原本本抄给太阁大人，文尾就只签署本军师一个人的名字，一切与其他将领无关!”

大明定策援朝平倭

在紫禁城的御花园里，朱翊钧召来了赵志皋、许国、张位、石星和宋应昌等人共议援朝平倭之事。

令赵志皋、石星等人深感意外的是，本已致仕在家的宁远伯李成梁和前任首辅申时行二人竟早已在朱翊钧身旁陪侍。

赵志皋一见这两位元老重臣，顿时在心底深深一叹：难怪近日这位青年天子面对倭虏侵朝这等大事谋断之际显得胸有成竹、有章有法、底气十足，原来在他背后竟有这两位高人指点!一念及此，赵志皋心底暗暗惭愧：自己也太小瞧了这位春秋鼎盛的青年天子，他的知人善任、刚明英武其实丝毫不在汉武帝刘彻与唐玄宗李隆基两位中兴明主之下啊!……

朱翊钧坐在花园里的御座上，眼圈似乎有些红，眉宇之间也隐隐带着一丝疲倦。他用手指了指放在身边玉几上的那厚厚一摞奏本，又拿手指轻轻揉按着自己的“太阳穴”，开口说道：“朕这几日都在认真阅看众位卿家呈递上来的援朝平倭方略，昨夜里不知不觉竟挑灯阅到了三更时分……今天上午召七位卿家前来，就是希望能替朕‘博采众长，精益求精’，选出一个最稳便的援朝平倭方略，赶快施行……”

他顿了一顿，仿佛想起了什么似的，问石星道：“对了，这几日朝鲜国内的局势如何?你们兵部是如何应对的?李昖君臣还安好否?”

石星听问，表情微微一滞，斜眼看了看宋应昌，答道："启禀陛下：这几日微臣在忙西疆宁夏平乱之事……东边朝鲜之事是宋侍郎在打理……微臣认为，宋侍郎曾任山东巡抚，做过海疆边防长官，通晓东夷之事，在对付倭虏方面应该比微臣懂得更多一些……"

朱翊钧沉吟着点了点头，便把询问的目光转向了宋应昌。

宋应昌刚才听到石星开口就是那么圆滑地推诿着，心底不禁掠过了一丝隐隐的不快。但他素来不以此类纤芥小事为意，便不多言，向朱翊钧奏道："陛下，目前我兵部已向顾养谦处发去了急令，要求他们每日向兵部报送一次朝鲜倭情……若有紧急事态，他们可以随时上报……"

"据今天上午刚刚收到的消息，朝鲜国君李昖和他手下的一些大臣已经逃到义州府城内安顿了下来。朝鲜全罗道巡察使权栗在平壤城暂时挡住了倭虏的疯狂进攻……"

说到这里，宋应昌脸上忽然绽开了兴奋的笑容，说道："其实朝鲜将士也并非皆是无能之辈：五月七日，朝鲜全罗道水师节度使李舜臣在巨济岛大败倭虏的舰队——取得了焚毁倭舰二十六艘、击沉倭舰十八艘的战绩！"

"好！好！好！"朱翊钧听了，高兴地用右掌一拍御座的扶手，点头笑道，"朝鲜的水师这么厉害，朕倒是有些始料未及！看来，即便朝鲜靡弱到了今日这般地步，也自有其过人之处令倭虏不能全胜啊！"

"是啊！"宋应昌深深叹了口气，不无感慨地说道，"倘若李昖君臣在倭虏渡海欲侵之前，积极于沿海一带布下水师舰队，严阵以待，拼死以争，力遏倭舰于海峡中途，又岂有今日这般'兵败如山倒'的惨状发生？"

"嗯……宋侍郎这番话讲得很对，"申时行在一旁听了，不禁微微点头，向朱翊钧提醒道，"陛下，'以人为鉴，可明得失'。如今既有朝鲜前车之鉴历历在目，老臣建议可否立即发文指示山东、浙江、福建等沿海地域严整水师，时时防备倭虏如嘉靖年间一般自海上乘舟来袭?”

“不错。你们兵部今日下去后立刻把申先生这个建议用诏令行文给山东、浙江、福建等巡抚衙门，以八百里加急快骑传送下去!”朱翊钧听他讲得有理，当即便将此事吩咐给了石星、宋应昌。

“陛下能从善如流，未雨绸缪，臣等佩服，”石星、宋应昌急忙应声站起身来垂手答道，“关于向鲁、浙、闽三省行文严令注重海防之事，臣等立刻切实照办。”

“其实，朕这‘严整水师、注重海防’之见也没什么新奇之处，”朱翊钧丢过来一本奏折给宋应昌，淡淡说道，“太仆寺少卿张文熙在这个折子里提得还要大胆许多——他建议要施展围魏救赵之计，集结山东、浙江、福建、广东等四省水师之精锐，以攻为守，乘风破浪，捣击日本岛国之‘巢穴’！卿等以为如何?”

“老臣以为此计甚好，”李成梁听了，略一沉思——他本就是喜好“兵行险着”的猛将出身，思忖片刻，不禁抚须赞道，“倭虏以劲悍之贼，兴起倾国之兵侵入朝鲜，其国内势必空虚——张大人此计若能施行，则倭虏腹背受敌、内外交困、进退失据，必能一战而溃。”

“李大帅豪气凌云、锋芒万丈，老臣亦是心仪，”申时行静思了一会儿，侧头看了李成梁一眼，淡淡说道，“不过，老臣以为张文熙此奏‘刚猛太过、蓄势不足’——我皇皇天朝岂可为一小小倭虏而致使濒海数省舟师‘空垒而出’？一撮倭虏便弄得我朝四方云扰、举国出动——蒙古、鞑靼、南蛮等伏莽之贼岂不因此而以为我朝中无人？逢大敌则以大军迎之，遇小敌则以小军迎之——何必乱了分寸、庸人自扰？依老臣之见，只需下诏责令濒海诸省‘严整水师、注重海防’——已先立于不败之地，又何惧乎倭虏来犯？倘若倭虏来犯，再行迎头痛击！”

宋应昌也道：“申阁老所言甚是。欲破倭虏，辽东一镇之兵足矣！倭虏尚远在朝鲜，我朝不必惴惴然如临大敌而自乱阵脚！”

朱翊钧听罢，也没说什么，只是抬眼看了看李成梁。李成梁急忙躬身而道：“老臣一介武夫，只知逞强好胜，不及申阁老思虑缜密、深谋远图。老臣自愿收回刚才的意气之词，衷心恳请陛下采纳申阁老的老成谋国之言。”

“李爱卿行事磊落大度，朕很是欣赏，”朱翊钧十分满意地点了点头，又转头向申时行笑道，“你们两位元老和衷共济、匡我大明，不以私情而乱公务，朕也在此谢过你们了。张文熙之奏，失于轻躁，那就不予采纳了！”

他此言一出，申时行和李成梁都不禁连忙站起了身，垂手恭然答道：“陛下过赞，臣等愧不敢当！臣等唯有一腔丹心以报社稷！”

“二位爱卿何必这么拘于礼节？陈矩，宁远伯和申阁老年岁都有些大了，你且扶持着他俩落座为安！”朱翊钧见状，急忙向陈矩招手示意，对申、李两位老臣的宠待优礼之情显现无余。

这时，一直站在一旁论政议事的赵志皋瞧着这一幕情形，脸颊的肌肉不自觉地暗暗抽搐了一下，虽然也是陪着一副干笑，眼角却倏地掠过了一丝隐隐的妒意——他身为现任内阁首辅，然而在皇上面前所受的宠礼竟远远不及申时行、李成梁这两个早已致仕的老臣，你让他这张“宰辅颜面”在文武百官面前怎么摆?！一时之间，他闷住了声只是一味地缄默起来，不再主动开口进言。

朱翊钧道：“众位卿家，浙江道御史田德忠提了个点子有些古怪：倘若倭舰从海疆侵来，他建议由朝廷从民间采购三万筐鸡蛋，装到我大明战船上去，在交战之际把那些鸡蛋全部掷到敌人战舰的甲板之上，用黏糊糊的鸡蛋浆滑倒摔死倭寇们……”

他话犹未了，场中诸人都是“哄”的一声齐齐大笑了起来！

朱翊钧自己也忍俊不禁，捂口“嗤嗤”笑了半晌，方才敛起了笑意、端正了表情，又向宋应昌递过来一份奏折，道：“当然，像田德忠这样古怪伶俐的点子，嗤笑归嗤笑，能用得上的地方也不是不可用。不过，这也说明了他对援朝平倭之事想得蛮细嘛！你们下去后可不要随意取笑他。”

“另外，这份奏折是南京刑科给事中徐桓写的。他认为平倭之策有四：‘先声以夺其气，用间以离其党，迎击以挫其锋，伏奇以蹑其后。’……卿等认为如何？”

“好！好！好！”宋应昌一听，眸中不觉一亮，忍不住拍掌而赞，“徐桓这‘平倭四策’甚是精妙，甚是切实！不瞒陛下，微臣心中所想竟与他不谋而合，岂非奇事？！”

他这番话纯系兴之所至随口道来，没想站在自己身旁的石星听了却是暗暗蹙了一下眉头：这个宋应昌，今日在御前应对之际真是口不择言、“大出风头”，未免有些太不顾及旁人的感受了！简直把一场御前议政搞成他自个儿的“独角戏”了！——然而，石星此刻这般心思乱想开去，竟一时忘了起初是他自己在朱翊钧面前把“东征平倭”这个球踢给宋应昌的：只不过，眼下他看到宋应昌接过这个球踢得有声有色，反而让他又有些不高兴了！

这边，朱翊钧听到申时行、李成梁、许国、赵志皋等诸位大臣也纷纷对徐桓这道奏章点头称妙，便深有同感地颔首道：“朕在这数百份奏章中也认为他这‘平倭四策’写得最好！你们兵部就把他这份奏章带回去好好研究一番，去粗取精，尽早定下平倭方略！”

说罢，他略一沉吟，又吩咐陈矩道：“徐桓建言有功，朕要重重赏他——奖他四百两白银！”

陈矩连声应道：“是！是！是！奴才记下了。待会儿奴才便拟赏银诏书去!”

朱翊钧吩咐完毕，又侧身从玉几上那摞奏章当中拿起了一本，托在手中，缓缓说道：

“此番准备援朝平倭，朕几日前在金殿上已给在座的朝臣们谆谆教诲了一番。在京的朝臣们已经都理解了朕发兵援朝平倭的一片苦心。然而，四方各省外官不明内情，难免会生浮情杂念……俗话说：‘各人自扫门前雪，莫管他人瓦上霜’，有些臣僚说不定也是认为朕在多管闲事。”

“唉！治国之难，在于统一人心、一致对敌。人心不一，则各怀歧念；各怀歧念，则诸事不成。朕正欲亲笔撰文将决定援朝平倭的缘由宣示天下……”

他说到这里，将手中那份奏折在诸臣面前晃了一晃，微微笑道：“恰在此时，朕读到了刑部右侍郎吕坤写的这封《论平倭援朝不可怠缓疏》，朕当场就搁笔不写了。正所谓：‘眼前有景道不得，崔颢题诗在上头。’朕也对他这篇鞭辟入里之文甘拜下风，就借用它来替朕宣示天下、悦服人心！众卿家且先听一听吧。”

在他示意之下，陈矩接过了他手中那份奏折，打开之后向在场诸臣缓缓念道：

微臣吕坤启奏陛下：

如今倭虏东来，侵入朝鲜，甚者将以危乱我朝，故丝毫不可怠缓也。

朝鲜属国，在我东陲，近吾肘腋。平壤西邻鸭绿，晋州直对登、莱。倘若倭虏取而有之，借朝鲜之众为兵，就朝鲜之地为食，生聚训练，窥视天朝。进则断漕运、据通仓，而绝我饷道；退则营全庆、守平壤，而窥我辽东。不及一年，京城坐困，此国家之大忧也。夫我合朝鲜，是为两力，我尚怀胜负之忧；倭如合朝鲜，是为两倭，益费支持之力。

臣以为朝鲜一失，其势必争。与其争于既亡之后，孰若救于未败之前？与其单力而敌两倭，孰若并力而敌一倭乎？乃于朝鲜请兵，而二三其说，许兵而延缓其期，或谓属国远戍，或言兵饷难图，甘心剥肤之灾，袖手燃眉之急。谚曰："小费偏惜，大费无益。"今朝鲜危在旦夕矣，而实刻不容缓矣！臣愿陛下早决大计，并力东征，而属国之人如久旱盼得甘霖，必归心于天朝，永为藩卫。

听完了这篇奏疏，在场的诸位大臣无不点头称是，听得心悦诚服。赵志皋在一旁亦是暗暗惊诧：他在朝中素来听闻吕坤在刑部以清正廉明而扬名京师，却不料此人见识如此卓异、剖理如此明晰，倒真是不可小觑！从这封奏疏来看，他堪称社稷之臣、宰辅之器了！一念至此，赵志皋更是禁不住心头一震：如今这满朝之内当真是"卧虎藏龙"——居吾之前者，有申时行、李成梁等元老重臣，深沉恢宏以镇朝局；居吾之后者，有吕坤、徐桓等新秀俊材明敏精干以襄朝政；而自己确实是未免有尸居首辅、求稳守位、不思精进之态，长久下去只怕难逃众人之指摘啊！想到这里，他顿时心头一凉，微微叹了口气，不敢再多想下去了。

"赵爱卿……"朱翊钧唤了他一声，让陈矩把吕坤的奏疏递了过来，吩咐道，"这道奏疏你们内阁且拿去。朕的朱批是：'吕坤之所言，正是朕心之欲言。当宣示天下，群臣不得妄生歧念。'你们把朕的这朱批之语悬在他奏疏文首之处，认真抄写数千份，送天下正七品以上官员人手一份以明朕心，自今而后对东征平倭之役勿再生异议。"

"是。老臣立刻照办。"赵志皋急忙小心翼翼地从陈矩手中接过了吕坤的《论平倭援朝不可怠缓疏》。

朱翊钧今天上午一气讲了这么多，也有些累了，在御座上品着茶静静休憩了片刻，复又缓缓开口言道："朕昨日收到了一份奏折，也是谈平倭援朝的。它的特别之处在于——它是第一份前来主动请缨抗击倭虏的奏折……"

听了他这话，在座的诸位大臣个个面面相觑，心中皆道：连身居辽东第一线的顾养谦，尚且怀有"阖门自守"之意，哪个将领居然还有这等"越位请缨"之举？

"辽东建州都督佥事爱新觉罗·努尔哈赤这个人，你们熟悉吧？"朱翊钧的话虽是面向赵志皋、石星他们问的，两道深沉的目光却投向了坐镇辽东多年的"宁远伯"李成梁。

李成梁也不回避，在杌子上欠了欠身，大大方方地说道："启奏陛下，老臣比较熟悉努尔哈赤。此人颇为年轻，三十余岁，是建州女真族的首领。他曾多次协助老臣剿灭了不少蒙古土蛮，战功卓著。说起来，他这个'建州都督佥事'的官爵，也是老臣上奏朝廷赏赐给他的。"

"是了！是了！"石星这时也忆了起来，沉吟道，"刚才微臣心底还在嘀咕：是哪位将领竟能做出这等'越位请缨'之举呢……原来是这个建州女真酋长啊！细细想来，也只有这样不懂礼法的蛮夷之徒才会不知天高地厚，夸下如此海口……"

他正说之际，目光一瞥，竟看到御座上的朱翊钧唇边不知何时挂上了一抹冷冷的笑意——他心头猛地一颤，顿时知道自己给努尔哈赤扣上"越位请缨"的帽子，只怕眼前这位青年天子是有些不以为然的！他深思：此刻倭虏来侵，皇帝其实在心底里非常盼望有一位大将能够意气慷慨地主动站出来请缨，借此激励天下臣民奋发对外之心——他这时贬斥努尔哈赤，皇帝自然是不满的了。想到这里，他急忙识趣地闭上了口，没有再说下去。

朱翊钧也不理他，径自又将头转向了李成梁，继续问道："此人能得李爱卿举荐而加官封爵，想来也是有几分真本领的。依李爱卿之见，他的谋略、才能、兵法堪与倭虏一战否？"

"这个……他的能力是否堪与倭虏一战，老臣实是不知。因为老臣此前从未与倭虏交过手，所以不好评断此事，"李成梁抚了抚胸前垂髯，沉吟片刻，方才答道，"然而，依老臣之见，此人谋略超群、勇猛过人，与老臣之子李如松不相上下。他既上奏主动请缨抗击倭虏，陛下亦可顺他之欲，让他大显身手与倭虏决一雌雄！"

这个时候，赵志皋有些再也按捺不住了，咳嗽一声，脸一板，开口奏道："陛下，宁远伯此言差矣！想那努尔哈赤虽有我大明'建州都督佥事'之职，但他终究还是辽东建州女真蛮夷。古语有云：'非我族类，其心必异。'陛下忘了宁夏鞑靼丑虏哱拜吗？依臣观之，难保这努尔哈赤将来不会成为第二个哱拜！老臣恳请陛下肃明华夷之辨，不可重用努尔哈赤！"

石星看到首辅赵志皋站出来反对李成梁，心底的胆气这才又壮了几分，想一想还是不能让努尔哈赤这等善于投机邀宠的蛮夷之徒就此顺心得意，也附和着赵志皋的意思奏道："微臣之意与赵阁老相同——西晋初年，匈奴刘渊起先亦曾身任晋朝官职，待他羽翼丰满，却反噬于晋，自立称雄。陛下派这努尔哈赤去征伐倭虏；若是败了，实在有损我天朝神威；若是胜了，只怕又是引虎驱狼，反而壮了他的淫威。此事确当请陛下三思！"

"这……"朱翊钧听了赵、石二人之言，心中不禁有些犹豫起来：这赵志皋才识虽并不出众，但他素来端方质直、深通礼法典章，刚才所言有章有据，不由得自己不再三慎思啊！自己倘若一时听信的是努尔哈赤的虚饰自炫之词，那时候才是"误君事小，误国事大"啊！

“陛下：汉武帝时，还曾以匈奴小王子金日磾为托孤重臣呢！金日磾后来不也成了汉朝著名的社稷之臣吗？”李成梁听了赵志皋、石星这番话，大是不服，当场驳斥道，“陛下身为华夷共主，安南、朝鲜、乌思藏、吐蕃等藩国之人亦皆是陛下子民，岂可疑此信彼、妄生猜忌？老臣认为，陛下既是万乘之尊、天下之主，便须胸怀四海，唯才是举，让四方之才为我所用，不可摒弃四方英才，逼良为寇、驱忠为逆啊！”

朱翊钧静静地听着，双目微闭，只是若有所思，半晌无语。他伸出手指又揉了揉自己的太阳穴，慢慢睁开了眼，徐徐说道：“这样吧！努尔哈赤在奏章中声称自己一心要为天朝忠顺守边，并愿意亲自赴京恭谨朝贡、‘输款献诚’……朕就允了他，让他前来朝贡。待朕与众卿亲眼辨识此人一番之后，再决定派不派他参加东征平倭之役吧……”

“陛下圣明。”李成梁和赵志皋、石星同声赞道。

朱翊钧略伸了伸懒腰，抬头看了看日头，见其时已近中午，便道：“众卿家今日就和朕一道用膳，如何？”

“多谢陛下隆恩。”在场的诸位大臣急忙垂手谢道。

听琴紫禁城

“钦差大人，李将军此刻正在练兵场上操练麾下诸将士，”提督府的一名侍卫亲兵向吕坤抱拳禀道，“您且在军帐中稍息片刻，待小人即刻去将李将军唤回听旨？”

“老夫只是替陛下传几句口谕而来，并未携有黄绢诏书。你们也不必急在一时，用不着即刻将他召回，”吕坤淡淡一笑，轻轻摆了摆手，悠然说道，“你去传话，让他操练完毕后回帐来见老夫。”

“属下遵命。”那亲兵躬身行一礼之后，出帐而去。

吕坤这才转过身来，仔细打量着这军帐中的一切。只见正面帐壁之上，高高地悬挂着两幅军事地图：一幅乃是西疆宁夏镇周围一带形胜要塞之军事地图，而另外一幅则是辽东、朝鲜一带形胜要塞之军事地图！两幅地图之上都被人用细毛笔画出了一条条线路，纵横交叉，密如蛛网——有的地方还被批上了密密麻麻的蝇头小字，细细看去全是行军布阵之要诀！

见到这两幅军事地图，吕坤清癯的面庞上不禁露出了一丝深深的笑意：看来，这位李如松将军果然是“常思奋不顾身以殉国家之急”啊！他当真是一边在宁夏镇这里指挥若定、围歼哱拜，一边却又时时刻刻密切关注着朝鲜那里的倭寇动向，随时准备着旋旌迎战啊！想到这儿，吕坤几乎觉得自己今天专程奉了皇帝旨意前来传达要李如松备战平倭的口谕好像也是一种多余了。

正在这时，帐中的窗帘突然“哗哗哗”地暴响起来：原来，外边刮大风了！吕坤从窗帘口看了出去：一阵阵干燥的朔风，带着凄厉的啸声，像难听的战马嘶鸣；朔风之中，还夹着一蓬蓬尘沙，刮在脸上如同刀割般疼痛。而且，随着这朔风刮起，天空就变得昏黄昏黄的，暗沉得很。李如松他们就是这样年复一年地在这苦寒至极的边塞之地浴血沙场、东征西战，委实是精忠可感！

窗帘口外，就可以看到那块军营中的练兵场了。其实，这个时候它改称“练将场”还差不多——西征军中百十名将尉在场上齐齐整整地列队立着，虽风沙扑面力可撼石，一个个却站得笔直笔直的，纹丝不动，任由铠甲紧衫被朔风刮得“啪啪”作响！

军队前方，有一个似铁枪一般兀然挺立的清瘦身影赫然映入了吕坤的眼帘：不用细看，这样的风骨、这样的气质必是西征主将李如松无疑了！也只有他这般清峻刚毅、号令严明才能一丝不苟地亲身率领手下诸将校风沙无阻地在练兵场上真刀实剑地操练，并以此激励和带动全体军士！

一念至此，吕坤不禁热泪盈眶，竟情不自禁“扑通”一声朝着京师方向屈膝跪了下来，双掌合十，喃喃念道：“陛下……微臣在这里向您遥遥贺喜了：国有干城，军有名将，东征平倭之事您可以高枕无忧了！”

“昨日朕终于下诏了：为使朝鲜国君李昖免落倭人之手，令辽东副总兵祖承训率师一万先行进入朝鲜义州府亲护李昖君臣，”朱翊钧坐在御书房里，对郑贵妃淡淡地说道，“朕要求祖承训他们务必不可妄自挑战倭虏；此番入驻义州，只是专门护卫李昖君臣而已……现在就和倭虏贸然开战，时机还不够成熟啊！待到李如松在宁夏平定了哱拜之乱后回驰辽东，朕才可以下诏让他们痛痛快快打上一仗……”

“陛下想得如此周全，臣妾也没什么可说的了，”郑贵妃微低着头坐在御书房一张玉几前，慢慢地调弄着几上一具玲珑古朴的瑶琴，“只是不知宁夏那边的局势怎么样了？”

“嗯……朕已经派吕坤携徐桓的‘平倭四策’赴宁夏与李如松切磋交流。他发来密奏盛赞李如松乃‘大将之才，忠勇无双；朝廷有将如此，实系社稷之福’！他赞得没错：在这八十天内，李如松大显神威，先是一举击溃了前来驰援哱拜的鞑靼贼酋著力兔带来的八千人马，并乘胜追击，不但捣毁了他们的全部营垒，还将他们尽行驱出了贺兰山外！”朱翊钧一谈起宁夏的战况，就不禁眉飞色舞、喜形于色，“现在，李如松已率大军将宁夏城团团围住，哱拜、哱承恩父子孤立无援、坐困愁城，犹如釜中之鱼，歼灭之期指日可待！”

“难怪陛下敢于下诏派遣祖承训等辽东劲旅进入朝鲜保护李昖君臣，”郑贵妃在说话之间，已经调好了那具瑶琴，仰起脸来看着朱翊钧，“看来宁夏确是大局已定，陛下今夜可以睡个安安稳稳的好觉了。”

“是啊！李如松不负朕望、连战连捷，这让朕决定援朝平倭的底气更足了！”朱翊钧点了点头，欣喜地说道，“天生良将于我大明，实乃我大明之洪福啊！”

郑贵妃抬头看着朱翊钧因这段时间里辗转难眠而微微发黑的眼圈，不禁眼眶倏地一热，泪水顿时模糊了眼帘。她忍了片刻，才硬生生地将即将滑出眼眶的泪水忍住，含笑而道：“臣妾有一个请求：陛下，咱们暂且不要再谈国事了；您听臣妾弹奏一曲，给您散散心、解解乏如何？”

朱翊钧听了，脸上现出微微的笑意，不胜欣慰地说道：“好啊！爱妃深知朕意，朕很是高兴。你且抚奏一曲，让朕好好听一听。”

郑贵妃身形立刻一正，双手放在琴上，白玉般的纤纤十指抚动琴上银弦，轻拢慢捻，款款奏来。

她抚奏的正是《渔樵问答》，音律悠闲平畅，如明月映江，似清风拂岭，轻松自然。渐渐地，琴音竟与房外丰茂树林间的鹊吟莺歌和节和拍，宛然水乳交融、妙韵天成。

朱翊钧倚在几旁，听得甚是入神。想他自幼便居帝王之位，日理万机，一身重负，竟是鲜有一日能像今天一般真正舒心愉悦过。细细浸入这琴音意境之中，倒觉得自己虽贵为华夷共主、天子之尊，身受万众瞻仰，却委实不能与江上渔翁、山中樵夫那般清逸旷达的悠然自得相比。一念至此，朱翊钧禁不住喟然而叹，眼角竟有几滴清泪沿颊缓缓流下。

郑贵妃在抚琴之际，不觉抬眼一瞥，见到了朱翊钧这般表情，暗暗心道：“臣妾本欲以《渔樵问答》来使陛下宽心舒畅，却不料引得他心生隐逸悠闲之念，反倒消磨了他的慷慨奋励之气……须得将他那心思拨转过来才好……”于是，她抚在琴弦之上的手指一拢，琴音随之一敛，稍一流转低回，兀然便又巍峨峭拔——竟是转为《满江红》了！

《满江红》系南宋抗金名将岳飞的那首名词《满江红》化入曲谱而成的一部琴曲，音律最是激昂壮丽、高亢入云。

果然，这琴声飞扬而起，直冲云霄，大有“刺破青天锷未残”之势，令人悚然心动。接着，琴音又变，犹如万骑奔腾、千狮咆哮，四下里金戈相击，铿锵不绝，仿佛是岳飞元帅正率领十万雄师奋勇斩杀金人，“驾长车，踏破贺兰山缺”，令人凛然而生无限豪情！

“好！好！好！”朱翊钧伸手一拍玉几，慨然而起，轻啸一声，道，“朕也要‘驾长车，踏破贺兰山缺。壮志饥餐胡虏肉，笑谈渴饮倭寇血’！”

郑贵妃微微一笑，伸出玉手轻轻拭去额上沁出的涔涔细汗，推琴而起，欠身说道：“陛下天纵英才、圣明雄断，有汉武帝、唐玄宗威震四夷之才，而无汉武帝、唐玄宗荒淫偷惰之弊，岂能自甘与岳飞等将帅相比？陛下要把自己放到史册之中和太祖皇帝、唐太宗、汉光武帝相比才是！”

“爱妃不但能用琴曲为朕舒心解乏，而且还能用娓娓言辞唤起朕的豪情、激起朕的壮志，”朱翊钧满是深情地注视着她，悠悠说道，“朕很是感激你啊！”

他正说之际，御书房门外内侍禀道：“启奏陛下，户部尚书何致用称有急事面见陛下！”

“何致用？”朱翊钧略一沉吟，看了看郑贵妃道，“朕这几日派他筹措东征平倭的粮饷……莫非他碰到了什么棘手之事？”心念一定，向房门外开口答道：“宣他进来！”

门外内侍应了一声，急忙传旨去了。

郑贵妃亦是会意地站了起来，转进房内那座屏风后面的杌子上坐了下来。

不多时，便听得脚步声匆匆走近。头发花白的何致用一脸憔悴，有些踉踉跄跄地进了御书房，倒头便拜，道："微臣叨扰陛下，罪过、罪过!"

"既有急事来奏，便无罪过，"朱翊钧坐在御案后面摆了摆手，淡淡说道，"究竟是何急事？何爱卿且速速讲来。"

何致用抬起头来，眉头紧拧，看着朱翊钧欲言又止。

朱翊钧瞧了瞧他，有些诧异："你既称有急事来奏，为何却是吞吞吐吐？"

何致用听他话中口吻似是颇为不满，只得脸色一正，长长一叹，终于开口奏道："微臣今日特来面见陛下，是恳请陛下恩准臣辞去户部尚书之职。"

"什么？你要辞去户部尚书之职？"朱翊钧一怔，"近来为我东征平倭大军征粮筹饷固是繁忙，但朕也知道自推行新政以来国库中尚有存银近千万两……何爱卿居然还觉得难以筹措而不惜辞官卸责吗？"

"这……这……不错，我大明朝今日国库殷实、粮饷充足，确为亘古少有……东征平倭大军自是后顾无忧，"何致用嗫嚅道，"然而微臣老迈无能、不耐烦剧，胜任不了户部尚书之职，还望陛下另择贤能才是!"

"一派推托搪塞之词!"朱翊钧拍案而起，眉竖如剑，愤然喝道，"如今大敌当前，辽东局势岌岌可危，朕正欲与诸位爱卿齐心协力共除倭难……而你身为朝中重臣，竟然遇难即退、优游而去，丝毫不念君父之忧，全然不顾社稷之危，简直令人难以忍受！朕要重重罚你!"

何致用见这位青年皇帝竟被自己激得暴怒如雷，气势咄咄压人而来，亦不由得心头剧震！他急忙将头在地板上磕得"砰砰"连响，泪流满面、悲恸至极地喊道："陛下此言真是冤杀微臣了！微臣纵万般无能，哪敢有这种‘忘君忘父，弃国弃民’的可耻念头？陛下这么说，微臣唯有一死以明心迹啊！”

“你……你……”朱翊钧虽是怒火冲天，但耳中听到何致用方才这番话，不禁微微一怔，又见他哭得真切、不似作伪，便定下心神，冷冷问道，“朕哪里冤枉你了？哼……既然你口口声声说自己没有这样的可耻之念，那你为什么要无故辞官卸责而去？”

何致用把心一横，咬了咬牙，昂起头来硬声硬气地说道：“反正微臣‘里外不是人’了，要死也死得让陛下明白：微臣前来辞官，其实是被国舅爷逼的！”

朱翊钧听了，顿时愣住了。何致用口中所说的“国舅爷”，其实就是他的生母李太后的亲弟弟——武清侯李高。这个李高，一向极为专横跋扈。但今天听何致用说来，他居然胆敢逼迫一个堂堂的正二品朝廷命官辞职，当真有些无法无天了！朱翊钧想到这儿，脸色一沉，当场便要发作。转念一思，他又冷静下来，问何致用道：“你堂堂户部尚书，还怕他武清侯逼迫？难不成你还有什么把柄被他捏住要挟？”

“哪里有这样的事儿？”何致用听了，急忙辩道，“国舅爷近段时间里是天天缠着微臣不放，微臣骂也不是、避也不是，所以才生了辞官之念的。”

“他天天缠着你干什么？”朱翊钧一愣。

何致用见朱翊钧逼问得紧，只得豁了出去，从衣袖中取出一只小小的布包，捧在手上，奏道：“微臣有一物恳请陛下过目。”

朱翊钧挥手让内侍拿了上来。内侍打开小布包，托在掌心里给他观看。

朱翊钧垂目一看，只见那只小布包里摊着一把说不出是什么的东西。那里面有糠屑，有谷壳，有沙粒，有黑黑的鼠屎，杂着星星点点的碎米。

“这是怎么回事?”朱翊钧立刻变了脸色,“你给朕看这东西是何用意?”

“陛下……这次为筹措东征平倭大军的粮食,户部决定从国库里先行支出三十万两白银到江浙一带‘鱼米之乡’采购上好的白米以供军需,”何致用含着眼泪哽咽道,“我们户部这么做,本意也是想让东征的将士们吃得饱饱的,才好上阵为国家多斩杀几个倭虏啊!……”

他说到这里,抬起头来泪眼蒙眬地看了朱翊钧一眼。

“你说,你继续说下去,”朱翊钧眼圈也有些微微发红,“朕正认真听着呢……”

“……也不知国舅爷从哪里打听到了我们要对外采买优质军粮的事情,他便找上了微臣,”何致用继续哽咽着说道,“初时,我们户部想:反正这三十万两白银都是用来购买军粮,只要粮食颗粒饱满、白皙细腻,在谁的手头采购都一样。所以……所以,微臣也就应允了。”

“然而,到了验收所购大米那天,没想到国……国舅爷要卖给我们的大米都是陛下……陛下面前这只布包里的碎谷陈米!微臣禁不住去质问国舅爷,国舅爷却满不在乎地答道:‘那些当兵的都是泥腿子出身,哪里会吃不惯这些米呢?不碍事儿的……’”

“嗯……这东西还能吃吗?”朱翊钧听到这里,瞧了一眼那只小布包,脸色渐渐变青了,“武清侯怕是一心要把自家粮仓里那些不知陈腐了多少年、压了仓底多少年、老鼠麻雀也不吃的碎谷烂米卖给你们户部了……呵!呵!他的算盘打得好精啊!……”

“微……微臣一见之下,当场便拒绝了从他那里买进这些陈米。”何致用听得朱翊钧刚才那番话明面上是在调侃似的嘲讽李高,骨子里却透着一股刺骨的冷峭凌厉之气。他心头顿时不禁打了个寒噤,但也顾不上那么多了,反正自己是摘下头顶官帽不要的了,便继续说道:“从那以后,国……国舅爷就像牛皮糖似的粘上了微臣,天天缠着微臣去买他那些陈粮……甚至还说：只要微臣答应从他那里买粮，他还要送微臣三万两白银！微臣没敢答应。他又威胁微臣：倘若微臣不从他那里买粮，他就要让微臣当不成户部尚书！……微臣昨天想了一夜，与其昧着良心和天理从他那里买来这些陈谷烂米坑害我大明东征将士、危及我大明国本，倒不如自己辞官而去，保全微臣一个清白。”

说罢，何致用跪在地上，一边流泪而泣，一边叩首无言。

朱翊钧轻叹一声，微靠在御座上静静地看着他，半晌没有发话。御书房内一下静得连掉一根针都听得见。

过了许久许久，朱翊钧才慢慢开口了：“原来这就是你向朕辞官的原因？你大概事前掂量着朕和国舅爷是一家人，横竖都会为他说话——你终究也拧不过要买进他家仓里的陈米烂谷……于是，你便跑来向朕辞官，以求保全自己的清白？于是，你就自以为能免遭良心、天理的谴责？于是，你就自以为免了自己在史册上留下骂名？”

说到这里，他目光一亮，一下将自己的声音提高了起来：“可是，你这样一辞了之，却将我东征平倭大业置于何地？将我大明存亡之本置于何地？将朕外平倭虏、内安社稷的苦心置于何地？你把朕当成了隋炀帝、陈后主那样的无道昏君了！在你眼中，朕竟然会是那种徇私情而废大义的君主吗？——你这样来忖度朕的为人，朕好不气恼！”

“朕这么说你，你还别不服气！倘若你是我大明朝真正的忠良之臣，便不应该有这般‘顾盼不定、自护清白’之心！你完全可以坦坦荡荡、无私无畏地向朕揭发武清侯这件事儿嘛！你要相信朕自会秉公而断的！”

“皇上圣明！皇上训斥得是，”何致用听得泪流满面，叩头不已，“微臣知错了，微臣知错了。”

朱翊钧看着他，沉默了良久。然后，他摆了摆手，道：“何爱卿，你把这只小布包留下。你回去吧！回户部之后，给朕抓紧时间采购上好的军粮送到辽东去……武清侯那里，你不必再有丝毫的顾忌。”

“陛下圣明!”何致用一步一叩头地倒退着出去了。

待他远去之后，朱翊钧才“腾”地一下从御座上跳了起来，一把抓起那只小布包，狠狠地往地上一摔!

“哗啦”一声，小布包摔在地上，那些碎谷陈米撒落了出来，掉了一地。

过了一会儿，两只白若凝脂的纤纤玉手伸到了地板上，将那些撒落开的碎谷陈米一点一点拾了起来，重新装回了小布包中。

朱翊钧愕然看去，却见是郑贵妃屈膝拾完了那些碎谷陈米，全部装回了那小布包中。

“爱妃！你这是……”朱翊钧有些惊疑。

郑贵妃双手捧着那只小布包，缓缓走了进来，淡淡笑道：“臣妾认为，这布包里的陈谷烂米现在还摔不得。它们留着还大有用处……”

“黑谷天米”

武清侯李高一大早就被内侍传谕召进宫来。一路上，他有些惊疑不定，悄悄给传谕的内侍塞了几锭银子，那内侍都推辞不收。李高偷偷问他陛下是为何事紧急召见，内侍也是摇头直答不知。

李高的心一下倏地提紧了：他是很了解自己这个皇帝外甥的。别看这个外甥才三十岁，近四五年间也很少亲临金殿上朝理政，但他和他的爷爷世宗皇帝一样，深居皇宫大内而暗操四海于掌中，手段端的是高深莫测。这一次他紧急召见自己，想必又有什么不利之事被他捏住了拿来讯问自己——莫不是前几天自己让顺天府擅自划拨给自己六百顷良田的事儿被外甥的“锦衣卫”侦查到了？他一念及此，背上顿时冒出了一层冷汗，只得暗暗咬了咬牙，下定决心先低头服软“熬”

过和朱翊钧见面再说。

然而进了紫禁城，那内侍却没和往常一样径直带他去紫光阁或御书房，而是领着他直往御膳房而来。

一见是去御膳房，李高的心顿时一下又放松起来了。看来，这皇帝外甥也并不是那么冷酷无情啊！应该又是在召集皇亲国戚们一起品尝藩邦进贡的美味佳肴吧！心头这么一想，李高的脚步都有些飘飘然了。

内侍在前边推开御膳房的门，李高兴冲冲地走了进去。却见里边静悄悄的，朱翊钧正端坐在一张五色大理石圆桌前，面无表情。他身边就是陈矩一个人侍着。

看起来，朱翊钧似乎早就用过膳了，两道深深亮亮的目光凝注在面前大理石圆桌上一只银碗里。那银碗上冒着热腾腾的气汽，李高离得有些远，没看清里边盛的是什么美味佳肴。

内侍上前向朱翊钧通禀了一声。朱翊钧其实早就用眼角余光瞥见李高了，却是装作不理，这时才缓缓抬起头来，意味深长地看了一眼李高，道："朕这么早还要叨扰舅舅冒寒而来，实在是有些过意不去啊！舅舅且近前来坐下吧！"

"陛下太……太客气了……"李高一边扭扭捏捏地答着，一边在内侍引领下来到圆桌前斜着身落了座，不敢正对朱翊钧。

"今天朕这么早喊舅舅来，其实也没别的什么事儿，"朱翊钧平静地看着他说道，"朕久闻舅舅是'膳食品味'的高手，最是能吃天下美食的——听说舅舅还曾把鹿茸、人参、燕窝和着猴脑一齐清蒸着来吃过，那一顿就花了三百两银子，是也不是？"

"微……微臣贪吃美味倒是没错，"李高一听，心想这皇帝外甥怎么连这件事儿也知道了？却在口头上辩解道，"但……但是像陛下所说的把鹿茸、人参、燕窝、猴脑一齐清蒸了来吃，微……微臣岂敢似这般暴殄天物？这个事儿是谣传……谣传……"

朱翊钧见他脑门上都紧张得沁出一颗颗汗珠来，唇边不禁掠过一丝深深的笑意，他伸手指了指面前圆桌上那只热气腾腾的银碗，缓缓说道：“昨日有人给朕送上了几两稀世罕见的‘黑谷天米’，据说是千百年来天下最鲜美的佳味。朕今晨就让御膳房把它熬成了粥——舅舅今天来得早，应该还没用早膳吧？您尝一尝这碗‘黑谷天米’粥如何？”

“什么‘黑谷天米’？微臣真是闻所未闻啊！”李高闻言，半惊半喜，“多谢陛下赏赐！微臣感激不尽。”

“是啊！舅舅可别只顾着说话啊！”朱翊钧唇边的笑意愈来愈深，“您先尝一尝这碗稀世奇粥吧！”

李高连忙点头，接过内侍送来的小玉匙，端起了银碗，见那粥黑乎乎的一大团，也就顾不上多想，更不怕烫口，挖起满满一匙就往嘴里一送！

刹那间，李高脸上兴冲冲的表情就僵住了：这一匙粥刚一入口，味道当真是奇怪无比——非常苦、非常涩，还带着一股浓浓的馊味，嚼起来像是鸟屎鼠粪般难吃！他“哇”的一声，也顾不得失仪，“啪”地丢下玉匙，捧着肚子就是一阵干呕！

待他呕尽了一肚子清水后抬起头看时，满面肃然的朱翊钧竟已离座走到他面前正冷冷地盯着他。

“这‘稀世奇粥’你怎么不吃了？你吃啊！你给朕继续吃啊！”朱翊钧目露寒光，语气里透着一股冰刀般的凌厉，“这就是用你一直死死缠着粘着户部要卖给朕的东征平倭大军的‘黑谷天米’熬成的！你自己倒是当着朕的面，给朕的东征平倭大军先带个头吃下去啊！”

一瞬间，李高脑际里若有一个霹雳蓦地炸过——“嗡”的一阵耳鸣之后，他一下便明白了一切！

李高急忙面无人色地“扑通”一声跪倒在地，“砰砰砰”连连叩头，一把鼻涕一把泪地说道：“陛下息怒！陛下息怒！微臣知罪了！微臣知罪了！陛下恕罪！陛下恕罪啊！”

朱翊钧见李高竟被吓得脸色惨白、泪如泉涌，顿时心头一阵波动，看来自己刚才那番话也忒重了些。这舅舅真像脓包一个，一吓就散了骨架！他心头又是一阵好气，又是一阵好笑，又是一阵怜悯，翻腾了几番之后，方才慢慢定住了心神。

在如山的沉默中，朱翊钧缓步走回了御座坐下。看着李高跪在地上一个劲儿地叩头求饶，朱翊钧向侍立在一侧的陈矩摆了摆手。

陈矩会意，双手捧着一个蓝布包袱走了过来。

“打开。”朱翊钧只是盯着跪倒在地的李高，瞧也没瞧陈矩，淡淡地说道。

陈矩轻轻打开了那蓝布包袱，取出一件纻棉的箭衣来。

“舅舅还认得这件棉衣吗？”朱翊钧缓缓问道。

李高听得皇帝问话，岂敢怠慢？他急忙止住了号哭，抬起满是涕泪的脸来，看了那件棉衣一眼，茫然地摇了摇头。

“难怪舅舅近日会犯这样的过失了！”朱翊钧深深地叹了一口气，“你把这件棉衣都忘到爪哇国去了……自然会‘旧病复发’了……”

然后，他抬手又向陈矩示意。

陈矩双手拎起棉衣衣领，轻轻抖了开来，只见这棉衣到处都是破烂的窟窿，棉花有一搭没一搭，再细看之下这些棉花都已发霉。

“现在您可记起了？”朱翊钧又问。

在这件棉衣抖开的一刹那，李高的目光闪了一闪，似乎回忆起了什么，不禁黯然垂下了头。

“这是万历七年您卖给蓟镇士兵五万件棉衣中的一件，”朱翊钧缓缓说道，“就在那一年的冬天，蓟镇士兵穿上你卖的这些棉衣，一日一夜间居然冻僵了三百零八个和朕年纪一样大的站岗的士卒！”

李高深深地伏下头去，不敢抬起。

“如果不是当时圣母皇太后为你求情，”朱翊钧继续缓缓说道，“恐怕你这身侯爵冠带早就不保了！……朕没想到，你居然把这件事儿给忘了……”

李高猛一咬牙，双手一抠地板上的大理石砖缝，仰起头来辩道：“陛下！这件事，是当年张居正、戚继光他们陷害微臣的呀！张居正为了给自己立威，故意拿微臣这点儿小事来‘开刀’的呀！”

他一抬眼，却碰上了朱翊钧那满是嘲讽的目光，他的心顿时便像掉进了冰窟。

“张师傅……不，张居正当年没有削你的爵号，对你已是天大的宽仁了。看来，你并没有做到恐惧修省、小惩大诫啊！”朱翊钧沉声说道，“朕今天要给你一个‘大惩而后大戒’的机会！”

他伸手向陈矩一摆，肃然吩咐道：“传旨：查武清侯李高，骄奢淫逸，徇私误国，屡教不改，着立即削去其侯爵，罚俸十万两白银，充作东征平倭大军粮饷。”

听罢这番话，李高当场便似一堆烂泥般瘫倒在地。他心里暗骂道：好你个朱翊钧！你怎么和你那个臭师傅张居正一样六亲不认啊?!

第四章　会战朝鲜

在桃四郎惊骇的目光中，小西行长猛地抽刀抬头看着他，脸上如同戴了一层青铜面具般冷酷狰狞。他冷冷地吩咐道：“你马上传令下去：所有武士即刻守好城中的据点，再把平壤城的城门大大敞开，然后派一支队伍出去专门引诱大明骑兵，佯败而退，将他们引进城来——我们要像他们大明国有一句成语讲的那样——来个‘瓮中捉鳖’！那时候，我们就是为太阁大人立下了‘西征大明’第一奇功了！”

柳成龙之谋

“天朝大军来了！我们有救了！”

“倭虏们只怕要吓得丢盔弃甲逃回日本去了吧！”

“他们可要替我们朝鲜的百姓报仇啊！我家死了七个亲人……”

……

大明万历二十年（1592）六月十七日，看着一队队铠甲鲜明、气概非凡的大明辽东骑兵发出一阵阵雷鸣般的马蹄声响，从义州城大街上昂然而过，街道两旁欢迎着的朝鲜士民们议论纷纷，一个个都欣喜若狂。

大明辽东副总兵官祖承训乘着自己的栗红战马，目光平视前方，缓缓行在大军前头。他左边是麾下参将戴朝弁，右边是游击将军史儒。戴、史两位将军亦是神色凛然，策马随着祖承训前行。

在大街的尽头，便是义州府的府衙了。现在，这府衙已被朝鲜君臣改成了避难的“行宫”。衙门口处，柳成龙、李镒、权栗等朝鲜文武重臣个个悲喜交加，恭恭敬敬站在那里迎接着祖承训一行人马。

祖承训走近前来，一跃下马，却见柳成龙已是疾步迎了上来，躬身含泪谢道：“大明天朝神兵降临，我朝鲜君民感激不尽。臣等有失远迎，失礼、失礼了。”

祖承训一瞥之间，看到柳成龙双眼泪花闪闪，不禁生出了几分感动，便微微点了点头，问道：“贵国国君李昖殿下尚安好否？”

柳成龙用袖角拭了拭脸上的泪，答道：“我国大王连日来屡遭惊吓，已经病倒在床。否则，今日他必会亲自前来迎接天朝神兵的。”

祖承训的目光在柳成龙、李镒、权栗等朝鲜大臣们的面庞之上一一掠过，慨然言道：“我大明既已派出一万精兵前来护卫你们君臣，你们自是可以高枕无忧了。烦请柳大人转告李昖殿下，请他安心养病，于平倭之事不必过虑。”

柳成龙泪流满面，躬身又道：“祖将军此言甚是。不过，倭虏焚我宗庙、毁我城邦、杀我百姓、掠我财宝，与我朝鲜有百世不解之仇！大王身为国君，痛心疾首、日夜所忧者全在驱除倭虏、还我河山……臣等冒死叩请天朝神兵速速大显天威，荡平倭虏，光复我朝鲜社稷！”

“这个……”祖承训听了这话，不觉犹豫了一下，按照事前兵部交代的文书的说法，文绉绉地说道，“我天朝皇帝陛下早已决定大举东征、平倭援朝，待西疆宁夏镇之乱平定之后，雄师劲旅自会源源而来。你等朝鲜君臣不必太过急躁，还望静以俟之。”

柳成龙听得仔细，双眉不禁微微一蹙，目光倏然一转，便换了一个话题，向祖承训道：“也罢！臣等先恭迎天朝神兵前往城东行营驻扎休息吧！”说罢，他转头吩咐权栗道：“权将军，你且带领祖将军他们先过城东去。柳某和李镒元帅在行宫安排好了犒劳天朝大军的牛羊酒食之后便马上过来。”

权栗微微一怔，心道：这准备牛羊犒劳之事哪用柳领议政和李元帅亲自过问？这柳领议政对天朝大军实在太过礼敬了！但他一转眼看到祖承训他们大是受用的样子，只得在心底暗暗嘀咕了几句，挂起一副热情洋溢的笑脸领着祖承训和他带来的一万精兵往城东行营去了。

柳成龙和李镒目送祖承训他们渐去渐远，慢慢地看不清踪影了。然后，柳成龙才转过身来对李镒说道：“李元帅……成龙想和您商量一件事儿……”

“什么事儿?”李镒见柳成龙今日的举止有些神神秘秘的，不禁十分疑惑。

柳成龙将他拉到一边，对他附耳低声说道：“您速速派出一支人马，立刻赶往倭虏占据的离此最近的城池前去挑战，把倭虏引过来!”

“嗯?”李镒听了，更是惊疑，也低声答道，“柳大人，咱们和大王逃到义州城的这段时间，倭虏从没前来骚扰过。您干吗还主动让士兵们去把他们招惹过来啊?”

柳成龙斜着眼瞥了他一下，暗暗跺了跺脚，只得又附耳对他低声说道：“李元帅！你刚才都听到了：大明天朝神兵目前只是来保护我们大王的，似乎还没下定坚决平倭援朝的决心。您若想光复我朝鲜社稷，就必须把倭虏引来挑衅天朝神兵……只有这样，天朝神兵才会为了维护天朝圣威而被迫出击，替我们光复河山!”

“柳大人，您……您这是在故意挑起大明和倭虏的直接冲突啊!”李镒喃喃地说道，“本帅觉得如此做法似乎有些不妥啊！……”

柳成龙见李镒犹豫不定，只得咬了咬牙，将一些内幕消息透露了出来，告诉他道：“成龙听到柳梦鼎送来的密报：‘大明内阁首辅赵志皋曾建议大明皇帝陛下降心抑志，视朝鲜之乱为悠悠浮云，任其自生自灭——即使倭虏吞并了朝鲜，我朝仍可以宗主之国的身份，谕之以礼法，令其称藩纳贡。’这说明了什么？这说明大明朝廷内部对是否坚决平倭援朝也有些摇摆不定。”

“还有，这段时间里，成龙听到倭虏方面传来的消息亦是这样：他们中间有一部分最阴险的诡诈之徒，准备偷偷和大明议和，想让大明国承认倭国对朝鲜的占领，并且在明确要求大明国放弃我朝鲜李氏王朝的前提下，愿意向大明国称藩纳贡。这就是原本凶悍无比的倭虏，为何迟迟不对避到义州府的我们痛下杀手的原因。他们害怕稍有不慎，便会触犯大明国，从而导致局面一发不可收拾——这对我们朝鲜才是最厉害的一记毒招啊！”

“唉！柳大人多虑了，”李镒听了，甚是不以为然，“依李某看来，大明国乃皇皇天朝，大明皇帝陛下乃华夷共主，最是公正无私，绝不会容许倭虏恃强凌弱的。您看，他们已派出了一万精兵特来护卫我们大王。而且，您刚才也听到祖将军说了：只要大明国西疆宁夏之乱一平定，他们就会调遣更多精兵强将来助我们驱除倭虏、光复社稷的啊！……”

“李元帅！别人的承诺，不可不信，亦不可全信，”柳成龙深深一叹，“世事无常，人心难测。你我都不是神机妙算的诸葛亮——谁敢断言大明国就会始终如一、不离不弃地扶持我们？只有让倭虏和大明尽快交战，我们才有光复三千里河山的希望啊！这件事儿，拖不得，拖不得啊！”

“柳大人……这件事儿您事前向大王禀明过了没有？”李镒还是不敢自行决断，沉吟着开口，“我们还是先去请示一下大王再做吧！”

柳成龙无奈，只得又向他附耳低声说道：“李元帅不必多虑。成龙所言之事，其实全都是按大王的旨意而为。你只需一切照办，今后的所有事情由柳某一人承担。你若是还不信成龙，成龙马上给你写一张字据如何？”

“这……这……这倒不必了……”李镒见柳成龙把话挑明到了这个地步，知道自己是只能遵从了。联想到李昖忽然托病不出退居幕后的种种情形，看来挑起大明国与倭虏的战事，已是“箭在弦上，不得不发”了！他深深叹道：“柳大人，你让李某派兵前去挑引倭虏，李某可以去做。但是，你想没想过：大明天朝神兵此番只来了一万之众，而盘踞在平壤城和咸镜道的倭虏足足有八万人马……而且，他们又有那么多火绳枪和铁炮铳……祖将军他们只是骑兵装备，且又寡不敌众，如何能够取胜？我们这是在推他们到前边去……去送死啊！”

“不要再说了！”柳成龙有些失态地大吼了一声。周围的亲兵们没料到这两位正在交头接耳低声的大人会突然大声嚷嚷起来，都不禁将惊疑的目光投了过来。

柳成龙抑住胸中心情的激荡，向外拂了拂袍袖，让那些亲兵们退得远远的。然后他转头静静地看向李镒，眼圈竟慢慢红了，哽咽着说道：“为了使我朝鲜能逃过这场亡国灭种之大劫，柳某和大王也只能这么做了！将来，柳某纵为此身堕十八层地狱，亦心甘情愿地俯首赎罪！而所有为拯救我朝鲜而牺牲的天朝将士亡灵，则一定会被我朝鲜君臣世世代代供奉在宗庙、祠堂中，永享我们如同对待再生父母般的敬意与谢意！”

辽东铁骑

这日中午，朝鲜诸位文武大臣在义州城“鸣凤楼”里设宴款待祖承训、戴朝弁、史儒等大明将领。

筵席之上，只见觥筹交错，精美丰盛的菜肴流水般由美丽的侍女奉上，并不时地更换着花样。像白虎肉、人参汤、鹿茸丸等，全是明朝将领闻所未闻的美味佳肴。祖承训、戴朝弁、史儒等在一大群朝鲜重臣的轮番举杯劝饮间应接不暇。饶是他们三人的酒量颇大，也喝得有些头重脚轻飘飘然起来了。

恰逢大家饮酒正酣之际，忽听义州城南门外凭空响起“砰”的一声大爆响，恍若一个晴天霹雳，震得“鸣凤楼”的门窗“嗡嗡”颤响！

祖承训一愕，不禁放下了酒杯，问柳成龙道：“这是怎么回事？”

柳成龙举目望着城南方向，喟然而叹：“这是南门守城的将士们在鸣炮示警呢！大概又是倭虏来犯了吧？”

“咦？”祖承训吃了一惊，“你们不是已经在南门城楼上悬挂起了大明旗帜吗？他们怎么还敢这么放肆前来挑衅？”

柳成龙正欲开口答话，却听楼梯处“噔噔噔”急步跑上来一名亲兵，径自向李镒躬身禀道：“李元帅，数百名倭虏正在南门外挑战！权栗将军往南门城楼赶去坐镇指挥守城事宜了……”

李镒点了点头，拿眼瞥了祖承训一下，问道：“这批倭虏难道没看到我们城楼顶上悬挂的天朝‘明’字大旗吗？他们怎敢还来逞凶？”

“这……”那名亲兵抬头看了一眼祖承训，欲言又止。

祖承训瞧得分明，心头酒劲一涌，一股热血“噌”地冲上了脑门儿。他右掌一拍酒桌，喝问道：“当着我们大明将领的面，你支支吾吾什么？南门是什么情形就直说吧！”

那亲兵听祖承训这般喝问，又有些怯怯地看了李镒一眼，见他微微点头，这才躬身行了一礼，向祖承训禀道：“祖将军有所不知——那些倭虏在城楼下百般叫骂天朝神兵，令我等朝鲜士卒听了也义愤填膺，个个跃跃欲试，准备出城替你们去教训他们一下！”

“他们骂些什么话？”祖承训气得直吹胡子瞪眼。戴朝弁早已是一副恨得牙痒痒的表情，只有史儒沉吟了一下，劝了一句：“祖兄！罢了！罢了！倭虏嘛……犬豕之徒，干号几声而已，何必多加理睬……”

“他们骂天朝神兵的话可难听了……”那朝鲜亲兵这时又道，“小的不敢在此复述。”

“你但讲无妨。是他们骂天朝神兵，又不是你。不怪你。”祖承训忍着怒气，缓缓说道。

“他们……他们大骂天朝神兵是‘酒囊饭袋’，只晓得整日躲在义州城里花天酒地、无所事事，连‘缩头乌龟’都不如！”那亲兵结结巴巴地复述道，“他们还骂：朝鲜请来了这样一群饭桶，用不着他们来攻打，你们就可以把义州城‘吃光’‘耗光’了！”

“呀呀呀！”祖承训一听，勃然大怒，猛地一掌拍在酒桌上，震得满桌杯盏横飞！他大吼一声：“这倭虏好生猖狂！本将军要让他尝一尝我‘天朝神兵’的厉害！”

却见史儒倏地身形一闪，挡上前来，向祖承训拱手劝道：“祖将军息怒。您莫非忘了此番起兵东征之前陛下的诏令和兵部的命令了？还有李如松将军从西北战营里写来的告诫信——‘戒急用忍，以守为上；大兵未集，则不得贸然与倭虏开战’！”

“这……这……”祖承训一听，顿时犹豫起来，又慢慢坐回了座位，喃喃说道，“我们难道就真的只有这么忍了？只怕要损了我皇皇天朝的威名啊……”

“唉……如今大军尚未到齐，咱们暂且忍耐一下吧！”史儒带兵入朝之前，私下里已得到李如松的信函指示：鉴于祖承训一向勇猛好胜，只恐犯躁进之失，便嘱托他随时注意，好好劝谏，不可冒险。他今日连劝了祖承训两次，早被一旁的朝鲜重臣们“白眼”视之，但他也只得遵李如松之嘱而尽力去做，倒没把别人的偏见放在心上。

大家好不容易又坐回筵席，准备继续开怀畅饮。就在这时，楼梯处“咚咚咚”再次快步跑上来一个朝鲜亲兵，一进席间，便气喘吁吁地伏地禀道：“李大帅——南门军情十万火急，那些倭虏们号道：如果天朝神兵还不开门应战，他们就要用炮铳把城楼上悬挂着的天朝‘明’字大旗轰断了！他们还说：一炷香过后，他们就要开始攻城了！”

“他奶奶的！”祖承训骂了一句脏话，一下从座位上跳了起来，“这狗日的倭虏实在是欺人太甚了！戴朝弁，你马上回城东行营把弟兄们召集起来，一刻钟内到南门口开门迎敌！”

“属下遵命！”戴朝弁早已按捺不住，急忙应声一跃而起。

“祖将军不可意气用事啊！”史儒却上前苦苦劝道，“乘怒出兵，容易为人所陷啊！忍一忍再说吧！”

“忍！忍！忍！你就知道忍！”祖承训也不顾情面地对他喝道，“这倭虏竟敢当着藩邦群臣的面如此折辱我天朝神兵的威名！你让祖某如何咽得下这口气去？祖某就是要让他们晓得我天朝神兵是不好惹的！”

他一边说一边大步流星地下楼去了。

义州城南门口处的沙场上，数百名倭兵腰挂火绳枪，手握战刀，一边叽叽喳喳地叫骂着，一边打着坐骑左蹦右跳地耀武扬威！

倭虏的首领正是桃四郎。他进入朝鲜以来，因为屡立战功，已被任命为百夫长了。这时，他抬头望着义州府南门的城楼，眼里掠过一丝隐隐的忧色。

刚才他们被朝鲜士卒且战且退地招引到义州城下，还未站定脚跟，便听得一声炮响，那南门城楼上便猝然升起一面写着大大的“明”字的旗帜！

这让桃四郎心头顿时一震：原来大明天朝的援军已经进了义州城！同时，他也清清楚楚地忆起了小西行长大将下的一道死命令：在没有彻底占领朝鲜后方之前，所有武士不得擅自冒进，更不能主动追击已躲入义州城内的朝鲜君臣。小西行长还特别交代：万一碰上大明的军队，一定要先行退避三舍，绝对不能上前主动挑衅。

桃四郎想到这里，心乱如麻：如今要进攻吧，大明国援兵已经云集义州城，岂能冒冒失失前去主动送死？眼下要撤退吧，他手下这数百名武士一路上早已杀得性起，岂会甘心“不战而退”？他默默地在心里计算了一下时间，手下的倭兵们已经叫骂了足足三刻多钟，也该收兵回营了！

于是，桃四郎大喝一声，抡起手中那柄长长的战刀，下令道：“收兵！收兵！改日再来！”

众倭兵骂也骂累了，闹也闹够了，一个个便拨转了马头，准备应声而撤。

正在这时，却听得南门城楼上又是“轰轰轰”几声炮响，接着那巨大的城门“吱吱嘎嘎”地开了：一队队铜盔铁甲、手持短铳长矛的大明辽东骑兵如万丈怒潮奔涌而出，一瞬间便把这数百名倭兵团团围住了！

“嘭嘭嘭”一阵铳鸣枪响，倭兵当中有不少人顿时中弹落马身亡！

桃四郎双眼血红，挥着战刀，嘶声叫道：“快！快！快突围！”在他的呼喊声中，倭卒们看到明朝骑兵越来越多地从义州城门杀出，一个个这才回过神来，号叫着像疯狼一般开枪的开枪、舞刀的舞刀，拼命向南方冲杀出去！

祖承训戴着虎头铜盔，手执一柄金背大砍刀，一马当先，冲到桃四郎面前，怒声喝道：“你这倭虏？竟敢辱骂我天朝神兵！也罢，祖某也不愿以众凌寡，免得你们输了不服！祖某瞧你这厮好像是这群倭虏的头领，便和你单枪匹马‘一对一’较量一番如何？”

桃四郎看着祖承训，头脑里倏地一下闪过了许仪的影子——看来自己终究还是避免不了和许医生一类的中华人氏为敌了！他双目微闭，摒除杂念，也不多言，双手抡起倭刀，“唰”的一声划起一股寒光，就向祖承训当面直劈过来！

祖承训劲斥一声，手中金背大砍刀一挥，“呼”的一响，隐隐挟着风雷之声，迎向了桃四郎劈来的倭刀！

“当”的一声巨鸣，二人双刀相交，顿时火星四溅——祖承训和桃四郎连人带马竟各自被对方刀上传来的劲力弹退了八尺有余！

“这倭虏好大的腕力！”祖承训心中暗暗叹道，瞥眼一看手中大砍刀刀身，上面竟被那倭刀砍缺了一个深深的裂口！

他吃了一惊，抬眼却见桃四郎手中的倭刀竟分毫未损！心念一转之下，祖承训急忙从背后牛皮鞘筒中抽出一条黑铁方锏，“呼”的一下挥击过去。

桃四郎毫无惧色，手中倭刀划起一道银色亮弧，“唰”的一声，硬接了上来！

“当”的一响，震耳欲聋。桃四郎紧握刀柄的双手顿时一阵剧痛，几乎把握不住手中倭刀。他皱了皱眉，又见祖承训手中那条黑铁方锏仅仅被自己手中这锐利异常的倭刀劈出了一道浅浅的刀痕，自知此物坚硬难损，倘若再打下去难占上风，只得拍转马头，仓皇向南而逃。

祖承训看到这倭虏落荒而逃，不禁意气风发，便举锏追打过去——那桃四郎却如狡鼠一般只顾拼命逃窜，一时间竟让祖承训追之不及。

倭兵们见自己的百夫长都逃去了，便丢下近百具战友的尸身，慌慌忙忙，且战且退，随着桃四郎去了。

祖承训将手中方锏在半空中舞得呼呼直响，高声下令道：“弟兄们！倭虏溃败而逃，正是我们奋勇追击、一举全歼的良机！弟兄们，且回城去带足干粮——‘一不做，二不休’，追到平壤城去，杀他个痛快，好为我大明天朝争光！”

祖承训初战平壤

“什么？大明国的士兵真的打过来了？”小西行长听到狼狈逃回的桃四郎报来的这个消息时，不禁大吃一惊，对他大发雷霆，“我多次警告过你们不要擅自挑衅他们——可你们就是不听！现在，宇喜多大统领、黑田军师和石田大人都带领大军返回汉城府镇压那些朝鲜‘刁民’去了……眼下我手头只有两万人马，哪里是他们的对手？”

“启禀将军：依属下所见，大明国的骑兵似乎也不过才四五千人，”桃四郎思忖了一下，叩头禀道，“我们平壤城里有两万多武士，他们从这里占不了什么便宜……”

“哦？大明国只来了五千骑兵？”小西行长一听，这才放松了脸色，伸手摸了摸自己的下巴，目光里又闪过一丝戾色，“他们简直是没把我们日本武士放在眼里啊！”

“小西大将：大明骑兵大概还有两个时辰就要扑到平壤城下了，”桃四郎有些心焦，禁不住提醒道，“您欲战或欲守，都必须尽快拿个主意啊！”

“你催什么……且让我好好想一想！”小西行长一声暴喝叱断了他的讲话，背着手在议事堂急速地踱起步来：眼下大明国只来了四五千骑兵，而自己平壤城里的日本守军就有两万多人——很明显，我们在这里占了数量上的优势。如果我下令闭门守城——那么，加藤清正他们知道了就会更加嘲笑我：以两万武士之众，居然因畏惧四五千明军而闭门不出，简直是十足的懦夫！而且加藤清正他们还会抓住这个机会向太阁大人写密函“添油加醋”地抨击自己！万一太阁大人大发雷霆，派遣使臣来训斥和惩罚我，这可怎么办啊？……小西行长转念又一想：可是黑田军师、石田大人已经再三下令不能贸然和大明开战！……如果自己一时头脑发热和他们一战之后，却引来了更多的明军攻打，又当如何呢？……

小西行长像无头苍蝇一样在议事堂里乱转了很久。终于，在这纷纷扰扰的胡思乱想中，他从怀中摸出一块护心铜镜来，仰望议事堂的房顶，在心里默默地祈道："我恳求天照大神给予启示：待会儿我将这铜镜抛向半空——倘若它落地时镜面朝上，我就拉开阵式和大明骑兵决一死战；倘若它落地时镜背朝上，我就紧闭城门，绝不出击！"

看到这番情形，桃四郎也懂得了小西行长是准备乞求"神谕"了，他顿时紧张地屏住了呼吸，不敢乱说一句话！

祈告完毕之后，小西行长右手一扬，那铜镜牵引着他惊疑不定的视线，在半空中无声地翻转着，最后"当"的一声，掉在了地板上！

在这铜镜掉在地上的一刹那，小西行长心头一紧，闭着眼睛沉吟了片刻。终于，他慢慢睁开了双眼，一看之下大吃一惊：那铜镜竟是镜面朝上，亮晃晃地映出了自己那张渐渐扭曲的脸！

难道我们和大明国的交战真的不可避免吗？小西行长耳朵里"嗡"的一响，坐回了虎皮帅椅之上，怔怔地看着那护心铜镜，沉默不语。

隔了半晌，他突然疯了似的从虎皮帅椅上一跃而起，抓起地上那块铜镜又往半空中一抛！在铜镜脱手抛出的那一瞬间，他又紧紧地闭上了双眼，木然直立不动。

"当"的一声，铜镜又落在了地上。

这一次，小西行长没有立即睁开眼看，而是颤声问道："龟田……龟田，你替我看一看，这一次是镜面朝上还是镜背朝上？"

"小……小西大将，"桃四郎战战兢兢地答道，"它……它和上一次完全一样——又是镜面朝上？怎么？神的这个启示不太吉利吗？"

"啊！——"小西行长号叫一声，双目圆睁，抽出腰间的倭刀，抡在手中，一步冲了上前，手起刀落，"嚓"的一声将那块护心铜镜一劈为二！

在桃四郎惊骇的目光中，小西行长猛地抽刀抬头看着他，脸上如同戴了一层青铜面具般冷酷狰狞。他冷冷地吩咐道：“你马上传令下去：所有武士即刻守好城中的据点，再把平壤城的城门大大敞开，然后派一支队伍出去专门引诱大明骑兵，佯败而退，将他们引进城来——我们要像他们大明国有一句成语讲的那样——来个‘瓮中捉鳖’！那时候，我们就是为太阁大人立下了‘西征大明’第一奇功了！”

看着倭兵们哭爹叫娘“嗷嗷”乱叫着争先恐后地往平壤城的北大门里逃窜而去，祖承训不禁心花怒放，觉得自征战沙场以来杀得从没像今天这么痛快淋漓过！——二十余时辰里疾驰数百里，饥时蘸着倭虏鲜血啃一啃干粮，饱时跃马横刀如砍瓜切菜一般追杀倭虏，当真是惬意至极！

他手中方锏向前一指，对身后的数千辽东骑兵扬声下令道：“弟兄们！让我们杀进城去，一举光复平壤城，立下东征平倭第一大功！”

“祖将军……祖将军……”乘着战马与他并肩而驰的史儒再也忍耐不住，急声劝道，“这一路杀来，弟兄们都有些疲惫了！而且天色已晚，还是休整一下再说吧！”

祖承训却对他的话置若罔闻，举锏在手，大声问道：“弟兄们！你们累不累？”

“不累！”辽东众骑兵齐声响亮地回应。

“史兄！您看——弟兄们此刻士气正旺着呢！”祖承训这时才转头对史儒说道，“气可鼓而不可泄啊！待我们杀进平壤城，一举扫平倭虏之后，再来好好休整一番，如何？”

“祖将军！属下并非不想破倭立功而归……只是，依属下看来，这些倭虏一路上且战且退，余劲未尽，似有诱我入城之意，谨防其中有诈啊!”史儒急切地说道，抬头望了望平壤城楼上一片异乎寻常的死寂，又道，“况且我们大明将士对平壤城内的地形毫不知晓，万一他们设了伏兵狙击……”

“倭虏愚钝之极，哪里懂得这般精妙的用兵之道?”祖承训哈哈一笑，“就算他们设有伏兵狙击，我辽东铁骑来去如风，纵横自如——他们又能把我们怎么样?……史兄，你怎么也和那些没用的朝鲜君臣一样‘畏倭如虎’了?”

“祖将军！千万不可轻敌大意啊!”史儒脸色涨得通红，仍是恳切地劝说道——只因李如松少帅曾有谆谆告诫与深深提醒，值此紧要关头他焉能不尽忠谏之责?!

“这样吧！你带两千弟兄在城门口处殿后，”祖承训很不耐烦地说道，双腿一夹胯下坐骑，一溜烟冲上前去——他的声音已是远远传了回来，“我和戴朝弁带领三千弟兄先行杀进城去……”

戴朝弁应了一声，招呼手下骑兵紧紧跟在祖承训身后追杀着那些倭兵们一路进了平壤城北大门。

那倭兵们一进平壤城，便东一伙西一簇地四下逃散开来，纷纷钻进了城里的大街小巷。

祖承训见状，便让戴朝弁和自己各领一支骑兵，一左一右各自沿着一条大街追杀下去。

往前追赶了没多久，祖承训发觉街上的倭兵似乎越来越少——四下里更是静得可怕！他心头微微一动，一闪念间忆起了史儒的劝告，急忙勒住了坐骑，正欲停下来冷静观察前面的情况。

就在这时，斜刺里火花一闪，“砰”的一声，一颗飞弹疾射而至，正中他手里高高扬起的那柄黑铁方锏!“铮”的一响，他只觉右腕一麻，一股强大的震弹之力险些让他那柄方锏脱手飞了出去!

“有伏兵！弟兄们小心啊!”祖承训还没喊完，他的声音就被淹没在铺天盖地的枪弹啸声之中了！

辽东骑兵们一个个身在明处，且又不易下马躲避——连人带马竟被埋伏在暗处的倭兵们当成了“活靶子”打得毫无还手之力！

祖承训见敌人的枪弹来得这般密集，手下的弟兄们短短一刻钟工夫被击得人仰马翻地倒了一大片！他顿时急得双眼通红如血，大声喝道：“退！快退！快退！”拨转马头，沿着来路，挥着方锏，带着大家仓皇而退。

倭兵们此刻藏身在各个沿街的土堡和民房里，采用“筒炮狙击法”，用雨点般密集的枪弹猛烈地封锁了各个路口。祖承训他们每闯过一个路口，就要付出牺牲上百个兄弟的代价！

终于，眼看着离北大门越来越近了——祖承训和从另一条大街拼杀过来的戴朝弁会合后，慌慌张张向前疾驰而去。

正在这时，两边小巷里猝然杀出两支日本骑兵，从中拦腰一剪，将祖承训和他手下的大部分弟兄们截断开来！戴朝弁也被日本骑兵阻断在他后面！

祖承训急忙回马欲来抢救，奈何倭卒一个个兵强马壮拦在前面，终是冲不过去！而戴朝弁在倭虏的包围圈中左冲右突也不得脱身——他一瞥到从巷口里涌出的倭兵越来越多，便扬声向祖承训道：“祖将军！不要管我们了——你快快去吧！我们等着你和李如松大帅今后来给弟兄报仇啊！”

他话音方落，一阵枪响猝然而起——戴朝弁胸前顿时应声溅开了碗口大小的一朵血花！他一咬牙，用尽最后一股劲力“呼”的一下掷出手中大刀，砍在一名倭兵的头上——二人同时落马身亡！

“戴兄——”祖承训嘶声号哭起来，两眼泪水顿时夺眶而出！他正在犹豫之际，身后北大门处突然传来一阵喊杀之声。他回头一看，原来是史儒带领守在城外的两千人马前来接应了！

不料，在平壤城里的大街小巷中，无数倭兵如同从地底下冒出的幽灵一般，一下便向祖承训、史儒和辽东骑兵们飞扑包抄而来！

“祖将军快走！”史儒一拍战马，带领手下骑士向着疯狂扑来的倭兵们迎去，“我和弟兄们掩护你！”

祖承训望着史儒扑向敌群的背影，眼前立时被泪水模糊了——他重重地一点头，拨马转身，胯下坐骑一跃数丈，片刻间便冲近了北大门！身后，马蹄声、喊杀声、枪响声、惊呼声交织在一起，把平壤城变成了一座鲜血横溢的地狱！

眼看着祖承训就要冲出北大门了，桃四郎端起了火绳枪，瞄准了他的背心，正欲开枪——斜刺里一柄倭刀伸过来将枪身往上一挑！

“砰！”桃四郎这一枪顿时失去了准头，一下便打偏了——子弹贴着祖承训头盔顶上射了过去！

“你……”桃四郎怒冲冲扭头一看，不由得呆住了——用倭刀挑起他枪身的人竟是小西行长！

小西行长没有瞧他，仍是自顾自地冷冷看着祖承训飞驰而去的背影，缓缓说道：“这个人竟有那么多的手下愿意保护他——看来，他是个大人物。我们要活捉他，并把他献给太阁大人作为我们此次伏击大获全胜的证据！”

死里逃生

祖承训仓皇逃出平壤城时，手下只剩了几百名辽东骑兵，一个个都是伤痕累累、浑身鲜血。

他们丝毫不敢停留，马不停蹄地往义州城方向奔逃。不料，倭虏却毫无罢手之意，竟也派出了一支精锐骑兵，由小西行长亲自带领，随后紧追过来！

祖承训被倭兵们追得“叫天不应，呼地不灵”，几欲挥锏自碎天灵——但一想到戴朝弁、史儒等将士临死之前的呼喊与嘱托，他又停住了举铜自绝的手：自己真不能死啊！眼下，只有自己亲眼见识到了倭虏的狡诈与阴狠，也只有自己以数千兄弟的性命为代价换来了对倭虏战术的了解——而这一切，都是不久后即将前来赴朝平倭的李如松大帅所必需的啊！自己为图一时义愤而自杀了，那么谁又来把这一切告诉朝廷和李大帅呢？一念及此，祖承训便咬紧了牙关，拼命向前逃去！

然而，他们的马匹经过这二三十个时辰几乎没有间断的奔驰，早已是累得口吐白沫、步履艰难！日本骑兵紧跟在后，亦是越来越近了！

正在这时，前边出现了一片树林。祖承训他们刚一奔进树林，便听得道边树丛之中也传出一片马蹄之声！

"哎呀！想不到倭虏在这里也设了伏兵！"祖承训长叹一声，拔出鞘中宝刀，便要往脖子上抹去，"罢了！罢了！史兄！戴兄！祖某到黄泉下陪你们来了！"

"嗖"的一声，侧面一支飞镖破空疾射而来，"当"的一声，将他抹向脖子的那柄宝刀击落在地！

祖承训茫然转首，却见是一位英姿飒爽的朝鲜女将率领一群朝鲜义士飞马驰近，抱拳一礼说道："天朝将军大人！小女子宋贞娥闻得天朝大军攻打平壤城，与众义士驰援来迟——还望恕罪！"

祖承训呆呆地看了她一眼，深深叹道："宋姑娘，我等攻打平壤城时中了倭虏伏兵狙击，已经输了！——倭虏眼下正在追杀我们，你们也快快逃命去吧！"

宋贞娥先前在尚州之战被打散之后，就一直和朝鲜义士们四处游击倭寇。今日她得知有大明骑军突袭倭寇占领的平壤城，便连忙和一队朝鲜义士赶来支援，此刻见了祖承训他们，才知道明军已然败了。她当下沉吟有顷，急忙向祖承训说道："既是如此危急，事不宜迟，古语云：'事急从权。'天朝将军大人，你们快快和我们换了马匹和衣甲——我们掩护你们撤退……”

“这……这可使不得……”祖承训和他手下的骑兵们顿时口吃起来。宋贞娥甚是着急，一拍坐骑，径自上前，皓腕一扬，倏地一把摘下了他的虎头铜盔，又一下扯下了他身后的大红披风，拿在自己手中。然后，她右肘往祖承训胁下一撞，将他一下摔下了战马。

祖承训若不是因为先前战得精疲力竭，岂能这般容易被她夺盔扯衣、摔下马来？他一个踉跄站定了身形，正自惊诧之际，宋贞娥又是凌空飞跃而起，坐在了他的栗红战马之上！

就在宋贞娥飞身跃上祖承训战马的这一瞬间，她已以极快的速度戴上了他的虎头铜盔，披上了他的大红披风。而后，她脚下一磕马镫，向着祖承训深抱一礼，道：“天朝将军大人！珍重！”说罢，胯下战马已向着来路疾驰而去！

泪水顿时再一次模糊了祖承训的眼帘——他突然对手下那数百名辽东骑兵喊道：“我们走！我们今后一定要重整旗鼓奋勇杀回，狠狠地替朝鲜百姓们打跑这些倭狗！”他的声音喊到后来，竟哽咽得有些嘶哑了。

树林外，小西行长等人飞马追至，陡然见眼前红影一闪，那个“祖承训”伏在栗红战马上从林中直冲而出，扬手之间“嗖嗖”数声，几支飞镖迎面射了过来！

小西行长急忙挥起倭刀，一下便砍落了向自己面门射来的那支飞镖！然而，他身后的几个日本骑兵身手却没有他这般灵敏，“啊啊”几声惨呼过后，已是中镖落马了！

“大明国的‘大人物’也是狡猾狡猾的！”小西行长低低地怒吼了一声，看到“祖承训”拨马往右边一条小道疾驰而去，便用手中倭刀一指，率着日本骑兵们追了过去。“一定要将他活捉！”

追着追着，到了林间一片空地之上，“祖承训”胯下的战马终于不胜劳累，蓦地仰天长嘶一声，两只前腿便似折断了一般“扑通”一声跪倒在地！

这一下马失前蹄，将那个“祖承训”甩得从马鞍上飞了起来！却见“他”犹如灵燕掠空般飘然而起，借着那一甩之力飞出四丈开外，方才轻轻巧巧地落下地来！

然而，“他”身手再是敏捷，也比不过倭兵的追风骏马来得快——片刻间，小西行长和手下的日本骑兵已追上来将“他”团团围在了当中。

小西行长看了一眼和他一同追来的日本忍兵首领服部正全。在这群人马当中，只有他是懂得汉语的。

服部正全会意，向着垂头不语的那个“祖承训”用汉语讲道：“大明天朝大将阁下，我们小西行长大将希望您能停止无谓的逃跑与厮杀，和我们一道返回平壤城吧！在那里，您将会受到我们日本武士隆重的礼遇！”

那个“祖承训”久久地站在那里一动不动，只是沉默着。

服部正全仔细地观察着“他”，忽然在心底冒起了一缕不祥的预感——果然，只见“祖承训”身形一动，身后披着的大红披风便如一片赤云般旋舞开来，几乎使在场日本骑兵的双眼眩晕！

在他们感到眩晕之时，那片赤云之中猝然有束束寒光迸射而出——一阵惨呼之声随即响起，又有七八个日本骑兵中镖跌下马来。

“破月一刀斩！”服部正全大喝一声，手中倭刀凌空一举——连人带刀从马背上冲天而起，化作一道寒电“唰”的一下朝着那片赤云直劈而下！

“服部君不可伤他性命！”小西行长急忙大喝。

却听“嗤”一声裂帛破竹似的声响，那片赤云被一劈而开——服部正全的倭刀刀锋紧紧贴在了“祖承训”的头盔之上定住，一动不动。而服部正全双手执刀，也是一动不动地站着。他的胁下却有一缕鲜血沁出——一支钢镖深深插了进去！

少顷，那顶虎头铜盔突然“咔”的一响，自上而下裂成了两半，往两边落了开去！

随着两半头盔分坠而下，里边乌云般的秀发飘然而下，一张琼雕玉琢般清丽脱俗而又英气盎然的面庞赫然而现！

“是你？”小西行长一眼便认出了她是那位“朝鲜第一秀女”，不禁兴奋得有些失态地叫了起来！他打马上前，用火绳枪逼住宋贞娥，嘻嘻笑道：“虽然没能抓住那个大明国的大将给太阁大人当礼物——但是，我想：倘若把你送给太阁大人，他会更加喜欢的。”

听到这段话时，宋贞娥的双眸忽地闪了一闪，紧握在掌心那最后一支准备用来刺喉自尽的钢镖“叮”的一声松手落在了地上。她自幼生活在与日本国对马岛一水相隔的东莱府，见惯了倭商出入来往，多多少少还是听得懂一些倭语的。

她的神情忽然变得无比镇定和超脱，轻轻抬手拢起遮挡在颊边的几绺长发，那白玉无瑕的脸庞隐隐掠过了一丝莫名的坚毅。

倭寇屠城

“哦？小西行长在平壤城伏击消灭了三千五百余名大明国的骑兵？”站在朝鲜晋州城下指挥日军攻城作战的加藤清正听到自己布置在小西行长身边的“眼线”送来这个消息时，表情有些复杂地往平壤城所在的方向望了一眼，眸中掠过了一丝嫉妒之色。

他慢慢转身看着福岛正则，冷冷说道：“福岛君，小西行长那家伙现在一定十分得意吧？他让宇喜多秀家把我俩调遣到晋州这样偏远的城池来作战，却拼命将立功扬名的机会紧紧抓在自己手里……对你我实在是太不公平了……”

福岛正则深深叹了一长口气，摇了摇头，有些无奈地说道：“加藤君……石田三成和小西行长现在很受太阁大人的宠信，我们还是不要和他们再争执什么了！……正则很担心他们会到太阁大人那里偷偷说我们的坏话呢！……”

“哼！一群只知道围着太阁大人拍马吹牛的小人！”加藤清正不屑地撇了撇嘴，“太阁大人也真是的——难道他不懂得要想真正征服大明，非血流成河、尸积如山不可吗？小西行长和石田三成都是‘前怕狼，后怕虎’的懦夫——他们不想去惹大明国，结果大明国还是派了骑兵过来‘不宣而战’了嘛！”

福岛正则望了望屹立在前方的晋州城，忽然心中一动，似乎想起了什么似的，对加藤清正说道：“哎呀！加藤君！小弟忽然想起来了——这晋州城南临渤海，和大明国的登州府、莱州府隔海相望……如果我们和大明国开战的话，他们的战船从渤海对面的登州、莱州驶过来，路程太近，‘朝发而夕至’，会让我们措手不及啊！……”

“嗯……福岛君说得很对啊！”加藤清正目光一闪，朝着西南面的海滩远远望去，深深地点了点头，“是啊！现在看来这小小的晋州城也并不是地图上一个无足轻重的偏远城池了！”

说到这里，他的鼻音重重地一顿，一下握住了腰间的刀柄，冷冷道：“哼！小西行长不过是击毙了三千五百名大明骑兵——而我加藤清正却能‘防患于未然’，一举拔掉晋州城这个令大明国垂涎不已的水师战舰登陆要地——让太阁大人来亲自评判一下，究竟我们两个谁的功劳更大?!”

“是啊！加藤君——咱俩也要在晋州城里一举打响咱俩的名头！”福岛正则听得有些兴奋起来，不禁脸放红光，跃跃欲试，向加藤清正说道，“你吩咐吧！我们该怎样拔掉这座晋州城?”

“集中我们全部的兵力，以泰山压顶之势，昼夜不停地猛攻，”加藤清正捏紧了腰间的刀柄，阴森森地说道，“而且是不惜一切代价、不择手段地猛攻……架火云梯、射火舌箭、挖地道灌‘五毒水’……什么招数都给我用上！我加藤清正不相信这样做了之后还攻不下来……”

“不惜一切代价、不择手段？”福岛正则看了加藤清正一眼，感慨地说道，“加藤君真是一个可敬可畏的‘拼命三郎’啊！”

“你不要学小西行长和石田三成那样油嘴滑舌地来讨好我——本人‘可敬’根本谈不上，‘可畏’倒是有那么一点点儿。”加藤清正手腕一抖，“铮”的一声，那窄长的倭刀刀身有大半脱鞘而出——在半空中一弯弦月清冷光华的衬照之下，那倭刀刀身反射起一片森森寒芒，映在他花岗岩一般的冷峻面庞上，显出一种可怖的铁青之色！他的口吻仍是那么阴沉：“当然，这可能会让我们的武士承受非常艰辛的代价。不过，我们今天付出的代价，将来要让他们朝鲜人百倍、千倍、万倍地偿还！——等我们打下晋州城之后，就立刻毫不留情、毫不手软、毫不拖延地把城里所有的朝鲜人统统杀光，一个活口也不要留！”

听到这些话，福岛正则只觉得浑身一寒，不禁汗毛直竖——这个加藤清正的杀气真是太浓烈了！

他隔了半晌，才鼓起勇气嗫嚅道：“加藤君，你真的要把晋州城里的朝鲜人都杀光？那里面可有八万多个朝鲜人啊……还有，加藤君难道连那些老人、妇女和儿童都不愿放过吗？”

“当然。清正我就是要血洗晋州城——倘若这样做了，一定会让其他地方企图负隅顽抗的朝鲜人不寒而栗，他们一想到这件事就会魂飞魄散，就会向我们日本武士望风臣服的！”加藤清正用狼一样残忍的目光盯着晋州城，缓缓地开口了，“而且，远在千里之外的大明国知道了，也一定会对我们日本国望而生畏的——也许，他们就不敢再来援助朝鲜了吧！”

“这当然是咱们最希望看到的结果啦！”福岛正则也抬眼遥望着西南方的海滩，喃喃说道，“可是……加藤君，你想过没有？咱们一定会被大家唾骂成刽子手和杀人狂的……背着这样的恶名，你……你承受得了吗？……”

“哼！这有什么承受不了的？被骂成刽子手和杀人狂又怎么啦？我们这是在为大日本国‘天下布武、总齐八荒’的万世伟业扫清一切障碍啊！所有的日本同胞都会永远感激我们的！”加藤清正有些诧异地横了福岛正则一眼，非常平静、非常自然地说道，“福岛君！我的一切行为动机都十分清晰明了！”

“首先，说实话，我从不相信那些被我们征服了的朝鲜人会真正彻底地臣服在我们脚下……这个世界上，只有死了的朝鲜人才会让我真正放心，因为他们绝对不会再反抗了。这是我喜欢‘屠城’的一个根本理由。”

“还有，既然晋州城是大明国水师战船登陆的必需之地，那么它反过来也正是我们日本国水军停驻的最佳要塞！我们的水师今后倘若要进攻大明——它可是大大的有用啊！所以，晋州城只能牢牢掌握在我们日本将士手里，绝不能出任何意外。但是，福岛君您想过没有？如果我们不把城里所有的朝鲜人杀光，他们万一和前来进攻我们的大明国士卒内外勾结怎么办？那时候，我们腹背受敌，实在是太危险了！所以，为了一劳永逸地消除这个隐患，我们就只有毫不手软地杀尽这些朝鲜人了！”

世间已无张居正

在白色的天空之下，朱翊钧茫然地行走在荒原之中，无数的明军尸体横七竖八地躺在地上，鲜血“汩汩”地流成了一条条小溪——把一面面“明”字军旗浸得通红通红……

朱翊钧呼喊着，奔跑着，却无人回应。他第一次感到了孤独无助。突然，他脚下一滑，险些跌倒在地——天空冒出一条巨大的乌蟒，瞪着火球般灼亮的眼睛，吐着长矛般锐利的毒芯，劈头向他一口咬来……

“啊——”一声大喊在乾清宫内的寝室里猝然响起。朱翊钧睁开双眼，一下掀开御榻上的金色缎被猛地坐了起来——原来刚才那一幕可怕的情景是一场噩梦啊！

他“呼呼”地喘着粗气，全身上下冷汗淋漓。和他同榻而眠的郑贵妃也被惊醒了，急忙拿过枕边的雪绒毛巾为他擦拭着脸庞上的汗珠。

“陛下……别怕，别怕……”郑贵妃虽然自己的心脏也是惊得怦怦乱跳，却不形之于色，柔声宽慰着朱翊钧，“您是真龙天子，自有百灵佑护，那些妖邪鬼魅近不了您的……”

“不是妖邪鬼魅！”朱翊钧一把握住了郑贵妃的玉手，他那胖圆的面庞在纱帘外幽幽烛光映照之下显得煞白，“朕梦见有好多的大明将士战死在荒野里……”

他正向郑贵妃说着，寝宫门口处传来了司礼监秉笔太监陈矩怯怯而又慌张的声音：“陛下！奴才该死！奴才叨扰您了——蓟辽总督顾养谦有两道八百里加急快骑军情讯报刚刚送到！奴才等不敢怠滞，连夜便呈来请您阅示。”

“军情讯报？”朱翊钧一把掀开黄帐，便欲起身出去。郑贵妃急忙将他拉住，披了一件九星曜日银色衣袍在他身上。

朱翊钧三下两下穿好了银色衣袍，迈步来到寝宫外殿，扬声吩咐道：“你且将那军情讯报呈送进来！”

只见陈矩将两份打了火漆粘了雉羽的文书高举过顶，双膝跪地，垂着头，以膝代步，急急挪了进来。

朱翊钧快步上前，伸手拿过了那两份军情讯报，正欲打开来看，忽又停住了手，向陈矩命道：“你且到宫门外等着去！”

陈矩应了一声，躬着腰、垂着手、低着头急忙退了出去。

朱翊钧这才匆匆将那两份军情讯报翻开，傍着外殿中的粗大银烛细细看了起来。

看完了第一份军情讯报，他面色忽地一青。看完了第二份军情讯报，他面色又是一红。然后他静立有顷，蓦然“啊”的一声大叫，将手中两份军情讯报一齐抛在了地板之上！

“陛下……”已经穿戴整齐的郑贵妃此刻正巧出了内殿，看到这一幕情形，不禁失声惊问，“您千万不可因怒伤身啊……”

朱翊钧垂头坐在外殿的御座上，沉默了片刻，才抬眼看着郑贵妃，深深一叹，目光里溢出了无限的悲凉：“看来，朕今晚做的这个噩梦成了真了。——顾养谦送来了紧急讯报，说辽东副总兵祖承训贪功冒进，在平壤城遭到倭虏伏兵狙击，参将戴朝弁、游击史儒遇难，一共折损了三千五百余名辽东精锐骑兵。

“还有，倭虏于近日攻陷了朝鲜晋州城，犹如疯狗恶狼一般，竟将城里八万多名朝鲜百姓杀光，做到了‘妇孺不留，死无噍类’！……”

“啊?!”饶是郑贵妃一向沉静自恃，她听到这里亦禁不住玉容失色、惊呼失声！

“这倭虏在平壤城杀害了我大明三千五百多名健儿之后，随即又大肆屠杀了朝鲜晋州全城八万无辜百姓——他们这是在向朕示威！是在向我大明天朝示威啊！”朱翊钧在御座上仰起头来望向寝宫外殿那高高的藻井穹顶，两行清泪从腮边无声地缓缓流下，“看来，无论朕多么奋起振作、无论朕多么励志有为——朕毕竟不是汉武帝、唐玄宗那样的中兴明君啊！朕始终不过是中人之才罢了！依靠朕的赫赫天威，终究弹压不住那如狼似虎、残暴阴毒的倭虏啊！……朕……朕真是无能啊！……"

"陛下……"郑贵妃噙着热泪，上前款款劝慰道，"胜败乃兵家常事……您切切不可妄自菲薄、自责自卑啊！……"

朱翊钧却仿佛没有听到一般，只是沉浸在自己的深深思索里，久久沉默不语。

蓦地，他一拍御座的扶手，挺直了身，向寝宫门口处大呼道："陈矩！你们立刻给朕备驾！朕要到御书房去！"

御书房里烛火通明。朱翊钧一步一步走了进来，步履显得沉缓而艰难。身后，郑贵妃和陈矩也心事重重亦步亦趋地跟着。

朱翊钧突然停住了脚步，却不回头，沉声吩咐道："陈矩，你退出去吧……同时给朕交代下去：朕要在御书房里筹思军国大事，任何人不得近前打扰。"

"奴才遵旨。"陈矩应了一声，恭恭敬敬地垂手退了出去。在退出房门的时候，他轻轻地为朱翊钧闩上了门。

郑贵妃虽然觉得朱翊钧今夜的反应有些异常，但她也懂得这是朱翊钧得知朝鲜那边两大凶讯所致，便很有分寸地控制着自己的表情和举动，丝毫不敢去贸然触动朱翊钧那绷紧的心弦。她看到，自从朱翊钧进了御书房后，他的目光就一直盯在房中里间那个紧紧关闭的小门上。她的心头不禁浮起了一丝惊疑，却又不敢问话出口。

朱翊钧也没顾她，缓缓迈步上前，一直走到了那扇小门前，他一步一步向它走近，每向前走近一步，他脸上的表情波动就更加强烈一分。

终于，朱翊钧走到那扇小门前不足半尺的地方停了下来。他缓缓伸出了手，像推开一座千斤巨闸一般缓缓推开了这扇小门。

然后，他头也不回地迈步走了进去。隔了片刻，他的声音才从里间内低低地传了出来：“爱妃——你且进来……”

郑贵妃连忙轻轻应了一声，微低着头，莲步轻移，走了进去。

只见里间的房顶上悬挂着一颗碗口大小的夜明珠，光芒四射，照得房内亮堂堂的。朱翊钧却跪坐在东面墙壁上的一幅图像之下，恭敬至极地叩着头。

待他叩首完毕后抬起头来，已是满面泪光。他哽咽着说道：“爱妃，你过来，也给朕的师傅叩头行礼。”

郑贵妃依言走近跪下，仰面一看，却见那图上画着一位颀面秀目、须长及腹、不怒自威的紫袍长者。那长者画得是面目如生，双眸中流溢出一股跃然纸上的勃勃英气，让人不敢正视。

郑贵妃没有多问，伏地便给那图中长者连叩了九个头。

看到郑贵妃做得如此自然、毫不勉强，朱翊钧很满意地向她投来了一缕深深赞许的目光。然后，他慢慢地开口道：“爱妃，你知道朕适才所拜的这位师傅是谁吗？”

郑贵妃无声地摇了摇头。

“他就是朕一生之中最为敬佩的张居正师傅，”朱翊钧的眸中闪出了莹莹的泪光，“你也许不知道：每当朕软弱、彷徨、无助的时候，朕都会来到这里向他倾诉、向他请教——让他陪朕安然渡过一个又一个难关……”

“张居正？”郑贵妃大吃一惊。她听到宫中年长的内侍和宫女谈起过：张居正是一代“奸雄”，窃操国柄近十年，当年对皇宫大内的管制也极为严厉，竟逼着皇帝省尽一切无益之费，把所有的钱财银两统统收缴进了国库，说什么要“导君从俭而致国富”，十分“抠门”。所以，皇帝在他患病身殁之后，立刻便以“专权乱政、罔上负恩”的罪名削了他先前的官秩、抄了他的家。从那以后，陛下再也不许任何人在他面前提起张居正。

然而，她没想到的是：这个朱翊钧当着别人的面把张居正贬斥到“万人之下”，在暗地里却将他毕恭毕敬地供奉在自己御书房的密室里顶礼膜拜，实在是匪夷所思！

朱翊钧侧过头来瞥了她一眼，仿佛看透了她心底的疑问一般，悠然说道：“爱妃，你莫不是在心里惊讶朕为何对张师傅‘明贬暗褒’吧？”

郑贵妃一言不答，只是缓缓点了点头。

朱翊钧抬起了头，深切地望向那画像上仿佛正静静地看着他的张居正，慢慢说道：“如果朕告诉你，朕的这一切做法，其实都是张师傅自己生前的意思——你相信吗？”

郑贵妃一听，不禁惊得秀目圆睁，愕然地看着朱翊钧。

“说实话：外面的人说朕自二十年前登基以来一直遭到张师傅的压抑、一直对张师傅心怀忌恨、一直在暗中敌视张师傅——这些都是无稽之谈，”朱翊钧深情地望着张居正的画像，仿佛沉浸到了对悠悠往事的追忆之中，不知不觉中泪水竟慢慢湿了眼眶，“朕怎么会恨张师傅？……朕刚满十岁的时候，先皇就驾崩了，他临终前为朕指定了张师傅任‘顾命大臣’，希望他像蜀相诸葛亮辅佐幼帝刘禅那样诚心辅佐朕……而张师傅不负先皇所托，的的确确做到了诸葛亮那样的‘鞠躬尽瘁、死而后已’！……”

他抬起金黄色的袍袖，擦拭了一下自己眼角的泪珠，又慢慢说道：“张师傅可是朕小时候认识的第一个师傅。朕记得四五岁时有一次读书读乏了，他便让朕骑在他脖子上到御花园里观看白玉片儿似的槐花，朕一不小心竟被槐树的树枝碰坏了头皮，他慌着又是揉按摩挲又是用口轻吮……还有一次，他手把手地教朕写字儿——朕的书法能够写得差强人意，那都是张师傅一笔一画地严格教出来的。教朕练字的时候，他长长的胡须常常垂拂在朕的手肤上。朕觉得有些痒痒的，一调皮，便伸手拿笔抹了他那胡子一团湿沥沥的墨汁。他也不恼，就托那一胡子的墨汁子笑着看朕，还说'陛下这是不想看到老臣的白胡须啊'！逗得朕心头那个乐啊！……想到这些，朕这心底就暖暖的……张师傅对待朕，可真是比对他自己的亲生儿子还好啊……"

他若喜若悲地自语了一阵儿，又似乎有点儿自嘲地向郑贵妃莞尔一笑，转瞬间又恢复了身为帝王之尊的庄重："前边说的，都是朕与张师傅之间的私情。单从大明朝的社稷永固来看，朕也不会憎恨张师傅的：在他辅政治国的这十年间，他力挽狂澜，不恤人言，不避艰险，不畏豪强，勇于任事，肃清纲纪，浚通政令，整顿吏治，裁撤冗员，广行新政，为国积财，为朕留下了上千万两白银积蓄和可支十余年的太仓之粟……且说这近期讨剿哱拜、东征平倭两件大事，若无张师傅为朕夯实的牢固基础，朕哪有底气敢力排众议、迎难而上？所以，朕对他没有丝毫恨意，只有无穷的敬意……"

郑贵妃听到这里，却是秀眉微蹙，心底暗道：你口口声声说自己对张居正无比敬仰，为何却在他逝世之后便将他削爵抄家？这样回报自己最敬佩的师傅，倒是闻所未闻！

朱翊钧又自顾自缓缓说道："十年之前，张师傅身患沉疴，自知大限已到，便拖着病体，让人用乘舆抬着，深夜进宫，欲见朕最后一面。朕当时已拟好了晋升他为'安国公'的诏书，准备以此略表心意。"

"不承想，他在乘舆之上见到朕亲手书写的这道诏书之后，却苦笑着摇了摇头，淡淡说道：'陛下，老臣已为自己身后之事代您拟写了一道诏书的草稿。您就用它作为今天在老臣病中送来的一份心意吧！……’——朕以为张师傅是嫌朕给他的这个‘安国公’爵号太低微了，心中便想：以张师傅安邦治国的赫赫功勋，无论他今日向朕提出什么愿望和要求，朕都会毫不犹豫地答应他的。于是，便接过了他拟写的那道诏书草稿仔细阅看……”

他说到这里，语气蓦地一顿，站起身来，走到那幅图像下的一张紫檀木几前，打开几上放着的一方锦匣，从中拿起了一卷诏书手稿，轻轻递给郑贵妃道：“爱妃！你且看一看张师傅自己临终前为朕拟写的最后一道诏书草稿是何内容……”

郑贵妃急忙接过，见这诏书稿纸已然有些微微发黄，便小心翼翼地打开一看，只见里边这样写着：“老臣张居正卧病为陛下草拟诏书如下——奉天承运，皇帝诏曰：查原太师、内阁首辅张居正，专权乱政，罔上负恩，挟君作威，虽无丞相之名而已行丞相之实，违背太祖高皇帝‘永不设相’之圣训，罪大恶极。现削去其封爵、抄家充公，以儆效尤。钦此。”

看罢，郑贵妃顿时恍然大悟。以她的聪明才智，已豁然明了张居正的良苦用心。她抬头凝望着悬挂在墙上张居正画像左右两侧的那副对联：“愿以深心奉社稷，不为自身谋得失”，热泪顿时夺眶而出。

看到郑贵妃的反应，朱翊钧也失声抽泣了起来。隔了许久，他才哽咽着说：“当时朕就吓坏了，问他：‘张师傅您为什么要为朕拟写这样一道诏书草稿啊？’”

“张师傅却慈祥地看着朕，淡淡地问道：‘陛下……老臣此病难愈，大概不久便要舍你而去了……你可知道：老臣这一生所做的一切事情当中最为骄傲的是什么？’”

“朕那时便傻乎乎地含泪答道：‘大概是您十年之间填补了朕登基之时国库里八百万两白银的亏空，同时为朕留下了近千万两白银的积蓄和可以预支十年有余的太仓之粟，从而开创了足以与唐朝‘开元盛世’相媲美的‘万历之治’……”

“他听了之后，却摇了摇头，深情地笑了：‘陛下，你说错了。老臣这一生中最骄傲的事儿是：精心培育出了你这样一位英明睿智、从善如流的贤君啊！老臣坚信：你今后一定会成为我大明朝中兴之主的！’”

“朕听了，顿时感动得泪流满面。他撑起身来，从乘舆上伸出枯瘦如柴的手，替朕轻轻拭去了腮边的泪，笑着说道：‘你身为天子，应当‘庄敬自持，凝重如山’，哭什么啊？老臣写这道诏书草稿，是为了扫清你将来乾纲独断、君临天下、安内攘外的障碍啊！老臣在这十年之间，为了推行新政，不得不‘在非常之时，行非事之事’，在朝中培植了不少羽翼。他们素来只服老臣的驾驭而不甚了解陛下的天纵之才。老臣担心自己撒手一去之后，这些门生故吏会打着老臣的‘幌子’来阻挠干扰陛下乾纲独断。同时，老臣也知道：你又最是敬重老臣的，自然不便与他们公开辩驳。唉……为了我大明朝蒸蒸日上，为了陛下你的脱颖而出、大显天威，老臣愿以自贬来助你一臂之力。这大概也是老臣最后一次为陛下尽忠了。只要时机一到，你将老臣草拟的这道诏书宣示天下，此后就没有人再敢以老臣的名义来掣肘了。你就可以放手去施展自己的雄图大略了……”

“听到这里，朕当时已是泣不成声。张师傅赶忙又用袍袖为朕拭去了满面泪痕，宽慰朕道：‘佛说：“我不入地狱，谁入地狱？”老臣生前所行，无一不是为了大明社稷；老臣身后之贬，亦是为了大明社稷。只要大明社稷能够长治久安，老臣一己之荣辱又何足道哉！陛下，你一定要记着：老臣在九泉之下，亦将始终注视着你继往开来、恩泽华夷，成为我大明朝中兴明君啊！”

讲至此处，朱翊钧突然掩面失声痛哭：

“张师傅！可是朕终究是辜负了您的殷殷期望，也没有照顾好您的家人：您身前为大明立法改制而得罪的豪强、清流太多了！辽王妃、张四维、吴中行、羊可立等人，蜂拥而上，攻讦不已，最后连朕也压制不住，害得您的孩子被流放边荒！朕有负于您啊！”

“到了今日，想那区区倭虏，竟敢横生逆志，侵进我朝属国朝鲜不说，居然使得我大明天朝援军损兵折将，而且他们还大肆屠杀无辜百姓，向朕公开示威……朕之才德，恐不足以镇服倭虏逞凶作乱之心，难以担当大明中兴之重任，更是愧对您生前的殷切期望啊！……”

“陛下！”郑贵妃听他越讲越哀切，担忧他从此一蹶不振，不禁暗暗着急，心念一转，便扬声而谏道，“您此刻在这里哭哭啼啼、悲悲切切，只怕更不会是张师傅心中所愿的了！想那汉高祖刘邦当年与西楚霸王项羽争雄天下，屡败屡战，九死一生，历尽坎坷，终于反败为胜，一举歼灭大敌，成就帝业；我大明太祖高皇帝，以皇觉寺游僧之身，投袂奋起，内平诸寇，外驱胡虏，身经百战，不屈不挠，终于肃清四海，总齐八荒！这些史实，您亦是熟记在心的——相比之下，您现在据有四海之众，坐拥万乘之威，若能广求英杰、择贤而任、用人得宜，自有韩信、白起一流的良臣名将脱颖而出，区区倭虏何足惧哉?!”

她这一番话讲得铿锵有力、掷地有声，慷慨激昂之气溢然而来——朱翊钧听了，便似有一串惊雷在他心头滚过，禁不住悚然动容，抬起头来深切地看着她：“爱妃……”

“张居正师傅对陛下的期望是一定能成为现实的。依臣妾观之：陛下自从接到倭虏欲犯我大明的消息以来，始终当仁不让、勇于担当，内修军备，外求良将，并无朝鲜李昖那样的荒淫废弛之举。由此可断定，陛下不愧为我大明中兴明君！天下有心有目者谁不心服?”郑贵妃讲得甚是豪放大气，“此番平壤失利，不过是偶一战败耳！所谓‘塞翁失马，焉知非福’！陛下若能以此为戒，拾遗补阙，与申太傅、宁远伯、李总兵、赵阁老、石尚书、宋侍郎等文武大臣齐心协力，重整旗鼓，再兴义师——倭虏之败，指日可待也!”

“谢谢爱妃这一番‘醍醐灌顶’之言!”朱翊钧脸上顿时放出了异彩，精神焕发，中气十足——他抬头仰望着张居正的画像，高兴地说道，“张师傅，上天夺走了您这样一位辅国良臣，令朕遗憾不已；幸运的是，上天又给朕送来了郑妃这样一位‘巾帼英雄’，朕实在是不胜感激。您于冥冥之中亦在为朕欢庆吧！……”

郑贵妃也凝望着画像中张居正那仿佛微微含笑的面容，在心底暗暗言道：“张师傅！您在九泉之下放心吧！我会牢牢记住您‘愿以深心奉社稷，不为自身谋得失’的铭训，尽心竭力辅弼陛下成为一代英主明君的……”

枭雄出阵

义州城下，小西行长、服部正全率领数千日本骑兵又来挑战了。

然而，这一次义州城却是城门紧闭，始终无人出来应战。城楼上的“明”字大旗在风中猎猎作响。

小西行长得意扬扬地乘马立在阵前，叫手下几名倭兵用矛尖挑着祖承训那被劈成两半的虎头铜盔和大红披风，分别用朝鲜话和汉语叫骂着：“兀那明朝大将，打仗输得一塌糊涂，逃起命来却是鞋底抹油、溜得飞快，结果还是被我大日本武士夺了头盔、扒了衣服，灰溜溜的无脸见人……你们明朝将士算什么英雄好汉！一个个全是脓包、饭桶，还不乖乖出来受死！……”

城楼上的明军们听得清清楚楚，一个个捏紧了拳头，把牙齿咬得“嘣嘣”直响，几乎便要冲下城去。祖承训站在那里也是怒发冲冠，满脸涨得通红如血，却也只能忍着不敢下去再与倭虏交战。

下边的倭卒们一连骂了两个多时辰，骂得有些累了，声音都有气无力了。小西行长抬头瞧了瞧天空，一大片淡淡的乌云正从一洗如镜的蔚蓝天际直掠过来，转瞬间便盖到了他们的头顶上。

“夏季里的天气，真像孩子的脸，变化得真快啊！”他身旁驻马立着的一个百夫长松下犬一不禁咕哝了一句。

“看来，这天上真是要下雨了！”小西行长望着天空上的乌云愈来愈浓，不由得皱起了眉头，他在朝鲜已经多次遇到这样的状况了——天一下雨，朝鲜的道路立时便是一片泥泞，战马前行甚是艰难。而今天他带来的恰恰是骑兵居多，没奈何，只得先行撤了吧！于是，他对松下犬一吩咐道：“罢了！罢了！你传令下去，天要降雨，鸣金收兵吧！咱们改日再来！”

松下犬一应了一声，正欲拍马上前传令，突然间却闻得东北角上一片喊杀之声喧天动地而来！

小西行长等人愕然一惊，急忙循声望去，却见一大群头上结辫、身披貂皮、面目精悍的骑兵犹如风卷残云般奔袭而至！这些骑兵们个个手上还端着一把奇怪的弓弩——他们手指一扣那机簧，登时万箭齐飞！

“嗒嗒嗒”几声闷响过后，小西行长扭头一看，身边几个日本武士各各惨叫一声，用手捂着胸口，纷纷跌下了马！他们均是胸口中箭，几乎被射穿了心！

“哪来的蛮贼？”小西行长正自惊疑之际，那领头的一个青年已是乘马飞驰到他面前，“呼”的一声，抡起一柄厚刃重剑向他当头劈下！

小西行长蓦地觉得脸颊上一凉——原来是天空中下了黄豆般大的雨点来！在他惊得猝然睁圆的双眸中，分明看到那青年劈来的这一剑宛若一道挟风带雨的黑色闪电，迅猛至极！

“铮”的一声，服部正全一刀横架过来，死命接下了青年这一剑！

只见他俩刀剑碰撞之下，火星四迸——那一声响震得小西行长耳鼓里一阵隐隐作痛！

他急忙拨转马头，仓皇后撤了一丈二尺，这才从服部正全与那青年的战团之中抽身逃脱出来！

“你是何人?”服部正全用汉语喝问道。

“本将军乃是大明天朝建州卫都督佥事爱新觉罗·努尔哈赤！”那青年一勒马缰，英气勃发，持剑护在胸前，目光紧紧地盯着服部正全，扬声答道，“尔等倭虏，竟敢辱我天朝、犯我天威，本将军誓必诛之！”

“哼！那就放马过来在手底下见真章吧！”服部正全也不示弱，挥刀如电，便又迎了上去！

小西行长在一旁听得清楚，心里暗暗一惊：莫非大明的后续援军到了？这千余名骑兵是他们的先锋部队？他正思忖之际，突又听得身旁又传来一声凄厉的惨呼——只见拍马杀出的松下犬一竟被对方的三支弩箭一齐射在胸膛之上，那一股巨大的劲道竟将他偌大的身躯射得离鞍飞起，像断线风筝一般悬空直跌出去！

一见此状，小西行长不敢大意，急忙喝令道：“各位武士快快开枪还击！”

他话犹未了，瓢泼似的暴雨已兜头兜脑淋了下来！这样一来，日本武士们用火石哪里还能点燃自己手中的火绳枪？刚一点燃，那火花便被雨点打熄了！

众倭兵无可奈何，只得改用矛刀迎战。不料，那些骑兵个个英勇异常，在努尔哈赤和舒尔哈齐的指挥之下，以一敌十，愈战愈勇——竟把日本骑兵们杀了个落花流水！

义州城墙上的大明将士和朝鲜士卒看到这里，一个个不觉士气高涨，又见日本武士使不得火绳枪而改为近身肉搏战了，便纷纷在祖承训和李镒率领之下冲出城来，加入战团之中！

小西行长见对方士卒愈涌愈多，而己方若单凭近身肉搏根本占不了便宜，便急忙收兵，丢下六七百具日本武士的尸体，仓皇南逃而去！

“追啊！”努尔哈赤手中重剑往前一挥，向众勇士高声呼道，“弟兄们——杀尽倭虏便在今日！”

祖承训听了，亦是豪情大发，提着黑铁方锏，带着手下辽东铁骑，和努尔哈赤等将士们并肩追杀上前！

服部正全和他手下的日本忍兵们团团护持着小西行长且战且退，正在担心如何摆脱追击、突出重围，忽听得后方一阵浑厚而悠长的锣声远远传来——他们听后，一个个面露喜色，但见各色家纹旗在远处迎着风雨高高招展着，竟是黑田如水、石田三成他们带着大队倭兵驰援而来！

祖承训抬头向前一看，见到日军猝然间涌来了黑压压一大片，急忙停住厮杀，乘马奔到努尔哈赤身旁，疾声道：“建州都督，眼下敌众我寡，咱们还是暂且退回义州城再作打算！”

努尔哈赤也往前遥望了片刻，看到倭寇确是人多势众，只得沉沉一叹：“唉！本都督本欲乘这天赐良机将这股倭虏一网打尽……唉！可惜！退兵吧！”

说罢，他撮起嘴唇，打了一个悠长清越的呼哨，刹那间他手下的女真勇士立刻变换阵形，分为前中后三队，以“神弩营”的射手们断后，掩护着祖承训、李镒和他们的中朝联军依次退回。

服部正全和日本忍兵们正欲策马追击，却被他们一阵密集的凌厉箭雨压得抬不起头来，只得眼睁睁看着他们安然退去了。

“这些弩箭好厉害！”小西行长把这一切瞧在眼里，暗暗惊惧，“比起咱们日本国枪手的‘火绳枪’来也毫不逊色！”

他正自惊疑之际，黑田如水和石田三成已双双跃马奔到了他的身边。

望着努尔哈赤和他手下骑士们远去的背影，黑田如水抚着胡须，自言自语道："这些一身蛮夷打扮的明兵好彪悍啊！他们实在是我日本武士的劲敌！……"

而石田三成看着泥泞地上横七竖八地倒着的本国武士尸体面色骤变，咬了咬牙才忍住了胸中怒焰，向小西行长说道："小西君，接到你平壤大捷的消息之后，黑田军师和本奉行起先甚是高兴，但又担心你会遭到明军的猛烈回击，便带了三万大军前来支援，帮助你守好平壤城……"

他讲到这里，到底还是发作了，话锋一转，板起了脸训斥小西行长道："没想到你却因好胜心切，违反了当初黑田军师和本奉行'不可妄自挑衅大明'的指令，被一时的侥幸胜利冲昏了头，竟不顾自己守好平壤城的分内之事，反而主动跑到义州城下向明兵挑战……今日若非我们大队人马赶到，你和你手下这数千骑兵能否全身而退都有些难说……"

"在下……在下觉得现在咱们既然大军云集，干脆'一不做，二不休'，还是应该杀到义州城下反击一番……"小西行长涨红了脸，咕哝了几句，忍不住嗫嚅道。

听到小西行长还不甘心就此认输撤退，黑田如水皱了皱眉，冷冷说道："小西君，你也看到明军的真正实力了，我们和他们硬碰硬地交手，是占不了多大的优势的。本军师还是坚持原定的策略：暂时不要主动挑衅大明，退回平壤城，静观其变。我们必须先在朝鲜站稳脚跟，之后再图进击大明！"

石田三成的脸上亦露出了深深忧色："是啊！小西君……你不知道，眼下咱们在朝鲜后方的形势严峻得很啊！——自六月初二到七月初八，那个朝鲜全罗道的水师节度使李舜臣，已经在泗川洋、巨济岛等地击毁了我们二百多艘战船……亀井兹矩、来岛通久等大名都已经先后壮烈殉国了……”

说到这里，石田三成的眼眶里顿时闪起了点点泪光。

“什么？亀井君和来岛君都是我日本国第一流的海将啊！……”小西行长大吃一惊，“朝鲜水军这么厉害？连他俩都遭了毒手？”

“不错，”石田三成一谈到这些事，脸上的愁云便愈来愈浓，“我日本水师损失这么惨重，最直接的危害便是影响了粮草补给！原来可以动用四百艘战船运送粮食，现在一下被他们击毁了二百多艘，只剩下一百八十多艘运输……还要时时提防李舜臣的水军偷袭……唉！我们各路大军想从日本本土得到后勤补给，今后只怕是越来越难了……”

“既然不能从日本本土顺利获得粮草补给，我们可以‘以战养战’嘛！”小西行长不以为然地说道，“石田君、黑田军师，我们可以派军队到朝鲜各郡县征粮征饷嘛……”

“不劳你费心提醒，石田三成仍是双眉紧锁，愁云难消，“你又不是不晓得——从杀进朝鲜的第一天起，我们就抽调了不少武士深入朝鲜农庄‘征粮征饷’。可是朝鲜各地暴民也多，武士们进庄入村挨打、遇害总是不可避免！最可恨的是很多朝鲜百姓宁可把自己家中积储的粮食烧光，宁可饿死自己，也不愿留给我们……”

“他们怎么会对我们这么残酷？”小西行长深深叹了一口气，“行长我是信奉天主教的，从来不愿残杀无辜之人。他们这么做是在逼着我们成为‘刽子手’啊！”

“已经有人不用逼就主动跳出来抢着当‘刽子手’了！”石田三成咬了咬牙，狠狠地说道，“朝鲜百姓拼命和我们作对，说起来还有加藤君的‘功劳’啊——他一下就屠尽了晋州全城八万朝鲜人……对此，哪一个朝鲜人不感到彻骨穿心之痛？他们心想：顺从我们是死路一条，反抗我们也是死路一条，不如拼个‘鱼死网破’算了……正是存有这样的念头，朝鲜各地的暴民才越杀越多啊……”

黑田如水亦深深叹道：“加藤君屠尽晋州八万百姓之事，确实给我们造成了大麻烦！他自己现在日子也有些难过嘛……前几天他在晋州还发函给本军师，要求我们给他送一批朝鲜奴隶过去。现在晋州成了一座空城，他在那里连个伙夫和仆人都找不到了……”

“加藤君也真是太冲动了……”小西行长素来不喜加藤清正冒冒失失的德行，便有些不屑地说道，“他好像已经杀红了眼，完全不顾大局，还叫嚷着要直扑大明、立下头功呢！”

“哼！他给我们惹的麻烦还少吗？”石田三成咬牙切齿地说道，“这个‘狂人’，只顾自己杀人痛快，却坏了太阁大人夺朝入明的大事！本奉行自会禀明太阁大人，让太阁大人来责罚他！”

义州城的“鸣凤楼”上，柳成龙和李镒设宴致谢努尔哈赤与舒尔哈齐，并邀请了祖承训及其他大明将领作陪。

众人刚刚落席坐定，柳成龙便双手擎起青铜酒爵向努尔哈赤谢道：“我朝鲜与建州仅有一江之隔，乃是至亲近邻。先前我们朝鲜咸镜道百姓与建州女真族人有过一些不快，不承想都督兄弟二人胸襟宽阔、大器大量，舍小怨而重大义，疾驰数百里前来援我朝鲜——柳某受本国大王委托，在此向都督兄弟和列位建州好汉致谢了！”

柳成龙说罢，将爵中美酒一饮而尽。努尔哈赤兄弟谦谢了几句，齐齐饮酒答谢。

祖承训也起身举杯致谢道：“都督兄弟二人义薄云天、千里驰援，替我大明狠狠挫了一下倭虏的凶焰，杀敌近千人，立下援朝平倭第一功，祖某很是感激！今晚祖某便要与柳大人他们联名为都督兄弟二人拟写请功奏章，让皇帝陛下知晓！”

努尔哈赤哈哈一笑：“区区倭虏，自恃火铳厉害，便敢挑衅我皇皇天朝——本都督身为辽东边臣，自然是守土有责，绝不会让倭虏在此逞凶作恶的。朝鲜与我建州同为大明藩屏，唇齿相依、骨肉相连——目睹你们陷于危境，惨遭倭虏屠戮之灾，本都督若是坐视不救，岂非禽兽不如？”

他这番话说得光明磊落、堂堂正正，柳成龙和李镒都不禁微微颔首，心道：“这女真酋长努尔哈赤年纪轻轻，却是豪气逼人，实在是难能可贵啊！”一念及此，他俩都顿时敛起了先前对女真人的小觑之心，和努尔哈赤交谈之际愈是谦恭起来。

努尔哈赤瞧了一眼祖承训道：“祖将军，依本都督之见，不如自明日起，由你发函给兵部石尚书和蓟辽总督顾大人，请他们再派三万精兵前来，我建州女真部再出一万人马，联手出击，直取平壤府、开城府和朝鲜王京汉城府，将倭虏统统赶下海去！”

“这……这……”祖承训却将酒杯捏在手中默默地转了几转，沉沉一叹，有些无奈地说道，“自上次平壤失利之后，祖某已是败军之将、戴罪之身，岂敢再次自作主张妄行征伐？顾养谦大人来了训令，更是把祖某骂得狗血淋头，严词告曰：‘坚守义州，一兵莫出，静待朝廷发落。’祖某现在哪还胆敢妄自逞强？”

“哎呀！祖将军，眼下倭虏在朝鲜立足未稳、根基未牢，我天朝大军若不抓住绝佳良机而大加挞伐，”努尔哈赤有些焦急地说道，“日后必有纵虎占山之悔啊！等到倭虏稳住了阵脚，夯实了根基，咱们再和他们硬碰硬打，可就有些难了！您还是得把这其中的利害得失及时告知内阁和皇帝陛下啊！……”

祖承训听得连连点头，却只是唉声叹气地不敢答应。

努尔哈赤沉吟了片刻，忽然“砰”的一下放下杯盏，扭头对舒尔哈齐说道：“舒尔哈齐！待会儿我们吃完了酒宴，就连夜赶回建州去，和龚师傅商量一下，及时准备好贡礼——”

说到这里，他转脸向祖承训、柳成龙、李镒说道：“事不宜迟——我们要速速赴京朝贡，面见陛下，请求及时发兵荡平倭虏！”

祖承训和柳成龙、李镒听得努尔哈赤谈吐行事竟是这般雷厉风行、果断有力，不禁面面相觑！

“对了，本都督刚才一时心急说错了——倘若本都督和舒尔哈齐都回了建州，单单留下这数千女真健儿，你们也不好管束！”努尔哈赤心念一转，伸手拍了拍脑袋，有些不好意思地笑了一笑，对舒尔哈齐说道，“你就留下来协助祖将军他们防守义州……本都督独自返回建州去办那些事儿……”

“都督兄弟如此深明大义，我等真是感激不尽！”祖承训、柳成龙、李镒等三人急忙谢道。

玉碎太阁府

名护屋的太阁府黄金室里，丰臣秀吉召来了德川家康、前田利家、丰臣秀次、蒲生氏乡等要臣和大名一道陪他欣赏宇喜多秀家、石田三成等人从朝鲜前线送回的捷报和战利品。

如今的太阁府内，在石田三成被派往朝鲜担任西征大军总奉行之后，丰臣秀吉便让淀姬的乳母大藏卿局之子——大野治长担任了府中总管。而今天的战利品观赏会，就是由他一手主持操办的。

大野治长看到丰臣秀吉于榻榻米上招手示意开会之后，他便向黄金室门外高声宣道：“送进第一件战利品供太阁大人和诸位大人欣赏。”

宣毕，八个彪形大汉抬着一口巨大的红木箱，迈着沉滞的步伐走了进来。他们“呼呼”地喘着粗气，短短二十余丈的距离，竟走了半盏茶的工夫，才将这口红木大箱抬到黄金室当中放在了地板上。

“这是什么战利品啊？怎么这么重？”德川家康在一侧看得仔细，他在心头暗暗估算了一下：这八个彪形大汉每人应该能够抬得起两三百斤的东西，那么算起来这口红木巨箱里装的战利品就应该有两三千斤之重！他心念一动：“莫非宇喜多秀家和石田三成把朝鲜王室里的所有金银财宝都搬回来给丰臣秀吉当战利品啦？”

一想到这里，德川家康看着丰臣秀吉那副嘻嘻哈哈、得意忘形的模样，心底便泛起了一丝莫名的嫉妒！为什么这个“猴子”的运气始终这么好？拥有三千里疆域的“小中华”朝鲜国，在他的手下便如纸屋一样不堪一击？他只用了短短两个月的时间就侵吞了朝鲜全国十之八九的国土——这简直不可思议！看来，丰臣秀吉这个疯狂的“赌徒”，这一次在朝鲜又赌赢了！唉！自己的深谋远虑、严谨周密，终究是胜不过他的幸运啊！念及此处，德川家康不禁微微闭上了眼：冥冥苍天就是这般待我德川家不公——难道一直要压抑着让我德川家永无出头之日吗？

当然，丰臣秀吉此刻从德川家康的表情上是看不出他心底这些想法的，而且他也无暇理会坐在下席的所有人的想法——自顾自忙着向大野治长兴高采烈地吩咐道：“快把这红木箱打开！让本太阁和在座诸位瞧一瞧他们给咱们日本国送回了什么样的战利品？”

大野治长极为恭敬地躬身应了一声，挥手向那八个彪形大汉示意。

那八个彪形大汉各自伸手抓住红木箱四面的木板一拉，“咔咔”数声，便将木箱拆了开来！

刹那间，室内诸人眼前不禁一亮：在一片炫目的灿灿金光中，一张盘龙金椅赫然而现——那龙须、那龙爪、那龙鳞，雕镂得精致绝伦，当真是栩栩如生，腾舞盘卷之际显得矫健灵动，令人叹为观止。

丰臣秀吉看了一眼大野治长。大野治长弯着腰，“嗨”地应了一声，上前指着那盘龙金椅向他介绍道："石田大人说：这张龙椅乃是朝鲜国王李昖的宝座。它完全是由纯金铸造而成，是朝鲜李氏王朝至高权威的象征。它也是日本国西征大军为太阁大人献的第一份战利品，恳请太阁大人笑纳！"

"嗯……很好！很好！"丰臣秀吉得意地笑了，慢慢从榻榻米上站了起来，在两名侍婢的搀扶下，径直走到龙椅之前，静静地欣赏起来。他伸出了手缓缓地抚摩着那金椅上的龙雕，自言自语道："朝鲜国素有'小中华'之称，它的一切典章、制度、器物都是照着大明国的仿造的。本太阁也听人讲过，大明国皇帝的龙椅和朝鲜李昖的这张金椅一模一样，只是大明国的龙椅更高大、更气派罢了！……"

他一边喃喃自语着，一边慢慢坐了上去。在坐到这张盘龙金椅上的一刹那，丰臣秀吉的腰板蓦地一挺，干瘦的脸颊上顿时大放异彩！他的心头随之涌起了一股君临天下、俯瞰四海的威严之感——这一切，让丰臣秀吉感到一种莫可名状的受用！

德川家康、前田利家、蒲生氏乡等大名看到他这般神态，一个个都不禁微微低下头去，目光里泛起了丝丝缕缕的敬畏。

丰臣秀吉其实就像一个抓到了一大把糖果的小孩，憋着一肚子的高兴，伸手拍一拍龙椅的扶手，又摸一摸椅背上雕刻的云纹，啧啧称赞了半晌，故作庄严的口吻里透出深深的满意之情来："从今天起，本太阁暂时就坐在这椅上处置事务了。等到攻下大明国皇宫之后，本太阁获得大明国的龙椅时便将它换下去……"

大野治长谄媚地一笑："属下相信太阁大人坐不了它多久的——您很快就可以换上大明国的龙椅来坐了……"

丰臣秀吉很得意地哈哈一笑，就那么安坐在朝鲜龙椅上吩咐道："把他们送来的第二件战利品给本太阁和诸位大名瞧一瞧……"

大野治长听了，脸上浮起了一片深深的笑意，缓缓说道："属下相信太阁大人您会对这第二件战利品更满意的。”

“哦？是吗？”丰臣秀吉不由得兴致大发，“何以见得？”

大野治长并不直接答话，而是向外又高呼道：“送进第二件战利品供太阁大人与诸位大名欣赏。”

这一次奉呈战利品的却是两个侍婢。一个侍婢手上端着一张香木托盘，盘上放着一顶用铁丝箍着的被劈破了的虎头铜盔，在窗外透射进来的阳光映照之下显得锃亮锃亮的；另一个侍婢手上也端着一张香木托盘，盘上放着一件折叠得十分整齐的大红披风。她俩迈着轻盈的碎步，像微风中的柳枝一般婷婷袅袅地来到丰臣秀吉面前停下。

大野治长拿起石田三成写来的说明书念道：“七月十七日，大明国号称‘万人敌’的名将祖承训率领一万精兵，无故进入朝鲜境内，对我们日本国武士猝然不宣而战，卑鄙至极。我日本武士在小西行长大人的指挥下，临危不乱，奋起自卫，刀锋所指，敌军披靡。历时一日一夜，一万明兵皆被我日本武士歼灭，敌将祖承训亦为小西君斩首而亡。现谨将祖承训所戴之虎头铜盔和所披之大红披风呈给太阁大人过目，以彰显我日本武士的无敌神威！”

听完了石田三成写来的说明书，丰臣秀吉脸上露出了满意的笑容。他挥手让侍婢将那虎头铜盔、大红披风送到近前细细观看了一番，然后向丰臣秀次吩咐道：“秀次，你明天将这两件东西送入皇宫给天皇陛下观赏，让他也瞧一瞧咱们日本武士‘天下布武’的赫赫功勋——看来，大明国也不过如此！我们大日本国迁都到大明国内是指日可待了！”

“孩儿谨遵父亲大人的旨意。”丰臣秀次急忙跪伏答应，同时恭恭敬敬地接下了那两个侍婢呈送过来的虎头铜盔和大红披风。

“还有第三件战利品呢？”丰臣秀吉又问。

大野治长脸上忽露为难之色，走近前去，向丰臣秀吉附身低语了几句话。

丰臣秀吉听罢，微一沉吟，也不回视他，目光盯向别处，开口说道：“这样吧！等本太阁办完了正事之后，再来观赏这第三件战利品吧！”

说完，他脸色一正，双眼朝堂上诸人环视了一圈，缓缓说道：“诸君，如今我日本国已经吞并了朝鲜，下一步便是向大明国长驱直入。不知诸君此刻有何良策可以献给本太阁呀？”

黄金室内顿时一片沉寂，无人答话。

丰臣秀吉等得有些不耐烦起来，目光似刀锋般一闪，投向了坐在自己右侧首席的德川家康。

德川家康见状，只得开口说道：“太阁大人神机妙算、谋无不成，我等智力驽钝、无策可献——一切谨遵太阁大人指示便是。”

丰臣秀吉目光盯在他脸庞上足有半盏茶的工夫，才淡淡答道：“此番西征，德川公未能顺利成行，实在是一大遗憾啊！凭着德川公的智勇双全，倘若此番能够领兵进入朝鲜，这‘俯取朝鲜、进击大明’的头功又岂会让小西行长侥幸夺得？本太阁实在是为德川公感到惋惜啊！”

德川家康听着丰臣秀吉如此尖刻的嘲讽和挖苦，只是暗暗捏紧了袖中的拳头，脸上却如古井无波、平静至极。他俯下身恭敬地答道：“属下何尝不想领兵西征，为太阁大人立下‘俯取朝鲜、进击大明’第一功？只因关东暴乱实是我日本国心腹之患，属下若不前往镇压，西征大军后方必然不得安宁——小西君他们自然也难以立功于外。所以，属下虽然认为自己领兵西征未能顺利成行确是平生一大遗憾，但却并不感到丝毫后悔！”

丰臣秀吉见德川家康此时仍是这般沉毅不屈、不卑不亢，倒有几分惺惺相惜之情，便也不再拿话刺激他。于是，他微笑着点了点头，举手向坐在德川家康下方的丰臣秀次示意道：“近日本太阁对西征大业的下一步已经有了一个比较周全的谋划，你且执笔记录下来，转呈给天皇陛下以诏书的形式发布出去。”

“是!”丰臣秀次拿出了书简和毛笔准备记录起来。

丰臣秀吉往朝鲜龙椅椅背上一靠，半仰着身子，两眼看着明晃晃的黄金天花板，缓缓言道：

“你开始记吧！老臣丰臣秀吉敬禀天皇陛下——如今朝鲜已成我日本之属国，大明国亦非我日本之敌手，西征大业指日可成。”

“鉴于此，朝鲜、大明两国之人事部署必须尽早展开。依老臣之见，陛下应当预为筹备，随时便会迁都于大明国之北京，立定我日本大朝之万年基业。同时，老臣建议：请陛下任命丰臣秀次为大明国之首位关白。”

“另，日本关白一职，老臣建议由西征大军总统领宇喜多秀家担任。朝鲜关白一职，设为正副两位：老臣建议由石田三成任朝鲜正关白，小西行长为朝鲜副关白。”

“老臣愚以为，陛下应当及时颁下诏书，号召日本万众一心，再接再厉，为‘肃清四海、总齐八荒’之大业而奉献一切!”

他的话一讲完，丰臣秀次笔下的记录也几乎同时做完。大野治长拿起了丰臣秀次所做的记录，递给了丰臣秀吉审阅。

丰臣秀吉细细看了一遍，见无甚错漏之处，便提笔在记录书上签下了自己的名字，然后让大野治长把书简拿去还给了丰臣秀次。

做完了这一切，丰臣秀吉便向大野治长做了个手势。

大野治长会意，高声宣道：“此次西征战利品观赏大会到此结束，请诸位大人各自回府!”

听大野治长这么一说，诸位大名明白丰臣秀吉是想独自观赏那第三件战利品了，一个个抱着莫名其妙的心情，纷纷告辞。

待他们全部离开之后，丰臣秀吉向大野治长斜睨了一眼，见他仍有些傻傻地站着没动，便开口吩咐道：“大野君，你现在就下去从石田三成送的金银珠翠、绫罗绸缎中挑选一些极品，给淀姬送过去，让她也高兴高兴。”

“是，”大野治长也知道这是丰臣秀吉在故意支开自己，便垂头应了一声，抬脚欲走之际，忽又想起了什么似的，提醒丰臣秀吉道，“对了，石田君送来的说明书里称：这第三件战利品有些危险，希望太阁大人在‘笑纳’时要千万小心……”

丰臣秀吉凌厉的目光在他脸上一刮，慢慢道：“倘若这太阁府中现在还是石田君担任总管，他便没你这么多的废话。”

大野治长脸上一片通红，急忙垂手退出了黄金室。

丰臣秀吉看了看那两个婢女，又望了望黄金室门外，沉声说道：“去把本太阁放在榻榻米上的‘寒月弯刀’拿来！”

两个婢女立刻应声去了他先前坐着的那张榻榻米，抬着一柄长达五尺左右的带鞘倭刀送到了丰臣秀吉手上。他随手将“寒月弯刀”放在了自己的膝盖上，然后在朝鲜龙椅上坐得笔直，静静地等待着第三件“战利品”被送进来。

黄金室门外，传来了一阵有轻有重的脚步声，渐行渐近。

“沙”的一声，银丝纱门被推了开去，两个日本忍兵一左一右挟持着一位朝鲜少女走了进来。

从看到这位朝鲜少女的第一眼起，丰臣秀吉双眸中便燃起了烈烈欲焰——这少女很美，而且在她清丽绝俗的美貌之中，还隐隐散发着一股始终无法磨灭的勃勃英气，仿佛圣女一般完美无瑕。这让淫靡成性的丰臣秀吉立刻便色心大动。

那少女看起来身上似乎没有着什么衣裤，浑身上下只是被一匹金亮耀眼的绸缎裹着，十余条小拇指般粗细的红绳束缚着她的四肢，像渔网一样将她绑得紧紧的。红绳深深地勒入了她的肌肤，勒得她全身曲线隐隐浮现——丰臣秀吉一瞧之下，便辨认出这是日本忍者在她身上施的极难挣脱的“渔网缚”。

两个日本忍者将朝鲜少女携到丰臣秀吉面前，禀道：“太阁大人，她是石田三成和小西行长大人送给您的第三件战利品——朝鲜第一秀女宋贞娥。恳请太阁大人笑纳！”

“很好！很好！”丰臣秀吉在盘龙金椅上呵呵笑了起来，“难得石田君和小西君为本太阁想得如此悉心周到——本太阁会重重赏赐你们的……把她带近一些瞧一瞧……”

“谢谢太阁大人！”两个忍者喜形于色地应了一声，又挟着宋贞娥走到丰臣秀吉面前一尺之处。丰臣秀吉定睛一看，却见此时的宋贞娥玉颊绯红、呼吸急促，一双星目半睁半闭，眸光荡来漾去，便如水波一般迷离。尤其是她那樱桃般的小嘴里，竟是禁不住流溢出一声声莺啼般婉转的浅浅呻吟。

“她哪里像什么‘第一秀女’？”丰臣秀吉将阴冷的目光射向了两个忍兵，“这分明是一个‘荡妇’嘛！……”

“荡妇”二字传入宋贞娥耳中时，她的目光跳了几跳，绯红如霞的脸颊肌肉顿时不易让人察觉地微微抽搐了一下，口中的浅唱低吟却变得更妩媚动人了。

“不……不是……”那两个忍兵急忙解释道，“太阁大人有所不知：这宋贞娥身怀武艺，非寻常女子可比，且又性情刚烈，甚是棘手……石田大人为了使太阁大人顺利‘笑纳’她，这段时间来每天都让我们给她灌服我们日本国的极品媚药‘樱花散’——太阁大人，这‘樱花散’的厉害，您自然是知道的……虽然她现在的神态举止看起来像个‘荡妇’，但她其实还是一个处女呢！……”

“那好！你们就给本太阁解开她身上的‘渔网缚’。”丰臣秀吉慢慢伸出手来托起了宋贞娥那被熊熊欲火烧得一片绯红的玉颊——宋贞娥迷离而莹亮的眸光向他抛来了一缕深深的诱惑。他感到自己的欲望也蓦地勃然而起，便微微笑道："本太阁就在这里'笑纳'她！……"

"太阁大人！石田大人临行之前特意吩咐过我们，为了太阁大人的安全，"那两个忍兵嗫嚅了片刻，忍不住又道，"您千万不能解开她身上的'渔网缚'——您只要将遮住她下体的绸缎撩上来就可以……可以'笑纳'她了……"

说着，两个忍者抓住遮掩在宋贞娥下体的绸缎，轻轻往上一撩，她那两条羊脂美玉般白润光滑的大腿便赫然跃入了丰臣秀吉的眼帘！

丰臣秀吉见状，呼吸骤然为之一紧，口中却冷冷说道："你俩退下！"

两个忍兵不敢违令，只得将宋贞娥放倒在地板上，暗自吞了吞口水，垂手退了出去。

丰臣秀吉看了看被捆得像粽子一样放在地板上的宋贞娥，心底暗暗好笑：石田三成也太小看本太阁了！一个年龄不过二十岁的小女子，身无兵刃，而且又因为服食了"樱花散"而神志迷乱——本太阁就是解开了她身上的"渔网缚"，她又能拿本太阁如何？难道本太阁身为"日本战国第一奇男子"，还会怕她吗？

想到这里，丰臣秀吉抓起了"寒月弯刀"，"铮"然一响，抽刀出鞘，凌空划起了一弧钢蓝色的寒芒，直向正在地板上像脱水的鱼儿般扭动着胴体的宋贞娥挥下！

"嗤嗤"数声轻响，宋贞娥身上的红绳和绸缎顿时寸寸断裂——她浑身一松，除了反绑背后的双手之外，其余所有的束缚已被解开！

就在这一瞬间，宋贞娥猛地一咬舌尖，用锥心的刺痛使自己的理智从一片迷情之中急速恢复——这个机会她已等得太久了！面前这个干瘦老头儿就是企图侵吞朝鲜的最大贼酋！——绝对不能放过他！

她狠狠地咬着自己的舌尖，继续用剧痛克制着自己心头泛滥的情欲，保持着清醒的头脑。同时又在脸上绽放着情动若火的媚笑，扭摆着娇躯迎向丰臣秀吉，尽量展露自己身上每一处诱人的地方……果然，丰臣秀吉慢慢蹲下身来，鼻息变得越来越粗重——他“当”一声放下了那柄“寒月弯刀”，双手缓缓地摸向了她的胸脯……

猝然之间，只听得宋贞娥“嘤咛”一声娇呼，她猛一甩头，那一束长长的乌亮的秀发应声飞舞而起，“唰”的一声，如同一条粗粗的黑色绞索一下便勒住了丰臣秀吉的脖子——他全身一僵、喉头骤紧，几乎喘不过气来！……

“你……你……”丰臣秀吉满脸顿时涨成了一片酱紫，从喉管里艰难地挤出了几个字来。他双手在空中乱抓乱舞着，两眼一阵翻白。

“再乱动我就勒死你！”宋贞娥一边继续收紧勒在丰臣秀吉脖子上的那束长发，一边冷冷斥道。她冰冷而刚硬的声音，让丰臣秀吉感到了一股沁入肌骨的寒意。

他倒抽了一口冷气，用双手紧紧抓着颈下那条“发绳”，丝毫再不敢乱动。

宋贞娥就用那束长发继续紧紧绞住了丰臣秀吉的脖子，拉着他和自己一起慢慢站起了身，对站在一旁吓得呆若木鸡的那两个日本侍婢用倭语说道：“这老倭狗现在在我手里——你们马上去喊他手下所有的使臣过来……我要他当着他们的面下一道命令……”

那两个侍婢全身都如筛糠般乱颤着，只是怯怯地瞧向了丰臣秀吉，谁也没敢挪步。

宋贞娥见状，心下一急，玉颈一扭，将勒在丰臣秀吉脖子上的那束长发蓦地一下拉紧，厉声斥道：“你们还不快去——”

就在她分心开口说话的这一瞬间，被勒得直翻白眼的丰臣秀吉乱挣乱踢之际，左脚蓦地踏到了地板上一个硬硬的物事上——那是他刚才放在地板之上的那柄“寒月弯刀”!

丰臣秀吉心头一阵狂喜，强忍住自己颈部刀割似的疼痛，屏住呼吸，一边假装被勒得半死不活的，一边却暗暗用右脚的脚尖在地板上轻轻一挑——“嚓”的一声，一道寒电平地飞升而起，一下便将宋贞娥绞在丰臣秀吉脖子上的那束长发削断!

宋贞娥不禁一个趔趄，“扑通”一声，仰面跌倒在了地板上！她的反应也甚是灵敏，急忙就地一滚，身形如同一条银鲤般飞蹿而起，一个箭步跨上窗台便欲逃去！丰臣秀吉的力道刚才她已经见识过了，自己硬拼下去绝对是凶多吉少——目前，自己身在虎穴，而且还双手反缚，也只能是先避后战了。

正在这一刹那，一股沉猛至极的劲风“呼”地从窗户一侧卷扫而来——宋贞娥暗叫一声“不好”，只觉胸腹之际如遭重锤狠狠一击，顿时五脏六腑都似翻转了过来！她“哇”的一声，喷出一口鲜血，整个身躯就似断了线的风筝倒飞而回，“嗒”的一声，摔落在黄金室内的地板上，只是挣扎着爬不起来。

她抬眼向窗口一望，那里赫然铁塔般站着一个身材魁梧的日本武士，满腮都是钢针似的胡须——他正是丰臣秀吉手下的侍卫长鬼目幸雄，也是日本国内数一数二的技击高手！正是他刚才伏在窗外之下伺机而发的猝然一击将宋贞娥打成重伤、退了回来!

丰臣秀吉这边已是飞快地斜闪开去站住了身形，他乘势一把抓住那柄被用足尖挑飞起来的“寒月弯刀”，向着宋贞娥身上一压!

一声闷哼破空而起，丰臣秀吉已是收刀而立，却见宋贞娥整个娇躯呈“人”字形，似折断了双翼的白天鹅般无力地摊开在地上，她的双膝、双踝处沁出了丝丝鲜血……显然，她的脚筋已被丰臣秀吉一刀挑断了!

丰臣秀吉冷冷地看着她，慢慢扯下了绞在他脖子上的那一段乌发，丢在了宋贞娥身上，拄着“寒月弯刀”，居高临下地逼视着她说道：“没想到本太阁贵为太阳之子，居然差一点儿死在你这小女子手里！其实你刚才是有机会勒死本太阁的……可惜，你却让它白白浪费了……”

宋贞娥躺在地板上，忍着双膝、双踝处传来的钻心剧痛，反绑在背后的双拳捏得骨节发响，紧咬着红唇，激烈地喘息着，将头扭到一边去，毫不理睬他的那副扬扬得意之态。

丰臣秀吉俯下了身，用“寒月弯刀”的刀身慢慢拨转了她的面庞，让她正对着自己的脸，充满淫欲的目光在她雪塑玉雕般白润的娇躯上游走着，语气里带着淡淡的轻薄：“怎么？你不甘心？呵呵……本太阁把你伤成这样，也有些于心不忍啊……本太阁也是怕你再乱跑嘛……”

宋贞娥双目凛然正视着他，冷哼一声，用倭语说道：“本姑娘原本想擒住你这老倭狗之后，逼着你给那些鹰犬下令从朝鲜撤军，最后再杀了你……没想到你这老倭狗竟如此阴险狡猾……”

丰臣秀吉皱着眉头静静听罢，深沉地看着她，缓缓说道：“唉……你也算是一个巾帼英雄了！能忍世间常人之不能忍，一路忍辱负重地来到这里暗算本太阁……朝鲜国倘若能多出几个你这样的人物，我日本武士又岂能在你国中畅行无阻，所向无敌？这样吧！你若自此断了复国报仇的念头，跟了本太阁为妾，本太阁便不计前嫌，让你拥有享不尽的荣华富贵——你考虑一下如何？”

“呸！”宋贞娥将一口带血的痰猛地啐在了丰臣秀吉脸上，冷声斥道，“我宋贞娥若贪图荣华富贵，也不必前来日本行刺你这老倭狗了！今日本姑娘谋事不成，反遭你的毒手，亦是无话可说。你要杀便杀、要剐便剐！只求你杀死本姑娘之后，能将我的双眼挖出来，悬在你日本国国门之上：让本姑娘死后可以看到你们这些倭狗有朝一日从我朝鲜溃退而回的情景……”

盯着宋贞娥义形于色、坚贞不屈的神情，丰臣秀吉的脸色一瞬间变得十分铁青僵硬，他倏地又换上了一副阴阴的诡笑：“你真是太刚烈了——本太阁怎会舍得让你死哪！本太阁要让你好好活着，好好侍奉着本太阁高高兴兴地一起到你们朝鲜王宫巡幸啊……”

他正喋喋不休地说着，却瞥见宋贞娥突然面色一寒——他心念一闪，还没反应过来，她已暗暗用反绑在背后的双手在地板上一撑，上身陡然一挺，雪白的玉颈猛地撞在了他那柄“寒月弯刀”足可吹毛断发的锋刃之上……

一股滚烫的热血激喷而起，溅得他满脸都是。他呆呆地看着宋贞娥，怎么也没料到她竟是这等刚烈——只见她雪白的面颊飞出了一片灿烂的微笑，和着那纷飞的血花，一齐美得令人心碎！同时，她最后的声音一个字一个字硬硬地敲在了他的耳膜里，久久地震响着：“你什么也抢不到……你永远也抢不到……”

惊天之谋

太阁府的后院里，大野治长带着两个侍婢，抬着一箱从朝鲜王宫搜掠来的上等金银珠翠和绫罗绸缎，刚刚走到淀姬所居的“樱香阁”檐下，便听得她深含嗔意的声音从里边传了出来：

“上一次本夫人看中的那套皇后娘娘所穿的大明国‘蝶恋花’纹锦，还有葡萄牙人和西班牙人送进皇宫里的珐琅珍珠宝壶和西洋香水……本夫人已吩咐让他给‘樱香阁’选购一批进来！这都已经过了这么多天了，他还没把这些东西呈进府里来吗?”

“奴婢奉夫人的旨意已去关白府催好几次了……”却听淀姬的贴身侍婢小林鹿子有些怯怯地轻声答道，“可是秀次大人声称眼下国库财源紧缩，举国官民都应积蓄财物向西洋各国购买火绳枪和炸药等西征械物……所以，他希望夫人能够再缓些提出这些要求……秀次大人还说：这也是为了太阁大人的西征大业着想，希望夫人您要带头做起，一切须得从简才行……”

“哗啦”一阵声响打断了小林鹿子的话，阁室里仿佛有什么杯具之物被摔碎了——淀姬的声音一下变得高亢了许多，也尖锐了许多：“什么？丰臣秀次真的把他自己当成丰臣家族的继承人了吗？他是不是想把太阁大人辛辛苦苦为国库积储下来的一切财宝都死死捏在手里，等到太阁大人归天之后再由他一个独享？！他居然连本夫人的脂粉钱、香料钱、衣料钱和首饰钱都不拨！……”

听到这里，大野治长在阁门外轻轻地咳嗽了一声。

“樱香阁”里一下静了下来。过了半刻，才听得淀姬的声音终于恢复了平静，徐徐传了出来：“是大野君吗？”

“在下叨扰夫人了，”大野治长在阁门外躬身应道，“夫人，太阁大人让属下送一箱上等的朝鲜宝物来给夫人享用。”

“哦？那就有劳大野君将东西送进来吧……”淀姬的声音里倏地又透出了几分意外的喜悦来。

大野治长向后招了招手，便带领那两个抬着宝箱的侍婢走了进来。

进了“樱香阁”，大野治长目不旁视，趋到阁中淀姬所坐的那一方榻榻米前跪坐下来，也不多言，直接就让那两名侍婢把宝箱送到淀姬面前打开。

刹那间，淀姬只觉得眼前一花，满箱的珠宝炫得她几乎睁不开眼来。

“好漂亮啊！”淀姬脸上笑容尽绽，抓起一串流光溢彩的玛瑙项链，戴在了自己的脖子上，同时对小林鹿子吩咐道，“去把铜镜拿来——让本夫人看一看戴上这串项链之后是什么样？！……”

小鹿林子急忙从一旁的梳妆台上取来一面明亮异常的黄铜镜，端到淀姬的面前照映。淀姬瞧着镜中那个光彩照人的自己，很满意地摸了一下颈上戴着的那串七色玛瑙项链，又从宝箱里拿出一只晶莹剔透的翡翠玉镯，细细把玩起来。

大野治长用眼角余光瞥了淀姬一眼，惊艳之情一掠而隐。他沉吟着挥了挥手，让那两名抬箱的婢女退了出去。然后，看着这位和他青梅竹马一起长大的义妹和太阁夫人——淀姬，他深深地叹道："夫人！您刚才和鹿子的话，在下在阁门外都听到了。今后夫人若是喜欢什么东西，不必去找秀次大人了，就直接告诉在下一声——在下就是肝脑涂地，也一定为夫人寻觅到手。"

听到大野治长这么说，淀姬正拿着翡翠玉镯把玩的右手不禁微微一颤。她慢慢抬起头来，意味深长地看了大野治长一眼，却并不立刻答话。

沉吟了片刻之后，她才吩咐小林鹿子道："你且出去，替本夫人将院门看好了，不许任何外人前来打扰——本夫人要和大野君商议一些重要事情。"

"奴婢知道了。"小林鹿子听罢，双眸中的眼波暗暗一闪，俯下身去应了一声，缓缓退了出去。她一退出"樱香阁"，阁子里便静了下来。

淀姬伸手慢慢地抚摩着宝箱里的金银珠翠和绫罗绸缎，神色里徐徐沁出一丝凄然来，仿佛带着无限感慨悠悠说道："大野哥……还是你和太阁大人对小妹好啊！如果太阁大人能够永远不死，那就太好了……"

她这一声"大野哥"，让大野治长听得心头一跳。多少年了，淀姬自从成为丰臣秀吉大人的夫人之后，就没再在他面前叫过儿时所喊的"大野哥"。今天，淀姬却似乎回到了童年，又用先前那个"义妹"的身份和他交往起来——一时间，小时候他俩在一起游玩嬉戏的一幕幕情景顿时纷纷涌现在大野治长的脑际！

他的眼眶禁不住渐渐湿润了，哽咽着说道："夫……夫人，您对在下的情谊当真是深如大海。在下若无夫人的提携与关照，今日在这太阁府中岂有一席之地？'大野哥'三个字，还请夫人快快收回，在下实不敢当。"

"大野哥太多礼了。佛经里常讲：'世事无常，诸行无常。'以前小妹侥幸得势，承蒙太阁大人宠爱，所以还算有几分余力助人。大野哥自幼与小妹相伴，待小妹最是诚挚——小妹焉有不提携你上进之理？"淀姬闻言，缓缓摇了摇头，摆手止住了他，淡淡地说道，"唉……今日是小妹帮助了大野哥，说不定将来哪一天小妹还需要大野哥帮助呢！……"

"夫人……您……您何出此言啊？"大野治长听着，额上立时惊出了密密的冷汗。

淀姬目光一转，颇有深意地看着大野治长，说道："大野哥，你以为小妹三番五次去找丰臣秀次讨来什么衣料钱、首饰钱和香料钱，真的只是为了一己之虚荣吗？"

"这……"大野治长不禁语塞了起来。

淀姬瞥了瞥他，深深一笑，道："小妹若真是想要什么绫罗绸缎、金银财宝，还用得着去找他丰臣秀次吗？小妹找他讨要什么首饰钱、香料钱、衣料钱，其实只是想借此试探一下他对我这个'义母'的感情罢了……"说至此处，她悠悠叹了一口气，目光斜斜地投向了窗外的天空，"看来，别人的孩子，终究是不如自己亲生的亲切啊！倘若我那鹤松孩儿没有夭折该多好啊……"

她口中所说的"鹤松"，便是她和丰臣秀吉所生的儿子——丰臣鹤松。但这孩子还未满三岁便身患暴病死去了。大野治长此刻听到淀姬乍然提起了丰臣鹤松，不禁也用袖角擦了擦眼泪，人人都说淀姬集太阁大人所有恩宠于一身，在太阁府里风光无限——又有谁知晓她在夜夜笙歌散尽之后的寂寞与忧郁呢？念至此处，大野治长更是一阵鼻酸。他咬了咬牙，忍住悲伤，劝淀姬道：“夫人，来日方长，您和太阁大人一定还会拥有自己的孩子的……”

淀姬听了他的安慰，只是苦苦一笑，并不作答。自家的事情自家清楚：在这三四年里，她和丰臣秀吉想尽了千方百计，自己却一直都未能再度怀孕。经历了多次失望之后，他俩都已对这事儿死心了。不然，丰臣秀吉也不必交出关白之职，让丰臣秀次这个义子来担任丰臣家族的继承人了。

然而，一旦太阁大人撒手而去，自己还能始终保持眼下这一份豪华与奢丽吗？对这一点，淀姬是丝毫自信也没有。

她心情郁闷，也不顾大野治长在场，从一侧的银柜中取出了一壶从西洋购进的葡萄酒，用一只琥珀杯斟满了，一仰脖子，一饮而尽。然后，她又斟满了一杯，再往口中一倒……直到将自己灌得沉醉不醒、昏昏睡去而止，也便麻痹了自己，不去再多想这茫茫难测的未来。

“茶茶妹妹……不要太过忧虑了……任何事情都会有转机的……”这是淀姬今天醉倒在榻榻米上之时，听到大野治长含着泪花凑在她耳旁所说的最后一段话……

“天照大神对我德川家真是不公啊！”德川家康独自坐在德川府中的地下密室里，望着墙壁上悬挂的“三叶葵”家纹旗，两行泪水沿着面颊缓缓流了下来——他仿佛在朝一个看不见的幽灵倾诉着自己心曲，“我德川家隐忍潜伏、锋芒暗敛，忍常人不能忍之苦，行常人不能行之事，整整耗去了我三十年的时间，为何到目前仍毫无起色？他丰臣氏为何能如此幸运——占领朝鲜、威慑大明而毫未遇挫？天照大神啊！你待丰臣氏如此之厚，却又为何待我德川家如此之薄？家康我恨不能遗世而去，不愿再见到丰臣秀吉那一副‘小人得志’的嘴脸！……”

他正喃喃自语之际，身后的室门被人从外面“笃笃笃”轻轻叩了六下。

这六声叩响是德川府地下密室叩门的暗号——它标志着有极紧急、极机密的要事来报！

一瞬间，德川家康便如同变成了另一个人，立刻从刚才的郁闷消沉转为铜浇铁铸般的冷峻沉着。他慢慢拭净了脸上的泪痕，静了片刻，才缓缓开口说道：“进来！”

密室的铁门被徐徐推开，德川家康的侍妾西乡局、小督局、阿茶局、西郡局和德川秀忠一道走了进来。他们后面还跟着一个面罩青纱的少女，身着黑衫，垂眉低腰，小心翼翼地趋步而入。

德川家康身板挺得笔直，面无表情。西乡局、小督局、阿茶局、西郡局等引着那少女在门角边的地板上俯身行礼。德川家康仿佛没看到她们似的，目光一闪，径自投向了德川秀忠：“你这么急迫地求见我，有何要事汇报？”

德川秀忠恭恭敬敬地说道：“父亲大人，根据孩儿安排在西征大军中的‘眼线’来报，虽然宇喜多秀家、石田三成、小西行长在外面吹得天花乱坠，但实际上他们在朝鲜并没有取得多么骄人的战绩……”

“哦？”德川家康心底里其实也隐隐有些怀疑，但表面上仍装作吃了一惊的样子，紧紧地盯着德川秀忠。

“父亲大人，孩儿说的都是秀康兄送来的真实情报——宇喜多秀家、石田三成、小西行长他们夸大了战果、捏造了战绩！”德川秀忠正视着他的父亲，细细地说道，“在平壤一战中，明军损失了不少骑兵不假，可他们只损失了三千五百多人，而绝不像石田三成他们报上来的请功文中所讲的那样消灭了一万明兵！那个明军将领祖承训也没有死！”

“还有，隔了几日之后，大明国派来了一支骁勇善战的女真援兵，一下便消灭了我日本近千名武士——而这个失利的消息，却被石田三成他们瞒着没有上报！”

“原来如此……”德川家康深深地点了点头，双眸里倏地掠过一丝隐隐兴奋之色，“这么说来，石田三成、小西行长他们并没有从大明国那里占多少便宜?”

“是的，”德川秀忠一脸认真地说道，“而且，根据前方‘眼线’来报：大明国的西疆宁夏之乱已渐趋平定，他们最迟在八九月份就会腾出手来直插朝鲜了……”

“哦……”德川家康伸手抚了抚短髭，这才放松了心情，心底暗想：如此看来，这丰臣秀吉也得意不了多久啦！

“父亲大人！孩儿瞧见宇喜多秀家、石田三成、小西行长他们这般自吹自擂、冒功自大就忍不住是一肚子闷气！”德川秀忠有些恨恨地说道，“您看，咱们有没有必要在丰臣秀吉面前公开戳穿这帮‘小人’的谎言？让他们在天下诸位大名面前丢尽脸皮……”

“不！不！不要这么做！”德川家康仿佛被无形的钢针刺了一下般满颊肌肉一阵轻跳，他一摆手止住了德川秀忠。然后，他身子一探，凑到德川秀忠耳旁低低地说道：“不要戳穿这些谎言，也不要告诉丰臣秀吉任何真情实况。就让他们一直麻痹在盲目自大的狂想之中吧！……未来的现实会给他当头一棒的……”

“父……父亲大人！”德川秀忠侧过头来，看着自己父亲那一对深不见底而又不容置疑的凌厉眼神，不禁怔住了。

德川家康向他吩咐完毕之后，方才转过身来，正了正衣襟，直视向西乡局、小督局、阿茶局她们，肃然问道："你们也有什么重要事情来向家康我禀告吗?"

西乡局是德川秀忠的母亲，自然便是德川家康身边的侍妾之首。她听得德川家康如此问，便赔着一脸樱花般灿烂的笑容向他说道："大人，您还记得我们的义女小林鹿子吗？她十二岁时便是我们德川家最出色的女死士，您还手把手地教过她刀法的……后来，您将她送进了丰臣秀吉府中潜伏下来……"

"就是她吧!"德川家康目光一转，射在了那个蒙面少女的脸上，"鹿子姑娘，相隔十二年后的今天，你潜回我德川家，一定会给我们带来一个惊人的绝密消息吧!"

那少女跪伏在地板上的身子缓缓抬了起来。她慢慢揭去脸上罩着的青纱，现出了自己的真面目——果然是淀姬最亲近的侍婢小林鹿子。

她仰视着德川家康，面色显得冷峻异常，透着一股刀锋般慑人的森森寒气，全无先前身为侍婢奴仆那种柔顺媚迎之态。

德川家康脸色一正，迎着她深深一礼："小林姑娘——真是辛苦你了！多谢你为我德川家十数年如一日的默默贡献，家康我对此没齿不忘!"

小林鹿子脸上分明现出几分深深的感动来——她眼圈微微一红，但马上又紧紧凝住了神情，不显丝毫的波动，只是用平缓的口吻说道："主君大人，就在昨日的西征大军战利品观赏会结束后没多久，丰臣秀吉府中便发生了两件大事!"

"你说——家康我在认真听。"德川家康说话非常简洁。

"第一件大事是：丰臣秀吉遭到了一个朝鲜少女的行刺，"小林鹿子点了点头，开口讲道，"但她最后还是失手了，已被丰臣秀吉当场格杀。"

“怎么会有朝鲜女子潜入太阁府中行刺？”德川家康一愕。

“这个朝鲜少女就是西征大军送给丰臣秀吉的第三个‘战利品’，”小林鹿子继续说道，“她行刺丰臣秀吉的具体情形，贱婢还未曾打探清楚。只是听说丰臣秀吉似乎十分贪恋她的美貌，还曾经劝她降服，许诺纳她为妾——可是那少女硬是宁死不屈，就被丰臣秀吉杀掉了。听说他还要将她挖眼暴尸示众呢！……”

“唉……”德川家康深深叹了一长口气，悠悠说道，“这朝鲜女子必是弄得丰臣秀吉颜面尽失，所以才会遭到‘挖眼暴尸示众’的酷刑！她亦堪称一位难得的‘巾帼英雄’了！可惜，她义勇有余而智谋不足，终究未能复国报仇……”

说到这里，他似是想起了什么，转头看向西乡局她们问道：“倘若你们将来在她那样的境地，你们认为应该怎样做才算是最好的出路？”

西乡局等人嗫嚅着：“妾等誓为大人尽忠！”

德川家康听罢，脸上掠过一抹阴冷的笑意，一个字一个字仿佛是从齿缝间迸击而出：“这样不行。你们都死了，谁来为咱们德川家报仇雪耻呢？倘若是我德川家的女人，万一有一天落到那个朝鲜义女那样的境地，最好的做法是要先忍辱负重活下来，无论遭到怎样的折磨、怎样的痛苦、怎样的摧残、怎样的蹂躏，都要咬紧牙关活下来！……即使是被当作娼妓一样奴隶群中‘卖春’，也要忍着！一定要忍着！忍到时机成熟的那一天，我们再猝然出手让我们的敌人为之付出千百倍的代价！——你们可记住了？”

“是！”西乡局等人战战兢兢地应道。

德川家康双手紧紧抓着自己的膝盖，抬起了脸望向高高的室顶：“他们朝鲜人民一向深受中华文化之浸润，‘重气节而轻生死’，所以那个朝鲜女刺客宁可求死，也不愿屈辱地苟活下来和丰臣秀吉周旋到底——这既是他们值得敬佩的优点，但也是他们太过执着的弱点。其实，‘一死了之’是最容易的，‘百忍图成’才是最艰难的。若是像她那样‘宁可玉碎，不为瓦全’，我德川家康早已自杀过一百多次了！可是，家康我都选择了坚忍到底——只因为家康我‘独揽天下，一统日本’的使命还没有完成啊……”

“父亲大人……”德川秀忠双眸噙着泪光深深俯首而道，“孩儿坚信我们德川家族总有一天会‘独揽天下，一统日本’的……”

“嘿……你有这样一份信心，为父很高兴啊！”德川家康收回目光，异常欣慰地看着德川秀忠，高兴地说道，“谁说为父没有丰臣秀吉的运气好？有了你这样一个优秀的嗣子，我德川家族总有一天会压倒他丰臣家族的……”

德川秀忠以头触地，只是重重地磕着，发出一下又一下的沉响。

德川家康喝止了他，然后心神一敛，又向小林鹿子问道：“你探听到的关于丰臣府中第二件大事是什么？”

小林鹿子再次缓缓仰起头来，直视着德川家康，慢慢讲道：“就在昨天下午，丰臣秀吉府中的总管大野治长和淀姬夫人在‘樱香阁’内发生了苟合之事。”

“苟合？淀姬夫人竟敢背着丰臣秀吉做这样的事？”德川家康大吃一惊，随即蹙起眉头陷入了深深的思索之中，同时自言自语起来，“淀姬夫人不是犯了‘失心疯’的傻子，她应该懂得这件事儿的后果有多严重……可是她为什么还要去做？除非……除非她认为这件事儿和自己的生命一样重要……”

“大人，妾身和淀姬夫人都是女人，”西乡局忽然开口了，“只有女人才会了解女人的心思……处于淀姬夫人那种地位和身份的女人，她和外人苟合的目的，绝不会是为了淫乐——妾身怀疑她是想借着和外人私通苟合之机而怀孕生子……”

德川家康沉吟起来，将询问的目光投向了小林鹿子，小林鹿子如同一头乖巧的小鹿般身形一伏，无比谦恭地点了点头。

“西乡局真不愧是西乡局！你一语中的，实在让家康我刮目相看，”德川家康情不自禁地仰天大笑着，“让我设想一下：假如淀姬怀上了丰臣秀吉的‘孩子’，那么丰臣秀吉一定会把这个‘孩子’立为自己的嗣子。如果立了这个‘孩子’为嗣子，丰臣秀次的一切权力和地位都将被丰臣秀吉剥夺净尽——每个人都是自私自利的，丰臣秀吉自然也不会例外：说到底，丰臣秀次这个义子，终究也不如他自己的‘孩子’来得亲。但是，丰臣秀次会甘心白白放弃眼下自己所有的一切吗？于是，激烈的冲突将不可避免地发生了——丰臣家族的内乱，可以说是在昨天‘樱香阁’里埋下了种子……”

他越说越兴奋，不由得手舞足蹈起来：“只要丰臣家族发生内乱，我德川家族就可以‘渔翁得利’了！小林姑娘，你今天送来的这个绝密消息真是天大的喜讯！”说着，他神情一定，突然便冷峻下来，向小林鹿子吩咐道：“从现在起，你要巧妙地不露痕迹地促进淀姬和大野治长私通成功。还有，你要暗中保护他们，绝对不能让这个秘密被其他任何人知道。同时，你要认真记录下他俩每次私通苟合的时间、地点和有关情形，及时给我送来……”

讲到这里，德川家康的目光一下便似鹰隼般锐利起来：“如果大野治长和淀姬真为丰臣秀吉生出了一个太阁府的‘嗣子’，那么他必将成为我德川家彻底摧毁丰臣家族的一柄‘撒手锏’！”

一诺必承

名护屋南面城墙外的寒川河河面一平如镜，波澜不生。在蓝蓝的夜幕下，河水正缓慢地无声地流动着，宛若一块莹莹的冻绿水晶，显得无比澄净而静谧。

许仪坐在江畔的一块岩石上静静地望着河面，似乎有些忧郁。他的脚边放着一只漂亮的青花大瓷瓶。许久许久，他收回了目光，静静地盯在那只青花大瓷瓶上，脸上忧色变得愈来愈浓。

这几日从朝鲜传回来的消息令他十分难受：大明一万骑兵竟在平壤城被倭虏尽行歼灭！那是一万同胞啊！整整一万同胞丧生在倭虏的刀枪之下！一想到这里，许仪便觉得心口一阵绞痛——自己不是早在去年就让朱均旺把倭虏企图侵朝入明的消息送回中原了吗？为什么大明还会因准备不足而遭此惨败呢？难道大明的军力不如当年戚将军在世时那般“威猛无敌，所向披靡”了吗？这一切，都很让人揪心啊！

然而，现在自己一个人潜伏在日本国内又能做什么呢？许仪看着那静水深流的寒川河，眉头禁不住紧紧蹙了起来：难道自己也要像昨天晒台上公示的被挖眼暴尸的那个朝鲜女刺客一样去刺杀丰臣秀吉那老贼吗？那个朝鲜女孩的惨状深深地印在了许仪脑海里——倭虏真是禽兽不如啊！人死了也不肯放过——还要对她的尸身百般凌辱！他们真的是禽兽不如！

一瞬间，许仪感到自己全身的血液一下都冲到了头顶的发梢！他把满口钢牙咬得“咯咯”直响，心头暗想：一定要给倭虏一个狠狠的教训！

一念及此，许仪仰起脸来，又把充满愤怒的目光深沉地投向了那条寒川河。日本人把这条“寒川河”称为“河”，实际上对它是太过抬举了！与大明国的“江河”比起来，它几乎就像一条溪流——才二三丈宽！

虽然这条寒川河绕着名护屋城墙而流，看起来像是一条护城河，实质上只能算是城内百姓和驻城大军的生活用水之源。百姓和军营的士兵们都是从这河里取水回去淘米、煮饭、烧茶、饮用的。

许仪心念一定，低头看了看脚边的这只青花大瓷瓶，脸上涌起一种莫名的、复杂的表情来！原来，这瓶里边装着“鹤顶红”“蛤蟆绿”“孔雀蓝”等七种最厉害的毒药熬成的“万毒汁”。他只要往水中滴一滴这“万毒汁”，就能毒死四十头壮牛和马匹——而且寒川河水流速度极为缓慢，他若是将这整整一瓶“万毒汁”倾倒在那河水中，三天三夜也不会将水中的毒素稀释淡尽。那么，凡是饮服或沾染了这投有“万毒汁”的河水的日本人，都会患上一种近似于瘟疫的“怪病”而死——这也算是对“多行不义必自毙”的倭虏们一种“天谴”式的报复了吧！

想到这里，许仪的鼻息变得粗重起来，面庞就像被仇恨之火燃着了一样，红彤彤的。他一咬牙，一手提起了那只青花瓷瓶，“腾”地站起了身，便欲往河边走去。

就在他到了河边准备往河水里倾倒“万毒汁”时，他眼前倏然一亮：从那河流的上游方向，徐徐漂下来一只只纸扎的小小灯船，火光闪闪、忽明忽暗——那是日本百姓为他们丧生在西征战场上的亲友们点燃投放的“招魂灯”……习习的夜风里，悠悠飘来了一缕缕悲切至极的抽泣呼唤之声，像游丝一般绕在星空之间，历久不散……

刹那间，许仪的脑际里突然掠过了平时来他诊局看病求医的那些日本百姓们一个个熟悉的面影……他们已经饱受了战国纷争的种种痛苦，过着饥寒交迫的日子，现在却要替丰臣秀吉等一小撮“狂徒贼酋”来承受这“万毒腐身”的代价吗？不错，如果名护屋的百姓和士兵当中爆发了这场“大瘟疫”，确实会让丰臣秀吉等人面临天怒人怨的巨大压力。但根本就不顾日本百姓死活的丰臣秀吉照样会像疯狼一样顽固到底地继续推进他的西征大业的！——而这些遭难的日本百姓却是无辜的啊！

许仪一想到这儿，整个心都刺痛了——他那颤抖着的右手终于从青花瓷瓶瓶口处收了回来。他暗暗地在心底里嘲笑自己：看来我许仪当医生真是当得太久了，连自己当年身为“戚家军”锐士的那股悍性煞气都淡弱了不少……今儿个真是怪得很！莫非自己碰上“慈星照命”了?!……他就这么坐在河边，一边胡乱地想着，一边紧紧地抱着那青花瓷瓶，生怕它一失手掉进了河中。

远处，东方升起了鱼肚白。温暖的朝霞像金鳞一般一片一片贴上了天空——新的一天又到来了!

河畔的人声渐渐喧闹起来，前来打水的日本百姓越来越多——只是他们永远也不知道，由于一名大明国人的一念之仁，他们已经躲过一场巨大的劫难!

许仪慢慢走回了诊所，刚一打开房门，便隐隐觉得室内的气氛有些异样。

“哧”的一声，堂上一支蜡烛突然亮了，宛若黑夜中绽放了一朵灿烂的火花。那明亮的烛光旁边，静静地坐着一位相貌儒雅的锦服中年文士。

“你是谁?”许仪心头一震。他的右手不禁飞快地摸向佩在腰间的匕首。

“莫要惊慌，”那中年文士莞尔而笑，站起身来淡淡说道，“许将军——在下乃是大明天朝琉球藩国驻倭使臣尚明哲。”

“什么‘许将军’？什么‘尚大人’?”许仪装出一脸的茫然，“许某不懂您在说什么。”

尚明哲仍是淡淡地笑着，慢慢从袍袖中拿出一块“虎头铜牌”，向许仪远远地一亮：“对了，这是你的弟子朱均旺给在下的信物——他说，你见了它，就会接洽在下了。”

许仪一见，心头一阵狂跳，上前接过一看，确是自己当日交给朱均旺的那块“虎头铜牌”。他有些愕然地看向尚明哲。

尚明哲又从衣襟内摸出一封信函，正视着他："这是吴惟忠将军写给你的信——他的字迹，你应该认得的。"

许仪打开那封信一看，果然是战友吴惟忠的笔迹。虽然他已经和吴惟忠远隔大海足足有二十余年未曾通信来往了，但吴惟忠那一笔一画恰似钢锋铁钩一般峭厉的字迹却让他一见之下便再无疑虑。那信上写着：

福建游击将军吴惟忠再拜许兄左右：

一别二十余年，甚为思念，幸得兄徒朱均旺见面报知兄行踪，甚慰弟心。忆我等当年福建抗倭之激烈岁月，雄姿英发，何其壮也！不知兄孤身潜入倭国境内二十余年，一切安好否？

朱均旺现在小弟之处，即日便将与小弟一道直赴朝鲜歼击倭虏。持我此信者乃我大明藩属琉球国之使臣，渠可在倭国境内暗助兄一臂之力，从而顺利刺探倭情而为我军所知，以免遭不测之变。

兄在倭国之耿耿孤忠，多历巨险，虎口存身，气节实与汉朝苏武相仿，而智勇远胜于彼矣！待到平定倭乱、肃清海疆之后，小弟再邀兄荣归故国把酒言欢！

弟吴惟忠敬上

读了这封信，许仪眸中已是泪光闪闪。隔了半晌，他才渐渐平静下来，向尚明哲恭敬地说道："尚大人，许某刚才有些失礼，还望见谅。"

尚明哲丝毫不以为意，微微笑道："许将军身处龙潭虎穴，时时警醒、处处小心也是应当的。尚某从本国大王之处听说了您'隐身敌国，忠心不二'的事迹，亦是对您钦佩得很啊！"

许仪长叹一声，眼睛充满了忧郁："如今许某身处倭国民间，难以打探到倭国侵朝入朝的重要情报，实在是有负朝廷的重托、愧对大人的谬赞啊！"

"原来许将军是在为此事忧虑啊？"尚明哲双眸深处似烛焰般亮了一下，"说来巧了——尚某眼下恰有一个机缘可以帮助许将军潜入丰臣秀吉的太阁府。"

"哦？"许仪一怔，"尚大人有何机缘可以暗助许某？"

尚明哲沉吟片刻，徐徐而道："许将军有所不知：丰臣秀吉府中的现任总管大野治长先前曾在我们琉球国做过生意，与尚某有过'贸易合作'，唉……反正是尚某奉大王之令给了他不少好处、对他加以笼络，所以我俩的关系一直倒也不差。"

"这几日他却忽然找到尚某，要求尚某给他找琉球国的医师，须得能治妇女不孕之症，好给他夫人抓几服草药服食……尚某听闻许将军不仅武艺高强，而且医术精湛，心底灵机一动，便想将您易容改装之后推荐给他，借机进入太阁府去……"

"咦？日本医师遍地皆是，他为何不去找自己国内的医师诊治，却偏要来找你们琉球国的医师？"许仪惊诧莫名，"这个大野治长，行事颇有几分蹊跷啊！"

"是啊！尚某也曾这样问他，"尚明哲也是面有疑惑之色，"可他似有难言之隐，支支吾吾、遮遮掩掩的——依尚某之见，他大概是在外边背着妻子养了小妾，不敢招用本地医师，便想到琉球国来找个陌生医师好做得隐蔽一些……"

"应该是这样吧？"许仪沉吟着点了点头，说道，"尚大人，那就有劳您在此事上助许某一臂之力……"

"这个自然，"尚明哲眸光亮亮的，"倭寇自恃强梁，欺侮我琉球国久矣！我等远在海隅，常盼天朝能够施以援手——而今天朝上国毅然对倭寇痛加挞伐，我等藩国小民焉有不肯尽心相助之理？许将军，您在倭国潜伏刺探期间，无论有何需要，尚某都会义不容辞地为您周旋奔走的!”

许仪听得甚是感动，紧紧握住尚明哲的双手，久久无语。

忽然，他似又想起了什么，脸色显得有些腼腆：“对了！尚大人，您能否借许某一些银钱?”

“尚某现在只带了一袋银珠过来，你暂且拿去……”

许仪伸手接过他递来的那一袋银珠，在尚明哲微微惊疑的目光之中悠悠一叹：“说起来这事儿要让尚大人笑话了：许某先前曾受别人之托，要替那人照顾他母亲……如今他母亲因忧思成疾，病得很重，许某当下又要潜进太阁府去……也只得借您这一袋银珠请人代为照顾了……”

尚明哲目光蓦地一沉：“许将军，您莫非是接受了一个日本人的嘱托?”

许仪缓缓地、深深地点了点头，面容凝重如铁。

良久良久，一声轻轻的长叹飘过，尚明哲的声音响了起来，充满了感慨、诧异、敬佩：“天朝士民当真是气度恢宏，不愧为仁人君子之邦……居然对倭国之人也如此宽仁诚信……”

第五章　运筹帷幄

当半空中的云块堆砌成一片“黑墙”之时，李如松面向宁夏城，深深吸了一长口气，举起了那只挺直如刀的右手，往上缓缓伸去。伸到头顶之处“呼”的一声，他的右手犹如一柄利刃猝然破开烈烈朔风直劈而下——他身后十名骑兵见状一齐上前，弯弓搭箭，朝着苍穹深处同时放了一箭！

“嘶——”十支拖着长长火尾的利箭犹如螣蛇一般穿进了滚滚的乌云，瞬间同时炸开，“啪”的一声脆响，绽成了十朵斗大的火花，在半空中爆开！

祖承训血书请罪

在那天夜里看到顾养谦送来的两道八百里加急军报之后，石星焦急得整整一夜都没睡。他连夜就叫部里的差役将那两份军报直接呈进了皇宫。

然后，他也顾不得眼下还是深夜四更时分，便马上派人召来了宋应昌到兵部议事堂，劈头就问：“宋大人，如今朝鲜局势急转直下，我大明辽东三千五百名精锐骑士在平壤遇难——不知宋大人对此事有何对策？”

宋应昌这几日一直忙于和户部协调筹措东征大军粮饷之事，也是累得两眼发花。他猝然听到这么一个紧急消息，心头不禁猛地一跳，全身上下的倦意一下跑了个干干净净，脸色悚然一变：“怎么会这样？

兵部不是早就行文给顾养谦和祖承训要‘固守不动、静以待援’，交代他们只需全力护持在义州城的朝鲜君臣而不可擅自与倭虏交战吗？”

石星“哎呀”一声长叹，随手便将顾养谦那两份紧急军报的复写件递给了宋应昌，说道：“你快瞧瞧吧！唉！朝鲜危矣！倭虏他们甚至还把朝鲜晋州城屠了个人畜不留——这是在向我大明天朝公然示威啊！……”

“屠城？倭虏连这种令人发指的罪行都犯下了？”宋应昌眉峰一挑，脸色骤变，急忙接过认认真真地看了起来。阅罢之后，他将讯报往膝盖上一放，双拳骨节不禁捏得“咯咯”作响，过了许久才凝住心神，闭目深思片刻，然后睁眼抬头看着石星，问道：“此情此势之下，石大人您的意见是……”

“嗯……应昌啊！本部堂今日深夜召你前来商议，就是想和你私底下通一通气，”石星的双眸里一阵波光流动，“咱们兵部上上下下首先应该统一认识——拿出一个‘章程’来对外面有个应付……”

宋应昌听出石星“话里有话”，懂得他是在暗批自己先前的一些“越位进言”之举，心底不禁微微一凉，也不接话，只听石星继续讲下去。

“本部堂的意见是既然倭虏如此枭猛，连我大明最精锐的辽东铁骑都抵挡不住……”石星面色一灰，沉沉地说道，“那就干脆让祖承训他们放弃朝鲜义州，带领朝鲜君臣迅速撤回我大明境内，一如赵阁老先前所言，还是让李昖他们‘避难内附’算了……”

宋应昌直直地看着他：“石大人，您可曾想过：万一那倭虏一见我大明天兵一败即撤，激得他们凶性大发，又不休不止地追杀过来，直逼我辽东边境……我大明朝又当如何善后？”

“这个……这个问题咱们先前不都在御前大会上议过了嘛！……”石星的声音顿了一下，喃喃地说道，“本部堂明早再去找赵阁老协商协商，他不是一直赞成羁縻倭虏、谕之以礼法、使其取代朝鲜称藩纳贡吗？……”

“石大人……您……您现在还存有与倭虏讲和修好之念？”宋应昌暗暗一惊，“陛下不是说了，要满朝上下一心一意‘征倭援朝’、四海臣民再勿心生歧念吗？”

“唉……宋大人……陛下的圣谕，在先前自然是没错的，咱们也都该照办。但是眼下已经‘时移世异’了嘛！你看，而今我大明辽东铁骑与倭虏刚一交锋就折损了三千五百余人，实系陛下登基近二十年以来对外征伐未有之大败……”石星颤声而道，“只怕陛下也未必再如先前一般仍然一味坚持‘征倭援朝’了……”

“这……”宋应昌眼中一暗，欲言又止。是啊！眼下祖承训在平壤战事不利，一夜之间便损了大明三千五百余名辽东铁骑，陛下承受得起这一次的严重挫折吗？毕竟朝廷这十余年来升平无事，陛下以三十之龄猝逢这等巨虏，可有足够的经验与能力化解吗？……倘若陛下万一也心生怯念，那我大明天朝举国上下又该如何是好啊？……

正在这时，一名差役匆匆进了议事堂，手里持着一封粘有白翎的信函，道：“辽东副总兵祖承训送来紧急谢罪表……”

“这个祖承训！自以为是、贪功冒进、损兵折将——他居然还敢写什么谢罪表来？”石星一拍书案，厉声斥道，“把他的谢罪表丢到废纸篓去，让他好好等着兵部的处分吧！”

那差役见到石星如此光火，便连声地应承着，正欲拿着祖承训的那封谢罪表退下去。

“且慢！”宋应昌喊了一声，止住那差役，转头对石星拱袖说道，“石大人……依下官之见，暂且还是留下祖承训的谢罪表，我们一起见过陛下后，交由陛下自行裁处吧！”

石星看了宋应昌一眼，袍袖一甩，道：“也罢！本部堂相信陛下会对平壤失利之事有所裁处的。宋大人，祖承训这道谢罪表可是你主张递至御前的……万一陛下龙颜震怒而猝施辣手，大家届时私底下可是连回旋的机会都没有了……”

宋应昌心头暗暗一震，脸上迅速掠过一丝波动：倘若陛下真要问罪祖承训，自己也只有冒死犯颜为祖承训求情了……毕竟当前大敌外伺，祖承训又是本朝与倭交战之“第一人”，对倭寇情形之了解自是胜过他人，岂可轻易杀得？

就在此刻，堂门外一个尖细平和的声音响了起来：“石星、宋应昌，接陛下的口谕！”

随着这个声音一起进来的，除了司礼监内侍陈矩之外，还有早晨的第一缕阳光。石星和宋应昌一见，慌忙离座屈膝跪下。

陈矩在南面正壁一站，开口宣道：“传陛下口谕：速召石星、宋应昌进宫商议朝鲜之事。”

急匆匆赶到皇宫紫光阁，石星、宋应昌一进阁门，便看到申时行、李成梁、赵志皋、许国、张位、吕坤等人早已在御座前等候了。他们正传阅着顾养谦送进宫来的那两道紧急军报。

朱翊钧坐在龙椅上，眼圈有些发黑，看来他这一夜也没怎么休息。但是，他的精神却显得出奇得好，眉宇之际透着一股老成稳重之气。

见到石星、宋应昌二人进来行礼完毕后在申时行、李成梁、赵志皋等人下首立定，朱翊钧才从龙椅上挺直了身子，缓缓开口问道：“诸位爱卿，你们看过顾养谦这两道八百里加急军报之后，有何话说？”

李成梁“唰”地一下从杌子上站起身来，满脸沉郁，垂手说道：“启奏陛下：祖承训系老臣家将出身，此番因贪功冒进而致损兵折将、丧威辱国，老臣愿与他一同受罚！”

朱翊钧面如止水，毫无波动。他转眼又看了看申时行、赵志皋等人，申时行抚须默然不语，而赵志皋等只是摇头嗟叹不已。

这时，却见宋应昌一步跨出班列，双手捧上祖承训写来的谢罪表，徐徐奏道：“陛下，祖承训今晨已向兵部递了一份谢罪表，请陛下过目。”

石星一听，暗暗侧头瞪了宋应昌一眼，心道：这李成梁都愿意站出来与祖承训一同领罚了，你宋应昌此刻还要把祖承训的谢罪表呈给陛下过目——这有何用？反正祖承训损兵折将、丧威辱国已是事实，陛下将他严加惩处以儆效尤是铁板钉钉的事儿，就是他写一百多份谢罪表也难逃罪责……你宋应昌真是“不撞南墙不知疼”的“死脑筋”啊！……

朱翊钧望着宋应昌手上托着的那道谢罪表，半晌没有移动。他虽然表面上似是平静无事，心底里却是怒潮翻滚：好你个祖承训！先前朕颁诏要你“固守义州，静以待援”，你不遵朕命、贪功冒进，折损我大明三千五百余铁骑，现在却来“谢罪”——你让朕如何饶恕你？丧威辱国，这是何等的罪责？你岂可一谢了之？

他正思潮翻滚之际，却听申时行喟然长叹一声，离座奏道：“老臣启奏陛下：祖承训贪功冒进、丧威辱国，诚然罪不可恕。但他毕竟是我大明对倭开战‘第一将’……论起来，他总比留守沈阳的顾养谦更了解倭情，亦是不可轻弃。老臣恭劝陛下廓然大度，且先看一看他在这份谢罪表里是如何陈情的……”

吕坤因上一次进言讨倭有功，被朱翊钧青睐，所以今日点名要他前来参与商议平倭援朝之事。此刻他听罢申时行之言，心下亦有所感，奏道：“微臣启奏陛下：祖承训当年跟随李大帅东征西战、抗击胡虏，颇有功绩。现在他损兵折将、丧威辱国，实系咎由自取，与李大帅无关。李大帅今日自愿与家将一同领罚，实乃磊磊落落的大将之风——万望陛下秉公裁处。”

朱翊钧是何等聪敏之人？他立刻从申时行、吕坤的奏言之中听出了隐隐的“弦外之音”：无论如何，自己日后恃以抗击倭虏的“王牌”主力，只能是李成梁在辽东各州训练起来的这支“李家军”！自己今日真要刻意追究祖承训的责任，只会让李成梁当众难堪！这样一来，反倒会影响了朝廷和辽东“李家军”的关系！如此做法，岂为可取？如今大敌当前，自己也只得以开明大度示之于众，方能抚平士庶而一致对外了。于是，他沉吟了片刻，道：“诚如吕爱卿所言，宁远伯今日自愿与祖承训一同领罚，担负起‘治下不严’之过，实乃大将之风……朕怎会加谴于他？宁远伯且平身吧！”

李成梁这才噙着热泪恭恭敬敬站了起来，退到一侧。

朱翊钧招手向陈矩示意，陈矩急忙接过宋应昌手中那封装着祖承训谢罪表的函袋，轻轻撕开。

不料，他刚从函袋内取出那道谢罪表一看，却是惊得手腕一颤，险些将那奏表掉落在地：原来，那谢罪表上密密麻麻的全是用鲜血写成的字，令人看了触目惊心！

“血书？”阁内诸人一见，都吃了一惊。

“大胆祖承训！”赵志皋此时再也按捺不住，举笏出列奏道，“他竟敢用这等血腥之物污染陛下之视听，实在罪不容赦！”

石星一见，心头也猛地狂跳起来，他冷冷横了一眼宋应昌——你擅自越过本部堂向陛下呈这封血书谢罪表，让龙颜受惊，只怕现在也后悔莫及了吧！

朱翊钧静静地望着陈矩手中持着的那道血书谢罪表，脸色却平静得出奇，摆了摆手，淡淡地说道：“哦？这个祖承训也想效仿古人‘削指蘸血写书明志’啊！呵呵呵……陈矩你且送上来让朕瞧一瞧……”

“陛下，奴才也怕这血淋淋的谢罪表污了您的视听啊，”陈矩用手指捏着那道谢罪表，支支吾吾地说道，“奴才觉得应该由奴才给您重抄一遍呈上来……”

“怎么？你以为朕和那南宋末年的庸主昏君一样畏寇如虎、胆小如鼠而见不得血吗？”朱翊钧锐利之极的目光在陈矩脸上深深一剜，“朕让你呈上来，你就呈上来！”

“奴才遵旨。”陈矩听得朱翊钧话锋来得犀利，只得双手托着那道血写的谢罪表呈了上来。

朱翊钧脸色凝肃，慢慢翻开祖承训的谢罪表，只见里面写道：

罪臣祖承训诚惶诚恐泣血谢罪于陛下：

罪臣奉陛下之命，驻入朝鲜义州城，务求全力保护李昖君臣。不料倭虏自恃兵强势众，无视我天朝之赫赫神威，屡屡前来城下挑衅，口出狂言，谩骂不已，状如疯狗，不可理喻。

罪臣与诸位辽东将士深感天朝颜面受污，义愤填膺，一怒之下兴兵还击。然而倭虏狡诈至极，远比蒙古胡虏更为难敌——竟于平壤城内设下伏兵，诱我深入，围而攻之。加之倭虏火铳火力凶猛，终使我大明铁骑损兵折将，大败而归。

罪臣之罪大矣，丧威辱国、损兵折将，实是罪在不赦。罪臣思之忽忽如狂，常欲自刭以谢朝廷。然罪臣每一念及戴朝弁、史儒等诸位将士不惜性命全力护持罪臣脱离险境，其所思所为皆欲令罪臣突围而将倭情禀告于陛下，以诫后来之人，或许有裨益于社稷。故而，罪臣泣血以告倭虏之情：

一、倭虏之火铳，发弹之时密集如雨，伤人无数，此乃其长。罪臣自思，我大明唯有以“三眼神铳”及“大将军炮”等敌之，方可扼之使其不得逞凶。

二、倭虏约十五万之多，已占朝鲜王京、平壤等城池，据险而守，实非辽东铁骑一旅能破。罪臣细思，我大明唯有调集各地王师与当年戚继光将军所遗于东南抗倭之“藤牌军”等劲旅合力，方可殄灭倭虏。

三、倭虏之兵凶悍嗜杀、倭虏之将诡计多端，实乃我大明百余年未遇之劲敌。罪臣苦思，唯有叩求陛下速决大计、速择良将、速备军械，趁其威势未成、根基未定之时，聚而歼之，永绝后患。

罪臣所以忍辱包羞，苟全性命于败师之余，正为喋喋进献此三言于陛下。而今罪臣言已尽进，自甘领罪，毫无怨言。因罪臣一时之误，而丧戴朝弁、史儒等三千五百辽东将士，罪臣虽百死不足以赎此罪。然罪臣愿以戴罪之身，做一区区小卒。倘若罪臣能战死疆场，实乃罪臣心中之所求；倘若他日驱除倭虏、平定朝鲜而有成，罪臣返国再受天诛于阙下，亦是罪臣心中之所愿。

朱翊钧一个字一个字地看完了这道血书谢罪表，静思了一会儿，递给了陈矩，道：“你念给在座的诸位爱卿听一听！”

陈矩身子一低，应了一声，展开谢罪表，缓缓念了起来。他一字一句念完之后，紫光阁里竟是一片寂静。石星悄悄游目四顾，只见立在自己身边的宋应昌、吕坤二人俱是眸闪泪光、神色激动，似乎只是碍于朝廷礼仪才未失态失声。他在心底却是暗暗想道：祖承训这一介莽夫，倒是写得一手“情文并茂”的好文章，看来这一次他又会巧妙滑脱朝廷的追究了！然而，石星却未必懂得：以祖承训粗莽之性，当时削指蘸血写书谢罪之际，哪里还顾得上去用什么文采不文采的来打动别人？他只是以一腔真情挥洒而写这一篇真文罢了！所谓“情文并茂”，若无真情凝聚笔端，那文采是无论如何也“茂”不起来的！

终于，朱翊钧的声音缓缓打破了寂静——他转头问吕坤：“吕爱卿，朕听闻你自幼博学洽闻、过目不忘。朕记得陈寿在他的《三国志》里有评论诸葛亮的一段话，你且背诵出来给朕听一听……”

“微臣遵旨，”吕坤应声出列，站在阁中，回忆了片刻，就慢慢背诵了起来，“微臣记得陈寿是这么评论诸葛亮的——‘诸葛亮之为相国也，抚百姓，示仪轨，约官职，从权制，开诚心，布公道；尽忠益时者虽仇必赏，犯法怠慢者虽亲必罚，服罪输情者虽重必释，游辞巧饰者虽轻必戮；……’”

那边，赵志皋瞧着吕坤朗朗成诵的潇洒，心头暗暗翻起了种种念头：这个刑部侍部，举止谈吐之间倒颇有几分国士气象啊！而今陛下如此赏识他，看来他跻身内阁辅臣之列不过是迟早的事儿罢了！唉……自己真是有些老了，在这些意气风发的朝廷“新锐”面前，自己是不服老不行啊……他正这么胡思乱想着，却听朱翊钧突然喝了一声：“止！”

“好一个‘服罪输情者虽重必释，游辞巧饰者虽轻必戮’！”朱翊钧右袖一摆，缓缓开口言道，“朕就恩准祖承训仍留在东征大军之中戴罪立功！”

“陛下如天之仁，实在令臣等钦仰不已。”听得朱翊钧这般决定，在场诸臣跪下称颂。

朱翊钧脸色显得十分平静，摆手止住了他们，沉吟着向赵志皋吩咐道：“赵爱卿，你下去后和内阁众卿们商议一下，拟写一道圣旨给朝鲜义州发去：严令援朝诸军继续扼守险要、固守待援，无论倭寇再如何挑衅，都切切不可妄启战端！”

“臣等领旨。”赵志皋带着许国、张位等一齐应道。

朱翊钧又伸手拿过那份血书谢罪表，在掌中翻了几番，喃喃道：

“这个祖承训在谢罪表中祈求朕‘速决大计、速择良将、速备军械，趁倭虏威势未成、根基未定之时，聚而歼之，永绝后患’，他这段话说得好啊！然而，朕又何尝不知应当‘速决大计、速择良将、速备军械’？可是宁夏之乱尚未平定，李如松这样的良将又在西疆平乱……唉！东西交困，两面受敌——朕也为难啊！”

李成梁听了，出列奏道：“启奏陛下：老臣出宫之后，便立即写信，敦促犬子李如松在西疆速战速决，尽快挥师东征！”

“宁远伯，这倒不必了，”朱翊钧摆了摆手，平复了心情，淡淡地说道，“朕虽是心急如焚，却不愿干扰前方将士的征战方略。不过，倭虏近在边疆，‘速备军械’倒是可以加紧做好的。”

他讲到此处，心念一动，转头看了看石星，道：“朕想任命一个‘备倭经略使’专管备倭之事。你们兵部以为如何？”

“这个……”石星听了，不禁犹豫了一下，“微臣以为，及时任命一个‘备倭经略使’专司备倭之责，自然是应当的。不过，微臣胸中还有一策，不知当讲不当讲，请陛下先恕微臣失言犯颜之罪。”

“石爱卿，你这么说可就是‘不达朕心’了！尽忠益国之言，即使是再难听，朕亦听得进去！”朱翊钧目光在石星脸上缓缓扫过，“当年户部主事海瑞上奏进谏世宗皇帝，奏文中竟有‘盖天下之人不直陛下久矣’之语，那是何等大逆不道！而世宗皇帝之度量实如渊深海阔，居然能纳而受之，下遗诏免了海端之罪责。朕亦别无他长，自信在度量上不会比世宗皇帝逊色多少——你有何谏言，但讲无妨！”

石星这才小心翼翼地说道：“启奏陛下：微臣以为，不战而屈人之兵，实乃上上之策。而且徐桓所奏的平倭四策之中有一‘用间以离其党’之计，亦为陛下所嘉许。陛下可否允许微臣于泱泱中华之中访求一位纵横捭阖之士，如苏秦、张仪之辈，向倭虏陈清利害、告以大势、晓以大义，使其退出朝鲜、甘心称藩——则这一桩‘化干戈为玉帛’之美事，足以使我大明朝赫赫声威远播四海八荒!”

“当今之世，会有这样的奇才能够成就这样的奇功?”朱翊钧眉目间掠过一丝淡淡的笑意，“石爱卿所言虽不无道理，只怕难以施行。倭虏实属豺狼之性，岂会因一人口舌之辩便可退兵朝鲜、甘心称藩?”

“这……依微臣之愚见，此策仍可一试。”石星仍不死心，继续进奏。

“启奏陛下：老臣也深为赞同石大人此言。无论如何，我大明天朝都应该派出一位能言善辩之士前去朝鲜和倭虏交涉一番，探一探他们的底细才行……”赵志皋也出列与石星呼应道，“倭虏嘛，区区蛮夷小国而已！说不定它就是只与朝鲜有仇而欲取代朝鲜、称藩于我……”

“赵阁老此言差矣!”吕坤听到这里，不禁开口说道，“倭虏所怀之狼子野心，我天朝万万不可等闲视之啊……”

赵志皋被吕坤这么当众一顶撞，顿时脸皮一红，反唇而讥：“吕侍郎此言亦是有些‘先入为主，成见太深’……你还没和倭虏亲自接触，又怎知道他们的真情实意?……”

“罢了。战和之议，朕先前已有定论——对倭虏，还是‘宜战不宜和、宜刚不宜柔’。”朱翊钧大袖一拂，止住了他俩的争议。然后，他把目光投向了申时行，问道：“申师傅，您的意见是……”

“启奏陛下：依老臣之愚见，其实石大人所进之策，也不可不虑——自‘阳予而阴取’的角度而论，它是符合‘用间以离其党’之要义的，”申时行自然是深谙权略之术的老手，一开口就直点要害，“我大明朝派出一名熟通倭情、倭语的才辩之士前去朝鲜与倭虏先行周旋，亦无不可。他在前方尽量拖住倭寇，而我们则在后方抓紧时间积极备战，待到时机合适，再软硬兼施、双管齐下，迫使倭虏束手投降!”

“好！申师傅所言甚是！”朱翊钧伸手一拍御案，“就依照申师傅的这番建议去办——这样吧，石爱卿，你来担任这个‘备倭经略使’，如何？”

“这个……启奏陛下，宁夏之乱正紧，那边的军械粮饷也是微臣在统筹……”石星嗫嚅说道，“不过，微臣亦可勉力来做……”

朱翊钧听了，沉默片刻，似笑非笑地注视了他好一会儿，悠悠问道：“那么，看来你对选用才辩之士前去与倭虏交涉周旋之事应该是比较上心的了？这桩事务，你应该接得下来吧？”

石星一听，额角冷汗涔涔冒出：“微……微臣愿意接受陛下任何差遣，赴汤蹈火在所不惜。”

朱翊钧也不瞧他，开口吩咐道：“朕下旨：一、由石星负责选用才辩之士，用间以离倭党，力求不战而屈人之兵；二、由宋应昌担任大明‘备倭经略使’，专管备倭之事。”

说罢，他抬起双眼看向宋应昌，让陈矩把祖承训那份血书谢罪表递给了他，道：“宋爱卿，祖承训虽是败军之将，但他毕竟对倭情有些了解。你可以向他咨询有关备倭事宜。另外，朝鲜君臣亦要拟写倭情实录送来，你才可以做到‘知己知彼、百战不殆’！”

“陛下圣明！”宋应昌一听，急忙拜倒跪谢。

李如松水淹哱拜

干燥的朔风挟着铁粒似的黄沙，重重地敲打在明军士兵们的脸颊上，刺得生痛。然而，他们一如往常在操练场上的情形，如同铁人一般整整齐齐列队而立，任由甲胄盔帽被风沙打得“啪啪”有声。

这队骑兵的前方，一匹雪白的骏马背上，提督陕西讨逆军务总兵官李如松似一尊高大铜像般伫立。漫漫风沙将他的衣襟袖角刮得猎猎作响，他却仍是静静地俯瞰着高岗之下，全身一动不动、沉稳如山。

他的弟弟兼副将李如柏、李如梅，山西副总兵查大受，军谋掾李应试等十余骑如雁翎般左右排开，侍立在他身后。

高岗下之，是一座座军营，连绵起伏，犹如一条巨大的铁链，牢牢缠锁住了宁夏城。每座军营都建有高大的哨楼，每处哨楼上都飘扬着一面大旗，上面写着殷红如血的一个大字——“李”。而李军大营之外，又紧挨着黄河河畔。

漫天的乌云犹如翻滚的黑潮，仿佛就要压到李如松等人的头上。李如松仍是目光炯炯地俯视着宁夏城，毫不动容。

在他眼底之下的宁夏城城墙高达五六丈，到处都残留着炮轰箭射的痕迹。从外边望进去，城墙上静悄悄的见不到一个人影，只有一面破烂的大旗在城楼上迎风招展着，旗上绣着一个张牙舞爪的黑色大字——“哱”。

当半空中的云块堆砌成一片“黑墙”之时，李如松面向宁夏城，深深吸了一长口气，举起了那只挺直如刀的右手，往上缓缓伸去。伸到头顶之处“呼”的一声，他的右手犹如一柄利刃猝然破开烈烈朔风直劈而下——他身后十名骑兵见状一齐上前，弯弓搭箭，朝着苍穹深处同时放了一箭！

“嘶——”十支拖着长长火尾的利箭犹如螣蛇一般穿进了滚滚的乌云，瞬间同时炸开，“啪”的一声脆响，绽成了十朵斗大的火花，在半空中爆开！

顿时，李军大营里鼓声四起，无数兵卒从军营里冲出。每一个兵卒右肩上都扛着装满泥土的草袋，左掌中持着厚厚的盾牌，纷纷向宁夏城下疾扑而去。

眼看着明军们已冲近城墙，上面的城垛间忽地闪出了密集的人影，紧接着弓弦之声大作，飞蝗般的羽箭从城墙头上急射而出，和着天际的狂风黄沙一齐扫向明军。

大明兵卒们用盾牌护住自己的头和脚，咬着牙关，半弓着身子，扛着沉沉的草袋，拼命往前冲来。虽然士兵一个接一个中箭倒下，但他们中间竟无一人怯退，直至冲到隔着城墙五六丈的距离，方才纷纷抛下草袋，转身急逃而回。然后，他们又继续扛上草袋，冒着敌人的箭矢，往城墙底下冲去！

李如柏、李如梅、查大受、李应试等人不觉屏住了呼吸，捏紧了拳头，紧张万分地看着山冈下这惨烈异常的一幕情形。只有李如松，神色镇定自若，不松不紧地勒着胯下白马，悠然远眺着这一切。

鼓声一阵紧似一阵，冲出军营的步卒一队连着一队，而城墙上射出的羽箭也是一阵密似一阵。

渐渐地，宁夏城外多出了一道高达丈余的由鲜血、尸体和草袋垒起的“空心城墙”，中间的地带宽达数丈，呈现出“双层夹峙”之状。这道“城墙”一直通向波涛汹涌的黄河。

李如松望着那道凭空筑起的“空心城墙”，满意地点了点头，右手“铮”地拔出了长剑，先是往上高高一举，接着向下猛地一劈。

高岗之上，又有十道火箭射上半空，“啪”地齐齐炸了开来，火花朵朵，在阴沉沉的天幕下显得绚烂夺目。

早已等候在黄河大堤上的将士，一见李如松发出的信号，立即点燃了引线，只听得一声巨响，黄河大堤被炸开了三丈有余的缺口。顿时，汹涌的黄河之水，犹如一条奔腾咆哮的巨龙，顺着那道“空心城墙”，直向宁夏城猛冲而去！

李如松凌厉的眼神一下变得如钢针般尖利，直盯着黄河之水的去势而不放。在他的视野中，那股黄河之水仿佛化作了一只巨大无比的铁拳，以迅雷不及掩耳之势，重重地撞在了宁夏城的城墙上！

狂涌而至的河水，从城门缝里和被“大将军炮”轰炸残破的城墙缺口中，以铺天盖地之势闯进了城内！

饶是哱拜、哱承恩父子凶横骁勇，也挡不住这滔滔大水！

屹立西疆多年的哱拜巢穴宁夏坚城，就此大势已去！

“恭喜李将军——‘水淹宁夏’之计大获成功！”李应试拍马上前向李如松抱拳祝道。

李如松脸上却无丝毫笑意，遥望着已成一片汪洋泽国的宁夏城，深深叹了口气：“若非东边朝鲜事急，如松岂会出此下策？只可怜了无辜百姓，随着那逆贼哱拜一道遭殃！”

说罢，他转头看向李如柏、李如梅二人，吩咐道：“如柏、如梅，剩下的攻城灭贼之事，就交给你俩了……对哱拜和他的党羽一个也不要轻易放过！”

“是！”李如柏二人齐齐应了一声，策马驰下高岗而去。

李如松望着他俩的背影，沉吟片刻，又向李应试说道：“李先生，从现在起，你就丢下其他一切琐务，专门帮助本将军多多琢磨平倭援朝之战事……”

李应试抚着颌下的须髯，慢慢言道：“这件事情，卑职两个月之前就开始考虑了……”

“嗯……这样就好！”李如松转过头来，深沉地注视着他，“李先生，你不知道：祖承训那蛮夫在平壤城贪功冒进，遭了倭寇的伏击，损失了咱们三千五百多名辽东兄弟，大大地损了我辽东‘李家军’的名头！咱们要赶紧准备挥戈向东，把倭寇欠下的这笔血债讨回来！”

“可是，李将军……难道咱们不稍事休整就直奔朝鲜？”李应试沉吟道，“你也知道这三四个月来，咱们昼夜不停地猛攻哱拜，实在已是兵困马乏了……”

“该休整的时候，自然是要休整的。兄弟们攻下宁夏之后，就暂时在这里休整一两个月吧，”李如松淡淡地说道，“不过，只怕你我却没有这份清福可享了！过不了几天，本将军就得先行返回京城面圣领命了……家父也来信说了：宁夏城破之日，便是本将军火速返京之时……”

沈惟敬论倭情

“你就是沈惟敬？”石星坐在太师椅上，慢慢端着杯盏呷着茶水，神情悠然地看着面前一个中年人，缓缓说道，“你真的通晓倭情，还会讲倭语？”

那中年人身材高瘦，穿着一身宝石蓝的长袍，唇角两撇鼠须微微上翘，长得尖头尖脑的，本是毫不出奇——唯有他那一对眼珠灵动生光，透着几分异常的精明。他听得石星问话，急忙躬身答道：“小人正是沈惟敬。小人自幼出身浙商世家，曾赴倭国做过丝绸生意，在那里待过两三年——通晓倭情、会讲倭语，自然是不在话下。这样吧：大人您若是不信，小人就在这里讲几句倭语给您听一听？”

“哦……那倒不用了。”石星急忙摆手将他止住，心想：本部堂又不懂倭语，你就是随口胡扯几句，本部堂也听不明白啊！他上上下下又打量了沈惟敬一番，将手中茶盏放回了身旁的桌几之上，微微摇头，叹了口气：“本部堂的岳父大人推荐你有‘舌灿莲花’之能……可是，如今本部堂瞧了你这般模样，只怕有些不甚放心……”

“石大人何出此言？三国时期，蜀中名士张松其貌不扬，出使许昌为曹操所辱，终使益州土地尽归于刘备之手，”沈惟敬显然不是一个普通的商贾，肚子里还是装了几本书的，“似石大人这般‘以貌取人’，小人自是不能苟同，就此告辞！”

“这……”石星心中一动：眼下国内通晓倭情、会讲倭语的人实是十分稀缺——这个沈惟敬倘若真是通晓倭情、会讲倭语之人，倒是不可轻易放走了他！他的相貌丑一点儿，大约也没什么干系吧！念及此处，石星只得干咳一声，伸出手来，急道：“且慢！本部堂还有话要问呢……”

沈惟敬原本也只是装腔作势而已，听得石星一喊，便应声转身问道：“石大人有何话问?”

石星也晓得这沈惟敬和自己的岳父大人一直在浙江临安府联手做着丝绸生意，关系十分紧密，倒并不是什么“外人”。于是，他也就不再掩饰，静静地抬眼看了沈惟敬半晌，缓声说道：“既然沈先生曾经在倭国待过，那么必是熟谙明倭两国之内情喽?！依你之见，这援朝东征一役，究竟是我大明朝将占上风还是他小倭国将占上风?”

沈惟敬听了，捻着鼠须沉吟了一会儿，道：“依小人看来，此番东征之役中，我大明朝兵强马壮、良将如云，自然会占上风。然而倭虏个个嗜杀成性、彪悍之极，我大明朝纵是得胜，亦必是一场惨胜。”

石星一听，便感到此人分析时势倒也切实，就微微点了点头，低低说道：“惨胜？唉……惨胜自然是免不了的。那倭虏狼子野心、咄咄逼人，我大明朝岂能示弱？该打硬仗还是得打硬仗啊！……”

“大人所言甚是。倘若倭虏已经打到了我大明朝的边境，不要说您石大人，就是我沈惟敬也要扛上一条长枪去和那倭虏决一死战！”沈惟敬一边暗暗察言观色，一边拣着好听的词句说道，“可是，毕竟目前倭虏还只是龟缩在朝鲜国内，未敢侵犯我大明国尺寸之土……这一场硬仗若是打下去，小人只觉得仿佛是为了朝鲜李氏王朝而打的……这对我们那些即将在大仗中伤亡的将士们而言是有些‘名不正，言不顺’的……”

虽然石星从心底认同沈惟敬这番话的，但大明兵部尚书的身份让他不可能公然附和沈惟敬。于是，他假装沉下了脸色，慢慢说道：“当今圣上乃是华夷共主，皇皇大明乃是天朝上邦，岂容倭虏侵我属国?”

“石大人此言极是，”沈惟敬微笑着点了点头，又问道，“倘若倭虏亦能倾心归顺我大明天朝，俯首甘为我之属国呢?”

“真是一派胡言!”石星冷冷一笑，心下暗想：岳父大人真是可恶！居然将本部堂这些“政见”都偷偷透露给沈惟敬了！真不知这姓沈的背地里悄悄塞给了他多少“探路钱”！看来这姓沈的虽是商贾出身，却似乎对朝廷开出的“封侯赐爵”之赏十分着意啊！他想到这里，便暗一转念，假意借别人所讲的话来搪塞沈惟敬：“若是如你刚才所言，那些倭人又怎会掀起这一场刀兵之灾?”

“石大人可能对倭国有些不太了解，”沈惟敬急道，“那倭国本是秦始皇时之方士徐福携五百童男童女渡海求觅仙丹，后来滞留在一片岛屿之上，方才立基成国的。魏晋之时，倭国女王卑弥呼还遣使前来中原称臣进贡。到了唐代，他们更是深受我中原文化浸润，堪称与我大明天朝‘同文同种’。”

“哦?”石星微微一愣，“本部堂以为他们不过是荒岛蛮夷、山野胡虏……原来他们亦懂中华礼仪?”

沈惟敬深深地点了点头，道：“确是如此，小人听闻近来倭虏在朝鲜平壤城击败祖承训将军之后，再未前来猖狂挑衅——这说明倭虏毕竟也不敢与我大明朝为敌。小人私下揣度，他们大概只是想取代朝鲜而成为我大明朝的属国罢了！倭虏若是存有此念，我们还是可以与之周旋交涉的。”

石星听罢，有些讶异地看了沈惟敬一眼：此人胸中所思，居然与自己的想法“不谋而合”！看来，此人倒真非弄虚使巧的庸碌之辈——可见他对倭情确是揣摩甚深！于是，他眼角带着一丝赞赏之色，微笑着盯向了沈惟敬，认真倾听着他继续讲下去。

沈惟敬一眼瞥到石星这时竟两眼发亮，知道他已被自己的话打动，就侃侃而道：“当年楚汉争霸之时，儒生郦食其能以三寸不烂之舌而劝降齐国七十余城池。小人虽无郦生这般口才，但求石大人能给小人一个‘备倭招抚使’的名分，小人便能单枪匹马深入倭营，向倭酋陈之以大势、示之以天威、晓之以长短利弊，自信必能说服倭虏向我大明朝称藩臣服！”

石星一听，并未立刻答话，只是双目圆睁直视着他。

沈惟敬一看，也微微变了脸色，心道：坏了！自己刚才向他公然讨官要官，只怕已激起他心头莫大的反感了！

他正惊疑未定之间，那石星已是慢腾腾迈步前来，一直走近他身旁，才猛一伸掌在他肩头上重重一拍：“好！沈先生！你要一个‘备倭招抚使’的名分，这有何难！本部堂就选定你了，明日本部堂就奏明圣上，封你一个正四品的‘备倭招抚使’，挂游击将军衔，择日代表我大明前去劝降倭虏——只希望你务必做到‘不辱使命’才好！”

沈惟敬听完，眸中光亮一闪，随即屈膝跪谢道：“石大人‘闻善即纳，唯才是举’——我大明不战而屈倭虏之兵，实是大有希望！”

石星按在他肩头的掌上力度顿时又加重了几分：“嗯……‘闻善即纳，唯才是举’——这是本部堂的职责所在。不过，你日后若真能以三寸之舌而兵不血刃地劝降倭虏，到时候却不要忘记了本部堂今日的举荐才好……”

努尔哈赤入京朝贡

八月初的北京城仍是骄阳似火，酷热难当。

然而，京城的街道却是人头攒动，热闹非凡。两边摊铺上卖果子、点心、凉菜、小吃的，是各色各样，令人目不暇接：醪糟蛋、水煎包、酸梅汤、烧饼、馄饨、烤鸭、烧鸡等一应俱全。还有书画、玉器、旧书、碑帖、描本小画、珠翠首饰、古董瓷器等，更是琳琅满目，摆得街道空场边上密密麻麻。人们比肩接踵，摇着蒲扇、折扇、团扇，在摊铺边挑着物件，一边欣赏把玩，一边讨价还价，享受着这一派清平繁荣的盛世。

在京城的天街大道上，涌动的人潮当中，有一行装束特别、骑马而行的关外人士格外引人注目。他们中间除了一位白袍老者是汉人外，其余五十余人几乎全是三十岁左右的青年，一个个剃着整齐发亮的头，只剩头顶上一条长长的辫子在脖子上盘了几个圈儿，浑身上下一袭葛布长衫，举手投足之际透着一股精悍之气。领头的那个青年浓眉大眼，气度不凡，凛凛生威，跟在那白袍老者身后，并不左顾右盼，只是握着马缰昂然缓缓前行。

他身后那些青年骑士却有四人佩刀护持在他和白袍老者身旁，其余的却都在赶着那十辆装满了大小箱匣的马车，随后而来。

京城的汉人们一瞧这些人的排场，便都明白了：这恐怕又是哪一个属国或夷族土司到皇宫里来朝贡了！大家也都对此司空见惯了。只是这一行朝贡之客，虽然装束奇特，眉目之际却与汉人无异，不像上个月来的那些西夷使臣，一个个高鼻蓝眸、金发白肤的。

原来，这一行朝贡人士，正是辽东建州都督佥事努尔哈赤和他的汉人师傅龚正陆，其余全是他从建州带来的侍卫。

努尔哈赤帐下唯一的汉人侍卫易寒手里拿着一张京城地图一边不时低头看着，一边又不时抬头望去，在前边引路。

龚正陆年轻时也曾到过北京，但他对各大部堂衙门在京都的地址也并不熟悉。他见易寒看图寻路着实有些吃力，便拍马上前在易寒耳旁吩咐了几句。

易寒一听大喜，四下里张望了一下，喊住街边一个看起来相貌举止有些老成的“老北京”汉子，递了他一锭银子，请他给自己这一行人当向导。

那汉子自然是满口答应，便问易寒：“各位大爷，你们要先去哪个部院衙门报到呢？小人就先带你们去。”

易寒也不甚清楚，扭头便看龚正陆，龚正陆沉吟了片刻，说道：“我等既是入京朝贡和请旨抗倭援朝的，只怕此行的重点是礼部和兵部。你先带我们去礼部，然后去兵部。”

那汉子应了一声，就在前边领路而行。努尔哈赤一行人便随后缓缓而去。

走在中途，龚正陆心念一动，招手唤来了易寒，低声吩咐道：“你且准备三百两银子给老夫。”易寒一怔，却不多问，便往后面马车上的木箱里取去了。

努尔哈赤听在耳里，转过头来有些诧异地看了龚正陆一眼。

龚正陆轻轻一叹，对他说道：“都督莫惊。待会儿，您就知道这三百两银子的用处了。”说罢，接过了易寒赶前递来的那一包白银。

不知不觉之间，努尔哈赤一行人来到了礼部大院门前。却见礼部院门的看守差役下阶问道：“你等乃是何方藩夷？访我礼部做甚？”

龚正陆急忙下马，赔着笑脸，趋步而前，对他说道：“禀告这位官爷：我等乃是辽东建州女真部族之人，特来进京朝贡，还望及时通禀部堂大人接见我等。”

那差役见惯了四方来使，对辽东建州女真部族却不熟悉，恃着自己身为礼部看门护院之小小“威权”，却板起了脸，说道：“咄！我们礼部尚书大人、侍郎大人等，岂是你这小小藩夷想见就见的？今日他们正在院中商议大事，不便接见你们。去吧，去吧，改日再来！”

龚正陆自是懂得他心头“症结”之所在，不得已从怀中掏出大大的一锭银两，塞给了那差役，附耳低声道：“官爷莫再嚷嚷！这是我建州诸人孝敬你的一点儿心意。你且速速进去向尚书大人、侍郎大人通禀一声，我等在此感激不尽！”

那差役只在口中支吾了片刻，也不推让，伸手便接了，偷偷捏了捏那锭银两，其分量之沉实属他前所未见，顿时心花怒放，声音也一下软和了许多："好！好！好！念在你们建州女真诸人千里迢迢进京一趟实属不易，本大爷今日便破例进去帮你们通禀一声。"说着，上了石阶，一溜小跑进院去了。

这边，努尔哈赤把这一幕看得清清楚楚，顿时气得满脸通红，一跃下马，来到龚正陆身旁，怒道："龚师傅！我努尔哈赤好歹也是一个二品的都督佥事，岂容他这小小仆吏在此弄奸索贿？还劳您觍颜来做这等丑事——真是太可气了！"

龚正陆深深一叹，心道：我的努尔哈赤都督！这天子脚下，部堂林立，官吏如云，随便拎哪一个人出来不是位居三四品？这差役背靠礼部院堂，接待的官儿多了去，怎会把你一个辽东建州都督佥事放在眼里？况且，你毕竟身系辽东女真部族中人，不是汉人——在这礼部衙门，他们也只当你是"低人一等"的藩夷而已……唉，没给你们冷脸就不错了！……然而，这些话他自是不敢向努尔哈赤谈起，便一味宽慰着他，尽量让他消下气来。

没过多久，便见那差役像得了肉骨头的狗一样笑呵呵蹦了出来，对他们说道："本大爷进去通禀了——礼部主事赵南平赵大人愿意接见你们。"

"尚书大人和侍郎大人呢？"龚正陆急忙问道。

"本大爷刚才不是说过了嘛！——他们正在商议大事，不便接见你们！"那差役脸上顿时现出厌烦之色，冷冷说道，"赵南平赵大人愿意接见你们，便是很大的恩典了！"

龚正陆见状，便让诸位女真骑士在大门外看护着那些马车上的贡品，自己和易寒陪着努尔哈赤在那差役的带领下向礼部大堂门里进去。刚一迈进那门槛，差役便悄悄捏了捏龚正陆的手一下，压低了嗓音说道："这位老师傅——您可别怪本大爷没有提醒您，对这位赵主事的'孝敬钱'，您最好事前先准备充分一点儿……"

"这个……谢谢官爷提醒——"龚正陆微笑而答，伸出左手一个指头在那差役眼前轻轻一晃，"你瞧：这个数可曾要得?"

"不行！不行！"那差役摇了摇头，"你当他是州省一级的小官儿呢?"

龚正陆只得伸出了左手三个指头往外一亮。那差役这才咕哝了几句，说道："这也只是勉强……上次乌思藏特使前来朝贡，给赵主事送的就是一大锭黄金……罢了！罢了！他们那里盛产黄金，你们建州女真那里天寒地荒的，也只有将就将就了……"

礼部主事赵南平是当今首辅赵志皋的亲侄儿，仗着他的叔父做靠山，最是喜欢在礼部专横霸道、招贿揽利。今天他听到那差役来禀报有辽东建州女真藩夷前来朝贡，顿时感到又是一个"敲竹杠"的机会落在了自己的手里。他便整好了衣冠，支开了左右吏员，在自己的签事房里等着。

过了半盏茶工夫，那差役领着努尔哈赤、龚正陆、易寒等三人进了室门，做了介绍之后，就垂手退下了。

赵南平也不喊他三人落座，伸手摸了摸自己脑门儿，皮笑肉不笑地说道："这个……这个，你们辽东建州女真部族欲来朝贡，事前也上过好几道表章了。你们这一份诚款之心，倒是可嘉可勉的……"说到这里，他把话锋一转，就暗暗打起了"套子"："不过，一则近来内阁忙于军国大事没顾得上理会；二则你们建州女真不过是辽东小小一方藩夷，还有点够不上参加朝贡的资格……

"参加朝贡的资格?"努尔哈赤听得一怔，"咱家一心想要'面圣陈情'，贡献自己的一切为朝廷效劳，还要凭什么'资格'?"

"资格是一定要有的：像乌思藏、吐鲁番这样的藩邦大国，才有一等一的朝贡资格；其次是朝鲜、暹罗等这样的属国……你们辽东建州女真部族，地盘那么小，人口那么少，怎有足够的资格参加朝贡大典呢?”赵南平摸着油光光的胖脸，冷冰冰地说道，“至于你们所说的要‘面圣陈情’，那更是有点儿异想天开——我皇皇天朝的皇帝陛下乃是华夷共主、四海至尊，不要说你们建州女真藩夷，就是我等朝廷命官要想一睹他的天颜，亦是几辈子修不到的福分啊！……这样吧！贡品你们可以先留下，至于那个‘面圣陈情’、参加朝贡嘛……咱们礼部里诸位大人还要商议商议再说……”

“赵大人，这‘面圣陈情’、参加朝贡的‘资格’嘛……还不就是您口里一句话的功夫?”龚正陆一见，急忙抢在努尔哈赤前头，上前一步将那包白银递到了赵南平手中，赔着微笑说道，“区区薄礼，不成敬意——还望您笑纳！……”

赵南平一把接过那包银子，在手心里掂了一掂，搁在书案一侧，正欲答话，忽又转念想起一事，看向龚正陆道：“嘿……你这个汉人老头儿倒还颇懂规矩——这样吧，你们女真部族若想尽快朝见圣上，那还是给咱们礼部多送些辽东特产来，像什么人参啊、鹿茸啊……赵某听说这些东西蛮‘养人精神’的呢……”

“好的，好的，”龚正陆满口连声应承着，“龚某下去之后就给列位部院大人们采办着……只是，您还得马上到尚书大人那儿禀告一声，帮着引见引见，我家都督大人实有十万火急的大事要面奏陛下……”

“想本官给你们引见尚书大人？行啊——你们先回去再准备三千两‘黄货’来，本官去‘运作’一下，尽快在三天之内让你见到他！”赵南平伸手拍了拍面前那包白银，开出了自己的办事“价码”。

“三千两‘黄货’?”龚正陆懂得他所言的“黄货”就是指黄金，不禁被他这“狮子大开口”吓得全身一跳，急忙又强忍着满腹不快，卑躬屈膝地说道，“好，好，好！您先去尚书大人那里引见着，龚某让人马上给您送进来……”

说着，他拉过易寒便吩咐了下去。不料那赵南平却往太师椅靠背上一躺，懒洋洋地说道：“好吧！赵某就在这里先等着——俗话讲：‘火到猪头烂！’你们什么时候把东西送进来，本官什么时候就到尚书大人面前替你们引见去……”

“赵大人！”努尔哈赤终于按捺不住，迈前一步说道，“本都督此番进京朝贡、面圣陈情，实在是刻不容缓，有十万火急的大事要向大明皇帝陛下奏报——希望你们礼部和内阁最好能在今天或明天给出一个答复！”

“哦？我瞧您这位藩夷大人，真正是一本正经地说得可笑！你这小小的辽东蛮夷，有什么‘十万火急的大事’要奏报皇帝陛下的？”赵南平哼了一声，“你们这样的谎话，本官听得多了！嗨！不过就是瞻仰一下我们天朝皇帝的圣颜，好回去在你们族人当中炫耀一番；再就是想向皇帝陛下讨要一份恩赏嘛！……不过，后边这一点，你们倒是应该放心！我天朝大国，乃是‘礼仪之邦’，最重礼仪的——不管你们见不见得到皇帝陛下，我们天朝上邦对你们的恩赏不会少的……”

讲到此处，他仿佛又想起了什么似的，又朝龚正陆说道：“对了，龚老头儿，你可要记得：届时陛下万一给你们赐了什么‘恩赏’，你们都得给咱们礼部返送回来一半，这是朝廷多年来的‘规矩’……你可别忘了啊！”

龚正陆听他越说越不像话，生怕努尔哈赤听了生气，急忙插话道：“赵大人，这样吧：龚某先送我们都督大人到外去等着……您要的三千两‘黄货’，咱们马上给您送进来……”

“等？你们还要本官傻等多久？”赵南平何曾被人轻慢过，一想到努尔哈赤刚才对自己声色俱厉的样子，心底就大不舒服，摆了摆手说道，“你们这些女真人啊！真是‘又当婊子又立牌坊’的！罢了！罢了！本官也不接你们的事儿了……你们明儿一早再找别人去帮你们‘通融’吧！……”

“你……你……你这厮真是过分！”努尔哈赤勃然大怒，眸中寒光一闪，逼前一步，冷冷说道，“老实说，我努尔哈赤怎是你口口声声所诬蔑的那般下作！并不稀罕用什么‘瞻仰天颜’去向族人炫耀，更不稀罕‘讨要什么恩赏’——倘若不是辽东面临倭虏进犯之险、大明社稷岌岌可危，本都督岂会千里迢迢、昼夜不停地赶到京城‘面圣陈情’?”

“哎呀！你这女真蛮子少在本官面前装出一副大义凛然的样子！”赵南平一听，立刻便抓住了努尔哈赤的“辫子”，重重一拍书案，厉声喝道，“你既不稀罕‘瞻仰天颜’，又不稀罕讨封要赏，那你还来这里‘朝贡面圣’干什么？你如此野性难驯，我们礼部决定不接受你的朝贡申请了！”

“当啷”一声清吟，努尔哈赤拔出鞘中宝刀如电光一闪顶在了赵南平的喉结之上，声音冷得像一块寒冰：“你这无耻贪官，真是狗屎不如！——实在是丢我皇皇天朝的颜面！别怕，本都督不会动你半根毫毛。你稍后若不再多加反思悔改，并及时向内阁和皇帝陛下奏报我们‘朝贡面圣’的请求——我们第二天来便拉着你一道上金殿找陛下评理去！”

“哗……哗……”赵南平两眼一阵翻白，结结巴巴说不出话来，全身哆嗦，顿时竟被吓得尿了裤子。

努尔哈赤鄙夷地看了他一眼，把他往座椅上一推，一手拉起龚正陆、易寒二人便扬长而去。

赵南平一直呆到他们三人走远了，仍像一摊烂泥似的瘫在座椅上，目瞪口呆地哼哼着。过了半晌，他才杀猪似的号叫道：“来人！

快来人啊！建州女真蛮夷要杀人啦！快救命啊！”

华夷之辨

“陛下，朝鲜送来捷报，声称那个辽东建州都督佥事爱新觉罗·努尔哈赤十日之前，率本部人马在义州城下歼灭倭虏近千骑，立下了抗倭援朝第一功啊！”陈矩兴奋万分地举着一份奏章一溜烟儿似的冲进了御书房，呈给了正在伏案批阅各部、各地奏折的朱翊钧，“奴才真是替陛下感到高兴啊！”

“哦！真的？”朱翊钧手中握着的朱砂毛笔一下甩了开去，整个人从龙椅上一跳而起，一把便抓向了陈矩手中高举的那份奏表，“快给朕瞧一瞧！”

说着，他抢过那份朝鲜送来的捷报奏章“唰”的一下抖开，埋下头认真看了起来。

阅到后来，朱翊钧已是高兴得手舞足蹈，连声道：“看来，宁远伯举荐得没错——努尔哈赤虽是建州蛮夷出身，却有大将之才！他这一仗为我大明朝打出了赫赫天威——朕要重重褒奖他……”

他正说之际，忽听得御书房门外传来一阵急促的脚步声。只见一个内侍双手也举着一份奏章奔了进来，跪下禀道：“启奏陛下，礼部送来紧急奏章！”

“什么奏章送得这么急？”朱翊钧自言自语了一句，吩咐陈矩道，“你且替朕接下看一看。”

陈矩应了一声，接过那道奏章，翻开一看，立刻便变了脸色，急忙递给朱翊钧，颤声说道：“这……这份奏章还是请陛下您亲自过目吧！”

朱翊钧瞧他的表情有些异样，也不多问，拿过那奏章，只看了文中数行，顿时也是脸色一变，诧异地说道：“什么？努尔哈赤怎么到了京城？竟到礼部堂院殴打朝廷命官？还出言不逊、目无纲纪？这是怎么回事？”

陈矩跪在地上奏道：“陛下！礼部出了这么大的事儿，只怕京城里早已传得沸沸扬扬。宫中北镇抚司的锦衣卫不会坐视不顾，稍后应该便有详情密报呈送进来……陛下若欲了解此事真相，唯有招来锦衣卫指挥使严丰正一问便知……”

朱翊钧也渐渐平静下来，默默地点了点头，吩咐那名送来礼部急奏的内侍道：“你且带上此奏去给严丰正，让他立刻将此事真实情形查明之后给朕奏来！”

那内侍接过礼部的那封急奏，连忙应声而去。

“唉！这个努尔哈赤！”朱翊钧坐回到了龙椅之上，喃喃自语道，“怎么会做出这等不成体统的事情?!”

陈矩见朱翊钧面色已变，不敢随口附和，只得垂手站在一旁默然不语。

大约过了一炷香的工夫，严丰正已是应召而来，直入御书房内，向朱翊钧跪奏而道：“微臣启奏陛下：昨日辽东建州都督佥事爱新觉罗·努尔哈赤殴打礼部主事赵南平一事本末已然调查清楚，请听微臣奏来！”

朱翊钧缓缓点头，一脸的凝重，两道目光更是锐利如剑，笔直地射在严丰正脸上：“严爱卿！此事关系重大，你可要据实回奏于朕，若有虚假——朕定当严惩不贷！”

严丰正听朱翊钧这话来得锋芒刺人，吓得急忙叩首答道：“微臣焉敢欺蔽圣上？此事的详细经过是这样的：昨日上午，努尔哈赤一行抵京，前往礼部送交朝贡申请，并恳求能尽早‘面圣陈情’。然礼部主事赵南平认为努尔哈赤等人所谓‘朝贡面圣’，也不过是为了多多讨要圣上的封赏，便欲将此事缓上一缓。努尔哈赤不依，便与他争执起来，方才有了‘藩夷来宾殴打朝廷命官’一说……”

“真的就只是这一个情形？”朱翊钧目光灼灼地盯着严丰正，声音却似冰刀霜剑一般凛然，“这其中就没有什么别的隐情？努尔哈赤就会这么举动轻躁？朕说不得还要宣他进宫亲口做个解释呢！……”

严丰正脸色大变，额上冒出了一颗颗黄豆般大的汗珠，吓得竟不敢伸手擦拭，隔了半晌，想一想这得罪赵阁老的危害终究没得罪陛下的后果严重，才又叩头奏道：“这个……这个……微臣还听到这样一种说法，但对这种说法尚未查实——听说那个赵南平在接收努尔哈赤的朝贡申请之时，似乎还曾向他们索要过‘孝敬钱’……努尔哈赤他们也是……也是给了的，而赵南平好像嫌他们给得有些少了……”

“混账！”朱翊钧伸手“砰”地一拍御案，须眉俱张，勃然大怒，“什么‘孝敬钱’？不就是索贿贪墨吗？他赵南平好大的胆子！竟敢背着朕如此胡来！朕若不对他予以严惩，日后又有何颜面君临四夷？”

“这……这……”严丰正慌忙叩首奏道，“这件事微臣也只是有些耳闻，并未查实……陛下不可以此为据而动雷霆之怒啊！……”

朱翊钧挥了挥手，止住了严丰正，静了片刻，才道：“传闻之事，通常并非‘空穴来风’。你们下去后再给朕彻底查实后报来。朕也记得，这个赵南平好像是赵阁老的什么亲戚，上个月吏部还报来呈文，推荐他担任吏部文选司郎中之职……”讲到这里，他微微一顿，眉头一蹙，“你们不必顾忌什么，只管放手查去，朕自有裁断。”

严丰正诺诺而答，不敢有异议。

朱翊钧拈起礼部刚才送来的那道紧急奏章瞧了一瞧，又问：“对了，礼部来文状告努尔哈赤‘出言不逊、目无纲纪’，此事可否属实？努尔哈赤究竟说了什么‘不逊之言’，你且给朕如实奏来！”

“这个……这个……”严丰正嗫嚅了片刻，打量着朱翊钧的神色，极为小心地奏道，“努尔哈赤有些话确也讲得有些不逊：他说——他并不稀罕什么‘瞻仰天颜’，也不稀罕什么‘讨要恩赏’……这便有些‘大不敬’了……”

“他真的说过这样的话？”朱翊钧面色一凛，双眉一皱，冷冷问道，“你此刻所奏可是属实？”

严丰正急忙叩下头去，瑟瑟而道：“微臣岂敢凭空捏造他的不逊之词来欺蒙圣上？微臣纵有一百个脑袋也不敢犯此欺君大罪啊！”

“很好！很好！”朱翊钧迟疑着慢慢坐到御座之上，缓缓言道，“你且退下吧！……朕有些乏了，想一个人静一静……”

待严丰正怯怯地退出去之后，御书房内顿时一片沉寂。终于，朱翊钧轻轻揉着自己右边的太阳穴，抬眼望着高高的房顶，问陈矩道：“陈矩……你早年也曾担任过朕身边的侍读小奴，也算是喝过一些墨汁的人了……你怎么看今天关于努尔哈赤的这两桩事儿呢……”

“陛下：太祖高皇帝曾经留下铁牌禁令——宦官不得干政，”陈矩身子一缩，“奴才不敢妄言。”

“你就谈一谈吧！朕胸中自有主见的，”朱翊钧淡淡地说道，“你就当是一个局外之人，听到这些事儿便随口那么一议……”

“这个……启奏陛下，奴才确实不知此事本末粗细，奴才只是想到努尔哈赤这两桩事儿中，抗倭立功属实，出言不逊是虚——这一实一虚之间，以陛下之天纵英明是必有明断的。”陈矩低眉弯腰答道。

“嗯……这就是你这个局外之人的看法？”朱翊钧沉沉地说了一句，微一思忖，打了一个手势给陈矩，“唉！……倘若是当年张师傅在世，这朝中岂容赵南平之流在下面瞒着朕作奸犯科？严丰正的彻查奏报送上来后，你去宣赵阁老、石星、宋应昌，还有……还有宁远伯和申师傅来……就说朕有要事急商……”

待到李成梁、申时行、赵志皋、石星、宋应昌等人到齐之后，朱翊钧便让陈矩将北镇抚司锦衣卫呈上来的关于努尔哈赤昨日与赵南平在礼部院堂发生争执一事的情况向他们通报了。

陈矩讲完事情经过之后，御书房里顿时静得连地板上掉下一根细针都能听得清清楚楚。朱翊钧看他们个个都不愿先行开腔，便点名先问赵志皋道："赵爱卿，你是内阁首辅，你认为此事应当如何处置呢?"

赵志皋满脸涨成一片酱紫，从杌子上站起身来，垂着双手，恭恭敬敬地答道："启奏陛下：老臣以为，礼部主事赵南平竟敢妄自向藩夷索贿贪墨，而且待人不恭、处事无方，以致挑起藩夷与礼部之争执，造成极为恶劣之影响，实在是有违礼法、有损国体——老臣奏请陛下立即免去他的礼部主事之职，削籍为民，永不叙用!"

朱翊钧一愣，没料到赵志皋对自己侄儿的惩处建议竟是如此犀利彻底、如此不讲情面。他微微沉吟了一会儿，缓缓言道："朕未料到赵爱卿竟有这等大义灭亲、公而忘私的识量……也罢，朕就准了你的奏请，同时添上一条：刑部将赵南平送到赵爱卿府上严加管教，不得再有悖礼违法之举!"

赵志皋听到朱翊钧如此爽利地答应了自己提出严惩赵南平的奏请，顿时心中骤然一空，又暗暗伤感起来：这位青年天子真是严刑峻法、刻薄寡恩，与他那师傅张居正一般无二，对老臣竟一点儿情面也不给！这满朝六部堂院之中，哪有不索贿贪墨的郎官？正如这世上哪有不馋鱼腥的猫儿？只不过我家赵南平是碰上了霉运，被撞个正着罢了……难道你这个天子心底就没有数？居然对我家南平侄儿狠狠一棒打下！也太冷酷无情了！一念至此，他眉宇之际掠过了一丝隐隐的黯然之色。

申时行在旁看到赵志皋这般表情，知道刚才朱翊钧准奏对他打击甚大，暗暗思忖这内阁首辅今天竟被陛下如此扫了颜面，日后他们之间的关系如何融洽得起来？他心念急动，便欲开口为赵志皋转圜几句。不料那石星却似吃了火药一般抢着厉声奏道：“陛下，赵阁老公而忘私、大义灭亲之举，臣等甚是佩服。但是，依微臣之见，努尔哈赤目无纲纪、出言不逊，亦应对他降诏加以训诫才是！此人虽有抗倭援朝之薄劳，但亦不可姑息纵容！”

他此话一出，御书房中诸人各各都是全身一震。宋应昌当下就开口言道：“石大人，努尔哈赤近日在义州城下拼死力战，赢得我大明抗倭援朝第一功，岂可谓之‘薄劳’？您这样讲，不怕伤了前方将士的进取拼搏之心吗？”

石星本意是为赵志皋出头打压努尔哈赤，为赵志皋解气。他遭到宋应昌这么一问，脸皮不禁微微一红，马上又肃然答道：“宋大人！石某今日所言，完全是持平之论！前一次努尔哈赤上奏，已有‘主动请缨，抗击倭虏’之语；这一次他在礼部大闹，所谓要‘面圣陈情’，等等，大概也是要向陛下当面请旨抗倭……本来，他有这一份拳拳报国之心，也实属难得。然而，依微臣看来，这正是表现了他们蛮夷之人贪功嗜杀、乐乱好斗的习性！朝廷选任将士，自有法度——岂是他们这些藩夷之人想争便争、想当便当的？他这一派‘舍我其谁’的做法，分明是视我大明国中无人啊！”

李成梁听得石星搬出了这些牵强生硬的理由来苛责努尔哈赤，心头一怒，正欲插话驳斥。石星又抢着奏道：“陛下，请容微臣斗胆：倘若您不计前嫌，遂了努尔哈赤‘面圣陈情’之愿，他若在金銮殿上当众提出‘主动请缨、求旨东征、抗倭护国’的奏请，您将如何处置？且将封他何职？授他何权？”

“这……”朱翊钧顿时语塞起来。

“微臣以为，努尔哈赤此番奏请，必令陛下左右为难：授他之权太重，让他一个建州女真部族的酋长来统领我大明朝千军万马对倭交战，岂不失了我皇皇天朝的威仪？倘若您授他之权太轻，而他则必不肯尽心用命为国所用，您又焉能望他再立新功？蛮夷之人，其性如鹰，饥则来附，饱则离去……终非我大明之纯臣啊！”

“石大人！依老夫之见：这努尔哈赤不是这样的‘人面兽心’之徒，”李成梁沉沉说道，“您若怀有此念，我大明天朝藩邦属国再无一人可用矣！”

石星听了李成梁此语，却是不敢硬顶，只淡淡地点了一句：“宁远伯所言亦不无道理。只是石某也曾记得当年哱拜未反之时，亦击退蒙古胡虏于塞外，为我大明亦曾立下过不少藩护守土之勋……朝廷特下恩诏，封赏他为从二品的宁夏副总兵之职，难道给他的授权不重？但他终究还是反了……”

他这么一讲，御书房中立刻静如一片渊潭。

石星又道：“努尔哈赤昨日曾当着赵南平的面，说什么他并不稀罕‘瞻仰天颜’，也不稀罕‘讨要封赏’……无论这些话他是在何等情形之下脱口而出，都是不容忽视的！——微臣从他这些话里，听出了此人‘野性未除，太过自负’，只怕朝廷日后难以驾驭他呀！”

李成梁见石星抓住努尔哈赤一时偶然失言之过便拼命大做文章，心里甚是不屑，忍了几忍，张口又欲进言。

这时，却见石星用讨好的目光瞥了一眼李成梁，脸上堆笑而道：“陛下，当日我等应允努尔哈赤前来‘朝贡面圣’，本是想借他女真部族人马为我大明之前驱而平倭援朝。而今，臣等已接到西疆捷报，目前宁夏城已被我大明雄师攻陷，逆贼哱拜畏罪自杀，所有叛兵已被尽行肃清。提督陕西讨逆军务总兵官李如松将军已立下平逆大功，正昼夜不息赶回京城接受平倭援朝之重任。微臣认为，此时此刻，陛下不必再给努尔哈赤丝毫非分之想，免得他再在京城瞎闹。”

“哦？宁夏之乱已经平定了？”朱翊钧一听，顿时喜出望外，“这真是太好了！太好了！李如松不负朕望，朕要重重褒奖……”

“陛下，依微臣看来，此时您对李如松最大的褒奖，就是及时任命他为我大明平倭提督，统领三军，平倭援朝！”石星为了打压努尔哈赤，只得拼命将李如松推上前来。

“陛下，石大人所言甚是。李如松将军既任平倭提督，那么不妨让努尔哈赤为他的副将，协助他一同东征倭虏！”宋应昌仍是不忘极力为辽东铁骑“李家军”多争取一些援助。

这时，一直沉默不语的赵志皋蓦然开口了：“老臣有一言请奏陛下：西晋初年，晋武帝司马炎手下虽有刘渊之流的蛮夷枭将，其才其能足以扫平吴国，却对他终是虚置不用，而倚任羊祜、杜预等中华英俊以成一统之业。陛下可以潜思晋武帝此举之深意！”

他这句话来得又刁又准，一下便击中了问题的要害。宋应昌、李成梁也不好反驳，只得沉思不语。朱翊钧皱了皱眉头，沉沉言道：“朕已经知道了，重用努尔哈赤，自有其弊；但若不用努尔哈赤，只怕亦有其弊。况且，努尔哈赤的‘朝贡面圣’之请又来得如此急切，朕该当如何答复？”

“这个好办。陛下肯定是不能亲自接见他了，”石星与赵志皋对视了一眼，转头向朱翊钧奏道，“陛下可以接受他的贡品，并多多赏赐他金银珠宝，以此宽和他的心思。您甚至可以授予他‘龙虎将军’之衔，让他更觉荣耀一些。反正，努尔哈赤‘主动请缨、抗击倭虏’最终不就是图一个朝廷的爵号和封赏吗？您给他封赏，又给他爵号，他就没有理由再发什么牢骚了。”

“唉！朕现在也只能如石爱卿所言而行了。”朱翊钧深深叹了一长口气，心中暗想：努尔哈赤……朕只怕这一生都有愧于他了！本来，此人杀伐决断、任心而行，颇有枭雄之姿，朕亦想收用他，成全他为我大明朝一代“治世之能臣”——可惜，终究与他没能成就汉武帝与金日磾那样的君臣之缘……不知道这件事朕究竟做得妥当不妥当？也许只有上苍才知道了……

国之干城

在礼部和赵南平吵了一架之后，努尔哈赤便愤然与龚正陆、易寒一道，带着那十余辆装满贡品的马车，来到京南驿舍住下，等候朝廷的通知。

在这期间，龚正陆也曾劝努尔哈赤忍辱负重到礼部向赵南平等人道歉示好。然而努尔哈赤认为自己在礼部的所言所行都是对的，始终坚持己见，不肯前去道歉。

这样在驿舍里候了两三日，礼部并无任何消息传来。在第四天早上，努尔哈赤和龚正陆决定不再等待，主动到兵部向尚书石星面呈"请缨东征，愿为平倭先锋"的奏章。

他们收拾好了东西正欲出门，却听得驿舍门外忽然锣鼓喧天、人声鼎沸，似是热闹得很。努尔哈赤、龚正陆两人正自惊疑之际，房门"砰"的一声竟被推开，易寒满面笑容地冲了进来，禀道："都督大人、龚师傅，朝廷里来了好多人，要宣你们接旨呢！"

他正在说着，身后已跟进来几个佩刀执剑的锦衣卫，在房间里呈"八"字排开。接着房门口处缓缓步入一名红袍宦官，手托一卷黄绢，拖着细长的嗓音说道："辽东建州都督佥事爱新觉罗·努尔哈赤接旨。"

努尔哈赤觉得自己仿佛正在梦中一般有些恍惚。却见龚正陆一步上前，伸手将他肩头一拍，附耳轻声说道："都督大人，您还不赶快叩首接旨？"

努尔哈赤立刻醒转过来，急忙率领龚正陆、易寒等人"扑通"一声齐齐屈膝跪倒，恭恭敬敬说道："微臣努尔哈赤恭迎圣旨。"

那宦官微微含笑，展开了黄绢，缓缓念道：

“奉天承运，皇帝诏曰：辽东建州都督佥事爱新觉罗·努尔哈赤忠勇恭顺，为我大明天朝守疆抗倭颇有奇功，现又虔心赴京欲求朝贡，朕心嘉焉。特命礼部以鼓吹、笙乐，一路送尔等进宫朝贡，不得有误。”

“又，礼部主事赵南平擅自阻挠尔等虔敬朝贡，有损国体，现已将其革职查办，特此向尔等明示我大明朝王道荡荡、覆天载地、华夷一体、无偏无私之赫赫气象，并告尔等勿生歧念。钦此。”

努尔哈赤听罢，顿时感动得热泪盈眶，伏在地上接连叩了几个响头，感激万分地答道：“陛下圣明！陛下圣明！微臣接旨。”

他当下起身，弃马从轿，由锦衣卫与皇宫内侍开道领路，直往紫禁城内朝贡而来。

进了午门，努尔哈赤下了大轿，站在空阔的广场里展望开去，一座座金碧辉煌的宫殿犹如波浪一般连绵起伏。而那座专门用以接待四夷朝贡的太和殿，就在前方用一种压得人几乎喘不过气来的巍峨与庄严，高高在上地迎视着努尔哈赤。

努尔哈赤静静地仰望着它，深深地无声地吸了一口长气，然后定住了心神，在传旨太监的引领之下，一步一步地迈上了晶莹明润的汉白玉石阶，向大殿内缓缓走去。

太和殿里，乐师和舞女在两边整整齐齐地侍立着，一道宽达一丈八尺的红毡地毯像赤龙一样长长地铺到金陛之下。文武百官们恭恭敬敬跪伏于地，谁也不敢稍有失礼。

努尔哈赤定睛一看，面色倏地一滞：金陛丹墀上那张金光灿烂的盘龙金座之上，却是空空如也！只有司礼监的掌印太监张诚毕恭毕敬地垂手弯腰立在宝座的左下侧。

而红毡地毯的尽头，金陛的最前端，站着三位白发苍然的老臣，半躬着身，静静地迎视着他有些茫然地走上前来。

传旨太监做了个手势，带着努尔哈赤在那三位老臣面前跪了下来，然后像影子一样退到殿里的角落里去了。

张诚见努尔哈赤已是跪定在地，方才扬声宣道："陛下口谕：朕因身体违和，一时不便亲自处理辽东建州女真部族朝贡事宜，恩准当朝太师申时行、宁远伯李成梁、内阁首辅赵志皋主持朝贡庆典，代朕接见努尔哈赤。"

努尔哈赤听了，不禁心头一震，正自愕然之际，却见赵志皋缓缓上前，脸色冷冷的，展开黄绢诏书，丝毫不带感情地念道："奉天承运，皇帝诏曰：辽东建州都督佥事爱新觉罗·努尔哈赤忠勇卫国、恭谨守边，今日虔心赴京前来朝贡，以示归顺沐化之心。朕心嘉焉，特赏赐黄金千两，绸缎五百匹，玉器八十八件，《永乐大典》二十部。钦此。"

努尔哈赤听罢，随即叩首呼道："大明皇帝陛下恩抚华夷，泽被建州，胸襟博大——微臣与建州数十万女真百姓叩谢天恩。"

赵志皋念完诏书，缓缓退了下去。却见申时行也缓步上前，展开了一卷黄绫诏书，念道："奉天承运，皇帝诏曰：朕得悉边报，知辽东建州都督佥事爱新觉罗·努尔哈赤勇率部族百姓，奋威出击，助我大明朝驻朝鲜义州守军，一举歼灭倭虏近千骑，功勋赫然。朕心甚喜，特下诏晋封尔为大明辽东建州'龙虎将军'，授尔银印一枚，永为大明辽东藩臣，尽忠守土，不得有懈。钦此。"

却见申时行念罢，微一招手示意，一名内侍捧着一方紫檀木匣缓缓走到努尔哈赤面前。然后，那内侍俯下身来，就在努尔哈赤眼下打开了匣盖：一方手掌般大小的银印赫然而现，印纽雕成了一头俯仰生威的猛虎，印章四边却刻着栩栩如生的龙纹——这便是"龙虎将军"大印了。

努尔哈赤目光深深地在那银印上停顿了片刻，并不伸手来接，而是抬头望向那一直空着的盘龙宝座抱拳遥遥奏道："微臣多谢陛下的深恩厚德。只是，微臣无功岂敢受禄？'龙虎将军'之职，微臣愧不敢受——还望陛下下旨，命令微臣率领一支劲旅即日东征，待将那些倭寇扫荡净尽之后，微臣再来进京，领此恩赏！"说罢，只在地上叩头不语。

"这……"那内侍一愣，没想到努尔哈赤竟在太和殿上拒受"龙虎将军"之封，一时有些手足无措起来，将求助的目光投向了申时行、李成梁。

申时行面静如渊，只向李成梁看了一眼。李成梁会意，抚了抚颌下银须，走到那内侍身旁，接过了那只紫檀木印匣，双手托起，捧到努尔哈赤面前，神色郑重，缓缓言道：

"努尔哈赤，陛下已在诏书里说了，要求你'尽忠守土，不得有懈'。你们建州与朝鲜咸镜道仅有一江之隔，倭虏朝发而夕至，可谓'危在肘腋'。你若能返回建州之后固守疆土，使得倭虏'一枪一矢不能射进国门'，这已是大功一桩！况且，朝廷即将兴师征伐倭虏，届时自有起用你们建州女真壮士之处——你还忧虑无功可建、无敌可除吗？"

努尔哈赤一怔，道："微臣可不愿只是待在建州以尽守土之责——微臣恳请大帅您转呈陛下，让微臣担任征倭先锋将军之职，为国效犬马之劳！"

"努尔哈赤！你以为'藩国守土'之事乃是琐细之务吗？深而言之，辽东一镇岂易藩护？那漠南蒙古胡虏铁木尔与海西女真部族酋长叶赫·纳林布禄素有勾结，这一次听闻倭寇来犯，其实隐然已有吞噬辽东之心矣！只是畏惧我天朝王师而暂未跳梁耳！你回到建州，须得认真做好战守之备，随时以备万一！"李成梁目光炯炯如炬，正视着他，"努尔哈赤，朝廷用人自有规章，岂可由你任意要求？本伯祖上亦曾在朝鲜居住，但本伯历尽多年征战，方成一方封疆大将。努尔哈赤，你年轻骁勇、前程远大，不必汲汲于一时。”

努尔哈赤听李成梁此话来得如此切直，略一犹豫，只得伸出手去，接过了李成梁双手递来的紫檀木印匣，嗫嚅道：“微……微臣叩谢陛下天恩厚赏！”

见他终于接受了册封，申时行、赵志皋、张诚等都不禁暗暗松了口气。张诚唯恐中途再生变故，急忙大声宣道：“奏乐！启典！”

太和殿上乐师和歌女们听得此唤，顿时笙箫齐奏、铙鼓俱鸣，一派雍容典雅之音在殿上响起来，令人听了心旷神怡。

然而，努尔哈赤却觉得自己心头茫然、一片恍惚，仿佛一员正准备披挂上阵的战将猝然马失前蹄，一跤跌落在无际的荒野之中，一时竟找不到出路。

他俯头看着紫檀木匣中那方银光灼灼的大印，眼角掠过一丝淡淡的失落。

在太和殿举办欢迎努尔哈赤前来朝贡的庆典之同时，紫禁城后宫的御书房里，朱翊钧正在接见今晨赶回京城的李如松。

“李将军辛苦了！”朱翊钧见李如松一脸的风尘，不禁慨然叹道，“你此番风餐露宿、日夜兼程赶回京城复命，朕实是心有不忍啊！”

“陛下，平倭拯朝之事十万火急，微臣岂敢优游迟滞以误大局？”李如松垂下了双眼，恭恭敬敬地说道，“微臣乃是武生出身，年富体健，这车马奔劳之苦算不了什么！”

朱翊钧伸手招一招，站在旁边的侍女会意，端来了一张银盘，盘上放着紫瓷盖碗和一只玉匙，还有几块细巧的糕点。他起身径直上前，揭开那紫瓷盖碗看了一看，竟是亲自捧起，走到李如松面前，淡淡说道：“李将军，你这一大早就进了宫来见朕，怕是还没用过膳吧？

这碗水晶莲子银耳汤你且用了它——再吃几块点心，吃饱了肚子后好和朕回话。”

陈矩在一边听了，甚是惊讶，禀道：“陛下，自今晨卯时起，您就一直在御书房里等候李将军，也还未用过早膳呢……这一份您赏了李将军，奴才给您再拿一份儿去吧？……”

朱翊钧仿佛没听到一样，自顾自又取了几块点心，向李如松递了过去，悠然说道：“不用了……不用了……看着李将军吃早膳，朕也觉得有些饱了……”

此话一毕，御书房里的气氛立刻变得肃穆庄重起来。李如松推辞不过，急忙起身深深谢过了恩，也不拿那玉匙，左手端起了紫瓷盖碗，右手拈了一块点心，一小口一小口地喝着水晶莲子银耳汤，又把点心含在嘴里轻轻地嚼，两汪热泪只在眼眶里滴溜溜直转。朱翊钧却是满面含笑地看着他，神情恬和得很。

过了一会儿，李如松喝完了水晶莲子银耳汤，吃完了点心，拿丝帕擦净了手，恭恭敬敬地屈膝拜倒，道：“陛下待微臣的这份深恩厚德，微臣永记于心，虽粉身碎骨亦难以为报。”

“朕这么做呢……也谈不上是什么深恩厚德……只是代天下万民慰劳慰劳李将军罢了……”朱翊钧微微摇了摇头，凝视着李如松，声音仿佛从幽谷之中飘出一般悠远，“你刚刚才从宁夏平乱回来，身上铠甲血垢未干，头顶盔冠征尘未净，不及稍事休憩，却又即将被朕派往朝鲜迎战倭虏……外人或许以为朕这么做有些不近人情，但是朕这护国安民的一片苦心，大概也只有你李将军才能体会得到了……要不然，你也不会刚一结束宁夏战事便昼夜兼程地赶来见朕……”说到后来，他竟是不知不觉间已经红了眼眶。

李如松瞧这位年纪比自己小了十多岁的青年天子俯仰谈吐之际处处流露出来的那一派温文雍容、中情中理，实在是暗暗心折不已：这才不愧为贤师高人教导出来的英主明君呢！那一代名相张居正若在泉下能目睹朱翊钧今日的倜傥风貌，亦是应该安然瞑目、无憾无悔了！他心下感慨之余，却起身离座，诚惶诚恐地叩头谢道："陛下！陛下！您这么说，微臣岂能担当得起？为君分忧、为国排难，乃是微臣应尽之责，微臣唯有鞠躬尽瘁而已！"

他在叩首之际，胸中激情荡漾，不觉体内劲气微微失控而溢，"砰"的一声，那御书房的一块青石地砖竟被他额头磕出一缕深深的裂缝来！

朱翊钧在龙椅上看得分明，心头暗暗一震，一边吩咐陈矩将李如松扶了起来，一边带着一丝好奇向他问道："对了，朕听闻李将军早年在饱读兵书、研习兵诀之外，曾经在五台山、嵩山、武当山一带拜访过世外高人，练成了洞金贯石的内家真功……却不知道这些传闻是不是真的？"

李如松谦逊至极地答道："回禀陛下！微臣多年在外奔走修炼，也是想一心一意练成真才实学为国效忠！但外人传言难免有所夸大。"

朱翊钧微微笑道："学成盖世武艺为国效忠？好啊！朕很是满意。朕听说李将军一手足以捏碎生铁……这样吧，朕的这方紫珊瑚砚台坚逾精钢，你且将它捏来一看！"他一边含笑说着，一边将案头那块紫珊瑚砚台递了过去。

李如松此刻方才明白朱翊钧是在观察自己的身手，当下不再推辞，伸手接过那方珊瑚砚台，全身真气暗运而敛，握在掌中轻轻一捏：只听"噗"的一声闷响过后，他手掌一张，偌大一块珊瑚砚台顿时散成一蓬细细的粉末飘落下来！然后，他又是躬身一礼，道："微臣请陛下恕失礼惊驾之罪！……"

朱翊钧满面惊讶地看着这一幕情景，一时竟答不上话来。

"好精纯的内家功力！"站在御书房一侧注目静观的锦衣卫统领严

丰正本也是功夫出众的武学高手，见此情形，不由得失声惊呼而赞！

过了片刻，朱翊钧才似回过神来，以手加额，连连叹道："很好！很好！朕有李将军你这样文武兼优的绝顶高手为'国之干城'，夫复何忧？"

"陛下过奖了！微臣这等'匹夫之勇'不足称道——微臣只望成为我大明的'卫青''霍去病'，亲率数万铁骑纵横边塞，扬我国威于四海八荒！"李如松抱拳恭敬而答。

朱翊钧听罢，深沉地看了他半晌，面色渐渐肃重起来，复又挥手招来陈矩，让他将御案上放着的一叠奏折送给李如松。同时，他慢慢说道："李将军，你且先阅看一下这些奏折。"

李如松应声接过那叠奏折，翻开其中一份阅看起来，只见里面写道："左都御史臣方国华秘奏：如今天朝边关不宁，倚重藩镇之势日趋分明。然，辽东李成梁父子久揽兵权，威震一方，恐有坐大成势之忧。陛下若不及时予以削损，则社稷难安。微臣泣血叩告，万望陛下纳之！"

一阅之下，李如松虽沉勇刚毅，泰山崩于前而色不变，但看了此奏，亦是如遭雷击，心为之震，手为之颤，额角密密地沁出了一层冷汗。

他急忙翻开下边一份奏折，上面是这样写的："吏部主事臣罗文英秘奏：宁远伯李成梁满门权贵，父子兄弟雄踞辽东，门生弟子遍布朔塞，权倾关山之北，虽有平虏靖边之功，却不乏贪功冒赏、滥行杀戮之举——陛下若不及时惩抑，恐有辽东之患！微臣冒死叩请陛下圣裁！"

李如松面色煞白，又接连翻阅了好几份奏折，上面全是类似内容。他顿时慌得跪在地上，连连叩头，含泪辩道："陛下，微臣举家上下念念只顾杀敌灭寇、护国安民，岂敢横生逆志、贪赃枉法？还望陛下明察啊！"

朱翊钧见他慌成这样，急忙上前伸手亲自扶起了他，温言说道：“李氏满门忠烈，朕岂不知？这些嫉贤妒能的不实之词，朕一句也没理睬！讲这些话的人，朕已将他们全部贬官三级、罚俸三年以示惩戒了！朕最痛恨的就是这种自己无能却又含沙射影中伤贤臣良将的小人！你们是朕的栋梁之臣，是国家的靖边良将——朕赏万金犹恨其少，又岂会横生猜疑而自毁长城？”

李如松听得感激涕零，顿首叩道：“陛下明辨忠奸、赏罚分明，微臣心悦诚服。微臣一介武夫，别无他途，唯有奋不顾身破虏靖边，方能报得陛下知遇大恩之万一！”

朱翊钧深深点了点头，唤过陈矩将那叠奏折一份份捡起，对他吩咐道：“把这些废话连篇的东西都烧了吧……今后，凡是类似这种中伤宁远伯一家的奏表，再也不要送到朕这里来，你直接便将它们销毁……”

说罢，他才又转过身来，背负双手，举目遥望窗外，仿佛是对李如松，又仿佛是对自己淡然言道：

“朕身为天子，明察秋毫，洞见万里，能使贤愚得所、国泰民安，这是朕的应尽之责；你身为大将，勇冠三军，威震胡虏，能使兵精械良、四疆靖平，这是你的应尽之责。朕与你都是为了天下苍生、社稷安危，各尽其责、各尽其诚罢了——你也谈不上对朕报恩、谢恩的……朕已决定封你为平倭提督，执掌对倭征战之三军。你下去之后，须得和‘备倭经略使’宋应昌精诚合作，同心协力、平倭济朝！”

“微臣遵旨！”李如松听罢，满面凝肃，缓缓叩下头去，沉着有力地答道。

郑贵妃巧解《推背图》

八月十五中秋佳节之夜，一轮明月宛若玉盘一般高高悬在夜空，皎洁的银辉漫洒而下，萤光似的铺展在御花园的假山草卉之间闪闪烁烁。

一方典雅古朴的玉几之上，放着八碟香喷喷的各色月饼。朱翊钧手里端着青花玉杯盏，眉目间露出难得的轻松，慢慢地呷饮着。

他的身边，右侧坐着王恭妃，左侧坐着郑贵妃。王恭妃一直视力不佳，到了夜里更是伸手难见四尺开外，便只是恭恭敬敬地端坐着，不敢乱言乱动。郑贵妃却在一旁谈笑风生地为她夹饼送肴，和她显得十分融洽。

朱翊钧待到吃得差不多了，才放下玉杯，徐徐开口说道："列位爱妃啊！直到今日中秋月圆之夜，朕的心绪才稍稍好了一些：朕已经请出了大明第一虎将李如松出任'平倭提督'。他一出马，东疆倭虏必是指日可破的了。"

郑贵妃一听，便携着王恭妃喜色盈盈地离座施礼贺道："陛下既已选任良将出征朝鲜，臣妾等恭祝我大明天军旗开得胜！"

朱翊钧闻言，脸上不禁溢出浓浓的笑意来："列位爱妃请起！朕代数万征倭将士在此向尔等谢过了！"

说着，他抬起头来，望向那银亮的明月，悠悠说道："'海上生明月，天涯共此时'——朕希望在明年的中秋佳节之际，我大明四疆之处外虏尽平，举国上下万民同乐，六合之内升平可睹！"

郑贵妃再次屈膝跪下，恭婉而道："陛下这一片宽仁博爱之心，必定能感动上天为我大明降下福祉的。"

"但愿如此！"朱翊钧深深一笑，"朕会永远记住你的祈福的。"

郑贵妃柳眉一动，身形一起，从衣袖中取出一本绢帛图簿，小心翼翼地托在掌上，笑微微地说道："陛下向天祈求今明两年之间我大明四疆之处外虏尽平、举国上下万民同乐、六合之内升平可睹，其实早已是天从人愿、立竿见影的了！——您且瞧一瞧这篇绢册谶文……”

“绢册谶文？”朱翊钧一怔，便伸手接过那册绢帛图簿一看，封面上“推背图”三个朱红大字赫然映入眼帘：传说这是唐初贞观年间钦天监正卿李淳风写成的一部图文并茂的预言书。此书之中，关于武曌建周、朱温夺唐、蒙元称霸、明祖平乱等谶文已然历历应验，故而被世人奉为圣物。朱翊钧将它拿在手中，正自沉吟之际，郑贵妃又款款言道：“陛下，这是臣妾在今夜良辰美景之际给您送上的一份特殊‘贺礼’。请您翻开阅看此书第四十八页‘同人’图卦这一章的内容……”

朱翊钧惊疑莫名地将那本《推背图》绢册轻轻打开，翻开了里边的第四十八页“同人”图卦一章，只见上面绘着一幅栩栩如生的龙蛇相斗之图：其中龙翔于天，蛇盘于地，一上一下，各占其势，正在喷火交攻。它俩纠结相战的情况可谓描绘得生动至极，几乎呼之欲出。

图案下边是短短的一句象辞：“离下乾上，同上。”象辞之下，先是一首谶词，写道：“卯午之间，厥象维离；八牛牵动，雍雍熙熙。”后面又附着一首颂词：“水火既济人民吉，手执金戈不杀贼。五十年中一将臣，青青草自田间出。”

朱翊钧将这些图案、谶语反复看了又看，沉吟着问郑贵妃道：“怎么？这一章的内容有何玄妙之处吗？”

郑贵妃深情地正视着他，双目泪光隐现：“陛……陛下！您难道真没参悟出这一章图谶的玄机吗？它所预言的，正是您这段时间苦心经营的平倭灭寇之役啊！……”

“什……什么？爱妃你的意思是——此乃上天托《推背图》一书在垂象示意于朕？”朱翊钧大吃一惊，“你且解释来听一听……”

郑贵妃轻移莲步，走到朱翊钧的身旁，指着那绢帛页面上的龙蛇相斗之图，款款而言：“臣妾近来无意中得此绢册图书，潜心参悟多日，稍稍勘破了一些真谛。您看这幅‘龙蛇相斗’之图：依臣妾之愚见，其中的这条‘飞天神龙’实际上是隐喻我‘大明天朝’；那条盘踞于地的恶蟒，却是隐喻那倭国凶寇……”

朱翊钧并不多言，只道：“你继续解析下去……”

郑贵妃一副若有所思的模样，纤纤玉指继续指了下去：“您看这首谶词：‘卯午之间，厥象维离；八牛牵动，雍雍熙熙。’——‘卯’者，年辰之谓也，去年不就是辛卯年吗？‘午’者，可能指的就是后年——甲午年。‘卯午之间’，是指我大明与倭国的战事自去年而始，但可能会到后年才将彻底终结。不过，今年‘壬辰’年、明年‘癸巳’年这两年应该算是最为关键的一段时间！其实，那图中‘一龙一蛇上下交斗’之图，还有‘厥象维离’之语，也是隐喻了敌我双方在壬辰年、癸巳年这两年间斗得最是激烈！……”

“哦？后年才会彻底终结此战？”朱翊钧满面沉思之色，“爱妃，你继续说下去……”

“陛下——这图谶中是这么显示的呀！也说不定恰巧就在后年的元旦那一天，这一场平倭灭寇之役就圆满终结了呀！”郑贵妃娓娓言道，“您看，这谶词里所讲的‘八牛牵动，雍雍熙熙’，说的不正是您吗？‘八牛’者，朱也——是指您能够奋起天纵英明之资，带动并集合四方士民群策群力而一举驱除倭寇也！”

朱翊钧双眉一展，喜色四溢，却又谦虚地说道：“这……这等天命之兆，朕之寡德岂敢当之？”

“陛下！这是您肩上所负的‘天之重任’，您必是应该‘当仁不让’的。您再瞧这后面的颂词：‘手执金戈不杀贼’中，那‘金戈’二字，不正是暗指您的圣讳‘钧’字吗？所以，您成为大明中兴之君，实乃天命所归啊……”

朱翊钧听了郑贵妃这话，纵然明知这是半真半假的逢迎之词，他心底仍是禁不住甜滋滋的，脸上微微绽出笑意来："爱妃可别再乱夸了——那么，这颂词中'五十年中一将臣，青青草自田间出'又指的是谁啊?"

"这个……依臣妾之愚见，所谓'五十年中一将臣'，应该指的就是宁远伯李成梁一族——他自二十岁之前从军，至今不是已有五十载的戎马生涯了吗？至于那'青青草自田间出'，臣妾探闻到李如松将军的乳名就唤作'青草儿'啊……"

朱翊钧听罢，脸上的微笑始终是静静地挂着，突然冷不丁地向郑贵妃问道："这本《推背图》中的'同人'图卦内容是吕坤推荐讲解给你的吧!"

郑贵妃一听，立时玉容变色，慌忙跪倒在地："陛下请恕罪……这章《推背图》的'同人'图卦正是吕侍郎给臣妾讲解而悟的……"

"爱妃，你且平身吧！朕并没有怪罪于你的意思，"朱翊钧的笑容依然很纯很淡，"恰恰相反，朕心底倒是欢喜得很。吕坤确实颇有宰辅经纶之大才……他让你用这篇'推背图'来鼓舞朕的斗志、激励朕的锐气、坚定朕的信心，实在是用心良苦。朕很是感动!"

说罢，他抬眼瞧了瞧四周，低声向郑贵妃款款而道："只是，爱妃你日后与吕坤他们接触交流的时候，还是得做得更为隐秘周全一些……那些监察御史们万一捕风捉影，乱嚼什么'后宫擅交外臣'的话头可不好听啊……"

郑贵妃小心翼翼地答道："臣妾记住陛下的忠告了。"

朱翊钧这才莞尔一笑，指着那《推背图》上"同人"图卦这一章，深深而言："不管怎么说，这幅图卦都是朕这次中秋佳节收到的最好礼物……陈矩，你让崇文阁里的名笔画师照着这幅图卦原汁原味地画大画好、裱糊出来。朕要把它挂到御书房正壁上日日观摩参悟……"

就在这同一轮明月映照的夜幕之下，朝鲜国王李昖与柳成龙、李镒、权栗等元老重臣亦是一同在义州城城头楼阁之中聚坐赏月。

“臣等恭贺大王：据传大明皇帝陛下已急召提督陕西讨逆军务总兵官李如松将军返京出任平倭提督一职，”柳成龙领着朝鲜群臣一齐举杯向李昖庆祝道，“李如松乃大明国内威震遐迩的虎将，连作乱宁夏的鞑靼巨虏哱拜都已被他数月之间一举荡平——那区区倭寇，定然也非他敌手！我朝鲜全境光复之伟业，指日可待了！”

李昖默默地听罢，苍白而虚胖的脸颊上这才微微泛出几丝生气——他涩涩地笑着，举起酒杯向柳成龙等还了一礼：“本王谢过列位爱卿的庆贺了——唉！本王多么渴望这国土沦陷、臣民遭殃的苦日子马上就能熬到头啊……”

柳成龙望着李昖一副“底气不足”的模样，心头暗暗一动，便沉吟着开口了：“大王，老臣有一件要事不得不启奏于您：日前，倭虏偷偷派来了特使，带来了倭虏的军师黑田如水的亲笔密信，上面的内容是：只要我朝鲜立刻向他日本国称藩臣服，并割让出平壤城以南的大半朝鲜国土，他们就不再逼袭咱们……大王，臣等对此是竭力反对，却不知道您的旨意是？……”

李昖右手紧紧捏住了掌中的酒杯，静静地看着柳成龙，沉沉地说道：“我朝鲜背倚大明天朝，其势自是稳若泰山——本王之膝，绝不向倭虏而屈！”

“大王，‘天有不测风云’，战场局势变幻无穷。依老臣之愚见，大明朝亦非永远不败之强国……祖承训将军不是已在平壤城遭到倭虏狙击而损兵折将了吗？……您看……”柳成龙一边故意拿话儿继续试探着他，一边认真地观察着他的反应。

李昖脸色一正，紧紧地咬着自己的牙关，沉声缓缓而道：“倭虏欺我朝鲜太甚——晋州大屠杀之仇，本王心中一刻也难忘却！哪怕我朝鲜最终战到只剩一兵一卒、一妇一童，也要与倭虏同归于尽！”

他这么一表态，柳成龙心头一块大石顿时放下。他不禁泪流满腮，再次领着朝鲜众臣一齐离座跪地而奏：“大王之刚直雄烈，实乃亘古罕见！臣等愿与大王同心协力，光复国土！我等君臣一心，只要努力学习当年春秋争霸时期越王勾践卧薪尝胆、奋发图强之壮举，日后我朝鲜必定能重振声威！”

李昖慢慢地抬起头来，仰望着天际那一轮银盘似的明月，喃喃地说道：“本王会牢牢记住列位爱卿的忠告——倘若这时光能够倒流回到一年之前，在本王听到黄允吉、金诚一等两位爱卿带回的倭虏意欲进犯我朝鲜的消息之初，倘若本王当时就能摒弃幻想、丢掉犹豫、痛下决心、全力备战，又怎会有今日国土沦丧、宗庙不保之大劫？本王真是追悔莫及啊！本王……本王实在是对不起列祖列宗和举国臣民啊……”

说着，他颊边已是泪落如雨，把自己的王袍衣襟都打湿了一大片。

柳成龙、李镒等大臣也全部跪伏在席，一个个泪流满面，痛哭不已！

许久许久，李昖才止住哭泣，双手高举酒杯，向着天际明月遥遥祝道：“皇天在上，李昖在此立誓：倘若天命不厌我朝鲜李氏而降下回春之祉，本王定然光复旧物、励精图治、富国强民，不让我三千里河山再遭倭寇蹂躏！”

名将论兵

京南的驿舍房间里，努尔哈赤与龚正陆对面而坐，黯然无言。

“将军，您还在为未能获得征倭先锋之职而闷闷不乐吗？”龚正陆低低地问道，“毕竟陛下对您的赫赫战功还是看在眼里的——这‘龙虎将军’一职，便是对您勇略的公开认可嘛……”

努尔哈赤闷闷地说道：“龚师傅，依本将军之见，这位大明皇帝陛下既为华夷共主、四海至尊，就应胸怀天下、兼容八荒，视我女真部族士众为他的子民……他为何就不能拔擢我们女真部族的勇士直赴朝鲜‘抗倭卫国’呢？难道他也和那些腐儒一样拘泥于什么‘华夷之防’吗？”

“嘘！噤声！”龚正陆听了，急忙伸手掩住了他的嘴，然后站起身来，疾步走到房门口处，推门往四下里打望了一番，见到附近并无闲杂人等，这才放下了心，坐回到他身旁劝道：“陛下春秋鼎盛、励精图治，实乃大明中兴明主，岂会这般迂腐褊狭？他此番敢于严惩赵南平这样大有来头的贪官而毫不‘护短’，便是明证。而且，身为天子，他采贤纳士、择人选将，自有他自己的权衡，实非我等臣子所能妄议。李成梁大帅也对您说了：倘若我们能返回建州、固守疆土，使得‘倭虏一枪一矢不能射进国门’，这已是大功一桩！您何必非要对披挂上阵、亲冒矢石、血溅沙场而念念不忘呢？”

“唉！龚师傅，本将军是忧虑朝廷选错了平倭将领而误了社稷大业啊！像蓟辽总督顾养谦那样的平庸之辈，本将军瞧着就忍不住生气！”努尔哈赤深深叹息一声，“现在，本将军也只得抛了这亲冒矢石、冲锋沙场的念头，依李大帅所言去做了！……”他口头上是这么说着，心底暗暗却想：不过，本将军还会一直关注朝廷将派何人出掌征倭之事——他们若所用非人，只怕本将军不去主动请缨，到时他们在朝鲜吃了败仗之后自然会再找本将军的。

“对嘛！将军！您这才是能进能退、能屈能伸的大丈夫所为！”龚正陆听了，不禁称赞不已。

“本来也是这样嘛！我们女真部族有一句谚语说得很好：‘再厚的乌云，始终也挡不住雄鹰展翅而飞！’”努尔哈赤一时说得兴奋起来，不由得站起了身高声呼道，“区区倭虏，海隅小贼而已——我努尔哈赤岂会放在眼里？”

“龙虎将军说得好！说得好！”正在这时，驿舍房门处忽然响起一阵鼓掌之声。努尔哈赤回头循声看去，却是兵部侍郎宋应昌和辽东名将李如松并肩站在那里。

“子茂兄！”努尔哈赤一见，竟是惊喜万分，扑上前来便与李如松紧紧相拥，“你不是在宁夏城肃清哱拜之乱吗？……怎么也到了京城？”

李如松和努尔哈赤在辽东期间便已是莫逆之交，当下也十分亲热地答道：“哱拜那厮刚刚被愚兄给剿灭了……愚兄此番回京，是另有要事的……”

宋应昌在旁看得微微一笑，跨上一步，道：“龙虎将军有所不知：李将军十日前就已彻底平定了宁夏哱拜之乱，眼下他是回京领旨担任平倭提督，准备即日再行赴朝东征呢！”

努尔哈赤在前日兵部为他举办的中秋赏月聚会上见过宋应昌，也识得他是一个有识之士，此刻听了他这话，脸上神色不禁蓦然一滞：“平倭提督？原来朝廷要派子茂兄去东征平倭？……”他望着李如松淡淡的笑容，话语里顿时透出一缕莫名的失落。过了片刻，努尔哈赤终于定住自己胸中激荡不已的心绪，不动声色地又问道：“子茂兄可是已经决定接旨东征倭虏了？”

“是啊！陛下日夜颁旨急催，朝鲜倭事甚紧，愚兄也只得‘恭敬不如从命’了！”李如松一声苦笑，在努尔哈赤面前毫不虚饰，“这不，贤弟啊，愚兄一听到你正在赴京朝贡，今日也顾不上休息，便赶来你处叨扰了！”

努尔哈赤淡淡而笑，端过几张椅子，先请李如松和宋应昌坐下了。龚正陆则急忙出房吩咐驿舍差人煮茶去了。

宾主落座之后，努尔哈赤才缓缓说道："原来是子茂兄当了平倭提督，那敢情好！小弟就在此向您恭喜了！"

李如松在来驿舍探访努尔哈赤之前就已得知了他进京意欲面圣主动请缨之事，便慨然而道："贤弟本在朝鲜取得了'抗倭破虏第一功'，歼灭倭寇近千骑——其实，这个'平倭提督'，由你担任亦甚合适。为兄实在有些汗颜啊！"

"你说这些话干什么？换了别人，小弟或许会有所不服——若是子茂兄出马，小弟岂有他念？"努尔哈赤摆手笑道，"小弟而今只想求子茂兄允准小弟在你麾下担任征倭先锋，如何？"

李如松一听，顿时面现为难之色，他侧眼看向宋应昌，有些犹豫起来："这……"

"龙虎将军，您也先莫急着求李提督了，"宋应昌面含微笑看着努尔哈赤，"您的去向嘛，陛下早已替您安排好了——也同样和李提督有立功扬名的'用武之地'！"讲到这里，他脸色一肃，忽然站起身来，从袍袖中拿出一卷黄绢，道："努尔哈赤接旨！"

努尔哈赤与李如松听了，都急忙离座跪拜在地。宋应昌面南而立，展开圣旨，读道："奉天承运，皇帝诏曰：昨日蓟辽总督顾养谦急奏来报，声称察觉漠南蒙古贼虏铁木尔与海西女真部族酋长叶赫·纳林布禄正在暗中勾结，欲乘我大明天兵平倭济朝之际兴兵作乱。此事万分危急，朕特命辽东建州'龙虎将军'努尔哈赤速返领土，协助顾养谦全力防备蒙古贼虏与叶赫部族叛乱生事。钦此。"

努尔哈赤听着，便在心底暗骂这个顾养谦实在是"脓包"一个，丝毫也镇抚不住辽东的局面！大概纳林布禄和铁木尔正是觑破了他的平庸可欺，才敢借机"撒野"的吧！他一咬牙，只得叩下头去："谢主隆恩！微臣努尔哈赤接旨。"

宋应昌将诏书交到努尔哈赤手中，扶了他起来，肃然而道："龙虎将军——这一桩重任，真是辛苦你了!”

努尔哈赤伸手托着那诏书，直视着李如松，感慨道：“子茂兄，小弟本欲提兵三万作为你抗击倭虏的前驱之师，现在看来是难以如愿了……”

“贤弟，为兄也曾听闻：纳林布禄与铁木尔总共拥众十万有余，兵精马良，堪称劲敌，”李如松深深一叹，“只怕为兄朝鲜东征之事一完，马上便要旋师沈阳支援你们呢!”

“嘿！你怎么这样说？小弟岂会劳你大驾？小弟只要帮顾总督一打退铁木尔和纳林布禄之后，也说不定马上就要挥师入朝支援你们呢!”努尔哈赤双眉一扬，和李如松相视爽朗而笑。

二人笑罢，李如松双拳一抱，向努尔哈赤正色道：“贤弟，你曾与倭虏当场交锋过——今日可有高见赐教愚兄吗?”

努尔哈赤听得此问，亦是一下神情郑重，他拉着李如松对面而坐，促膝谈道：“小弟也正有一些想法与子茂兄您好好谈一谈。实不相瞒，那次在义州城下取得歼灭倭虏近千骑的佳绩，小弟实在是赢得有些侥幸。

“那日，小弟率领女真部族勇士与倭虏交战之际，恰因天降暴雨，倭虏的火绳枪被雨水打湿而一时不易发弹，才被我们杀了个措手不及、落荒而逃……即便如此，在与倭虏‘一对一’的肉搏战中，我女真勇士和大明天兵都付出了牺牲数百人的代价……”

“这是为何?”宋应昌惊讶而问。

“宋大人、子茂兄，在小弟看来，这倭虏确实厉害：论火器，倭虏的火绳枪可连续发弹，伤人于数百步开外，威力奇大；论兵器，倭虏之长刀削铁如泥，锐利异常；论身手，倭虏个个久经疆场，如狼似虎，彪悍至极……无论如何，咱们大明天兵都得聚精会神准备好打一场惨烈的硬仗了!”

“听你此言，倭虏确是难以对付啊！”宋应昌皱紧了眉头，脸上忧色重重。

“宋大人无须揪心！”李如松凛然言道，“倭虏气焰如此嚣张，看来也只不过是依恃这三长罢了。李某也曾听祖承训谈起过，早对此思虑已久。来日若与倭虏对敌，李某自信亦有三长反制于他！”

“哦？子茂兄有何三长胜他倭虏？”努尔哈赤沉吟着问道。

“依李某之见：其一，倭虏倘若倚仗火绳枪冲锋，那我大明天兵就采用迅雷铳、‘三眼神铳’、虎蹲炮、大将军炮等开路。我们的炮铳威力无比，他倭虏一枪只射一弹；我诸炮一发，万弹齐射，铜墙铁壁尚且应声而倒，何况他们还是区区血肉之躯？”李如松双目炯炯有神地看着努尔哈赤和宋应昌，侃侃说道，“其二，倭虏的长刀虽是锋利，当年戚继光戚大帅在浙江平倭之时，早已留下‘藤牌军’和‘鸳鸯阵’之法，纵有万柄倭刀，他们亦难逞淫威！

“其三，倭虏虽彪悍凶猛，我辽东铁骑亦身经百战，连那牛高马大、如熊似罴的蒙古胡虏都被我们打得抱头鼠窜，又何惧矮若瘦猴的倭虏乎？有此三长，李某自信可以克敌制胜。”

“嗯……看来子茂兄对敌我之情早已是了如指掌……”努尔哈赤直盯着他，深深颔首，“这么说来，子茂兄早已视平倭灭寇为己任而未雨绸缪了……《孙子兵法》云：‘知己知彼，百战不殆。’子茂兄胸有成竹，此番平倭济朝定能马到成功！”

宋应昌也是面色一松，以手抚须微微而笑。

“本将军欲冒昧请问一下宋大人，”努尔哈赤话锋一转，问宋应昌，“朝廷此番准备调拨多少兵力与火器前去平倭济朝？”

“这个……”宋应昌深深一叹，“这三个月来，老夫一直在苦心筹措东征平倭的人马和火器……到目前为止，朝廷能够调拨出来的兵力最多不过四五万人……”

“四五万人？”努尔哈赤惊得双目如铜铃般大，“怎么才四五万人？”

“唉……龙虎将军你有所不知：能够筹到四五万人已很不容易……”宋应昌有些无奈地摇了摇头，慢慢道来，“首先，追随李提督平定宁夏之乱的那些辽东铁骑是久经淬炼的‘国之利器’，朝廷只有恃仗他们作为平倭济朝的主力——所以，朝廷决定要调集李提督麾下最精锐的一万五千铁骑为东征大军的先锋！”

“这个自然，”努尔哈赤看了一眼李如松，点头说道，“还有呢？”

“其次，蓟辽总督顾养谦虽然要用十之七八的兵力防备海西女真叶赫部族和漠南蒙古贼虏的围击，但还是可以抽调出一万左右的步卒赴朝平倭……”宋应昌思忖道，“朝廷为了加强他们的实力，会给他们每人配备一支火铳，专门对付倭虏的‘火枪队’……”

“嗯……又加上了一万步卒，现在才二万五千士卒。”努尔哈赤掐指算了一算，仍是眉头紧锁。

“第三，朝廷再从宣府、大同两镇调拨一万骑兵来……他们的武艺自然远远不及李提督麾下的辽东铁骑……”宋应昌深深一叹，“但是用来作为征倭雄师的后备军，再由李提督以战代练地调教调教，应该也是可以抵抗倭虏的……

“第四，我们将从福建调来五千‘藤牌军’，他们全是戚继光大帅当年留下的抗倭精锐，对付倭寇很有经验……”

“第五，就是届时再调一两万蜀军，由四川刘参将率领，在合适的时机北上入朝增援……”

说到这里，宋应昌的语气顿了一顿，道：“目前朝廷所能调集的，大概就是这四五万人马……他们都是我大明天朝雄师当中的精锐，倭虏必是难撄其锋……”

“这四五万人马确是我大明天兵中的精锐之师……但是，依本将军看来，这点兵力还是太过单薄了些……”努尔哈赤摇了摇头，不无忧虑地说道，“宋大人难道不知倭虏在朝鲜总共屯兵二十万，是我军兵力的四倍有余？而且，我们和倭虏交战，一定做好在格斗中时时刻刻‘以一命换一命’的心理准备……他们每一个士兵都是残忍嗜杀的猛兽……我们用这四五万人马能和他们二十万倭兵拼得了多少？又拼得了多久？”

“刚才李提督说我们有虎蹲炮、迅雷铳、‘三眼神铳’、大将军炮等火器嘛……”宋应昌给自己打气说道，“凭着它们，我们天朝大军必能‘以一当十’……不，‘以一当百’！”

努尔哈赤瞥了他一眼，冷哼一声，道：“虎蹲炮、迅雷铳、‘三眼神铳’、大将军炮等火器固然威力惊人，但是请宋大人不要忘了：倭虏已经占据了朝鲜十之八九的坚固城池，他们以逸待劳、居高临下，会让那些火器的威力大打折扣的……就算是杀到最后，他们退入城池巷道之中，像对付祖承训将军那样展开巷战伏击，那时候虎蹲炮、迅雷铳、‘三眼神铳’、大将军炮等更是派不上多大用场了……”

“这……这……你努尔哈赤这分明是在故意‘抬杠’嘛！”宋应昌有些不悦，袍袖一拂，扭过脸去竟不理他。其实，他何尝不知此番东征兵力确是不足？但石星一直口口声声说他寻到了一个舌辩奇才做“备倭招抚使”，定会兵不血刃地平倭济朝，故而对宋应昌从各镇抽调兵力始终是明拦暗阻，不想他与李如松拥兵太多、主战之势增大而影响了自己议和方略的实施。所以，宋应昌胸中亦是极为憋闷，却又不好向外人明言。而努尔哈赤不知内情，还一味地“挑刺儿”拼命刺激他，这如何令他不大为光火？

“宋大人莫要生气。老朽也知道宋大人为筹备征倭事宜已是殚精竭虑，能做到今天这个地步已是非常不易了，”刚才进得房来一直坐着不语的龚正陆娓娓开口说道，“据老夫所知，刚刚结束的宁夏平乱之事，便已耗去了朝廷不少兵力和财力……而这一场平倭济朝之战比起平定宁夏之役来，必是更为艰险，而所需的投入也更为巨大！朝廷和宋大人也很是为难啊！”

“然而，老朽还是有几句不中听的话请您和朝廷思量：记得战国争霸时期，秦国大帅王翦奉命挥师伐楚，非用足六十万兵马而不得开战——他此举并非不念国困民劳，只因敌势强大而不得不如此耳！倭虏野心勃勃、性如禽兽，亡我之心始终不死——朝廷若不痛下决心，举全国之力将其彻底征服，老朽只怕后患无穷啊！”

听到龚正陆讲得这般深刻而恳切，宋应昌不禁悚然动容：难怪这几年努尔哈赤能够带着辽东建州女真部族一路顺利崛起，原来他幕府之中竟藏有这等高人啊！他正了正脸色，肃然道：“这位师傅所言极是。本侍郎一定会将您这番话转呈内阁和陛下谨慎思量的。”

李如松也起身抱拳谢道：“李某谢过努尔哈赤贤弟和这位师傅的恳切教诲。我大明如今能从万难之中多筹得一分兵力，便是为国为民多夺得了一线胜机。平倭济朝，纵是敌强我弱、险不可测，我等亦唯有‘迎难而上、拼死一搏’了！”

听李如松说得如此悲壮激昂，屋内立刻便异乎寻常地肃穆沉静起来——努尔哈赤凝望着他，重重地一点头：“你放心——我们永远也不会输的！”

目录

大明帝国的荣光

李浩白 著

抗日援朝1592

㊦

山西出版传媒集团 北岳文艺出版社
·太原·

目录

第六章　雄师援朝

滚滚雪尘如浪潮一般涌近，倏然一下便停了下来。天地间的阵阵轻震也一瞬间便停止了。雪尘渐渐散尽，一队队铠甲鲜明、刀枪锃亮的大明骑兵已来到李昖、祖承训、柳成龙等人面前，如同树林一般森然而立。那高高飘扬的“明”字大旗，更显出了一派逼人的威武雄壮之气。

李昖、柳成龙、李镒、权栗等人不禁屏住了呼吸，竟有些战栗而不敢仰视。

李如松出师平倭

大明万历二十年（1592）十一月八日，朱翊钧亲率文武百官来到北京城德胜门为征倭大军启程赴朝饯行。

这是朱翊钧自登基以来第一次为朝廷大军出外远征而亲临送行，这种尊崇之极的待遇连当年威震蓟门的大元帅戚继光都不曾享受过。征倭大军的统领提督蓟、辽、保定、山东军务，充防海御倭总兵官李如松，与备倭经略使宋应昌自然是感激涕零，连连拜谢，并咬破手指当着文武大臣的面，双双写下了“不破倭虏誓不还”的血书军令状。

午时已过，征倭大军早就先行开拔而去。李如松和宋应昌出得京城，策马奔出十余丈远，不禁又回头眺望。毕竟是奔赴朝鲜远征倭虏，沙场之事吉凶难测，今天每一位冲锋陷阵的将领都不一定会看到明天的太阳。李如松虽然身经百战，但他每次都身先士卒，毫不例外。他回首眺望着北京城，目光中有些淡淡的感伤，更多的却是铁铸一般的坚毅。北京城，这座大明帝国的心脏，被正午的太阳罩上了一层耀眼的金辉，深沉地回应着这位即将踏上征程的平倭大提督的凝望。

而回望城头之上，李如松看到了登上城楼高台正目送着自己离去的皇上朱翊钧，看到了簇拥在他身后的文武群臣，也看到了父亲李成梁站在城楼那寂寞的一角深深地注视着他。他们都显得那么肃穆郑重、那么不苟言笑，都在用最沉默的态度向他送行。

到了最后，他竟然依稀见到朱翊钧猛地向他挥了挥手！就在这挥手之间，朱翊钧仿佛把所有的嘱托、所有的期盼、所有的支持都无比殷切地赐给了在城下回望的李如松——似乎李如松的骏马奔驰纵横到哪里，他和他这座北京城就作为李如松无比坚实的后盾一路推进到哪里！

李如松清清楚楚地感受到了这一切，他也不管城头上面的人们看没看到，只是向着他们远远地、重重地点了点头，便一勒缰绳，走马向前飞驰而去，把北京城留在了自己的记忆深处。

飞奔了很久很久，李如松才回过头来，雄伟的北京城已经消失在地平线。他眨了眨眼睛，静静地把几欲夺眶而出的泪水硬生生忍了回去——然后驻马而立，陷入沉思。

“李提督……”宋应昌在他身边，不禁唤了一声，欲言又止。李如松闻声转过头来，看了看他有些踌躇的表情，淡淡地笑着应了一下，却不好向他主动问话。

宋应昌也回首遥望南方，慢慢吟了一句抗倭名将戚继光的诗句：“‘封侯非我意，但愿海波平！’李提督，咱们肩上的责任重大啊！”

听着他的话，李如松心头不禁微微一动，在和这位文官出身的宋经略近两个月的交往中，他已感到了宋应昌和其他许多墨守成规的俗吏不同，一则是他做事任劳任怨、勤勤恳恳，二则是他待人接物识大体、顾大局。李如松对朱翊钧给自己配的这位得力助手，还是感到十分满意的。

果然，宋应昌没把话闷在肚子里，终于十分坦诚地问："对了，宋某听说李提督将自己这次宁夏平乱之役所获的全部赏赐都捐给了国库，充作了此番东征倭虏的军饷——请问李提督，可有此事？"

"这有什么？"李如松淡淡地答了一句，自顾自驱马前行，"如今征倭军饷这般紧缺，李某身为大明臣子，理应倾囊相助嘛……"

"宋某还曾听说，赵阁老和石尚书为了节约征倭军饷，曾向皇上建议暂缓颁赏宁夏之役中的有功将士……"宋应昌微蹙眉头道，"他们竟想待到此番东征结束之后再一并奖赏……"

"这个'馊主意'，李某和吕坤侍郎已经当着赵阁老和石尚书的面儿驳回去了，"一提到这事，李如松顿时忍不住动了怒气，"依李某之见，朝廷对凡是征战有功的将士，本应当是该赏则赏、立竿见影。宋大人，你想，弟兄们浴血奋战、出生入死，图的是什么？图的就是名利双收——获名，可以光宗耀祖；获利，可以封妻荫子。宁夏之役既毕，国库再紧缺，也要勒紧腰带掏钱出来颁赏诸位将士！否则，让你我带着这数万心怀不平、怨气满腹的将士们如何在朝鲜战场上再接再厉、再立新功？——李某自己的赏银可以全部都捐给国库，宁夏之役立功将士们的赏银却是一文也不能少！少了一文钱，士气就会衰惮，人心也就散了！"

"李提督薄己厚人、念念不忘赏罚公平，实乃大将之风啊！"宋应昌不禁深深赞道，"谁能当上您的士兵，那可真是有福气了！"

李如松淡然一笑，道："宋大人真是谬赞李某了——您不知道，就是此番李某捐财于国、散利于众，也还有监察御史攻击李某是在'市恩于下、居心叵测'哪！幸得当今陛下贤明无双，李某才平安无事啊！”

“这帮捕风捉影、无事生非的乌鸦——我大明朝的国事迟早会败在他们的手上！”宋应昌双拳一捏，愤然道，“朝廷里做实事的人因埋头苦干而反遭怨尤，讲空话的人吹毛求疵而不顾大局，长久下去如何了得？宋某心中最为痛恨的就是这一时弊……”

李如松听了他这番义愤之言，顿时生出几分感动来，瞧着宋应昌的目光也不知不觉温和了下来。

宋应昌抬头望了望前边如乌云般滚滚而去的军队，悠悠叹了口气，道：“宋某原以为此番东征至少能筹足五万兵马，没想到宣府、大同两镇只来了七千骑兵，蜀军也只来了五千步卒，他们个个都打了折扣……唉……这四万三千兵马，就是我们立足朝鲜抗击倭虏的资本啊！我们可要倍加珍惜啊！”

“哼！”李如松听他谈起此事，便禁不住沉哼一声，“说到底，还是各镇督抚们私心里认为我们是在为朝鲜人白白地赔人赔钱，谁也舍不得调拨兵马。他们真是鼠目寸光！倘若倭虏当真占据了朝鲜全境，直接跨过鸭绿江侵入辽东，到时再‘亡羊补牢’，只怕也有些晚了……”

宋应昌暗暗叹了口气，心道：李提督啊李提督！岂止是各镇督抚心底里这么想哟！就是赵阁老、石尚书他们还不是一样对筹兵平倭之事漠然待之？虽然吕坤的那道《论平倭援朝不可怠缓疏》在各州各县贴满了大街小巷，但事到临头，内阁辅臣和各镇督抚还是打着自己的“小算盘”——以前没人出面负责平倭灭寇事宜之时，他们个个又禁不住心怀忧惧；而今李提督和自己奉诏出来负责平倭灭寇事宜了，他们却似乎个个又嫉妒起来……自己在朝廷里和各部、各镇交涉之际，还不时得给他们点头哈腰地装“孙子”才会稍稍获得一点儿通融……自己这个“备倭经略使”当得真是艰难啊！但这些苦水，也只得自己一个人悄悄咽下，难道还能向外人倾诉吗？就是对李提督，自己也不好明言——以他那刚正方毅的脾性，听到这些“窝囊事儿”万一发作起来，反倒更是损了自己暗地里的那一番苦心绸缪之功了！于是，他也只得顺着李如松刚才的话头发了几句不咸不淡的牢骚：“是啊！我大明朝两京一十三司的督抚、总兵们倘若都能像李提督这样公忠体国、顾全大局，皇上和朝廷可就省心多了……还是张居正太师在世时好啊！朝廷的诏令如源头活水明澈无滞，‘在京一呼而万里之外必应’，要调多少兵就能调多少兵，要征多少饷就能征多少饷，哪个督抚胆敢稍有违逆？”

“各镇督抚们明拖暗推、敷衍塞责，李某自是不屑一顾，”李如松若有所思地说道，“李某但求此番东征倭虏，莫要像那抗金名将岳飞岳鹏举，到后来竟落了个被人嫉妒、处处掣肘——令李某难以大展身手呀！”

“不会！不会！”宋应昌急忙明确表态，“李提督，宋某身为备倭经略使，必定全力为你平倭灭寇、备粮备械，军政大事任凭你自行裁断——监察御史和无耻小人们的刻意刁难与胡言乱语，宋某也定在后方一并替你阻挡下来！你只管在前面放手去打倭虏，宋某只会替你尽心尽力，绝不会拖你后腿的！”

“难得宋大人对李某如此倾心相待！李某就代这四万三千名平倭将士多谢您了！”李如松脸上露出了笑容，在马背上朝着宋应昌欠身抱拳施了一礼。之后两人仰天一阵开怀大笑，不约而同地扬起了长鞭，策马疾驰，并辔向前方的大部队直追而去！

朱翊钧广济寺进香

朱翊钧在德胜门遥遥目送着李如松和宋应昌率领东征大军渐去渐远，直到再也看不分明之后，才缓缓回过身来，一步一步走下了城楼。

陈矩一溜小跑地跟过来——朱翊钧忽地停住，头也不回，轻轻地吩咐了一句："朕有些倦了，你传旨下去让众卿都散了吧！"

陈矩应了一声，退到后边宣旨去了。朱翊钧旁若无人地走下台阶，举步踏上了在通道边候着的大轿。那轿大得宛若一座小小的宫殿，前面有起居室，后面有卧室，两边有回廊，正室四角各有一名侍婢焚香挥扇，用二十二名轿夫抬杠，极是豪华壮丽。朱翊钧走近轿子，早有宫女打开了帘子。朱翊钧正欲迈步进去，忽然想起一事，回头吩咐内侍统领张诚："朕要起驾前往广济寺——向佛祖进香祈祷！"然后，迈步肃然而入。

一直坐在轿中沉香木榻上等着他的郑贵妃见他进来坐下，急忙起身施了一礼，然后捧了一杯清茶递给他。

只是朱翊钧在埋着头想自己的心事，竟似未曾见到她递茶过来一般，并不伸手来接。

"陛下……"郑贵妃轻轻柔柔地唤了一声。

朱翊钧像被惊醒过来似的，目光一抬，看了一眼郑贵妃递来的那杯清茶，幽幽说道："朕不渴，朕只是有些乏了。唉……李如松、宋应昌和那些东征大军们一走，朕这颗心仿佛也一下随着他们去了……朕这心里不知怎的，有些空落落的……"

"陛下您这是在牵挂大明朝的平倭大业哪……"郑贵妃收好了茶杯，对朱翊钧轻轻说道，"这样吧！您就闭眼先在轿上养一养神吧！……"

朱翊钧也不回答，微一点头，就斜躺在沉香木榻上闭了双目，似睡非睡地养起神来。

在恍恍惚惚的梦境之中，朱翊钧仿佛看到，无边的大海上，沸腾了一般的波涛中，猝然涌起了一条鲜红的大蟒，浑身都滴着血珠，张开血盆大口，直朝自己狂扑过来！正在惊慌失措之际，朱翊钧眼前倏地一亮，一条遍身金鳞金甲的巨龙从天而降，用那灿亮夺目的利爪一下攫住了赤蟒的七寸，把它提到了半空，同时“轰”地张口喷出万丈烈焰来……

“啊……”朱翊钧一下睁开了眼——原来自己刚才是在做梦啊！他正暗暗回味之际，蓦然觉得身体似乎在半空中一荡，随即又定了下来。朝轩窗外一看，他才发觉自己所乘的大轿已稳稳地停住了。郑贵妃笑意盎然地在一旁看着他，说道：“陛下，广济寺已经到了！”

“唔……”朱翊钧一个翻身坐了起来。他定了定心神，暗暗想道：刚才自己梦境中那“龙蛇相斗”之景不正与《推背图》上的图卦相仿吗？从梦境来看，还是飞天金龙占了上风嘛！龙就是龙，哪里会被蛇打倒呢？……朱翊钧顿时觉得自己现在心情好多了，便将手伸向了郑贵妃，说道：“爱妃，你陪朕一道进广济寺礼佛祈祷吧！”

“好的。”郑贵妃轻轻将他扶了起来，陪在他身后，一道走下了大轿。立时只听得铙钹迭响、鼓乐齐鸣，但见先来多时的张诚领着一帮内侍，和广济寺大小僧众一起在山门前黑压压跪了一片接驾。

朱翊钧一瞬间恢复了自己的帝王之尊，也不多言，径自在广济寺方丈大师的引领下，缓步直往寺内的大雄宝殿而去。

进了殿门，朱翊钧仰面便见到中间的佛祖巨像塑成丈六法身，垂手屈指，通体上下金光闪烁，低眸悲悯宝相巍峨！尤其令朱翊钧几乎惊呼失声的是——这佛像左臂之上竟然环绕着一条飞舞而下的金龙，须爪高扬，活灵活现！他顿时被这一奇妙的缘分深深震撼了，全身上下不禁微微颤抖了起来！

郑贵妃在他身后静静地接过了方丈大师奉来的六支上等香，分了三支，上前恭恭敬敬呈给了朱翊钧。

朱翊钧屏住心神，将三支赤香拈在手里，却不言声，只是将目光微微向外一扫。

郑贵妃会意，对方丈大师和其他内侍说道："你们都退下去吧！陛下想一个人静静地进香礼佛。"

方丈大师和内侍们齐齐应了一声，便连忙退到殿外。

见到他们走远，朱翊钧定住了心神，双手举起三支赤香，昂然望向那从香案上俯视着芸芸众生的佛像，喃喃说道："佛祖，佛祖——朕这一生拜天拜地拜父母拜张师傅，再没对其他任何人下跪过。你是得道世尊，掌管人心教化，是该协助朕济世安民的。今日我大明出兵东征倭虏，为的是扶危拯溺、护国保民。你若真有普度众生的能耐，朕愿屈天子之尊，拜你三拜——祈求你大显神通，佑我大明天兵旗开得胜、凯旋而归！"

说罢，他便举香过顶，跪在红布蒲团之上，拜了三拜。然后，他站起身来，将三支赤香毕恭毕敬地插进了佛像香案前的大铜炉中。

他回头一看，却见郑贵妃正似喜非喜似悲非悲地看着自己，眸中已溢满了莹莹泪光。

"爱妃……"朱翊钧不禁一怔。

郑贵妃急忙拿袖角拭去眼角的泪水，微微哽咽着说道："人们都说只有这大雄宝殿的佛祖才是心系苍生、慈悲为怀的。依臣妾看来，陛下仁德无双，就是这世间活生生的佛祖！听了您刚才那番话，哪怕佛祖离这尘世再遥远，也会为您护国安民的这一片诚心所感动，一定会给我大明降下无穷福祚的！"

说着，她莲步轻移，上前默默地祈祷了几句，然后行过三拜九叩之礼，极其虔敬地给佛祖进了香。

进香礼佛已毕，朱翊钧便不在殿内久待，携着郑贵妃缓缓走出了殿门。

站在殿门外的白石平台上，朱翊钧远远望着天际那一轮夕阳慢慢没入被晚霞镀得一片金亮的茫茫云海，像是在自言自语，又像是对郑贵妃徐徐说道："朕的母后当年也最是虔诚礼佛的……记得朕小时候每年四月初八佛诞日这天都要陪她一道来这广济寺进香礼佛……

"那个时候，朕还常常暗地里笑她：贵为国母，大权在握，予取予夺，这世间还有何事不能由自己掌握，反倒要来恳求这泥塑金身的佛祖帮助……没想到，现在朕也慢慢信了这个……年初以来的两三百天，朕仿佛就像熬过了十几年的时间那样漫长而艰辛……仿佛以后十几年里所有的大事、要事、难事一下全堆到了这两三百天里，全都压到了朕的肩上……爱妃，你是知道的——多少个夜晚，朕披衣燃灯苦思国策而久久不得休憩啊……

"难啊！难啊！身为这治世天子，朕实在是难啊！就说这一次东征倭虏，朕拨给李如松才仅仅四万三千兵马……唉！难道朕不知道比起倭虏的十五万大军，这支队伍的力量太单薄了吗？宋应昌求爹告娘一样在底下向各部、各镇东挪西借的一切情景，朕在幕后看得不清楚吗？他们一个个不知从哪里找了那么多冠冕堂皇的理由来软拖硬顶！……朕本想以雷霆手段震慑之，但又顾虑着会引起朝局动荡，误了平倭大事……朕……朕终究不是张师傅那样的奇杰大贤啊！世事无常，风云变幻，掣肘丛生，朕也没有那样的意志将自己的旨意'一以贯之'……只能是'尽人事而后听天命'了！"

说到这里，他仰面朝天，任由泪珠滚滚流下面颊，双手箕张，脱口呼道："朕自信这许多天来焦心操劳，已经做到了一位天子所应做到的极致了……朕就只差没有像太祖高皇帝、成祖文皇帝那样御驾亲征了！老天爷啊！老天爷！佛祖啊！佛祖！你们就怜悯怜悯我朱翊钧，赐给大明朝一个国泰民安、风调雨顺、五谷丰登、四夷归心的盛世吧！朕只求你们保佑李如松能不负众望，给朕早送捷报……"

他此语一出，郑贵妃立即拜倒在地，低头呜咽着，那声音显得极为沉抑，而又极为感奋。

灿烂如金的阳光从云缝间映照下来，把朱翊钧魁梧的身影铸成了一座光芒夺目的金像，永远定格在了郑贵妃及不远处侍立的僧人、侍卫那噙着蒙胧泪光的视野里。

招抚使沈惟敬

“什么？”舒尔哈齐听到自己族中亲兵侍卫霍尔朗前来传报的这个消息，不禁大感意外，“大明皇帝陛下居然拒绝了我兄长当面请求抗日援朝的要求？怎……怎么会是这样啊？！”

霍尔朗直视着他，毫不回避地继续说道：“启禀副都督佥事大人：朝廷已任命提督陕西讨逆军务总兵官李如松为‘平倭提督’、兵部侍郎宋应昌为‘备倭经略使’、才辩之士沈惟敬为‘备倭招抚使’，发了四万精兵，前来朝鲜征伐倭寇了……”

“那大明皇帝陛下对咱们建州女真勇士是怎么安排的？”舒尔哈齐听着，精神不禁一振，“他要派咱们来当征倭大军的先锋劲旅吗？”

“这个……副都督佥事大人，据都督佥事大人，哦，龙虎将军传回的消息，好像是朝廷要将我女真劲旅抽调回辽东心腹要地，专门监控和对付海西女真叶赫部族的叛贼……”

“叶赫·纳林布禄？”舒尔哈齐微微一惊，“原来他也想趁倭虏进犯东疆之际‘浑水摸鱼’？！唉，怪不得朝廷不肯允准我兄长的请求呢……”

霍尔朗深深地向舒尔哈齐躬身一礼，道：“所以，属下此番是专程赶到义州城来传龙虎将军之令，让您率领本部人马即刻返回辽东建州，先行堵住纳林布禄的南下之路……”

舒尔哈齐并不立刻答话，而是默默站起身来，走到南墙之前，“哗”地一下拉开了轩窗，将目光遥遥投向了平壤城所在的那个方向：“唉！……我与兄长本是一腔赤胆忠心，想助大明天朝一臂之力，把那狂悖残暴的倭寇打下海去……如今看来，我们兄弟这番渴望是终究不能实现了！李提督、宋经略！这一份重任，就得拜托你们来接手完成了……”

他正自言自语之际，室门被人从外面轻轻敲了几下。霍尔朗急忙前去打开，只见祖承训眼含热泪站在外边，神情甚是伤感。

舒尔哈齐见状，微微一怔，倏地便明白了过来：瞧祖承训这般模样，他必定也是知道了建州女真骑士即将被抽调回防辽东的消息了！

果然，祖承训疾步跨进门来，紧紧握住舒尔哈齐的双手，目光灼灼正视着他："副都督，祖某临别之际，别无他话相赠，只求日后无论你我闯荡到何等境遇，都永远不要忘了咱们今日并肩抗倭的战友情谊才是！"

舒尔哈齐也伸出手来与他紧紧相握，四目对视，默默地、重重地点了一下头。

沈阳城的总督府里，笙歌阵阵，舞影翩翩，人声鼎沸，喜气洋洋。

圆头胖脑、满脸福态的蓟辽总督顾养谦高高地举起酒杯，直向坐在他右席的“备倭招抚使”沈惟敬敬去：“来！来！来！沈大人竟然不辞辛苦，早早地就欲赶往朝鲜了解倭情——您这一份忠于王事、兢兢业业之心，本督实是佩服！您且接了本督这一杯酒的敬意！”

“顾总督过奖！过奖了！”沈惟敬微微一笑，推辞了几下，便与顾养谦碰了杯同饮而尽。

顾养谦仰面斜坐在虎皮帅椅之上，轻轻放下了酒杯，拿着一支象牙短签慢慢地剔着牙缝，瞧着沈惟敬说道：“沈大人既是石星尚书身边的‘大红人’，本督也与石星尚书一向交好，今儿在这里就不把您当外人了——说句心底话，本督对您此番深入敌境的‘招抚议和’之举，实在是深深赞同的！

“朝廷那一帮不知天高地厚的书生，像什么吕坤、徐桓之流，天天叫嚷着要为国奋威、征倭平乱——他们哪里晓得咱们这些底下将士的辛苦?！战事一开，兵连祸结、血流成河、伏尸百万……本督这边的压力大得很！那些蒙古土蛮和海西女真又天天拣着空隙前来滋事捣乱，本督应付他们都已头痛欲裂了——哪里还有余力去管朝鲜属国的境外之事哟！”

沈惟敬也深深地点了点头：“顾总督所言甚是。能够兵不血刃而劝退倭虏、垂拱无为而收其为藩，自然是我朝议庙谋之最佳选择。沈某此番入朝之后，一定竭尽所能，尽量说服倭虏与我大明天朝‘化干戈为玉帛’！——当然，这也是赵阁老、石尚书在沈某临行之前千叮万嘱交代的头等要事……”

“赵阁老是本督的座师，本督对他的意见自然是恭服不已的，”顾养谦右掌一按酒桌，探过身来，斜眼瞥了瞥朝鲜所在的那个方向，压低了声音说道，“我天朝泱泱大国、堂堂上邦，凭什么要为朝鲜属国代受战火之祸？在顾某看来，这朝鲜和倭国就是‘狗咬狗，一撮毛’——都是山野蛮夷之徒！为了争那巴掌大一块地盘闹得鸡飞狗跳的！吕坤、徐桓众人也多事——就算倭国吞并了朝鲜又能怎样？咱们天朝发下一册封藩诏书去，别看倭虏现在这么狂，到时候还不照样乐得屁颠屁颠地跑来‘恭迎圣旨’！”

“好！好！说得好！”沈惟敬听了，哈哈一笑，举起杯来向顾养谦敬道，“顾总督果然是高见！果然是高见！真不愧为赵阁老的得意门生——来，在下衷心敬您一杯！”

顾养谦正欲举杯回应，却见自己幕府中的一个参军拿着一份文牍，急匆匆地跑上厅堂禀道：“启禀总督大人：建州龙虎将军努尔哈赤差人送来一份军事急函，请总督大人速做裁断！”

“建州龙虎将军努尔哈赤？”顾养谦胖胖的脸上浮出一丝干笑来，“这个努尔哈赤，拖着十几车野人参、死鹿皮往京城里蹦跶一圈，就轻轻巧巧地捞了个‘龙虎将军’的爵号回来，当真是划算得很！——他在那函里面想说什么？”

那参军握着那封密函往四下里看了一圈，瞧见那些舞女、仆役正到处晃来晃去，就嗫嚅着道：“这个……属下稍后还是到您的书房再细细禀报吧……”

“不用！不用！这里都不是外人！你尽管直说！”顾养谦把手一挥，不耐烦起来，“本督让你说，你就快说！”

那参军无可奈何，只得禀道：“努尔哈赤将军来函建议我等须在蒙古胡虏与海西女真叛贼尚未彻底‘合流’之前，主动出击、乘隙而动，先行集中优势兵力，将他们各个击破！”

“他想怎样？”顾养谦目光忽地一闪。

“他想请求我辽东镇速速派出精锐人马，直沿辽河东岸北上，与他的队伍在东津口处会合，然后一齐疾驰向东，先打纳林布禄一个措手不及！”

“呵！这个努尔哈赤——他倒是一心急着想立战功啊？！”顾养谦一副皮笑肉不笑的样子，“得！得！得！本督也不与他争功——他既有本事敢主动去打叶赫·纳林布禄，就任他打去！但我辽东镇的人马是不能给他拨出一兵一卒的……”

“这……这……恐怕……”那参军闻言，不禁吃了一惊，“努尔哈赤自己说了，以他手下的数万女真兵马，要想压制叶赫·纳林布禄并不十分困难，但他最为顾虑的就是害怕蒙古胡虏铁木尔从他背后猝然发难、渡过辽河‘猛插一刀’……毕竟，以他一州之力，同时与蒙古胡虏、海西女真叛贼两面对敌，实在是左支右绌……”

沈惟敬在一旁听了，觉得那参军所言甚是，便张了张嘴，本欲插话说几句，但又念及这是辽东镇内部事务，他也就只有把盏饮酒缄口不语。他低下眼角悄悄瞟了一瞟四周的座客，发现他们都仿佛对顾养谦这种散漫虚浮的做法已习以为常，一个个照样杯来盏去吃喝玩乐，全不理会这边的争论。

“嗨！他若是打不赢那两个，就让他跑到咱们这沈阳城里来嘛！”顾养谦把杯中之酒往喉咙里一灌，干笑着说道，“他不是自诩能征善战吗？他不是还敢向圣上上书主动请缨征倭吗？他那么厉害的角色，哪里需要咱们去帮忙哪？罢了！罢了！就任他自己折腾去吧！反正本督也不会眼红他的功劳……”

“这个……总督大人，兹事体大，还望您三思而行啊！”那参军满眼焦虑之色，仍苦苦劝道。

“下去！你这厮也不瞧一瞧这是什么场合！”顾养谦把手中酒杯往地下“当”地一摔，两道浓眉好似两柄利刀般竖了起来，“你没瞧见本督正在忙着接待朝廷里来的‘备倭招抚使’大人吗！……”

大明雄师入朝鲜

大明万历二十年十二月二十五日，朝鲜国义州城北的郊外，一座高大的红毡帐篷前，祖承训、柳成龙、李镒、权栗等人穿戴得十分庄重，伫立在习习寒风中，静静地等待着。

过了许久，柳成龙似是按捺不住，搓了搓冻得有些发僵的双手，哈了几口暖气，向祖承训问道：“祖将军，李提督和宋经略真的会在今天准时率军抵达义州吗？”

“柳大人无须怀疑，”祖承训瞥了他一眼，淡淡地说道，“这宋经略说话算不算数，祖某并不清楚。但李提督素来‘言出必行’，他来了公函说今天会率军抵达义州，就一定会在今天准时抵达义州。我们还是耐心等一等吧！”

柳成龙点了点头，转脸看了看身后那座红毡帐篷，道：“这个……这个，我们做臣子的倒是不妨，只是我们大王也在这冰天雪地里陪着大家一起挨冻……柳某实是有些于心不忍哪！”

听了柳成龙这番话，祖承训不禁向那个毡帐篷扫了一眼，鼻孔里重重地哼了一声，板着脸不再多言。

正在这时，一阵阵巨鸣从远处传来，隆隆不绝，震得四周山峦间回音滚滚。祖承训、柳成龙等循声看去，只见前面莽莽山野之上的万顷落雪都若沸腾了一般，凌空腾起一层层云烟。整个大地都似在为缓缓移近的那一片浩浩荡荡的车鸣马嘶而瑟瑟发抖。

“到了！到了！”祖承训兴奋得脱口而出，“我大明天兵终于到了！”

柳成龙双眉一扬，眸中掠过一丝惊喜。他急忙一个旋身，疾步跑到身后那座红毡帐篷门帘前，高兴至极地喊道：“老臣启禀大王：大明天朝的天兵到了！宋经略和李提督到了！”

帐篷里静了片刻，然后一声似乎压抑了许久而如今终于得到释放的欢呼蓦地响了起来！接着，只见帐篷门帘“哗”地一掀，满面狂喜之色的朝鲜国王李昖一下冲了出来，伸长脖子向前一个劲儿地打望着，口里还急切地问着：“在哪里？在哪里？”

柳成龙上前扶住他，伸手指了指前面那片望不到边的滚滚雪尘，道：“大王，就在那里！他们马上就要到了！”

李昖的神情一下变得虔敬起来，他自己动手整了整衣冠，走到迎接队伍的最前方，毕恭毕敬地等了起来。

滚滚雪尘如浪潮一般涌近，倏然一下便停了下来。天地间的阵阵轻震也一瞬间便停止了。雪尘渐渐散尽，一队队铠甲鲜明、刀枪锃亮的大明骑兵已来到李昖、祖承训、柳成龙等人面前，如同树林一般森然而立。那高高飘扬的“明”字大旗，更显出了一派逼人的威武雄壮之气。

李昖、柳成龙、李镒、权栗等人不禁屏住了呼吸，竟有些战栗而不敢仰视。

只见大明军队的前头，立马驻着一位身材魁梧、威风凛凛的中年将军，生得浓眉大眼、宽面垂耳，举手投足之际英气逼人。而他身畔则是一位红袍玉带的中年文官，手把马辔，面带微笑，显得气度儒雅、雍容不凡。

“李提督、宋经略！”祖承训一见，急忙高呼起来，率先迎了上去。李昖、柳成龙、李镒、权栗等朝鲜君臣也随后跟了上去。

那中年将军便是大明征倭提督李如松了，而那中年文官就是大明备倭经略使宋应昌。

李如松、宋应昌二人见祖承训带着朝鲜君臣一齐迎了过来，便下了马，静静等着他们上前。

祖承训向他俩见过礼后，按官阶从小到大的顺序，介绍起朝鲜君臣来：“这位是朝鲜全罗道节度使权栗将军，这位是朝鲜三军大元帅李镒大人，这位是朝鲜内阁领议政柳成龙大人……”

最后，他望向李昖，恭然说道：“李提督、宋经略，这位便是朝鲜国王李昖殿下。”

李昖远远地看着李如松和宋应昌，站在那里木了片刻，突然间泪如珠落，哽咽着说道：“李提督、宋经略……可把你们盼来了！天朝大军一到，我朝鲜复国终于有望了！大明皇帝陛下扶危拯溺、存亡续绝之恩德，犹如天高地厚，小王……小王竟不知如何报答才是……”

宋应昌上前数步，伸手扶住了他，恳切地说道：“殿下莫哭。我朝陛下既已决定奋起义师为朝鲜讨伐倭虏，您就放心以待吧！”

李昖也顾不得有失礼仪，用袍袖拭了拭脸颊上的泪水，然后弯腰用手往前一引，道：“小王敦请李提督、宋经略入帐再叙……”

宋应昌微微侧头看了李如松一眼。李如松轻轻摇了摇头，向李昖缓缓说道："前方战事紧急，容不得我等在此优游雍容、坐而论道。我们还是边走边谈，先到义州城里安顿下来好准备打仗……"

李昖一听，没料到这位英气勃勃的李提督谈吐做事毫不拖泥带水，果断迅疾，于是心念一转，便挥手让内侍们牵来了坐骑，和祖承训、柳成龙、李镒等人纷纷上马，引着李如松和宋应昌，带领着数万大明雄师，往义州城方向而去。

途中，李如松仿佛是无意地淡淡谈道："本提督在大明国内曾经听到朝鲜如今仅剩水师能战，而且还连战连捷，打得倭虏丢船弃舰、伤亡甚多……看来，朝鲜只要陆军征战得力，驱除倭虏亦非难事！"

李昖听问，便将目光投向了李镒。李镒会意，连忙答道："这个……这个……我们朝鲜水师也只有李舜臣将军麾下那一支队伍打得好，其他的队伍都已是溃不成军了……陆军方面，唉……倭虏兵精械良，我们一败涂地，现在也只剩六七千人马可用了……"

"李舜臣的威名，本提督在大明国内就已有所耳闻了，"李如松缓缓说道，"这样的水师奇才，实在是百年难遇……他在你们朝鲜国内现任何职？"

"哦……他现在是一个从二品的全罗道水师节度使。"李镒答道。

"这么说，他到现在还不是朝鲜的水师元帅？"李如松悠悠一叹，"天生如此奇才于你朝鲜而不能尽用，实在是太可惜了！"

"这……"李镒不敢答话，暗暗拿眼瞥了一下李昖。

李昖面上一阵发烧似的通红，随即又恢复成若无其事的模样。他板起脸对柳成龙冷冷斥道："本王已经向你们内阁说过多少次，李舜臣才堪大用，不宜再领偏师，应该执掌全国水军才是！你们为何将本王的指令当作耳边风？……"

柳成龙脸上掠过一丝委屈，只得涨红了面庞，低下头急忙应道：

"是……是……是……大王训斥得是！微臣返回义州城后便立刻拟诏任命李舜臣为全国水师元帅……"

"柳大人……"李如松听了他这番表态，这才缓和了脸色，进言说道，"本提督希望您能在所拟的诏书中添上这样的内容：如今天朝神兵已临，万望李舜臣勇率水师、奋威出击，阻断倭虏水路，配合大明天兵共歼倭虏！您看，这妥不妥当呢？"

"妥当！妥当！"柳成龙连声答道，"我朝鲜上下必与天朝神兵同心协力，联手共歼倭虏！"

李昖也郑重地向李如松二人说道："李提督、宋经略，自今而后我朝鲜上下每一位将臣、每一员士卒，你们均可自由调遣，小王必会全力支持、毫无异议！"

宋应昌和李如松听罢，这才有些满意地点了点头。

在义州城外的明兵中军大帐里，李如松和宋应昌在虎皮椅上并肩而坐。征倭诸将一个个意气昂扬，在帐下肃然而立，恭敬听令。

宋应昌向李如松看了一眼，示了示意。李如松微微点了点头。然后，宋应昌开口了："各位征倭将士，本经略今日有言在先，就请诸位听明白了：自我征倭大军进入朝鲜境内起，本经略就专履备倭事宜，在今日便搬出军中，到义州城经略府居住。本经略的全部事务，就是为诸位征倭将士备粮、备械、备饷。大家有什么难处，尽管来找本经略，本经略绝不推搪！"

说到这里，他又深切地看了李如松一眼，缓缓说道："同时，本经略今天在这里就当着诸位将士们公开宣布：今后东征之役中所有的军政大事和指挥决断之权，一并由李提督执掌。他有陛下亲赐的尚方宝剑和皇命旗牌，代君征倭。诸位将士一定要与他同心协力共建奇功！"

“属下明白！”帐下将领齐齐躬身应道，“提督大人代君东征，大明三军唯命是从，属下等自当效犬马之劳。”

宋应昌这才微微笑了，转身伸手请李如松。李如松也就当仁不让，走上前来，肃然道：“本提督在此多谢宋大人和各位将士们的全力支持了。如今征倭事急，本提督也就不再多说什么废话了。现在就开始和大家商讨征倭事宜。”

他说到这里，转头向宋应昌道：“对了，宋大人，您今天回义州城时，请从朝鲜国调拨一支尚堪一战的劲旅过来，同时要他们派来一个对倭事经验比较丰富的将领，作为我朝此次东征先锋大军的助手。”

宋应昌微一沉吟道：“行！此事就交由本经略去办！”

李如松用充满谢意的目光看了宋应昌一眼，深深地点了点头。然后，他朗声吩咐道：“李参军，您将平壤城军事地形图摆将上来！李如梅，你且去请朝鲜李镒元帅移驾过来！”

“是！”李如松的五弟李如梅应了一声，便出帐而去。

参军李应试则动作麻利地将一幅宽大的平壤城军事地形图在帐中书案上平平整整地放好。

“李镒元帅？提督大人请这个朝鲜人过来干什么？”帐下诸位明将都有些不解，不禁窃窃私语起来。

李如松却恍若未闻，整了整自己的衣甲，和宋应昌一道走下来，径自到大帐门口处迎接李镒。

过不多时，只听得脚步声“笃笃”而近，苍髯银发、一身戎装的李镒由李如梅引领着，大步走了进来——一见到李如松、宋应昌等大明督帅竟在帐门口边恭候而立，他怔了一怔，微微动容：“李提督、宋大人，您们……您们这是……”

“李镒元帅您是朝鲜身经百战的前辈，通晓朝、倭双方之军情，我等晚辈理应恭迎请教！”李如松真诚地说道，“请——李元帅请入内上座!”

李镒有些激动地搓着双手，急忙推辞了一番，最后实在架不住他们的恭劝，只得勉为其难地到帐中帅案右侧的杌子上去坐了。

“李元帅，这张是平壤全城军事地形帛图。”李如松走到书案之前，指着那幅帛图，向李镒恭然而道，“李某和麾下众将在此恳请您不吝指教，帮助我们一举讨平倭寇!”

“这……这如何使得?”李镒一听，惊得从杌子上几乎跳了起来，“李提督您真是取笑老夫了！老夫身为败军之将，曾经丧师辱国、无能至极，岂敢在诸位天朝将军面前谈兵论计?”

“李元帅！您是朝鲜一国三军之主帅，自是对朝鲜全境形胜要塞了如指掌。”李如松仍是谦恭地说道，“您就不要再推辞了——我等正等着洗耳恭听您的高见哪!”

宋应昌也微微含笑而劝：“李元帅，您乃朝鲜一代名将，最是熟悉平壤城内外的地形要塞了——我大明诸将不向您来讨教，却又向谁讨去?”

李镒摆手摇头地谦辞了半晌，最后慨然而道：“唉……承蒙李提督、宋大人和诸位将军如此看重，老夫实是汗颜哪！这样吧，老夫也就厚起脸皮将自己所知道的平壤城内外一切情形都向你们倾囊相告——届时，你们再笑老夫的粗愚浅陋吧!”

说完，他身形一起，走到那书案之前，从李应试手中接过一柄细长铜尺来，指着那平壤全城军事地形帛图上的图标线条，便侃侃而谈：

“鄙邦的平壤城坐北朝南，呈长方形，城墙高达五六丈，易守难攻，险要至极。该城共有八道城门：东面有大同、长庆二门，南面有含毬、朱雀二门，西面有大西、小西二门，北面有七星、玄武二门。而且，它北靠牡丹峰，西枕苍光山，东傍大同江，三面据险，委实难以硬攻……”

“那么，它的南面呢?”李应试插问了一句进来。

李镒听了，脸上微微一笑，拿手中铜尺指点着那帛图上平壤城的南面，继续讲道：“不错，李参军——乍一瞧这平壤城的南墙之外地势平坦，似乎是无险可据：但南城的墙垛最厚、城门最坚，而且门外的地势虽然看似平坦但实际上不够开阔，根本铺不开太多的兵马……”

李应试近来一直在深入研究平壤的地形军情，所以他一直对李镒的意见听得十分认真。他微一转念，便又追问道：“那么，在下请教李元帅：我们可不可以将精兵劲旅从南城绕到平壤东面去……”

“这也不妥。”李镒深思着摇了摇头，“平壤东城外面的地形比南城之外更为狭窄啊！更何况背后还有大同江横截而过……而且，倭虏已在大同江上架起了三座浮桥，那里的守备想必也定是森严得很!”

“哎呀！照你这么说，平壤城既是这般固若金汤，”李如松帐下的辽东骁将查大受不禁勃然嚷道，“那你们朝鲜人怎的还把它弄丢了呢?”

李镒的脸颊就像被人“叭”地抽了一记耳光一般顿时涨得通红，他嗫嚅着说道：“唉……当时倭寇实在是追逼得太紧，本国大王又一心想着到大明天朝‘避难内附’，觉得再怎么坚守也是枉然，便让我们放弃了平壤城……”

“查大受！你休得无礼!”宋应昌朝查大受喝斥了一声，然后转过脸来向李镒赔笑道，“李元帅，这位查将军是个粗人，有口无心，若是冲撞了您——您可千万莫要见怪啊!”

“哪里！哪里！我李镒掌军无能，使得国败主辱；诸君的任何批评都是我罪有应得的!”李镒愀然垂泪说道，“我等朝思暮想、翘首西望，就是盼着大明天军能够疾驰而来，救我藩邦于将亡、解我百姓于倒悬啊!”

“李元帅莫要伤心。”李如松闻言，心底不禁一阵恻然，脸上表情却沉肃至极，“而今我东征大军席卷而至，哪怕倭虏所占据的平壤是万丈铁城，也挡不住我天军神威!”

李镒听罢，这才渐渐收泪而止，也抱拳奋然答道：“李提督、宋大人、诸位大明将军——您们但有用得着我朝鲜军民之处，尽管开口，我们一定全力配合!”

李如松沉吟了一下，思忖着答道：“刚才李元帅您给我们讲解了平壤城内外地形情况，我们很是感激。不过，古人说：‘纸上得来终觉浅，绝知此事要躬行。’本提督想要请来朝鲜随军向导，带领本提督沿着此城四周细细巡视一番，再与诸位详细谋划，以使攻城之事万无一失。”

听了李如松的话，李镒点了点头，笑道：“大宋名将岳飞有云：‘用兵之妙，存乎一心。’李某也相信，以李提督的智勇双全与天纵英才，这世上没有您和大明天兵攻克不了的城池。”

李如松谦让了一番，又道：“李某还有一事与李元帅商量——有劳您出面通知朝鲜军民们为我大明王师多找几条木船来，将来咱们用得着它。”

“好!”李镒毫不犹豫地答道，“那老夫现在就回义州城办理此事!”说罢，向在场诸人环躬一礼，便风风火火地告辞而去了。

李镒离开之后，李如松向李应试开口讲道：“李先生，如今你对平壤内外地形要塞的情形应该了解得差不多了吧?”

李应试微微点头：“属下下来之后一定会好好谋划这攻取平壤之策。”

李如松这时面容一肃，将衣摆一撩，坐回帅案后面的虎皮椅，缓缓而道：“现在，本提督要开始调兵遣将，向大家分派差使了……”

他此语一出，帐下诸将立刻屏住了声气，凝神静听。

李如松拿起一支令旗，看了一眼杨元，道："杨元听令——本提督决定由你担任征倭中军主将之职，下统佟养正、郑文彬、尹志扬、吴弘健等将共一万三千士卒。你可要将自己麾下这一万多名弟兄管理好、指挥好，也要保护好！"

"属下遵命！"杨元一步跨出班列，深深躬身一礼，上前接过了李如松递来的那支中军令旗。

李如松伸手从插筒里又取出一支令旗，将目光投向了自己的二弟李如柏，肃然道："李如柏听令——本提督决定由你担任征倭左军主将之职，下统李如梅、查大受、骆尚志、李宁、李有升等将共一万五千人马，大同、蓟镇、辽东等三镇骑兵和福建藤牌军一部划拨予你。"

他说到这里，语气忽然一顿，目光凛凛地逼视着李如柏，说道："李将军！你我'居家为兄弟，上阵遵皇命'——本提督在此当众宣示：你李如柏稍有接战不力、杀虏无能之举，本提督必定将你军法从事！"

帐下诸将听得李如松说得如此严厉，一个个只觉一阵胆寒——这李如松当真是铁面无私啊！

"遵命！"李如柏面色凝重，肃然上前双手接过李如松递来的左军令旗，方才躬身退了下去。

李如松坐在虎皮椅上，静了片刻，又伸手抓起一支令旗，呼道："张世爵听令——"

蓟镇副总兵张世爵一听，急忙抢前站了一步出来，躬身抱拳肃然听令。

"本提督决定任命你为征倭右军主将，下统吴惟忠、王必迪、孙守廉、方庆余等将共一万四千人马，福建藤牌军及其余各方边镇骑卒全都归你统率……"李如松手执令旗正说之际，忽然又将目光往退立在诸将最下方的祖承训脸上一扫，“还有，辽东原副总兵祖承训领海州等骑兵一千名，归你统率!”

祖承训听到这里，虎目中顿时泪光四溢，上前“扑通”一声，向李如松一头跪倒，哽咽着说道：“多谢提督大人不以祖某为败军之将而有所歧视，赐予祖某为死难的弟兄们报仇雪恨的机会!”

李如松默然不语，伸手将右军令旗递给了张世爵，然后才转身扶起祖承训说道：“祖总兵，你还一心记得要为所有救你脱困的弟兄们报仇，这很好。也罢，你先驱进驻朝鲜已有五六个月，算是对倭事经验丰富之人。待会儿下来之后你且给本提督详细介绍一下敌我情形，如何?”

祖承训这才收住眼泪，抱拳应道：“李提督有用得着祖某之处，尽管吩咐就是，祖某一定知无不言。”

宋应昌坐在一旁见李如松调遣将士有章有法、井井有条，正自暗暗颔首。突然，却听帐外一阵喧哗，接着“哗”的一声，门帘掀处，竟是那个由兵部尚书石星推荐而来的“备倭招抚使”——沈惟敬。

沈惟敬虽已被朝廷封了“备倭招抚使”，官阶却是一个武四品的游击将军。本来，他见了李如松和宋应昌是应当屈膝下跪的。但他自恃有兵部尚书石星撑腰，并不把李如松和宋应昌放在眼里，而是大大咧咧地上前向两人拱了拱手，有些不悦地说道：“两位大人径自在中军帐中调兵遣将、行兵布局，为何却把沈某摒之在外?”

李如松冷冷地看着他，默而不答。宋应昌急忙起身笑着迎道：“沈大人，李提督在这里部署的是行兵打仗之事，与你主管的招抚事宜无关。所以，我们就没通知你。”

沈惟敬听了，冷冷地哼了一声，说道：“看来二位大人是把石星尚书再三强调的‘招抚为先，征倭为后’‘不战而屈倭虏之兵’的训令抛到九霄云外了！——你们还没让沈某先去招抚一下倭虏，便欲贪功冒进、擅自开战了吗?”

“这个……这个……”宋应昌被他问得一时有些语塞起来，不禁犹豫着将目光投向了李如松。

李如松面沉似水，波澜不惊。他沉默片刻，方才开口说道：“那么，依沈大人之言，你准备如何前去招抚倭虏?”

沈惟敬伸手摸了摸自己唇角的短须，冷冷笑道：“如何招抚倭虏，沈某胸中自有主意。沈某只希望在未曾与倭虏交涉之前，李提督和宋经略要约束好你们麾下的将士，千万不可贪功冒进、擅自开战!”

“沈大人需要几日方能与倭虏达成交涉?”李如松冷冷地逼上了一句。

沈惟敬也毫不畏怯，凝眸正视着李如松，缓缓说道：“沈某决定明日早晨便只身单骑直赴平壤城与倭虏当面交涉!”

李如松未料到这个看似有些刁猾古怪的辩士竟有这等胆识，不禁心中一动，当即缓和了面色，微微笑道：“沈大人只身单骑深入虎穴，实在是太危险了！明日早晨，本提督让参将李有升带领五十名亲兵护送你前往平壤城招抚倭虏!”

他此话一出，顿时令沈惟敬、宋应昌和帐下诸将都颇感意外。李如松看到他们一个个惊愕莫名的神色，便开口说道：“兵法有云：‘能和则和，不能和则战，不能战则守，不能守则避，不能避则亡。’沈大人刚才说得也对，应该先去和倭虏试着交涉一下：倘若倭虏惧我天朝雄师的声威，就此怯了，不战而败，这再好不过了；倘若倭虏贼心不死，一味逞凶作乱，我们就乘势而上，将他们一举铲除!”

听了这番话，在场诸人个个点头称是。沈惟敬亦是哈哈一笑：“既是如此，沈某就此谢过李提督派人护送之恩了！想那昔日楚汉争霸之时，布衣儒生郦食其，伏轼而弄三寸之舌，一举连下齐国七十余座城池——沈某自信辩才不在他之下，明日必能说得倭虏慑服投降而归！”

李如松微微含笑答道：“那么，本提督就在这中军帐中静候沈大人的佳音！”

沈惟敬听罢，也不再多言，便得意扬扬地告辞而去。

待他出帐走远之后，李如松唤过李有升，吩咐道：“你明日护送沈大人前去平壤与倭虏交涉，务必细心观察对方一切举动，回来之后要毫无遗漏地告诉本提督。”

李有升应了一声，便也出帐挑选护送沈惟敬的士兵去了。

李如松这时才从虎皮椅上站起来，走到大帐当中的空地上，环视了诸将一圈，肃然说道：“诸位将士，本提督同意沈大人前去招抚倭虏，其实不过是借机麻痹一下倭虏罢了。倘若倭虏能因三寸之舌而一举辩服，又何劳诸位将士千里迢迢、风尘仆仆来这朝鲜？你们心中不可存有丝毫侥幸之意——下去之后要多和朝鲜将士切磋交流，多多咨询倭情，力求知己知彼、胸有方略，积极准备杀倭立功！”

“属下遵命！”帐下诸将齐齐响亮地应了一声。

真假和谈

天色将明，朝阳缓缓从东方的地平线上升起，宛若一个红彤彤的巨球。漫天的云彩也被那朝霞映照得金红夺目。平壤西面城楼上，日本先锋大将小西行长和三军总奉行石田三成二人并肩而立，俱是背负双手，静静地看着这一幕日出东方的奇观。

“小西君，你看，天照大神是多么垂青于我们大日本的子民啊！”石田三成伸手指着天际那一轮朝阳，有些得意地说道，“他让太阳每一天都最先从我们的国土上升起，让我们每一天都最先得到他灵光的照耀——我们作为他的子民，是何等的荣幸啊！”

“是啊！”小西行长附和着向石田三成点了点头。他将目光投向了西边大明帝国所在的方向，面色淡地微微一变。

“怎么？有什么事让石田君您不高兴了吗？”小西行长敏锐地捕捉到了石田三成这一瞬间的情绪变化，不禁有些惊讶地问了一句。

“一个月前，来岛君设在大明国的‘眼线’传来消息，声称：大明国已经平定了西部边疆哱拜之乱——那时候，我们还有些不相信。”石田三成轻轻叹道，“没想到几天前大明国的大队人马就已经入驻了义州城……他们可来得真快、真猛啊！而且，听那些从义州城回来的暗探说：那个明军主帅就是让服部君和来岛君谈而色变的辽东名将李如松哪……”

讲到这里，他抬起头来望向那头顶半空中的红日，深深地说道：“小西君你读过史书吧！大明国真的不是我们日本人招惹得起的呀……九百多年前，还在大唐时期，唐将刘仁轨只率七千唐军就把咱们天皇陛下派去支援百济国的数万大军打得一败涂地！唉，三成我真害怕这一幕惨剧又即将在咱们眼前重演哪！”

“唉！行长我也听那些当年从大明江浙一带逃回日本的浪人谈起过大明军队尤其是‘戚家军’的厉害啊！可是，那又怎么办哪？太阁大人他不开口下令让咱们撤退，咱们敢后退一步吗？”小西行长说到此处，似乎想起了什么问题，眉头紧紧皱了一下，转脸向石田三成嗫嚅着说道，“对了，石田君……太阁大人已经来了三道紧急手令，极力要求我们火速进攻大明国……可是你和宇喜多大统领一直顶着不办，只怕太阁大人知道了会发雷霆之怒的……”

“唉！太阁大人现在已经很难保持当年平定关东诸雄时的清醒头脑了！听说他连设在大明国宁波城的太阁府邸图样都已经让人设计出来了……这……这让三成我怎么说才好呢？”石田三成伸手挠了挠脑袋，郁闷地说道，“如今朝鲜的义兵越杀越多，朝鲜的天气越来越冷，我们的士兵患病的也是越来越多，粮草和军火更是越来越紧缺……三成我一天到晚忙得团团转，也难以安顿好这一切啊！……我们这个时候还敢主动去招惹大明国吗？先把朝鲜的局势尽力稳住就不错了！”

“石田君总是把我日本国的全盘利益考虑得滴水不漏啊！在下和其他大名们都非常赞成你这样做。即使有一天太阁大人怪罪下来，我们也会联名上书力保你的。”小西行长感慨地说道。他讲到这里，眼珠一转，又道：“当然，也有一些人对你这种深谋远虑之举是不以为然的，比如加藤清正和福岛正则他们……”

“他们这群莽夫懂什么？”石田三成冷冷地哼了一声，面现鄙夷之色，“他们那样一味蛮干，只会把我们‘俯取朝鲜、进击大明’的大事越搞越糟！”

他俩正说之际，突然旁边的哨楼上传来瞭望兵们的一阵叫喊：“小西大将、石田大人！快看，西边有几十个明兵向这里来了——啊！他们打的还是写着我们日本字的旗帜哪！”

听到瞭望兵们的呼叫声，石田三成和小西行长急忙探头往城下看去。

果然，那城下驻马立着五十余名明朝将士装束的汉人，其中为首的那个中年人手上还高举着一张用倭文写着一行大字的白布条幅：“大明安倭招抚使特来请见倭军主将！”

石田三成和小西行长细细看罢，惊疑不定地互相对视了一眼。小西行长愕然问石田三成道：“石田君……您看，这是不是大明国将士玩弄的诡计呢？他们想见我们做什么？”

石田三成沉吟了片刻，又向哨楼上打了个手势，大声向那哨兵问道：“他们后面有没有大队人马跟来？”

哨兵举目远眺了好一阵儿，高声答道：“没有。”

石田三成看了一眼小西行长，说道：“不管怎么说，这是大明国来的使臣，咱们应该听一听他们的来意。你派一个得力的手下带上几十名武士出城和他们交涉交涉。”

小西行长点了点头，伸手招来了日本军中唯一一位通晓汉语的偏将来岛通明和自己的心腹爱将渡边次郎，吩咐道：“你二人带上一百多名武士一齐出城，问一问他们的来意——他们不先要横闹事，你们就不要招惹他们；他们若要逞强无礼，你们就给我狠狠地教训他们一下！”

来岛通明和渡边次郎齐齐应了一声，下楼而去。

在一阵“吱吱呀呀”的声响中，小西门缓缓地开启了，一百多名倭兵骑马执枪一拥而出，将沈惟敬、李有升等五十余名明军将士团团围住。

“你们是大明国的什么人？”来岛通明用流利的汉语问道，“你们求见我们日本大军的主将有什么事？”

李有升一下握紧了自己手中的“三眼神铳”，冷冷地逼视着他。

这时，沈惟敬却不慌不忙地用手指了指自己刚才展开的那条白布条幅，冷冷一笑，用倭语答道：“你们不识这布幅上的倭文吗？难怪你们日本只是海隅岛夷，粗愚无知，只知一味逞强斗狠！连我大明天朝堂堂招抚使亲自驾到，你们也要上来喝三道四的！”

来岛通明和众倭兵听他讲得一口流利的倭语，顿时都吃了一惊。渡边次郎有些不解地问来岛通明：“来岛君，这个……这个‘大明招抚使’是个什么官儿？他看起来怎么就这么趾高气扬？”

来岛通明沉吟片刻，正欲答话。沈惟敬已将渡边次郎的问话听在耳里，这一次却用汉语答道：“我们大明天朝的‘安倭招抚使’是受天朝皇帝陛下所派，特来与你们倭人停战言和的。”

“和我们停战言和的？”来岛通明也用汉语肃然答道，“既是这样，还请你们在此稍等，我等返城禀明主将大人之后，自会给你们答复的。”

说罢，他留下渡边次郎和其余倭兵继续窥伺着沈惟敬一行，自己打马入城向石田三成、小西行长禀告去了。

过了一盏茶工夫，却见来岛通明乘马匆匆而返，到了沈惟敬等人面前，竟是一跃而下，躬身请道："大明国招抚使大人，我军主将委托在下前来恭迎你们进城！"

"只是委托阁下前来恭迎？"沈惟敬伸手捻了捻颔下胡须，目光在来岛通明脸上一掠，用汉语冷冷说道，"阁下在日本国身居何职？依我看，也不过是你们日本国一个百夫长一样的小角色吧？！本座乃是代表大明天朝皇帝陛下的堂堂招抚使，阁下这种低微的身份恐怕不能胜任恭迎我等进城招抚之职吧！"

来岛通明站在那里，脸上青一阵白一阵，甚是难堪。他咬了咬牙，垂头问道："那么，请问大人，您究竟要我们怎样做才会进城？"

"首先，阁下须再一次返城，敬请你们主将大人亲自出来迎接我们，"沈惟敬冷冷地看着他，用汉语傲然说道，"然后，你们应在城头大放礼炮，以对待你们国中天皇和关白大人的礼仪来接待我们！否则，我们将视尔等为山野岛夷、粗蛮之众，直接向尔等天皇发文训斥之！"

"你……你……"来岛通明听在耳内，顿时满脸涨红，怒形于色。渡边次郎在一旁看得分明，伸过头来问来岛通明："来岛君，他在说什么？"来岛通明便咬着牙狠狠地将沈惟敬刚才那番话用倭语译给他听。

"八格！"渡边次郎一听大怒，伸手一按腰间刀鞘，顿时目露凶光，就要扑上前去。

来岛通明一把将他扯住，道："渡边君休得动怒！石田大人、小西大将刚才吩咐过了，我们一定要恭敬有礼地迎接他们入城……唉！在下只得将他这两层意思转禀石田大人和小西大将自行裁断了！"说罢，一跃上马，又一溜烟儿似的进城了。

刚才见到渡边次郎按刀欲前，李有升也握紧了手中“三眼神铳”，蓄威欲发。沈惟敬急忙摆手止住了他。待看到来岛通明气呼呼进城去了，李有升又是一惊，握铳在手，低声问沈惟敬道：“这倭贼可是进城搬救兵去了？”

沈惟敬低声说道：“不是，他们暂时不敢乱来的。”

果然，又隔了一盏茶工夫，只听得平壤城门里一阵锣鼓喧天，“砰砰砰”十八响礼炮之后，接着一队队倭兵列阵而出，在两侧夹道而立。两名倭将在来岛通明引导之下，缓缓策马而来。他俩中有一位看起来似有三十七八岁，另一位似乎年轻许多，刚满三十岁左右的样子。不用说，那年长一点儿的就是小西行长，那年轻一点儿的便是石田三成。

二人刚才在城楼上讨论了多时，认为日本国一向最重礼仪典章，绝非不服教化的蛮夷之邦，岂能在此停战言和之际失礼于大明天朝的使臣？日后此事传扬出去，天皇陛下和太阁大人必会怪罪下来，颜面何存？不得已，石田三成和小西行长只得陈兵列队，亲自出马，前来迎接沈惟敬等一行了。

沈惟敬瞧在眼里，脸上不禁掠过一丝得意之色，驻马而立，傲然看着石田三成和小西行长走了进来，方才在马背上微一点头，也不欠身行礼，只是斜睨不语。

来岛通明在距他一丈开外便指着沈惟敬向石田三成和小西行长介绍道：“这位便是大明国的使臣。”

石田三成和小西行长对视了一眼，在马背之上向他欠身行了礼。来岛通明又伸手指着他二人向沈惟敬介绍道：“这两位是我国大军的先锋大将小西行长大将和三军总奉行石田三成大人。”

沈惟敬昂然端坐在马背之上，面色肃然，用汉语缓缓说道：“本座乃是大明天朝御封的安倭招抚使沈惟敬，在此见过两位主将大人。”

石田三成见他如此倨傲自大，又听了来岛通明翻译，心道：你这明人好大的架子！连太阁大人也从未敢对在下这般傲慢过！但他此刻也只得咬牙忍了，赔上一脸笑容，道：“久闻天朝大臣的威仪，今日在下一见，果然名不虚传。还请大人进城落座再详谈有关事宜，如何？”

沈惟敬听罢，神色庄重地点了点头，便和李有升等将士在倭兵们的夹道欢迎之下入城而去。

三件见面礼

进了倭军的议事堂内，石田三成、小西行长、来岛通明与沈惟敬、李有升等人分宾主两侧坐下。

来岛通明多年在大明国境内潜伏，深悉大明国情，急忙吩咐手下人下去煮茶待客。然后，他用汉语问沈惟敬道：“沈大人，我们日本将士遵从了您的吩咐，礼数也尽了，天朝的颜面也顾全了，您不会再有什么不满意了吧？”

沈惟敬只是板着脸微微点了点头，径自向石田三成和小西行长说道：“两位大人，本座既奉大明皇帝陛下之命前来招抚你等，有些话便不得不说，也不得不问——而你们对这些话，亦是不得不听，不得不答。”

他讲完之后，便向来岛通明示意翻译。来岛通明只得叽叽呱呱用倭语向石田三成、小西行长翻译了一通。

石田三成、小西行长都沉着脸点了点头。

沈惟敬目光一亮，冷冷问道：“尔等难道不知朝鲜国乃我大明天朝之东藩属国，为何却要横生逆志、猖狂进犯？”

“这个……”石田三成听了来岛通明的翻译，不禁踌躇了一下，道，“沈大人有所不知，朝鲜国君荒淫无道，竟对我大日本国的天皇陛下和太阁大人有所不敬，处处以岛夷蛮族待我国人——所以，我大日本国不得已大兴义师，前来教训教训他们……”

“只是教训教训他们吗？”沈惟敬马上抓住他这段话开始“钻字眼儿”了，“如今，你们已焚毁了他们的宗庙、宫殿，将他们的金银财宝都洗劫一空——而且还在晋州城屠杀了八万士民……给朝鲜国的‘教训’也算是够重的了。依本座之见，你们还是见好就收，立刻罢手，撤兵回国吧！若是如此，我大明国会既往不咎，如何？”

“这……”石田三成听了来岛通明的翻译，不禁微微变了脸色，瞥了一眼小西行长。小西行长眸中亦是凶光一闪，面色铁青，开口冷冷说道：“本将看沈大人似对我日本国风俗文化有所了解——您可知道我大日本国有这样一句谚语：‘狼吃了羊，又怎能吐得出来呢？’”

来岛通明听了，不禁大吃一惊，却不得不按照小西行长所言用汉语一字不差地翻译了过去。

沈惟敬本就懂得倭语，不用来岛通明翻译，他自己也听得明白，当下便面色一沉，捻须不语。李有升听了来岛通明的翻译之后，顿时面色大变，脸颊一下便涨得通红，当场就要发作起来。

却听沈惟敬不紧不慢地用汉语开口说道：“朝鲜人称你们倭国之人个个性如野兽，一味逞强肆凶，果然不错。看来，你们太阁大人意欲‘扬威域外、饮马海滨、俯取朝鲜、进击大明’，亦当真是蓄谋多时了！——”他语气倏地一转，拖长了声音说道：“不过，你们只懂得谚语是‘狼吃了羊，又怎能吐得出来’？难道不明白：只要我们用一柄利刀‘唰’地一下剖破了那只狼的肚子，不就顺顺当当地取出那只羊了吗？”

他此话一出，立刻激得李有升等随行的明军将士一片欣然鼓掌之声。李有升高兴地说道：“沈大人说得好！这狗日的倭虏这样骂他一通才解气!”

来岛通明听了，面现为难之色，竟犹犹豫豫不敢翻译。沈惟敬催了催他，见他仍是避而不译，双眉一竖，便自顾自用倭语将自己刚才那番话原原本本说给了石田三成和小西行长听。

只听“哇呀”一声，小西行长抓起腰间的佩刀，从榻席之上跳起来就要冲到沈惟敬面前发作。石田三成双目深处亦是寒光一闪，从后边伸手一把拉住了小西行长，向沈惟敬冷冷问道：“沈大人好大的口气！不过，在下倒想请教请教沈大人！不知你们手中可有那柄能够剖开那条苍狼之腹的利刀?”

这时候，支支吾吾的本岛通明倒是把他这段话翻译得又快捷又清楚。李有升等明军将士听了，一齐将目光投向了沈惟敬，看他怎么回答。

沈惟敬并不立刻答话，而是微微含笑捻了捻自己的胡须，用汉语缓缓说道：“有没有这样的利刀，本座待会儿便可让石田大人和小西将军知道这个答案。不过，在这之前，本座倒想请石田大人、小西将军欣赏一下天朝上邦的几件礼物。”此话一出，李有升等人脸上不禁立刻现出了一丝莫名的笑意。

“哦!”石田三成和小西行长听了来岛通明的翻译，一怔之余又不禁生出了浓厚的兴致，却也不形于色，只是淡淡地答道，“既是天朝上邦的礼物，想来必是难得的珍品了！我们岂敢担受？你们还是封存好了，让我们带回日本献给天皇陛下和太阁大人一同欣赏!”

沈惟敬和李有升等人听了来岛通明的翻译，都不禁憋住了笑意相视一哂。沈惟敬轻轻咳嗽了一声，正了正脸色，假装肃然说道：“无妨，无妨，你们此刻对我天朝上邦的‘礼物’先睹为快，也不是什么失礼之事。况且，我们也很想和石田大人、小西将军探讨一下赠送这几样‘礼物’合不合适。倘若它们不合适的话，我们可以再换一批更好的嘛!”

“这……这……”石田三成和小西行长心里早就好奇极了，假意推搪了几句，便也允了，“那好吧！就请沈大人送上一观!”

沈惟敬听了，微微一笑，站起身来，双拳当胸一抱，侃侃说道：“两位大人，本座当年在日本游玩之时，便知道我大明国的一本小说《三国演义》在你们日本实是大受欢迎。那书里边，蜀帝刘备的仁德贤明、名将关羽的义薄云天，还有勇将张飞的力敌千钧，相信石田大人、小西将军亦是耳熟能详的了!”

“《三国演义》？这本书好得很啊!”石田三成和小西行长听了，一齐脱口赞道，“刘备、关羽、张飞‘桃园三兄弟’的‘仁、义、勇’，我们日本人个个都很敬佩啊！天皇陛下和太阁大人都很喜欢读《三国演义》哪!”

说着，小西行长禁不住问了一句：“你们要赠送一套《三国演义》吗？嘿，这自然也算是一件好礼物。”

沈惟敬捻了捻胡须，微微摇了摇头。

“咦？那……那是什么？”石田三成和小西行长都不禁一怔。

却见沈惟敬哈哈一笑，用汉语缓缓说道：“《三国演义》里的猛将张飞，使得一手丈八长矛，臂力惊人，运千斤之物如拈一羽——我们大明皇帝陛下担心你们这些海隅岛夷读了《三国演义》，会认为像关羽、张飞这样的猛将是作者罗贯中臆造出来的，便派了一位活生生的‘猛张飞’，让你们见识见识!”

来岛通明听了，不禁有些愕然，还是硬着头皮将这番话翻译给了石田三成和小西行长听。石田三成和小西行长听罢，不禁面面相觑，眼里皆是惊骇之色。

沈惟敬见状，却是冷冷一笑，站起身来，双掌凌空“啪啪”拍了数下，恭然说道：“有请骆将军!”只见坐在李有升下首的那位四五十岁的中年汉子慢慢立起，正是福建藤牌军游击将军骆尚志。他长相甚是朴实，并无丝毫惊人之处，唯独一双臂膀粗壮得像小水桶一般。

他站到堂前，举目四顾，然后向沈惟敬禀道："沈大人，这堂上没什么沉重之物，实在是显不出骆某的身手。依骆某之见，唯有这行营门口那一对青石狮子，尚可一试。"

石田三成、小西行长听了来岛通明的翻译，顿时惊得眼珠都快弹出了眼眶——行营门口那一对青石狮子，两人不是没见过：每只高达七尺有余，足有五六百斤重，三四个彪形大汉都抬不动哪！他一个人能举得起来？

沉吟了片刻，石田三成冷冷说道："也好！就请这位勇士让我们领教一下'猛张飞'那样'力能扛鼎'的传奇故事吧！"说罢，径自起身带着小西行长、来岛通明等人往门口而去。

沈惟敬、李有升、骆尚志等明军将士亦是昂然而起，跟了出来。

行营门口处，石田三成背负双手，看着那两只峥嵘威猛的青石狮子，伸手向骆尚志一引，悠然道："骆勇士，你请吧！"

沈惟敬淡淡一笑，向骆尚志示了示意。骆尚志点了点头，慢慢走到右边那只青石狮旁，伸出右手抓住那石狮踏着绣球的右腿，轻轻一摇，那青石狮顿时猛地一晃，移开了八寸左右。

只见骆尚志右手紧紧抓住那青石狮的右腿，猛地喝了一声："起！"随着这一声猛喝，他右臂上的肌肉立刻便如一块块小丘般暴凸而起，撑得右袖碎成片片！然后，但见他右臂一扬，偌大一只青石狮顿时"轰"地离地而起——被他稳稳当当地举在了半空中！

"好！好！好！"四下里聚拢过来围观的倭兵们见了，不禁齐齐脱口失声喝起彩来！

骆尚志右手举着那只青石狮，竟是面不改色、呼吸平稳。他站了片刻，就那么单臂举着青石狮，一步一步缓缓走到左边那只青石狮旁，左手一伸，抓着那石狮抚着狮崽的左腿，也“呼”地凌空举了起来！

“哗哗哗！”全场顿时响起了一片雷鸣般的掌声。

骆尚志却像是意犹未尽，双臂一扬，“呼呼”两响，竟将那两只青石狮悬空高高抛起，在半空中翻了四五个滚儿后又伸手稳稳地接在手中！

“神力！神力！”小西行长“啪啪啪”地拍着双掌，禁不住向站在一旁的石田三成大声赞道。却见石田三成眉宇之际倏地掠过了一片愁云，只是阴沉着脸默不作声。小西行长立刻明白了石田三成心底忧虑之所在，不由得停住了鼓掌——这样神力惊人的猛将，若是成了我们倭人的敌手，岂非十分可怕？

他想了一阵，偷偷向石田三成凑了过去，附耳说道：“石田君勿忧！他有天生神力，我们还有火绳枪哪！”

石田三成听了他这段话，沉吟片刻，脸上方才慢慢绽出了一片喜色，微微点了点头。

然而，小西行长说话声音虽低，却被耳力敏锐的沈惟敬在一侧听得清清楚楚。他双眉一扬，唇边亦是隐隐掠过一丝淡淡的笑意，然后向骆尚志使了个眼色。骆尚志见状，便将两只石狮轻轻放回原处，在一片喝彩声中，缓缓退回队中。

待得场上静下来后，沈惟敬才向石田三成和小西行长抱拳一礼，道：“石田大人、小西将军，我大明天朝这第一份‘礼物’，你们觉得如何？”

石田三成听了来岛通明的翻译，定了定心神，方才缓缓答道：“看来，你们天朝上邦的《三国演义》果然是绝世奇书——一切都是真实的。这个活生生的‘猛张飞’，实在是令我们大开眼界啊！天朝上邦、泱泱中华，果然是人才济济，奇才异士层出不穷啊！”

沈惟敬听了，淡然一笑，又道："我们还带来了第二件'礼物'，不知石田大人、小西将军你们可有兴致继续欣赏？"

石田三成面色微变，旋即又恢复了正常，微微含笑说道："在下和小西君他们当然还有兴致继续欣赏。一切有劳沈大人细心安排了！"

沈惟敬微笑着点了点头，向李有升伸手示了示意。

李有升会意，迈步上前，缓缓从腰间的牛皮筒中拔出了那支"三眼神铳"。这是一支三尺多长的火铳枪，由上等精钢铸造而成——与众不同的是，它前端共有三个枪管、三个枪口呈三角形围柄而排，枪头突出，装有准星。李有升不动声色，静静地往枪膛里接连装了三发开花子弹，然后他一扬手，举起铳来对准百余步开外的倭兵平时练枪所用的木靶，"啵"地打燃了枪柄内的燧石导火线，"砰"的开了一枪！

那木靶的红心应声便被打出了一个碗口般大的洞孔，袅袅升起了一股青烟。

倭人正自惊讶，还未见李有升如何换枪装弹，李有升又是一扬手，"砰"的一声，开了一枪！

那木靶的红心上又被打出了一个窟窿！

紧接着，李有升再次将手一扬，"砰"地一响，竟又开了第三枪！

这一下，石田三成和小西行长额角上立刻冒出了密密的冷汗——他们很清楚，目前日本国内铸造的火绳枪只能一枪一弹，发完一弹之后须继续装弹，绝不能像这位明军将领手中的火铳一样三弹齐装，连续发射！这等先进、厉害的武器，实在是令人瞠目结舌！

顿时，全场陷入了一片难熬的静默之中！

过了许久，才听到石田三成微微颤着声音说道："沈大人，我们且进议事堂内再谈有关停战议和的事宜吧！"

听了来岛通明低沉的声音将石田三成的话翻译过来，沈惟敬、李有升、骆尚志等人脸上都露出了一丝胜利的笑容。沈惟敬伸手一捻胡须，心想：我们还有第三件“礼物”没摆出来给你们这小小倭虏看哪！想不到你们竟已先是怯了……

一念及此，沈惟敬便微微笑道：“也罢！我们来了这么久，也该言归正题，和石田大人、小西将军好好商议一下有关停战议和的事宜了。”说罢，便和石田三成、小西行长他们进了门里。

接下来，在议事堂上，双方关于停战议和方面的交涉进行得十分顺利：石田三成、小西行长等倭将决定，立刻无条件停战，并将平壤城拱手让给明军接管；倭兵全部撤退到开城府，并且暂时以开城府为分界线，开城府以北的地方仍归朝鲜掌管，开城府以南的地方由倭兵掌管，待到石田三成、小西行长禀报宇喜多秀家大统领之后，再联名上奏给丰臣秀吉请示从朝鲜撤军返国——丰臣秀吉同意撤兵的批复一下来，倭兵就全部撤回国内；双方约定三日之后，于平壤城内举行接管仪式。

倭虏对这些条件答应得如此爽快，倒令沈惟敬、李有升、骆尚志等人甚是惊喜。沈惟敬心想：这倭虏见我大明既有骆尚志这般的神勇之士，又有“三眼神铳”这等厉害的火器，自然是被吓得魂飞魄散了！看来，自己效仿郦食其“伏轼而凭三寸之舌，谈笑间直下平壤之城”，果然大获全胜！一念及此，沈惟敬心头立时有些飘飘然起来，也不疑有他，便连忙与石田三成、小西行长等人签了招抚协议书，然后告辞而去。

石田三成、小西行长等倭军将士恭恭敬敬地将沈惟敬他们送出了平壤城北门。临别之际，石田三成还向沈惟敬等一行数十名明军将士每人赠送了一袋银锭，笑吟吟地说道：“这是我们岛夷偏邦的一点儿小小心意，还请诸位天朝将士笑纳！”

李有升和骆尚志等一见，便欲拒绝。沈惟敬却含笑劝道：“罢了！

罢了！这是倭人对咱们的一点儿敬意，纳了就纳了吧！若是一味拂逆了他们这番心意，他们反倒认为咱们瞧不起他们，难免又生出许多事端来！把他们这些银两收了，回去再上交李提督、宋经略叫他们处置吧！”

听到沈惟敬这么一说，诸位明军将士只得收了倭虏递来的银两，沿着来路回义州城去了。

目送着明军将士渐去渐远，直至消失在地平线上，石田三成脸上挂的那一副笑容缓缓冷却了下来。他驻马静立，满脸愁云直涌上来，长叹一声。

“石田君，莫非我们真的要拱手让出整个朝鲜了？”小西行长终于按捺不住，惊疑未定地问道，“您答应他们的那些条件——这可真是我大日本国的奇耻大辱啊！不要说太阁大人，就是宇喜多大统领也不会认可您的做法的！您刚才和他们签订条款的时候，行长我心头真是恨得滴血呀！反正，到时候我小西行长是不会因为畏惧大明国便真的拱手交出平壤城的——真是那样的话，我们所有参加这场西征的武士们的血不就白流了？”

石田三成面色沉沉地听完了他这番话，隔了半晌，才缓缓说道：“小西君，亏你还向他们大明国使臣夸耀自己读过《三国演义》呢！难道连‘兵不厌诈’这个道理都不懂？谁说条约签了就真的停战言和了？三成我刚才那么屈辱地答应了他们的条件，完全是‘缓兵之计’！”

“缓兵之计？”小西行长一愣。

“对，这是三成我苦心施展的缓兵之计，”石田三成冷冷说道，“虽然我们并不想主动挑衅大明国，但是大明国一旦介入这场战争，我们也只能毫不退却，迎难而上了！现在看来，大明国已经出动了精兵良将前来交战。今天这些使臣到此和我们停战议和，不过是他们惯用的‘先礼后兵’之举罢了！倘若我们强行拒绝，只怕明天一早他们的大队人马就会席卷而至！小西君，你说，三成我难道不该忍辱负重地低下头来拖延时间吗?”

“石田君，行长我真是错怪您了。”小西行长带着深深的歉意向他说道。

“没什么，三成我不会埋怨你的，”石田三成微微摇了摇头，缓缓说道，“为了太阁大人的西征大业能够顺利完成，三成我赴汤蹈火亦在所不惜，牺牲这一点儿区区的颜面又算得了什么呢?”

“小西君，今夜三成我就动身火速赶回汉城府去，向宇喜多大统领搬求援兵前来助战！三成我顺便会吩咐离你们最近的凤山守将大友义统在最短的时间里赶来增援你们！三成我相信以平壤城坚固异常的城池，以小西君骁勇善战的身手，一定能够支撑到我们前来救援的。”

“唔……那真是太感谢石田君了!”小西行长感激万分地说道。

“为了拖延时间，三成我今晚会派一批忍者潜进义州城，把刚才和大明国使臣签订的那份停战协议故意泄露给朝鲜君臣，”石田三成阴冷地说道，“如果朝鲜君臣得知协议书里写的是由明军将士接管平壤城而不是他们，他们一定会认为明军将士意欲占据他们的城池，从而对明军将士心怀不满，那样便会在暗中掣肘……那样的话，明军将士就有可能一时得不到朝鲜本地人的通力协作，他们的攻击力自然会大打折扣的……”

“高明！真是高明!”小西行长听到这里，不禁竖起了大拇指高声称赞道，“石田君这一招‘离间之计’当真令行长我佩服得五体投地!”

石田三成听了，也有些得意地看了他一眼，纵声仰天狂笑起来。

有文事者必有武备

就在沈惟敬、李有升等人前去平壤城交涉的同时，李如松和宋应昌随后率领大军，离开义州行营赶赴距离平壤城有五十里之遥的肃州顺安郡，并于当晚安营扎寨，进驻下来休整备战。

在明军中军大帐内，粗如儿臂的蜡烛“毕毕剥剥”地燃着，将帐中映照得亮如白昼。李如松和宋应昌伏在书案之上，埋头认真阅读着沈惟敬带回来的明倭停战协议书。

静静地看罢明倭停战协议书，李如松和宋应昌抬起头来，互相对视了一眼。宋应昌沉吟着问沈惟敬道：“沈大人，依你之见，这倭虏真会吐出业已侵吞的所有朝鲜失地？他们到底会不会信守这停战协议书的承诺？”

“这个……”沈惟敬为人十分圆滑，顺口便道，“倭虏信不信守承诺，沈某实是难以判断。但是，今日倭虏在见识了我大明骆尚志将军的神勇和‘三眼神铳’的威力之后，确已胆战心惊，面无人色——当时李有升、骆尚志将军和其他随行士卒都清清楚楚地将这一幕看在眼里，他们可以为沈某做证。”

“哦？倭虏惧了我大明天兵的神勇和火器的威力了？”宋应昌脸上现出一丝喜色，不无得意地说道，“看来，他们也知道和我大明的天兵、火器硬拼不得……这份停战协议书，他们应该是迫于形势而不得已签订的……”

李如松慢慢地将目光抬了起来，正视着沈惟敬说道：“倭虏对我大明的天兵、火器惧是惧了，这一点本提督也确信无疑。但是，我们据此判断他们会就此罢手、信守承诺，甘愿从朝鲜撤军，这却有些站不住脚。”

“是啊！是啊！”站在帐下早就急得直跺脚的祖承训立刻插进话

来，“倭虏一向就是背信弃义、反复无常，祖某亲身领教过他们的狰狞面目和残忍手段——李提督、宋经略对他们的承诺决不可轻信啊！”

李如松听了，默默地点了点头，转头将目光投向了宋应昌。宋应昌皱起了眉头，沉吟良久，缓缓说道：“本座自然是希望能够‘不战而屈倭虏之兵’，将我大明朝的损失降到最低程度……唉，倘若倭虏对这一纸停战协议书的签订本就毫无诚意，本座又能奈何？一切还是请李提督临机决断吧！”

他说到这里，又担心李如松会在心里认为自己是在“踢皮球”，急忙又补充说道：“本座还是那一句话：无论李提督做出任何决断，本座都会全力支持；无论李提督做出的决断后果如何，本座都会与李提督共同承担。”

听了宋应昌这一番推心置腹之言，李如松不禁感动得嗓音也有些颤了：“宋经略，您能如此肝胆相照，李某真是不胜感激！也罢，这事儿就由李某来全权决断。万一今后有了什么闪失，朝廷追究下来，一切由李某独力承担——与宋经略无关！”

他斩钉截铁地说罢，又目光灼灼地扫视了一圈帐下诸将，凛然说道：“古语有云：‘能和则和，以和为上。’《司马法》又云：‘忘战必危。’倭虏签了这份停战协议书，至少证明他们对我大明是深怀惧意的。当然，依本提督之见，也不能排除这是倭虏用以麻痹我们的‘缓兵之计’！所以，我们决不能坐失战机，要随时准备整装待发！”

听了李如松的话，宋应昌、沈惟敬、李有升、李如柏等人都不禁点头称是。

李如松缓缓说道：“本提督决定：无论倭虏是否真心停战撤军，我们都要随时做好主动出击的准备——传令下去，按照先前的作战部署，今夜让将士们和马匹都好好休息一下，明早饱餐一顿，卯时全军出发，直取平壤城！”

“是啊！”宋应昌微微笑道，“倘若倭虏真是有心求和，见我天朝大军从天而降，自然会收械撤军，乖乖退出城去，那样我们也不会为难他们；倘若倭虏本就无意求和，意欲负隅顽抗，我天朝大军就以迅雷不及掩耳之势直逼而至，打他们一个措手不及，将他们一举歼灭在平壤城中！——李提督如此决断，当是‘亦和亦战，两手准备’，‘有文事者必有武备’，倭虏无论是和是战，必定尽落我等谋划之中！”

李如松听罢，却是淡淡一笑，起身向宋应昌施了一礼，道：“另外，李某尚有一事欲求宋经略……”

“李提督所言何事，但讲无妨，”宋应昌也急忙站了起来，谦谢不已，“只要本座力所能及，一定会帮你到底。”

李如松看了看身后布幕上挂着的那张朝鲜全境军事地形图，说道：“是这样的，虽然朝鲜人给我们提供了这张军事地形图，但是其中颇有不少错漏之处，实是不足为据。李某希望请宋经略出面，到肃州城向柳成龙大人、李镒将军那里要求调拨一批熟悉平壤周围地形的朝鲜将士来做我们大军东征的向导——这样一来，在攻打平壤城时，我们就能做到‘知已知彼’，增几分胜算。”

“原来是这件事哪……”宋应昌听了，哈哈一笑，抱拳答道，“本座此刻便立即返回肃州城，连夜去见柳成龙大人、李镒将军，马上让他们把这事儿办了……本座保证在明天清晨卯时之前，让这批熟悉平壤周围地形的朝鲜将士及时赶到为东征大军效力！”

遥远的东方渐渐露出了一线鱼肚白。四万明军像一片红云铺陈在顺安郡郊外的雪原上，迎着飒飒的寒风，一个个肃然而立，整装待发。

李如松骑马站在阵前，不时抬眼望向立在一旁的日晷，卯时早已过了一两刻钟了——然而，作为东征向导的那批朝鲜将士却一直迟迟未到。

他紧紧蹙起了眉头，终于按捺不住，挥手招来祖承训，冷冷说道："祖将军，你马上赶往肃州城一趟，看一看宋经略把那批朝鲜将士调拨过来没有。"

他说到此处，语气稍稍一顿，又道："如果你在半路上碰到他们，就说我们东征大军只能等到辰时初便出发了。到时候，就让他们抓紧时间从后面赶上来！"

祖承训应了一声，正欲拨马而去。却见远远的一骑飞驰而来，扬声高呼："李提督！李提督！……"

李如松定睛一看，来人正是昨夜陪同宋应昌赶去肃州城的东征参军李应试。

李应试奔到李如松面前，看到祖承训拨马欲去，急忙喝住："祖将军哪里去？"

"祖某奉了李提督之命前去肃州城，催促那批身负东征向导之责的朝鲜将士及时赶到此地和我们一齐出发呢！"祖承训看了一眼李如松，向李应试答道。

李应试闻言，摆了摆手，喘着粗气说道："原来如此……祖将军暂且莫走，卑职正是奉宋经略之命专为说明此事而来……"

"说明此事而来？"李如松听了，暗吃一惊，正欲开口再问。李应试瞧了瞧沙场上如红云般森然而立的明军将士，在马上将手往旁边一伸，低声道："李提督，卑职请借一步说话。"

李如松点了点头，拍马和他并辔走出二三十丈开外，方才停了下来。李应试见离那些将士们远了，才抱拳禀道："李提督，宋经略昨夜赶回肃州城，马上便召见柳成龙、李镒等人，正欲要求他们调拨一批朝鲜将士做向导。唉……没想到朝鲜大臣们拿着那份明倭停战协议书缠着他要讨什么'说法'，一个兵儿也不肯派出……"

“怎么会有这样的事?”李如松心头一跳，愕然问道，“真是怪了，他们闹着要讨什么‘说法’?”

李应试从袖中取出一份明倭停战协议书的复写件，急急展开，伸手指着其中一项条款，说道：“他说这一条‘倭将决定，立刻无条件停战，并将平壤城拱手让给明军接管’的内容错了，闹着要宋经略派人重新去和倭虏再签订一个停战协议书，把条款改成‘倭将决定，立刻无条件停战，并将平壤城拱手交还给朝鲜将士接收’……”

“唉！……这不是一回事嘛?!”李如松伸手一拍右膝，嗟叹不已，“我们倘若接管了平壤城，还不是马上就转交给他们朝鲜人自己去打理？——况且，倭虏能不能真的将平壤城拱手交出，现在还是八字没一撇，难说得很啊！他们朝鲜人此刻反倒生了二心，生怕我大明朝占了他们什么便宜！……”

“是啊！宋经略昨夜和他们说得口干舌燥，可他们就是不听!”李应试也很是气愤地说道，“他们这是‘以小人之心度君子之腹’，总是固执地认为在这份停战协议书里我们强占了他们朝鲜人的利益……”

“真是岂有此理!”李如松勃然大怒，当场便欲发作，转头看到身后诸位将士的表情，咬了咬牙忍住了，压低了声音对李应试说道，“李参军，你马上和祖承训一同返回肃州城去，把本提督的意见当着宋经略的面告诉柳成龙、李镒他们：一、把宋经略手头那份停战协议书当众烧了，它本身就是一个虚无缥缈的东西，为了它而掀起无谓的争执，实在是毫无用处！二、告诉柳成龙、李镒他们，就说我大明天兵正是洞察到这份停战协议毫不足恃，才决定厉兵秣马，今天一大早便欲以迅雷不及掩耳之势，赶往平壤歼灭倭虏，而不是去搞什么‘接管平壤’；三、告诉他们，由于他们的延误，我东征大军误了出发时刻，眼下本提督没有什么耐心等待他们的朝鲜向导了，马上就会拔师出发——倘若他们还不及时将那批朝鲜向导派出，误了征倭大事，就休怪本提督一怒之下回过马来斩了他们的人头！”

“李提督……”李应试听李如松说得这般冷毅刚猛，话语之间杀气逼人，不由得惊出了满头冷汗，“您……您真要卑职把这些话带给那些朝鲜大臣们？……”

“不错！你要把这些话一字不漏地说给他们听！”李如松冷冷说道，“你在结尾也可以加上这么一句话：我李如松是‘对事不对人’，他们照本提督的意见切实照办了，本提督绝无记恨之心，一切烟消云散，万事皆休；倘若他们不顾大局、不明大义、不识大体，违背了本提督这番意见，那就休怪本提督手下无情、军法从事了！”

“好！卑职和祖将军一定把您这些话及时带到！”李应试点了点头，急忙拨马转身，喊过祖承训，一道向着肃州城疾驰而去。

李如松伸手扶了扶顶上的凤翅冲天黄金盔，紧了紧背后的大红披风系带，正了正脸色，缓缓骑马来到东征大军面前，然后稳稳立定，“铮”地一响，拔出腰间的“天泉古剑”，举到半空猛地劈了下来，高声宣道：“全军出发——”他的声音如洪钟长鸣，在广阔的雪原上空远远传开，在四周的山谷之中荡起了阵阵回音，经久不绝。

第七章　喋血平壤

云雾渐渐散尽，远处大明士兵黑压压一片乌云般簇拥过来，仿佛重重波涛绵延到天际一样，层层推进。

明朝大军掀起的马蹄声、步伐声、车轮声，犹如滚滚巨浪，一波一波地冲击着平壤城。平壤城就像一头受了惊的野兽，被这一派汹汹气势震得瑟瑟发抖。

刚才城下云雾弥漫，西城城头上的倭兵看不清楚地面明军的情形。现在雾已散尽，倭将、倭兵们将这兵山马海一样横扫而至的明军来势看得分明，一个个都屏住了呼吸，惊悸不已。

缓兵之计

小西行长虽然在前日中午沈惟敬等人离去之后就对平壤城里里外外进行了一番严谨周密的军事部署，但他还是放心不下，每天都要带着各名家将到平壤城楼上来来回回地巡视个不停，一会儿认为这里的兵力分配不足，一会儿又认为那里的火械布置不够，一路训得那些家将们灰头土脸的。

“对西城这边的防守一定要注意！”小西行长走到大西门城楼上的指挥台上停住脚步，一边放眼往西方眺望而去，一边向自己的侄儿兼爱将小西飞吩咐道，“只有这外面的地形比较平坦开阔，最适合他们明兵摆下大阵前来进攻！——如果我是李如松，我也会把这西城当作全军主力的主攻方向的！咱们要把这里的兵力尽量布置得多一点儿，你稍后再从南城池田君那里抽调四千精兵过来……”

“叔父大人您是不是有些太过虑了？”小西飞有些不以为然，“咱们西城这里有苍光山脉作为城墙的天然基石，进出道路都很陡峭险峻，而且石田大人先前还在城外挖了那么深、那么宽的沟堑……明军的骑兵即使再厉害，也总不会让他们的马驹凭空长上翅膀飞越过来吧……”

“啪！”他正喋喋不休地说着，只听一声脆响，自己的右颊竟已挨了小西行长重重一记耳光，打得他好一阵嗡嗡耳鸣！同时，小西行长还向他厉声训斥着：“你这蠢材懂什么？——城外的沟堑再宽、再深，他们搭上木梯、厚板不就可以过来了吗？蠢材！他们在这里部署的兵力一定很多，咱们若是人手少了怎么应付得过来？”

“是！是！是！叔父大人训示得是！”小西飞一边捂着红肿起来的脸颊，一边狼狈万分地往南城那边跑去给南城守将池田方平传令了。

就在这时，“呜——”哨楼上的瞭望兵突然吹响了法螺，接着又燃起了狼烟。凄厉的法螺声和滚滚的狼烟在半空中扩散开来，骤然撕裂了平壤城里那一片深潭似的沉寂！

小西行长如遭电击般一下跳了起来，趴到墙头之上，右手搭成凉棚朝西南方向眺望，顿时惊得头发直竖——不知何时那里竟然冒出了宛若赤云蔽日般铺天盖地席卷而来的一大片队伍，旌旗飘飘、戈矛森森，径自向平壤城扑来！

“是——大明国的军队！”小西行长竭力压制住心头的巨大震撼，用牙齿紧紧咬住下唇，慢慢平复了心情，然后“唰”地拔出了腰间的长刀，往上一举。他身边那数百名陪同巡视的武士们立刻懂得了这是宣布全城进入战斗状态的无声命令。他们自觉地分成四批，同时奔赴四面城门去巡视督战了！

小西行长那在寒风中高举过顶的倭刀微微颤抖着。他用表面上像岩石一样冷峻的表情拼命掩饰着内心深处的强烈悸动——大脑里几乎一片空白，反反复复只是回响着一句话："明军来了！明军终于来了！……"

平壤城下，漫天的雪片纷纷扬扬地疾舞着，凛冽的朔风刺耳地狂啸着，昂扬沉实的号角声穿破风雪激荡于空。数万明军的步伐声、马蹄声、车轮声犹如阵阵滚雷般愈来愈响、愈来愈近——震得整个平壤城都为之战栗不已！

须臾之间，还未等小西行长回过神来，明军大部队已经驰到平壤城下。他们在一里之外的空地上停下了前进，然后随着一声炮响，由方块状的巨大阵列再呈弯月形一般往左右两翼缓缓铺展了开去——阵头向北一直摆到了平壤城西北角的七星门，阵尾向南一直甩到了平壤城南面的含毬门，而长长的阵身则直接横峙在大西门和小西门之前！小西行长没有料错：明军果然将主力部队放到了西城之外。

"这……这是什么阵法？"小西行长喃喃地问道。

"启禀大人，这是大明国的'弧月之阵'……"服部正全在一旁禀报而道，"正全当年潜伏大明国时，曾在他们的一本兵书上见到这样的阵形！"

"小西大人，看起来，现在大明国的贼军已经完全把我们平壤城的南、西、北三个方向都包围封锁了……"渡边次郎的声音都紧张得有些哆嗦了。

"想不到这大明国人竟是这么狡诈，擅自撕毁了双方共同签订的停战协议，不声不响地就跑来偷袭我们了！八格牙路！八格牙路！"望着城下明兵大军直把平壤城围得像铁桶一般水泄不通，小西行长禁不住把牙齿咬得"咯咯"乱响，心头却暗叹一声：石田君苦心设下的这一条"缓兵之计"到底还是被大明国人识破了，所以他们才会以迅雷不及掩耳之势兵临城下、直逼而来！

“明鬼太狡猾了！”“明鬼太卑鄙了！”渡边次郎、来岛通明等人也附和着他纷纷破口叫骂起来。

可是，光靠破口大骂也无济于事！小西行长在握拳跺脚跳骂了半晌之后，终于慢慢平静下来。他有气无力地喊过来岛通明，低声说道：“来岛君，此刻明军来势汹汹，只怕他们列阵完毕之后便要前来攻城——依你之见，我们应当如何应付才好?!”

来岛通明其实早已懂得了小西行长话中不肯挑明的那一层意思，嗫嚅了半天，才憋得满脸通红地说道：“属下久闻大明国乃是中华上邦，素来讲究以德服人，不似今日这些明兵狼奔豕突……属下认为我日本既与大明国签订停战协议在前，倒可据此前去与大明主将理论一番……唉……小西大将，据守风山大营的大友义统到现在还没带领援军赶来，我们也只能拖得一时是一时了……”

“来岛君！你真是大日本国第一勇士！”小西行长听了，激动地冲上前来紧紧握着来岛通明的双手，一个劲儿地摇个不停，眼眶里还冒出了几星泪花，“你懂汉语，对大明国风土人情、礼仪制度也十分熟悉——我想来想去，只有恳请你以本将全权代表的身份出城去和明军将士理论一番了……”

来岛通明一听，也知道自己这一出城，便是汉人古诗里所说的“风萧萧兮易水寒，壮士一去兮不复返”了，当下就红了眼圈，嗫嚅地说道：“属下为了太阁大人‘扬威域外、饮马海滨、俯取朝鲜、进击大明’的雄图大业，已经在大明国里蛰伏了数十年……这条命早就交给太阁大人了……也罢，就让属下出城冒死和明军将士理论一番，为推迟他们即刻攻城而周旋到底吧……”

李如松骑着一匹乌骓宝驹，昂然立在阵前，举目观察着平壤城周围的地形，沉静得如同一尊铜像，一副指挥若定的大将风范，令四周将士见了个个叹服不已。

他身旁是行军中途追赶上来的身负向导之责的朝鲜防御使高彦伯。和高彦伯同来的还有数百名熟悉平壤周围地形的朝鲜将士。他们目前都被李如松编成几个小队分别派到了围住平壤城的几个明军方阵队伍中去担任向导了。

高彦伯有些敬畏地看着李如松，竟不敢向他啰唆什么，只是静静地等着他来咨询发问。原来，在突然接下这份明军征倭向导职责之前，柳成龙大人和李镒将军就再三向他们叮嘱：李如松提督为人刚正有威、沉毅严峻，是明、朝联军的最高统帅，对他必须毕恭毕敬，遵令而行，不得稍有违逆。而且，当时高彦伯就在肃州行营内见识了李应试、祖承训等带来的李如松那番意见是何等的震慑人心！其时，正在议事堂上和宋应昌喋喋不休地争执着的柳成龙、李镒等人，看到祖承训遵照李如松的意见上前一步抓过那份《明倭停战协议书》，一把丢到火炉中烧成灰烬，并且传达了李如松的意见之后，他们才肃然噤声。然后，柳成龙、李镒等人便选派了以高彦伯为首的数百名熟悉平壤周围地形的朝鲜将士，命他们立即随同祖承训、李应试一道赶上了李如松率领的征倭大军，为他们积极效力。

李如松驻马观察了一番，抬头瞧见紧挨北城陡峭而立的那座牡丹峰顶高高飘扬的丰臣氏“三株桐”家纹旗时，不由得暗暗蹙了一下眉头：这座牡丹峰地势险峻、居高临下，与平壤城形成掎角之势——确是大为可虑啊！

他心底深深地思忖着，脸上却不露声色，仿佛很是随意地向高彦伯说道：“高将军，你稍后下来帮本提督问一下你们的李镒元帅：他收集到的木船情况如何？请他尽快派人把那些木船送到我军后营中来……”

“木船？”高彦伯一愣：木船？大明天军把这些木船收集起来有什

么用啊？在陆地上攻城略地之际哪里用得着木船呀？

“你以后会知道的——这些木船，本提督自有妙用。”李如松看了看他的惊讶表情，一笑即止，不再多言，只是驻马继续静静观察着平壤城头上的动静。

“是。”高彦伯应了一声，虽然还是满腹惊奇，却也不便多问什么。这时，大西门一处城垛上钻出一个倭兵，似乎是一名神射手，“嗖”地一响，迎着他马前射来了一支长箭。

那箭并不是朝着他身上射来的，“噗”的一声，箭身没入了他马前七八丈开外的黑土地中——箭尾上系着一筒绢书，微微地迎风颤动着。

“哦……原来是倭人的‘箭书’……”李如松明白过来，挥手让身边一名亲兵把那支长箭拔起拿了过来。那亲兵取下箭尾的那筒绢书，展开一看，禀道：“提督大人，这是倭虏用我们汉字写的一封书信……”

“你念来听一听，”李如松皱了皱眉，冷冷说道，“他们究竟有何用意？”

那亲兵看着倭人“箭书”上面的内容念道：“大明将军足下：你们不守诚信，不遵明倭停战协议，我日本将士义愤至极！我们现在特地派出使臣来岛通明大人，要和那位与我们签订停战协议的沈大人辩论一番，同时再度申明我们的求和之意，恳请你们及时应允。”

听了那亲兵所念的倭人“箭书”内容，李如松凝眸沉思了片刻，对那亲兵说道：“你就在这封‘箭书’的背面写上‘大明将军同意尔等所言，速派倭使出城交涉’这一行字，再找个神射手把它对准那城垛射回去！”

“是！”那亲兵立刻遵照李如松的意见去办了。

“李提督！倭人最是不讲信义，”高彦伯急忙提醒道，“您可千万不要被他们的花言巧语迷惑了——他们这样做绝不是真心求和，只是在拖延时间罢了……”

“高将军提醒得对，”李如松点了点头，缓缓地说道，“只是我们大明天兵征伐四夷，通常都要做到‘仁至义尽’，令他们心服口服，无话可说。如今我们数万雄师以泰山压卵之势将他们团团包围在平壤城中，倭虏必然已是心惊胆寒。倘若他们自知不敌，甘愿出城乞降，本提督自然不能强加拒绝。倘若他们前来狡辩使诈而拖延时间，本提督也要义正词严公开申斥他们的罪行，然后大行天诛！这才是我堂堂天朝神兵‘以正守之，以奇攻之’的恢宏气象！”

高彦伯听罢，不禁点头称是。

李如松静静地看着对面倭人城头上的反应，心中却另有一层意思没向高彦伯挑明：今日东征大军疾驰赶到平壤城下，已是极大地震慑了城中倭虏，倘若倭虏就此束手臣服，乖乖出降，这一份“不战而胜”之功自是益处无穷。虽然此时自己并不能确保倭虏真有惧战求和之意，但亦不可不予以试探。况且东征大军初来乍到，尚不熟悉平壤城下周围地形，急切之间焉能说打便打？还需细细观察之后再行攻城啊！

他一念及此，忽然心中一动，唤来身边一名亲兵，说道：“本提督现在要和高将军一道去巡视平壤四周地形了，你且去将沈大人喊来，让他出面去和那个倭人使臣谈判求和之事……有了结果再及时通知本提督。还有，顺便传令下去，让后面的弟兄们开始安营扎寨。”

那亲兵应了一声，打马去中军阵中喊沈惟敬了。

李如松却是一脸悠然地拨转坐骑，在高彦伯的带领下，缓缓绕着平壤城城墙，仔仔细细巡察。

兵临城下

沈惟敬身为“大明备倭招抚使”，本来只负责招抚倭人之事，但因为他懂得倭文、倭语，是明朝将士中唯一可以和倭人交涉的，所以李如松便也让他随军同行。

他此刻正在阵中驻马而立，遥望着那座几乎被大明的“兵海”淹没了的平壤城，半晌无语。在一片莫名的沉静之中，他心底泛起了一丝淡淡的失落：今日明倭两军对峙，显然是“只能战，难以和”，所谓“开弓没有回头箭”，看来这一场恶仗是难以避免了！唉……战事一起，就证明自己尽心投入的抚倭事业彻底失败了！也许自己今后就只能在这场征倭大战中当一名默默无闻的“看客”了吧？要想学郦食其那样以三寸不烂之舌在朝鲜战场立下不世奇功，只怕不能了！

一想到这里，沈惟敬抬头远远望了一下李如松乘马而行意气风发的高大身影，不知怎的，他心底一动，竟是隐隐掠过了一丝莫名的嫉妒——这一下，身为武将的李如松在朝鲜战场可要大出风头、独领风骚了！

他正这样乱想着，忽然一名亲兵打马奔到他面前，禀道：“沈大人，前方有倭人出城前来乞和，李提督请您前去招抚。”

“哦！到了这样的关头，倭人竟然还愿出城乞和？”沈惟敬一愣，“这倭人当真是脸皮厚胆子大！”

他沉吟了片刻，一提马缰，不急不缓地向前走了过去。

到得阵前，沈惟敬驻马抬头望向平壤城的大西门，只听得“吱呀呀”一阵声响，大西门缓缓打开了一条缝来，先是慢慢伸出了一面白旗，在外面虚晃了几下。然后，从那条门缝中倏地挤出来岛通明那圆滚滚的脑袋往前面张望了一番。

他见到四下里无人放箭发弹射来，这才放下了心，然后便举着那面白旗，带着三四个倭兵，像老鼠似的飞奔而出。接着，那两扇城门便慌不迭地在他们身后紧紧闭上了。

看着来岛通明一行数人像丧家之犬一般惶惶然急奔而来，沈惟敬脸上笑意一现即隐，挥手让几名明兵骑马将他们接到了面前。

一看到沈惟敬，来岛通明就涨红了脸，两眼差点儿冒出火来，仿佛眼下平壤城被围全是他的错一样。然而，此刻来岛通明再生气再愤恨，却也懂得“人在屋檐下，不得不低头”的道理，便忍气吞声地向着沈惟敬躬身一礼，道：“沈大人，您……你们天朝大军猝然席卷而至，这究竟是何来意？”

沈惟敬淡淡地看了他一眼，不紧不慢地答道：“我们是在履行日前双方签订的协议内容，和朝鲜代表一道前来接收平壤城啊！”

“沈……沈大人，那协议上注明的是请你们大后天才来接收的啊！”来岛通明嗫嚅道，“小人素闻大明国乃是礼仪之邦，怎……怎么能不守承诺突然而来呢？……”

“哦！来岛君居然认为我们大明天兵此番驾临，是不守承诺？”沈惟敬淡淡一笑，“如果你们是真心求和、甘愿撤军，我天朝大军提前接收平壤和大后天来接收——这有什么区别吗？依照那份协议，只要你们马上退出平壤，我们并不会为难你们的。”

说至此处，沈惟敬目光一凛，冷冷地逼视着他：“倘若你们再推三阻四、迟迟不撤，我大明将士就不得不怀疑你们履行那份停战撤军协议的诚意了。”

“这……这……我日本乃是藩邦岛夷，岂敢不遵与大明圣朝签订的协议？”来岛通明变了脸色，急忙摇手说道，“我等万万不敢生出异心啊！一切还望沈大人明察。”

“既是如此，你亦不必多说了，就此回城，让你们小西将军即刻乖乖带领全部人马退出平壤吧！”沈惟敬眯缝着双眼，挥了挥手，淡然说道，“我们李提督恐怕早已等得有些不耐烦了……”

“等一等，等一等！沈大人千万要听小人从详禀来……”来岛通明忍着屈辱，眼珠一转，复又缓缓说道，“沈大人有所不知，我们日本国是最注重选择吉日做事的，这也是为求万事亨通嘛……”

“选择吉日？”沈惟敬没料到来岛通明竟会生拉硬拽到这方面上来，不禁暗暗好笑，“你们选择吉日和你我双方签订停战撤军协议有何关系？”

“哦……是这样的：我们和沈大人签订停战撤军协议之时，就曾考虑到后天是正月初九，是大吉日，”来岛通明赔着笑脸说道，“您也知道，我们日本国和朝鲜、大明国都是奉行同样的年历——当时我们就想，既然眼下是正月，不如就定在初九这天，乘着大家过新年的喜庆气氛，三方使臣先聚一堂，一齐庆祝和议成功。若能如此，这必然是本国一大盛事啊！”

“原来如此……”沈惟敬有些怅然地望了望西方，悠悠说道，“近一个月来大家忙于征战奔波，都几乎忘了眼下正值春节佳期哪……其实吉日也不一定就只限于正月初九，明天正月初八又何尝不是一个吉日呢？”

“还是正月初九好，大吉大利！”来岛通明仍是喋喋不休地纠缠着，“沈大人，您就允了吧！”

“呵呵！不管是今天，还是初八、初九，本座都不愿和你纠缠了！”沈惟敬抬头看了看在平壤城东门外巡行的李如松的身影，冷冷地笑了一笑，“你们究竟什么时候撤出平壤，还是让我们的李提督来最终定夺吧！”

说罢，他喊过一名亲兵，让他把自己和来岛通明交涉的情况，去向李如松禀报并请示其决断意见。

隔了半晌，只听得“嘚嘚嘚”马蹄声响，那名亲兵飞马而回，向沈惟敬禀道：“沈大人，李提督说了：今日我军来得仓促，倭军也未准备妥当，暂不进城接收，既然明日正月初八是吉日，就定在明日上午辰时正式接收平壤城。”

沈惟敬听了，转过头来看了看一脸沮丧的来岛通明，冷冷说道："来岛君，你听清了——李提督既然定下了在明日辰时正式接收平壤城，你们就先回去早早收拾，及时做好撤军移交的准备吧！李提督素来言出必行，这个，希望你们不要在此纠缠了，还是尽早回去将这一结果回复给你们石田大人和小西将军吧！"

来岛通明垂下了头，暗暗思忖片刻，没奈何，只得一咬牙，欠身谢道："既是如此，小人也不多说什么了。就请沈大人和李提督放心，明日辰时我们就会让出平壤，欢迎天朝大军进城接收！"

提兵星夜到江干，为说三韩国未安。
明主日悬旌节报，微臣夜释酒杯欢。
春来杀气心犹壮，此去妖氛骨已寒。
谈笑敢言非胜算，梦中常忆跨征鞍！

夜幕下的大明中军营帐内，灯火通明。李如松手执狼毫毛笔，躬身伏案在一张绢帛上面龙飞凤舞地写下了这八句诗句——他一字一词撇捺转折之间笔锋犹如金钩铁划、遒劲非凡，一股刚峻雄烈之气顿时跃然纸上、喷溢而出！

"好字！好诗！好笔法！好文采！"宋应昌在一旁看得津津有味，不禁捋须赞叹道，"子茂兄此诗豪气逼人，让人看了甚为感奋。本经略素来只知子茂兄武功卓异，却没想到你还是文才出众的儒将哪！"

"此诗浅陋，让宋经略见笑了。"李如松搁下毛笔，微笑着摆了摆手，淡淡说道，"此诗的腹稿在如松当日跨过鸭绿江时就差不多打好了，今夜方才略有闲暇泼墨挥毫而出，还请经略大人指教一二……"

宋应昌正在谦辞推崇之际，却见外面李应试"呼"地一下掀开帐帘疾步而入："启禀提督大人，朝鲜方面今天下午已经送来了大大小小八十条木船和两百多名摇橹手。”

“很好。八十条木船、两百名摇橹手……届时就可以输送两三千名精兵渡过大同江了！这件事儿，你下来后就马上交给查大受和李宁他们去办。”李如松一听大喜，连忙用手指了指帐中高挂的那张平壤城军事地形帛图，“来！来！来！李参军，你我今日曾在朝鲜将士引导下巡察了平壤城周围的地形，不知又有何妙计进献于本提督？”

李应试抚了抚颌下长须，正欲开口，一名亲兵匆匆走进来，禀道：“启禀提督大人，朝鲜柳成龙大人、李镒元帅前来求见。”

宋应昌面现诧异之色：“夜都这么深了，他俩还来干什么？”

“呵呵呵！”李如松一笑，悠悠说道，“依如松之见，这朝鲜人应是生怕我等会乘虚而入，抢占了他们的平壤城！……看来，今天上午我们虽然当着他们的面儿烧毁了那份明倭停战撤军协议，可他们终究还是不很信任我们啊！想我大明天朝，贵为上邦，若不是为了除暴安良、存亡续绝，岂会顶风冒雪、跋山涉水，千里迢迢来此偏邦藩国‘抛头颅、洒热血’？他们这区区三千里河山，值得我们这么大动干戈而劫之吗？哼！可笑，可笑，真是可笑至极！”

说罢，他对那名亲兵吩咐道：“去请他们过来吧！”

隔不多时，便见得柳成龙、李镒二人气喘吁吁而来，到李如松面前停下。“李提督……李提督……”柳成龙上前拱手作礼说道，“老夫与李元帅是奉了大王的诏令来此地，明日辰时和你们一道接收平壤城的……”

“哦！明日辰时正式接收平壤城的消息你们倒是知道得蛮快嘛！唔……你们赶来接收的动作也蛮快嘛！”李如松微微一笑，“李某真是有些奇怪了：柳大人、李元帅，你们既是这般消息灵通、反应迅捷，今天早上让你们派一批朝鲜将士过来做我征倭大军的向导，不知为何那般姗姗来迟呢?!”

柳成龙和李镒一听，顿时齐齐涨红了脸，嗫嚅着答不上话来。

“本提督待人一向坦坦荡荡，无私无畏，最不喜别人在背后弯弯绕绕、遮遮掩掩，”李如松面色一敛，肃然说道，“你们朝鲜君臣心里是怎么想的，本提督大约还能猜出一二来。今夜在这里本提督也就开诚布公地对你们直言了：待我大明天兵收复平壤城之后，本提督麾下一兵一卒也不会进城，就在这里的营盘中驻扎下来；平壤就由你们朝鲜人自行进城接管，我大明天兵只是将它从倭虏手中夺回，之后完完全全归还你们朝鲜罢了！”

“李……李提督！”柳成龙和李镒听了，脸上不禁露出深深的惭愧之色，噙着热泪无限感动地说道，“你们天朝大军‘除暴安良’、‘存亡续绝’的义举，我等没齿难忘。我们对……对你们误……误会了……还望李提督海涵！”

“事情说开了就行了。抗击倭虏，我们要同心协力啊！万万不可各怀二心！还有，你们也不要对明日辰时能和平接收平壤抱有太大的期望，”李如松抬头望着平壤城的方向，脸上现出了一丝淡淡的忧郁，“倭虏会真的如他们自己所言甘心情愿拱手交出平壤城吗？本提督对此也丝毫不敢确定啊！”

“是呵！这倭虏最是不讲信义，万一他们不守承诺……”柳成龙也皱起了眉头，不无担忧地说道，“这……这可如何是好？”

“呵呵呵！”李如松仰面望了望帐外的沉沉夜色，含笑说道，“古语云：‘魔高一尺，道高一丈。’本提督早已布下天罗地网，倘若倭虏不讲诚信、稍有不逊，必然难逃灭顶之灾！”

倭军夜袭

大明万历二十一年（1593）正月初七亥末子初时分，满天星斗都已被乌云遮掩，天地之际一团漆黑。

在明军前营栅门旁的板房暗哨里，李如柏用力地搓着手掌，“嘘嘘嘘”地呵着白汽，不无抱怨地说道：“李纯兄，你说我大哥是不是太多虑了？居然还怀疑倭寇今天竟会乘夜前来偷袭！咱们这里有数万大军压阵，他倭寇就是吃了熊心豹子胆也不敢前来送死啊！”

被他称为“李纯兄”的那个中年人一直像一尊石像一般在地板上盘腿端坐着一动不动，双目似闭非闭、似睁非睁，仿佛没有听到他的讲话一般，毫无反应。

李如柏见他并不答话，自觉没趣，便又咕哝了一句：“咱们就是这样一直傻傻地坐等到天亮——他们一个也不会来！”

就在这一刹那，李纯那微闭的双眸猝然一睁而开，精光四射、凌凌逼人，冷然说道：“他们已经来了！”

“什……什么？”李如柏一怔——还没等他醒过神来，眼前一花，那个李纯已似鬼魅一般倏忽不见了。

李如柏虽然不相信自己的耳朵和眼睛，但他还是相信这个李纯的。李纯乃是从十六岁时起就一直追随在宁远伯李成梁身边东征西战的心腹家丁，如今已是李府家丁之首。他耳目之灵，百步之内的任何风吹草动都瞒不过他！——传说他的武功造诣已然不在李如松之下了！只是他为人沉笃隐忍，从不显山露水罢了！

“大哥料得果然没错！他奶奶的——这些倭虏当真是毫无信义、禽兽不如！”李如柏骂了一句，一拍右膝，左手将警钟重重一敲，直接便启动了先前制订的截击方案！

营栅之外，雪地之中，李纯和八九十名李府死士早已一字儿排开，凝然而立。他们的目光如矢如剑，一直紧盯着前面六丈开外猝然出现的一列“枯树”，人人按刀握镖，蓄势待发。

一阵夜风“呼”地掠过，那一排挂满了雪花的“枯树”蓦地动了、跳了、飞了——一瞬间齐齐现身成五十余名玄衣蒙面的倭兵忍者！他们怀抱尖尖长长的“手甲钩”，无声无息而又迅疾无比地朝李纯他们扑杀过来！

几乎是同时，地下的几个大雪堆也哗然爆开，扬起漫空碎雪，三四十名白衣蒙面的忍者灵巧如狐而又迅捷似隼地上下翻飞而出，在半空中齐齐将手一挥，“哧哧”之声不绝如缕，万点寒芒如蜂如雨激射而出，更是直向李纯等李府死士当头飞罩而来。

在这石破天惊、突如其来的暗器猝击之下，李纯等人已无处回避！

一瞬之间，“沙”的一响，半空里划过一轮圆月般夺目的银光。倭兵忍者们那点点毒蜂般射去的铁撒菱，立时便如飞蛾扑火一样，全被那一轮银亮亮的旋涡隔空卷吸而入，“叮叮当当”一阵脆响，竟然纷纷散落了一地。

他们无比惊骇地定睛看去，却见一直如木鸡呆立般站着的李纯已是飞跃而起，右手将长剑舞得如同风车般团团疾转，磕得那些铁撒菱四散而落，当真是针插不入、水泼不进！

就在他们惊愕至极的同时，斜刺里李府的家丁死士们也纷纷跃身腾起，举手投足之际，飞刀、毒镖、弹石等暗器亦如骤雨一般向他们回袭而来！

只听得“啊啊呀呀”一阵乱叫，有十余名倭兵忍者已是中了李府死士的暗器，踉踉跄跄着或倒或退。而其余的忍者也从震惊之中反应过来，一个个犹如灵猿一般跃身起来，和冲杀上前的李府死士战成了一团。

此刻，李纯已是落回地面，身形方定，却见灰影一闪，一个身材高大的黑衣蒙面倭兵忍者如同幽灵一般窜扑而至，横身便拦住了他的去路。

“久闻宁远伯府中死士高手如云，今日一见，果然名不虚传。”那黑衣倭兵忍者沉声而道，“阁下这一招‘万流归宗’的绝妙剑法，已然深得武当派的剑诀真谛——委实令在下服部正全佩服不已。”

原来，这一批日本忍兵是宇喜多秀家先前派人特意从“忍者之祖”风魔小太郎门下请来的一百零八名得意弟子。这些忍者此番入朝，被拨归服部正全麾下统管，专门从事夜袭狙击和行刺敌军重将的秘密任务。今天上午，小西行长见到明军人多势众把平壤城三面包围，心底暗暗惊惧，便生了侥幸行险之念，将赌注压在了这群倭兵忍者身上，希望能够派他们乘夜出来狙击奇袭，潜入明营之中，一举刺杀几个重要的明将，好给李如松来一个下马威！然而，他丝毫没有料到——这一百多个倭兵忍者还没靠近明军前营外围边缘，就已经被李纯他们发觉并当场阻截了下来。

李纯目光凛凛地看着服部正全，声音语调没有丝毫起伏波动地说道：“来而不往非礼也！——倭贼，李某便回赠你几粒‘好果子’吃吧！”

说着，他右手一扬，五指向外轻轻一弹，五星蚕豆般大小的碧莹莹的光芒“嗖”地飞射而出，直向服部正全兜头打去！

服部正全一见，似是十分忌惮李纯的这五粒不知名的暗器，腰身一拧，整个人向后平平一仰，任由这五星碧芒几乎是贴着他脸上擦掠而过。

他身后一名倭兵忍者却不知好歹，觑见那其中一星碧芒堪堪飞近，不禁动了技痒之念，意欲在大明国武士面前卖弄自己身手敏捷，就将掌中“手甲钩”嘶地一声疾探而出，朝那一星碧芒凌空抓去。

“别碰——”服部正全一声急喝——然而，一切都已经晚了：那倭兵忍者掌中的“手甲钩”刚和那星碧芒稍一碰触，便只听得“砰”的一声巨响：那星碧芒有若一枚爆竹般炸了开来，绿幽幽的火花四下飞泻迸射，溅了他一头一脸！紧接着，“轰”地一响，那火花在他身上又似浇了沸油一般烈烈燃烧起来！

"啊——"一声惨叫，那倭兵忍者顿时被烧得焦头烂额、痛苦不堪，一个劲儿扑打着、蹦跳着，像个火人儿似的没命地扭身便逃！

"好厉害的奇门暗器'霹雳子'！"服部正全倒抽了一口凉气，颤声而道，"想不到大明国的武士们居然已将暗器炼制到了这等境界！佩服！佩服！"

"怎么？咱俩还再玩几招？"李纯抱着长剑，脸上极为难得地笑了一下，向他悠悠地问道。

服部正全又羞又怒，脸色铁青，举目朝李纯身后望去，更是大吃一惊：随着刚才那"霹雳子"一声震耳欲聋的炸响，明军前营的一串串大红灯笼也齐刷刷地亮了——自己和所有的倭兵忍者都如同暴露在了光天化日之下一般！而在营栅后面，可以看到无数明军射手正把弓弦拉得满满的，将一支支利箭径自瞄准了这边！

带领这支弓箭队的将领，正是祖承训。他持弩在手，站在灯影之中，眉发俱张，厉声喝道："倭贼！我等奉李提督军令，已在此设下天罗地网等候多时了！尔等还不快快束手就擒！"

惊骇之余，有个倭兵忍者杀心暴起，不顾死活竟是提气飞跃而起，摸出一把铁撒菱，对准明营栅栏后的一挂灯笼便准备散射过去，想把它们一举打熄——就在他身形方动之际，只听得祖承训一声令下，接着便是"嗖嗖嗖"连声骤响，一蓬弩箭疾射而到，顿时将他在半空中射成了一只"刺猬"！

服部正全一见之下，脸色一青：看来，倭军忍者团这一番夜袭刺杀行动在明兵的严密监控下可以说是彻底失败了！

眼见得同伴们在与李府死士的较量中死伤甚多，再战下去会有全军覆没的危险，服部正全暗暗一咬牙，急忙嘬唇怪啸一声，向其他忍者发出了一个撤退的信号。

众忍者自然会意，纷纷从怀里掏出"迷烟包"往雪地上一掷，只听得“噗噗噗”数声闷响，一团团气味刺鼻的烟雾平地腾升而起，犹如一重重白色纱帐般笼罩了战场。

在那团团烟雾之中，金刃相击和呼喝斥骂之声交错响起，然后便又渐渐停息了下来。待得浓烟散尽，李府死士们背靠背围成一个环形持刀仗剑戒惧而立，机警万分地望着四周。但见雪地里倒着三四十名“风魔派”忍者的尸体，而剩下的那些忍者却已借着烟幕的掩护遁逃而去！

“呵呀！李纯兄！弟兄们真是好厉害啊！”栅门开处，李如柏率着一队亲兵飞奔过来，跑到李纯身边欣喜若狂地说道，“如柏一定要向大哥为弟兄们请功！”

李纯这时才放下了长剑，转过脸来，冷冷的表情略微松动，朝李如柏微微一笑。这股淡淡的笑意宛若千年寒冰瞬间无声融化，让人从心底深处感到无比的温暖。

李纯仰天看着漆黑的夜空，只深深地说了一句话：“我想，咱们大家今晚都可以好好睡一个安稳觉了——养足了精神，明天一早起来再痛痛快快地打倭寇！”

李如松遣将布兵

“提督大人您真是神算啊！”李如柏和祖承训兴冲冲地拉着李纯一齐奔进了中军帐内，对坐在虎皮椅上正等待战果的李如松禀道，“今晚有百余名倭虏当中最厉害的忍者鬼兵乘夜前来偷袭行刺，已被李纯兄他们全部打退在营门外面了！”

“很好！很好！李纯你杀敌有功，本提督给你记下了。如柏、承训，你们也辛苦了。”李如松满意地点了点头，然后转身看向坐在一侧的柳成龙和李镒，缓缓说道，“柳大人、李元帅，根据倭虏今夜这等举动来看，我们在辰时还能和平接收平壤城吗？”

柳成龙、李镒一齐长叹一声，向李如松深深躬身言道："倭虏逞凶成性，冒犯天朝大军，现已尽伏天诛，实乃咎由自取。一切还请李提督英明决断，以申天讨，以扬天威！我朝鲜军民唯有尽力辅之，决不懈怠。"

李如松微微颔首，缓缓说道："朝鲜自我朝太祖高皇帝时起便是我大明天朝最为恭顺的属国。所以，此番倭虏入侵你国，我大明皇帝陛下极为重视，事前便已多次提醒尔等固本自备，后又调遣天兵前来助剿，可谓仁至义尽。如松在此希望柳大人、李元帅回去禀告你们大王殿下：我大明朝入朝抗倭，纯系为'除暴安良''存亡续绝'而来，绝无染指你国疆域之心。你等须得与我大明将士一体同心、精诚团结，方才能一致对倭、光复河山啊！"

"李提督此言极是，"柳成龙、李镒听李如松讲得如此恳切，急忙应道，"我等感铭于心。我朝鲜上下必定会与大明天兵一体同心、精诚团结、一致对倭、光复河山。"

李镒说到这里，更加慷慨激昂："本帅今夜便要疾书奏章呈报大王，请他派权栗将军率领驻守在义州城的护驾羽林军，前去咸镜道晋州牵制倭酋加藤清正的部队，以阻止他们从侧翼赶来支援平壤城里的倭兵！"

李如松听了，高兴地点了点头，说道："李元帅既然有此美意，如松就替大明将士们谢过您了！"

"哪里！哪里！"李镒急忙摆了摆手，辞谢不已，"这是我们应该做的，李提督不必言谢。"说罢，他径自告辞回到自己寝帐去拟写那份奏章了。

柳成龙也站起身来，双眸泪光闪闪，慨然说道："老夫本是殷切期盼着今日辰时真能和平接收平壤城……唉……倭虏性如禽兽，全无信义，就把他们与平壤城一同夷为平地也不可惜……只可怜城中尚有我近万朝鲜百姓，深受倭虏欺凌迫害，如今却难免与倭虏玉石俱焚……老夫想来便觉痛心不已……”

“柳大人过虑了！我大明天兵乃是‘除暴安良’‘存亡续绝’的义师，哪能眼睁睁看着朝鲜百姓遭殃呢？只是战火乍起，枪炮无眼，难免误伤，”李如松沉吟了片刻，向副将杨元吩咐道，“这样吧，杨将军，你去令人多做几面四丈余高的大白旗，用朝语和倭语两种字体上书‘自投此旗下者免死’，待到开战之时便竖立在各城门外平坦安全之处。柳大人、李元帅，你们再派一队朝鲜将士守护在此旗周围。这样的话，双方交战之时，朝鲜民众也好，倭兵降虏也好，尽可投到此旗之下，护得性命无虞。”

“李提督为我朝鲜百姓想得真是体贴入微啊！”柳成龙高兴地说道，同时作揖告辞而去，“事不宜迟，也不劳杨将军派人动手，老夫现在就安排人去办理此事。”

送柳成龙离开中军帐后，李如松才慢慢坐回虎皮椅上，伸手从令签筒里缓缓取出一支令箭来，拈在掌中，紧紧握住，沉吟许久，肃然喝道：“诸将听令！”

刹那间，中军帐内诸位将领一下挺直了腰板，屏住了呼吸，齐声昂然应道：“请提督大人颁令！”

“今日辰时之役，乃是我东征大军入朝关键一战，事关重大，不仅朝鲜上下拭目以待，便是当今圣上、内阁、兵部、百官还有天下万民，都在拭目以待！”李如松手里紧握着令箭，侃侃说道，“倭虏举倾国之力而来，实欲奴役我中华儿女，窃取我中华衣冠，掠夺我中华宝物，诚为我中华天朝之大敌！诸位将士若能奋死力战，将他们歼灭于国门之外，则我中华父老百姓将永世铭记每一位立下的这不世奇功！我们的父亲、母亲会为我们骄傲；我们的兄弟姐妹会为我们骄傲；我们的妻子、儿女也会为我们骄傲——我们的子子孙孙念及今日辰时之役，也会为我们骄傲的！后世千万代的中华儿女都会记得我们的！”

说到这里，李如松的眼眶里泛起了点点泪光——帐下诸将眼眶里也泛起了朵朵泪花，在明亮的烛光的映照之下，灿烂地绽放了！

“祖承训！”李如松向祖承训招了招手。

“提督大人……”祖承训跨开一步，出列而立，抱拳欠身，哽咽着说道，“祖某别无他言，唯求您赐予祖某最艰巨之任务——祖某自那日平壤战败以来，心中便只记得要拼命杀尽倭虏，为殉难的弟兄们报仇雪恨！”

“你能有这个志向，便不愧为我堂堂中华的好男儿！”李如松大声地赞道，“所以，今晚本提督才让你和如柏前去阻击倭虏的夜袭行刺！本提督没有看错你！——你终于一雪前耻，打赢了此番东征大军入朝征倭的第一次交锋！”

“谢……谢提督大人不念祖某先前过失，给了祖某一个戴罪立功、扬眉吐气的机会！”祖承训含泪谢道。

“你于本提督何谢之有？你应该谢谢你自己那一股‘以血洗耻、舍身杀敌’的决心和毅力！”李如松含笑摆了摆手，“在接下来的平壤攻坚战中，本提督还盼你凭着这一股决心和毅力再立新功哪！”

祖承训此刻感动得像一个小孩儿一样，抱拳伏身，只是哽咽不能成声。

李如松站起身来，走到祖承训身旁，抚着他的肩头，又慨然说道：“诸位将军！本提督今夜放手重用曾是倭虏手下败将的祖承训，一举击退了前来夜袭行刺的百余名倭贼忍者鬼兵，就是想用他这桩事例来告诉诸位：倭虏也没什么可怕的，只要我们胆大心细、严谨周密、奋勇无畏，他们终究会像漠北的蒙古胡虏、宁夏的哱拜蛮兵一样，被我们打得丢盔弃甲、落花流水！”

“对！一定要打他个丢盔弃甲、落花流水！”帐下诸将禁不住一齐振臂高呼，斗志昂扬，意气风发。

李如松见状，脸上掠过一丝淡淡的笑意。他默默含笑立了片刻，待得大家稍稍平静下来之后，才开始将自己胸中谋略和盘托出：“本提督现将全军兵马部署如下：首先，确定我征倭大军主攻方向为平壤西城、北城；小西门、大西门、七星门三处是我大明神机营的火力切入口。杨元率兵八千猛攻小西门，配大将军炮十门、虎蹲炮十八门、炮手一百七十六名；李如柏率兵一万直取大西门，配大将军炮十三门、虎蹲炮二十门、炮手一百九十三名；张世爵率兵一万进攻七星门，配大将军炮十门、虎蹲炮十五门、炮手一百六十五名。这西、北二城的进攻事宜，由本提督在场总揽指挥。

“第二，张世爵将军一部要负责在前线左右策应，随时驰援西城、北城的友军！”

杨元、李如柏、张世爵听了，都点头应了下来。李如松的语气顿了一顿，深深地看向了查大受、李宁二人，继续吩咐道：“第三，查大受、李宁二将携带朝鲜盟军提供的所有木船，在平壤城外西南角的树林丛中隐蔽潜伏，待到平壤南城一被拿下，就立刻抵达大同江西岸，从江上疾渡而过，与对岸前来接应的朝鲜义军会合，专门负责包抄倭虏在大同江东岸的退路——唯有如此，我们才能做到真正意义上的‘关门打狗’、一举殄灭倭虏于四面重围之中！”

讲罢，李如松环视帐下诸将，正色而问：“各位，我军的全局部署便是如此。你们再在这里细细思量一番，还有什么地方可以改进的吗？”

诸将闻言，一个个默默沉思着。

这时，一个苍劲有力的声音打破了沉默：“提督大人，您似乎忘记了一点——城外北面的牡丹峰守敌与平壤城中互成掎角之势，好像是我天朝大军进攻城池时插在后背之处的一柄‘倭刀’，若不及时将它斩断，只怕后患甚大啊！”

诸将循声一看，却见发话之人正是白发苍苍的福建藤牌军统领吴惟忠。他一脸肃然地看着李如松，静待着他的答复。

“是啊！牡丹峰地势险要，居高临下易，以下仰攻难——如今倭虏据守山头营垒，尽得地利之便，”李如松微微皱了皱眉，“本提督对此亦是深感棘手呀！”

吴惟忠一听，一步跨出列来，躬身请命道：“攻打地势险峻的山寨营垒，素来便是我戚家军之长。吴某愿率三千藤牌军，去啃牡丹峰守敌这块‘硬骨头’！”

“吴将军老当益壮，如松佩服佩服！”李如松面露喜色，双手托起一支令箭，缓步来到吴惟忠面前，躬身递在了他手中，慨然说道，“如松思来想去，这攀岭攻峰之役，也唯有恳请您和‘戚家军’出马方可！您既有意前来请战，如松甚为感激——攻打牡丹峰，就有劳您了！等到今晨拂晓大军攻城之时，您便亲率三千藤牌军直取牡丹峰，使峰上守敌不得乘隙下山作乱！另外，如松还会让佟养正将军率领八百骑兵殿后，做您的接应！”

“老夫接令！”吴惟忠双手接下李如松那支令箭，一张皱纹纵横的老脸上溢出了一股逼人的神采，“老夫真是不曾料到：自当年随戚大帅在江浙沿海驱除倭虏之后，一隔二十余年，今日老夫竟又要在这朝鲜苦寒之地与倭虏再决雌雄！”

“是啊！亏得戚大帅当年历经百战打造出你们这一支能登山作战的‘戚家军’来！”李如松也深深感慨地说道，“否则我辽东铁骑纵是在平原上所向披靡，但要想攻击牡丹峰上之守敌，也只有望峰兴叹！”

他静了片刻，仿佛又想起了什么似的，对吴惟忠说道：“我听说你手下有一个从倭国逃回来的青年义士，名叫朱均旺。他能讲倭语、通晓倭情，你们要好好发挥他的长处，对倭兵施以攻心之策！”

“是！老夫记住李提督的指点了！”吴惟忠双手捧着令箭，退回了列中。

“李提督！刚才祖某已经向您恳求过，希望能接手此次平壤攻坚战中最艰巨的任务，”祖承训见吴惟忠竟抢在自己前面接了军令，甚是心急，便也出列言道，“可是您竟将攻打牡丹峰守敌这块‘硬骨头’分给了吴将军去啃……”

“承训啊！少安毋躁，”李如松转过身来，抬眼看着他一笑，“这平壤城东、西、南、北四面城门之中，哪一处最是难攻？你自己挑选一处出来，本提督拨兵给你统率前去攻打，如何？”

祖承训沉吟片刻，说道：“李镒元帅讲过平壤城南面城墙最为坚固，而且南城外面地势平阔，不宜我军伏兵或冲锋，所以此处极是难攻。祖某愿亲率一支劲旅，前去攻打城南的含毬门。”

“城南含毬门既难以强攻，便不得不智取，”李如松微微一笑，回到书案后面，抓起一支令箭，又从袖中取出一只小小锦囊，一齐递给了祖承训，“这进攻南城之重任，本提督便交付祖将军了。但本提督有言在先，这攻打南城之时，不会调拨任何火炮，只派给你两千精兵而已！——祖将军还能接受此任吗？”

帐下诸将一听，顿时大吃一惊：平壤南城含毬门本就最为坚固，祖承训若无火炮重弹相助，怎能成功？这个任务，如吴惟忠率领藤牌军攻打牡丹峰一般，都是艰巨至极啊！

却见祖承训毫无怯色，双手接过令箭、锦囊，沉着地答道：“祖某一定尽心竭力攻下南城含毬门，杀尽倭虏，报仇雪恨！”

“很好！很好！”李如松微微一笑，伸手指了指祖承训接在手中的那只锦囊，意味深长地说道，“那只锦囊之中，藏有本提督绞尽脑汁思忖出来的一条妙计，你下去之后，打开它好好参详一番，自会出奇制胜！”

祖承训一听，紧紧握住了那只锦囊，诚恳地说道：“属下多谢提督大人赠送锦囊妙计指点。”

戚家军勇夺牡丹峰

大明万历二十一年正月初八寅卯之间，平壤城北面的牡丹峰上，大雾弥漫，历久不散。

山峰半山腰上的倭兵大营帐外的瞭望台上，牡丹峰守将前藤忠一拿着一架从葡萄牙人手中买来的千里镜，全神贯注地望着山坡下面，却只看到天地之间白雾茫茫，什么也瞧不清楚。

“怎么到了这个时候山峰下还没动静呢？”前藤忠一放下了千里镜，对站在身旁的副将桃四郎说道，“昨天晚上小西大将传来急令，声称今天一早明军便会大举攻城，要求我们在牡丹峰的所有武士随时做好下山狙击他们后方的准备……唉！真没想到今天早晨的雾竟会这么大……”

“是啊！不仅是雾大，而且这山下也显得太安静了，”桃四郎喃喃地说道，“静得有些可怕啊！”

“怎么？桃四郎有些害怕了？”前藤忠一不无嘲讽地笑了，“我们和明兵还没开战哪！你这样的心态怎么行呢？”

“前藤君，属下倒不是害怕面对死亡，”桃四郎抬头向东眺望了一眼，喃喃地说道，“属下害怕的是倘若自己战死，谁会来照顾属下那位白发苍苍的母亲呢？”

“哦……桃四郎真是一位大大的孝子啊！”前藤忠一听了，不禁肃然起敬，“难道桃四郎在赴战之前没有委托别人照顾自己的母亲吗？”

“属下委托了一位忠诚可靠的朋友，”桃四郎缓缓说道，“可是，恐怕前藤君绝对不会料到——属下委托的这位朋友竟然会是一个来自大明国的医生！”

“什么？竟是大明国人？”前藤忠一顿时大吃一惊，“他若是知道了我们现在在这里正和大明国士兵交战，不会害了你的母亲吗？”

“许……许医生人品那么好，依属下看来，他绝对不会那样做的，”桃四郎黯然答道，“只是属下心里一直有愧，身为日本武士的属下，一边在享受着他照顾老母的大恩惠，一边却在朝鲜和他的同胞互相厮杀……属下真是对不起许医生啊！倘若没有这场战争该多好啊！……”

“桃四郎，大战在即，请你马上摒弃这些不应该拥有的念头吧！”前藤忠一急忙止住了他，冷冷说道，“我们是为大日本国开疆拓土，我们是将大日本国的国威播布到中土大陆的精英武士，我们所做的一切都是在遵从天照大神、天皇陛下、太阁大人的旨意——所以，我们无须向任何人抱愧，我们也无须有任何忐忑。将来，我们如果征服了大明国，实现了‘天下一家’，你所说的那位许医生的同胞们也都成了大日本国的子民——那么你就会为自己今天这些想法感到可笑了！”

“前藤君……”桃四郎欲开口分辩。前藤忠一却不愿再和他在这个话题上争论下去，他“噌”地抽出了倭刀，焦急地说道：“我们不能再在这里死等了！要主动出击！这样吧！请桃四郎传令下去，马上集合牡丹峰上的所有武士，扑下山去，绕到明兵大本营的背后，给他们来一个‘后院起火’——让他们手忙脚乱，攻守两难！”

桃四郎迟疑了片刻，终于一咬牙，将所有的杂念尽皆抛诸脑后，响亮地应了一声，奔下瞭望台喊传令兵去了。

前藤忠一举起了倭刀，向着大雾笼罩的山下虚劈了一刀，冷冷地自言自语道：“瞧着吧！大明国的士兵们！我们日本武士来了！你们马上就会被我们打得一败涂地了！”

他正自言自语之际，眼前倏地一花，一支利箭穿过层层浓雾，径直向他面门射来！

前藤忠一一见，顿时脸色大变，急忙将头往后一仰，“哧”的一声，那支利箭贴着他右颊一掠而过，犀利的箭镞竟在他脸颊上划出了一道深深的伤疤，鲜血立刻便冒了出来！

“有伏兵！大明伏兵来偷袭了！”前藤忠一声嘶力竭地号叫起来，“马上放狼烟，向平壤城里的小西大将发信号！全军马上投入战斗，一个也不要闲着！”

随着他的号叫，日本武士们像一群受了惊吓的野蜂一样纷纷从牡丹峰的土堡、地洞中涌了出来，扑到山腰通道上，和正在悄悄摸上山来的大明“藤牌军”士卒们混战了起来。

领军在前的吴惟忠见倭兵们像野狼一样“嗷嗷”乱叫着舞刀直扑上来，不慌不忙地举起手中金背大砍刀，做了一个布阵开战的手势。

刹那间，只听“沙沙沙”一阵声响，一堵堵黑黝黝的七尺多高的“铁墙”兀然立起，仿佛一下从地底深处冒了出来，封住了倭兵们的来势。

冲下瞭望台前来督战的前藤忠一顿时一愣，仔细一看，却见这黑黝黝的一堵堵“铁墙”，竟似活物一般，一字儿排开，整整齐齐、不快不慢地向着自己手下的倭兵们逼近过来！

“这是什么怪物？”前藤忠一已无暇去猜想了，他手中倭刀往前一指，厉声喝道，“火枪队！开枪！”

数百名倭军枪手一齐上前，端起火绳枪，“噼噼啪啪”一阵乱响，朝着那一堵堵正在移近的“铁墙”暴射了一通。

只听得“乒乒乓乓”之声大作，那些铁弹射击在一堵堵铁壁上面，除了迸起点点火花之外，一丝损伤也未造成！

倭军枪手们惊呆了，七手八脚地举起火绳枪，又是一通乱射。然而，那一堵堵“铁墙”仍是安然无恙，仍是匀速有力地推向前来！

就在“铁墙”移到离倭军枪手们有十丈左右之时，“铁墙”们蓦然一定，接着一束束寒光挟着锐风呼啸着从“铁墙”两侧飞射而出，向倭军穿身而来！

“呃！”“呃！”“呃！”一声声低低的惨哼声响起，不少倭兵或是扼着自己脖子，或是捂着自己胸口，或是抱着自己小腹，纷纷倒了下去！他们的喉咙处、心口处、下腹处，都扎上了一柄柄寒光闪闪的飞刀！

“天啊！这是一支什么样的军队?!”前藤忠一望着这一幕，惊得快要脱口狂叫起来！

他不知道，这便是当年戚继光专门留下的破倭阵法——福建藤牌军“鸳鸯阵”。那移动着的一座座低矮的“铁墙”，实际上是明军步卒们套在左手腕上用来护身的巨型藤牌。这种藤牌坚如铁石，刀枪不入，且又轻便易携，只有十余斤重。倭兵的火绳枪弹打在藤牌之上，亦是丝毫不能损坏。

藤牌军士卒左手持着巨型藤牌护身，右手却持着长刀，腰间还别有十八柄飞刀。他们在作战之时，步伐整齐地排成队列缓缓前进，远看之下便似一堵堵自行移动的“铁壁”。同时，明军步卒们在藤牌上面留有一个小口子用来观察前方情形，到慢慢移动到距离敌人约有十丈之远时，便投出飞刀杀伤敌人，然后再缓步靠近后捡起飞刀，再投再射。倘若敌我双方短兵相接之时，藤牌军们便用右手的长刀与敌人直接拼杀。这种由戚继光设计出的阵法，整合了攻与防、刀与盾、长与短等各种兵器的优势，是当时大明朝对付倭军最有效的阵法之一，令倭军一时望而生怯。

前藤忠一此刻已无法退却，他双手高举倭刀，喝令道：“众武士，冲上去拼了。”随着他这一声大喝，倭兵们一个个从惊恐中回过神来，纷纷挥刀舞剑，从飞刀丛中拼死闯过，跑到那一张张藤牌前面猛劈猛砍起来！

“叮叮当当”金刃交击之声骤起，藤牌军士兵们亦是纷纷挥起右手长刀，从藤牌后面攻击倭兵！一时间，在牡丹峰半山腰上双方展开了一场惨烈的白刃肉搏战！

吴惟忠挥着金背大砍刀，直奔前藤忠一而来。虽然他并不懂倭语，但他刚才看到这个倭贼在那里一直叽叽哇哇，似是发号施令，便料定他是倭军主将，于是将左手藤牌推开，提着金背大砍刀向前藤忠一杀来。

前藤忠一见这位明军老将杀气满面，亦知必是劲敌，便提足了精神，双手举刀，一跃而起，像巨猿一样跳到半空，“唰”的一下，划起一道寒光，朝着吴惟忠当头劈下！

吴惟忠也抡起金背大砍刀，尽力一挥，一式“武丁开山”，挟着风雷之声，迎上去！

“当”的一响，声如洪钟，前藤忠一手中倭刀与吴惟忠手中金背大砍刀在半空中一交，顿时火星四迸，耀得让人睁不开眼！前藤忠一连人带刀竟被吴惟忠的雄浑劲力震得飞滚而起，在半空中翻了两个筋斗，方才“嗒”地一响，结结实实跌在了地上！

吴惟忠大喝一声，飞步扑上，手中金背大砍刀挟着阵阵风声雷响，“哗”的一声，朝着他面门砍下！

前藤忠一右手握着刀柄，左手握着刀背，举起倭刀拼尽全力往上一接！又是“当”的一声巨响，双刀交击，火花飞溅——前藤忠一只觉双腕酸麻，再也支撑不住，两手举着的倭刀被吴惟忠和那柄金背大砍刀一分一分压得沉了下来，渐渐到了自己额门上方半尺处！

“快救前藤大人！”站在一旁的四五个倭兵见势不妙，一齐端起火绳枪，对准吴惟忠便来了个当胸猛射！

“砰砰”数声响过，正与前藤忠一相持的吴惟忠只觉右胸一痛，心知自己已然中弹——却也并不闪避，更不怯退，咬紧牙关奋尽全力将金背大砍刀往下一压！

“啊！”的一声惨呼响起，吴惟忠那柄金背大砍刀“嚓”的一下，顿时将前藤忠一双手举着的倭刀从中间一劈而断——那金背大砍刀余势犹猛，劈将下去，又是“嚓”的一声，将前藤忠一从头到腹斩成了两半！

吴惟忠斩杀了前藤忠一，方才急忙就地一滚，伏在地上，半跪着身子起来，用手一摸左胸，只觉湿湿的、温温的，拿到眼下一看，掌上满是鲜血！

然而，吴惟忠却面露喜色——还是李如松提督想得周到啊！是他在出发之前所赠的这副赤金龙鳞钢丝铁锁连环甲保护了自己啊！这副铠甲穿在身上密密实实、坚韧异常，倭虏的枪弹虽是厉害，却也只是刚刚擦破了甲片，稍稍伤了胸肌，渗了一些鲜血出来！

此时，大雾已然散去。跟着吴惟忠杀上山来的朱均旺一见，惊呼着扑了过去，用手中藤牌护住了他：“吴将军——您怎么样了？”

“没事！没事！”吴惟忠微笑着摆了摆手，站起了身，若无其事地说道，“老夫这把老骨头还硬朗得很——倭虏想要老夫的命，门儿都没有！”

“那就好！那就好！”朱均旺高兴地说道，“卑职马上给您包扎一下！”

“不必了！”吴惟忠指了指山顶那座瞭望台，说道，“攻下了那里，老夫再包扎伤势也不迟嘛！”

“倭兵已被我们杀得差不多了……”朱均旺看了看四下里的战斗情形，“您说得没错——攻下了那座瞭望台，我们就完全夺取了牡丹峰。只要在那座瞭望台上插上我们大明的军旗，平壤城里的倭虏看到了，一定会更加恐慌，而山下正在攻城的大明将士们看到了，则会士气高昂！”

说罢，他右手提起一支倭兵的火绳枪，左手持着一张藤牌和一面大明军旗，往那瞭望台直奔而去：“卑职现在便去夺下此台、竖起此旗！”

在高高的瞭望台地板上，堆满了一箱箱枪支弹药。在这些装满了枪支弹药的木箱中间，桃四郎在地板上盘膝而坐，左手举着一支燃着烈焰的火把，右手持着一柄细长锋利的倭刀。

他半闭着双眼，一副老僧入定的模样。瞭望台下倭兵被斩杀时传来的声声惨呼，使他面庞的肌肉不时地抽搐着。

“噔噔噔”一阵轻捷有力的脚步声乍然响起，打破了瞭望台上的沉寂。

桃四郎握着刀柄的手指一下紧了起来。他全身一瞬间布满了劲力，犹如一只黑豹蹲伏在地蓄势待发。

然而，那脚步声却蓦地在楼梯口处停住了，仿佛来人一下定在了那里，再也没有逼近前来！

看来，明兵虽然勇猛威武，也害怕我这时点燃台上的弹药箱把峰顶夷为平地啊！桃四郎在心底暗暗地想着，同时仰起脸来，缓缓抬眼望向来人。

刹那间，他也和来人一样呆住了：“朱均旺君！你……你怎么也在这里？”

原来，冲上瞭望台的正是朱均旺！然而，此刻，他全身上下却是一袭明军的装束——不用多问，他已经加入了征倭明军！

“桃四郎？”朱均旺用倭语说道，“真没想到在这里能碰上您！”

桃四郎脸上露出了带着几分凄然的微笑，缓缓地说道：“人生真是奇妙得很啊！在这遥远的异国他乡，在我桃四郎临死之际，竟还能遇见一位故人……唉！真是令人啼笑皆非啊！”

但他很快又是脸色一变，冷冷说道：“朱均旺君，虽然你我是故人，但是此刻战场相见——你若上前一步，本人就立刻放火点燃这台上的所有弹药箱，让你们陪着我们一齐下地狱！”

朱均旺笑了，缓缓说道：“桃四郎，你我今日确是戎装相见，各为其国……朱某也不会上前逼你。只不过，你到了此时此境，居然还想为那个远在日本名护屋作威作福、贪得无厌的丰臣秀吉做无谓的牺牲吗？你难道还以为今日这自焚的行为是在为国捐躯？”

桃四郎盘坐在地上，面如古潭，不动声色，鼻孔里冷冷哼了一声。

朱均旺正欲开口，忽然侧头瞥见数名明兵在楼梯下蹑手蹑脚摸将上来，便伸手悄悄打了个手势，示意让他们退下。然后，他也放下肩上扛着的火绳枪，和桃四郎对面盘腿坐了下来。

“桃四郎，朱某曾在你们日本生活过，熟悉你们日本的风土人情，”朱均旺缓缓地问道，“那么，朱某请问：你们为何要远涉重洋、甘冒矢石，前来征伐朝鲜？”

“因为我们日本人是天照大神的子孙，我们必须遵从天照大神的旨意，将日本国的国威播布到日光所及的任何地方！”桃四郎双眼通红，狂热地说道。

“这是丰臣秀吉让那些神社和寺院里的僧人向你们灌输的吧！依朱某看来，其实就是丰臣秀吉想把自己的野心和权力扩张到世上日光所及的任何地方！”朱均旺冷冷哼了一声，“你们都不过是他用来实现自己野心的工具罢了！”

桃四郎冷冷瞥了他一眼，目光里尽是不以为然。

“桃四郎不要以为朱某这番话是浮词虚言！”朱均旺缓缓说道，“朱某再多问几句：你们日本人既是天照大神的子孙，那么除了这些在外征战杀伐的武士之外，其他的日本人都应该生活在人间天堂般的乐土里了！因为你们是神的子孙嘛！不能享有幸福安乐的生活，就配不上‘神的子孙’这一殊荣嘛……”

“可是，自从这场西征大战爆发以来，你们日本人究竟得到了什么？你们日本人，无论是征伐在外的武士，还是留守国内的民众，究竟得到了什么？你们，还有你们的父母妻儿，过上了身为‘天照大神之子孙’应当享有的一切幸福生活了吗？”

“这……”桃四郎一听，有些迟疑了。

“桃四郎，朱某知道，你从见到朱某的第一刻起，就十分想向朱某了解你远在名护屋的母亲的情形，是吧？”朱均旺笑了，“桃四郎是个大孝子，最是关心自己的母亲……”

“朱均旺君，我母亲在日本国内现在怎么样了？”桃四郎一下抓紧了刀柄，低沉着声音，冷冷说道，“我听说国内不少民众因为征粮征饷大多家贫如洗、食不果腹……而且，还饿死了很多人……我母亲她到底怎么样了？”

“桃四郎，日本国内的情形正是如此。但我师父既然承诺要好好照顾你母亲，就不会撒手不管的，”朱均旺缓缓说道，“在你们西征大军离开日本国土之后，丰臣秀吉的手下就隔三岔五地上门来催粮催饷，不要说普通百姓承受不起，就是我那积蓄颇丰的师父也被搜刮一空。但我师父依旧尽其所能，变卖资财分送给你母亲和像你母亲这样穷苦的人……”

“对了！桃四郎，”朱均旺忽然想起了什么似的，从怀里取出一封信来，“你母亲还托我给你带了一封信，你瞧一瞧吧！”

“我母亲的信？”桃四郎一听，急忙跳起，伸手从朱均旺手中拿过了信，连忙拆开看了起来——果然是母亲的笔迹。顿时，他眼前蒙眬了，隔了片刻，拭去了泪方才看清上面写道：

四郎吾儿：你一去半年，音信全无，为母思念不已。幸得许医生时时救济，为母过得还好。只是近来国内粮物异常紧缺，我们街上就饿死了多户人家。许医生也难以维持，准备离开日本，临走之前他赠送不少粮钱给为母。为母感激不尽，无以为报。思前想后，为母便写了此信让他带在身上。倘若机缘巧合，你能与他遇见，便请他将此信转呈于你——为母也是将他这番恩情明明白白告诉于你，让你永远记得他这位大恩人。若不是他，为母早已饿毙多日了！你离国参战之后，官府从未对为母有过半分抚恤——发给你的兵饷，为母也未曾收到分文。据说它们都被太阁大人充公用来修建伏见城了。唉……许医生这一去之后，朝廷若是再不及时对为母抚恤发饷——为母只怕再也见不到吾儿了……

读着读着，桃四郎双目泪珠滚滚而落。他读罢之后，凄然一笑，将母亲写给他的信放到火把上点燃，静静地看着那信被烧成灰烬迎风飞散而去。

“太阁大人……西征大业……开疆拓土、泽及子孙……”桃四郎冷冷地笑了，“是呵！说得真好听——可是连我的母亲都快要在国内饿死了……呵呵呵！……太阁大人，请恕桃四郎不能为你尽忠了！”

说着，他缓缓放下了倭刀，熄掉了火把，闭目束手待缚。

“桃四郎！你做得很好！”朱均旺兴奋至极，冲上前去，拍了拍他的肩头，高兴地说道，“我们没能成为敌人，实在是值得高兴啊！”

说罢，他大步迈上，一刀将瞭望台上竖立着的丰臣氏的“三株桐”家纹旗劈落下来，同时将鲜红的大明军旗高高悬挂了上去！

那面大明军旗在半空中迎风招展，仿佛一片跃动的火焰，在渐渐散去的晨雾中，显得分外夺目、分外鲜亮！

围攻平壤

到了辰时，太阳的万道金光终于撕碎了笼罩在平壤城上空的层层迷雾，大地万物都清晰无比地呈现在城头倭兵们的眼皮子底下。

云雾渐渐散尽，远处大明士兵黑压压一片乌云般簇拥过来，仿佛重重波涛绵延到天际一样，层层推进。

明朝大军掀起的马蹄声、步伐声、车轮声，犹如滚滚巨浪，一波一波地冲击着平壤城。平壤城就像一头受了惊的野兽，被这一派汹汹气势震得瑟瑟发抖。

刚才城下云雾弥漫，西城城头上的倭兵看不清楚地面明军的情形。现在雾已散尽，倭将、倭兵们将这兵山马海一样横扫而至的明军来势看得分明，一个个都屏住了呼吸，惊悸不已。

小西行长手按腰间所佩长长的倭刀，头戴金箔桃形铜盔，身穿紧实至极的漆黑牛皮甲，外面罩着一层银亮的“阵羽织”，满面铁青，站立在大西门城楼的指挥台上，俯身眺望着城下明兵如怒潮般涌近——他的拳头捏得紧紧的，冷汗都挤出了一大把：哎呀！这明军来势汹汹，好生厉害啊！那可恨的大友义统！他的援兵怎么还没赶到呢？难道石田三成大人没和他讲清楚平壤城下眼前所面临的险境？他这个蠢货不会是因为石田三成大人给他讲得太清楚了反而被吓得丢下凤山、不战而逃了吧？哎呀！这可怎么办哪？……看来，一切都要靠自己来救自己了！

他定住了心神，缓缓转过身来，朝着静立在自己身边的众位倭将，语气沉重地说道：“今天大敌当前，可谓‘有敌无我，有我无敌’——希望诸君能够明白这是我们舍身向太阁大人尽忠的时候到了！我们今天即使流尽最后一滴血，也要守住平壤城！”

“是！”众倭将死气沉沉地应了一声，“城在人在，城亡人亡！”

正在这时，哨楼上匆匆奔下一个瞭望兵，拿着一副千里镜，喘着粗气，跑到小西行长面前跪下，颤声禀道：“小西大将……小西大将……牡丹……牡丹峰失守了！”

“什么？”小西行长心头似有一阵巨雷滚过，震得他双耳“嗡嗡”齐鸣，“这……这怎么可能？”他上前一步夺下那名瞭望兵手中的千里镜，凑眼上去往牡丹峰顶一看：牡丹峰顶瞭望台的旗杆上，飘扬着鲜红夺目的大明军旗！

“啊？！”小西行长心头狂震之下，手中那副千里镜顿时“啪”地掉在了地上，玻璃镜面碎了一地，“明兵这么快就占领了牡丹峰？！”

他怔了片刻，冲到一处城垛往下望去，只见明兵如潮水般逼近，一座座高大的云梯缓缓升了起来……

在一座座越升越高的云梯底下，明兵们三三两两地抬起一个个水桶般粗细的筒状装置，架放在一块块硕大的铁墩上……

“这是什么？”小西行长见了，觉得似乎有些眼熟，一时又记不起在哪里见过。站在他身边的倭兵倭将也个个摇头不知。

这时，明兵开始往那铁筒口里塞进一个个大铁球……

其实，那天沈惟敬前来平壤城里与小西行长他们交涉停战撤军事宜时，就曾带了一个这样的大铁球来，准备作为“第三份礼物”呈给他们见识一番的。

说时迟，那时快，那铁筒口的火药引线被点燃，“嗞嗞”地冒起了股股白烟……然后，平壤西城城头上的倭兵们便听到了也看到了一个个“晴天霹雳”从天而降，落在了他们头上！

在震天动地的巨响中，一团团火球在城头上炸开，无数石块、铅弹、铁粒迸射开来，砸得倭兵们头破血流、哭爹叫娘！

“是……是火炮啊！”小西行长这时才忆起自己曾在西班牙人的战舰上见过这样的东西，不禁失声惊呼起来。还未等他惊呼之声停下来，“轰”的一声，一枚炮弹在离他二丈开外炸开，一枚棱角尖利的石块激射而来，“噗”的一声，击中了他的左肩，顿时穿入肌肤，溅起了一片血花！

小西行长痛得大叫一声，急忙卧倒在地，双手抱头，护住了要害——所幸的是，那石块仅仅是击穿了他的肩肌，却并未伤及他的骨节，否则他这条左臂就残废了！

大明国居然拥有西班牙、葡萄牙等西洋强国的先进武器——大炮？！小西行长惊呆了。他不知道，大明国为了确保此番征倭顺利，自去年倭兵刚刚入侵朝鲜时，便拨出了上百万两白银从葡萄牙、西班牙等西洋列国手中购买了一百门大炮和三万发炮弹，并将之全部投入了这场东征之中。

然而，小西行长不愧为日本一代名将，他很快便镇静下来，马上挥起战刀，召集被打蒙了的那些倭兵，喊道：“别慌！别乱！明军的大炮虽猛，但也不是一口气连发连炸的，我们千万不要忘了守好各自的岗位——大家先隐蔽起来！”

倭兵们立刻缩进了城楼上的各处岗亭，像乌龟躲进了龟壳一样，小心翼翼地保护好了自己。

在明军的虎蹲炮几轮狂轰猛炸之下，平壤城城头上浓烟滚滚，火焰四起，尸横遍野。

两刻钟过去了，明军虎蹲炮的连续轰击终于停了下来。喧嚣的战场陷入了死一般的沉寂。

随着又一声炮响，这片沉寂再次被打破，头戴冲天凤翅紫金盔的李如松乘着战马，缓缓走到阵前，远远望了一下那空荡荡的西城城头，然后“唰”地抽出腰间宝剑，向城头上遥遥一指，扬声喝道：“登城！”

随着他这一声令下，三路明军在杨元、李如柏、张世爵的率领下，分别向小西门、大西门、七星门发起了猛攻。明兵们将已经高高架起的云梯推到城墙下，然后迅速靠了上去。

就在这一刹那，城头上法螺长鸣，“呜呜”之声大作，倭兵们齐齐从城头的岗亭、堞垛等处冒了出来，“乒乒乓乓”向城下乱射火枪，又是用铁叉掀倒明军的云梯，又是四五个人一伙儿抬起铁锅向城下拼命倾泼沸水，又是举起巨石、滚木猛力砸向正在攀城的明兵……

倭兵这种无所不用其极的打法，一时压住了明军的势头和锐气——三路明军的登城攻坚战都陷入了胶着状态。

看到明军登城遇挫退下，小西行长在指挥台上松了一大口气，伸出右掌抹了一把满是血垢和汗渍的脸，兴奋地挥舞着倭刀，为武士们鼓动打气道：“武士们！不要怕！明军的大炮再厉害，他们也还是要攀墙登城才能攻进来……只要我们守好了城池，他们就无计可施了！等一会儿石田大人和大友义统的援军一到，明军就会腹背受敌了——那就是我们冲出城去报仇雪恨的时候了……”

他正兴奋地说着，却见前去南城含毬门巡视督战的来岛通明披头散发、满面血污地狂奔而至。他纵身一跃上了指挥台，定了定心神，喘了一口粗气，急急凑到小西行长身畔，颤着声音低低地说道：“禀告大人：明军刚才已经攻陷南城含毬门了！属下是杀开一条血路前来向大人报信的……”

小西行长只觉双耳“嗡”地一阵鸣响，再也听不清楚来岛通明后面的话了，只是像被人当头猛地打了一棒，有些呆滞地扭过头来盯着来岛通明，声音颤颤地问：“你……你说什么？南……南城失守了？”

来岛通明垂下了眼不敢正视他，点了点头。

“啪！”小西行长一甩手就给了他重重一记耳光，打得来岛通明的嘴角立刻沁出了几缕鲜血！

“去！快去给我堵住！”小西行长发疯似的大叫起来，“带人把他们打出城去!”

正在这时，城头上岗亭里的倭兵们也不约而同地失声惊叫起来：“大……大炮！好大的大炮啊!”

小西行长一听，心头顿时“怦怦怦”狂跳了起来，他急忙跳下指挥台，扑到城垛口上往下一看——呵！明军阵前并排推出了十余门比刚才虎蹲炮更粗更大的巨型火炮来：它们炮身长达五尺有余，近千斤重，前有照星，后有照门，黑洞洞的炮口有如水缸那么粗!

“怎么会有这样的大炮?”小西行长又一次惊呆了。

“这……这……”来岛通明久居大明境内，对此大炮也有所耳闻，“这恐怕就是明军最厉害的‘大将军炮’吧！听说它的炮膛里一次能装十多斤的弹药哪!”

他话犹未了，却见那十余门“大将军炮”一齐对准了小西门，“轰隆隆”一阵巨响过后，十余个粗大如缸的炮口喷出了一团团硕大的火球，犹如一只只千斤重锤，向那座厚厚的小西门凌空砸来!

“嘭嘭嘭”一阵巨响，城头上的倭兵觉得自己脚下的地板一阵晃悠，整个人都像悬空荡了一下!

接着，他们的耳朵里顿时灌满了城下明兵那响遏行云的欢呼声、喝彩声——小西门被明军的“大将军炮”一下轰开了！炸破了!

就在平壤西城诸门遭到明军第一轮排炮轰击的同时，平壤城的南城含毬门却是一片难得的静谧。

由于平壤南城外地势平坦宽阔，不利于敌军隐蔽和突袭，且其城墙又坚固异常，所以倭军并未在此投入主力部队进行防守，而是让倭军副将池田方平率八百日本武士和五千名朝鲜降军驻守在城上。

池田方平年少气盛，听得西城那边炮声连连、杀声震天，心里顿时痒痒得有些受不了，只想拔出倭刀奔到小西行长身旁共抗明军，也好立下奇功获得太阁大人的奖赏。

然而，小西行长交给他的任务就是守好南城，他也只得守株待兔一般苦苦待在这里等着立功的机会送上门来。

这时，含毬门下的空旷野地上奔来了数千名白袍黑帽的朝鲜士兵，少数人骑着战马，大多数人是徒步而行。

“唉！来的怎么是这样一群废物！”池田方平起初听到城门下传来一片喊杀声，便如同嗅到了食物气味的恶狼一样立刻兴奋起来，趴到城垛口向外一看，发现来犯之敌只是一支行动迟缓、笨手笨脚的朝鲜士兵，并不是传言中的大明劲旅，他不禁深深叹了口气，“天照大神啊！天照大神！您怎么这样偏心——不送几个明兵过来让在下斩杀一通以立下战功哪？”

正在池田方平怨天怨地的时候，他手下朝鲜降军的首领金顺良带着一脸谄笑凑上来用半生不熟的倭语问道：“池田君，您看我们对这些朝鲜士兵要不要出击呢？我们恭听您的指令！”

池田方平毫不在意地瞥了城池下那些动作笨拙的朝鲜士兵一眼，冷冷地说道：“传令下去——我们暂不出击！”

“为……为什么？”金顺良惊得一下瞪圆了眼睛。

“这帮朝鲜兵……倘若我们现在一开枪，他们就像鞋底抹了油，溜得比谁都快……”池田方平仍是冷然说道，“还是等他们离含毬门近了，我们再乘机奋勇出击，争取杀他们一个片甲不留，多砍些人头向小西大将请功吧……”

“池田君这一招‘请君入瓮’之计真是妙啊！”金顺良急忙大拍池田方平的马屁，“我们就是要设下圈套引他们进来，让他们一个个有来无回！”

“对！对！就是要‘请君入瓮’！”池田方平突发奇想，兴奋得直拍自己的膝盖，“本将还要做得更妙一些——等城下这些朝鲜兵爬到城墙半腰时，我们再众枪齐发、万箭俱射，让他们无处可逃，只有乖乖受死！”

“高明！高明！池田君的计谋真是高明！”金顺良向池田方平竖起了大拇指，同时屁颠屁颠地跑到城头各处岗亭去传令了。

于是，在池田方平意图欲擒故纵的指令之下，八百倭兵和五千朝鲜降军就眼睁睁看着那支朝鲜军队直奔到了南城的城墙根下。

这时，那些朝鲜士兵的动作突然变得异常迅捷起来，他们有的搭云梯，有的抛绳梯，有的使索爪，爬梯的爬梯，攀绳的攀绳，一个个犹如灵猿登山一样轻巧自如地沿着城墙掩杀上来！

他们在边攀边战的同时，一个个把身上罩着的白袍一下扯去，露出焕然鲜明的明军盔甲来！

“明兵！是明兵！”正守在城头上准备阻击的那些朝奸降军一见，不由得纷纷惊呼起来，“他们是明兵！”

“啊！这些朝鲜人是由明兵假扮的？”池田方平跳到箭垛口往下一看，顿时傻了眼，急忙大喊，“快！快把他们打下去！”

“砰”的一声，已经攀到城墙上半端的一名明兵从腰间飞快地拔出一支三眼神铳，抬手朝着他的面门就开了一枪。

一颗飞弹顿时应声疾射而至，“噗”的一声响，将池田方平头上戴着的那顶牛角形战笠打了一个透亮的窟窿！

那些朝奸降军见状，发一声喊，竟是吓得纷纷弃械而逃！

“八格牙路！八格牙路！”池田方平气得暴跳如雷，冲上前去，抡起手中倭刀砍翻了几个逃在前面的朝奸降军，却怎么也止不住他们的四散溃逃！

城头上的八百名日本武士虽是开枪、放箭、抛石，忙得团团乱转，但毕竟人手不够，转眼之间，明兵便一个接着一个翻上了城头，挥着大刀长剑、举着三眼神铳，和他们混战起来！

"完了！完了！"池田方平在心底无声地叫嚷着，脸上却不动声色，抓起一支长矛，便要冲杀上前。

就在他瞥眼之际，看到惊恐万状的金顺良也准备丢了手中长刀撒腿就逃，不禁心头大怒，腕上劲力一运，手中长矛便脱手飞射而出，化作一道黑色的闪电，"嚓"的一声，竟从金顺良后心直贯而入，再从他前胸一穿而出！

金顺良"啊"的一声惨叫，垂下头瞪眼看着自己前胸猝然冒出来的那段滴着鲜血的雪亮矛尖，像木头人一般直挺挺倒地气绝身亡！

池田方平又从地上抄起一支被朝奸降军丢在地上的长戟，使得呼呼风响，"唰唰唰"一阵急响，竟有四五个明兵被他的戟刃所伤，纷纷向后退了开去！

"倭寇休得猖狂！"随着一声暴喝，恰在这时纵身攀上城头的骆尚志看得分明，手中长柄镰刀凌空一举，"嗖"的一声，连人带刀竟是化作一道炫目的凛凛寒光，升到半空，以"力劈华山"之势，朝着池田方平当头直斩而下！

"当"的一声巨响，光芒散尽，只见骆尚志那支长柄镰刀死死地压在了池田方平的长戟之上！池田方平哪里抵挡得住骆尚志刚才这从天而降的惊雷一击，竟被他一下压得屈了左膝半跪在地，双手合力举着长戟，只是咬紧牙关在苦苦支撑！

骆尚志那日随沈惟敬进城议和时曾大显身手，早已被倭兵们视为"天兵神将"！今天他们又看到素有小西行长手下第一猛将之称的池田方平只一招便被他打趴在地，一个个顿时惊得呆若木鸡，竟忘了开枪偷袭他！

此时，祖承训也顺着云梯翻上了城头，一步跳到地板上立定，也不多言，抬手打燃了三眼神铳的导火线！

"砰砰砰"一阵枪响，倭兵们纷纷便像倒栽葱一样被他这一轮射击打翻了一大片！

“狗日的倭虏！”祖承训一边用三眼神铳猛烈射击，一边咬着牙狠狠地骂道，“祖某也要叫你们尝尝我大明火器的厉害！”

眼见攻上城来的明兵越来越多，池田方平心慌极了，拼尽全力用双手将长戟往上一抬，翻身一个筋斗跳了开去！

骆尚志手中的长柄镰刀余势未尽，“唰”地扎在了地面的石板之上，刀身钉入一尺余深！

池田方平急忙从腰间摸出一柄火绳短枪，正欲开枪射击，“砰”然一声，他只觉胸口一震，俯首看时，自己的胸膛已被祖承训的三眼神铳打了一个洞！

他“啊呀”一声，仰面向后缓缓倒了下去……在他逐渐模糊的视线之中，只看到骆尚志大喝一声，高高挥起长柄镰刀，向竖立在城头之上的“三株桐”家纹战旗旗杆一下劈了过去……那面“三株桐”家纹战旗便像一片枯叶般惨然飘落而下……

赶来巡视督战的来岛通明远远地看到了这一幕情形，知南城失陷已是无可挽回，只得且战且退，急忙往西城城楼向小西行长报信去了。

眼见那城头上八百倭兵已被杀得所剩无几，祖承训跃上倭寇的指挥台，兴奋地向手下的兵丁吩咐道：“先留八百战士马上占据城上的岗亭，其余的弟兄们随祖某杀下城去，打开含毬门，放征倭大军进城！”

骆尚志手提长柄镰刀兴冲冲地应了一声，跟在祖承训身后飞步而去。他和祖承训一道并肩疾奔，边走边说道：“祖将军这一招‘瞒天过海’之计真是绝了！只用了一个时辰就攻占了平壤南城，立下了今天大战的头功，实在是太好了！”

“祖某哪有这等计谋！这一切都是提督大人密授的锦囊妙计啊！”

祖承训笑嘻嘻地从胸口处摸出一只小小锦囊，一边向骆尚志眼前晃了一晃，一边健步如飞地跑着，说道，“嘿——看来，提督大人真是那些倭虏的克星，倭虏们碰到了他，要吃大苦头了！”

倭寇的绝望

北城外牡丹峰失守！南城含毬门陷落！小西门又被明军“大将军炮”轰开！

这一连串的噩耗击得小西行长晕头转向，他呆呆地站在西城城楼指挥台上，望着城下如狂潮般席卷过来的明军，一时间在心头生出了一种莫名的幻觉：天塌了、地陷了，明军如无边无际的大海，一下便淹没了整座平壤城！

如果这一幕情形仅仅是一场幻觉，那就太好了！可惜，它并不是幻觉——而是铁一般的真实情景：随着小西门被轰开，大队明兵以风卷残云之势，滚滚涌入了平壤城中！倭兵们虽拼死阻击，困兽犹斗，可在层层推进的明军面前，也只有节节败退！

小西行长面色惨然地呆望着，下意识地握紧了刀柄，不知道此时究竟是应战还是应退，一时沉吟不决起来。

“小西大将，此刻尚未到最后关头，”来岛通明急忙劝道，“请您速速下城，不可久居险境。明军火炮虽然厉害，但我日本武士近身肉搏作战勇猛异常，若与他们在城中‘一对一’地硬拼，倒未必就会处于下风！”

“好吧！传令全军：撤入城内各处土堡、岗亭，扬长避短，和明兵拼尽最后一滴鲜血！”小西行长叹息一声，眼见明军弹飞如雨、箭射如蝗，待在城楼之上已无任何意义，只得随着众武士一齐退下城去。

这一下，倭寇兵败如山倒——大西门、七星门也先后相继失守。

杨元率领数千明兵从刚被炮火轰开的小西门一拥而入；随即，李如柏也指挥骑兵闯进了大西门。西城的城楼上，李纯和李有升带着六百敢死队员攀登上来，将小西行长的指挥台也占领了。在此情势之下，倭军分成了一支支小分队，纷纷钻进了平壤城中各个街巷的民房、土堡、岗亭内，准备负隅顽抗。

南城含毬门口这边，祖承训下得城楼，抓过一匹战马跃身而上，喊道："大明将士们！随我杀进城去，为先前殉难的弟兄们报仇啊！"城门外蓄势待发的那八百辽东铁骑齐齐应了一声，在他带领之下疾冲而出，向着朱雀大街上溃逃的倭虏们一路追杀下去！

顿时，倭兵们便如落水狗一般被大明骑兵追杀得"嗷嗷"直叫——祖承训冲在前面，手中大刀一口气劈将下来，竟似砍瓜削菜一般接连放倒了十几个倭兵！

而李如松则是亲自率领着六百骁骑亲兵和二百李府死士，威风凛凛地从小西门长驱进城。他一路行来，只见沿途如同枯叶残叶一般全是倭兵的尸体和断刀破旗，其状惨不忍睹。李如松却面不改色，就那样若无其事地放马踩踏着倭虏的残尸缓缓向前逼去。

"提督大人小心！"正在前边指挥作战的杨元闻讯，急忙策马过来提醒道，"倭兵已退入各街各巷的民房暗堡之中——您千万要当心他们的冷枪！"

李如松将马缰一勒，往前放眼望去：只见那白虎大道临街的两边朝鲜民房已然全被倭兵改建成了一排排的土堡、岗亭——它们的每一个窗口，几乎都是倭虏的火力发射点；它们的每一扇门面背后，几乎都隐藏着倭虏的狙击手！明军只要往街道中踏前一步，就会遭到来自各个方位兜头兜脑的冷枪袭击！

"是啊！祖承训他们曾经就是在这些土堡、暗岗的狙击下吃了大亏的！"李如松若有所思地自语了一句。只见那些民房暗堡上的枪眼里犹如毒蛇吐芯一般，不时地喷射着一股股浓烟，一串串飞弹如骤雨般狂泻出来。明兵虽然奋勇冲锋，但在倭军这样猛烈的火力攻击之下，也是难以靠前！

“大哥小心！”李如梅眼尖，猝然急喝一声，从左侧伸手将李如松往旁一推。李如松借势在马背上腾身飞跃开去！

“嗖嗖嗖”一串飞弹扫射而来，李如松那匹坐骑一声嘶鸣，顿时被击毙在地！

李如松飘飘跃落在地，刚一立定，李纯、李有升等带着护卫亲兵已是惊呼着围拢上来，形成一道人墙，将他屏蔽在当中。

“提督大人！”杨元也从马背上一跃而下，吓得声音都有些哑了，奔到他身前，见他毫发无伤，这才放下了心，“您没事吧！刚才的情形真是吓坏杨某了！”

李如松却气定神闲，一脸悠然，微微一笑，道：“有劳各位担心了！此刻倭虏缩进了土堡负隅顽抗，依杨将军之见，当如何对付？”

“大人真乃‘一身是胆’！”杨元赞了一句，沉吟片刻后说道，“对付这土堡，当然用‘大将军炮’最好。可是，这朝鲜城内街巷狭窄，‘大炮军炮’一时难以运送进来……唉……单凭将士们用三眼神铳去硬拼硬打，又是杀敌三千，自损八百……”

“你看，用‘火鸦箭’怎么样？”李如松忽然插了一句，“调一批神箭手上来，朝这两排临街的民房暗堡上每一个‘射击口’里都射一支‘火鸦箭’进去，就够倭虏们喝上一壶儿的了！”

“好！召‘火鸦队’上来！”杨元大喜，急忙传令下去。

不多时，一排排身着焰色战袍的明军射手们齐刷刷列阵而上，然后迅速分为两人一组行动开来：左边的那位射手弯弓搭箭，瞄准了大街两侧民房土堡的那些窗口；右边的那位明兵却小心翼翼地用火折“划”地一下替他点燃了箭杆上的火药捻——原来，这批射手们弓弩上所放置的箭矢是非常奇特的：它的箭尖粗大如矛头，箭身长约三尺，箭杆处绑着一只竹制火药筒，筒内盛有火药、砒霜、铁屑、碎瓷片等，而筒端的火药捻却有中指般长短——这就是自南宋时代起流传下来的中国著名火器“火鸦箭”了！当这箭射中目标时，火药捻线恰恰燃尽，火药竹筒便会爆炸开来，其中的火药、弹片、毒烟等立刻迸射而出，伤人极重！

此刻，那一支支“火鸦箭”的火药捻一被点燃，负责放箭的“火鸦队”射手们纷纷高喝一声，奋力松开弓弦，随着一片破竹裂帛般的锐啸之声划空而起，千百支“火鸦箭”拖着长长的尾烟“嗖嗖嗖”地射进了倭虏民房土堡的那些门窗之内！

须臾之间，那些民房土堡里面“砰砰叭叭”如同放鞭炮般响成了一片，一股股浓烟从窗户那里直冒了出来。紧接着，一些被“火鸦箭”上的火药筒炸得满头满脸鲜血淋淋或被呛得满眼流泪、剧咳不已的倭兵犹如无头苍蝇一般纷纷撞破门窗逃窜而出！

他们刚一逃到大街之上，早已在外面“恭候”多时的明军骑兵便似秋风扫落叶一样狂卷而上，挥刀舞枪砍杀过来！惊魂方定的倭兵们哪里抵挡得住，稍一交手就被明军战马冲得恰似鸡飞狗跳一般惨号着纷纷跌到两边，滚地葫芦般爬不起来——大明铁骑汹汹然横冲直撞，那些倭寇或被马上明兵乱刀斫杀，或被战马铁蹄踏成肉泥，简直是毫无还手之力！

李如松在阵后看着这幕情形，微微而笑：“看来这一招还挺灵——如梅，你给北城、南城的弟兄们传下令去：在与倭虏展开巷战之际，先用‘火鸦队’在前开道，再用骑兵队冲锋清道，最后派步兵继后收拾余寇！”

“好！”李如梅朗声而应，招来两队传令兵，让他们分头带话而去。

正在这时，李如柏也拍马近来，向李如松禀道："大哥，据咱们在平壤城中设下的朝鲜义民'眼线'来报，小西行长一伙儿逃到城内东北角上的'风月楼'土堡里躲起来了……"

"风月楼土堡？"李如松抬起眼来，用手往左边一指，"是不是在那里？"

众人定睛望去，只见平壤城东北角上果有一座五六丈高的塔楼土堡兀然耸立——那堡底宽顶尖，外墙坚厚至极，各角分设角楼，墙面密布箭孔，瞭望窗多达四五十个，墙头插有五色幡旗迎风猎猎招摇，看起来煞是嚣张！

"不错。那就是'风月楼'了。"跟随李如松一道进得城来的高彦伯点头而道。

李如松沉吟有顷，吩咐道："这样吧！让北城、西城、南城等三个方面的大明将士们稳打稳扎地逐渐收紧包围圈，把所有的倭虏残匪都逼到'风月楼'和东城城楼一带，使他们成为坐困一隅之疲兽，然后再乘隙一战而殄之！"

光复重镇

"为什么援军到现在还没赶到？"小西行长在风月楼土堡最里边的那座岗台中，像关在铁屋里的一头野狼一样急速地踱来踱去，既像是对来岛通明、大村纯忠等倭将说话，又像是在自言自语，"难道宇喜多大统领和石田大人居然不顾我们的死活了吗？……"

来岛通明、大村纯忠等人眉头紧皱，谁也不敢吱声。

"禀告小西大将！"一名倭兵急匆匆奔上岗台，满面惊惶之色，颤声说道，"土堡外围的武士们、武士们……"

"他们怎么了？"小西行长急切地问道。

"明军用火箭射我们……又用大火烧我们……这些倒也罢了，最厉害的是他们用烈烟熏我们……”那报信的倭兵两眼红红地流着泪，痛苦地说道，“浓烟熏得我们直流眼泪，眼睛肿痛得连睁都睁不开……”

“唉！这些明兵怎么这么刁毒？”小西行长气得一个劲儿地跺脚，“再这样下去，只怕不需他们来打，到时候我们的武士一个个就会难受得忍不住乖乖走出去投降了……这简直比杀了我们还难受啊！”

“小西大将……”来岛通明有些怯怯地看了小西行长一眼，犹豫着说道，“属下心中倒有一计，却不知当讲不当讲……”

“说！”小西行长皱了皱眉头，冷冷地说道，“这都什么时候了？你还吞吞吐吐的……无论是什么计策，只要能转危为安，你尽管直说，本将不会怪罪你的……”

“属下在讲出这条计策之前，先有一个请求，”来岛通明仍是畏畏缩缩地说道，“属下请求小西大将，听了属下这条计策之后，若是不合您的心意，请您一定不能动怒，并且务必宽恕属下的失言之过。”

“你这么啰唆做什么？”小西行长有些不耐烦起来，“你若是再不说出这条计策，本将现在就砍了你的头！”

来岛通明咬了咬牙，凑上前去，附在小西行长耳边低低地说了几句话。

“岂有此理？”小西行长还没听完，就一把抓紧了倭刀大吼起来，“我们要在平壤城里拼尽最后一滴鲜血！岂能临阵脱逃、苟延残喘？”

“小西大将！”来岛通明“扑通”一声跪倒在地，颤着声音说道，“大明国有一句谚语，叫‘留得青山在，不怕没柴烧’。他们还有一句谚语，叫‘君子报仇，十年不晚’——小西大将，您自己也说，再这样下去，只怕不需他们来打，到时候我们的武士就会一个个难受得忍不住乖乖走出去投降了……为了避免无谓的死伤，我们应当忍辱负重，赶紧从土堡后门出去……好像平壤东面的城门没有多少明军来袭，大同江上的浮桥还控制在我们手中，我们应该能安全地突围而出的……”

听着来岛通明近乎哀求的话，小西行长在岗台内踱来踱去，一时拿不定主意。他转头扫视了一眼身边众武士，只见一个个伤的伤、倒得倒、爬的爬，拖着残肢断臂，一副惊弓之鸟的模样，也确实是不能再挺下去了。

“唉！”小西行长深深叹了一口气，“当啷”一声，抛下手中的倭刀，一屁股坐倒在地板上，摆了摆手，“罢了！罢了！传令下去，让各个土堡的武士们以攻为守，杀开血路，前往东城大门口处集中，一齐突围出城！”

“禀报提督大人：倭兵们已陆陆续续从各处土堡中逃出，”哨骑向李如松禀道，“他们似是在向东城大门一带集中，准备杀出城去！”

“哦？”李如松面色微微一滞，有些茫然地说道，“倭虏这么快就放弃了抵抗？……看来他们也并不是一味硬拼硬斗的莽夫啊！……”

“大哥！”李如柏在一旁奋然说道，“倭虏既然要逃，我们应当乘胜追击，尾随其后，一路掩杀过去！”

“不行！”李如松微微摇了摇头，沉吟着说道，“我军此刻急急前去追杀，恐怕有‘多劳少功，得不偿失’之忧！”

“多劳少功、得不偿失？”杨元一怔。

“是啊！”李如松耐心地解释道，“本提督也想一口就把倭虏们全部吞了！——可是，现在我们做得到吗？我们这些攻打平壤城的大明将士们，从今天早上辰时起一直马不停蹄地拼杀到了晚上的戌时，只吃过几口干粮，喝过几口冷水，都已经很疲倦了……再去追杀这些被逼得狗急跳墙的倭兵，实在是有些力不从心了……”

“这……这……”杨元和李如柏一听，觉得李如松所言甚是，却又心有不甘，喃喃地说道，“难……难道就瞧着倭虏这样大摇大摆地逃出东城大门去?”

“你们大概也忘了——本提督一直是故意放着东城大门不管，让倭兵们以为那里是自己突围出城的最佳位置……”李如松淡淡地笑了，“日落时分，本提督已让查大受和李宁率领三千骑兵和十门虎蹲炮守在东城门外隐蔽之处，一边养精蓄锐，一边等待倭兵逃出城后欲渡大同江时猝然使用大炮轰击，然后乘机拦腰截杀!”

“妙啊!”杨元恍然大悟，“提督大人神机妙算，实在是高深莫测!其实，倭军将领亦并非酒囊饭袋，他们倘若决定自东城突围，一定会兵分数路，左右掩护。这个时候，他们左右两翼掩护部队的抵御必是十分卖力的，火器、兵力的配备也必是最为精良的。如果我军轻率随后追袭，仍然免不了和倭虏死拼硬打，杀敌一千，自损八百。而李提督在东门之外预设伏兵，以逸待劳，等到倭军出城之后心神懈怠、疲于奔命之时，再用火炮猝然攻击，加之先前又派了精兵于东岸那边迎头截杀——他们自然是在劫难逃了!”

“唉!”李如松抬头望着东城大门的方向喃喃自语道，“本提督计虽如此，能不能立竿见影，我心中却并无太大把握。但此时也唯有在心中默祈‘天遂人愿’了！查大受和李宁素来骁勇过人，本提督相信他们今夜一定不会辜负重托，一举歼灭溃逃的倭兵，砍下小西行长的脑袋!”

平壤东城大同门口外的空地上，从各个土堡岗亭里逃出来的倭兵宛若从地狱里钻出的鬼魅喽啰一般，披伤挂彩，满面血垢，拖刀提枪，密密麻麻地拥挤在一起。他们中间不少人激动得哭了起来，互相拥抱着、跳跃着，为幸存下来而感到狂喜不已。

小西行长却顾不上高兴，派手下亲兵查点人数，先前守城的三万倭兵，确是死伤惨重，现在只剩下了九千余人。看到这一结果，小西行长倒抽了一口冷气，惊得手脚冰凉：天啊！太阁大人东征西讨时的嫡系“王牌军”，居然在一日之间便被明军打掉了整整三分之二！这是多么可怕啊！

这时，他的家将渡边次郎从大同江边的浮桥西桥头那边飞驰过来，大声呼道：“小西大人，趁着现在夜色正浓，我们赶紧渡江东撤吧！”

小西行长闻言，当下不再耽误，急忙纠合那些倭兵，进行兵力部署和撤退安排：面对大同江上的三条浮桥，右翼八百骑兵由他麾下悍将大村纯忠、渡边次郎率领，专门对付从平壤南城那边过来的明军袭击；左翼一千骑兵由小西飞、来岛通明率领，专门防御从平壤北城那边过来的明军截杀；而小西行长自己则在服部正全的“忍兵团”护卫下率领剩下的倭兵分为三队以最快的速度从三条浮桥之上疾驰而过。

左右两翼的倭虏骑兵来回奔驰警戒着，同时故意向南北两侧的暗处放枪鸣炮以做试探——然而，周围却仍然是一片沉寂，寂静得令人有些莫名的害怕。

小西行长策马踏上大同江江面上那条正中的大浮桥，回首遥遥望向沐浴在明亮月光之下的像朝鲜秀女一般美丽的平壤城，狠狠地咬着牙说道：“明军以众欺寡、恃强凌弱，倾十万之众，斗我三万武士，实乃胜之不武！今夜我等暂且退兵，他日必将重整旗鼓，再入平壤！”

虽然倭兵们个个都清楚明军兵力与己方相当，但是小西行长故意夸大明军兵力来显耀己方武士“以弱抗强、以寡击多”的勇敢顽强，这让倭兵听了心底甚是受用。于是，素以“较真儿”而出名的倭人也便不去纠正小西行长的“口误”了，一齐欢呼叫好道：“小西大将说得对！明兵仗着人多势众，虽然一时侥幸获胜——待我们与宇喜多大统领的大队人马会合之后再杀回来报仇，他们必败无疑！”

他们一个个正沉浸在自欺欺人的幻想之中兴高采烈地胡言乱语着，只听“轰”的一声霹雳般的大爆响凭空而来，一下压住了他们的喧嚣呼喊之声！

众人慌忙回头，只见大同江水面上腾起了三四丈高的水浪，溅开来层层浪花——那些水沫“哗”地一下将小西行长劈头盖脸浇了个湿淋淋！

小西行长一把揩去满脸的水渍，放眼一看：平壤城池的南城、北城两边赫然各有一支明军骑兵劲旅如同一柄利剪般快速无比地交截而至——伴随他们而来的，还有雨点般的炮弹、枪弹、火矢密密集集地泻落在渡江倭军的头上！

“明军开炮了！”“明军在偷袭我们！”倭兵们遭此从天而降的凌厉突袭，一下就被打晕了头，再也无法组织起整齐划一的阵形撤退了，纷纷在浮桥上左拥右挤着，一窝蜂儿的拼命往对岸直冲过去！

“大家别慌！别乱！”小西行长竭力地呼喊着，但他自己连人带马也不由自主地被后面汹涌躁动的人流推得向前狂奔而行！

负责左右策应警卫的大村纯忠、小西飞等倭将挥刀砍杀了几个不顾军令擅自乱逃的倭兵，这才终于在大同江西岸这边稳住了局势。大村纯忠手举长刀，向部下士卒们厉声喝道：“大日本国的武士们！小西大人既然将断后警卫的重要任务交给了我们，就等于将他们的生命托付给了我们——我们一定要拼死顶住！决不能因为自己的懦弱而退却！”

“誓死为小西大人效忠！”众倭虏骑兵齐声高喊一声，列成一个巨扇形的阵势，将三条浮桥的西桥头之处守护得严严实实的，纷纷挺戈持矛与追击而至的祖承训、李如梅等明军将士展开了惨烈的战斗！

然而，明军的猛烈炮火却实在是他们无法抵挡的——在他们的身后，左侧的那条浮桥已经被明军的“霹雳炮”击个正着，立时燃起了熊熊的烈焰：倭兵们被烧得像火人似的一个个惨叫哀号着从桥边跳下水去逃命！可是，冰冷刺骨、湍急涌动的江水又怎会是他们避难逃命的好去处？落水的倭兵还来不及呼救一声，就被水流冲得无影无踪了！

大村纯忠、小西飞、渡边次郎等见了，亦是相顾骇然，眼看得明军炮火愈来愈猛，也顾不得什么“武士的尊严”了，只好且战且退，奔上浮桥，冒着冲天火焰和枪林弹雨争先恐后地夺路而逃。

小西行长在服部正全等倭兵忍者们的簇拥保护之下，终于打马逃上大同江的对岸。他惊魂未定，正欲回身站在岸边指挥手下诸将全力接应那些从对岸奔逃而来的倭兵，忽听得斜刺里杀声骤起：“不要走了倭酋小西行长！”

他愕然循声看去，却见查大受、李宁等明将率领数千辽东铁骑和朝鲜义军从东岸道旁黑暗之中飞马杀出，声到箭到，直冲而至！

这些明兵是从哪里冒出来的？小西行长正自惊诧莫名之际，“嗖”的一声，一支弩箭又从他背后破空射来，在小西行长耳畔呼啸而过！

小西行长惶然回望，却见祖承训领着一队大明铁骑似赶鸭上滩一般直驱着大村纯忠、小西飞、来岛通明等人从浮桥上杀到东岸而来！他慌忙拨转了马头，带着服部正全他们，一溜烟儿朝着开城府方向逃去。

“小西贼酋休逃！”祖承训一眼望见小西行长的背影，便率着那支骑兵直突而前，如影随形，“咬”在小西行长身后紧追不放！他一边猛追上前，一边挥刀大呼：“小西贼酋！你休要逃走！那日你们追杀祖某之时，可曾想到今夜也被我大明天兵追得落荒而逃？”

小西行长、大村纯忠等听不懂汉语，只是拼命打马而逃。来岛通明听得明明白白，不禁咬牙切齿，倍感羞辱，又无可奈何，只得强忍怒意随在小西行长后面疾驰奔逃。

到得一个三岔路口，小西行长、大村纯忠等倭将停住了马，不知该走哪条岔道。来岛通明随后赶来，听得后面追兵蹄声来得甚急，连忙上前在小西行长耳畔低低说了几句。

小西行长一听，顿时满面露出耻辱之色，横了他一眼，埋头不语。隔了片刻，他终于将牙一咬，把心一横，慢慢取下头顶上那只立桃形铜盔，托在手里静静看了一下，狠了狠心把它往左边那条岔道一丢，用以迷惑明兵；自己和大村纯忠、来岛通明、服部正全等人也并不往右边那条岔道上奔逃，而是拨马进了旁边一条毫不起眼的林间小道，慌慌忙忙落荒而去。

一路奔逃在那林间荒道上，小西行长心底还在倍感羞辱地想着：看来，“天道好还”这句话当真是一点儿不错！自己今天竟也落得像当日祖承训那般丢盔弃甲抱头鼠窜的境地！这 切若是让加藤清正、福岛正则知道了，不知道会如何取笑自己呢！自己这辈子怎么在太阁大人面前抬起头来啊?!

开城庆功宴

大明万历二十一年正月，在李如松统帅的大明雄师的沉重打击下，驻守朝鲜北部的侵朝倭军由四万人马顿损为一万多人，平壤等朝鲜北部城池亦被中朝联军次第收复。

倭军首领小西行长带领残兵败将逃出平壤之后，一路仓皇逃跑，丢弃了无数粮草、辎重，连夜狂奔数百里，逃进了开城府中稍稍安顿下来。

他喘息未定，闻听明军副将李如柏又率八千骑兵追袭而至，与吓得心悸不已的开城守将黑田长政商议后决定：放弃开城府，率领残余人马退回倭军大本营——朝鲜王京汉城府，打算重整旗鼓，以求东山再起。

在逃往汉城府的途中，小西行长得知宇喜多秀家、石田三成事前曾经急令凤山守将大友义统率领一万精兵驰援平壤。不料大友义统赶到距离平壤城外五十余里附近，听得前方炮声震天，又遥遥望见牡丹峰顶竟已插上了大明军旗，顿时吓得屁滚尿流，不敢向前，马上掉转马头，带着手下人马不战而逃，还向石田三成、宇喜多秀家谎称小西行长已全军覆灭。

小西行长听后大怒，急忙与黑田长政一道退回汉城府，面见宇喜多秀家、石田三成、黑田如水等人陈明事情经过。宇喜多秀家、石田三成立刻就将大友义统投进囚笼关押起来，同时发出号令，让据守在黄海道、平安道、京畿道、江源道等地的倭军全部弃城而逃，尽快收缩战线，一起赶赴汉城府集中会合，准备与明军决一死战。

在正月十五日这天，大明军队顺利开进开城府据守，至此朝鲜沦陷于倭虏之手的半壁河山已被尽行收复。据统计，截至此时，倭军已损失精兵二万五千余人，而明军仅仅死伤了一千多人。

此番平壤大捷的消息一经传开，奋斗在朝鲜境内各州郡的义军们更是欢欣鼓舞，纷纷起兵反抗，弄得倭军焦头烂额、左支右绌，只有缩在汉城府里，不敢轻举妄动。悲观失败的气氛弥漫在倭军各个大营内，士兵们整天提心吊胆、度日如年，生怕明军不知在什么时候就会横扫过来！

开城府的府衙里李如松和诸位明将设下了酒宴，兴高采烈地欢迎前来庆功祝贺的大明备倭经略使宋应昌和朝鲜国王李昖。

只见府衙中堂之上，处处张灯结彩、红毡铺地，一桌桌珍馐佳肴美不胜收。宋应昌、李如松二人并肩坐在右侧首席之上，李昖一人坐在左侧首席之上。

但听得一声金钟敲响，清音袅袅。李昖满面带笑，应声站起身来，双手捧着一盏金杯，躬身向李如松、宋应昌敬道："我朝鲜惨遭倭虏入侵，国破民残，今日终得天朝雄师大显神威，一举歼灭倭贼二万五千余人，旬日之间收复我朝鲜半壁河山，可谓功德巍巍、震古烁今！此恩此德有若天高地厚，本王难以言谢——唯有教导我朝鲜臣子世世代代永远铭记诸位将士之英名，誓以再生父母之礼供奉之！"

听李昖此言说得这等恳切，李如松与宋应昌急忙起身还礼谢道："殿下言重了！'驱暴安良、存亡续绝'乃是我大明天兵的本分，何足言谢？请殿下勿忧，我等将谨遵圣意，再接再厉，一鼓作气，彻底扫平倭虏之乱，早日光复朝鲜三千里河山！"

双方敬酒礼毕，同时一饮而尽，然后恭然落座。隔了片刻，李昖轻咳一声，向柳成龙微微示意。柳成龙会意，起身说道："诸位天朝将士为我朝鲜浴血奋战，忠勇无比，我朝鲜君臣上下不胜感激。鄙国大王决定：从王宫内帑府库中特拨五千两黄金，赠予诸位天朝将士，聊表谢意，还望笑纳。"

说罢，柳成龙右手一抬，向候在堂门口处的朝鲜内侍们做了个手势。

那些内侍们见状，便两人一组地抬着五口红木箱子稳稳当当上了堂来，陈列在明朝将士面前。

"这……"宋应昌捋了捋胡须，却是沉吟未定，不禁转头看了看李如松。李如松心念一转，哈哈一笑，亦是起身还礼谢道："我等大明将士在此多谢殿下和朝鲜各位大人的美意了。本提督刚才已经说过了，'驱暴安良、存亡续绝，乃是我大明天兵的本分，何足言谢？'朝鲜刚刚收复半壁河山，百废待兴，亟须钱粮——这五千两黄金，还是请殿下收回国库，用以复国养民吧！"

"这怎么行？"李昖一听，急忙和柳成龙等人劝请不已。然而李如松执意甚坚，推辞不受。宾主间来回互让了几番，朝鲜君臣见李如松始终不允，也只得罢了。

双方复又坐定，却见李如松执杯在手，站起身来，昂然说道："刚才殿下致谢我大明天兵大举义师前来驱暴安良，我等已是心领了。本提督此刻却要借你们朝鲜的美酒，代表大明全体将士恭恭敬敬致上三大重谢——

"一是感谢我大明皇帝陛下面临倭虏猖狂作乱之厄，处变不惊，力排众议，乾纲独断，运筹帷幄，任贤使能，厉兵秣马，奋起赫赫天威，以破倭寇之胆！"

他此语一出，李昖、柳成龙等全朝鲜君臣和各位明朝将士齐齐起立，面向西方，遥遥躬身示谢。

"这第二嘛……"李如松又执杯转身朝向宋应昌，真挚无比地说道，"二是深深感谢我大明备倭经略使宋大人！您处处顾全大局，时时推贤让能，委实令李某敬服不已！"说着，他又转向朝鲜君臣和各位部下将士，激动地说道："宋大人曾经公开宣示自己决不插手军中对倭作战之事……但诸位有所不知，这一次平壤城中，我军能够奇招迭出、妙招横生，打得倭虏防不胜防，完全是根据宋大人提出的'先声以夺其气，用间以离其党，迎击以挫其锋，伏奇以蹑其后'这二十四字平倭方略随机应变的。再加上宋大人在东征之时，不辞辛劳，为我军悉心筹备粮草，调度精锐火器、军械，方才使得我军此番攻克平壤势如破竹、一举获胜！在此，本提督代全体将士敬您一杯以表谢意！"

"本座岂敢当此深情大礼？"宋应昌急忙举杯辞谢道，"本座自参加东征以来，只知兢兢业业、勤勤恳恳为我大明将士杀敌制胜而拾遗补阙，别无他念，但求不负陛下和朝廷的重托而已！本座这一切所为实乃职责所在，扪心自问，何功可以致谢？惭愧、惭愧啊！"

他二人推让了一番，然后碰杯一饮而尽。李如松又举起酒壶，往自己杯中斟满了酒，举杯在手中朝着座中的朝鲜君臣说道："本提督这第三杯酒，要深深致谢各位与我大明天兵并肩而战的朝鲜将士！他们与我大明天兵实乃'一体同心'、如兄如弟，履危之时能奋不顾身、护持在前，休战之时又能推勋让赏、居功在后。可以说，没有他们的鼎力支持，我大明天兵攻克平壤、收复开城，绝不会这般一帆风顺！所以，本提督要代表大明全体将士向他们致以深切谢意！"

听到李如松这般夸赞朝鲜将士，李昖急忙起身还礼，摆手谢道："李提督过奖了！过奖了！我朝鲜军士文弱成性，仅能勉力自保，又谈何贡献于大明天兵？李提督此言，我朝鲜军士实不敢当啊！"

二人正在谦让之际，却听席间一员明将站到堂中，大声呼道："殿下莫要推辞！你们朝鲜国中亦是不乏奇人异士，且不说那全罗道水师节度使李舜臣将军，我祖承训当日在平壤遭到倭虏伏击落荒而逃之时，曾被你朝鲜国一员女将中途救下——所以，祖某这条性命亦可算是朝鲜将士所赐，祖某必定在日后拼命多杀倭虏以报答之！"

"是一员女将救了你？"李昖一听，顿时瞪大了眼睛看着祖承训，急切地问道，"她……她是不是姓宋？她……她现在下落何处？"

"这个……当时情势危急，祖某来不及问她姓名，只知她长发及腰、容貌绝美，而且身手不凡……"祖承训沉吟片刻，缓缓说道，"此番攻克平壤、开城之后，祖某也曾向倭虏降兵打听她的下落，终是杳然无闻……大概她已经……已经为朝鲜捐躯了吧！"

李昖听了，只觉心头一阵隐隐刺痛，眼圈顿时便红了。他轻轻叹了一声，惘然若失，慢慢坐到了座位之上，心道：宋贞娥这般出色的巾帼英杰，如此年轻便香消玉殒，实在是可惜了……本王当时还是应该将她留在身边啊！念及此处，他不禁又自嘲地笑了一笑："似她这样的英烈女子，焉能安居宫闱坐视家国沦亡而不顾呢？唉……这般为国捐躯的壮烈之举，也许才是她无怨无悔的真正归宿吧……细细想来，本王这堂堂六尺须眉，倒是不及她这一介小女子了……”一时百感交集，只是默默咽泪无语。

正在这时，堂外忽然传来一阵热热闹闹的鼓乐之声。只见一名明军亲兵领着一位女真武士大步而入！

“易寒？”李如松认出了他是努尔哈赤的贴身侍卫长易寒，不禁起身离席，“龙虎将军他可安好？你来开城府有何要事？”

易寒屈膝跪下，一脸喜色地禀道：“易寒回报李提督，努尔哈赤将军一切安好。五日前他听说李提督一举攻克了平壤城，取得歼灭倭虏二万余人的大捷，很是高兴，当即便派易寒带了礼物前来祝贺李提督。”

“嗨！龙虎将军真是太多礼了！派你来祝贺便是心意已到了，还带什么礼物啊？”李如松哈哈一笑，摆了摆手说道，“他的礼物本提督一份儿也不收！”

“龙虎将军说了，他的这份礼物，请李提督一定要收下！”易寒微微含笑说道，“而且，他相信李提督日后在征倭大战中也用得上这份礼物！”

“哦？”李如松面现诧异之色，“那究竟是何礼物？”

“禀告李提督，是努尔哈赤将军麾下五百名最精锐的‘神弩营’战士！”易寒双拳一抱，肃然禀道，“他们此刻正在府门之外等候提督大人收编调遣！”

“好！好！好！”李如松久闻建州女真部族的“神弩营”战士箭法如神，委实是对付倭虏火枪兵的最佳助手，于是连连点头称好，“既是如此，本提督就破例收下龙虎将军送来的这份重礼！”

说罢，他眉头一皱，忽又向易寒问道：“辽东那边，漠南蒙古胡虏和海西女真叶赫部近来可有什么异动？”

“提督大人忙于征倭大事，想来还不知道吧？正月初二，蒙古胡虏和纳林布禄各出五万人马，一东一西同时作乱，”易寒听了他的问题，微微有些意外，便认真答道，“努尔哈赤将军已率军北上，在辽河东津口阻住了纳林布禄西进之势；双方战斗虽是激烈，但依卑职之见，纳林布禄在努尔哈赤将军手下必是有败无胜。倒是顾养谦总督那边，应付漠南蒙古胡虏似是十分吃力啊……”

“唉……你且回去转告努尔哈赤和顾总督，”李如松听了，这才知道辽东那边亦是战事不小，不禁脸色一紧，沉吟片刻，对易寒说道，“本提督在朝鲜这里一定力争速战速决，待得彻底殄灭倭虏之后，立刻班师回去驰援你们!”

捷报入京城

“哧”的一声锐响，一束红光似游蛇一般射入夜空深处，然后“噗”的一声，绽放开来，散成漫天星雨，缤纷而落。

“这爆竹可真好看!”在御花园里仰面观看着这一幕夜景的郑贵妃惊喜地拍了拍掌，转头向坐在身旁的朱翊钧笑着说道，“陛下，您是让内侍们从西夷商人那里购买的吧?”

朱翊钧此刻正低着头慢慢地呷着掌上杯中的清茶，神色沉滞，仿佛满腹心事一般，竟似未曾听到郑贵妃的问话。郑贵妃见了，心中一动，敛了敛神色，整了整衣襟，清咳一声，坐近了朱翊钧，声音不大却字字清晰地问道：“陛下，今夜是正月十五元宵佳节，您应当放下国事，与民同乐才是！却又为何这般心事重重?”

“哦……”朱翊钧这时才从自己的思绪中清醒过来，抬眼看了看郑贵妃，脸上慢慢释放出一些笑意来，淡淡地说道，“没事的。朕此刻不正在与民同乐吗？哦……对了，你刚才好像在问这爆竹是从哪里买来的吧?”他顿了一顿，想了片刻，才淡然答道：“朕记得不是内务府到外边买的……是安南国进献的春节贡礼。”

说到这里，朱翊钧面色一暗，有些愧疚地悠悠说道：“爱妃啊！今年春节，朕让你们过得有些寒酸了……往年这个时候，朕还会赏赐你们一些金银珠翠、绫罗绸缎……”

他的语气又滞了一滞，半晌才又接着说道：“可是……可是今年朕没法赏赐你们了……昨日户部何致用来向朕禀报，说去年平定宁夏之乱和派军入朝平倭两件大事已然耗去了六百多万两白银。张师傅当年留下的那点儿国库存银一下就用了一大半……唉，年初海西女真酋长纳林布禄和漠南蒙古胡虏又在勾结作乱，侵入辽东……顾养谦那里也在向朕催要军饷……还有朝鲜平倭之事又急不可缓……朕，朕只得紧缩宫中开支，先来照应这些事儿了……”

“陛下……陛下……”郑贵妃听了，不禁噙着热泪向他款款拜倒，恳切地说道，“见到陛下如此心系社稷、忧国忧民，您便是赏赐臣妾一支荆钗，臣妾心里也是高兴的……若是国库存银不足，您就明言一声，臣妾愿将自己的金银首饰、锦衣彩服全都捐献出来……”

“爱妃真是深明大义啊！”朱翊钧听了，这才缓缓舒展了眉头，脸上露出满意的微笑。他慢慢抬起头来，望向东边天际上那点点星光，喃喃自语道：“我大明举国上下在欢度元宵佳节之际，李如松、宋应昌他们此刻却还在朝鲜苦寒之地浴血奋战、力剿倭虏哪！比起他们那份辛苦来，朕和朝中大臣过几天紧日子又算什么呢？……只盼着他们能安然无恙、凯旋才好啊！”

“陛下勿忧，”郑贵妃急忙劝道，“依臣妾看来，李如松英勇善战，宋应昌心思缜密——他俩联手，我大明雄师必是所向披靡！”

朱翊钧听了此言，展颜微笑，道：“是啊！朕也相信他俩绝不会辜负朕的厚望的。”

他正说之际，却见司礼监今夜的当值太监陈矩手里举着一份奏章，风风火火直奔御花园而来，跑得上气不接下气的，还没近得朱翊钧和郑贵妃座前，便是双膝跪下，双手将那奏章托过头顶，有些语无伦次地说道："陛……陛下，八……八百里加急快奏……朝……朝鲜来的……是朝鲜国王李昖和……宋应昌他们联名署发的……"

"朝鲜来的急奏？"朱翊钧一听，心脏立刻"咚咚咚"猛跳了起来！他微微斜倚在御座上的身子一下挺直了，双手也立刻抓住了御座两边的扶手，显得十分紧张地说道："究竟是……是何内容？讲来给朕听听！"

陈矩跪在地上咽了咽口水，喉头动了几动，缓过气来，然后满面喜色地奏道："陛……陛下！是……是大喜事啊！他们在奏章中禀报：李如松正月初八一举攻克平壤，歼灭倭虏二万五千余人，相继收复咸镜道、黄海道、开城府等朝鲜失地，而我军仅仅损兵八百多人，堪称'战功赫赫，震古烁今'啊！"

"胜……胜利了?!"朱翊钧听罢，却是神色一呆，自言自语道，"我大明将士此番东征旗开得胜了?! 是不是真的?"

"是真的！都是真的！"陈矩在地上把头叩得"咚咚"直响，"这奏章上有李昖和宋应昌共同签署的名字……请陛下放心，这一切都是真的！"

御花园中立刻便像一泓深水般倏地静了下来，静得那夜风拂动花间枝叶的微微声响亦是清晰可闻。

过了许久许久，朱翊钧那沉缓平静的声音终于慢慢响起："把这奏章留下……你们都退下吧……"

陈矩没想到朱翊钧倏然之间变得如此沉静，感到有些不可思议，也不敢多言，只得恭恭敬敬应了一声，膝行着上前将那份奏章放在了朱翊钧身旁的青玉几上，然后平身倒退着和两边的内侍一齐出了御花园。

顿时，偌大的御花园里，便只剩下了朱翊钧和郑贵妃二人。待得园门外众内侍的脚步声渐渐远去之后，刚才还沉静如山、喜怒不形于色的朱翊钧一下转过身来，抓起了那份奏折，双手激烈地颤抖着，接连翻了四五次，才将那份奏折翻了开来！

一翻开奏折，朱翊钧便不顾一切地埋下头去认认真真地阅看起来！

看了很久很久，朱翊钧整个人就像一头扎进了那份奏折里拔不出来了一样——他好像永不知足地看了一遍又一遍。

“陛下……陛下……”郑贵妃生怕他中了心障，急忙出声提醒道。

却见朱翊钧慢慢抬起头来，痴痴地望着她，双眸之中涌起了清亮的泪光。他的声音颤颤的，让郑贵妃听了心头也颤颤的：“爱妃！爱妃！我们终于胜利了！我们终于胜利了！经历了那么多的山重水复，我们终于还是胜利了！朕……朕真是太高兴了！”

说着，他忽地一顿，一下提高了声音：“这桩天大的喜事，朕要与天下臣民共享！朕马上就亲自拟诏，褒奖李如松、宋应昌等全体东征将士，同时将此平倭佳绩宣告天下，普天同庆！朕要让各地官员从本地官库中列支，发放鱼肉大米，与天下百姓共庆三日！”

郑贵妃一听，似觉有些不妥：东征大军方才收复朝鲜半壁河山，这朱翊钧便一时喜极，竟要拨出官库钱粮与民共庆三日……且不说将来收复了朝鲜全境又当如何，单单就这各地官府拨给百姓用以庆祝三日的这些钱粮，只怕便是一笔大大开销！皇上毕竟还是太年轻，只图自己一时欢畅痛快，欲要与人共享其乐，全然忘了平日里节衣缩食凑补军饷之苦啊！

然而，此刻朱翊钧正深深沉浸在东征大捷消息的极度兴奋之中，她又岂敢上前出声给他泼上这盆“冷水”？思来想去，郑贵妃也无可奈何。

第八章　大战碧蹄馆

“大帅！”查大受、李有升等愕然回首，只见李如松手持“天泉古剑”不知何时竟已放马上前，迎向了立花宗茂！

在立花宗茂骇异的目光中，李如松手中那柄“天泉古剑”斜斜指向地面，宛若一脉活水一般流转泛动着粼粼光波，映得他须眉尽碧。同时，李如松仰起脸来，那眼神便似“天泉古剑”的剑芒一般凛冽、冷峭——只听他唇角一动，沉缓有力地吐出了四个字：

“来受死吧！”

丰臣秀吉的悲与喜

名护屋野苑里的樱花自然没有大阪城和京都的绚丽夺目、种类繁多。它们纷纷盛开在枝头上，远远望去，便似漫山遍野地缀满了朵朵嫩白粉红的雪花。

今年名护屋的樱花开得很早，二月初一刚过，就已是“忽如一夜春风来，千树万树梨花开”了。丰臣秀吉觉得这是一桩很值得庆贺的祥瑞之兆，便在二月初二这天，带着淀姬夫人、大野治长等自己太阁府里的人，安安静静地来到了名护屋城外的雪魂山观赏樱花。

漫步在樱花林中，丰臣秀吉一脸的悠然，他背负双手，昂首向天，缓步而行。淀姬却是踩着一路碎步，轻俯身形，紧走慢踱，寸步不离丰臣秀吉的身畔。大野治长领着数十名侍婢，远远地跟在他俩身后，不敢靠近打扰。

忽然，一阵微风徐徐掠过，樱花树上顿时枝叶轻摇，一片淅淅细雨似的樱花花瓣便轻轻柔柔、纷纷扬扬地飘散开来，旋转着、飞升着、洒落着，像无数粉蝶般轻灵无比地翩翩起舞，迷离了林中诸人的视野。

“多美的樱花啊！”丰臣秀吉深深地感慨道，“它们‘潇潇洒洒而生，轰轰烈烈而去’，每一次借着春风尽量展现出自己独有的风姿，都能给人们留下永不磨灭的记忆。唉……本太阁看到它们，就不禁想起了自己这波澜壮阔的一生，也便犹如这‘潇潇洒洒而生，轰轰烈烈而去’的樱花……”

“太阁大人，您说错了。”淀姬听到这里，立刻微微皱起了眉，面色一凛，竟是无所畏惧地打断了丰臣秀吉的话。

“你……”丰臣秀吉一向是唯我独尊、傲气冲天，从来只有他一个人发号施令，而别人只有俯首听令、唯唯诺诺的分儿，这次竟被淀姬猝然打断了自己的讲话，顿时双眉一竖，面色骤然变得狰狞可怕，当场便要发作起来。

却见淀姬毕恭毕敬跪倒在林间草坪之上，柔声说道：“太阁大人息怒。妾身认为，这樱花虽然美艳绝伦，但它易枯易荣、盛衰不定，岂能与永远雄踞至尊之位的太阁大人相提并论呢？依妾身看来，只有我日本国的绝顶奇峰——富士山才可以用来比拟您的巍巍功德、赫赫权威！”

“呵呵呵……”丰臣秀吉听了，不禁转怒为喜，脸上露出了得意的笑容，“夫人你说得很对啊！本太阁建下的丰功伟业，确是有如高入云霄的富士山，足以令任何人仰不可及！”

他俩正在对话之际，大野治长轻轻移步走近前来，小心翼翼地禀道：“启禀太阁大人：西征大军统领宇喜多大人、奉行石田大人，还有军师黑田大人派了服部正全为信使，送来了朝鲜战报。”

“哦？西征大军的信使回来了？”丰臣秀吉脸上掠过了一丝深深的笑意，喃喃地说道，“他们此刻一定是已经攻下了大明国的辽东全境，为了呼应今年名护屋樱花早开的祥瑞之兆，给本太阁送捷报来了吧？服部正全在哪里？”

“他正在樱花树林外等候您的召见哪！”大野治长眸中闪过一丝隐隐的不安，“依卑职之见，还是请太阁大人赏完了樱花再接见他吧！”

“没关系，没关系，”丰臣秀吉拿手拂了拂飘在衣衫上的樱花花瓣，微微笑道，“大野君啊！你马上去召一名画师前来，将本太阁站在这樱花树林中听取西征捷报的这一幕情景仔细地描绘下来——今后，这幅图画有可能会成为流芳百世的珍品啊！就像他们大唐国那位太宗皇帝李世民接见吐蕃使臣的《步辇图》一样是稀世之珍……”

“这……这……”大野治长在喉管里嘟囔了几句，只得垂手退出林去。

隔了片刻，听得一阵窸窸窣窣的声响，却见一身素服的服部正全跪在地上，满脸铁青，半垂着头，竟是膝行着慢慢从树林外挪到丰臣秀吉和淀姬面前来。

见到服部正全这般举动，丰臣秀吉一下便变了脸色，怔怔地站在那里，惊诧莫名。淀姬亦感到似乎有些不妙，急忙屈身退开远远的，不敢多言。

“怎……怎么回事？”丰臣秀吉待他慢慢膝行着挪近自己身前五尺开外，方才开口问话，声音涩涩的，“到底是怎么回事儿？”

“太……太阁大人，”服部正全不敢抬头，只是脸朝地面，全身瑟瑟发抖，颤着嗓音说道，“大……大明国出动了四十万精兵强将，以……以十倍之众前来挑战，小西君和武士们英勇奋战了十天十夜，终于寡不敌众，退出了平壤、开城等地……”

他按照宇喜多秀家和石田三成事先编好的内容结结巴巴地说道：

“我们……我们只损失了一万多人马，他……他们大明国伤亡了五六万士兵……”

丰臣秀吉仍是木然不动地站着，呆呆地听服部正全说着，脸色变得越来越难看，突然间双耳深处“嗡”的一阵巨鸣，只看到服部正全的嘴一张一合地还在说什么，自己却一时再也听不清他的声音了。

同时，他只觉得自己心脏蓦地传来一阵剧烈的绞痛，有如一柄匕首在里面搅动一般，疼得他额角上顿时掉下了大颗大颗的汗珠！

他“啊”的一声大叫，“扑通”一声坐倒在地，大口大口地喘着粗气，用手指着服部正全，满脸狰狞之色，却一时说不出话来。

听到他这一声大叫，淀姬慌忙跑上来将他扶住。同时，大野治长也从林外飞步而入，一见此状，急忙上前将丰臣秀吉轻轻放平在地上，然后他扭头喝令服部正全速速退下。

“大野君……”淀姬惊慌失措地看着大野治长道，“这……这……这可怎么办？”

“别慌！别慌！”大野治长伸出右掌抹了下自己额头的密密冷汗，定了定心神，仿佛想起了什么似的，忽又惊喜喊道，“有了！卑职马上去请那位琉球国来的许医生来瞧一瞧太阁大人……”

青衫布巾的许仪静静地盘膝坐在太阁府寝室的黄金地板上，望着卧倒在床榻上的那个面色蜡黄、干瘦如猴的老头儿，怎么也不能将他和外面传言中那个野心勃勃、一手挑起明倭之战的乱世枭雄——丰臣秀吉联系在一起。

就是这个一身病态的老头儿，晚年突发狂想，倾尽日本之力，要远征大明、称霸天下？就是这个老头儿，指挥自己手下人马大肆杀戮，双手沾满了朝鲜民众和大明士卒的鲜血？就是这个老头儿，到了现在身患暴疾之时，仍在昏迷中像疯子一般呓语着“要狠狠教训大明国，要重重反击大明国”等胡话。

许仪正在浮想联翩之际，大野治长的声音将他唤回到现实中来：“许医生……许医生……您……您……看太阁大人他……”

“这……还请总管大人让在下近前去瞧一瞧太阁大人的病情如何？”许仪沉吟片刻，开口问道。

“当然可以！”大野治长急忙应道。

这时，一直护持在丰臣秀吉床榻边的侍卫首领鬼目幸雄将右手一下紧紧按在了腰间的刀柄之上，他冷冷瞥了许仪一眼，毫不客气地说道：“大野总管，这个琉球医生为人可靠吗？太阁大人的身边绝不能有可疑之人接近。”

大野治长哼了一声，冷冷说道：“许医生是琉球国的名医，医术精湛。本总管多次生病都是服了他配的药物才痊愈的。他若是对我日本国存有二心，又岂会配药医治本总管？况且，他终究是一个医生，又不会什么武功——有武艺超群的日本剑道高手鬼目幸雄您保护在太阁大人身边，谁又能伤得了太阁大人一根毫毛呢？”

鬼目幸雄沉思了片刻，冷冷盯着许仪，缓缓应道：“既然有大野总管担保，就让这个琉球医生近前来为太阁大人诊断吧！”

大野治长听了，转身伸手向许仪做了一个恭请上前的姿势。许仪默默地站起了身，缓缓走到了丰臣秀吉的榻床之前，凝神仔细观看了一会儿他的面色，然后伸出右手轻轻向丰臣秀吉右腕的脉门处扣去……

“你要干什么？”鬼目幸雄急忙用倭刀的刀柄挡了一下许仪伸将过去的那只右手。看着他双目圆睁、深怀疑虑的表情，许仪面上波澜不惊，只是将右手停在了半空，淡淡说道：“老夫要为太阁大人把脉诊断。”

“哦……”鬼目幸雄这才慢慢收回了倭刀刀柄，但同时他身形一动，也上前一步紧紧靠近了许仪的身旁，如同将他无形挟持了一般，随时提防着他的一举一动。

当许仪的右手手指搭上丰臣秀吉的腕脉之时，丰臣秀吉便似心生感应一般，倏然睁开了双目，竟是一下清醒过来。他目光在寝室内一转，立刻便明白了一切。

静静地等着许仪为自己把脉之时，丰臣秀吉的眼神渐渐浓缩起来，聚成了两道精光，缓缓扫向了侍立在榻前的大野治长，冷静地说道："没关系。这一点儿病痛还不会将本太阁怎样的……唉！我日本西征大军在朝鲜惨遭挫败，这才是本太阁心中之剧痛啊！你把宇喜多秀家、石田三成、黑田如水他们写的呈文取给本太阁瞧一瞧……"

"是！是！是！还请太阁大人要宽心啊！"大野治长口里答应着，却一动不动，"太阁大人还是先保重身体再说！他们的呈文，卑职待会儿便给您取来……其实，据服部正全所言，大明国丧师四五万，我军才死伤一万余人，比较之下，我们还是算胜利了的……"

"不管他大明国折损了多少人，也不管我日本国伤亡了多少人，但是平壤、开城等朝鲜重镇终究是被大明国的军队夺去了……"丰臣秀吉抬起头来，将目光投向了高高的屋顶，斜倚在床榻之上悠悠说道，"这样看来，我们日本国哪里能算是胜了呢？现实中朝鲜的局势，应该比本太阁想象中的更为棘手吧！"

这时，许仪已经把完了脉，收回了右手，垂放在自己膝盖上，恭恭敬敬伏下身来，不敢多言。

丰臣秀吉倏地将目光投在了他身上，又看了看大野治长，神色中写满了问号。

"呃……这位医生是琉球国的神医，"大野治长急忙向丰臣秀吉介绍道，"他姓许名仪，还懂得我们日本国的语言、文字，卑职曾经患过几次疾病，都是被他治好的。"

“那么，就请他给本太阁诊断一下吧！本太阁的病情到底如何？”丰臣秀吉缓缓点头说道。

“太阁大人既然这么说，在下就献丑了，”许仪毕恭毕敬地说道，“太阁大人刚才只是因为心情太过激动而导致心肌骤然痉动罢了，只要时时安心宁神、从容宽和，应当并无大碍的。”

“呵呵呵！本太阁自己的感觉亦是如此，”丰臣秀吉笑了一下，对许仪吩咐道，“你且先下去给本太阁开出一剂药方来，待会儿递给大野总管，本太阁让他按照你配的药方去抓药来煎服，如何？”

“承蒙太阁大人如此不弃，在下已是感激不尽，”许仪恭恭敬敬起身退了出去，“在下现在便下去给太阁大人配药。”

待他慢慢退去之后，丰臣秀吉望着他离去的方向，沉吟良久，忽然开口说道：“大野总管，你且吩咐下去，让京都派几个御医连夜赶将过来，一齐为本太阁诊断一下病情。然后，再将这个琉球人开出的药方给他们详细审查一番——倘若他的药方里有误诊误断或漏诊漏断之处，立刻抓起来处死！不过，如果他的医术真有你说得那么精湛，本太阁便会将他留下来当本府的供奉医师。”

“是！”大野治长急忙垂头应道。

“好了！本太阁现在精神好多了，”丰臣秀吉缓缓说道，“你现在可以把宇喜多秀家、石田三成、黑田如水的呈文送上来给本太阁阅看一下了！朝鲜那边的事儿一刻也耽搁不得啊！”

静静地斜身在榻床上，丰臣秀吉仔细地翻看着宇喜多秀家、石田三成、黑田如水写来的呈文。他的眉头一直紧紧地蹙着，脸色阴晴不定。

许久许久，他才放下了这三份呈文，陷入深深的思索之中。宇喜多秀家和石田三成在呈文中只是一味闪烁其词，并未点明此番平壤、开城之败的症结之所在。当然，他们也谈到了凤山守将大友义统不战而逃，致使小西行长在平壤城内孤立无援，终至一败涂地。可是对大友义统这个人，丰臣秀吉自然也是熟悉的，大友义统并不是胆小如鼠之徒，在跟随自己东征西战之中，他从来就没有临阵脱逃之举！相反，他在自己手下是一员颇为出名的悍将啊！然而，到了朝鲜，面对明军的大举进攻，这员悍将竟然望风而逃、不战而退！这说明了什么？这说明明军必然是实力异常雄厚，这才极大地震慑了大友义统，吓得他抱头鼠窜！

想到这里，丰臣秀吉不禁摇了摇头，深深叹了一口气。他一瞬间又想起了黑田如水在呈文中写给他的那些话。黑田如水建议自己立刻停战撤军，与大明国议和谈判，不能再硬碰硬地顽抗下去了。他还认为，此番平壤之役中，大明国尚未动用全部国力，单是派来一个李如松，就已是厉害至极，使得西征大军人人谈而色变。倘若大明国再行增兵扩军，源源不断地补充实力投入未来之战，我们日本国国贫人稀，哪里消耗得起？

黑田如水的话是尖刻刺耳的，是一针见血的。他深深地刺痛了丰臣秀吉那狂热的野心。丰臣秀吉虽然也认为他的话讲得不无道理，但此刻，他已无法罢手停战了！丰臣秀吉的逻辑是：只要坚持到最后一刻，一切胜利都将属于自己！以前，丰臣秀吉凭着这个逻辑已经赢得了整个日本。现在，他要凭着这个逻辑去再赌一把——说不定还真能赢得整个大明国哪！

一念及此，他便起身从床头柜中取出一只水晶瓶来，双手托在掌上，凝神端详。这只水晶瓶里装满了清澈透亮的盐水。盐水中间，静静地悬浮着两颗黑珍珠般又大又亮的眼睛。它们闪着一种凛然不可侵犯的光芒，冷冷地正视着丰臣秀吉。

“宋贞娥……宋贞娥……”丰臣秀吉盯着水晶瓶中这一对眼睛，

喃喃地说道，“本太阁永远也不会让你的眼睛看到我日本武士有朝一日从朝鲜溃退而回的情景……恰恰相反，总有一天，本太阁会让你的眼睛看到本太阁是如何登上大明国皇帝的龙椅，会让你的眼睛看到你们朝鲜人、他们大明国人是如何在本太阁的脚下俯首称臣的……”

他喃喃自语了一会儿，然后又将那水晶瓶收起，轻轻放回床头柜里。然后，他静静地仰身躺在榻床上，深深地思索着如何突破困境让西征大军重振雄风。

“笃笃笃”黄金室门被人轻轻敲了数下。然后，淀姬温柔动听的声音缓缓传了进来：“妾身前来向太阁大人问安。”

“进来吧！”丰臣秀吉支起了身，转头看着淀姬轻轻推开黄金室门，袅袅娜娜地走了进来。

“大人的身体可好些了吗？”淀姬坐到他床榻边轻声问道。

“本太阁的身体结实着呢！”丰臣秀吉呵呵笑道，“你以为区区一场平壤之败便能击倒本太阁？那是不可能的……”

“是的。妾身已经说过，太阁大人您就像富士山那样永远安康、坚不可摧，”淀姬在地板上恭恭敬敬地说道，“现在见到您果然还是这般精神焕发，妾身就放心了。”

“像富士山那样永远安康、坚不可摧？”丰臣秀吉淡淡地笑了，“本太阁也希望能如此啊！唉……古往今来，这世上哪一位霸主名将，生前叱咤风云、风光无限，末了还不是一抔黄土黯然收场？本太阁若能建下征服大明、独霸天下的旷古伟业，就是立刻死去，便也瞑目了……”

“太阁大人不应该把丰臣氏所有的辉煌都挑在自己一个人的肩上，”淀姬恭伏在地板上，缓缓说道，“您一个人就想将丰臣氏整个家族世世代代的繁荣昌隆全部一手打造出来，将来丰臣氏的子孙后代岂不是将会永远遮没在您空前绝后的大功绩的阴影中无法冒出头来？”

“哦？你怎么会这么想呢？”丰臣秀吉有些诧异，“就算本太阁有生之年能够攻下大明国，但这个世界上还有天竺国、罗刹国、西班牙、葡萄牙等很多国家，秀次他们仍然还有很多壮丽的事业去打拼哪……”

“秀次大人不能算是丰臣氏的嗣子！”淀姬突然咬紧了嘴唇，冷冷地说道，“只有太阁大人您自己的亲生子女才能继承您的辉煌与伟大……”

“淀姬！本太阁知道自从鹤松儿去世之后，你一直都很伤心……”丰臣秀吉深深叹了口气，缓缓说道，“你……你应该把秀次当作自己的儿子来看才行啊……我丰臣氏的偌大基业，现在不托付给他，又该托付给谁呢？”

“您的千秋大业，已经后继有人了，”淀姬缓缓地从地板上直起身来，眉宇之际现出一片深深的喜色，“其实今天在野苑中观赏樱花的时候，妾身就一直想找机会告诉您的……”

“你到底在说什么？”丰臣秀吉一脸的愕然。

“今年名护屋樱花早开的祥瑞之兆其实已经应验了，”淀姬面颊间泛起了一片红霞，伸手摸了摸自己那微微隆起的小腹，眸光里喜意扬扬，“妾身已经怀了两三个月左右的身孕了……根据那位医术精湛的琉球国许仪医生把脉判断，妾身极有可能怀的是男孕……”

“什……什么？……”丰臣秀吉一下睁大了双眼，怔怔地看着淀姬，半晌方才回过神来，惊喜若狂地从床榻上一跃而起，猛地向她张开双臂拥抱过来，“这……这可是天大的喜讯哪！这是天照大神对本太阁的眷顾！本太阁真是太高兴了……”

倭寇增兵

“你说什么？”德川家康在本府后院的地下密室里“霍”地一下站

起身来，目光灼灼地逼视着德川秀忠，“朝鲜那边的真实消息根本不像宇喜多秀家、石田三成他们说的那样吗？”

“是的！”德川秀忠在地板上伏身向父亲禀道，“朝鲜那边真实的情形是：在平壤一役中，大明国出动了四万余人马，小西行长拥兵三万余人与之相抗，双方实力并不悬殊。这一场激战下来，小西行长一日之间便损失了二万余武士，而大明国仅有八百多人伤亡！”

“什么？什么？”德川家康顿时气得双脚直跳，“这真是大日本国千百年来未有之大惨败啊！这……这真是大日本国的奇耻大辱啊！小西行长枉为我日本国一代名将，败成这般境地，实在应当切腹谢罪！”

“父亲大人，看来大明国的实力果然是雄厚无比，我日本国确是难以与之争锋啊？”德川秀忠伏身在地，接口说道，“据前方眼线来报，他们大明国的那员主将实在是‘诡计多端’‘机诈无穷’，使得我军将士处处被动挨打，毫无招架之力！”

“他叫什么名字？”德川家康冷冷问道。

“他叫李如松，今年才四十多岁。”德川秀忠急忙答道。

“李如松？”德川家康将深深的目光投向了西方，缓缓说道，“为父会永远记住这个名字的——如果大明国有一天整合力量大举登陆进击我日本国，他也许便是我日本国百年罕见之劲敌！到了那个时候，为父也只好拼尽全力与他一决雌雄了……”

“太阁大人遭此惨败，应该会停止战斗撤军回国了吧？”德川秀忠沉吟着说道，“身在朝鲜的黑田军师已经极力向太阁大人建议与大明国停战议和了……在日本国内，秀次大人好像近来也因为粮饷难供、军费开支太大而开始反对太阁大人的西征大计了……”

“秀次大人真是不识时务啊！”德川家康感慨地说道，“他现在的处境已经是岌岌可危，居然还敢跳出来忤逆太阁大人的旨意……”

“父亲大人何出此言啊！”德川秀忠有些惊疑不解。

“为父刚才收到小林鹿子送来的绝密消息，她说淀姬夫人已经怀了身孕，而且经名医把脉判断还是男婴……”德川家康阴沉着脸缓缓说道，“这个男婴应该是她和大野治长私通苟合的，但现在她肯定会瞒骗丰臣秀吉，声称是她和丰臣秀吉的嫡子……那么，丰臣秀吉就会收回任命丰臣秀次为丰臣氏继承人的承诺，立自己的这个‘嫡子’为继承人……如果为父猜得没错的话，丰臣氏家族内部很快便有一场立嗣纷争爆发了……”

“是啊！父亲大人说得真是一针见血啊！”德川秀忠听得连连点头，“如今丰臣家族外面遭到平壤之役的惨败，内部又将有激烈的立嗣纷争，实是‘祸不单行’啊！看来，天照大神已经开始厌弃他们丰臣家族了……在这样的内外交困之下，想必丰臣秀吉一定会感到异常吃力吧！……”

“呵呵呵！我们德川家族隐忍潜伏了这么多年，”德川家康笑了，“终于便要熬到尽头了……丰臣氏内外交困之时，便是我德川一族乘机崛起之时啊……”

“咚咚咚！咚咚咚！”密室的铁门在外边被人轻轻敲了六下。

德川家康和德川秀忠一听，都禁不住一怔：有什么紧急大事呢？他俩互视一眼，还是德川秀忠先开了口：“进来！”

铁门被轻轻推开，本多正信恭恭敬敬走了进来，随手又将铁门小心地关上了。然后，他跪伏在地板上，向德川家康禀道：“大人，太阁府来了急令，请您务必于明日上午前往太阁府商议大事。”

“商议什么大事？”德川家康皱紧了眉头问道，“还有哪些人和我一同赴会？”

“太阁府来的信使虽然没有明说，但是根据潜伏在太阁府里的内线传来的消息，似乎是太阁大人要和你们商议增兵赴朝与大明国交战的有关事情，”本多正信谨慎小心地回答，“而且，太阁大人只召了留在日本国本土境内的‘四大辅政大老’和秀次大人举行这场秘密会议……”

“哦……我知道了，”德川家康呼地一下站起身来，面色微变，在密室中来回迅速地疾走了几趟，这才慢慢定住了心神，缓缓说道，“本多君，你这个消息送得很及时啊！很好！很好！我要重重奖赏你！”

“此乃属下分内之事，请大人不必过奖。”本多正信急忙趴伏在地板上恭谢不已。

“父亲大人……难道太阁大人又会有什么异动了吗？”德川秀忠有些不解地问。

“秀忠啊，你可不能什么事情都要等着为父给你指示和点拨啊！你要学会自己开动脑筋来判断问题……”德川家康在榻榻米上盘坐下来，向德川秀忠平静地说道，“你来帮为父分析一下，丰臣秀吉明天召开这个秘密会议有何用心呢？”

“刚才本多君已经说了，是和你们‘四大辅政大老’商议增兵赴朝与大明国交战的事情……”德川秀忠不假思索地应声答道。

“呵呵呵！‘增兵赴朝’，‘增兵赴朝’……他丰臣秀吉手上还有自己的兵源可以增拨给驻在朝鲜的西征大军吗？”德川家康冷森森地一笑，缓缓说道，“目前日本国内诸位大名的兵力基本上都被丰臣秀吉征调过了，只剩下前田利家、小早川隆景、毛利辉元和我‘四大辅政大老’部下的人马未被大量调拨……”

他说到这里，语气倏地一顿，沉吟着说道：“很明显，丰臣秀吉又想来借我们的兵马为他的西征大业出力……前田利家手里有七万人马，毛利辉元手里有五万人马，小早川隆景手里有六万人马，而我们德川家手里除了去年被拨走五千武士之外，还有九万多人马……丰臣秀吉为了平衡各方的势力，一定会在明天的秘密会议上，联合其余三位‘辅政大老’，向为父施压，硬逼为父交出一部分兵马，给他派到朝鲜去和大明国敌军交战……”

“什么？丰臣秀吉的用心竟然这么歹毒？”德川秀忠听了，用拳头将地板擂得“咚咚”直响，“他真是太过分了……”

“是啊！丰臣秀吉的用心就是这么歹毒。看来，为了削弱我们德川家族的势力，他一直都在谋划着、算计着我们啊！”德川家康叹口气，但转瞬之间他脸上又掠过一丝喜色，“不过，秀忠我儿也无须过于担忧。既然为父已经洞明了他的险恶用心，就一定不会让他的阴谋得逞。”

“父亲大人……难道您要公然违抗他的手令，拒绝参加明天的秘密会议吗？”德川秀忠喃喃地说道，“上一次我们只派了五千武士给他，他已经十分恼火了……如果明天您又拒绝出兵，只怕丰臣秀吉绝不会善罢甘休啊！”

“哦……为父已经想出了一条万全之策，”德川家康伸出手来缓缓抚了抚颌下的“川”字形胡须，说道，“为父会让他找不到任何借口来发难的……”

然后，他目光一抬，投向了本多正信，吩咐道：“本多君，你马上去给我准备一大桶冰水，我要淋浴净身……”

“父亲大人……今天这么冷的天气，您还用冰水淋浴净身？”德川秀忠大吃一惊，愕然说道，“您这样做很容易患病的……”

“为父就是要马上患一场急病才行啊！”德川家康冷冷地瞥了他一眼，慢慢说道，“只有身患疾病、卧床不起，为父才不用参加明天那个秘密会议哪！”

晶莹碧绿的玉几上，放着一只锃亮的银碗，里边盛满了墨黑的药汁，缕缕热气从中腾腾而起。

丰臣秀吉的目光投在那碗药汁上面，冷冷地问侍立在一旁的大野治长道：“这个琉球医生开出的药方经过京都来的御医们严格审查了吗?”

“御医们已经仔细审查过了，一致认为许医生开的药方毫无瑕疵，”大野治长伏身禀道，“他们建议太阁大人可以服用!”

“很好，很好，”丰臣秀吉淡淡地说道，“可是本太阁眼下身体已无大碍，似乎用不着再喝这么苦涩的药汁了吧?!”

“太阁大人，大明国曾经有一句谚语说得好：‘良药苦口利于病。’”大野治长伏在地板上恭敬地劝道，“您的安危关系着我日本国的国运，还是请服了这药汁好好调养一番吧!”

丰臣秀吉不再多言，双手捧起了银碗，慢慢凑到唇边，咬了咬牙，喝了一口药汁。不料，这药汁一入他的口中，初时苦涩难当，令他眉头顿蹙、直吐舌头；后来，他渐渐觉得口腔里那股苦涩之味消逝净尽，接着一缕清芬香甜的感觉从舌根处缓缓溢了出来，令人回味无穷。

“嗯！这药汁苦中带甜，真是好喝！”丰臣秀吉一下捧起银碗，“咕嘟咕嘟”地将那碗药汁一下全部喝入腹中。

喝完之后，他一边伸手轻轻揉着自己的腹部，一边细细地品着那药汁中的香甜清芬之味，缓缓说道：“这个琉球医生果然医术高明……连这么苦涩的草药也能调出如此清甜爽口的美味来，真是了得啊！就将他留在太阁府中担任供奉医师吧!”

“是!”大野治长伏身叩头应道。

“不过，对他开出的每一剂药方，仍然要经过京都御医们的严格审查，才能煎制成药汁给本太阁服用，”丰臣秀吉脸色一变，冷冷吩咐道，“他毕竟不是我们日本人，不能不对他多些警惕啊!”

说着，他站起身来，整了整自己的衣冠，迈步向寝室外走去：

“现在，本太阁应该去和诸位辅政大老共商西征大事了……”

“德川家康怎么还没赶到?”丰臣秀吉环视了一下黄金室内，前田利家、毛利辉元、小早川隆景和丰臣秀次都到齐了，唯独德川家康没有在场，脸色一下便沉了下来，向大野治长说道，“你再派人去催一催!”

“禀告太阁大人：今天一大早，德川府中的管家本多正信就来报告，说德川大人昨晚因偶感风寒而猝然得了一场急病，烧得厉害，头痛得也厉害，躺在床上起不来了，”大野治长急忙答道，“所以，他今天参加不了这场会议了。”

“他病了？这个德川家康，怎么恰巧就在这时病了?”丰臣秀吉脸色阴沉沉的，冷然说道，“是不是真的?你派人再去查一查……”

“太阁大人，卑职已经派人查过了，”大野治长款款答道，“他们回来报告说，亲眼看到了德川大人真的卧病在床，还烧得直说胡话哪……”

“唉……这个德川家康！平日里对本太阁总是恭谨有加、大献殷勤，然而在紧要关头他却总是不得力啊!”丰臣秀吉拍了拍自己的膝盖，慨然叹道，“罢了！罢了！他不来参会也就罢了！前方西征大军战事正紧，本太阁一刻也不能耽搁了!”

叹罢，他目光一转，扫视着坐在下方的三位辅政大老和丰臣秀次，肃然说道：“昨天本太阁让人将宇喜多秀家、石田三成、黑田如水关于平壤之败的呈文都抄了复件送给你们看了，你们可有什么意见?”

不料他这话一说完，黄金室内竟是死一般一团沉寂——三位辅政大老和丰臣秀次都拉长着脸沉默着，谁也不吭一声。

丰臣秀吉等了半晌，见他们仍然没有开口发言的意思，不禁心里有些恼怒，倏地提高了声音问道：“平壤之役，我大日本国损兵折将两万余人——你们难道不感到痛心吗？你们难道不愿意奋勇而起，为我大日本国洗刷这奇耻大辱吗？！”

他此语一出，前田利家、小早川隆景、毛利辉元和丰臣秀次等人都不禁战战兢兢起来，趴伏在地板上，齐声答道：“臣等闻听平壤之败以来，深感失职，甚是惶恐。一切仅凭太阁大人英明决断，臣等唯有谨遵教令、奉而行之。”

丰臣秀吉听了，这才慢慢缓和了脸色，他心念一转，故意挑起了一个话题，开口说道：“不过，本太阁亦非一味穷兵黩武之徒，任何意见都愿意倾听。黑田如水在写给本太阁的呈文中建议，要求本太阁停战撤军与大明国议和。本太阁觉得他的话似乎也有些道理，值得考虑。你们以为呢？”

黄金室内立刻又静默了下来，鸦雀无声。

过了许久，丰臣秀次的声音打破了这一片静默：“儿臣也认为黑田军师所言甚是。太阁大人有所不知，自从去年开战以来，我日本国内天灾频仍、旱涝不绝，各州百姓收成极差。今年倘若再要征兵调粮，只怕是难以为继啊！倘若我日本国能与大明国议和停战，自然是再好不过了。”

“秀次总在担心军费开支过大、粮饷难供，是吧？”丰臣秀吉淡淡地笑了，缓缓说道，“我们西征大军完全可以‘以战养战，因粮于敌’嘛……”

丰臣秀次听了，没有立即答话，微微低下头来，咬紧了双唇，沉默了半晌，终于还是一仰脸继续说道：“太阁大人这‘以战养战，因粮于敌’的方略，固然是非常高明。但是，这一切都应该建立在我西征大军连战连胜的基础之上。倘若我们胜了，敌军的军械、粮食自然会为我所有……可是，倘若我们败了呢？这一次平壤、开城等重镇相继失守，我军在辎重、器械、粮食等上亦是损失惨重啊！……”

“不要再说了！似你这般鸡毛蒜皮、婆婆妈妈，怎能光大我丰臣家族的无上荣耀?”丰臣秀吉面色大变，一声厉斥，打断了丰臣秀次的讲话，语气冷若寒霜地说道，“从现在起，你主持的一切政事都要移交给本太阁来最终定夺……本太阁让大野治长担任你的副手，你无论做任何事，都必须与他事先商议后取得一致意见才能施行!”

其他三位辅政大老一听，面露难堪：丰臣秀吉此言此行，分明是在收丰臣秀次之权、拆丰臣秀次之势了！看来，丰臣秀次在日后的仕途中实在是凶多吉少了……

丰臣秀次听了，顿时如遭雷击，全身禁不住瑟瑟发抖起来，眼眶里泪珠儿滴溜溜直转。他一咬牙，将几欲夺眶而出的眼泪硬生生憋住，然后伏下身来，在地板上重重地叩了几个响头，颤声答道：“儿……儿臣遵命!”

丰臣秀吉面无表情地点了点头，径自向大野治长吩咐道：“大野君，你待会儿替本太阁草拟几道手令：一是立即免去黑田如水的西征大军军师之职，召他接令之后即刻返回日本国面壁思过。”

“二是命令宇喜多大统领将逃将大友义统遣送回国，我要亲自审问，并收回他的封地，以儆效尤。”

“这第三嘛……”丰臣秀吉将头转向了小早川隆景说道，“小早川大老，您是日本国数一数二的智将，曾经打遍关西无敌手。本太阁想请你出山，带领您手下的三万人马，对了，还记得要带上那个我们日本国的‘名将之花’——立花宗茂，即日动身直赴朝鲜，一举扭转我西征大军的不利局面!”

“这……”小早川隆景一愣，急忙伏身说道，“德川大人、前田大人、毛利大人的谋略才智均在本人之上，本人智浅才疏，此番前去朝鲜，只怕有负太阁大人的重托啊!”

"您真是太过谦了！"丰臣秀吉微笑着摆了摆手，淡淡说道，"您看，德川家康此刻身患急病，只怕一时半刻也不能治愈……前田大人和毛利大人的人马又必须留在日本国本土护卫天皇和镇压民变……本太阁只有拜托您挂帅出征、克敌制胜了……"

小早川隆景听丰臣秀吉说得这般直接而毫无回旋余地，目光也变得如同刀刃一般愈来愈冷，不敢再行拒绝，急忙伏身在地，恭恭敬敬叩头答道："是！老臣一定尽心竭力与大明国敌军决一雌雄！但求天照大神保佑，使老臣不负太阁大人的重托与厚望！"

李如松挥师南下

开城府城楼的瞭望台上，李如松、宋应昌和诸营将领并肩而立，遥遥望着南方，各怀心事，沉默不语。

"启禀提督大人：据探子来报，近来各路倭军且战且退，都在朝着汉城府方向聚拢、集中，"李应试的声音轻轻打破了沉寂，"如今，以开城府为分界线，北边的朝鲜失地已完全被我军收复；而同时倭虏也更加稳固地占据了南边的朝鲜国土，准备凭险而守，和我们继续对峙下去哪！"

"是啊！倭虏亦是十分狡诈啊！"宋应昌在一旁点了点头，思忖着说道，"他们的兵力会聚愈是集中、愈是稳固，我们要想彻底打垮他们也就愈是困难、愈是麻烦……依宋某之见，我军不如暂且歇兵开城，等待粮草、军火、器械补给充裕之后再行出击。在这期间，我们可以一边派出疑兵四下布阵，一边联络朝鲜南部的义军，对倭虏进行多方干扰，而我大队人马则可以逸待劳、伺机而发！"

"宋大人这番谋划，实不失为万全之策啊！"李如松听了，连连点头称是。但他心念一动，忽又蹙起了眉头，问道："目前我大明辽东境内正有蒙古胡虏与海西女真东西呼应、联手作乱，兵部和顾总督他们还有余裕的粮草、器械及时供应过来吗？我们就算要等候支援，但也不可坐失良机啊！我们这边在积极筹备军械给倭虏致命一击，同时倭虏也在积蓄力量准备负隅顽抗呵！双方大势已定，交战之时必是硬拼硬耗、互有损伤……那时候再想出奇制胜，可就没有太大的周旋余地了！”

“李提督说得对！”查大受一听，顿时来了劲头，跨步上前道，“倭虏自平壤惨败之后，士气受挫、人心大乱，我们完全可以一鼓作气，及时追杀过去，乘胜扬威，把他们全都赶到大海里喂鱼去！”

“查兄，你这话可就有些武断了……”杨元听查大受这话说得口气太大，不禁出声驳道，“你凭什么断定倭虏就是‘士气受挫，人心大乱’？刚才李参军说了，倭虏现在是在有计划、有步骤地向汉城府会聚集中……如果杨某没有猜错的话，眼下汉城府中会聚了六万左右的倭兵！我们就是倾尽所有人马前去进攻，只怕也难有七成的胜算……”

“七成的胜算？”宋应昌眉宇间掠过了一丝忧色，不禁轻轻叹道，“以四万余明军正面应对六万多倭兵，能有五成的胜算已是万幸了！”

“还有，虽然倭虏表面上看是在一路南逃、避战撤兵，但也不能不防他们是在佯退示弱、诱敌深入啊！”杨元沉吟着说道，“杨某还是赞成宋大人的意见，让大军暂且歇兵开城、以逸待劳、伺机而发！”

“哼！杨兄此言是在‘长倭虏之志气，灭我天朝之威风’哪！”查大受冷冷说道，“兵法有云：‘兵贵神速，动如脱兔。’倭虏自从侵入朝鲜境内以来，一路赢得是屁颠屁颠，末了在平壤城一日之间便被我大明雄师打得落花流水、一败涂地，哪里还能想到‘佯退示弱、诱敌深入’？这些个无知蛮夷莫非还懂《孙子兵法》不成？俺查某愣是不信！”

“查兄！你这话可就有些偏了！”祖承训在一旁插话进来，深有感慨地说道，“倭虏阴险毒辣得很啊！他们什么阴招都使得出来的……千万不可小看他们啊！”

“好了！好了！”李如松伸出双手从虚空向下一摆，止住了手下诸将的争论。他胸有成竹地说道：“我军大队人马暂且就在这开城府中继续休整几天，然后拔营前移到距汉城府一百六十余里的坡州城，对汉城府中的倭虏形成泰山压顶的威慑之势，却又蓄而不发，以逸待劳、伺机而动。同时，祖承训、查大受和朝鲜参将高彦伯率兵三千，前往汉城府方向沿途搜索、打探，若是发现可乘之机或异常情形，火速返回报信。只要有一线胜机，我们就挥师横扫过去，决不能让倭虏苟延残喘、卷土重来！”

在汉城府朝鲜王宫的大殿之上，倭军众将垂手而立，肃然看着太阁大人新近任命的特使、辅政大老小早川隆景登上了点将台。

“天皇陛下、太阁大人有令：着即将逃将大友义统逮捕回国，收回封地，以儆效尤，”小早川隆景满面凝重，展开了那份由丰臣秀吉亲笔签发的黄绢诏令，抑扬顿挫地读道，“另，黑田如水畏敌如虎、怯战主和，损我大日本国国威，乱我大日本国西征大计，其罪难逃，立即免去其西征大军军师之职，速速回国面壁思过。同时，任命辅政大老小早川隆景接任西征大军军师，尽心指导各位将领，务求全歼明军、直取中土！”

他刚一念完，台下诸将便窃窃私语起来。只见黑田如水面色苍白，缓缓步出行列，伏倒在地，哽声应道：“属下黑田如水接令。”

小早川隆景见状，收起了黄绢诏令，走下了点将台，伸手扶起了黑田如水，安慰道：“黑田公，你不必过于悲伤。如今朝鲜境内我军局势危急，你在此时竟能接到太阁大人之令抽身而去，从此不必再亲冒矢石、身入险境，又何尝不是一件幸事？”

“小早川大老真是宽厚长者，如此温言安慰属下，属下心中实是感激不尽，”黑田如水微微摆了摆手，淡然说道，“唉……既然太阁大人已经让属下面壁思过，属下而今也无话可说。只不过，属下回国之后，还是会向太阁大人陈明：这‘畏敌如虎’之心，属下是一分一毫也不曾存有。倘若有机会能让日本国真正威震天下，我黑田如水万死不辞！”

“只是这‘怯战主和’之过，属下倒是真要回去好好思量一番了。属下也非常希望自己这‘怯战主和’之念是真的错了……非常希望太阁大人的西征大业能够一帆风顺……非常希望西征大军能够一个早上起来便已打进了大明国的北京城……可是……唉……”

他摇了摇头，转过身来，向诸位日本将领长揖了一圈，道了一声“各位珍重”，而后脚步有些蹒跚地退出了大殿。

望着黑田如水摇摇晃晃远去的身影，小早川隆景、宇喜多秀家、石田三成、小西行长等人都是表情复杂，嗟叹不已。

“现在，就来商讨一下迎击明军的有关事宜吧！”小早川隆景最先从唏嘘感慨中摆脱出来，按照丰臣秀吉临行前交代的既定方略，冷冷开口宣布道，“请诸位大人各抒己见、出谋划策，争取重振军威，狠狠地给明军一个迎头痛击！”

“迎头痛击？小早川大老，您是说我们要主动上前迎头痛击明军？”石田三成一听，顿时惊得下巴都快掉下来了，“您……您可要三思而后行啊！”

“这是太阁大人的指令，难道你敢质疑吗？我们只能立刻完全照办，无须为此枉自多思多虑，”小早川隆景面色如铁，肃然说道，“先前你们这支进驻朝鲜的西征大军此刻已经丧失了不少锐气和斗志，现在就暂时在汉城府中好好休整吧！本大老就直接率领自己手下的三万精兵投入战斗！从明天起，由本大老的义子兼手下第一勇将立花宗茂担任先锋大将，率军八千，向开城府当先进发。本大老会亲率二万人马随后而行，争取在十日之内一举拿下开城府！”

说到这里，小早川隆景突然意气风发，挥了挥手说道：“你们就在后方静候着本大老和这二万八千精锐武士攻克开城、平壤的捷报吧！”

宇喜多秀家和石田三成齐齐张了张嘴，想要讲什么，却是欲言又止，只得互相对视一眼，目光里忧色渐浓。

狭路相逢

旷野苍莽，天穹高远。

一团红球般的太阳照耀着积满厚厚雪花的驿道，慢洒而下的阳光里却不带半分暖意。

祖承训、查大受、高彦伯三人奉命率着三千骑兵，顺着驿道，一路向汉城府的方向行进。

经历了血腥战乱的朝鲜南部，处处破败，沿途不时可见被倭兵洗劫一空的村庄和集镇，股股青烟在残壁废墟上四处飘荡。驿道两旁亦横七竖八地倒着被倭军残忍杀害的朝鲜百姓的尸体。

一路而来，高彦伯和自己所带的八百名朝鲜骑兵个个都是泪湿衣襟，满面悲愤之色。祖承训和查大受一边劝慰着他们，一边也为朝鲜民众所遭到的这番劫难而感到心情沉重，胸中更是增添了许多对残暴倭寇的切齿痛恨。

“哎呀！高将军，我们一路上只顾着搜索残敌，不知不觉竟已走了三个时辰，”查大受忽地想起了什么似的，一勒马缰，侧头问高彦伯，“这里离贵国的王京——汉城府还有多远？”

“怎么？查兄，我们现在离汉城府远又如何？近又如何？”祖承训在一旁笑着说道，“难道你真的还想杀到汉城府去？”

“你别打岔！我是认真的！”查大受与祖承训都是李成梁家丁出身的将军，自幼便十分熟悉，因此说话也都像兄弟一般直来直去。查大受沉吟着说道：“我们走了足足三个多时辰，至少该有一百二三十里路远了吧！”

“哦，查将军，您说得没错，我们已经进入了汉城府所辖的地界，距离汉城府城池大概还有五十里路吧！往前边再去就是碧蹄馆、小丸丘、望客岘，过了凉津河、砺石岘，便到汉城府了。”高彦伯细细想了一想，很认真地回答查大受道，“不过，我们虽然走了一百二三十里路，沿途居然不曾碰上一个倭兵——看来倭虏真是被吓破了胆，缩进汉城府城内躲起来了！”

“真的已经走了这么远？”祖承训微微吃了一惊，沉吟着说道，“不管怎么说，提督大人只是让咱们前来侦察一下敌情，现在也看得差不多了。依祖某之见，咱们应该回营复命，建议提督大人开拔全军，直接推进到汉城府城下面扎营立寨、逼压倭虏！”

说着，他一拨马头，便欲下令让后面的骑兵队转身回驰。查大受却伸手一拦，阻住了他：“且慢！祖兄，咱们这一路上既然没有碰到倭兵，这就说明倭兵真是如高将军所言被吓破了胆，仓皇逃命尚且不及，哪里还有余力来施行‘佯退示弱、诱敌深入’之计？说不定他们连汉城府都弃而不顾，逃往釜山乘船回国了！咱们再努力一把，深入到汉城府城下看个究竟，如何？”

“查兄！咱们可不能轻敌冒进哪！”祖承训听了，急忙开口劝道，“汉城府是倭军设在朝鲜最大的一座巢穴，实在是经营已久，岂会轻易弃守？这是不用去看便可料到的！万一遇上了倭虏的大队人马，咱们这三千骑兵岂能对敌？咱们还是不要冒这个险了！”

“‘明知山有虎，偏向虎山行’！这才是我辽东铁骑该有的铮铮铁骨！”查大受哈哈一笑，一拍坐骑，往前一冲而去，他的声音却顺着风传了回来，“祖兄，你是‘一朝被蛇咬，十年怕井绳’，太小心谨慎了吧?！我查某一定要直赴汉城府城下探明倭虏的虚实！”

祖承训脸上微微一红，静了片刻，也只得策马率军赶了上来。高彦伯则有些担心查大受不识朝鲜地形，误入了歧途，更是快马加鞭，追上前去，和他们并辔而行。

赶着赶着，前面出现了一条三十余丈宽的河流，河流上架着一座青石板桥。不消说，这就是高彦伯口中所讲的“凉津河”了，它也正是朝鲜汉江的一条支流。

“查将军、祖将军，过了这座青石桥，咱们就离汉城府只有十七八里的路程了！”高彦伯再一次提醒道，“您们还要继续前行吗?”

“这……”祖承训一时不禁沉吟了起来。查大受却道：“咱们等斥候们回来后问一问再说吧！”

正在这时，忽听得前方一阵马嘶，三名斥候急急赶回他们面前，跳下马来禀报：“启禀将军：前边六里处的‘砺石岘’后面发现了大队倭虏兵马……”

“有倭虏?他奶奶的，终于等来这批龟孙子了！”查大受一拍右膝，满脸放光，大喜道，“这可是老天把他们送上门来领死啊！祖兄、高将军，咱们就此杀上前去，如何?”

“且慢！”祖承训伸手招近那三名斥候，认真地问道，“据你们观察，倭军这支兵马大概有多少人?”

“启禀将军，大概有两三千名倭兵吧！”一名斥候在心底里暗暗计算了一下，脱口答道。另外两名斥候也点头称是。

“两三千名倭兵?”祖承训沉吟了一句，又问道，“他们后面可另有兵马随后赶来吗?”

“哎呀！祖兄！两三千名倭兵也不算很多嘛！”查大受在一旁听得有些不耐烦，插话进来说道，“我们这三千铁骑足可将他们一举击溃了！你在这个时候犹豫不定，是会贻误战机的！”

祖承训并不接他的腔，只是用目光冷冷地逼视着那三名斥候，静静地等待着他们答话。

三名斥候互相看了一眼，其中年长的那一个站出来嗫嚅道：“据属下仔细察看，这支倭兵来势汹汹，似乎是专门出来抢掠粮食的。属下三人返回报信之时，他们后边尚无后继队伍跟进……不过，他们也有可能是倭虏大举北上的先锋部队……祖将军若是务要切实，请容我等再去探来……”

祖承训蹙眉思索片刻，正欲发话，却又听查大受沉沉说道：“哪里还用得着再去打探？倭兵此刻只来了两三千人马，相对于他们驻守在汉城府的十万大军来说——这两三千兵马怎么也不像是他们大举北上的先锋部队啊！若是先锋部队，他们这两三千人马就实在是少得离谱了！祖兄不要再畏首畏尾的了！这两三千名倭兵就是专门出来抢掠粮食的……”

“可是我们离汉城府这么近，”祖承训皱了皱眉，“我们这是在孤军深入啊！万一冲上前去和倭虏交上手后却不能速战速决，反而被他们拖住，这后果可是不堪设想！”

“罢了！罢了！”查大受摆了摆手，冷冷说道，“祖兄你自己带着一千人马在此守候，查某和高将军带领两千人马先行上前战斗一番，若有不测，祖兄你再赶上来接应也不迟！”

“这……这怎么行？”祖承训脸色一红，正欲再劝，却见查大受一扬马鞭，竟已带着高彦伯五百朝军和自己麾下的一千五百名辽东骑兵往前疾冲而去了！

“什么？前面发现了大队明虏骑兵正向汉城府疾驰过来？”

年过五旬的十时连久听到斥候小卒报来的这个消息时不禁吃了一

惊。他是小早川隆景手下先锋主将立花宗茂的首席家将，今天上午奉命率了两千多名倭兵首先出发，向朝鲜高阳府境内开路的。此刻他惊骇之余，心道：大明国的敌军来得好快呀！居然来向我们的汉城大本营主动进击了！幸好我们发现得早——我得赶紧通知后面的立花大人才行！

想得分明之后，十时连久便急忙吩咐两名斥候小卒立刻奔回后方火速去请立花宗茂带领大队人马前来支援。然后，他“铮”地拔刀出鞘，举在手中，从马背上转过身来，扬声喊道：“立花家的勇士们！前面来了大队敌兵进犯，你们怕不怕？”

“不怕！”众倭兵整整齐齐地高声答道。

“那么，现在就是我们为大日本国再立新功的时候了！我们的背后就是汉城大本营，我们现在每一个人都是守卫汉城大本营的‘铜墙铁壁’！一定要把敌人打退回去！”

倭兵们哄然大喊，叫嚣起来：“杀！杀！杀！让大明国的士兵们知道我们立花军的厉害！”他们一个个振臂高呼，刀枪乱舞，便像一只只咆哮的野兽！

“我命令：全军疾速向前方进发迎战！”十时连久将右手倭刀向前平平一指，跃马冲上前去。

于是，倭兵们群情振奋，狂呼乱啸着，随着十时连久疾趋而上。那条驿道已经挤不下他们了——他们就干脆蹚着驿道两侧的水田洼地，争先恐后地向前杀去。拐过了砺石岘，倭兵们眼前豁然一亮：一片开阔而平坦的荒原赫然入目！

然而，所有的倭兵在那一瞬间便骇异非常地定住了呼吸，惊慌地将目光投向了那片荒原——那里，层层列列地排满了身骑高头大马的威武勇士，他们一个个右手持着三眼神铳、左手握着缰绳，披着金光闪闪的甲胄，犹如一支从天而降的神兵突然出现在倭兵面前，这给了他们极大的震撼！这是大明国的无敌骑兵啊！倭兵们紧握着枪柄的手心里顿时沁出了密密的冷汗！

天空那红球般的太阳也仿佛被这腾腾的肃杀之气映得失去了光芒——两支大军就在这莽莽苍原之上狭路相逢了！

查大受站在骑兵阵列的前面，用铿锵至极的语调朗朗喊道："天朝的战士们！我们的身后是湍急的朝鲜凉津河，我们的阵前是穷凶极恶的倭兵！现在，我们只有背水一战、杀开一条血路，为我大明朝一扬天威！"

"背水一战！杀开血路！一扬天威！"大明骑士们响遏行云地呼应着，犹如发现了猎物的雄鹰一样斗志昂扬！

听着他们这穿云裂石的口号呼声，不少倭兵被震得微微变色，两股都禁不住战栗起来！

查大受双眸寒光一闪，举起右手的宝刀"飒"地向前挥去："冲啊！把倭虏杀个精光！"

听得查大受这一声令下，凝重如山的大明铁骑猝然便如雪崩瀑流一般涌动起来——他们排成前尖后宽的箭头型阵势，按照层层递进的梯次序列一排接一排间隔一丈二尺的距离往前冲杀而去！手中三眼神铳在冰冷的阳光下喷吐着硝烟射向了敌军！掌中的利刀划破朔风挟着厉啸劈向了敌军！同时，他们坐骑那沉雄的马蹄声更是震天动地，倭虏们听在耳里只觉自己整个心脏都快要被踏碎了！

"快！快！快！列阵！放枪！"十时连久从震惊中醒过神来，挥舞着战刀狂喊。

随着他的呼喊，倭军的火枪手急忙纷纷拉开了火绳枪，点燃了火药捻，"砰砰砰砰"地向前狂射——在他们的火力掩护下，刚刚站稳脚跟的后方骑兵也开始列成方阵，分前、中、后三队迎上前去！

即使有不少同伴已中弹落下马去，即使倭兵的火力的确很猛，但大明骑兵占着先机最终在片刻之间就如一根巨大的钢锥狠狠地穿进了倭军的“方块阵”里！

倭兵阵的长矛手、弓箭手、步卒被剽悍无比的明军战马冲得如同波分浪裂一般向两边纷纷跌开、滚了一地——来不及避开的许多倭卒转眼之间便被明军战马的铁蹄踩踏而死！同时，明兵高高挥起的刀剑划出一道道寒冷的弧光，如同砍瓜切菜般一路劈着倭兵的头颅、肩膀、胸腰！随着惨呼之声掠空而起，血浆四溅，洒得荒原里一片殷红！

大明骑士们继续以笔直挺进的方式从倭兵方阵中迅速贯穿而过，直接绕到他们的阵后又突然呈“丫”字形阵法分为左右两股人马，旋风般折身杀回，再给倭军们来了一个凌厉之极的“回马枪”！

这才是神出鬼没的一记狠招！刹那间，倭军阵形大乱，他们的步卒根本抵挡不住，他们的弓弩手和火枪手又来不及反击，而骑兵则混在中间被洪流般溃退的步卒裹卷着无法上前应敌——只有长矛队还算堪堪发挥了一点儿作用：他们的长矛虽然有不少扎在了明军的马匹身上，却被死命奔来的战马那巨大的冲击之力撞得连人带矛一起倒飞了出去！自然，被倭兵长矛刺中的明军骑士亦是难以活命的了——但在临死之际，他们仍然采用了“玉石俱焚、同归于尽”的打法，忍着剧烈的伤痛不顾一切地用自己的躯体和坐骑借着几乎不可遏制的惯性将敌人的阵列撞开了一道道缺口！

这样一来，不成阵形的倭兵只得一大片一大片地朝后面滚滚而退！

大明骑兵们见状，精神更加振奋，但这个时候手中三眼神铳枪膛中的火弹已几乎打光——他们就顺势反手抓住三眼神铳的枪管，抡起那粗大而坚硬的钢制枪柄，就像抡起一只只“铁榔头”一样，“当当当”地猛砸倭军的脑袋！

一时间，倭军步兵中响起了一片鬼哭狼嚎之声！被二十斤重左右的三眼神铳砸得头破血流，是一种难以忍受的剧痛！倭兵们一个个丢下手中的兵器，抱住了血淋淋的脑袋，惨呼着滚倒在地！

更有甚者，一些倭兵倭将为了逃命而不顾一切地狂奔乱冲，居然被逼到了凉津河边上，“扑通”“扑通”地纷纷掉下了河水里去！

“冲！冲！我们都冲上去！把他们统统杀光！”眼看着己方的步兵队和射击队被明军铁骑杀得狼狈万状、已呈颓势，十时连久再也冷静不下来了——他双眼通红地嘶吼着，带着后队的五百名骑兵猛踏着自己手下步卒的身体狂冲上去，迎向明军！

望到敌军将最后一支骑兵也投入了战斗，查大受双目寒光一亮，挥刀向前一指，沉声喝道：“上！”随着他这一声令下，他身后的八百名骑兵一齐暴喝，声响如雷，刀光如电，狂风般扫向了倭军！

在混战中，十时连久冲到了查大受面前，双手抡刀，向他拼命劈去！查大受不甘示弱，将手中宝刀舞得虎虎生风，和他一招接一招地对砍起来！

“当当当当……”也不知道二人究竟对劈了多少刀，他俩的意识都已狂乱，手腕也麻了，刀身也砍豁了，却仍是仿佛永远不知疲惫地拼力砍杀着。

正在双方混战得难分难解之际，听得明军后阵杀声乍起，又冲出一队骑兵过来，却是留守青石桥头的高彦伯乘势率领五百朝鲜骑兵赶来增援。

遭到这一股有生力量的猝然攻击，倭军虽是拼了命地死战，却再也稳不住阵脚了，顿时犹如被一棒打昏了头的野猪，在刺耳的号叫中迅速溃退！他们一边拼命抵挡，一边脚底抹油，且战且退，往汉城方向逃去！

十时连久见自己手下人马已是溃不成军，心中一慌，一个失手，“噗”的一声，那竹片制成的胸甲竟被查大受一刀劈破，只见血光一闪，他急速勒马一退，脸庞上顿时洒上了一片温热的液体——那是被查大受当胸一刀劈伤后溅起的鲜血啊！

他闷哼一声，强忍着胸前锥心般的刺痛，拨转马头，拼命一夹马腹，朝着汉城府方向狼狈逃窜而去！

查大受杀得兴起，率军猛攻，追杀过去，一路上抛下了数不清的倭军尸体。也不知道追出了多远，他忽然觉得心中一动，勒住战马，向不远处同样杀红了眼的高彦伯喊道："高将军……我们是不是快要杀到汉城府了？"

"哎呀……前方是砺石岘……离汉城府只有十多里了……"高彦伯一听，这才惊醒过来，急忙抬起头往前一望，正自说着话，突然间一个寒噤，犹如见了鬼似的怔住了——就在那数里之外的被唤为"砺石岘"的土坡后面，腾起了滚滚烟尘，隐隐有一片沉沉的马嘶人喊之声传来！

同时，那些惨号奔逃的倭兵们如同抓到了救命稻草一般，发出了一片兴奋至极的欢呼声！有的日本武士还一边上下雀跃着，一边流出了惊喜的眼泪！

十时连久胸腔的血似都流尽了一般，气息奄奄地把头伏在马颈上只顾着喘息。听到手下的武士们欢呼雀跃，他才用尽气力抬起头来往前一看，望见那砺石岘后面半空中慢慢升起了一面迎风招展的杏叶纹大旗！

"立……立花主君！"十时连久已经变得有些昏花的双眼，顿时放出了灼热的狂喜之光，他伸手向前努力挥舞着，"您……您终于来救我们了！"

名将之花立花宗茂

二十八岁的柳川藩大名立花宗茂，骑着一匹雪花宝马昂昂然从砺石岘后面的大道缓缓转出。当他一眼看到那些丢盔弃甲溃退而来的倭兵和显然已是身负重伤的十时连久时，他那花岗岩雕成一般英俊而冷峭的面庞上没有任何的波动，只是隐隐透出一股异乎寻常的与他年龄不相匹配的镇静和沉着。

远远望着那支明军在二三里外止住了追击，立花宗茂脸色一寒，右手举起了祖传的镇家之宝——“吉光宝刀”，高高往上一指！

刹那间，砺石岘山坡后面法螺号角之声大作——漫山遍野之上骤然冒出了一队队的倭军骑兵、步卒，整整齐齐地排了开来，犹如一座移动着的黑色城池，朝明军阵前直逼过来！

刚刚打了胜仗的明军还没来得及高兴，一下又被倭虏这一番庞大的阵势给镇住了！查大受面色凝重，举起了宝刀，但对接下来是攻还是守，有些犹豫不决。

“查将军……倭兵来得太多了，我军不宜与之硬碰硬拼。高某倒有一计，可以暂时回避一下倭军的锋芒，”高彦伯神色紧张地思忖着，对查大受说道，“马上退回青石桥那边，往北再走三里左右有个驿馆叫作‘碧蹄馆’，那里的地势颇高，咱们可以据守在那里凭借地利之险与倭军对阵！还有，要马上派人喊祖将军前来增援！”

“难道我们不可以在此退回青石桥北岸去，依托凉津河为天然屏障阻击倭寇吗？”查大受并不甘心就此马上撤退。

“不行！”高彦伯肃然谏道，“这凉津河河水本来就不很深，而且沿河四五里北去就是它的上流浅滩，那里的水深仅可没膝……所以，凉津河根本就阻挡不了倭寇的兵马横渡而来！”

“好！就依高将军你的建议办吧！”查大受听了，果断地点了点头，立刻命令全军调头从青石桥上紧张而又不失有序地撤退而去，飞快地朝碧蹄馆方向开进。

刚到凉津河岸边，就看见不放心他们孤军冒进的祖承训，率领一千骑兵在对岸列阵接应。查大受一行过河与祖承训回合之后，也来不及多说什么，连忙一齐赶到碧蹄馆坡上凭险而守。

“没想到真的在这里碰上了倭虏的大队人马……”望着倭兵往山坡下越聚越多，几乎是围得密密层层水泄不通的，查大受有些懊恼地对祖承训说道，“先前还是该听取祖兄的建议，不该孤军冒进……现在害得大家都难以脱身了……真是对不住祖兄了……”

“查兄，没关系的。古语有云：‘既来之，则安之。’大敌当前，只要我们沉住了气择机而发，必能一举破敌！”祖承训心底虽是焦虑至极，但此刻怎可表露？他故作轻松地说道：“刚才祖某听弟兄们说，倭虏在先前那一战中有七八百人丧生，而咱们只损失了两三百人……这是以一敌三的打法啊！眼下倭虏大概也来了八九千人吧？我们一个士兵杀他们三个倭虏，就能把他们铲除光了！”

查大受知道祖承训讲这番话是在给大家打气、加油，一时间他也迅速冷静下来，向祖承训投去充满感激的一瞥之后，喊来正在部署兵力列阵迎敌的高彦伯，吩咐他立刻趁倭军尚未在碧蹄馆下完成合围之际，派出熟悉路径的朝鲜士兵火速赶回坡州城求援。高彦伯赶紧照办，片刻之后，二百朝鲜骑兵掩护着二十名同伴和十名明军勇士借着夜色掩护，打马扬鞭从倭军包围圈的缺口处突围出去。然后，这二百名朝鲜骑兵复又赶回碧蹄馆高地参战。

明军依着碧蹄馆的坡势地形，在坡顶沿半月形掘了一条宽宽的壕堑出来，砍下树木插起了一排排拦马桩和屏护栏，同时又搬运了许多滚木礌石，以备战时之用。布好阵势之后，近三千名中朝联军有一半下马手持盾牌弓铳伏在壕内，另一半则匿身于后，齐齐拽住马缰、伏鞍前倾，随时准备听命冲杀而出。伏在壕中的明军，则分弓箭队、火铳队、滚石队、肉搏队四股人马，各居其位，各司其职，紧密配合，严阵以待。

这时，倭军先锋主将立花宗茂和他手下的家臣安东幸贞、池边永晟、小川成重、安东常久、小野镇幸、小野成幸等率领六千大军，浩浩荡荡扑到了碧蹄馆高地之下。

他勒马一停，抬头看着在高地上占据有利地形严阵以待的明军将士们，微微吃了一惊，自言自语地说道："真是奇怪！这些大明国的士兵见到了我们这么多的日本武士，居然不落荒而逃，还要登上高地与我们对峙——莫非他们真的不怕死吗？"

他手下的家臣安东幸贞听了，也不禁沉吟着开口了："敌有反常之举，则必有出奇之谋。主君大人，您还是喊十时连久来问一问吧！"

"这个十时连久……据刚才足轻小卒汇报，先前那一战他手下已有七八百名武士殉难——败成这等模样，他还有脸来见我吗？"立花宗茂脸上现出了一层冰凌般的寒意，冷冷地说道，"我真想勒令他马上切腹自尽谢罪。"

"主君大人，十时连久是刚与大明朝士兵交过战的将领，"安东幸贞沉吟着继续说道，"还请您暂时息怒，将他召来问明敌情之后再治罪也不迟。"

立花宗茂没有开口回答，只是沉着脸缓缓地点了点头。安东幸贞得令，便招手唤来一名足轻小卒，让他速去通知十时连久前来。

过了半盏茶工夫，只见四名足轻小卒用一副担架抬着奄奄一息的十时连久跑了过来。立花宗茂转头看去，十时连久躺在担架上，胸前鲜血汩汩而流，将衣襟染得通红。看来，他的胸膛已被明将的利刃完全划破，显然是活不成了。

十时连久在担架上剧烈地咳了几声，伸手捂着胸口，痛苦异常地说道："主君大人……属下无能，损了立花大军的威名，实……实在是罪该万死！"

"说！敌军的优势在哪里？弱势在哪里？"立花宗茂一脸阴沉，冰冷地说道，“倘若你能为我辨析明白——你此刻就算是死，也死得有些价值了。”

“是……主君大人……”十时连久咬着牙忍着胸口的剧痛，艰难地喘着气说道，“敌军的骑兵和火铳都很厉害，千万不可和他们硬拼硬碰……当然他们也有弱点：没有足够的步卒作为后续力量来巩固战果……主君大人应该抓住这个弱点狠狠攻击他们……这……这便是属下的一点儿愚见了……”

“唔！我明白了，”立花宗茂听了，若有所思地点了点头，脸色有些缓和，吩咐那四名抬着担架的士兵道，“把十时连久抬下去疗伤吧！用最好的止血药……”

“主君大人！……”十时连久挣扎着撑起身子打断了他的话，恳切地说道，“谢谢您的宽恕……但是，属下却不能宽恕自己……”

说到这儿，他的声音蓦地提高了：“作为立花大军初战失利的败军之将，属下最后恳求主君大人能亲手赐我一死，结束属下耻辱的余生！”

“这真的是你心中最后的恳求和愿望吗？”立花宗茂骑马慢慢走到他的担架旁边，灼灼生光的双眸紧盯着十时连久的眼睛一眨不眨，“你不后悔？”

十时连久一言不发，满脸肃然，只是重重地点了一下头。

“既是如此，宗茂我就答应你的恳求，”立花宗茂面无表情，“呲”的一声，拔出鞘中那柄“吉光宝刀”，在半空中姿势极其优美地挽了车轮般大小的一朵耀眼刀花，然后划出一道亮丽的银弧，“嚓”的一声，刀尖深深钉入了十时连久的胸膛，穿心而过。

十时连久的粗重喘息和沉沉咳嗽等所有动作一瞬间便冻结了。他仿佛获得了解脱一般，脸上微微一笑，顿时软软地垂下了头，气绝身亡。

“把他抬回去厚葬了吧！”立花宗茂缓缓地从十时连久的胸膛中拔出那柄“吉光宝刀”，红亮亮的血珠沿着刀锋飞快地游走滑落，刹那间便滴落得干干净净——刀身如明月般白亮刺目，并无一丝血迹。

立花宗茂就这样高高举着这柄杀人不沾血的“吉光宝刀”，直直地指向站在碧蹄馆高地上的明军将士们，同时冷冷地看着他们，用一种毒蛇般阴狠的口吻缓缓说道：“你们杀了我立花家一员大将和七八百名武士，本将发誓要用你们十个大将和七八千名士兵的人头来偿还这笔血债！”

然后，他慢慢转过身来，朝着站在身后的诸位家臣缓缓说道：“各位，你们认为此刻我军应该如何为十时连久和那死去的七八百名武士报仇呢？”

小野成幸听了，立刻出列大声禀道：“请主君大人下令，让属下马上率领一支骑兵冲上坡去，把明军全部踏成肉泥！”

“小野君真是勇猛啊！”立花宗茂淡淡地笑了一笑，“可是，我并不赞成你这种两败俱伤的战法……我们大日本国的武士固然英武绝伦，但是也不可轻易浪费兵力，要记得争取用最小的代价换取最大的胜利……”

“这……”小野成幸一时语塞起来。

安东幸贞微微笑了，躬身出列说道：“主君大人，依属下之见，我军目前拥有兵马七千余人，敌军只有不到三千士卒。我军在人数上是敌军的两倍有余，此刻完全可以不缓不急、从容不迫地进行压倒性打击，先要摧折他们的锐气，再就是动摇他们的斗志，然后集中兵力压上前去……这样，他们就会一败涂地了……”

“安东君的计谋很好，”立花宗茂沉吟了片刻，缓缓说道，“宗茂我懂得应该怎样做了。”

“另外，属下还要提醒主君大人一句，”安东幸贞犹豫了一下，还是将自己胸中憋了许久的一番话说了出来，“您千万不可存有独占首功之念，在我军攻击这碧蹄馆坡上明兵的同时，须即刻派人将此事通知和禀报小早川大老……属下这番话在主君大人耳中听来一定十分刺耳，但是属下为了提防万一和顾全大局，还是讲了出来，恳请主君大人采纳！”

“现在向小早川大老通知什么？向小早川大老禀报什么？”立花宗茂的脸色慢慢变得铁青难看起来，“向小早川大老通知和禀报我军刚和明兵一交手就折损了一员大将和七八百名武士吗？……汉城府里的那些本来就畏惧明兵的家伙岂不是更加惊慌失措了？罢了，罢了……等我们割下这碧蹄馆山坡上最后一个明兵的脑袋时，再向小早川大老送去捷报也不迟……”

安东幸贞听立花宗茂这般说，只得叹了口气，不再多言。

只见立花宗茂面色一变，双目如同狼眼一般寒光四射。看到他这样的表情，诸位家臣知道他要开始调兵遣将、发号施令了，于是一个个屏住了呼吸，静听着他发话。

立花宗茂“唰”地将手中的吉光宝刀从半空中一劈而下，同时发出了一连串命令：“池边永晟，你率八百名火枪手立刻排到我军的最前沿，瞄准山坡上的明兵，不断地射击！小川成重，你再率八百名弓箭手，也排到我军的最前沿，用箭矢配合火枪手们的枪弹，给山坡上的明兵以最猛烈的打击！要射得他们无处遁身！要射得他们抬不起头来还击！”

“另外，小野成幸，你率领一千骑兵，在弓箭队、火枪队后面，等到山坡上到处都插满了我军箭矢、到处都落满了我军枪弹之时，再以迅雷不及掩耳之势直冲上去，踏碎他们的所有防线！”

“最后，安东幸贞和安东常久，你二人共同率领两千步卒紧跟在小野君的骑兵团后面顺势而上，用日本武士最精湛的刀法杀尽山坡上每一个明兵!”

李如松轻师驰援

坡州城距离汉城府大约有一百六十里，骑兵往来一趟也不过六个时辰左右。但是，从早上卯时到晚上申时，查大受、祖承训、高彦伯他们居然都未回来……而且一直是音信全无。这让李如松心底疑云大起：到底出了什么事儿？难道他们途中遇险了？……一念及此，李如松不禁心中一紧，面色也微微变了。

查大受、祖承训可是我辽东铁骑中的两员虎将啊！倘若发生了意外，实在是损失不小啊！……

李如松想到这儿，再也坐不住了，一下从中军帐里的虎皮椅上站了起来，埋头沉思着缓缓踱到了帐篷门帘边。

他轻轻叹了一口气，伸手慢慢拂开门帘，抬眼往外一看，不禁愣住了——李如柏、李如梅、杨元、张世爵、李宁、李有升、吴惟忠、骆尚志等人正在帐门外似乎也怀着和他一样忐忑不安的想法围成一圈站在那里。

一瞧这情形，李如松立刻便明白了七八分。他马上正了正脸色，肃然问道：“你们都站在外边干什么?”

诸将之中，只有吴惟忠资格最老，秉性也最耿直。他上前一步躬身禀道：“提督大人……我等正在为查大受和祖承训两位将军前去汉城府近郊打探敌情一事而揪心哪……他们从早上出发到现在，去了整整七八个时辰了，居然连一个哨骑都没回来……我等实在是有些焦虑啊……”

“是啊！是啊!”一向和查大受、祖承训交谊甚深的辽东骁将李宁、李有升也上前来说道，“提督大人，咱们在这里干等也不是办法……请您下令，让属下带领一支人马即刻出发前去接应……”

李如松听了，眉头微微一动，淡然说道：“查大受和祖承训此刻尚未派兵回来报信，由此可断定他们必然是被一股倭寇缠在半途中无法脱身了。也罢，本将军正欲亲自深入汉城府四周察看地形和敌情，干脆就由本将军带头前去一边接应他们，一边观察地形——诸位以为如何？”

“这可使不得！”吴惟忠和李有升一听，顿时面色大变，急忙劝道，“提督大人身系我东征大军之安危，岂可轻涉险境？还是由卑职等人前去方可！”

“对啊！大哥！”他的弟弟李如柏、李如梅二人也上前劝道，“您是三军主帅啊！这察看地形、接应查大受和祖承训他们的事儿，就由我兄弟俩走一遭便行了！”

“这有什么大惊小怪的？”李如松有些不以为然地摇了摇头，说道，“南宋诗豪陆游说得好：‘纸上得来终觉浅，绝知此事要躬行。’《孙子兵法》里也讲：‘知己知彼，百战不殆。’本将军向来喜欢对巡察地形、行军布阵、打探敌情之事亲力亲为，这样才做得到胸有成竹。史书上也记载过，唐太宗李世民身为反隋义师主将之时，亦是喜欢亲涉险境以求敌情——他那般出色的天纵英才，尚且不敢轻废亲巡躬察之举，更何况兵法武略远在他之下的我呢？”

诸将见李如松又是引经据典又是雄辩滔滔，一时倒是想不出什么有力的理由反驳他，一个个呆在那里面面相觑，无言以对。

“提督大人不可如此！属下思来想去，您这样做还是有些不妥！”副帅杨元忍不住站出来打破了沉默，涨红了脸，急切地说道，“上次进入平壤城时您……您险遭倭虏袭击，那已是让我等后怕不已了！这一次，杨某是说什么也不肯让您冒险了！要去察看地形、打探敌情、接应查大受和祖承训他们，就交给杨某去办吧！”

李如松见杨元说得如此坚决而恳切，不禁在心中涌起了一阵深深的感动。他上前轻轻拍了拍杨元的肩头，眼里闪着晶亮的泪花，含笑说道：“杨兄……多谢你了！——呵呵呵！其实我们去应该是不会有太大危险的……”

“第一，查大受和祖承训此刻未回，很有可能是与倭寇狭路相逢，打起了遭遇战。而野外作战，正是我辽东铁骑之长。打硬仗，我们辽东铁骑又怕过谁，蒙古胡虏不是像熊一样凶猛吗？鞑靼土蛮不是像狼一样阴狠吗？还不是都被我们打得乖乖趴下?！何况这倭虏一个个还只是身高不满五尺的矮墩子？……”

“第二，就算他们人多势众，但他们的骑兵没咱们多，攻击力也没咱们强——再加上野外作战火器也发挥不了多大作用，咱们就算是身处险境，突围而出、自保安全绝对是绰绰有余！所以，请诸位不必过虑，本将军此番前去汉城，绝非冒险之举!”

他虽然说得轻松，大伙儿却仍是疑虑重重、不肯放心。杨元咬了咬牙，硬顶着不让：“既然你这么讲，且让杨某同去又有何妨?”

张世爵也道：“张某亦愿一同前往!”

李如松拗不过他俩，便吩咐道：“这样吧：杨元，你和本提督一起率轻骑先去吧！张将军你便留下殿后!”

张世爵张了张口，还欲再争上一争。李如松摆手止住了他：“反正我们到汉城府下探明了敌情、察看了地形之后也是要和倭虏开战的……张将军你在明日清晨寅时之际无论接没接到本提督的消息，都要直接率大队人马迅速赶往汉城府与我们会合!”

“好的。属下现在就去安排大军明晨的开拔事宜。”张世爵躬身领命。

“大……大帅!”吴惟忠和骆尚志终于抢到了一个空隙，插话进来道，“咱们藤牌军也要和您一道去汉城!”

“吴将军、骆将军……你们藤牌军大多是步卒，夜行多有不便，更何况今天夜里还有可能会降雨雪……”李如松微微摆了摆手，说道，“你们还是明天一早随张将军前来，我们在汉城府下等着你们……”

听李如松这么说，吴惟忠、骆尚志有些失望地退开到一边去了。

“李有升，你去点一千五百骁骑，并请来朝鲜原汉城府判尹李德馨为随军向导，即刻准备出发！”李如松吩咐道。

“是！”李有升应声领命而去。

“如梅，你去把李纯带领的壮士都召集起来，一同随行！”李如松继续吩咐着。

“好！”李如梅也答应一声，下去了。

“如柏，你去把努尔哈赤派来的那五百名‘神弩营’女真骑士也都招来，”李如松蓦地抬头望着辽东建州方向看去，深深说道，“明天，便是我大明国女真族勇士的‘神箭’崭露锋芒的时候了！”

查大受浴血奋战

残月如血，锐风如刀，而漫漫黑夜却仿佛永无尽头。

碧蹄馆高坡上明军阵前，地上像密密的乱草一样到处插满了倭虏射落下来的箭矢！每一波箭矢、枪弹从坡下面像疾雨般射将过来，明军阵中随即便会响起一片闷哼之声，还夹杂着一丝丝的呻吟。

查大受和祖承训在壕沟里抬起头来，望了望四周，弟兄们有不少都已挂彩，都在苦撑着。

敌人已经连续用箭矢、枪弹轮番射击了一个时辰了！在那一轮轮铺天盖地而来的箭雨、弹雨的袭击下，明军纵有数千铁骑，也只得躲在掩体后面，一个个自救不暇！他们被这样密集而猛烈的攻势压得几乎喘不过气来，更谈不上乘隙还击了！

也不知过了多久，漫长而难熬的箭矢、枪弹袭击终于停止了。坡上坡下，突然变得死一般沉寂起来。

一刻钟过去了，倭军还未重新发射枪弹、箭矢进行新一轮的攻击！

然而，从山坡下的地面上，却缓缓传来了一片滚雷似的马蹄之声！

听到这沉闷有力的马蹄声响，查大受和祖承训急忙从壕沟里探出身来，往外一看，顿时大吃一惊：一排排背后插着长条幡帜、脸上绘着兽形图纹的倭军骑兵，咆哮着、狂奔着、冲刺着，像无数头从十八层地狱里挣逃出来的妖魔鬼怪一样，直向己方阵地疾扑而来！

“放铳！放箭！”查大受手中宝刀朝天一举，大声喝道。

“噼噼啪啪”一阵阵清脆的爆响在明军阵地上破空而起，无数火弹、利箭犹如暴雨一般迎着倭军骑兵猛射过去！

顿时，那一个个冲刺而来的倭军骑兵纷纷跌落马下，或死或伤，滚得满地都是。

然而，在小野成幸的指挥和催促之下，倭军的骑兵们毫不退缩，红着眼咬着牙疯狂向前冲，哪怕自己坐骑的铁蹄把那些跌落马下来不及闪避的战友们踩踏得血肉模糊，仍然不顾一切地扑上坡去！

应该说小野成幸指挥骑兵攻击的手法是相当高明的。为了避免遭遇明军箭矢、铳弹的打击，他让倭军骑兵列成四个长队，每一横排仅有四骑并辔前冲，就像四柄锐利异常的尖刀，笔直地插向明军的阵地！

他这一招“集中优势兵力、实施重点突破”的直线式猝击战术，取得了很大的成效。随着这四条巨蟒般的倭军骑兵长队直冲而至，明军的前沿阵地一时难以坚守，竟在猝然之间被撕开了四道裂口……而且，随着倭军骑兵源源不断前仆后继地蜂拥上来，明军阵地上这四道裂口变得越来越宽、越来越大……

“大家快上马和他们拼了!”一声令下，查大受和祖承训急忙率领埋伏在壕沟后边的那一半大明铁骑，冲到前线和那些扑进明军阵地的倭军骑兵混战起来!

先前伏壕沟里阻击的明军且战且退，在大队骑兵的掩护之下，退到坡顶，纷纷跃上坐骑，齐齐高呼着冲了下来，加入了战团之中!

这一下，明倭双方是骑兵对骑兵，硬碰硬地交上了手！小野成幸杀红了眼，挥舞着倭刀一个劲儿地号叫着：“杀！杀！杀！要为十时连久君和战死在平壤城中的同胞们报仇雪恨哪！要为我们立花家武士的荣誉而战!”

然而，尽管他叫得起劲，他手下的倭骑却被大明骑兵杀得节节败退——原来，倭军骑兵中除了一些将领之外，其余大多数人都没有铁制铠甲防身。他们那些竹片制成的护甲，在明军铁骑尖刀利矛的攻击之下简直有如摧枯拉朽，“噗噗噗”金刃入肉之音和倭寇的痛呼惨叫之声顿时交杂成一片!

见到这般情形，小野成幸急得两眼冒火，却又无计可施。原来，日本国在织田信长时期就在军中大量配置了火绳枪，各地武士普遍认为铁甲不能有效防御铁弹，再加上日本国内铁矿资源贫乏，也锻造不出足够的铠甲，便“滥竽充数”地改用竹甲来替代。然而，和铜盔铁甲、装备精良的明军骑兵交战，这些身着竹甲的倭骑岂能抵挡？他们纵是一个个如亡命之徒般拼死厮杀，还是被层层推进的明军铁骑压下了山坡!

立花宗茂在碧蹄馆坡地借着月光用千里镜远远望见己方的骑兵渐呈颓败之势，顿时变了脸色，他放下千里镜，右掌猛地一下捏紧了腰间“吉光宝刀”的刀柄，自言自语道：“安东幸贞和安东常久怎么这般迟钝？小野君的骑兵既然顶不住了，他们那两千步卒中的‘铁钩长枪队’难道还不赶快上去钩倒大明国骑兵的战马吗?”

他正自言自语之际，却听站在身旁也用千里镜望着坡上战况的心腹爱将小野镇幸惊喜若狂地大叫起来：“嘿！安东幸贞真是足智多谋的奇才啊！他将‘铁钩长枪队’埋伏在山坡两侧，待得成幸的骑兵退下来、明军的骑兵追下来之时，才猝然拦腰杀出，一下便钩倒了四五十匹明军战马哪！……这一下，大明国的骑兵被切成了两半，坡下的那一半被我们团团包围了，坡上的那一半大明骑兵为了自保，又退回去了……”

“是吗?”立花宗茂“腾”地一下举起千里镜往上一看，顿时满面喜色，“真是太好了！太好了！安东幸贞这一手干得太精彩了！明军骑兵再也占不了多大的优势了！他们跌下地来和我们日本武士近身肉搏，再怎么挣扎也是难逃厄运！”

说到这里，立花宗茂笑吟吟地放下了千里镜，满脸得意地向小野镇幸说道：“小野君！交战了这么久，我腹中倒是有些饿了哪！你帮我找几个香喷喷的蟹肉饭团来……我相信，我们英勇无敌的日本武士，必将会在我精心享用这几个饭团的时间里迅速杀尽明兵、胜利而归！”

在碧蹄馆山坡的半山腰上，本来明军骑兵凭借着甲坚刀利，一路冲杀下来，已是打得倭军骑兵连连后退。然而，谁也不曾料到山坡两侧猝然杀出两支手执铁钩长枪的倭兵来！

这两支“铁钩长枪队”队员显然是经过精心挑选的，一个个生得彪悍敦实、力大如熊，七八个人为一组，齐齐抡起锋刃犀利的铁钩长枪，专钩明军骑兵所乘战马的马腿！混战之际，明军骑兵所乘战马已有七八十匹被他们钩倒在地，落马明兵已被摔得满身是伤！

而且，埋伏在暗处的近两千倭军步卒在安东幸贞的指挥下，纷纷跳了出来，拼命死战，硬生生将冲在半山腰的明军骑兵队伍截成了两半！

查大受率领的八九百名骑兵被截在了山腰下面，而祖承训和高彦伯所率的一千多名骑兵被截在了山腰上面！

“查将军！”祖承训和高彦伯率领骑兵从坡上拼死冲下，想把查大受他们救上来，却始终无法突破倭军“铁钩长枪队”和近两千步卒武士的拦截！

“嚓”的一声，查大受一刀劈落了一名冲过来的倭军骑兵，被那人身上的鲜血溅得脸上满是血斑。他转过头来，向祖承训他们用尽力气遥遥喊道：“不要管我们！快快退回坡顶坚守！一定要等到李大帅他们的支援！就让我们去和倭虏拼了！”

说着，他转过身来，看着自己手下那八九百名骑兵，又望了一眼山坡下那黑沉沉一片乌云般包围上来的倭寇，大呼道：“弟兄们！冲下坡去！和他们拼了！”话音未落，查大受一马当先，直向连连退却的小野成幸和他的倭军骑兵冲杀过去！

小野成幸看到这员明将如疯虎般猛扑过来，亦是吓得心惊胆战，然而当着诸位手下骑士的面，他又怎敢露怯?！只得硬着头皮，抡起长长的倭刀，迎战上去！

“当当当当”一串钟鸣般震耳的声响过后，小野成幸和查大受已是硬碰硬对砍了八九招！这几招下来，小野成幸被查大受的大刀震得双臂酸麻，几乎把握不住手中倭刀的刀柄，只想脱手丢下。他气喘吁吁，忍着酸痛盯着查大受却毫不示弱。

而查大受右手虎口亦是隐隐作痛，看见小野成幸一副若无其事的样子，心中暗惊：这倭贼看似干瘦如猴，手劲倒是蛮大！一念及此，他绷紧了心弦，一提丹田劲气，尽行贯注于手中宝刀刀身之中，蓄势伺机再发。

碧蹄馆山坡下，在倭军阵地前沿观战的小野镇幸从千里镜中将这一切看得分明，他顿时脸色大变，失声惊道：“不好！成幸弟危矣！这明将刀法过人……我得赶去救他！”

正在慢慢咀嚼蟹肉饭团而故作镇静的立花宗茂听到小野镇幸这几句惊呼，拿着饭团的手不禁微微一颤，他面无表情，只是平静地说道：“行！无论怎样，你都要记住一点：千万不可丢我立花家族武士的脸面！”

“是！”小野镇幸一提马缰绳，抓起鞍后平放着的那柄长矛，舞在手上，急速向山坡上飞驰而去。

那边，却见查大受大喝一声，右手宝刀破空抡出一个半圆，发出一片隐隐的风雷之声，挟着雄浑非凡的刚劲之力，以大开大合的路数，向小野成幸拦腰斩来！

小野成幸双手握刀，憋足了声气，暴吼一声，拼尽全身力道去拦查大受的刀！

“嚓”的一声，双刀相撞，火星迸现。在那电光石火的一瞬间，小野成幸只觉手上陡然一轻，自己那柄直竖着向外挡击的倭刀便似一段朽木般被查大受的宝刀横削而断，查大受的宝刀却是余劲犹猛，宛若寒星之芒，在他腰间一掠而过！

时间一下如冰冻般静止了——小野成幸坐在战马上，脸色僵硬，大口大口地喘着粗气，只是木然不动。

查大受收回了宝刀，冷冷地看着他，如同看着一个死人般神色漠然。

过了片刻，小野成幸蓦然呼吸一紧，腰间一股鲜血随即向前激喷而出，溅落在雪地之上，绽开了朵朵殷红——从他自己眼中看去，便如日本家乡立花山城的樱花一般艳丽。可惜，自己再也看不到那真正的美丽樱花了！他心底这个念头刚刚一冒，眼前猝然一黑，笔直地从战马上跌了下去，再也没有立起身来。

“弟弟！弟弟！”冲到山坡脚下的小野镇幸远远望见这一幕情形，便如受了伤的疯兽般哀号起来，狠狠地抽打着自己胯下的坐骑，没命地往上追杀过来！

见到己方骑兵主将小野成幸竟在十招之内便被明将斩落马下，倭军们从心底里骤然升起了一股森森寒意。他们手中的长矛、倭刀挡着明军的去路，而实际上双腿都已似抽筋了一般暗暗打着哆嗦！

同时，在山坡下督战的立花宗茂也在千里镜中望到了小野成幸被查大受一刀斩杀的情形，目光顿时变得阴冷无比。他双眸紧紧地盯着千里镜镜框中显得气定神闲、从容镇静的查大受的面孔，自言自语一般喃喃说道：“你的刀法的确不同凡响……可是，你也不要得意！用不了多久，宗茂我就会让你用鲜血和痛苦亲身体验一下我立花家祖传的‘隐月流’刀法的厉害……”

然而，说完了这段话之后，立花宗茂马上就意识到了自己的失误：我立花宗茂是一位堂堂大将，岂能再似浪子武士一般与人以刀法论胜负？只要能将敌军彻底消灭，任何手段都应该采用！必须用最快的速度、最小的代价赢得这场战斗！

想到这里，他在心头按捺住了那股想冲出去和查大受较量一番的冲动，冷冷地唤来传令兵吩咐道：“马上传令下去，让大军尽量避免与明兵近身肉搏，集中‘火枪队’的火力，将他们统统击毙！”

“还我弟弟命来！”小野镇幸冲到查大受面前，口里嘶声号叫着，“忽”地一响，手中长矛挟着烈烈劲风直向他当脸刺将过去！

查大受也听不懂这倭将在叽里呱啦地叫什么，见他这一矛来得甚是刚猛，却不愿浪费劲力硬碰硬接，急忙拉住马缰，往后一退！那矛尖在他脸前半尺之处一划而过，带起的劲风刮得他脸上肌肤微微生痛！

小野镇幸两眼通红，逼向前来，挥舞手中长矛，大有欲与查大受决一死战、同归于尽之势！

查大受刚才在与小野成幸那一战中已是消耗了体内大半劲气，此刻并无把握与这小野镇幸硬斗下去。他只得且战且退，暗暗调息，以图恢复元气之后再大战一场。

在躲避小野镇幸追击之时，他抽了个空隙向山坡下望去，却见一队接一队手执火绳枪的倭兵飞快地奔上坡来，渐渐逼近了己方的骑兵队伍。他一见此状，不禁心中暗暗一震，一片浓浓的愁云立时涌上了眉梢：原来，他手下这些明军骑兵的火铳弹药大半都已打完，眼下却将遭到这么多倭兵“火枪队”的四面射击，自己手下的弟兄们到那时候岂不是一个个都成了倭寇的“活靶子”？

他心念一转，高声喊道：“弟兄们！快快和敌军的骑兵缠斗在一起，这样就可以避开他们的火弹袭击了！”

他一边喊着，一边带领手下骑兵冲向正下山的倭军骑兵！

小野镇幸听得这一声喊，一下清醒过来，急忙扯住了马缰，不再去追查大受，而是拨转马头往山坡顶上冲去，去支援安东幸贞攻打祖承训所率的明军了！

两军增援碧蹄馆

望着双方的骑兵混战在一起难分难解，已经冲到山坡下列成一字长蛇阵阵形的倭兵“火枪队”队员们端着火绳枪，东瞄西瞄，却又生怕误伤了己方的骑兵，不敢轻易放枪。

他们正在犹豫之际，又听得传令兵飞马过来高声宣道：“立花大人有令，诸位火枪手立刻全体射击，勿存投鼠忌器之念，务求全歼敌军！”

听到立花宗茂下达了这么残酷的命令，他们无可奈何地再次端起了火绳枪，一咬牙关，点燃药捻，“乒乒乓乓”地射击了起来！

当倭军的火绳枪如同炒豆般不断响起时，正在碧蹄馆山坡上激烈交锋的明倭双方骑兵的动作都应声滞了一滞。

查大受惊疑未定之际，看到冲自己扑来的那名倭军骑兵右肋乍然爆开了一团血花，然后便圆瞪着双眼侧身跌下了战马——他竟是被山坡下倭虏的“火枪队”开枪击毙的！

查大受一见之下，顿时心头大震：原来倭虏竟是这等的残忍狠毒，居然不顾自己战友的性命，使出了“玉石俱焚、敌我皆灭”的疯狂打法！他深深叹了口气，打了一声长长的呼哨，招呼着明军骑兵且战且退，向半山腰避去！

然而，倭军骑兵们虽接二连三地被己方“火枪队”打下马去，却表现出了一种莫名的偏执狂般的纪律性，就似疯了一般，既不拨马逃跑也不反戈哗乱，仍然像恶狗一般死死咬着明军骑兵，紧追上来厮杀不已！

望着这一幕可悲而又可恨的情形，查大受和明军骑兵们只得迎着倭虏骑兵和火枪队员的双重猛击而拼死力战！

可是，只要倭兵枪队在山坡下一直持续不断地射击下去，无论是倭军一方的骑兵，还是大明辽东铁骑，终会被他们击毙净尽啊！查大受蹙紧了眉头，心中忧闷不已。同时，令他倍感烦恼的是，倭军骑兵们一个个也都像疯狗一样无休无止地纠缠着——也许，他们还抱着最后一丝侥幸：只要咬紧牙关拼命将眼前的明军骑兵全部杀死，那么山坡下“火枪队”的射击就会停止，而他们就会保全性命了！否则不是被明军骑兵杀死，就是被自己的“火枪队”战友杀死！正是在这样疯狂、偏执的念头驱动下，他们才会厮杀得如此起劲吧？

查大受抬头望了望已是黎明时分却依旧阴沉的天空，目光中尽是无奈，心中暗道：莫非我查大受一世英雄，竟真的要葬身于这异国他乡的山坡之上？

在死亡没有来临之前，许多人本能地畏惧死亡；但在死亡来临的时刻，一些人反而感到一身轻松，无可牵挂。

此时的查大受，已经抱着必死的信念，高声喊道："弟兄们！我等今日身陷重围，不战必死无疑，唯有拼死一战，才有一线生机！只要我们冲到倭贼火枪队阵中，他们的火枪就使不上了！杀一个够本，杀两个赚一个，弟兄们跟我冲啊！"

话音未落，他已当先纵马冲下山坡。明军骑兵们也都抱着拼死一搏的决心，纷纷跟随前进，一个个犹如猛虎下山一般，冲开倭军骑兵的拦阻和缠斗，冲向倭兵"火枪队"。

眼看大明铁骑冲杀过来，倭兵大惊失色，连忙开枪射击。

纵马狂冲的查大受，只听得枪声砰砰作响，有些枪弹竟从耳边呼啸而过，身旁不断有将士中枪落马，心头不由得怒火中烧。这完全是一场自杀式的攻击，等大明铁骑冲到倭兵火枪队阵中，必然要折损三分之一以上的将士。但此时此刻，除此之外，已经别无他法！

在大批将士中弹落马后，剩下的大明铁骑终于向倭兵"火枪队"阵中直扑过去！

那些倭兵的反应亦是十分敏捷，一见火绳枪在如此短的距离内，已经来不及装弹射击，便纷纷将火绳枪挎到了背上，换成长刀、尖矛持在手上，仗着人多势众，要将查大受和他所率的数百名骑兵围攻格杀！

就在这时，倭军军阵后方轰然一阵乱潮般的骚动，紧接着一片喊杀之声响起，倭兵闻声不禁纷纷扭头向后面诧然望去：只见先前一直高高竖立在军阵后边的那面杏叶纹战旗已然"哗啦啦"滑落下来，跌入尘埃之中！这战旗可是鼓舞倭兵信心的一件圣器啊！它的骤然坠落，令无数倭兵心头顿时泛起了一股莫名的惊惧之情！

原来，就在此时，李如松率领着一千五百名援兵终于抵达了倭军的军阵侧后！他在半途之中就接到了杀出重围的查大受手下骑兵传讯来报，得知查大受、祖承训他们被困在了碧蹄馆，于是当机立断：留下杨元率领一千骑兵驻扎在惠阴岭道口暂时休整一下，并引导张世爵大军随后一同前来助战，而他则和李如柏、李如梅、李有升、李宁、李纯“死士队”、建州女真“神弩营”等将士先行赶往碧蹄馆驰援！

远远望见碧蹄馆山坡上杀声震耳，李如松知是军情紧急，丝毫不敢懈怠，立刻命令由李府家丁和提督亲兵组成的一千名骑兵及五百名女真射手投入战斗，向敌军侧后发起惊雷一击！

女真射手首领索力奇借着黎明的光亮，看到倭军那面杏叶纹战旗正耀武扬威地凌空招展，心念一动，立刻弯弓搭箭，在马背上瞄得准确，“嗖”的一声，一箭射出，该箭去势如电，凌厉至极，竟把旗杆上系着那面杏叶纹大旗的小指般粗细的绳索一下射断！

正在杏叶纹大旗下督战的立花宗茂听得头顶上骤然一阵异响，心知不妙，急忙一拍战马，向前冲出！他刚一跃离先前的位置，那面大旗便裹着呼呼风声落将下来，摔入雪水泥泞之中，顿时一片肮脏狼藉，不堪入目。

最是看重脸面的立花宗茂一见，气得满脸铁青，“唰”地拔出鞘中吉光宝刀，握在手上，转身看去，这才发现明军援兵骤然而至！

“去！把他们全部杀死！”他用吉光宝刀向前一指，向手下武士们命令道，“宗茂我要用他们的鲜血洗净这面战旗上的污垢！”

众武士们亦是愤怒至极，齐齐一声大喊，拍马上去迎战！

然而，李如松手下的死士岂是等闲之辈？不少日本武士冲近他们身前，还未来得及刀剑相交，便已被他们的飞刀、飞镖打落马下、一命呜呼！

同时，那些女真射手们端起连环弩，一扣扳机，顿时“嗖嗖”连响——数十名倭军骑士应声纷纷从马背上倒栽了下去！

“啊呀！”立花宗茂气得大叫一声，挥起吉光宝刀，也朝着明兵杀了上来！他身边的武士们见一向持重不发的主将这次竟也亲自出马，深受鼓舞，也舍生忘死地追随着他杀向了明军！

“李大帅的援兵到了！弟兄们一鼓作气冲出去杀倭贼啊！”看到大明援军杀到，片刻之间便杀得倭军乱成一团，山坡脚下和山坡顶上被困的明军顿时士气大振！他们忘情地欢呼着，精神百倍，朝着倭兵冲杀过去！

正在半山腰上指挥倭兵拼命攻向坡顶的安东幸贞和小野镇幸听到山坡下己方阵地里传来的骚动、喧哗之声，不禁惊愕非常地转头循声望去。一见之下，大吃一惊：长长的一队明军骑兵犹如一柄倚天长剑，笔直地划穿黑潮般涌动的倭军大阵，迅速地向山坡下查大受那支被困的明军靠拢并与之会合！

“糟了！明军的大队援兵到了！”小野镇幸一见，头“嗡”地一响，脑袋猛地大了起来，“主君大人一定很危险！咱们必须停止进攻，立刻下山前去保护他！”

安东幸贞细看了片刻，忽然冷冷地说道：“小野君不要惊慌！这支明军援兵的数量并不是很多……看起来不过才一两千人马吧。主君大人在山坡下布有四五千武士，对付他们是绰绰有余的。咱们还是先把坡顶的明兵消灭了之后再去援助主君大人吧！”

“不行！不行！”小野镇幸把头摇得像拨浪鼓似的，连声说道，“你看，我们立花大军的战旗都被他们砍倒了！这证明主君大人眼下一定十分危险！不管你答不答应，在下都要带领一半人马赶下山去增援!”

“你……你……”安东幸贞气得一时结结巴巴地说不出话来，却又劝他不住，眼睁睁看着小野镇幸拉走了一半人马奔下山去了。

这一下，安东幸贞手头只剩下了一千多名倭军步卒，和坡顶祖承训手下的明兵相比，再也占不了数量优势了。他望着小野镇幸和那一半人马风风火火而去的背影，跳下马来，不住地跺着脚仰天长叹：“小野……小野……我若不拨人马给你，你会怀疑我对主君大人不忠；我现在拨了一半人马给你，只怕战不了多久我们就得全军覆没了!”

他正自语之际，只听得坡顶上明军喊杀之声响遏行云!

——祖承训率军以泰山压顶之势大举反攻下来了!

就在碧蹄馆之战白热化之时，留守在汉城府的日本东征大军统领宇喜多秀家和军师小早川隆景，听到哨骑回来禀报说立花宗茂居然过了四五个时辰还未拿下碧蹄馆高地，都不禁惊得面面相觑。

“呵呵呵，这个立花宗茂不是一向自命不凡吗?”宇喜多秀家素来就暗暗痛恨立花宗茂的恃才自傲，便撇了撇嘴说道，“他前几天还嘲笑小西君和大明国敌军作战不力、指挥失当……现在，他自己也算亲自见识到明兵的厉害啦?哼！率领八千武士围攻三千明军，竟然打到现在还不能取胜……太阁大人还夸他是我日本国第一流的‘名将之花’，看来也不过如此呀!”

宇喜多秀家如此贬责立花宗茂，小西行长心底大感解气，淡淡笑道：“是啊！立花君年轻气盛，又自视甚高，今天，他在明兵手中被挫了一挫锐气，多了几番历练，懂得了几分艰难，应该说对他自身的成长还是大有裨益的。”

“小西君真是大人大量，居然不再计较立花君对您的嘲讽了?”石田三成听了，不禁叹道，“小西君这种宽广的胸襟和气度真是值得我们大家学习啊!”

小早川隆景坐在榻席之上，沉着一张老脸，半晌没有吭声。他待到其余诸将七嘴八舌地嘲笑完了立花宗茂之后，才捋了捋自己胸前雪白的须髯，缓缓说道：“这个立花宗茂，实在是太过轻狂、太过贪功了！已经和明兵纠缠激战了四五个时辰了都还没拿下来，真是丢脸！倘若自己实在是战得吃力，完全可以派人回来通报一声嘛！贻误了战机、耽误了大局，这个责任他担当得起吗？不管他这一次在碧蹄馆之役中能否取胜，本大老将来都会狠狠地训诫他一番，让他在今后作战中懂得进退之宜与攻守之度!”

小早川隆景这话一出口，在场诸位倭将都停住了讪笑，不敢再说什么了。

“那么，现在我们应该怎么办?”宇喜多秀家向小早川隆景问道，“还请军师大人示下!”

“这有什么可犹豫的？马上调兵开赴碧蹄馆，”小早川隆景面色一正，肃然说道，“无论立花君先前对诸位大人有多么不恭，都请瞧在本大老的薄面上，将那一页都揭过去吧！如今大家都是在为太阁大人‘俯取朝鲜、征服大明’的霸业而战，在强敌面前须得不分彼此、同心勠力才是!”

“依老夫之见，立花君的兵力足有八九千，明军只有两三千，打到最终应该还是立花君会赢的。但是，他们的战斗时间倘若拖得太长了，只怕会‘节外生枝’啊！——万一明军的增援部队猝然而至，那可是难以收拾的困局哪！罢了！罢了！我们该帮他还是得帮啊！立刻派出二万精兵，前去支援他们吧！争取在大明国援兵赶到之前，彻底结果了在碧蹄馆挣扎的残敌，然后再给他们一个迎头痛击!”

“小早川大老这番话真是深明大义啊!”小西行长听了，连连点头说道，“行长我愿拨五千精兵随同您一道前去支援立花君！让咱们携起手来，全歼在碧蹄馆负隅顽抗的敌人，为在平壤为国尽忠的武士们报仇!”

黑田长政、加藤光泰等倭将也齐齐伏身而道：“但凭小早川大老示下，我等自当从命、共灭明贼!”

乱战与激战

“大帅？是大帅亲自前来救援咱们了!”查大受率领着四五百名骑兵奋勇杀开一条血路，远远望见李如松、李如柏、李如梅、李有升、李宁等明将直冲过来，不禁喜出望外，对手下铁骑大声喝道，“弟兄们!咱们要当着大帅的面好好表现一番，多杀倭虏，将功补过啊!”

这时，倭军“火枪队”首领池边永晟见查大受一行骑兵马上就要冲破层层阻隔和李如松等明军将士胜利会合了，急得双眼青烟直冒，狠狠地将手中火绳枪一丢，抓过一柄长矛，从斜刺里冲将过来，猛地向查大受腰间扎去!

却听“嗖”的一声急响，凭空一支利箭飞射而至，正中池边永晟的后心!那箭矢挟着一股足以开碑裂石般的强劲力道，一下便从他后心直穿而过，同时撞得他踉踉跄跄地向前直奔了四五步，方才仆倒在地，一命呜呼!

查大受应声看去，只见那一位留着长辫、披着兽皮的女真射手右手平端着“连环弩”，正向他微笑!

原来李大帅把建州的女真勇士也带来作战了!查大受心中一阵激动，充满谢意地向那位女真射手点了点头，急忙拍马迎上前去!

威风凛凛的李如松在诸位明军将士簇拥下来到了查大受面前，劈头便冷冷问道：“祖承训他们呢?”

查大受此刻又是惊喜又是激动又是愧疚，从马背上下来，屈膝请罪道：“属下等擅闯倭军险境，连累大帅亲自涉险——属下等实在是罪大莫及!”

“废话少说!”李如松摆了摆手，冷冷问道，“祖承训他们呢?”

“他们被倭贼困在那山坡顶上了……”查大受指向身后碧蹄馆山坡坡顶，“目前他们的具体情形如何，属下亦是无法知晓!”

李如松抬头望了一眼坡顶，微一沉吟，唤来李如柏，吩咐道：“你率领三百死士、二百女真射手，再和查大受他们杀上山坡去，将祖承训他们救下来!”

“是!”李如柏应了一声，转身和查大受便欲领兵而去。

就在这时，只听得山坡半腰上一片杀声传来，却是一队倭兵号叫着猛扑而至！为首的倭将正是小野镇幸和安东常久!

见到倭兵冲下山来，李如松等人都吃了一惊：难道坡顶的祖承训他们已经遇难了？查大受与祖承训最是兄弟情深，对自己将祖承训拖入这场险境之中也抱有愧疚之情，一瞧小野镇幸和安东常久等倭兵倭将扑杀下来，更是担忧祖承训他们已遭不测，顿时两眼一红，把牙齿咬得“咯咯”作响，一提宝刀，便上去迎战!

却听得一片喊杀之声骤起，斜刺里大队倭兵一拥而至，只见那位面目冷峻的青年倭将立花宗茂骑着一匹雪花宝马，手持“吉光宝刀”，拦住了查大受和李如柏等人的去路!

“主君大人，您……您没事吧?”小野镇幸气喘吁吁地跑到立花宗茂身旁，关切地问道，“属下救驾来迟，请您恕罪!”

立花宗茂将“吉光宝刀”横在自己胸前，双目一眨不眨地盯着前面明兵的动态，同时问小野镇幸道：“安东幸贞呢？坡顶的明兵已经被铲除干净了吗?”

“这……这个……”小野镇幸一听，顿时有些语塞起来，“安东君还在坡顶和那些明军残敌们激战呢！……用不了多久便会把他们全部杀光了!”

“嗯？你带了这么多人下来，他一个人在上边还顶得住吗？”立花宗茂一听，脸色微变，冷冷说道，“罢了！待我们将面前这支明兵统统杀光，然后再去支援安东君吧！”

说罢，他举起“吉光宝刀”往前一指，吩咐道：“他们居然用箭射断了我们立花家族永立不倒的杏叶纹战旗！这是宗茂我平生所遭到的最大耻辱！——我一定要用他们的鲜血来涤净这份耻辱！”

正说之际，只听“嗖”的一声，明军那边的女真射手首领索力奇手中“连环弩”微微一动，一串银光似游电般激射而出，直向他胸腹之间射来！

“主君大人小心！”小野镇幸惊呼一声，急忙出手来救，却已来不及了！

但见立花宗茂人喝一声，手中“吉光宝刀”凌空飞出：“嘶嘶”数声锐啸同时响起，他手心里竟同时闪出八道凛凛寒芒，从八个不同的方位朝着索力奇射来的那串银光迎击上去！

“叮叮叮叮”一片金石相击之声响过，那串银光在半空中倏地一下消散了——八支弩箭竟全被立花宗茂的刀芒磕飞在地！

刹那间，全场中人见状，不禁都为之一惊！原来这立花宗茂的刀法居然达到了这般出神入化的境界！

索力奇右手端着那只“连环弩”，更是惊得呆若木鸡——自从他学会“连环弩”箭法以来，这是他第一次失手！而且，还是被对手用一柄长刀在一招之内把自己发射的弩箭全部磕落在地！

却见立花宗茂右腕一旋，那八道刀芒倏然一敛，重又聚为一束，被他握在了手中——那柄“吉光宝刀”朝天竖立着，在朝阳之中岿然不动，不时闪射出夺目的寒光！

“隐月流刀法？”小野镇幸欣喜若狂地喝起彩来，“主君大人的‘隐月流’刀法当真是玄妙绝伦、天下无敌！”

“想不到倭虏之中竟也有这般精通刀法的高人！失敬！失敬！”素有辽东“刀王”之称的查大受见了，面色一凛，右手一下握紧了自己宝刀的刀柄，缓缓放马迎了上来，“查某倒是很想领教几招！”

虽然立花宗茂听不懂他在说什么，但也明白了他要做什么。立花宗茂刚才在千里镜中已经看到了查大受一刀斩杀小野成幸的绝技，眼下和他狭路相逢，绝不会轻易放过的了。

“很好！”立花宗茂右手举刀，双眸深处寒光一闪，冷冷说道，“现在，你很快就会成为死在本将手中‘吉光宝刀’之下的第一个明鬼了！”

查大受劲斥一声，右手宝刀一挥而出，挟着轰隆的风雷之声，蓄着雄浑无匹的劲道，既无繁复冗长的变招，又无华而不实的花招，就那么平平淡淡、简简单单地一刀劈了出去！

他身后的诸位明将，包括李如松在内，都不禁颔首称赞不已：查大受这一招，实乃是至阳至刚的招式，“蕴雄奇于平淡，藏万变于一式”，堪称精妙绝伦！

立花宗茂也微微变了脸色。他长啸一声，身若灵猿，从马背上腾跃而起，凌空一翻，手中“吉光宝刀”已然出手——顿时只见半空中猝然现出重重刀影，层层叠叠，虚虚实实，如山如峰，直向查大受当头压下！

查大受厉喝一声，右手一抬，那柄宝刀凌空一举，“呼”的一声，在他手中便似举起一柄丈八长矛一般，笔直地朝着立花宗茂不断幻化出来的重重刀影贯穿而去！

“当”的一响，犹如洪钟长鸣，余音袅袅，经久不绝。

立花宗茂和查大受双刀在千重刀影中锋芒相对，一触即分——查大受连人带马竟被震得倒退一丈开外，而立花宗茂身形悬空一翻，翩翩然飞起，落回自己的坐骑之上！

众人凝眸看去，却见查大受手中宝刀仍是当空而举，过了片刻，那刀身竟断裂成一段一段的，“噗噗”连响，掉落在泥泞的地上。同时，查大受左手捂着胸口，眉头一皱，一口瘀血“哇”地直喷而出！

而立花宗茂也是神色有些颓然地跌坐在马鞍之上，额角之际竟被查大受的刀尖劲气划出了一道浅浅的伤痕，沁出粒粒晶莹如玛瑙的血珠来！

“查兄，你伤势如何？”李有升急忙拍马上前，扶住查大受，关切地问道。

“我……我不碍事！”查大受缓了缓气，恢复了几分力量，向他摆了摆手，微微有些疲惫地说道，“这倭贼手中那柄宝刀煞是锋利……普通刀剑不是它的对手……”

“既是如此，本帅手中这柄‘天泉古剑’大概还能与他那宝刀一争雌雄吧？”这时，一个清清朗朗的声音忽地在查大受身畔响起，“那么，就让本帅出马一战！”

“大帅！”查大受、李有升等愕然回首，只见李如松手持“天泉古剑”不知何时竟已放马上前，迎向了立花宗茂！

在立花宗茂骇异的目光中，李如松手中那柄“天泉古剑”斜斜指向地面，宛若一脉活水一般流转泛动着粼粼光波，映得他须眉尽碧。同时，李如松仰起脸来，那眼神便似“天泉古剑”的剑芒一般凛冽、冷峭——只听他唇角一动，沉缓有力地吐出了四个字：

“来受死吧！”

立花宗茂刚才已是身受内伤，此刻又见李如松仗剑攻来，自知一时难以争锋，便向小野镇幸和安东常久二人使了个眼色。

小野镇幸二人会意，当下拍马从旁飞驰而出，迎向李如松。

诸位明将一见，正欲上前相助，却见李如松在坐骑之上一声长啸，宛若龙吟九霄，音韵清越非凡，远远传了开去，数里之外竟仍是清晰可闻！

随着这一声长啸，李如松身形倏然一动，连人带剑竟似化作了一条银龙，夭矫灵动，盘旋飞腾，朝着小野镇幸和安东常久拦腰横扫过去！

“啊啊”两声惨呼猝然响起，漫天银辉骤敛而回，李如松气定神闲，安然端坐在马背之上。而小野镇幸和安东常久却是木然僵坐于坐骑之上，呆了半晌，突然不约而同地闷哼一声，二人手中刀枪应声断作数截，然后胸前衣襟各有一片鲜血沁出，齐齐跌下马去，爬不起来！

眼看手下两员骁将在一招之间便被李如松击落马下，立花宗茂又怕又惊，又恼又怒。他再也按捺不住，一声暴喝，手中“吉光宝刀”向前疾刺而出，“唰”地一响，化作一幕银亮的光瀑，暴涨开来，挟着涛奔浪击之势，向李如松扑面狂卷而来！

这一招，是他“隐月流”刀法之中的必杀绝招——“银河倒卷”！

然而，李如松却是巍然驻马不动，手中“天泉古剑”缓缓当胸向外划了一个半圆——刹那之间，他面前二丈之内，剑气森森，犹如暗潮潜流一般弥漫涌动开来，形成一片无形的屏障，护持在他身前！

立花宗茂手中“吉光宝刀”幻化出来的万丈银瀑一进李如松在身前二丈方圆之内布下的剑气密网之中，立刻便似遭到无形的束缚一般，渐渐失去了灵动与夭矫，慢慢滞重起来，犹如一条被密密绳索绞住了全身的毒蟒，翻卷着、挣扎着、盘缩着，难以挪前分毫！

就在这时，李如松双目一睁，眸中光芒灼灼逼人！同时，他大喝一声，双手紧握着“天泉古剑”，猛地向前一送！

“铮”的一声，那“天泉古剑”化作一道银虹，横贯而出，径直穿入了立花宗茂的万丈剑瀑之中！这一声金刃交鸣过后，场中随即静了下来！

漫天剑光渐渐散尽，只见立花宗茂坐在马上，双手举着“吉光宝刀”，面色苍白如纸，显得惊愕异常！他头顶的立桃形铜盔已被李如松的剑气一劈而开，裂成了两半：一蓬长发被削飞，纷纷飘落！那情形，实是狼狈至极！

一向恃才自傲的立花宗茂何曾遭到过这般奇耻大辱。他脸色一红，恨不能当场剖腹自尽！

“主君大人！”身负重伤的小野镇幸从泥泞中奋力爬起来，扑到他身畔急声劝道，“您可千万不要堕了志气啊！我们还是赶紧收兵回汉城府向小早川大老求援吧！”

在一片死一般的静默之中，立花宗茂的一声轻咳乍然响起。他从喉间咳出了一口带着缕缕血丝的痰液，面色变得十分苍白，却仍是挺起了“吉光宝刀”，毫不示弱！

就在这时，忽听得斜刺里又是杀声大作。立花宗茂、小野镇幸急忙循声看去，却是碧蹄馆山坡顶上的祖承训、高彦伯他们杀将下来了！

立花宗茂一见，心下一沉，喃喃说道：“安东幸贞呢？他……他们难道……”

“倭虏！你们还是乖乖投降吧！”祖承训右手一扬，将掌中提着的一颗血淋淋的头颅远远地朝立花宗茂的身前一掷，高声喝道，“否则，你们的下场便和这名倭将一样！”

立花宗茂目光一转，向泥泞地上那颗血肉模糊的人头看去，顿时心头“咚咚咚”狂震起来：原来它竟是安东幸贞的脑袋！

看来，在碧蹄馆坡顶上拦击明军的倭兵将士们已然全都丧生了！

立花宗茂和小野镇幸无比震惊地对视了一眼，同时从对方惊恐的眼神中读出了一个字——“逃”！不得不逃了啊！再和明军不知进退地较量下去，这八千人马恐怕是一个也休想活命了！

增兵与撤退

正当倭虏们惊慌失措、军心大乱之际，一声声悠长浑厚的法螺号角之音从他们身后远远传来，宛若虎啸平原，震人耳鼓。

满面灰白的立花宗茂脸上露出了一丝狂喜之色，他急忙将“吉光宝刀”往半空中高高一举——那些正欲拔腿就逃的倭兵们见了他这个动作，一个个又停在了原地，持枪执刀，忍着伤痛拼命撑着。

“大家不要慌！小早川大老带兵来救咱们了！”立花宗茂高举着“吉光宝刀”嘶声高喊着，“咱们立花一族的武士一定要和明军战斗到最后一刻！只要救兵一到，咱们就能洗刷前耻了！”

听到立花宗茂的煽动之声，他手下的武士们纷纷挺起长矛，疯狂地号叫着，再次猛扑了上来。

李如松亦未料到倭兵竟是这般的残忍好斗，他眉头微微一皱，手中“天泉古剑”向前用力一劈，向身后的骑士们下了一道无声的冲锋令！

刹那间，数千大明铁骑直冲向前——马蹄声犹如擂得咚咚直响的战鼓，大地在向他们身后飞逝疾退，倭兵在他们面前似被巨舰破开的潮水般往两边散去……无论立花宗茂怎样激励自己手下的武士要“体面”地奋斗下去，都已止不住他们的溃退了！

李有升带着一队骑兵冲入敌阵，一路砍杀着。也不知前冲了多久，前面的日本武士渐渐稀少。“难道我们已经冲到了倭虏的阵后？”李有升心念一动，勒住了马，正欲带领手下骑兵们返身杀回。

陡然间，半空中“嗖嗖”乱响，一阵箭雨从天而降，他手下骑兵纷纷中箭落马！

李有升大吃一惊，急忙扭头一看——天啊！前方旷野之上黑影幢幢，漫山遍野的全是倭兵！他们犹如从天际尽头浩浩荡荡蜂拥而至，自四面八方包围过来！

倭军的大队人马到了！李有升望着这数以万计的倭兵，不敢恋战，拨转马头，向手下喊道："撤！快撤！赶回去向大帅报信去！"

李有升正在回马疾驰之际，一支弩箭不知从何处暴射过来，"噗"的一声，正中他右肋之下，透体而入！他"呀"的一声，一伸手捂着右肋，拼命打马奔了回去！

"有声！你怎么了？"正在砍杀倭兵的李如柏和祖承训见李有升伏在马背上仓皇而回，急忙上前接住问道。

"倭……倭虏！后……后面来了好几万的倭虏……"李有升右肋下箭伤处血流如注，额角也冒出了大颗大颗的汗珠，脸色苍白，"快……快去告诉大帅……"

李如柏和祖承训一听，也都变了脸色，急忙传令撤退。

正在碧蹄馆山坡下驻马督战的李如松远远望见明军骑兵呈方块阵形一队接一队退了回来，正自惊疑之际，李如柏、祖承训护持着身负箭伤、奄奄一息的李有升跃马而至，向他禀报了前方发现大队倭兵的情况。

前方竟有数万倭兵？想不到汉城府中的敌军主力今天也倾巢出动了！饶是李如松一向艺高人胆大，此刻也不禁倒吸了一口冷气——自己手中目前仅有两三千人马，怎能与人数多于己方近十倍的倭军正面交锋？

他一咬钢牙，马上命令所有的明军战士聚拢过来，背靠碧蹄馆山坡，凭借着有利地形，和大队倭军伺机而战——倘若实是战之不胜，再将全体人马撤到山坡之上固守。

这时，倭军如滚滚狂潮般直涌过来，片刻便列成了一座兵山，挡在了明军的面前。他们挺矛仗刀，和明军遥遥对峙着，却并不前来挑战。

立花宗茂和小野镇幸收拾着残兵，狼狈不堪地退回倭兵大阵之中。

接着，倭军大阵犹如鹤翼般向两边缓缓展开，里面有一位白发如雪的倭军老将昂然端坐着敞篷战车慢慢驶上前来。

“小早川大老……”立花宗茂迎了上去，羞愧无比地垂下了头，“在下作战不力，丧师辱国，还请大老大人降罪！”

小早川隆景看到自己手下第一名将这般披头散发、满身血污的狼狈样，不禁微微皱了皱眉头，深深叹道：“辛苦你了，立花君！你退到后边去好好养伤吧！待会儿，本大老便要指挥这三万精兵杀上前去，为你们报仇雪耻！”

“请大老大人原谅属下的不恭！”立花宗茂双眉一挺，身形直立不动，仍是垂首说道，“这些明军将领手段毒辣，防不胜防！属下愿负伤再战，寸步不离大老大人身旁，全力保护您的安全。”

小早川隆景知道立花宗茂一向性子倔强，见他话说得这般斩钉截铁，也只得由他去了，便把目光投向了前方的明军大阵，思忖着如何进攻明军。

“那个白发倭将一定是倭虏的首脑人物，”李如松用手中“天泉古剑”远远指了一下端坐在倭军大阵中间那敞篷战车上的小早川隆景，“‘射人先射马，擒贼先擒王。’你们哪一位能冲上去拎了他的首级来挫一挫倭贼的锐气？”

查大受、李如柏、祖承训等闻言，齐声道：“属下愿往！”

李如松瞧了瞧查、祖二人，淡淡说道：“你们两位和倭虏激战了整整一夜，暂且下去好好休息一下。如柏、如梅，你们率三百死士、二百女真射手，径去取那倭帅人头回来！”

李如柏、李如梅齐齐应了一声，率着那数百名死士和射手，奋马而出，直向敌军大阵中那辆敞篷战车扑去！

“小早川大老，您还是避一避吧！”立花宗茂见这队明军不顾一切直扑过来，顿时明白了他们的来意，急忙向小早川隆景劝道，“明军来势凶猛，您要千万小心啊！”

“本大老身为主帅，岂能不战而避！”小早川隆景脸色阴沉，举起手中令旗向前一挥。他所乘坐的敞篷战车两侧，立刻飞出了两支倭军骑兵，向李如柏、李如梅等明兵拦截过去。

看到李如柏、李如梅等人被那些倭军缠住混战，一时难以冲向前去，李如松眉头一皱，一提马缰，飞驰而出，朝着倭军大阵直冲上去！

“哎呀！大帅要小心啊！”祖承训在后面看见，慌忙大呼，已是阻拦不住，只好带领身旁的骑兵跟随李如松冲杀过去。

“放箭！放箭！”立花宗茂在那边也看到了这一幕，急忙喊道，“这员明将厉害得很！不要和他硬拼！快快放箭将他射杀！”

小早川隆景见李如松跃马而来、英姿飒爽，心底亦知其人非同寻常，急忙一挥令旗，下了射杀令！

刹那间，倭军阵中万箭突发，犹如漫天飞蝗，向着李如松全身上下射将过来！

李如松大喝一声，手中天泉剑旋舞开来，化成了一轮银盾般的白光，将漫天激射而来的箭矢纷纷挡落在地！

同时，他毫不停息地一直打马向前，身下马不停蹄，“嘚嘚”连声，朝着倭军大阵越冲越近——小早川隆景惊得目瞪口呆！

“大老大人，快退吧！快退吧！”立花宗茂迭呼道。

“老夫身为大日本五大辅政大老之一，怎能怯退示弱于敌？”小早川隆景双手紧紧捏住战车两侧的护栏扶手，铁青着脸说道，“难道我大日本国三万武士都挡不住他一员明将的锋芒吗?!”

听到他这番话，大阵两边的倭兵倭将们纷纷拼命呐喊着冲上前去阻击李如松!

只见李如松连人带马似化作了一条夭矫无比的银蛟，在倭军的兵海之中奔腾着、冲杀着，一路横冲直撞、所向披靡！他冲到哪里，哪里便有一片血光伴着声声惨号飞洒而起!

眼看距离那敞篷战车已是不足二十丈，李如松在马背上轻舒猿臂，倏地从一名倭将手中夺过一柄铁枪，握在掌中，暴喝一声，运足了全身劲气，急速注入铁枪之中!

然后，他左手一扬，“唰”的一声刺耳锐啸破空划起，那铁枪化作一道黑色的闪电，脱手直射而出，朝着端坐在敞篷战车上的小早川隆景当胸飞击过去!

“大老大人小心!”立花宗茂见李如松脱手而出的那道黑光来得迅猛绝伦，顿时惊得面色惨白，右手抓起挂在自己马鞍后边的一面钢盾，也是奋尽全力，疾掷而出，向那道黑光凌空挡去!

只见那钢盾在半空中团团飞转，“呼呼”作响，凭空划出一弧银虹，和那道黑光在半空中倏然相交。

“噗”的一声闷响，那柄铁枪竟似捅破了一层薄纸一般，笔直地从那面钢盾中洞穿而过，仍是挟着尖利刺耳的呼啸之声，向小早川隆景迎面飞射而来!

立花宗茂见状，急忙大喝一声，从坐骑上翻身一跃而起，同时双手抡起自己那副镶金嵌银的马鞍，朝着飞射而至的那柄铁枪再次横挡过去!

“噗”的一声轻响，那柄铁枪当真是劲猛非凡，再次笔直贯穿了立花宗茂那副马鞍，“嗖”地射向了小早川隆景胸前!

“大老大人！……”立花宗茂只觉眼前一黑，心神一散，身不由己地从半空中直跌了下去！

就在这一瞬间，一直端坐不动的小早川隆景猝然出手了——他微微侧身，双手抡起所配倭刀，向着铁枪刺来的方向挥去！

“叮”的一声脆响过后，那铁枪被小早川隆景手中的宝刀撞向一边，将他侧后的一名亲兵当胸洞穿！

小早川隆景虽然有惊无险，若无其事地含笑而坐，但他红润的脸色却慢慢变了，变得越来越苍白——一行鲜血从他嘴角沁出，一滴滴地落在胸襟之上！

倭兵倭将们满脸骇然——原来，李如松飞掷而出的那柄铁枪尽管被小早川隆景挥刀格挡偏离了方向，却因为劲道巨大，将他震成内伤，痛得他半晌缓不过气来！

倭军大阵立刻就像被打昏了头的一条巨蟒死死地僵在那里，静了下来！倭兵倭将把无比惊骇的目光投向了那辆敞篷战车——小早川大老竟被明将击伤了？这可怎么得了！

“看！那是什么？”小野镇幸一声走了调的惊呼打破了这一片死寂。他大瞪着两眼突然伸手指向了正西方向，表情极为惊恐。

随着他手指的方向，倭兵倭将们的目光齐齐向西投去，只见一面蓝底赤字的大旗从碧蹄馆远处的坡地后面冉冉升起，竟是大明国的中军旗！紧接着，密集如林、雪亮夺目的刀枪矛戟纷纷冒出了地平线，数不清的明兵震天动地地呐喊着如汪洋大海一般漫卷而来！

原来杨元会同张世爵，率领明军大举增援来了！

“明……明军！明军的增援主力部队到了！”立花宗茂顿时惊得手脚冰凉，几乎当场就要昏倒过去！

“快……快撤！”小早川隆景忍着胸前剧痛，用尽最后一股力气挥了一下手中的长扇，下达了撤军令，“全军撤……撤退！”

望着倭虏拖旗倒戈、纷纷撤退的模样，李如松、祖承训、查大受、李如柏、李如梅、李宁等人驻马而立，尽情释放着激战之后的疲惫，脸上洋溢着灿烂的笑容！

著名的碧蹄馆大战，便在明军大部队赶到之后结束了。这一场激战中，明军战死一千八百余人，负伤近千人；而倭军则共计战死六千余人，负伤两千多人。

至此，征倭明军不仅在火器作战方面取得了对倭军的压倒性优势，而且在野战搏杀方面大显身手，令倭军心灰胆寒，不敢再轻易与之争锋。

第九章　进击汉城

丰臣秀吉缓缓点了点头，“啪”的一声，手中黑子一下摁到了棋枰一角星位之上！

德川家康亦是神色一敛，掌上白子随即轻轻放到了那枚黑子的旁边！

这种一开局便上来“贴身缠斗”的打法，顿时令石田三成等人见了不禁暗暗咋舌——原来德川家康表面上谦卑至极，而在骨子里却是手段霹雳、刚猛绝伦！

李如松进逼汉城

汉城府城墙上，宇喜多秀家、石田三成、小西行长等人在指挥台上并肩而立，他们向城下的明军大营遥遥望去，各自面有忧色，沉吟不语。

只见一座座明军营帐犹如起伏的峰峦，连绵不绝，紧紧围绕着汉城府城池驻扎，“明”字军旗高高飘扬，甚是醒目。

“没想到明军在碧蹄馆一战之后，便乘势攻到了汉城府下……”宇喜多秀家深深叹了一长口气，“这一下，我军连及时撤退到南部港湾也做不到了……看来，明军一定是想将我军围歼在这里啊！”

“唉……还是加藤清正狡猾啊！他平时不是吹嘘自己是多么勇猛、多么英武吗？在得知我军在碧蹄馆惨败之后，马上便从咸镜道日夜兼程地逃向了釜山和莱州一带，溜得比谁都快……”小西行长撇了撇嘴，冷冷地说道，“属下原本以为他会大义凛然前来汉城府支援我们……看来，一向以英勇无敌自诩的加藤清正也不过是一个胆小鬼罢了！”

“哼！三成我会将他这临阵脱逃的情形禀报给太阁大人的，”石田三成咬了咬牙说道，“他到处散播谣言说我们在明军面前是如何如何怯弱，可是一到紧要关头，他自己却抛下战友逃走……三成我对此绝不能容忍！”

“石田君，如今小早川大老和立花宗茂都受了伤，他们带来的武士们亦是锐气大损，”宇喜多秀家脸上愁云愈来愈浓，“明军大队人马又已兵临城下……唉！这可如何是好？”

“大统领！您不必惊慌！”石田三成沉吟着说道，“我们在汉城府中尚有八万劲旅，虽不足以出城击败明军，但是要守住汉城府的城池恐怕还是绰绰有余的……我们目前也只有‘以逸待劳、以静制动’这八字兵诀可用了！”

小西行长听了，连连点头，说道：“是呵！大统领，咱们有龙山大仓的数十万石粮食，足够我们全军食用半年了，就算和明军硬耗下去，也是不怕他们的……”

“可是……”宇喜多秀家将忧郁的目光投向了北郊的那座龙山大仓，有些迟疑地说道，“如果龙山大仓不发生任何意外，那就太好了……”

“大统领，您居然担心龙山大仓会失守？”小西行长十分惊讶地问道，“您应该清楚，镇守龙山大仓的可是德川家康公手下的那五千名精锐武士哪！他们的主将本多纯嘉是德川家大管家本多正信的亲侄儿，智勇双全，连加藤清正都自愧不如。龙山大仓在他们手里，您就一百个放心吧！”

“小西君，您可不要掉以轻心，”石田三成听了宇喜多秀家的话，眉头一皱，沉思着说道，“大统领的担忧是有道理的：粮食可是我们数万武士的命根子啊！决不能把它们放在任何潜藏着隐患的地方！这样吧，马上再调拨三千武士和本多纯嘉他们一齐镇守龙山大仓。另外，再派出一支运粮队伍，每天有计划、有步骤地将龙山大仓的粮食转运到汉城来。”

“石田君说得不错，就照您的建议切实去办，”宇喜多秀家点了点头，吩咐道，“秀家我还有一个意见：在靠近龙山大仓的北门城楼上多多部署精兵良将，只要发现明军对龙山粮仓有所异动，便立刻杀出城去护粮、抢粮……”

“李提督，数日前的碧蹄馆之战，你可是吓煞宋某了！”宋应昌亲自押送着一批粮草赶到汉城府城下的明军大营，一进中军大帐，便向李如松说道，“唉！你身为三军主将，居然亲率轻骑直涉险境与倭寇数万人马交战，这怎么能行？万一你有个什么差池，宋某拿什么向圣上和宁远伯交代啊?!”

“宋大人言重了！如松此番率兵与倭虏在碧蹄馆展开激战，不正是在落实兵部‘先声以夺其势’的方略吗？”李如松急忙起身谢道，“一切有劳宋大人关心了！经过碧蹄馆一战之后，倭虏人人胆寒。接下来，需请求宋大人多多协助如松早日顺利攻下汉城府，早日凯旋归朝了。”

“协助李提督早日顺利拿下汉城府，宋某自是责无旁贷。但是，宋某在此也要恳请李提督保证：日后再也不得像碧蹄馆之战那般亲涉险境了！”宋应昌苦口婆心地说道，“三国时期谋士虞翻曾劝说其主孙策：‘白龙鱼服，困于豫且；白蛇自放，刘季害之。’李提督一身关系大明三军安危，岂可再行侥幸冒险之举？你若是不依，宋某便要禀明圣上，请圣上降诏前来训诫你了！”

李如松见宋应昌说得这般切直，急忙起身敛容谢道：“多谢宋大人如此关切，如松感铭于心，决不再行侥幸冒险之举了。只是这汉城府中倭虏人多势众，我军意欲将其彻底围歼，实是有些力不从心啊！”

宋应昌听了这话，心中亦是不禁一震：本朝东征大军目前共计只有四万余人，而盘踞在汉城府内的倭虏却足有八万余人，比己方兵马整整多出了一倍！况且，这八万余倭兵全是退守城中的“亡命之徒”，己方纵有大将军炮、虎蹲炮等火器助战，他们万一狗急跳墙，亦是难有十足的胜算！当日攻克平壤城时，李如松以四万多明军对付城内三万倭兵，已是十分艰难，而今却要面对多达八万余人的强大倭寇，也难怪一向神勇无双的李如松也要连称棘手了！

他沉吟了片刻，缓缓说道：“你们暂且将汉城府紧紧围住，不让倭虏乘隙逃出。本座今夜便写急奏禀明圣上，请他速速增兵来援，一举歼灭汉城府中的八万倭虏！”

“宋大人先莫写此急奏，”李如松向他摆了摆手，沉吟着说道，“待今夜我等再取一个大捷之后，您提笔再写不迟！”

“什……什么大捷？”宋应昌一听，颇为惊愕，“李……李提督，你难道又要行什么侥幸冒险之举？不行！宋某万万不能答应！”

“宋大人多虑了！”李如松莞尔一笑，缓缓问道，“不知宋大人近来在朝鲜境中最为头痛的是什么事？”

“这还用多问？当然是为我们东征大军筹措粮草了！”宋应昌有些无奈地说道，“我们四万多兵马，一个月就要吃掉三四万石粮食和一百多万斤草料、豆子……唉！……李提督你是没管这一摊子事儿啊，宋某可是天天忙得团团乱转……”

正在这时，李应试突然点了一句：“宋大人为粮草而急，难道倭寇远来朝鲜、身在异域就不为粮草而急吗？”

“是啊！”李如松一拍大腿，哈哈而笑，“李参军，我们是时候该用这一招了！”

“难道你们想去偷袭倭寇的粮仓?！劫夺他们的粮草?！”宋应昌顿时也醒悟过来，却又眉头一皱，喃喃说道，“可是那粮仓是倭虏的命根子，必然会有重兵把守，岂是轻易偷袭得了的?”

“这几日来如松已经派人调查清楚了：倭虏将城中大半的粮食积储在汉城府北郊的龙山顶上大仓里，原因嘛一半是为了防潮防涝，一半也是由于城中缺乏大型粮仓来积存……”李如松一边思索着，一边缓缓说道，“不过，自前日起，倭兵似乎也意识到了龙山大仓不够安全，开始派兵运粮入城……我们一定要尽快抢在倭虏前面下手，争取把龙山粮仓夺下来！不知宋大人以为如何?”

“不错。倭兵虽众，无粮不活。李提督派人前去偷袭龙山粮仓，确是宜早不宜迟、宜急不宜缓，”宋应昌听了，连连点头，说道，“但是，这一次偷袭行动，你可千万不要再涉险境了。东征将士之中人才济济，你身为主帅，只要用人得当、指挥得宜，自然便可大功告成，又何须亲自冒险以防不测?”

“宋大人劝谏得是，”李如松微微笑道，“这次偷袭龙山粮仓，如松纵有意亲临指挥，只怕也难担此任了！登山攻坚、摧城拔寨，实非我辽东铁骑之长——这还得多多仰仗戚大帅当年调教出来的那支藤牌军了！”

目标：龙山粮仓

汉城府的北郊外，一座雄伟壮丽的山峰巍然屹立。它便是汉城府北门的重要屏障——龙山。

龙山历来是朝鲜王朝的储粮重地，山顶建有十五座巨型粮仓，每仓存粮六万余石。倭寇占领汉城府之后，同时也将龙山大仓中先前朝鲜国的积粮据为已有。宇喜多秀家、石田三成为了进一步安排好储粮、护粮事务，又在龙山山顶重新修建了三座粮仓，将侵朝倭军的大半粮草运到那十八座巨型粮仓中积储起来，作为己方继续侵占朝鲜的坚实后盾。

既然龙山大仓如此重要，倭虏派来镇守的自是精兵强将：德川家康手下的五千名武士和增派的三千精锐军队全被派驻到山上坚守。

而龙山守将本多纯嘉一向心细如发，为了提防明军前来偷袭，他安排手下武士在通往龙山山顶大仓的各条咽喉要道两旁设置了大大小小近百个土堡。在每个土堡内，他派出四五十名武士及火枪手居住其中，负责防守。这些土堡既隐蔽又坚固，在通往山顶的要道两侧星罗棋布、犬牙交错，难以逾越。要想硬闯过去，实比登天还难。

这天晚上亥初时分，夜幕沉沉，月黑风高。一支身着紧身装束的明军队伍衔枚摸黑，悄悄来到了龙山脚下。他们是李如松派来乘夜登山偷袭的明军敢死队。

这支夜袭敢死队的首领是吴惟忠，副首领是查大受、骆尚志、高彦伯，共计三千余人，其中有二千六百余人是福建“藤牌军”，另外三百人是李府中一部分家丁死士，还有几十人是高彦伯带来的熟悉地形的朝鲜士卒。

虽然明军敢死队人数颇多，但他们的行动却甚是巧捷，一路潜行之下，只听得他们脚下包着棉布的战靴踏在草地上的微微声响，此外再无动静。不知不觉中，距龙山前山要道路口的倭兵哨楼只有三十丈远近了。吴惟忠一扬手，身后的敢死队员们立刻放轻了步伐，弓着腰缓缓向前挪动。

哨楼上依稀间可辨出两三个穿戴着怪异服饰的倭兵身影，正在来回地向四下里探望着。

吴惟忠又是一扬手，五六名李府死士“飙”地跃出队列，以狸猫一般的敏捷和沉静摸到哨楼底下，然后四肢并用着飞快地爬了上去。

在那几个倭兵身影倏然消失的一刹那，吴惟忠连忙跳起身来，指挥着敢死队员鱼贯上前，往要道路口摸去。

然而，龙山的前山只有一条咽喉要道直通山顶大仓，两侧除了林立的倭军土堡之外，便是险峻陡峭的悬崖。明军敢死队纵然轻轻巧巧便夺下了倭兵的哨楼，但若要登山而上，却难以隐身遁形。

果然，片刻之后，要道上土堡中的倭兵见到路口的哨楼没有按时发来安全信号，立即反应过来，一记号炮冲天炸响——紧接着，山道两侧灯火大炽，倭军的火绳枪便如爆竹一般“噼噼啪啪”急响起来，暴雨般的火弹劈头盖脸地投向了正在摸近山道路口的明兵敢死队员！

“快用藤牌护体！”吴惟忠急忙下令。

刹那间，明兵敢死队队员们应声从背上飞速地取下径宽三尺的藤牌圆盾，护住了全身要害，顶着倭军的枪林弹雨直向通山要道上冲去！

不料，只听“噗噗”连声轻响，一向刀枪不入、坚如铁石的明军藤牌盾，竟在倭兵这一轮枪弹袭击之下，纷纷被打穿了不少透亮的窟窿！厉啸着的子弹穿过了藤牌盾，击在明军敢死队员的胸上、头上……他们闷闷地呻吟着，一个个跌翻在地，抽搐着！

吴惟忠远远望见这一幕情形，顿时大吃一惊！一向坚不可摧的“藤牌军”，此番竟也抵挡不住倭虏火枪的射击——莫非这倭虏手中所持的火绳枪真的足以洞金贯石、无坚不摧？

原来，龙山守军的火绳枪是近日丰臣秀吉从葡萄牙洋商手中购进的一批最精良的火器，由小早川隆景带来交付给他们使用的。这一批火绳枪的子弹威力巨大，不仅可以打穿普通枪弹打不穿的铁甲，而且还能连续射击。明兵的藤牌，自然是难以有效抵挡了。

看着敢死队员们前仆后继地惨死在敌人密集的枪弹之下，吴惟忠把嘴唇咬得紧紧的，不住地用手拍打着膝盖，摇头嗟叹不已！

“吴兄，依查某之见，不如让人通知在北门监视倭军动态的祖将军，让他们调拨几门虎蹲炮过来，”查大受沉吟着说道，“炸掉倭虏几个土堡之后，他们就会蔫下去了……”

“不行啊！祖将军他们带领火炮营盯在汉城府北门，是专门为了阻止城内倭军前来救援龙山大仓的啊……”吴惟忠抬起眼来向汉城府北门方向望了一下，“倘若调走几门虎蹲炮，就凭祖将军手下那四千骑兵能挡得住数万倭军的冲杀？那时候，咱们腹背受敌，实在是危险啊！罢了，不到最后一刻，绝不能向祖将军他们求援，以免干扰他们！”

“可是，您瞧倭贼的火绳枪这么厉害，”查大受急得连连跺脚，“不用虎蹲炮，怎么轰得掉敌人的土堡？不轰掉这些土堡，咱们怎能冲上山去？”

“查兄，你此刻就是搬来虎蹲炮也难以济事啊！”吴惟忠抬头向龙山要道望上去，满面愁云挥之不去，“你看，那通山要道迂回曲折，两边的土堡又隐蔽得很深——把虎蹲炮搬到这里，轰击起来也棘手得很啊！咱们还得另辟蹊径才行啊！”

“另辟蹊径？”高彦伯听了，双眉一扬，心中一动，若有所悟，向吴惟忠、查大受二人说道，“吴将军、查将军，依高某之见，目前从龙山的前山要道突破层层阻截，自是甚难。咱们何不绕到后山去伺机偷袭？”

“高将军……龙山的后山全是悬崖峭壁，怎么登得上去？”吴惟忠沉吟片刻，不无忧虑地说道，“就算登上山去，顶多也只有百十个人，哪能歼灭得了山顶的倭寇？”

“吴将军、查将军，依高某之见，李大帅手下的那些死士，个个身怀绝技，应该是能攀得上那后山悬崖的，”高彦伯沉吟着又道，“只要上了山顶，他们再放下绳索，牵引着咱们攀爬上去，便能从背后打倭寇一个措手不及！……万一歼灭不了那么多的倭寇，咱们乘机放火烧掉那十八座粮仓，将倭寇数十万石的粮草尽皆付之一炬，这也是奇功一桩了！”

“唔！高将军此言甚是，”吴惟忠听了，脸色微微一松，点了点头，吩咐道，“你和骆将军带上李大帅手下的五百名死士和一千名藤牌军马上行动，悄悄绕到龙山后山攀崖奇袭而上。吴某和查将军留在这里边打边扰，把倭虏的注意力吸引到这边来……”

悄悄摸到龙山的后山，骆尚志、高彦伯仰头一看，一座如同刀劈斧削般的陡峭悬崖兀然而立，溜滑溜滑的，连一只壁虎都爬不上去。

“这怎么行？”骆尚志和高彦伯见此情形，不由惊得直吐舌头，“谁能攀得上去啊？除非身生双翅飞上去……”

“唉！……”现在已升为藤牌军把总的朱均旺见了，颇不甘心地将刀往地上一插，狠狠地说道，“难道这座龙山大仓真的就攻不下来？”

却见李府家丁死士队的首领李纯上前仔细察看了片刻，转过脸来，对骆尚志和高彦伯说道：“骆将军、高将军，不管行不行，暂且让弟兄们试一试吧！”

骆尚志和高彦伯只得默默点了点头。

那李纯走进李府死士队中，亲自挑选了三十余名轻功拔尖儿的高手出列，打了一个手势，他们一个个便如灵猴般纵身而出，沿着那峭壁攀爬上去。

他们来到峭壁之下，纷纷一扬手，无数条由钢丝绞成的拇指粗细的“鹰爪铁钩索”如螣蛇一般向上飞掷而起，“嚓嚓”连声，钉抓在峭壁岩石之中，足足深达四寸有余。

然后，三十余名轻功高手右手抓着铁索，左手握着钢锥，迅速地沿着峭壁攀爬而上！

向上爬了十余丈之后，来到铁索顶端处，他们将左手的钢锥往峭壁上深深一扎，在半空中定住了身形，右手挥起“鹰爪铁钩索”又往上一掷。那铁索顶端的鹰爪铁钩掷上去，又扣住了壁上的岩石；他们用右手拉了一拉，感到铁钩扣得已经扎实之后，又抽出左手钢锥，继续抓着右手的钢丝铁索攀爬上去……

就这样，这三十余名轻功高手轻捷如猱，在半个时辰内便攀上了近百丈高的悬崖壁顶。

到了壁顶之后，他们再将自己手中的“鹰爪铁钩索”一条接一条地连接起来，把绳头紧紧捆在壁顶一棵数人合抱的参天大树树身上，然后将绳尾向下面抛了下来！

“太好了！太好了！”骆尚志和高彦伯一见，不禁大喜过望，吩咐手下敢死队员道，“就抓着这条钢丝铁索，大家快爬上去！”

李纯点了点头，喊来数百名李府死士，让他们先行攀爬上去。然后，他再亲自护着骆尚志、高彦伯等一起攀绳而上。朱均旺在后面挑了四百名年轻精壮的“藤牌军”士兵，跟在骆尚志、李纯他们身后，抓紧了铁索，先后也攀爬而上。

整整花了两个时辰的工夫，四百名藤牌军士兵和三百名李府死士终于全部登上了龙山后山峭壁顶上。

然而，到了峭壁顶上，大家的心情并没有轻松多少——前面到处都是荆棘丛，根本没有现成的路径可走，只有高高的峰顶上那一簇簇的灯火，照出倭军龙山粮仓所在的位置！

“不能再耽误了！”骆尚志将大手向前一挥，率先走到前面，“快！快！登上峰顶，把敌人的龙山粮仓夺下来！”

诸位夜袭敢死队员闻言，急忙抖擞精神，便往峰顶冲去。

就在这时，只听得一片犹如夜枭般刺耳难听的怪啸之声骤然响起，凭空里一团团灰影翻翻滚滚飞跃而出，降落在他们面前，挡住了去路！

骆尚志、高彦伯、李纯等人定睛一看，只见来人一个个怀抱长刀、身着劲服，赫然正是一群日本忍者！

那些忍者专门潜伏在后山险要之处，阻击登上山来的明军将士。他们原本也不曾料到明军敢死队竟能从那么陡峭的后山悬崖峭壁上攀爬上来，只是刚才听到这边似乎有些异常动静，方才疾奔过来察看，便与骆尚志、李纯、朱均旺等明军敢死队狭路相逢了。

“骆将军、高将军，你们率领藤牌军先行去偷袭龙山粮仓，”李纯从腰间急忙抽出一柄软剑，舞在手上，一边指挥着李府死士迎了上去，一边向骆尚志等人说道，“我们消灭了这批忍者后就来接应你们！”

“你们要多加保重！”骆尚志、朱均旺等人向他们微一点头，便匆匆从斜刺里绕了开去，一路披荆斩棘，健步如飞，奔向山顶的龙山粮仓而去！

龙山大火

渐渐地，那十八座如同擎天巨柱一般高耸着的粮仓赫然跃现在骆尚志、朱均旺等明朝藤牌军将士的眼帘里，仿佛触手可及！

骆尚志、朱均旺等人顿时激动得心头“怦怦”直跳，撒开了脚步，飞也似直向那十八座粮仓飞扑而去！

正在这时，冲在最前面的几名藤牌军将士猝然脚下一空，翻身向下摔去！后面跟来的明军敢死队员一时去势甚急，刹不住脚步，也就跟着滚成一团，跌到了壕沟之中！

原来，倭军竟然在粮仓数十丈外的那排木栅栏外侧掘有一圈八尺来宽、一丈多深的长壕，平日用草皮、浮土、薄席遮覆在表面之上以麻痹敌人。在壕沟的底部，却密密丛丛地竖有无数削得尖尖的竹筒，跌落下去的明兵们当场便被刺得鲜血淋漓、惨呼连连！

“小心敌人的壕沟！”骆尚志见状，急忙大呼着提醒道。

他话犹未了，只见那壕沟边上一个个半球形的土包一下掀开了上面盖着的草皮，原来全是倭军在此埋设的地堡！

紧接着，“砰砰砰砰”枪声大作，那一个个地堡的射击口处喷出了一股股浓烟，骤雨般密集的枪弹疯狂地扫射过来——明军敢死队员顿时应声倒下了一大排！

“卧倒！快卧倒！”朱均旺急得两眼通红，连连挥手大呼。明军敢死队员们连忙伏身卧倒在地，枪弹呼啸着贴着他们头顶掠过，有时竟将头皮都擦破了，沁出了一滴滴的血珠！

朱均旺从草地上爬到骆尚志身边，焦急地问道：“骆将军……这里也有倭兵的地堡和火枪队，怎么办?”

骆尚志紧蹙着眉，沉吟了许久，才说道：“就用先前准备好的‘炸药筒’，派精干的弟兄爬上前去把它们炸了……现在，也只有这个办法了……”

朱均旺微微抬头向前看去，说道：“可是骆将军……那条壕沟太宽太深……只怕弟兄们爬不过去啊！……”

骆尚志沉沉地叹了一口气，低低说道：“事到如今，爬不过去也得爬啊！”

朱均旺无奈，伸手向后边挥了一下。十余名藤牌兵爬到了他身旁，问道：“把总，该怎么办?!”

“拿好炸药筒，用藤牌盾护住上身，爬过去把那几个地堡炸掉！”朱均旺肃然吩咐道，“现在，咱们闯进了敌人的心腹重地，已经没有退路了！只能是有进无退，哪怕是杀身成仁，也在所不惜！”

“是！”那十余名藤牌军士齐齐应了一声，取下背上背着的藤牌，握在左手，护住了上半身，同时从背包里拿出一捆粗粗的爆竹——这便是刚才骆尚志所说的“炸药筒”了，用右手抱在胸前，伏在地上，手足并用地爬向了那些地堡！

终于，他们爬到了那条壕沟边上。一个藤牌兵一手执着藤牌挡在身前，一手抱着“炸药筒”飞快地站起身来，向着壕沟那边一跃而去！

不料，他刚一跃到半空，“砰砰”一排枪弹横扫过来——刹那间，他手中藤牌被打得像蜂窝一般洞窍横生！他只觉胸口一热，全身力道尽失，立时眼前一黑，跌落了下去！

其余的藤牌兵见了，不禁一齐悲呼起来。其中一个藤牌兵抓起那捆“炸药筒”，点燃了捻线，用尽力气朝着离他最近的一个地堡射击口处狠狠砸去！

“轰隆”一声巨响，那个地堡的射击口处火光一闪，尘烟飞扬——那几支火绳枪顿时哑了下来！

另外几个藤牌兵也依照他刚才的做法，纷纷向距离他们最近的几个地堡掷去了“炸药筒”。

“轰轰”数声爆响之后，那几个地堡先后都哑了下来，倭兵的火绳枪几乎都被炸得爆开了枪膛，发射不出子弹来！一瞬间，战场上陷入了一片死一般的沉寂！

“冲啊！”骆尚志、朱均旺一见，欣喜若狂，站起身来，一齐振臂高呼！

正在这时，“砰砰砰”猝然一梭子枪弹暴射而至，将他们又压了下去！

只见一座立在壕沟那边粮仓峭壁下的土堡里，伸出了一排火绳枪，向外喷射出一条条狰狞狂舞的火蛇！

爬到壕沟边的一名藤牌兵急忙奋力掷出一捆“炸药筒”——不

料，那“炸药筒”在距土堡五丈开外处，便无力地坠落在地，“轰”地炸响了，却未伤及那土堡中人一分一毫。

“不行！还是得爬过壕沟那边去才行啊！”骆尚志用拳头狠狠地擂着身前的地面，擂出了几个深深的小坑，咬着牙说道，“这倭虏太狡猾了！”

“骆将军！”朱均旺在一侧说道，“请让末将上去炸掉这个土堡！”

“均旺……你……”骆尚志扭头一怔，“你行吗？”

朱均旺用力地点了点头，同时向后一招手，几个藤牌兵见状，爬了过来。

“把你们的藤牌都给我！”朱均旺平静地吩咐道。

那几个藤牌兵急忙应声取下背后的藤牌，递给了他。

朱均旺将那几张藤牌接下之后，又说了一句让在场诸人十分惊诧的话：“把你们的裤腰带也解下给我！”

虽然感到莫名惊诧，那几个藤牌兵还是犹犹豫豫地解下腰带，递向了朱均旺。

朱均旺细心地将那几张藤牌整整齐齐叠在了一起，然后用那几条腰带二横二竖结结实实地把它们捆成了厚厚的一张。

然后，他就用这厚厚的一整张藤牌护住了上半身，左手抱着两捆“炸药筒”，手脚齐用，向壕沟边上爬去！

敌人的枪弹有时带着“嗞嗞”的锐啸之声，擦着他的头皮飞过；有时又像从天而降的一只只小老鼠，“吱吱吱”地急响着，钻入他面前的泥土之中，同时激起了层层烟尘，迷离了他的双眼。

然而，朱均旺却不顾一切地向前爬着、爬着。终于，他来到了壕沟边上。他右手紧紧抓住那面厚厚的藤牌，深深吸了一长口气，然后倏地一下跳了起来，将藤牌挡在身前，同时身形一纵，向那宽达八尺的壕沟那边飞跃过去！

"砰砰砰"只听到一颗颗钢弹在身前那面藤牌上撞出了沉闷的声响，然而却都没能将它打穿！

在这电光石火的一刹那间，朱均旺已是一下跃过了壕沟，滚落在了沟那边的土地上！

但，就在他身躯落地的一瞬间，他只觉右膝一阵钻心般的剧痛，额头上立刻冒出了一层密密冷汗！他的右膝中弹了！膝盖骨被打得粉碎！

来不及呻吟，来不及包扎，来不及喘息，朱均旺一手抓着藤牌，一手抱着"炸药筒"，分秒不停地向着粮仓峭壁下那个最大的土堡急速地爬去！

土堡中的倭兵火枪手也看到朱均旺跃过了壕沟，纷纷急忙将枪口瞄准了他，弹雨疯狂地向他倾泻过来！

过了半晌，枪声稍息，烟尘渐散。却见朱均旺伏在地上，像一只顽强的穿山甲，仍然不顾一切地向前爬行着！

敌人惊醒过来，枪弹再次如雨点般密集地向他扫射而至！

然而，朱均旺没有退缩，静了片刻，紧咬着钢牙，又向前挪动起来，只是此刻他每挪动一步，都显得格外艰难。他缓缓地弓起左腿，拖着疲软无力的右腿，吃力地蹬着松土、碎石，上身靠着双肘撑起，一寸一寸地向前爬着。

十丈、八丈、六丈、五丈……他距离土堡越来越近了。看着那半扇门般大小的射击口处一股股向外喷射而出的浓烟，他慢慢地站了起来，先是昂起了头，然后用右臂支起身子，左腿单跪，左手抡起了那两捆炸药筒，猛地朝前掷了出去！

"炸药筒"在半空中划出一道凝重的弧线，投进了那射击口里面——"轰轰"两声巨响，还夹杂着几缕惨号，射击口处冒出了滚滚浓烟，那一排火绳枪应声哑了。

“冲啊！”骆尚志和高彦伯一跃而起，正欲指挥手下藤牌兵们冲锋上前。

“啪啪啪啪”一串飞弹又从那土堡射击口处急射而出——还有四五个火枪手没被炸死！

“骆将军小心！”高彦伯急忙一下跳到骆尚志身前，将他推倒在地！

“噗噗！”几声轻响，高彦伯胸前立刻溅开了朵朵血花，一跤跌倒在地！

“高兄！高兄！”骆尚志急忙从地上爬过去扶住了他，虎目含泪，痛呼不已，“你……你……”

“骆兄不必难过！”高彦伯紧紧握着他的手，“为救友军而死，高某死而无憾……高某只求骆兄今后能代高某多杀几个倭贼，便知足了……”

他的声音渐渐低下来，头颈一软，慢慢垂下头去，竟是安详而逝！

“高兄！高兄！”骆尚志吼得连声音都嘶哑了，却再也唤不醒他了！

这时，他周围的藤牌兵们一齐失声惊呼起来——他急忙抬头看去，在晶莹的泪光中，只见朱均旺又摇摇晃晃地站了起来，双手举着藤牌，踉踉跄跄、一步一瘸地凭着最后一股力气，向敌人土堡的那个射击口处急扑过去，用那张藤牌和自己的身体紧紧堵住了那咆哮着、乱窜着的枪弹……从后面望过去，只见朱均旺的背部，“噗噗噗”响起了一串闷响，一股股鲜血向四下里喷溅而出……而他那紧紧堵住敌人土堡射击口处的魁梧身躯则如一座大山般岿然不动！

所有的时间，仿佛在这一刻定成永恒！

终于，骆尚志那凄厉激越的高呼之声划破了这一片静谧：“弟兄们！冲上去啊！把倭贼们通通杀光！把他们的粮仓通通烧光！”

“完了！完了！完了！”站在汉城府北门城楼上用千里镜瞭望着龙山山顶情景的宇喜多秀家突然像触了电似的跳了起来，声音颤抖得十分厉害，“龙山大仓……”

小西行长、石田三成一齐循声望去，立刻惊呆了——只见那里漫山都是大火，已经映红了大半个夜空……

所有在汉城府城墙上看到这一幕情景的倭兵倭将们大脑都在一瞬间变得一团浑噩——他们的眼睛里，只看到了那炽红的峰峦、炽红的天穹，还有那十八根一直燃上云霄深处的巨大火柱……

议和之谋

在汉城府城内倭军大本营里，宇喜多秀家、石田三成、小西行长、来岛通明等倭兵将领一个个木然而坐，垂头丧气，萎靡至极。

这时，一个倭军探子疾奔而入，颤声禀道：“禀告大统领：昨夜龙山大仓遭袭一事已经查清，明军狡诈无比，先在前山牵制我军主力，然后派出敢死队绕到后山攀崖而上，偷偷登上山顶，乘隙放火烧……烧掉了龙山粮仓……本多纯嘉大人带兵赶到山顶紧急救援时，一切都已经晚了……”

“本多纯嘉？本多纯嘉？”宇喜多秀家静了片刻，突然伸手一拍书案，怒吼起来，“我们把那么重要的龙山大仓交给他守护——却没想到最后还是让他给弄丢了！他在哪里？他为什么不敢来见本统领和城中的将士们？”

“大……大统领有所不知，”那探子缓缓垂下了头，低声答道，“就在龙山粮仓昨夜被焚的时候，本多纯嘉自知无颜再见您和城中将士们，已经当场切腹自尽了……龙山的所有守军，都用自己的鲜血和生命……”

“八……八千武士全部壮烈殉难了?”石田三成在一侧深深叹道，“唉……明军的火炮实是厉害，咱们的援军在北门口被压得死死的，一直没能冲过去救援他们啊!”

“大统领，龙山的地势那么险峻，土堡设置得那么密集，武士们的火器又那么精良，居然还是失守了……”小西行长满面忧色，扼腕叹息道，“看来，明军实在是太难对付了！……日后，咱们在汉城府城池的守护上更要加倍用心才行哪！一丝一毫的马虎大意都不敢再有了啊!”

“你退下吧!”宇喜多秀家渐渐恢复了平静，挥手让那名探子退了下去。

然后，他呆呆地坐在那里，隔了半晌，才缓缓说道：“现在，龙山大仓也丢了，咱们西征大军又折损了八千武士，城中的粮食也一下紧缺了……这个仗，诸君谈一谈，该怎么打下去呢?……”

“是啊！……城中只剩下二十多万石粮食……”石田三成眉头紧锁，一脸的无奈，“我们最多还能支撑两三个月……到了那个时候，不用明军进城前来攻打，我们也全都被饿死了……”

“冲！冲！冲出去和他们拼个鱼死网破，同归于尽!”小西行长狠狠地说道，“咱们还有八万武士，就是用两个武士的性命换取他们一个明兵的性命，还不够吗?”

“说什么大话！昨天夜里，你在北门口带了两三万武士突围……还不是被明兵那么猛烈的炮火给打退回来啦!”宇喜多秀家冷冷地瞥了他一眼，颇为不满地说道，“我们就算有再多的武士，面对明军的大炮骑兵，也是送死……”

“这……这……”小西行长窘得面色通红，不禁惭愧地低下了头。

正在这时，营门外传来了亲兵的禀报之声：“小早川大老请见。”

“小早川大老来了？”宇喜多秀家听了，十分惊讶，“他……他不是还在自己的寝帐里养伤吗？”

他虽是讶然失色，却仍急忙恭恭敬敬站起身来，跑下帅座，向堂门迎去。

石田三成目光一闪，似有所思，也连忙起身跟了出去。

只见两名侍卫一左一右搀扶着颤巍巍的小早川隆景一步一步缓缓走了进来。自从碧蹄馆一战中被李如松掷来的一根铁枪震成内伤之后，他先前保养得红润如丹的面颊而今已变得灰白晦暗，眉宇间亦掩不住隐隐的痛苦之色，仿佛自己正在承受着炼狱般的伤痛煎熬。

“小早川大老……”宇喜多秀家快步上前扶住了小早川隆景，感慨着说道，“您有什么事就传唤晚辈到您的寝营听命便是了，又何须劳您大驾亲临呢？”

小早川隆景也不答话，任由宇喜多秀家将他扶上帅座坐定之后，方才喘了一长口气，静了静神，缓缓说道：“老夫清晨听得龙山大仓被明军偷袭焚毁的消息后，焦虑万状……所以，老夫也就顾不得‘败军之将，何敢言勇’了，觍颜冒昧前来，与诸君共商抗敌大计……”

“大老您有什么抗敌大计吗？这太好了！”宇喜多秀家一听，紧皱的眉头一下舒展开来，喜道，“我们刚才正在商议这事……只是，大家都深感束手无策……大老您有何锦囊妙计？我们洗耳恭听！”

小早川隆景听了，哭笑不得，一张老脸涨得通红，低声叹道：“老夫在碧蹄馆一战中以三万武士之众，竟困不住明军五千兵卒，已是败得无话可说——此刻焉有锦囊妙计反败为胜？倘若诸君亦是无计可施，只怕我小早川隆景这把老骨头就要葬身在朝鲜这异国他乡之地了！”

“这……这……这可如何是好？”宇喜多秀家顿时也惊住了，喃喃说道，“是啊！难道我们这八万武士真的竟要被明军困死在这汉城府中?”

场中一下静了下来，静得连众人的“怦怦”心跳之声都可听得清清楚楚。

良久，只见石田三成双眉一动，眸中精芒一闪，躬身上前道：“大统领、小早川大老，这段日子里，在下苦思冥想，胸中倒想出了一条拙计……只是，这条拙计太过鄙陋粗糙，实在令在下也觉得难以启齿啊!”

“唉呀！……这个时候还管什么鄙陋不鄙陋、粗糙不粗糙，只要能挡住明军的攻势，什么计策都行!”宇喜多秀家一听，不禁大声嚷了起来，“石田君，你既有计策，就开口直说嘛！不管你出的是什么‘点子’，秀家我和小早川大老都不会怪罪你的。”

小早川隆景捂着胸口，轻轻咳了几声，也附和着宇喜多秀家，连连点头。

石田三成听了，这才直起腰来，沉吟道：“既然大统领和大老大人都不怪罪，在下也就直说了：如今明军依恃着强大火器，围堵在汉城府四门之外，把我们困得如在铁桶一般，形势十分危急啊！……眼下，除了立刻请求太阁大人从日本国内增兵二十万前来支援解围之外，我们已别无他法!”

“请求太阁大人发兵二十万前来增援?”宇喜多秀家一怔，“太阁大人手中还有这么多的武士可用吗?”

“是啊……如果太阁大人派不出这二十万援兵……”石田三成的声音蓦地一顿，窒了许久，才嗫嚅地说道，“那么，退而求其次，我们也只能请求太阁大人郑重考虑先前由黑田军师提出的那个‘撤军议和’的方案了……再不然，大家就只得坚守在汉城府里，全部杀身成仁，为天皇陛下和太阁大人尽忠到最后一刻……”

“黑田军师先前提出的‘撤军议和’方案？……”小早川隆景沉

吟了许久，方才喃喃说道，“想那一个月前，本大老率领三万精兵从日本国内启程赶来朝鲜之时，还禁不住有些嘲笑一向深谋远虑、聪明睿智的黑田如水为何会提出这等建议……没想到和明军硬碰硬斗之下，才觉得黑田军师所献之策，当真是正确无误。唉……宇喜多大统领，您看呢？”

宇喜多秀家脸上一红，吞吞吐吐地说道：“大老大人，当初黑田军师就是因为请求要和明军‘撤兵议和’才被太阁大人召回日本面壁思过的……咱们再向太阁大人提起‘撤兵议和’之事，只怕他盛怒之下……”

“宇喜多大统领真是太年轻了！你以为太阁大人真的是只知一味地固执己见而不会从善如流吗？”小早川隆景又捂住胸口激烈地咳嗽了几声，缓缓说道，“这样吧！有劳石田君草拟一份禀文，由大统领和本大老联名签署，先把碧蹄馆之役中我军死伤八千人、立花宗茂受伤、昨晚龙山大仓被焚、本多纯嘉自杀等情况详详细细、毫不隐瞒地写给太阁大人知道；然后，再在后面提出我们请求增兵二十万前来支援的意见……如果太阁大人实在抽不出这二十万兵力前来增援，我们就必须向他讲明两点：一是只能向大明国‘撤兵议和’，这样才可以保全实力，以图东山再起；二是全军只得坚守城池，与汉城府共存亡了！一切就请太阁大人自行裁断了！”

“小早川大老真的是铁骨铮铮，竟不惧太阁大人的雷霆之怒而犯颜直谏，”宇喜多秀家听罢，不禁慨然说道，“秀家我实是愧不能及啊！您的建议很好，秀家我和石田君一定照办！”

小早川隆景微微点了点头，忽又目光一抬，看向石田三成，缓缓说道：“还有，本大老知道石田君一向善于揣摩太阁大人的心意而随机应变……而且，太阁大人对石田君的建议和意见素来也是有纳无拒的……我们的这份禀文，就交给您亲自带回名护屋向太阁大人当面解释……一切拜托您了！”

“唔！谢谢大老大人的信任了！”石田三成急忙俯下身去，恭敬一拜，“既然您这样吩咐了，在下遵命就是。在下一定尽心尽力，求得一个圆满的结果来。”

“行！秀家我马上安排一下，让服部君带领五百名出色的忍者，”宇喜多秀家也在旁边说道，“今晚就保护着石田君连夜出城赶回名护屋去……”

“这一次，本帅要和宋大人联名呈奏陛下为藤牌军攻下龙山大仓请功！”李如松声如洪钟地宣布道，“对把总朱均旺舍身堵住地堡的壮举，本帅也要向陛下行文禀明！请求朝廷为他树碑立传，表彰他的赫赫义节！”

他此言一出，帐下诸将立刻响起一片鼓掌喝彩之声。

宋应昌坐在他右手一侧，听得这话，也点头说道：“朝鲜君臣已经商定，过几日将派一批能工巧匠过来，在龙山山顶上竖立一块‘大明义士碑’，专门表彰在征倭大战中捐躯的各位义士们……”

帐下诸将听了，又是一阵激奋。祖承训、查大受、吴惟忠和骆尚志双眼噙着泪花，哽咽着说不出话来。

李如松和宋应昌见状，不禁静默了片刻，待大家情绪渐渐平静下来之后，李如松才开口说道：“诸位将士在朝鲜国内浴血奋战，所有的功勋，圣上和朝鲜君民都会永远铭于心的。现在，倭贼的龙山大仓被焚，汉城府被我大军团团围住，其势已成釜底之鱼，只要咱们再接再厉、坚持不懈，扼守住汉城府的四方出口，必能将他们困死在孤城之中！”

诸将听得群情激昂，一个个摩拳擦掌，准备大战一场。

“既然大家这么振奋，你们便暂且各归本位，认真守好自己的阵地，”李如松凛然说道，“只要倭贼胆敢开门出来应战，就把他们当场歼灭！”

“是！”诸将齐齐应了一声，退出中军帐。

待诸将退尽之后，宋应昌方才转过身来向李如松抱拳贺道：“李大帅，你实是用兵如神、无人能敌啊！此番奇袭龙山，倭贼数十万石粮食被焚，八千名武士被歼，他们已然胆破心寒，只得龟缩于汉城府中奄奄待毙！看来东征大军全胜回国之期，已指日可待了！……宋某在此恭贺李大帅连战连胜、光复朝鲜！”

“宋大人过奖了，”李如松急忙还礼谢过，他沉吟了一会儿，眉宇之际现出一抹隐隐的忧色，缓缓说道，“如今，我军虽是烧掉了倭贼积储在龙山大仓的粮草，也歼灭了他们三四万人马，但倭贼主力犹存，汉城府中还盘踞着八万倭兵……这可是一头可怕的困兽啊！……要想大获全胜、驱尽倭虏、光复朝鲜，咱们还得请求陛下再行增调数万人马前来支援才行啊！”

“是啊！是啊！我军以四万余人马，欲求一举驱除倭虏八万余悍兵，也实是难为李大帅了！”宋应昌抚着须髯，皱着眉头，缓缓沉吟道，“宋某待会儿便拟写奏章，向陛下陈清此时的敌我大势，恳请陛下发兵增援！”

“如此甚好！”李如松一听，面露喜色，高兴地说道，“如松愿和宋大人联名签发这道奏章！陛下派出的援兵来得越快，咱们攻克汉城府、歼灭城中倭虏之事也就做得越快！”

枭雄对弈

三只青亮晶莹的玉杯放在五彩花纹石桌几之上，碧如翡翠的茶水上面，缕缕白色的热气悠然袅袅升起，随风飘游，在半空中变幻出鸟兽虫鱼等各种轻灵姿态，令人叹为观止。

丰臣秀吉端坐在榻榻米上，静静地观看着那缕缕白汽在半空中飘荡、散漫、淡去，一直不声不语，神色却是有些茫然。

“太阁大人……”大野治长终于忍不住出声提醒道，“您的茶已经凉了……”

“哦……是呵！这热气渐渐散尽之时，便是茶水渐渐变凉之时啊……”丰臣秀吉被他一唤，这才一下清醒过来，淡淡笑道，“其实，刚才本太阁看着这茶水热气在半空中变幻多姿，不由得也想到了人生在世的变幻无常啊……每个人终归是要死的，本太阁也是要死的……可是，倘若我们能在临死之前挥尽全力留下一篇精彩纷呈的‘佳作’，让后人为之瞻仰、感叹，那也算是不枉此生了……”

“是啊！是啊！人人都称赞太阁大人的英明神武天下无双，”大野治长近乎谄媚地赞道，“可是他们也许并不知道，太阁大人在茶艺、茶道、茶理方面也是天下第一……观赏您的茶艺，总能让人心生灵机，感悟到无穷无尽的哲理……”

“呵呵呵……”丰臣秀吉听了，只是向大野治长干笑了几声，微微摇头，缓缓说道，“大野君啊！难道你除了在本太阁面前大唱赞歌、大拍马屁之外，就没有别的什么话可说了吗？再动人的吹捧之词，本太阁听久了，也会索然无味的呀……你啊！还是得多多向石田君学习啊！倘若石田君刚才听到本太阁的那番话，就不会像你这样只会附和、吹吹拍拍……他也许还能巧妙地指出本太阁那番感悟中的不当之处，同时将它引申发挥开去，更明晰地点出本太阁心底的深意……”

“是……在下德薄才浅、资性驽钝，实在不能和石田大人相比，”大野治长急忙伏身跪倒，诚惶诚恐地说道，“一切还请太阁大人谅解。”

丰臣秀吉淡淡一笑，也不理他，伸出右手，慢慢端起了一只茶杯，轻轻送到自己的唇边，品呷了起来。

正在这时，茶室的门被人轻轻敲了几下。

丰臣秀吉仿佛什么都没有听到一般，眼神静静地垂落在杯中茶水表面之上，一动不动。

大野治长倒退着来到茶室门边，无声地拉开门缝一角，一位侍女探进头来，附在他耳畔低低说了几句。

听罢之后，他的脸色便微微变了，急忙匍匐着爬了进来，趁着丰臣秀吉慢慢放下茶杯的空当，轻轻禀报道："太阁大人，石田君从朝鲜赶回来了，眼下正在茶室外面等着您召见哪！"

他虽然说得很轻很轻，但在丰臣秀吉听来，恰似一阵巨雷滚过，全身顿时微微一震，手中握着的茶杯也蓦地颤了几颤。

丰臣秀吉静了半晌，才缓缓开口说道："让他进来吧！"

"是！"大野治长恭恭敬敬地应了一声，倒退回去，将茶室的门向左侧轻轻推开——只见衣衫褴褛的石田三成满脸憔悴地站在那里，显得十分狼狈。

"石……石田君！"大野治长失声惊呼道，"您……您怎么成了这般模样?!"

石田三成并不回答，他进得茶室里来，膝行到丰臣秀吉面前一丈开外处，"扑通"一声，跪地叩头道："太……太阁大人！属下今日还能目睹到太阁大人的盖世风采，实是托了天照大神的福了……"说着，他的声音便哽咽了起来。

"你很久没有喝到过本太阁亲手沏的清茶了吧?"丰臣秀吉面无表情，伸手指了一指自己面前花纹石桌上放着的一只茶杯，淡淡地说道，"你先喝了它解解渴吧！"

"不，不，不……太阁大人的茶不是用来给人解渴的，而是用来让人澄心净虑的……"石田三成急忙摇了摇头，然后伸出双手毕恭毕敬地将那杯清茶捧在掌上，仰头慢慢饮入腹中，轻轻放下茶杯，让自己的面色渐渐归于平静，缓缓说道，“喝了太阁大人的茶，在下顿感神清气爽，定力也大大增强了。”

“很好，石田君不愧是石田君，年纪轻轻便能收放自如——本太阁很是欣赏啊！”丰臣秀吉也将手中握着的茶杯慢慢放到了石几之上，悠悠说道，“唉……可惜！世事无常啊！本太阁一心盼望的事情总是难以实现，而本太阁一直担忧的事情却总是难以避免啊！……你今天急急赶回，只怕又没什么好事……一切还是请你直说了吧！本太阁不会乱了方寸的。”

“这……这是宇喜多大统领和小早川大老联名写给您的朝鲜战况禀文……”石田三成犹豫着从胸衣处摸出一封绢折，极为恭敬郑重地将它捧在手上，献了上来，嗫嚅地说道，“太阁大人看完了它，一切也都明白了……”

丰臣秀吉的脸色开始沉了下来，他伸手接过了那份绢折，缓缓打开，默默阅看。

那封禀文的内容其实并不太长，但丰臣秀吉静静地拿着它，却翻来覆去地看了很久很久，时间简直长得可以连续煮沸十几壶茶水了。

而石田三成双拳也暗暗捏了两把冷汗，无比紧张地注视着丰臣秀吉脸上表情的一切细微变化。

然而，丰臣秀吉的面色却始终深如古潭，不生一丝波澜。他慢慢放下了手中绢折，眼神凝注在面前那只空空的青玉茶杯之中，久久不动。

终于，他脸上表情一阵抽搐，缓缓开口了：“大野治长……快……快去喊那位琉球医生来……本太阁的心口有些绞痛……”说着，他的身躯慢慢倒了下来。

“太……太阁大人！”石田三成惊得手足无措，一迭声地呼道，“您……您千万不要动怒啊！属下等都已经知罪了……请您下令责罚吧……”

而大野治长慌忙起身，一溜烟跑到后院喊许仪去了。

“你们不是需要二十万援兵吗?”丰臣秀吉卧倒在榻榻米上，重重地喘了一口气，伸手捂着胸口，一字一句慢慢地从牙齿缝里挤出沉劲有力的话来，“本太阁明天就去给你们调拨过来……”

面对丰臣秀吉一大早便突然造访，德川家康显得甚为惊讶。但他一向镇静沉着，那一副惊讶之色在他脸上也是一显即隐，转瞬间便消失得无影无踪。

他急忙赔着笑脸高高兴兴地将丰臣秀吉一行人迎进了自己府中的会客厅坐下，然后让自己的侍妾们亲自去后院沏好清茶奉上来招待他们。

丰臣秀吉在客厅中的首位坐定，尽管他故作高声大语以显威势，但眉宇之间仍掩不住一丝疲惫。他呵呵笑道：“本太阁一向忙于西征大业，有时候竟疏怠了德川公……还望德川公不要多心才是啊!”

“哪里！哪里！太阁大人尊驾光临寒舍，在下只觉蓬荜生辉、荣幸之至，岂敢心存他念?”德川家康逊谢不已，在地板上伏身答道，“在下只怕自己才疏学浅，当不起太阁大人您的恩宠和信任哪!”

丰臣秀吉哈哈一笑，淡淡地说道：“如果德川公的忠诚和睿智都不值得本太阁倾心信任的话，那么还有谁可以让本太阁放心呢？本太阁今日前来，就是准备托付给您一个辉煌的大任……这个重任，除了德川公，谁也担当不起!”

德川家康急忙起身离开榻席，在地板上谦恭至极地伏下身来，面带惊慌之色，说道：“太阁大人此言，真是折杀在下了！……在下才疏学浅，真的承担不起太阁大人的信任和厚爱呀……”

跟随着丰臣秀吉一道前来的石田三成见德川家康到了此时仍是这

般圆滑，不禁在一旁冷冷哼了一声，便欲开口发话。却见丰臣秀吉双眉一扬，目光一闪，止住了他。

然后，丰臣秀吉缓缓说道："哦……本太阁想起来了——德川公也许还不知道吧！你派到朝鲜的手下爱将本多纯嘉和五千武士在坚守汉城府外龙山大仓时已经全部壮烈殉国了！"

"什么？"德川家康仿佛刚刚才听到这个悲惨的消息，伏在地板上的身躯如遭电击般一阵剧颤，同时他的眼角缓缓地流下了两行泪水，一滴一滴坠落在衣襟之上，"本多君和手下五千武士既是为国捐躯，家康我唯有深深祈祷他们顺利登入天堂安息、永乐……"

客厅里顿时静了下来，半晌没有丝毫响动。

终于，丰臣秀吉涩涩的声音打破了这一片沉寂，慢慢说道："德川公手下的武士一向都十分英勇、十分顽强哪！本太阁记得二十年前，德川公率领一万武士和'战神'武田信玄亲自统领的四万五千人马在三方原展开了一场惨烈无比的激战。"

"这场激战历时一天一夜，德川公手下武士牺牲了二千余人，而武田信玄手下折损了六千人马。虽然你不得已退回了滨松城，但你能以寡胜众，赢得了'海道一雄'的殊誉。"

"事后，武田信玄的猛将马场信秀在观察了激战现场之后，对武田信玄禀道：'看了德川军留在战场的尸体，属下深感震惊：面朝我军倒下的尸体都是俯面朝下，朝向滨松的尸体都是仰脸朝上——说明这些武士都是向前冲杀时全力战死的，由于企图逃跑而被处斩的逃兵一个也没有。'德川公手下武士的骁勇善战，由此可见不一般哪！"

"唉……那都是二十年前的往事了……"德川家康伏在地板上双眸噙着泪叹道，"二十年来，在下也年老力衰了，手下的武士们也是'青黄不接'……再也没了当年的那份骁猛与勇敢了……"

"可是，面对本多纯嘉和手下五千武士悉数殉难于朝鲜的悲剧，"

丰臣秀吉脸色微微一变，冷冷说道，“德川公似乎应该有所举动，为他们报仇雪耻吧?”

“这……这一切还望太阁大人奋起神威、大举义师为我德川军洗刷耻辱啊!”德川家康又是深深一叩首，极为谦卑地说道，“一切仰仗太阁大人您了!”

丰臣秀吉发觉今天自己再怎么“舌灿莲花”地“套”他，也牵不住他的“鼻子”、打不中他的重心，不由得面色一僵，终于“图穷匕见”地逼上前说道：“德川公手下还有十余万精兵强将，是我大日本国最威猛的一支力量。目前，大明国和我日本国的军队在朝鲜已经到了‘成败在此一举’的关键时刻……本太阁想封你为西征首席大统领，率领手下十万武士及时开赴朝鲜，一举击溃明军，为我日本国争光扬威，如何?”

“这……这……”德川家康迟疑了一下，缓缓说道，“太阁大人有所不知，数日前秀次大人奉了天皇陛下的诏书，从在下这里抽调了四五万名武士去镇守京都了……”

“岂有此理!”丰臣秀吉顿时勃然大怒，一掌狠狠拍击在客厅茶几之上，震得茶杯跳落在地，茶水飞溅而出，“丰臣秀次、天皇陛下的那些话，你统统都不必去理睬它们！——眼下，立刻发兵，增援宇喜多秀家、小早川隆景他们才是头等大事！——本太阁希望德川公此时能够真正掂清孰轻孰重、孰缓孰急!”

“太阁大人的命令自然是一言九鼎，无人胆敢违逆的，”德川家康急忙惊慌地伏倒在地板上连连叩头，颤声说道，“可是……可是，秀次大人和天皇陛下非常担忧大明国的水师猝然渡海登陆攻击我日本群岛……一直强调由在下这十余万武士专门负责守土之责，不可妄动……这一切，还请太阁大人去向秀次大人和天皇陛下说明理由之后，再来调拨在下的人马吧！届时，在下这十余万武士就可以任凭太阁大人随意调遣了……”

“呵呵呵……要调遣你德川家康的人马，本太阁还用得着去和丰臣秀次与天皇陛下多费唇舌吗？”丰臣秀吉冷冷笑了一笑，右手一挥，肃然说道，“这样吧！久闻德川公棋艺高超，本太阁一直未有闲暇与你切磋一番……今日本太阁特意带了棋枰过来，就以对弈来赌上一场：若是你输了，你便要遵从本太阁的指令，担任西征首席大统领，亲率手下十万武士直赴朝鲜，一举荡平明军；若是本太阁输了，本太阁便收回成命，不再调拨你一兵一卒——德川公，你意下如何？”

“哎呀！……久仰太阁大人棋艺冠绝天下，在下这颗米粒之珠，焉敢与日月争辉？”德川家康伏地不起，口中谦逊不已，“您就高抬贵手，放过在下吧！”

丰臣秀吉也不答话，只是一摆手，两名侍卫上前，将一钵黑子、一钵白子和一方棋枰放到了客厅一张桌几之上。他慢慢过去坐下，伸手从钵中缓缓拿出一枚黑子，拈在指间，面寒如铁，目光森然，只是盯着那一片空白的棋枰，冷冷说道：“执棋吧！”

“这……这……在下就恭敬不如从命了……”德川家康脸上露出一种勉为其难的表情，膝行着爬到桌几对面，颤抖着手从钵中拈起一枚白子，轻轻说道：“请太阁大人执黑先行……”

丰臣秀吉缓缓点了点头，“啪”的一声，手中黑子一下摁到了棋枰一角星位之上！

德川家康亦是神色一敛，掌上白子随即轻轻放到了那枚黑子的旁边！

这种一开局便上来“贴身缠斗”的打法，顿时令石田三成等人见了不禁暗暗咋舌——原来德川家康表面上谦卑至极，而在骨子里却是手段霹雳、刚猛绝伦！

丰臣秀吉俯视着棋局，隔了半晌，方才冷冷一笑，继续发招、接招，和他对弈起来。

在对弈的过程之中，丰臣秀吉的目光始终盯在棋枰之上，而德川家康的目光却始终凝注在丰臣秀吉的脸庞之上。丰臣秀吉每走一步棋走得便如山一般凝重，而德川家康每应一步棋便应得恰似水一般灵动。丰臣秀吉的头渐渐变得越埋越深，而德川家康脸上的笑容却始终很浅很浅。

日影在他们身畔悄悄移开，微风在他们耳边静静拂过。棋枰之上，黑子之势威猛如龙，翻翻卷卷，气吞山河；白子之势灵动如蛇，屈伸自如，机变无穷。黑子劲气内敛，凝重沉毅；白子气韵鲜活，四通八达。在这一张渐渐模糊了黑白二色的棋枰之上，处处杀机潜伏，时时兵刃争锋，令人看得眼花缭乱。

终于，到了决战的时刻了。丰臣秀吉拈起了关键的一子，准备投落在关键的那个“眼”上。他的目光似蛇一般在黑白纵横的棋枰上游移着，然而过了许久许久，他也未曾找到那一个“眼”来。看到那棋枰之上自己的黑子虽然气势汹汹，却被白子层层包围，左冲右突也难占上风，他的心倏地一下收紧了，枯瘦的面庞隐隐涌起了红潮。

德川家康此刻却像一尊石像一般在他对面盘膝而坐，双目微垂，面色如枯井无波，让人看不出丝毫表情变动来。

丰臣秀吉在努力地思索着，他渐渐感到那一枚拈在右手指缝间的黑子似有千钧之重，心中只想把它放下，放到那决定胜负的关键的那一“眼”上去。他凝神定睛，继续拼命地寻找着棋枰上的那个“眼”，额上缓缓沁出了密密的一层细汗。

石田三成见状，急忙上前扶住丰臣秀吉，劝道：“棋弈小道，太阁大人不必太过劳神，请以尊体为重。”丰臣秀吉不答，仍是默默地拈着那枚黑子，便似死了一般静静坐着。

良久，终于见得丰臣秀吉眸中乍然一亮：终于找到那个“眼”了！他右手一动，便欲将黑子投落而下！

然而，他的手刚一伸到半途，就蓦地僵住了：原来在那一团棋势之中，黑子和白子双方已然形成了“共生共活”之局！他若先是填上这一“眼”，便会被德川家康所乘而顺势提尽黑子；反过来，德川家康若是先行填上那一“眼”，也会被自己所乘而顺势提尽白子……也就是说，那个“眼”其实是一个极为巧妙的“陷阱”，谁都不敢先行落子去填它……自然，只要对方不先填那个“眼”，谁也就吃不了对方的棋子……

场中静了许久许久，丰臣秀吉终于慢慢收回了右手，将那枚黑子“噗”地投回了自己的钵中。然后，他仰起脸来，看着德川家康，缓缓说道：“真没想到……本太阁和德川公在今天居然下成了一场‘平局’……‘自古围棋无平局’的谚语，居然被我们打破了……”

“惭愧！惭愧！在下绞尽脑汁，能够在太阁大人棋枰上的种种奇袭之下勉力自保，已是万幸了……”德川家康深深伏倒在地板之上，不敢抬头，“一切须得感激太阁大人手下留情之恩……”

丰臣秀吉慢慢站起身来，任由从窗户斜照进来的夕阳余晖将自己镀得一片金红，在身后拖着一条长长的背影，一步一步默默无声地走向了客厅门口。

石田三成和其他太阁府中的侍从们随后跟了上去，急忙伸手前来搀扶他。却见丰臣秀吉铁青着脸，双袖一挥，甩开了石田三成和侍从们伸来搀扶的手，独自一个人走在最前面，离开了客厅。

“在下恭送太阁大人尊驾离府……”在他身后，德川家康那仍是显得谦恭至极的声音缓缓送了出来，却被厅门外掠过的晚风一吹，便散得再也听不清了……

丰臣秀吉的议和书

“这个德川家康！竟敢藐视太阁大人的权威，推来拖去就是不想出兵襄助西征大业!”一回到太阁府中，石田三成就禁不住狠狠地嚷道，“他真是太狡猾了……太阁大人，您千万不要轻易放过他……”

丰臣秀吉坐回到床榻之上，疲态尽露地半倚着高枕，隔了半晌，才冷冷说道：“今日之德川家康，已非昔日之德川家康了！他既然敢硬顶本太阁的命令，就自有他胆敢硬顶的底气……本太阁如今能奈他何？眼下就是派出前田利家的七万人马和毛利辉元的五万人马联合起来讨伐他德川氏，也未必能占他们的上风啊！更何况这一场大战之后，本太阁哪里还有余力去深入大明一统四海呢?”

“太……太阁大人！您可千万不要对这个德川家康掉以轻心啊!”石田三成喃喃地说道，“直到今天，属下才发觉他是一个多么阴险、多么可怕的敌人啊!”

“唉！石田君！你太过虑了！只要本太阁在世一日，他德川家康就不能不向我丰臣氏俯首称臣一日……他也是五十多岁了，终归是会和本太阁一道并肩走入黄泉的……你们还年轻，来日方长，不必太过担忧他会坐大成势……”丰臣秀吉道，“本太阁眼下最忧虑的，倒还不是他……大野治长，丰臣秀次近来在忙些什么？他近段时间为西征大军筹到了多少粮食?”

“关于秀次大人的事，属下正欲向您禀报哪……”大野治长听见丰臣秀吉问话，急忙膝行上前禀道，“近来秀次大人全无心思料理西征大军后勤事务，常常派人四处招揽浪人、忍者和游士……他似乎在秘密组建只听命于他一个人的‘死士团’……这一切举动，都显得十分异常啊!”

“哦？他真的在这么做?”丰臣秀吉目光如电，冷冷地看着大野治长逼问道。

“千真万确！太阁大人若是不相信属下，属下情愿切腹明志!”大野治长正视着丰臣秀吉，慨然答道。

丰臣秀吉没有再问他什么，却是缓缓俯身倒在床榻之上，面庞一阵剧烈抽搐，他伸手紧紧捂住了胸口，大口大口喘着粗气，半晌说不出话来。

“太……太阁大人！您……您怎么了？”石田三成和大野治长急忙扑上前去抱住他失声痛哭起来，“您……您千万不要动怒伤了贵体啊……”

许久，才见丰臣秀吉勉力睁开了双眼，黯然无神地看着两人，沉声吩咐道：“不要慌！去请西笑承兑大师前来，本太阁有事交给他去办……另外，让那个琉球医生熬一碗药汁端来……”

“是！是……”石田三成和大野治长齐齐应了一声，抹着眼泪站起身来，各自分头去叫西笑大师和许仪去了。

待他俩走出室外，丰臣秀吉又休息了半晌，稍觉心头绞痛略略有些平复之后，方才从榻边床头柜中摸出那只装着宋贞娥眼珠的水晶瓶来，端在自己眼前静静地看了许久，喃喃自语道：“宋贞娥！你所希望的事情终于降临了！大明国的李如松把我日本国的八万武士重重围困在汉城府中……他们彻底地掌控了朝鲜的局势……也许，我们日本国的武士们真的会如你所言，用不了多久就会丢盔弃甲、狼狈不堪地溃退回来……”

“可是……本太阁虽然难以阻止这种局面出现，但也绝不会让你这双眼睛看到这一幕情景的……”

说到此处，他突然提高了声音唤道：“来人!”

一个侍婢急忙应声趋近前来，在他床榻旁垂手而立。

丰臣秀吉将那只水晶瓶塞在了她怀里，冷冷吩咐道：“你把它带出府去，赶往海边，乘船驶到海面数十里外，再把它丢进大海之中……永远让它沉入海底深处……永远让它不见天日……”

看着许仪端上来的那碗药汁，丰臣秀吉微微皱了皱眉，冷冷说道：“这药汁看起来有些凉了……你要将它再热一热才行！”

“是，”许仪端起药碗，便欲起身退出，“小人再到后院去将它热好了端来……”

“不用再回到后院去了，”丰臣秀吉抬头望向黄金室外，沉吟着说道，“葡萄牙商人送来了一套银制酒精燃具，就搁在室外的走廊下呢……你到那里去热吧，一会儿就会热好的。”

许仪点了点头，小心翼翼地端着药碗，躬身退了出去。

就在他退到室门门边之时，石田三成恰巧带着西笑大师走进室内，和他擦肩而过。

石田三成目光一瞥，见这名医生面目甚是陌生，显然是新近才进府来的，不由得心头微微一动，一丝疑云一掠而过，却也不及细想，便急着带领西笑大师去向丰臣秀吉复命了。

丰臣秀吉从榻床上撑起身来，迎着西笑大师呵呵笑道：“深夜请大师来相见，劳您大驾，本太阁失礼了。”

“不妨，不妨。太阁大人此言，倒令老衲手足无措了，”西笑大师急忙盘坐在他面前，极谦恭也极小心地问道，“不知太阁大人深夜相召，有何要事？”

“打扰西笑大师深夜清修，本太阁实是有所不忍，”丰臣秀吉脸上微微带笑，说道，“只是本太阁这事，细细思量之下，唯有请您前来方可胜任……也就顾不得那许多了……一切还请大师原谅！”

“太阁大人无论有何事情，只要老衲力所能及，绝不推辞。”西笑大师躬身答道。

“很好。本太阁久闻大师精通汉文，我日本国中无人能及，”丰臣秀吉缓缓说道，“本太阁想请您亲自执笔用汉文拟写一篇文章……”

“用汉文拟写什么文章？”西笑大师一愣。

刹那间，丰臣秀吉满脸涨成了猪肝色，支支吾吾地半晌说不出一整句囫囵话来。

西笑大师没有听清他在说什么，石田三成倒是听懂了他在支吾什么。石田三成急忙伏身在地板上说道："太阁大人，您决定采纳宇喜多大统领、小早川大老、黑田军师所献的撤军议和之策了吗？"

丰臣秀吉涨红着脸，一言不发，只是缓缓点了一下头。

"太阁大人能够洞明时势，察纳诤言，从善如流，实在是英明无比，"石田三成伏地深深赞道，"您既有心撤军议和，则汉城府中被困的八万日本将士终于有救了！"

"阿弥陀佛！"西笑大师双手合十，低低宣了一声佛号，说道，"太阁大人能幡然转念，化干戈为玉帛，实乃大明和日本两国百姓之福啊！太阁大人此举，真是功德无量！"

丰臣秀吉听了他们的话，半晌没有吭声——说实话，他哪里情愿和大明国撤军议和？倘若不是眼下自己国内无兵可调，而且德川家康心怀异志，丰臣秀次又在暗地里处心积虑、蓄养死士准备制造"萧墙之变"，他会自甘示弱，与大明国撤军议和吗？欲征外，必先安内啊！这才是丰臣秀吉内心深处最真实的想法。但是，此情此念，他又岂能向石田三成和西笑大师等外人明言？

过了好一阵儿，他才干巴巴地在脸上挤出一丝笑容来，挥了挥手，吩咐手下侍婢道："去拿一张上好的绢纸来，给西笑大师，本太阁要向他口述'议和书'的内容！"

在侍婢应声离去的空当，丰臣秀吉半躺在床榻上，抬着头望向自己黄金室那高高的屋顶，陷入了深深的思索之中。

西笑大师和石田三成见到丰臣秀吉脸上阴晴不定，也渐渐明白过来：这位太阁大人哪里是想"化干戈为玉帛"？分明是假意求和以拖延时间……念及此处，两人都不禁在心底暗暗一叹，满腔兴奋顿时化为乌有。

待到侍婢将那绢纸和笔墨端砚呈上来后，丰臣秀吉才向西笑大师招了招手，请他在自己榻边桌几前坐下。

西笑大师在桌几上轻轻铺展开绢纸来，提起狼毫玉笔，静待着他口述“议和书”的具体内容。

丰臣秀吉喃喃说道：“本太阁记得一千年前，日本国的圣德太子告诫我们日本人与中土交涉之时，要坚持三个原则：‘言必顺，貌必恭，礼必谦。’唉！今天，本太阁平生第一次要低声下气地向别人乞和，向大明国的皇帝乞和——这真是本太阁的奇耻大辱啊！……”说着，他忍不住挥起拳头重重擂了几下床头！

“太阁大人……咱们是在和大明国平等地议和啊！”石田三成急忙插话进来说道，“咱们这么做，怎么能算是在向他们卑躬屈膝地乞和呢？”

“石田君不要再用这些空洞的辞藻来安慰本太阁了……想我大日本国八万武士在汉城府被明军团团围困而无法脱身、坐以待毙……在这样的背景之下，咱们才提出要和大明国议和，这不算是乞和还是什么？”丰臣秀吉紧紧地咬住了双唇，咬得唇角鲜血直流，然后沉沉说道，“唉！……咱们这是被明军拿着刀子架在脖子上逼着来求和啊！罢了！罢了！这议和书，也只得‘言必顺，貌必恭，礼必谦’了……”

说罢，他才缓缓撑起了身，慢慢字斟句酌地说道：“西笑大师，您就这样写——”

“日本国太阁丰臣秀吉谨致大明天朝皇帝陛下：兹因去年以来，朝鲜辱我日本君臣，本国不得已发兵而诫之。不料，事后本国方知：朝鲜竟系大明天朝之属国。本国妄动刀兵，失礼之至。如今天朝神兵威临，本国自知诚然不可与之交锋，且也不敢与天朝上邦相抗，经过深思熟虑，甘愿撤军求和。”

“天朝神兵若解汉城府我日本将士之围而放其生路，则本国在朝人马即日尽行撤回国内，绝不稍有滞留观望。撤兵之后，本国将会奉上各项款物，作为赔偿朝鲜与大明天朝的损失，并从此之后永不妄生异志、永不侵入朝鲜。”

他一字一句念完之后，仿佛耗尽了全身的精力，一下便如虚脱了似的，卧倒在床榻之上，双眸黯然失神，半晌缓不过气来！

西笑大师笔走龙蛇，已是将他这份《称藩求和书》稿子一挥而就，然后呈给他审阅。

丰臣秀吉哪里识得什么汉字？略略扫了一眼，随手接过西笑大师递过来的狼毫玉笔，在文稿结尾处，有气无力地签下了自己的名字，然后将笔往桌几上一丢，挥手让石田三成恭送西笑大师回去。

待石田三成返回之后，丰臣秀吉悠悠说道：“石田君！……本太阁可是听取了宇喜多秀家、小早川隆景等人的劝谏才写下这份《称藩求和书》的……这也算是本太阁为困守在汉城府的八万将士们顺利脱险所能尽到的最后一片苦心了……倘若大明国收到了我们的《称藩求和书》之后，仍是不肯停战，本太阁那时候亦是爱莫能助了……”

石田三成双眸泪光闪闪，捧起了那份《称藩求和书》，放在眼前看了又看，泣道：“太阁大人深明大义、顾全大局，在下实是钦佩至极！倘若大明国不予接纳《称藩求和书》而仍要兵戎相见，汉城府中的八万日本将士必是宁死不屈，愿为太阁大人的西征大业奋斗到最后一息！”

“好了……你把这《称藩求和书》收好吧……明天带到京都去，请出天皇陛下的圣玺盖过章后再交由服部正全携回朝鲜……让宇喜多秀家、小西行长他们去和明军谈这件事吧！”丰臣秀吉微微点头，继续吩咐道，“石田君，你不用再回朝鲜了，就留在本太阁身边打理政事……”

“太阁大人……不是还有秀次大人协助您打理政事吗?”石田三成愕然道,“您真的不再信任他了?”

丰臣秀吉并没有直接回答他,又伸手招来大野治长,冷冷向他吩咐道:“从现在起,你要派人不分昼夜地监视丰臣秀次——慢慢找机会将他的党羽悄悄剪除掉……还有,到处散播他荒淫无道、残暴凶狠、执政无方的流言,要让他在国内各州郡中声誉败坏……记住,除掉了丰臣秀次,才能确保本太阁和淀姬夫人的嗣子顺利登位,才能确保本太阁的雄图大业真正后继有人……这件事情,比打下一个朝鲜要重要得多……”

“在下谨遵太阁大人指令!”大野治长急忙伏地叩头答道。

“哦……对了,那个琉球医生怎么还没把药汁热好送过来呢?”丰臣秀吉安排完了这些事后,方才静下心来,躺在床榻上休息了没多久,忽又想起了什么似的,转身向大野治长问道,“你去外边走廊下催一催他……”

“是!”大野治长急忙垂着双手,躬身退了出去。

“太阁大人……这个琉球医生是新近招进府里来的吧?”石田三成沉吟了许久,还是忍不住开口问道,“他究竟可不可靠……”

“他是大野君介绍进来的,医术还行……”丰臣秀吉斜倚在榻榻米之上,懒懒地说道,“本太阁也派鬼目幸雄暗中调查过他,似乎还是靠得住的……”

二人正说之际,只见大野治长领着手捧药碗的许仪恭恭敬敬地走了进来。大野治长上前禀道:“许大夫说,他刚才把药汁热好了送到室门外来,听到太阁大人正在议事,不敢打扰,所以一直在走廊外等着哪……现在这药汁热得不温不烫,正是熬到了最佳火候的地步,请太阁大人服用吧!”

许仪一声不响，只是双手捧着盛满药汁的银碗奉到了丰臣秀吉面前。

“且慢！”石田三成突然冷冷开口了，“为了太阁大人的安全着想，为了证明这药汁确是用来治疗太阁大人心疼之症的，许大夫，你先用银勺自己喝几口吧……”

“石田君！”大野治长听了，不禁面露嗔色，“你怎么能对许大夫说出这么失敬的话来？”

“没关系的，石田大人说得对。许某应该自己先用银勺喝几口之后，再呈送太阁大人服用的。”许仪神色淡然，拿起银勺，连盛三勺，全都喝进了腹中。

隔了半晌，石田三成见许仪安然无事，这才点了点头，让他端上药汁给丰臣秀吉饮下。

看着许仪膝行着爬近床榻为丰臣秀吉把脉听诊的背影，石田三成的目光始终是阴寒至极，含着深深的疑虑……

许仪殉难

名护屋河畔的一间木屋里，许仪和尚明哲对面而坐，秉烛而谈。

“许兄，你说丰臣秀吉近段日子内外交困、左支右绌，正是他平生以来最为虚弱的时候，究竟有何凭证？”尚明哲脸色凝重，缓缓问道，“眼下日本国到处都在吹嘘他们的武士是如何骁勇善战、是如何威猛无敌，一个多月前就在碧蹄馆一战中歼灭了明军八万哪！”

“呵呵呵……尚大人，这些撑破了天的牛皮话您也会信？”许仪淡淡一笑，悠然说道，“根据许某在太阁府内刺探到的准确消息：倭军足有六千余人丧生于碧蹄馆之战，而明军则仅仅折损了一千八百人；龙山阻击战中，倭军数十万石粮草被焚，八千武士被歼；而驻有八万倭兵的汉城府现在也被明军团团包围！”

“这是真的吗？真是太好了！大明天朝果然是赫赫神威啊！”尚明哲听了，禁不住站起身来，兴奋地说道，“这一下，丰臣秀吉只怕是急得像热锅上的蚂蚁团团乱转了！……哎呀！他会不会发兵增援自己的西征大军呢？”

“在许某看来，此刻丰臣秀吉也抽调不出什么精锐人马前往朝鲜增援了……”许仪沉吟着缓缓说道，“在日本国内，许多强有力的大名并不想把自己手下的武士派到朝鲜去白白送死……比如关东枭雄德川家康就一直不愿派兵赴朝……丰臣秀吉现在好像也拿他无可奈何……”

“这么说来，丰臣秀吉那八万被围困在汉城府的将士们就只得孤立无援地苦守等死了？”尚明哲若有所思，忽又问道，“难道丰臣秀吉就眼睁睁地看着自己这支西征大军覆没在朝鲜？他就真是一筹莫展？”

“哦……这正是许某今夜冒险前来与您联络的原因！”许仪俯身过去，低声说道，“丰臣秀吉眼下想出了一个‘以拖待变’的办法：表面上准备和大明朝撤军乞和，骨子里却想保存实力以图东山再起！”

“丰臣秀吉想和大明天朝撤军乞和？”尚明哲一惊，“他那么狂妄自大，竟也会低声下气地向大明天朝乞和？”

“是呵！他再狂妄自大，却也懂得‘形势比人强’的道理啊……现在，他既无实力也无胆量再敢公然挑战大明朝，自然只有低声下气地向大明天朝乞和了……不过，这所谓的撤军乞和，其实是他用来拖延时间、保存实力的幌子罢了……”许仪沉静地说道，“丰臣秀吉此刻内忧外患交逼而至，对我大明朝来说，这正是应该一鼓作气、再接再厉地将他和他的西征大军一举歼灭的最佳时机！”

“他究竟有什么内忧外患交逼而至？”尚明哲有些惊疑不定地说道，“许兄，还请您详细讲来，尚某也好回去向本国大王和天朝皇帝陛下禀明……”

“尚大人，丰臣秀吉的内忧有三：其一，是他自己所掌控的嫡系人马全部都投入了朝鲜之战，这使得他自己在日本国内极为孤立。除了前田利家和毛利辉元两个大名还愿为他在国内效忠之外，他已无力制衡以德川家康为首的异己势力了。”

“其二，他为了使自己的亲生儿子顺利继承自己的权位，开始收回成命，削弱自己先前指定的丰臣氏继承者、外甥——丰臣秀次的势力。这场立嗣之争，必将导致丰臣氏不可避免的内乱，从而步入分崩离析的局面！”

说到这儿，许仪忽然眉头一蹙，向尚明哲附耳说道：“尚大人有所不知，这第三个内忧便是：丰臣秀吉身患心肌绞痛之症，体质虚弱至极，经不起接二连三的严重刺激和挫折。依许某之见，以他这般身患隐疾之身，倘若再次遭到外来的沉重打击，必会因心悸、心痛双重病发而死！”

“丰臣秀吉患有心肌绞痛之症？”尚明哲不禁有些意外，“难道他自己还不知道？他没有请日本国最好的医生来诊治他吗？”

“呵呵呵……丰臣秀吉这种心肌绞痛之症只有在自己的身心遭到重大打击之时才会猝然发作，平时根本就查不出来，”许仪缓缓说道，“况且，治疗这种心肌绞痛之症，其前提就是要求丰臣秀吉始终心如止水、平静自若……但他对西征朝鲜、大明倾注了太多的精力和心力，怎么可能做得到‘看淡看轻，波澜不惊’呢？……所以，这个心肌绞痛之症对他来说，几乎就是‘不治之症’……除非他对西征朝鲜、大明之事彻底放弃、彻底淡漠，否则他永无治愈此疾之日！”

许仪抬头看着尚明哲，缓缓说道：“丰臣秀吉既有这三大内忧，那么我们大明朝天兵的重重威逼和德川家康等异己大名的明争暗斗，都会导致他病发身亡！尤其是，倘若丰臣秀吉的十多万嫡系兵马在朝鲜南部被我大明天兵一举全歼的话，不仅丰臣秀吉的势力将会土崩瓦解，而且所有日本国先前意图对我大明朝蠢蠢欲动的大名们都会为之震慑不已，自此之后必不敢再睨目西伺矣！”

“可是，对那十多万倭兵……大明朝有这个实力一举全歼吗？”尚明哲不禁犹豫了一下，半信半疑地问道。

“目前，大明李如松大帅率领天朝大军将八万倭兵团团围困在汉城府中，他们除了坐以待毙之外，已是别无他途，”许仪沉吟了片刻，缓缓说道，“只要大明朝将士奋起神威，鼓足士气，再接再厉，就一定能在朝鲜将那十多万倭兵悉数歼灭，取得征倭之役的最后胜利！”

“正是！”尚明哲连连点头。

“可是，许某担心大明朝中一些畏战主和的大臣难免会为丰臣秀吉为求苟延残喘而不惜奴颜婢膝地献出的《称藩求和书》所惑，听信倭虏的花言巧语，终究不能斩草除根、荡尽倭兵……”许仪面露忧色，喃喃说道，“倘若大明天兵只差对倭虏的最后一击而致功亏一篑，那可真是太遗憾、太可惜了！”

“许兄，尚某明白了，您可是要委托尚某将这一切真实情况及时报告给大明圣朝，让大明朝的皇帝陛下抓住丰臣秀吉目前内外交困、心力交瘁的机遇，不为他的摇尾乞怜所惑，给予他最后一击，使他彻底崩溃？”尚明哲若有所悟，点头说道，“这等灭虏清寇、永绝倭患、靖平四海的大事，尚某必会舍生忘死而为许兄助一臂之力，不负许兄的重托！”

许仪缓缓站起了身，伸出手来，紧紧握住尚明哲的双手，慨然说道：“尚兄！兹事体大！一切拜托您了！”说罢，他从胸襟处取出一封信函，道：“这是许某特意写给本朝朝廷的一封急函，里边写清了倭虏目前的一切真实情况——还望尚兄想方设法速速将它送回大明朝廷，禀呈给皇帝陛下知晓！”

他正说之际，忽然听得木屋外传来一阵细微的响动，不禁警觉地说道："不好！有倭贼来了！"然后急忙将那信函一下塞到尚明哲手中，同时用右足足尖在木地板上轻轻一点——那块地板立刻移到一边去，现出一个缸口大小的地洞来。

"尚兄，你速速从这地道逃走……"许仪急忙伸手将尚明哲推进了那个地道口里，对他说道，"许某留下来和这些倭贼周旋一番，脱险之后自会前来寻你……你一定要将这信函千方百计送回大明国去……拜托，拜托了！"

"许兄！许兄！您……"尚明哲不禁恳切地说道，"您还是和尚某一道逃离日本吧……"

"许某若是逃离日本，必会引起太大的动静，只怕丰臣秀吉也会有所警觉，反而对你送出那封信函有所不利……"许仪急忙讲道，"尚兄你还未曾暴露，而许某怕是在劫难逃……待会儿许某自会将一切事情揽上身来……你便可安然离去，奔回大明国内送信了……"

"许兄……您……"尚明哲一听，不禁哽咽失声，在地道口抽泣起来。

许仪站在地面上向他微微一笑，右足一划，那块木地板倏地移了回来，在上面紧紧地盖住了地道口，也遮断了尚明哲那泫然的目光……

"哐"的一声巨响，木屋的那扇门被人一脚踢开，脱框而飞，直向许仪迎面撞击而来！

许仪静静地端坐在屋中的那张木椅之上，待到那扇飞撞而来的木门距离自己面前约三尺之遥时，方才电光石火般拔剑出鞘，挥起一弧寒芒，向它直劈过去！

"嚓"的一声，那扇木门被他手中利剑劈成两片，朝着左右两侧斜飞开去！

接着，只听得门口处“啪啪啪”响起了几下拍掌之声，灰影一闪，身着玄色劲服的石田三成、服部正全和鬼目幸雄鱼贯而入。

“想不到医术非凡的许大夫居然还是一位深藏不露的剑道高手，”石田三成满面含笑，走近前来，故作惊叹地说道，“在下真是失敬、失敬！……不过，您的剑法似乎丝毫不同于我日本国各大流派的招式啊……”

许仪仍是静静地坐在那里，不起身迎接，也不刻意谄媚，淡淡地说道：“生此乱世，许某研习剑道，仅仅是为了防身自保罢了……谈不上流派，也谈不上招式……粗拙浅陋得很，让石田大人见笑了！”

石田三成转头望向服部正全，冷冷笑道：“服部君多年周游天下，于四方剑道多有涉猎，可曾识得许大夫的剑术渊源吗！”

“许大夫剑术精妙，令在下叹为观止，”服部正全缓缓说道，“不过，在下虽孤陋寡闻，亦曾在大明国武夷山一派见有人使过几招与许大夫刚才剑式相仿的剑招……依在下之见，恐怕许大夫也并不像您一直所说的那样是‘始终身居琉球闭关习医’吧？”

许仪只是平静地看着他们，并不搭话。

“原来如此……”石田三成笑容一敛，话锋一转，缓缓说道，“许大夫既有这等高妙的剑术，却为何不愿效仿朝鲜秀女宋贞娥刺杀太阁大人呢？而且，您还可以利用担任太阁府药膳供奉之便投毒暗害太阁大人啊……您有许多可以置太阁大人于死地的机会，为何却一一放弃了？这让在下心底很是不解啊……”

许仪的目光静静地凝注在自己手中利剑的锋刃之上，看着那明亮如镜的剑刃映出了自己温文儒雅的面影，对着它淡淡地说道：“宋贞娥女侠为国捐躯、慷慨赴死，许某一直敬佩得很。但是，像她那样以为只要刺杀了丰臣秀吉，就能一举收复朝鲜三千里河山的想法，许某却不敢苟同。

“许某认为，只有像大明朝李如松大帅那样，统领我大明朝数万健儿，浴血沙场，亲冒矢石，打得你们倭虏哭爹叫娘、失魂落魄，从此不敢再萌恶念，这才是斩草除根、永绝后患的绝佳妙策！所以，许某终是不屑于学习荆轲刺秦王般的浅浮粗疏！要让你们日本国世世代代不敢横生逆志，这便是许某毕生的企盼和终生的使命！”

“呵呵呵……我大日本国乃是天照大神之骄子，岂会始终俯首臣服在你们大明国之下？”石田三成仰天而笑，“你们可以赢得了我们一时，但是，只要你们没有屠尽我们最后一个男孩，总有一天，我们还会卷土重来、吞灭中华！”

“既然你们这些日本人甘愿世世代代为盗做贼，那我们中华男儿也自会毫不手软；来一个，杀一个；来十个，杀十个；来百个，杀百个；来千个，杀千个；来万个，杀万个！”许仪也是哈哈一笑，“许某相信，我中华将士总有一天会让你们这些倭贼望而生畏、退避三舍的！”

“那好吧！在下便请许大夫先行一步，到地狱里去等着观看永远不会成为现实的这一天吧！”

石田三成面色顿时一沉，右手一挥，向服部正全、鬼目幸雄做了个手势。服部正全、鬼目幸雄会过意来，抡刀在手，一声厉号，朝着许仪便当头劈去……

第十章　大明班师

这条“甬道”的尽头，迎面而来的是铠甲鲜明的李如松，他犹如一尊威武绝伦的天神般乘着高头战马凛然而立。他的身侧，站着同样意气风发的宋应昌、李如柏、李如梅、祖承训、查大受、李宁、吴惟忠、骆尚志等明将。

李如松望过去，走在倭军前列的倭将、大名们一个个灰溜溜的如丧考妣——在他凌厉如刀的目光一扫之下，每个倭将都不自觉地在马背上低下头，仿佛一片乱草被无形的利刃凭空割过！

申时行告病还乡

碧空万里，彤日高悬。

暖洋洋的阳光照射在落满积雪的竹亭顶上，融出一颗颗晶莹的水珠，从檐角滴滴而下，在光滑的石阶上敲起“叮叮咚咚”的悦耳声响。

须鬓苍苍的申时行倚坐在亭中的一张太师椅上，腰部以下覆盖着一块由朱翊钧钦赐的貂皮毛毯，左手执一卷书册，歪头眺望着亭外那渐浓的春色，轻轻吟着元代名臣张养浩所作的散曲《喜春来·探春》：“梅花已有飘零意，杨柳将垂袅娜枝，杏桃仿佛露胭脂。残照底，青出的草芽齐。”

“哎呀！申太傅果然好雅兴！”李成梁洪钟一般响亮的声音从园门外传入，“不像是外面传说您身染微恙的样子嘛！”

申时行一听，脸上的笑意顿时泛了开来，欣然望着他走进亭来，十分亲切地指了指自己身侧一个檀香木太师椅，道："宁远伯请坐吧！请恕老夫身染风痹之症，不能起身相迎了。"

李成梁一怔："申太傅——你真的病了？"

申时行一笑："外面不是有不少人在讥讽老夫是退而不休、僵而不死的'老臭虫'吗？呵呵呵……让他们说对了，今年的这个寒冬老夫硬是没有熬过去——这一次真的是双足风痹、起卧两难了……"

"申太傅……"李成梁朝着申时行静静地看了片刻，眼眶里顿时滚出了大颗大颗的泪珠儿，"平倭之役刚刚告捷，您却……李某认得几位嵩山少林高僧精通针灸之术，明儿就派人去请他们来给您诊治诊治……"

"多谢宁远伯的厚爱了。这事儿以后再说吧！"申时行一摆手止住了他，恬然而道，"宁远伯，这次老夫邀您前来一叙是有要事面谈的——不瞒您说，此番平倭之役胜局已定，老夫亦已如释重负，准备告病归乡的了……"

"申……申太傅！这朝中如何须臾离得开您啊？"李成梁说道，"前几天御史邹德泳、给事中罗大纮胡乱行文弹劾您什么'恋位不去''内交宫闱''不明建储大义'，那都是些风言风语，您可不能就此拂袖而去啊！"

他这么劝说申时行是有缘故的：这一两年间，申时行卧居京师，退而不休，大部分的时间和精力都投在了平倭援朝之役的后勤保障供应上面了。他也目睹了申时行在幕后不知为此番平倭之役费了多少心思。在这一两年来，陕西、山西、山东、河南、湖广等那些封疆督抚们，若不是瞧在申时行以当年的荐主宗师之身份写信前来衔接沟通的面子上，就凭何致用以一介区区户部尚书之力能够一直源源不断地筹措得到那么多的精良炮械和兵马粮草？倘若申时行在此刻拂袖而去，则平倭援朝之役后事堪忧啊！

“离得开的——老夫自然是离得开的。这大明一朝，可以没有我申时行这样的一介老朽，却万万不能没您宁远伯一家的满门忠烈啊！如今平倭之役已到全局收官之际，那边万事无虞！老夫在此希望您能多多鼓励如松、如柏、如梅等贤侄，再接再厉，乘胜追击，除倭务尽，为我大明朝建下万世不朽之奇功！”申时行含笑看着李成梁，“老夫相信他们一定会不负众望的！”

“申太傅！您……您真是过誉了……”李成梁也是性情中人，听到申时行如此真挚的话语，不禁又红了眼圈，“我辽东李氏一族这些年来若是没有您申太傅暗助荫护，怎会这般顺利沐数十年皇恩？……申太傅您的悉心呵护之恩，我辽东李氏没齿不忘……”

“老夫之所作所为，全是为我大明国事考虑，哪里算得上对你们李家有所荫助？还是当今陛下英明仁厚，不为宵小谗言所惑，对你们李家荫庇有方——老夫于你们李家何恩之有？”申时行微笑着向他摇了摇头，“古人讲：‘见人之善如在己，成人之美若不及。’老夫也仅是在陛下面前为国护贤罢了……”

说罢，他微一皱眉，仿佛又想起了什么，慢慢沉吟起来：“宁远伯，您察觉没有——近来朝中不少官员因为平倭之役已趋底定之机，似乎都隐隐萌生了懈怠松弛之意……这个苗头很不好啊！所以，前些日子，老夫专门让人将陆游写的那首《书愤》传了出去，却不知道对这些人有所触动没有……”

“‘早岁那知世事艰，中原北望气如山。楼船夜雪瓜洲渡，铁马秋风大散关。塞上长城空自许，镜中衰鬓已先斑。出师一表真名世，千载谁堪伯仲间？’老夫读来就忍不住满腔里涌起一股激越苍凉的情怀……”李成梁讲到这里，心念暗自一动，“唔……老夫懂得了：当年陆游就是用这首诗来暗讽南宋那些偏安投降派们的——申太傅您是想用这首诗来激励朝臣不破倭虏誓不还吗?”

申时行缓缓点了点头，道:“我恐大明之忧，不在倭寇，而在朝廷之内啊！老夫真希望朝廷重臣都能够借古鉴今，能够明白‘内和方能攘外，攘外方能扬威，扬威方能固国’的道理啊……希望他们不要再为了官位私利而你争我斗，置国事于不顾啊！否则，纵有今日平倭灭寇之胜，亦是难保他日国泰民安啊!”

“可……可是，您这一走……”李成梁还是觉得申时行不该如此仓促而去，便又嗫嚅着劝道。

“可是什么？宁远伯您日后若是想念老夫了，就请到老夫在浙东长洲县的老屋茅舍里来把盏言欢吧！老夫定当扫洒以待，”申时行瞧着他莞尔一笑，“您没听到老夫刚才吟的那一句——‘残照底，青出的草芽齐’？老夫已成‘残照’，自然是该走的。不过你放心：后边会有‘青出的草芽’接将上来的……”

“陛下，您这一个上午已经拿着宋经略和李提督联名发来的捷报看了四五十遍了!”郑贵妃看到朱翊钧又握着那份捷报倚在御案边翻来覆去地阅览，不禁有些娇嗔地笑道，“依臣妾看，这份捷报您是捏在手里当百年难遇的宝贝在欣赏哪!”

“呵呵呵……什么宝贝能换得来这份捷报?”朱翊钧淡淡一笑，将宋、李二人的捷报小心翼翼地放在了御案之上，转头向郑贵妃说道，“爱妃呀！看到了这份捷报，朕今夜可得好好睡上一个安稳觉了……”

“臣妾恭贺陛下乾纲独断、运筹帷幄、知人善任，终于取得征倭大捷!”郑贵妃欠身施了一礼，满面喜色地祝道，“臣妾相信，我大明天朝自此必将威震四海，雄踞华夷共主、天下至尊之位而巍然于世!”

“爱妃真是过誉了！李如松和我朝大军如今只是将八万倭虏团团围困在汉城府中，还差对他们的最后一击……在这紧要关头，朕不能功亏一篑啊……”朱翊钧有些不以为然地摆了摆手，喃喃地说道，“朕已经让人去请申师傅、赵阁老、许国、张位等内阁辅臣们前来共议如何再接再厉、彻底了结倭虏之事了……”

朱翊钧又想起了什么似的，感慨万分地说道：“这一次在碧蹄馆之战和奇袭倭虏龙山大仓之役中，我大明将士当真是打出了铮铮铁骨，打出了赫赫国威！听李如松和宋应昌在奏报中说，一名把总为了使同伴们顺利发起冲锋突击，居然奋不顾身用自己的胸膛堵住了倭虏火绳枪的枪眼……这真是义薄云天的忠勇健儿哪！朕要在御前会议上决定给他立传树碑、旌扬殊誉……”

郑贵妃听了，亦是噙泪感叹不已。

朱翊钧平静下来之后，双眉一扬，不禁将目光投向了紫光阁门外，轻轻自语道：“申师傅他们这时候也该到了啊……”

正在这时，却见陈矩躬着身子小心翼翼地走进阁门里来，轻声说道：“陛下，申太傅刚才让他的儿子申用懋送来了谢恩告病折，要……要告病还乡了……”

“什么？”朱翊钧的头“嗡”地变大了，几乎以为自己听错了，“申太傅的风痹之疾严重了吗？怎么去得如此之急？朕可以派御医去他府中为他诊治哪！”

郑贵妃却是晓得申时行其实是被近来一些言官以“恋位不去”“内交宫闱”“不明建储大义”等莫须有的“罪名”给困扰得寝食难安而毅然抽身而去的。她一念至此，心下不禁暗暗一酸，眼眶一下就湿了，只是碍于朱翊钧在场不好宣泄出来。近日里朝廷上下暗暗有不少风言风语，乱说她与皇三子朱常洵阴有夺嫡之虑，这也让她很是为难——如果自己向皇上说明这些挽留申时行，岂不坐实了那些言官们的中伤之词？

“这……这……朕一定要下旨慰留申师傅！”朱翊钧沉吟了一会

儿，还是万分不舍，“平倭之役胜局方定，朕还没给申师傅论功行赏哪……”

陈矩也是噙泪而答：“陛下……申太傅让申用懋转达谢恩辞赏之意了，恳请陛下降恩相舍……他说他自己也不好前来面辞，免得陛下伤感……他还说他把自己所有最重要的话都留在这一封谢恩告病折里了，请陛下垂意审览……”他说到这里，先是从衣袖中取出一封缎面奏折来，然后又呈上一张绢帛字幅，继续讲道：“申太傅还亲笔写了宋人朱敦儒的一篇名词《好事近·渔父词》奉给陛下作为庆贺平倭援朝之役胜局已定的礼物……”

“《好事近·渔父词》?”朱翊钧极为小心地接过了那封缎面奏折和那张绢帛字幅，放在手中久久沉吟。却见郑贵妃款步上前，将目光投注在那绢帛字幅之上，把申时行以方正遒劲的笔法写成的那篇《好事近·渔父词》轻轻诵了出来：

> 摇首出红尘，醒醉更无时节。活计绿蓑青笠，惯披霜冲雪。晚来风定钓丝闲，上下是新月。千里水天一色，看孤鸿明灭！

朱翊钧静静地听着，眼中浮起一丝淡淡的惘然：“申师傅，您这一去……朕的‘好事’真的是已经近了吗?”

他喃喃自语之间，却没见到郑贵妃已在一旁暗暗潸然泪下……

赵志皋深夜访石星

石星从兵部办完公事之后，回到自己府中已是深夜二更了。他和衣躺在床榻之上，让自己从这段时间里纷繁复杂的事情中“跳”了出来，静心潜思。

一代贤相申时行告病还乡了！这位为官行事素来颇具“镇之以

静，虑之以密，持之以正”之长的三朝元老，如今猝然离京而去，必然会使朝中政局出现某种倾斜与失衡，从而触发一场难以避免的政治地震。可是，这场政治地震会给自己带来什么样的益处呢？石星此刻亦是模模糊糊地看不清楚。

论资历，应该是现任内阁首辅赵志皋取代申时行在皇上心目中的位置了吧？然而，赵志皋一味优柔寡断、好静怕乱，似乎又不太为皇上所喜啊！……自己身为军权在手的兵部尚书，究竟又应该投在谁家门下方能求得片刻安稳呢？石星感到自己一时掉进了这个问题里爬不出来了。

这时，管家石平在卧室门上轻轻一敲，站在门外禀道："老爷，赵阁老现在府外求见，称有要事相商。"

听到石平的禀告，石星不由得一愣：赵志皋身为内阁首辅，位阶在己之上，今夜竟然亲自屈尊登门来访，倒是令人意外得很！他急忙从床榻上坐起身来，微一沉吟，推门出去，对石平道："请他到书房内相见。"说罢，便整了整衣冠，径自先行到书房门口去迎接了。

按照礼法，石星应到客厅会见赵志皋，但为了表示尊崇与亲近，他就把会客的地方定在了带有私密性质的书房。而做出这个决定时，石星便有一种特殊的直觉，感到赵志皋今夜所来面谈之事必是非同寻常，似乎应以保密、安全为佳。那么，在这尚书府里，就没有比他的书房更为安全、保密的地方了。

片刻之后，年近古稀、须发苍白的赵志皋拄着皇上钦赐的龙头杖，有些蹒跚地走到石星面前，枯瘦的脸上挂着一丝微笑，寒暄道："这么晚了才办完兵部的杂务回府，想必石大人也有些疲乏了吧？请恕老朽冒昧，打扰石大人了！石大人竟在书房内室迎见老朽，足见石大人视老朽如家人，老朽多谢了。"

石星连忙上前搀扶着赵志皋进了书房坐下，口中说道："赵阁老以首辅之尊、古稀之龄亲临寒舍指教，石星受宠若惊，岂敢失礼？阁老其实不必亲劳大驾，只需喊个下人前来召唤一声，石星自当上门受教。”说着，又奉上一杯清茶，送到赵志皋手中。

赵志皋坐定之后，咳嗽数声，调息片刻，方才开口说道：“事关重大，老朽岂能坐等石大人上门商议？”石星听他说得这般郑重，肃然问道：“何事竟劳烦阁老大驾亲临？望阁老明示。”

赵志皋慢慢呷了一口清茶，定了定心神，才缓缓说道：“老朽今夜实是为了维护朝廷纲纪而来！”

石星一听，不禁惊诧莫名：“维护朝廷纲纪？……”

“是呵！维护朝廷纲纪！”赵志皋慢慢将手上茶杯放回到桌几之上，脸色一变，瞥了一眼石星，冷冷地说道，“怎么？石大人你在心头怀疑老朽维护朝廷纲纪的诚意？哼！想老朽那不成器的侄儿赵南平去年向藩夷索贿贪墨，举止失礼，损了朝廷纲纪——老朽不也是不徇私情、大义灭亲，亲自奏请陛下将他削籍治罪？这一切，当时石大人可应是历历在目哟……”

“是啊！是啊！”石星听了，急忙连连点头说道，“赵阁老遵奉纲纪、公而忘私，堪称本朝百官楷模，在下也一向对此钦仰得很呀！却不知眼下何人损坏了朝廷纲纪，竟然要劳烦您亲自出面前去维护？”

赵志皋听了他这么犀利的一问，不禁面色一滞，怔了半晌，方才开口，涩然说道：“石大人，请您深思一下：这世上谁人损了朝廷纲纪，才会令老朽如此大伤脑筋？您且猜一猜看。”

“这……”石星顿时语塞起来，他干笑了片刻，摇了摇头说道，“石某可猜不出来……”

赵志皋也不言声，左手扶着龙头杖，右手伸出手指朝半空中指了一指。

“圣……圣上……”石星见状大惊，“赵阁老要学当年的海瑞去谏正圣上?”

“今日傍晚，圣上将老朽一人单独留了下来，和老朽议了几件事，”赵志皋并不答他，右手一收，垂放到了膝上，抬眼正视着石星，悠悠说道，“说来这几件事中都有些与你石大人所辖的兵部和这段时间的平倭之役有关……石大人呀！只怕这一次你也难以置身事外……”

“哦？何事竟与在下有关?”石星一听，心脏顿时为之一窒，转瞬间又突突地狂跳了起来！

“石大人……依你之见，眼下的援朝平倭之役结局当是如何?”赵志皋淡淡说道，“或许，老朽还可以直白地再问一句：如果本朝一如既往地坚持下去，用多长时间才能彻底了结这场援朝平倭之役?”

“如今八万倭虏已被李如松、宋应昌所率的东征大军团团围困堵在朝鲜汉城府中，而且倭虏的屯粮重地龙山大仓又被奇兵一炬焚之——他们已成困兽之境，唯有坐以待毙而已！”石星一边沉吟着，一边思索着答道，“倘若圣上能再举义师、增兵赴援，只需五六十日，本朝便能一举全歼汉城府中的八万倭虏了。即使陛下不愿再次兴师劳众，只要能将火器、粮草及时供应到东征大军营中，他们亦能在三四个月之后彻底困死那些倭贼……总而言之，快则用时两个月，慢则用时四个月，本朝东征大军便能彻底扫平倭虏，光复整个朝鲜了！”

“唔……快则用时两个月，慢则用时四个月?”赵志皋自言自语了一句，拄着左手龙头杖站起了身，在书房中缓缓走了几圈，蓦地身形一定，咄咄逼人的目光倏然射向了石星，语气寒如坚冰地说道，“只不过，石大人有没有想过：待得李如松、宋应昌他们率领东征大军一举扫平倭虏、收复朝鲜全境之后，你石大人又该何去何从呢?”

“何去何从?”石星满面愕然，微颤着声音说道，“在下不懂赵阁老此话是何意思……”

“呵呵呵……石大人只顾着埋头一心为国忧劳，却不知自己目前正面临着莫大的危机啊！”赵志皋冷冷一笑，悠然说道，“有些事你现在听了，可不要出去乱传：今天傍晚圣上在御书房里单独召见老朽，所议之事便有一件是申老太傅在告病离京之前曾留下一份密折，是他的儿子专程送进宫来的……呵呵呵……石大人，你能猜到他这份密折里写了什么吗？”

虽然明知道赵志皋是在故意“卖关子”，石星心底里急得猫抓猴挠似的，脸上却不得不赔着一片笑容，恭恭敬敬地说道：“在下愚钝，还望赵阁老不吝相告……”

“申太傅在他的密折里进言给圣上，声称待援朝平倭之役大获全胜之后，便要请圣上及时论功行赏……”赵志皋缓缓说道，“他建议圣上：第一，要擢升宋应昌进入内阁辅臣之列；第二，要提拔那个写了《谏疾伐倭虏以定安国疏》的刑部侍郎吕坤接替即将离任的内阁次辅许国之位；第三嘛……”他话音一顿，瞧了瞧石星紧张得满头冷汗的样子，微微笑道：“他还建议圣上不仅要封赐李如松为‘平倭伯’，还要让他担任兵部尚书之职，执掌天下军权！而你，唉……”

石星一听，只觉双耳内“咣”地一响，一阵眩晕，自己全身晃了几晃，几乎站立不稳，险些便要摔倒。他用牙齿紧紧咬住嘴唇，全身颤抖着坐倒在房中的檀香木椅上，脸色顿时憔悴下来。

事前他已不止一次听到和看到圣上对李如松、宋应昌的青睐和激赏，他也隐隐觉得圣上对这二人大有擢升重用之意，他也知道由于自己在去年倭兵入朝初期畏寇怯战消极回避而一直为圣上和申时行所不喜，但今夜听到赵志皋说自己将被免职闲置之时，他还是禁不住心头狂震、茫然失神！

过了许久，石星才勉强在座椅上撑起身来，黯然说道：“古语有云：‘雷霆雨露，皆是君恩。’在下才疏学浅，难当其职，辜负了圣上的信任和厚爱……李如松、宋应昌率师征倭、功勋卓著……在下亦有退位让贤之意……唉！也不须圣上和内阁明示，在下择日便辞官告老了吧……”

却见赵志皋坐在那里，半晌没有言声。他又缓缓端起了桌几上那杯有些微凉的清茶，慢慢放到唇边呷了一口，眯缝着双眼，捋着自己垂在胸前的须髯，悠悠说道：“石大人过虑了……申老太傅的密折，固然在圣上心里颇有分量，但本阁的进言圣上一向也还听得进去……这朝中要吏任免升降之事，倒也未必是申太傅一份密折便能左右得了的……”

“赵……赵阁老！您……”石星将惊愕的目光投向了赵志皋，一副半信半疑、犹豫莫名的样子。

“当年太祖高皇帝于开国之初，便留下了‘武官不得执掌兵部’的祖训……申时行竟然建议圣上将李如松从武官之职升任兵部尚书，分明是和当年的逆相张居正一样，公然损毁朝纲祖制……”赵志皋情绪愈来愈激动，一时说得心头火起，将茶杯往桌上一放，狠狠地说道，“他李成梁、李如松一家父子、兄弟同朝并肩封伯拜爵，满门荣贵，权倾四方，一时隆盛无比……哼！这全天下的大名大利岂能让他李氏一门占尽？长此以往，只怕昔日桓温专权、刘裕代晋之事，于今亦将重演！本阁深为大明社稷而忧心如焚哪！”

“赵阁老……您……”石星听了赵志皋这番话，大是惊喜，心念一转，又道，“您可真是秉公不阿、守道不移的社稷柱石啊！……但圣上若是听信了申……申时行的谗言，一意要将李如松、宋应昌、吕坤等人借着平倭之功破格擢升上来……您看又当如何？”

“呵呵呵……石大人真是实心眼！这平倭之功岂是李如松、宋应昌二人能够独力建立的！没有老朽的内阁居中统筹主持、你石大人的兵部和何致用的户部在后方为他们筹兵筹粮，他们又济得何事？”赵志皋阴阴一笑，冷冷说道，“反正，此刻倭虏已是强弩之末，不能危及我大明了……咱们倒是可以好好琢磨一下，如何才能让李如松、宋应昌无法独占平倭全胜之功而回?”

说着，他伸出右掌，轻轻拍了一拍石星的后背，笑道：“李如松、宋应昌二人若是无甚大功而返，圣上即使有心破格擢升他们，亦是拿不出理由来说服内阁和群臣啊……他俩既是擢升不了，便只得待在原位不动，你石大人的兵部尚书之位岂不就稳如泰山了吗?”

倭寇求和

且说这二三十日来，汉城府被四万明军困得水泄不通，不要说明廷君臣心中有数，便是朝鲜国普通老百姓亦知倭虏大势已去、奄奄待毙。于是，在汉城府外明军行营周围，前来送粮送水以表感谢的朝鲜士民和放牧采樵恢复正常生活的朝鲜百姓，络绎不绝，成了明倭两军对垒阵前的一道异景。

这日傍晚，大明“备倭招抚使”沈惟敬独自一人背负双手，踱出行营辕门之外，抬头望着对面汉城府城头上歪歪斜斜地悬在空中乱舞的丰臣氏“三叶桐”家纹战旗，不禁叹息着自语道：“你们这些倭虏！想当日沈某冒险进入平壤苦口婆心劝说你们弃械降服，可你们不知好歹，视沈某剖明利害之言为浮谈空论……这下好了，全被我大明雄师团团包围，成了瓮中之鳖……唉！谁叫你们那么不识时务，落到今日这般境地，实属咎由自取……”

他说到此处，忍不住又摇了摇头，转过身来，一边沉吟着，一边叹息着，慢步踱回了自己的寝帐之中。

他刚在帐中木床上坐下，却听得寝帐一角一个低沉的声音缓缓响起：“沈大人，别来无恙？小人等这厢有礼了。”

沈惟敬听到声音，顿时吓了一跳，急忙扭头看去，只见一高一矮两个人影从那角落里闪了出来！——二人均是一身明兵装束，一直走到沈惟敬近前才抬脸向他正视过来！

一见之下，沈惟敬几乎要惊呼失声：这二人是乔装打扮成明兵模样的来岛通明与服部正全！

“你……你们……”沈惟敬一愣，立刻伸手一下握紧了自己腰间的佩刀，稳住了心神，惊疑地看着他俩问道，“你们竟敢潜入寝帐意欲行刺本官！真是胆大包天！”

“岂敢！岂敢！沈大人多虑了，”来岛通明脸上笑容可掬，躬身行礼道，“小人等今日虽来得唐突，却绝无谋害沈大人之心。请沈大人宽恕小人等不请自来之罪！”

沈惟敬不愧是多年行走江湖的老手，加之自己又身处明军行营腹地，自忖一呼之下帐外随时有人可来救应，便放下心来，稳稳地坐在木床上，冷冷地拿眼瞥着这两个倭人，缓缓道：“古语有云：‘无事献殷勤，非奸即盗。’你这倭贼，偷偷摸摸进入我寝帐，却又是何居心？还不从实讲来？”

来岛通明也不回答，只是眨了眨眼，向服部正全略一示意。服部正全立时会意，身形如电，一下闪到寝帐门口边上，握刀侧身从门缝处向外观察着，一副守门把风的模样。

沈惟敬见此情形，正自惊疑不定，却见来岛通明双拳一抱，向他面前“扑通”一声跪倒下来，双目泪光盈然，叩头说道：“沈大人，我们倭人冒犯了天朝雄师的神威，昧于大势，察事不明，妄自逞强，不听您的苦心劝告，终致今日四面楚歌、在劫难逃。细细想来，小人等实是无颜再见沈大人您啊！”

沈惟敬没料到来岛通明一上来便是跪地哀号道歉，不禁心头一震，片刻间即恢复平静，抚着颌下短须，冷冷道：“你这倭贼，当时不知进退、一味逞强肆凶，而今见到大势已去，方才回心转意、自甘求饶……晚啦！一切都晚啦！如今我朝数万天兵已将你们围得插翅难飞……你们此刻除了乖乖出城缴械受死之外，岂有他途？”

来岛通明听了，垂着头不敢应声，隔了半晌工夫，才又仰起脸来，看着沈惟敬，哀哀说道：“沈大人……只怕咱们此刻便是想要乖乖出城缴械投降，你们大明国的李提督和宋经略也不会答应的……他们一心要取咱们的项上人头到你们大明国的皇帝陛下那里论功领赏哪……”

沈惟敬听到此处，全身便似遭了电击一般微微一颤，脸色也顿时变得有些铁青难看了。

来岛通明把这一切看在眼里，心下欢喜，却是不动声色，继续说道：“李提督、宋经略自恃兵强械精，只想着将咱们这十多万倭人斩尽杀绝……他们将我们倭人杀得越多，自然所立的战功也就越大……不过，请沈大人恕小人多嘴：在旁人看来，这一番贵国天兵入朝，李提督、宋经略必会名利双收、满载而归；而您沈大人，虽身为‘备倭招抚使’，也在这场大战之中倾尽了血汗、费尽了苦心，只怕最终却将无功而返、为人所笑啊！”

沈惟敬是何等聪明之人，岂能不知这日本人满口花言巧语是挑拨离间之意？他静住了心神，压下了满腹杂念，冷冷一哼，道：“那日本官前往平壤城中，已是向尔等陈明大势、剖清利害得失，尔等冥顽不灵，置本官的苦心招抚于不顾，悍然逞强，自取其祸，而今又怨得了何人？罢、罢、罢，尔等今晚也休要来此巧词游说，自行回去乖乖束手受死吧！本官宁愿寸功不立，也不想和尔等多谈什么……”

“沈大人……沈大人……请恕小人多言之过，”来岛通明听沈惟敬说得这般直截了当，不禁一时慌了神，急忙垂头哀哀泣道，“您有所不知，现在我汉城府中八万倭人，个个都在为当日拒绝了您的苦心劝降而后悔莫及啊！……无论是宇喜多大统领，还是小早川大老，他们都说：早知今日遭到这般惨败，还不如当时便接受了您的招抚。现在追想起来，还是沈大人所言不虚，字字句句都是为了我们倭人的大局着想啊……此刻，大家知道再后悔也是晚了，故而也不敢奢求什么……”

“不过，我们倭人最是知恩图报，既然明白了沈大人您当日的苦心招抚确是为了我们好，便将您的大恩大德铭记于心——此番小人前来，就是奉了宇喜多大统领、小早川大老、小西行长大将等人的重托，向您道歉来了……”

说着，他从自己胸衣处摸出一个锦袋，捧在手中，恭恭敬敬递到了沈惟敬面前，道：“这袋子里有二十四颗我们日本国的极品珍珠，最小的一颗也足有鸽蛋大小……它们全是我们倭人敬奉上来感谢沈大人不吝招抚的一点儿微薄心意……恳请沈大人笑纳！”

然而，沈惟敬并没有伸手来接，而是冷冷地看着他，坐在木床边一动不动：“你这倭虏居然想用这二十四颗珍珠收买本官？”

“哪里！哪里！”来岛通明仍是伸手捧着那袋珍珠，讪讪地说道，“沈大人高风亮节、才识过人，岂是在下一袋珍珠所能收买的？您若是生气，小人立刻便与服部君辞别而去。只是您对我们倭人的恩德，小人等自会铭记一生的。”

他说了这番话后，见沈惟敬仍是不为所动，只得回过身去，便欲招呼服部正全一道向沈惟敬告辞而去。

这时，却听沈惟敬的声音在他身后缓缓响起：“且慢！”

听到他这一声低呼，来岛通明急忙转过了身，一脸惊喜之色，声音微颤着问道：“沈大人有何吩咐？”

沈惟敬慢慢从木床上站起身来，背负着双手，在寝帐内静静地踱了七八步，也不抬头看他二人，目光凝注在帐中一个角落处，仿佛是在自言自语地说道：“来岛通明，看来你们倭人此番甘愿求饶降服，确是毫无疑问的了。只是，在目前你我双方所处局势之下，你们有何理由能够让本官回去说服我大明国的皇帝陛下和内阁重臣们接受你们的求饶呢?”

来岛通明站在原地，蹙眉凝眸沉吟了许久，方才缓缓答道：“沈大人，请恕小人直言：依小人之见，虽然如今我八万武士尽被你们天朝雄师团团围困，但你们若要决意将我等全力殄灭，其实亦有‘三难’之忧；反之，你们若是乘机接受了我等的告饶求和，则必有‘三利’之喜！就凭这‘三难三利’之言，沈大人便可拿去说服贵国的皇帝陛下和内阁重臣们了。”

“呵呵呵！你这倭虏倒是颇饶舌啊！”沈惟敬笑了一笑，逼近前来，半讽半嘲地问道，“有何‘三难’之忧？又有何‘三利’之喜？你且从实道来。”

来岛通明仍是神情肃然，沉吟少顷，答道：“既然沈大人允了小人直言，小人也就直言无忌了：第一个难处，是你们明兵仅四万有余，而我倭人则有你们两倍之多。攻进城中白刃相接之时，众寡悬殊，明兵便是要将咱们斩尽杀绝，只怕亦是‘杀敌一千，自损八百’，于己于人均为不利！沈大人以为然否?”

沈惟敬听了他这一句反问之语，不禁微微一怔，答道：“我天朝大军本就无意与尔等做此两败俱伤的困兽之斗，待得困到尔等弹尽粮绝之时，自能将尔等轻轻巧巧一网打尽！”

“呵呵呵……此策倒是甚妙，”来岛通明微一点头，话锋一转，又道，“但是，你们便会碰到第二个难处了：我们在汉城府中尚有积粮数十万石，可以支撑三四个月的时间。在这三四个月里，咱们八万武士自会千方百计以求突围……你们四万人马，纵是昼夜不息连续奋战，也难免会有左支右绌之时啊！……”

“这有何难？我天朝皇帝陛下和内阁岂会容忍尔等苟延残喘？不

须费时半月，便会有各路援军源源不断开赴汉城府下，”沈惟敬冷冷一笑，说道，“等到天兵云集之时，尔等自是无人能逃，唯有束手待毙！”

“天兵既能自四方云集而来，”来岛通明针锋相对地说道，“而我倭国上下又岂会坐视八万同胞悉数葬身于朝鲜汉城？实不相瞒，本国太阁大人如今便已集结了三十万武士，个个整装待发，随时准备渡海直入朝鲜，与大明天兵决一死战！——这便是你们将要碰到的第三个难处。”

“三十万武士？你们太阁大人手下倘若真有三十万武士随时可以赴朝增援，”沈惟敬冷冷笑道，“那么你们又何必深夜冒险来此告饶求和？以尔等诡诈多变、反复无常之心性，来岛通明，你又何必在本官面前满口大话、虚言壮胆？”

来岛通明脸上微微一红，缓缓说道：“小人此言是虚是实，日后沈大人自能明了。不过，你们在与我汉城府中八万武士一直对峙下去的三四个月里，一切意外之变均有可能发生……这一点小人相信沈大人心底也是清楚得很。”

“若是大明天兵真能顺应时势，与我等撤军罢战，放了我八万武士一条生路，则实有‘三利’：第一大利便是双方握手言和，再无士卒伤亡，实系两国百姓之福；第二大利则是显出了大明天朝的恢宏气度与恩威并施的高明方略，一举便能收服我等海岛国民之心；第三大利则是我等倭人从此便对大明天朝感恩戴德，甘愿臣服为天朝上邦的东藩属国，世世代代永不言叛！”

“而沈大人若能以此‘三难’‘三利’之言说服了大明皇帝陛下接受我等告饶求和，则您必会立下旷世奇功，为明倭两国士民万世称颂！”

“这……”沈惟敬听了来岛通明之言，不禁有些动容，低低念了一句“旷世奇功、流芳史册”，过了良久，道，“倘若你等真有告饶求和之心，本官也不是不能将你等此番心意呈达本朝兵部和皇帝陛下知晓……只是，这告饶求和之举，假若单是你等汉城府中将士之意，兵部和圣上也不过将其视为‘穷寇濒死哀告之语’，恐怕不会采纳吧……”

“沈大人，您有所不知，”来岛通明急忙又从胸衣处取出一本绢绸折子，恭恭敬敬捧在手上，躬身说道，“向大明国臣服求和，并非单是我汉城府中守军将士之意，而是取得了天皇陛下和太阁大人同意了的。喏……这绢折便是我日本国献给大明皇帝陛下的《称藩臣服书》……沈大人将它呈给大明皇帝陛下，必是大功一件啊！”

“由你们天皇陛下和太阁大人亲自签印同意进献我朝的《称藩臣服书》？”沈惟敬一听，不禁大喜过望，急忙伸手接了过来，一边翻阅一边感慨着说道，“有了这份《称藩臣服书》，才能证明你们举国上下甘愿臣服为藩的诚意嘛……”

沈惟敬的阴谋

一只只黄鹂在明媚的阳光中飞来飞去，不时从柳枝垂缝间穿过，发出婉转动人的鸣叫。

开城府朝鲜行宫的后院里，李昖神情悠闲地在林荫小道上漫步。柳成龙、柳梦鼎、郑昆龙等朝鲜文臣们亦步亦趋地跟在他身后，脸上都挂满了难得的笑容。

如今，汉城府八万倭寇被李如松、宋应昌率领的东征大军团团包围在孤城之中无处可逃，已成釜底之鱼——朝鲜全境河山光复、妖氛涤净之时，已是指日可待矣！且不说李镒、权栗他们已是到处在组织义军进行大反攻，就是柳成龙、柳梦鼎等文官们也已经在私底下里暗暗谋划战后重建等具体事宜了。

身为朝鲜国君的李昖，自然比任何人都显得开心——自己历尽劫难，终于快要重返汉城王宫了！

他正在暗暗思忖之际，一个内侍趋步上前，在他身边垂手禀道："启禀大王，大明备倭招抚使沈惟敬大人前来求见。"

"沈大人？"李昖心中微微一动：这沈惟敬近几个月来一直退隐在后方幕府之中寂寂无闻，几乎都快要被人忘记了。不知他今日所为何来。然而，李昖本人也从自己派驻大明朝北京的朝鲜使者送回来的讯报中得知沈惟敬和大明兵部尚书石星一家关系亲密，来头甚大，也是怠慢不得的。于是，李昖便向那内侍开口吩咐道："请他进来！"

不多时，只见沈惟敬身着一袭红绸长衫，昂首阔步而来。李昖带着柳成龙等人急忙满脸堆笑，远远地便迎了上去。

"殿下，沈某在此祝贺您社稷光复可期了！"沈惟敬一上来就向李昖抱拳道。

"哪里！哪里！朝鲜此番能取得全境光复、妖氛涤净之伟绩，皆因大明皇帝陛下授任有方、大明将士浴血奋战！"李昖急忙恭声而答。

沈惟敬一边寒暄着，一边暗暗朝他看去。李昖虽然不知究竟，却也只得挥了挥手，让陪侍诸臣们退了出去："本王有要事与沈大人相商——尔等暂且退下。"

待得这行宫后院只剩下李昖和自己两个人之时，沈惟敬才将笑容一敛，换上一副森寒如冰的表情，冷冷道："大王殿下，您可知道您自己眼下的情形是吉凶齐来、祸福双至吗？可谓'既有大吉，又有大凶'，'既有大喜，又有大忧'？"

"唔……沈大人此话怎讲？"李昖如遭当头一棒，心弦蓦地一紧，面色大变。

"您的大吉，在于朝鲜即将全境光复、倭寇尽驱；您的大凶，亦是在于朝鲜即将全境光复、倭寇尽驱！引申而言之，您的大喜，实在于此；您的大忧，亦在于此！”

李昖顿时瞠目结舌：“沈……沈大人，您……您何出此言啊？朝鲜即将全境光复、倭虏尽驱，这对于本王而言，有百吉而无一凶、有百喜而无一忧——您只怕有些讲错了……”

沈惟敬斜眼瞧了瞧他，缓缓摇了摇头：“大王殿下真是实心眼的大好人！如今您早已立于危岩之下、卧于睡虎之侧，可谓大祸临头呀！”

李昖面露难堪：“沈大人如此隐隐晦晦、危言耸听，本王实在是听不明白。”

沈惟敬双目倏地掠过一道光芒，探身凑上前来，放低了嗓音对李昖道：“大王殿下可还记得前年您第一次派使臣到我大明皇宫告急求助之际，大明朝廷便有一种声音是要求派遣监军护藩大臣入驻朝鲜统领军政的。”

“这个……本王倒是不很清楚。”李昖其实心底似明镜一般，但这时候当着沈惟敬的面也只有假装糊涂了。

“那大王殿下又记得去年你第二次在倭虏兴师入侵之后派柳梦鼎、郑昆龙二人再赴我大明皇宫泣血求援之际，大明朝廷又有一种声音要求将朝鲜先行纳入我大明版图之内再以‘护境安民’的理由出兵相助吗？而且，沈某好像听内阁辅臣张位大人公然提出过这种意见的……”

李昖这时不好回避了，只得嗫嚅着说道：“这种说法，本王倒也略略有些听闻……张大人在去年祖承训将军兵败平壤之后就再没提过这样的意见了……大明天朝皇恩浩荡、仁盖八荒，待我朝鲜以偏邦藩国之礼始终未变……”

“可是你知不知道：就在七天之前，我大明朝又有言官上书请陛下准备待到汉城府倭虏被东征大军一举荡除之后，便立即把朝鲜全境收为我大明朝版图之内的第十四个布政使司！而李如松、宋应昌二人就是这个朝鲜布政使司的第一任总督和巡抚！”

“怎……怎么会这样？”李昖一听，顿时惊得满脸煞白，“那……那天朝上邦对我们这些藩国臣属又……又当如何措置呢？”

沈惟敬淡然说道：“这有什么‘如何措置’的？大明朝廷届时一纸诏令下来，您和您的朝鲜藩国臣属便自当免去一切军政之职，转为‘食邑享禄，虚位以尊’的藩王和幕府臣僚罢了……”

“不！不！不可能！大明皇帝陛下绝对不会如此行事的！”李昖连连摇头，“沈大人，您莫要再拿此事戏弄本王了……”

沈惟敬的声音一下变得冰冷刺骨：“大王殿下，您认为沈某会拿偌大的一个事件来戏弄您吗？若不是平日里大王殿下您与沈某多有交情，沈某感念您的礼遇之恩，沈某岂会如此甘冒奇险而来向您告知？”

李昖听了，全身顿时如坠冰窟，面色惨白：“这……这……这如何是好？天……天朝不是一直宣称此役乃是为了除暴安良、存亡续绝而来吗？本……本王要到北京去……去亲自恳求大明皇帝陛下高……高抬贵手！”

“恳求大明陛下高抬贵手？！”沈惟敬冷冷一笑，“您还是先掂一掂您自己到底有什么资格，去求得了别人把辛辛苦苦死伤数千将士、耗费无数钱粮从倭寇手中硬夺回来的三千里河山白白送给您吧！”

“这……这……大明天朝不……不能这样言而无信啊！这会有损四海观瞻的！”李昖猛跺着脚几乎像疯了似的失声吼道，“我……我朝鲜宁可将每年全境州县所收的税赋一半进贡给大明天朝，作为偿谢之资，也……也不能被大明天朝纳为第十四个布政使司啊！”

沈惟敬见他确是被吓得有些急了，眼珠一转，上前向他温声宽慰道：“殿下莫急莫躁！莫急莫躁！沈某和石尚书都同情您和你们国家的遭遇……俗话讲：‘天无绝人之路。’只要有心，万事皆有转圜之余地的……”

李昖一听，不觉精神一振，就如溺水之人突然抓到了一根救命稻草一般，一把拉住沈惟敬的袖角，含泪哭道：“沈……沈大人，本王知道您和石尚书一向交好，您……您可得托石尚书等大人务必在大明皇帝陛下面前为本王和朝鲜多多美言几句……本王和朝鲜一定会有重谢的！”

沈惟敬笑道：“是啊！是啊！沈某和石尚书他们都是不忍坐视您和朝鲜遭此厄运的……只是，像李提督、宋经略等人为了贪恋做这朝鲜布政使司第一任总督和巡抚，他们的想法就有些难说了……”

“李提督？宋经略？”李昖闻言，把头摇了又摇，“他们不是这种贪功谋私的人！……对了，本王也要向他们求一求去……”

“您可千万别去乱求他们！”沈惟敬双眸之中寒光一闪，“他们纵是不贪做这朝鲜布政使司的第一任督抚之位，但毕竟是死命效忠于大明皇帝陛下的大臣……万一大明皇帝下了诏书令他们将汉城府中的倭虏铲除净尽，抽过身来再收拾你们怎么办？他们还会为你们而抗旨吗？……”

“这……这……”李昖顿时有些结巴起来。

“所以，依沈某之见，您现在要做的，就是尽量拖延李如松、宋应昌他俩剿除汉城俘虏……您一定要明白这一点：倭虏一旦被他们顺利铲除净尽，就是他们前来收纳朝鲜之时了！”

“阻止他们剿除汉城倭虏？”李昖满脸泪光地哭道，“这……这不是逼着本王去帮助肆意屠杀我朝鲜军民的倭寇脱险吗？”

“这个时候您只能延缓和阻挡李如松、宋应昌他们取得平倭之役的彻底胜利！”沈惟敬的目光阴冷得就像两道毒蛇的芯子，“沈某不是叫您如何帮助倭寇从汉城府中逃命脱险，是为了保住你们朝鲜藩国……你们可以向大明朝廷呈上一道《请大明收兵罢战表》，便可让李如松、宋应昌再无盘踞朝鲜本土的理由，直逼他们班师回朝！”

“沈……沈大人您这样讲，固然是为了我们朝鲜着想，但……但是，倭虏缓过气来之后又逞凶反扑过来怎么办？倭虏是一条永远也喂不饱的大疯狗啊！咱……咱们不能作茧自缚啊！”李昖毕竟是吃过倭寇的大苦头的，对他们仍是心有余悸。

“这个……大王殿下您不用担心！倭虏他们早被我大明天军收拾得服服帖帖、跪地求饶了……您有所不知，那个不可一世的日本关白丰臣秀吉已经向我大明呈递了充满奴颜婢膝之词的《称藩求和书》，自愿称藩归顺我大明！”沈惟敬微笑着道，“若是没有他这份《称藩求和书》做保障，我沈惟敬也不敢来和您商量这些事儿啊！……我沈惟敬就是感激您的一番礼遇之恩，这才冒险前来相助的……”

李昖两眼哭得红红的，上前一把抓住沈惟敬的双手，哽声说道：“本王在此多谢沈大人您的大恩大德了，本王会照着您的建议切实去做的！只要能让我朝鲜国存在下去，本王也顾不了那么多了……”

石星的抉择

这日收到沈惟敬呈来的日本国《称藩求和书》和朝鲜国王李昖的《请大明收兵罢战表》之后，石星如获至宝，一把捏在手里，便要立刻去见赵志皋，共商与倭虏议和退兵之事。

他正欲出衙，却听下人来报：“琉球国使臣尚明哲声称有抗倭要事前来求见。”

这琉球国君臣是大明朝在日本国附近监视倭寇动态的第一道“眼线”。他们长期负责向兵部提供倭国情报，倒是不可小觑。石星纵是一心急着要去拜访赵志皋，此刻也只得按捺住性子，让下人宣尚明哲进入兵部议事堂中禀明倭情。

只见尚明哲一身素服，面色有些戚然，缓缓进了堂中，向石星躬身行礼道："在下尚明哲，奉本国大王之命及大明游击将军许仪大人之重托，特来石大人处禀报倭国要情。"

"许……许仪？"石星不禁迟疑了一下，拍着脑袋半晌方才想了起来，"哦……哦……一年多前送信给赵大人和本座要提防倭虏入侵的那位蛰居倭国的福建游击将军？……这一次，你们和他又探得了什么倭情前来禀告？"

尚明哲双手一拱，正欲禀告，却见石星右掌一抬止住了自己，似乎有些得意地说道："且慢！先让本座猜一下你们今日所欲禀报的倭情吧——如果不出本座所料，你们今日应该是来向我朝禀报倭国上下意欲臣服大明、告饶求和之事的！对不对？"

"怎么？倭国已经来使告饶求和了？"尚明哲听了，心头一震，不由得失声惊道，"他们可真是神速啊！……"

"是啊！倭国的国君和太阁大人联名签署了《称藩求和书》已于近日进呈给我天朝了，"石星哈哈笑道，"本座派往朝鲜的'备倭招抚使'沈惟敬当真是不辱使命，'不战而屈倭之兵'，居功甚伟啊！当然，你们琉球国君臣一心呼应我天朝，为我天朝多方刺探倭情，功劳也是不小！本座自会启禀圣上，对你们琉球国给予褒奖与赏赐的……"

"石大人！"尚明哲心中一急，也顾不得失礼，开口打断了石星滔滔不绝的讲话，"这倭国派人前来递交《称藩求和书》是假，拖延时机、潜伏待变、保存实力、再谋出击是真！您千万不可为他们的花言巧语所骗哪！卑职此番火速进京，便是要告诉您这一真相啊！"

石星呆了半晌，方才反应过来，蓦地向外一挥手，堂中侍立的郎官和下人们见状，纷纷会意退了下去。议事堂内便只剩下了他和尚明哲二人。

"你们这么说可曾有什么证据？"石星冷冷说道，"我天朝内阁对倭国国君和太阁大人所呈献的这份《称藩求和书》非常重视，正准备根据它和倭国进行谈判……你们在此刻却送来倭国‘假求和、真备战’的情报，一定要慎之又慎哪！”

“石大人！卑职冒险前来北京送此情报，焉敢有假？”尚明哲慨然说道，“您可以不相信卑职，但许将军送来的情报您应该会相信吧！更何况，您有所不知：许将军为了掩护卑职将这个情报顺利送到大明，已经壮烈牺牲在倭贼屠刀之下了！”说到后来，他已是满面流泪，哽咽着说不出话来。

“许仪已经牺牲了？”石星面色一黯，坐倒在堂上圆椅之上，喃喃自语道，“他真乃我大明朝彪炳千秋的忠臣义士哪……数十年隐居海外默默为国效力，始终无怨无悔、不求回报……难得！难得啊！”

“这是许将军遇难之前托付卑职带给您和朝廷的倭情讯报……”尚明哲从衣襟处取出一封信函，捧在手中，含泪呈了上来，哽咽着说道，“那日在名护屋的木房之中，卑职藏身在地道之中，听到地板上许将军和倭贼们激战到力尽身亡，始终没有呻吟一声，没泄露半分机密……所以，他们一直还以为许将军只是一个刺客……”

石星面色凝重，用双手接过了那封信函，慢慢拆开，细细阅看起来。过了许久许久，石星目光才从信笺纸上移开，投注在尚明哲的脸上，缓缓说道：“他在这信函中说：倭国境内如今已是人人厌战、兵疲粮竭，连三万人马都征召不上来，而且又有德川氏等强藩怀有二心，丰臣秀吉自己也陷入了身后立嗣纷争之中，根本无力向外增兵征战……倘若我天朝大军能在汉城府下一鼓作气、再接再厉，必能‘毕其功于一役’，打得倭国自此元气大伤……他这些情报可都是真的？”

“许将军所言句句是实，毫无谬语，”尚明哲深深地点了点头，肃然说，“许将军还刺探出丰臣秀吉已经身患沉疴、其命不久，一定承受不了此番汉城之败……他若受此刺激而暴病身亡，则倭国必将再度陷入分崩离析之中……大明天朝雄师甚至可以渡海长驱直入，一举将日本纳入天朝版图……”

石星听了，脸色微微一动，却立刻又沉了下来，心底暗道：看来，倭国确实已成了强弩之末，苟延残喘……也许我大明雄师在汉城府下再加最后一把劲，便真能“毕其功于一役”……唉！……若是如此，那可真是太便宜李如松、宋应昌二人了……他俩轻轻巧巧便摘得了这旷世奇功……真是羡煞老夫了……

一念及此，石星心神一荡，忽又在脑际浮现出了赵志皋那阴沉、诡异的面影和他那一张一合喋喋不休的嘴……他的那些话一瞬间回荡在脑海里：“……他李成梁、李如松一家父子、兄弟同朝并肩封伯拜爵，满门荣贵，权倾四方，一时隆盛无比……哼！这全天下的大名大利岂能让他李氏一门占尽？……”

“石大人……石大人……”尚明哲的声音仿佛从遥远的天际飘来，终于将石星从自己的胡思乱想中唤回到现实里来，“您……您怎么了？”

石星猛地一咬嘴唇，让剧烈的疼痛迫使自己定下心来。他慢慢收起了那封信函，脸上表情渐渐恢复了平静，然后面向尚明哲沉沉说道：“多谢尚大人和许仪将军的这些倭情讯报了。本座一定会火速将它们亲自带入宫里转呈圣上知晓。大概用不了多久，内阁和圣上便会决定增兵朝鲜，一如你们所言，‘力求毕其功于一役’，彻底荡清倭虏之患！”

“对！对！对！”尚明哲听得连连点头，喜道，“石大人和大明皇帝陛下若能如此重视卑职和许将军进献的这些倭情讯报，则许将军泉下有知，也必是毫无遗憾了！”

“另外，本座还有一个不情之请，”石星忽然面容一肃，正色道，“依本座之见，我天朝此番必会大兴义师，对倭国大加挞伐。故我天朝极有可能会及时调遣福建、浙江、山东等各省水师数路齐进，直取日本本土……但这一切还须得有请贵国作为我天朝水师的先导，一路引导着我们打到日本岛上去……所以，尚大人也不必在此久留，应当尽早返回贵国，禀报给贵国大王知晓，事先做好各种准备——你意下如何？”

“石大人所言极是！我琉球国本就是天朝上邦的藩国，自当为天朝雄师平倭靖虏尽绵薄之力，岂敢推辞？”尚明哲一听，急忙躬身敬礼答道，“卑职今日便立刻启程赶回本国，将您这番意见禀明本国国王，为日后协助天朝水师渡海征倭早做准备！我们将在台湾东北之钓鱼屿设立灯哨，以备日后指引天朝水师北上平倭！”

说罢，尚明哲也不再滞留，真的便起身告辞了，匆匆往驿舍赶回，收拾行装去了。

石星也满面堆笑，一直将他送出兵部大院门外，亲眼目送着他上马远去之后，方才转身回了议事堂。

坐在议事堂上，石星静静沉思了足有一炷香的工夫，然后，他唤进了自己的贴身心腹郎官崔达，低声附耳吩咐道：“你下去偷偷买通几个漕帮的水贼，让他们一路跟着这刚出院去的尚明哲。待他乘舟离开我大明国境之后，在海路上觑个机会，把他不留痕迹地除了……切记！切记！要制造出海盗杀人劫物的迹象！不得留下丝毫的把柄和纰漏……”

朱翊钧坐困紫禁城

“爱妃……你瞧此番倭国呈进来的这份《称藩求和书》是出于真心还是假意为之呢？”朱翊钧坐在寝宫中的龙椅上，沉吟着问侍立在自己身旁的郑贵妃道，“近来朕看内阁和兵部的意思，他们似乎对这份《称藩求和书》有些信以为真哪……”

郑贵妃静静地站在那里，半晌没有答话。她的反常神态引起了朱翊钧的注意。朱翊钧心底微微一惊：郑贵妃若是在平时遇到自己问这样的事儿，一定会慷慨陈词、直抒己见，今日却不知为何竟变得沉默不语了。他念及此处，便缓缓站起身来，捧住了郑贵妃那一双晶莹得如同象牙雕刻出来的手，凝视着她，支吾了片刻，缓缓问道："爱妃，你这几日怎么了？朕觉得你近来似乎心事重重的，话也少了许多……"

郑贵妃静静地听着，忽然便哽咽了，两串晶莹的泪珠儿立刻滚落下来，溅在衣襟上像珠花儿般绽了开去，她也不抽回自己的双手，哽咽抽泣了好一会儿，才慢慢恢复了平静，柔声道："陛下……臣妾没什么事儿的，其实倭国此番呈进《称藩求和书》，无论是真心还是假意，至少都已证明了我天朝大军确是稳操胜券。记得一年多前，那丰臣秀吉写给朝鲜国王李昖的《逼降示威书》的言辞是何等的傲慢与狂妄……如今他们写来的《称藩求和书》又是何等的恭敬和卑顺……说到底，还是陛下用人有方、指挥得当，将倭虏的锐气打掉了啊……"

"那么，目前应当如何处置倭国的这份《称藩求和书》呢？"朱翊钧沉吟了一下问道，"要接受他们的求和称藩之举还是继续一鼓作气将它们歼灭干净呢？朕现在也很犹豫啊……爱妃你意下如何？"

"这……这……"郑贵妃玉颊一红，竟没了先前那般慷慨直言的英气，嗫嚅了半晌，才悠悠答道，"世祖一朝之时，太师徐阶有言：'以威福还主上，以政务还诸司，以用舍刑赏还公论。'能与陛下坐而论道者，内阁与六部也；能为陛下起而行道者，内阁与六部也。陛下须多多与内阁、六部商议才行。"

"爱妃！你……你好像有些变了……"朱翊钧没料到郑贵妃今日竟会说出这般言语来，正自惊疑之际，却见一直侍候在御书房门口的司礼监秉笔太监陈矩双目含泪，从怀中掏出一本薄薄的书卷来，膝行上前，把书举过头顶，呈到了自己面前，哽咽着说道："请陛下不要对娘娘多心了，您先看一看这个吧！"

朱翊钧接过这本用新纸印刷的书卷，凝眸一看，见到瓦蓝色的封面上，赫然写着两个魏碑体的大字——《女诫》。

"《女诫》？"朱翊钧一愣，不禁脱口念了出来。这《女诫》是太祖高皇帝开国之初就让人修的一本书，旨在训诫所有后宫嫔妃眷属只能谨守女人本分，不得干政。违令者轻则打入冷宫，重则处以极刑。而这本书也就成了本朝后宫女子的圭臬，谁也不敢轻易违逆。朱翊钧见此刻陈矩当着郑贵妃的面呈上《女诫》，不禁失声问道："陈矩，你呈上这本书是何居心？大胆奴才，你竟敢用这书来影射朕倚若龟蓍的爱妃……"

"奴才岂敢？奴才岂敢？贵妃娘娘贤德无双，奴才恭服至极，岂敢生此邪心？"陈矩连忙俯下身子，诚惶诚恐地答道，"启禀万岁，奴才所呈上的这本书，是来自御史台的。"

"来自御史台？"朱翊钧看了看满面委屈的郑贵妃，拿起来扬了一扬，诧异地说道，"依朕看来，这本书还是新版的。"

"万岁所言极是，这书确是新版的，"陈矩从地下抬起头来看了一眼朱翊钧，继续说道，"自从申太傅告病离京之后，京城内彩石轩书坊一连几天赶印了三千本，两天内抢购一空，买者多半是京城官员，听说御史台的官员是人手一册。"

"这彩石轩有何背景？你这奴才没派锦衣卫去查一查吗？"

"奴才派人去查了……"陈矩迎视着朱翊钧凌厉的目光，犹豫了片刻，才缓缓答道，"奴才查出，这个彩石轩的主人李伟仪和国舅爷李高、御史台诸位言官过从甚密……"

"李高？哼！他还在记恨当日郑贵妃劝朕断了他大捞'黑心钱'的财路吗？"朱翊钧咬着钢牙，面色一凛，站起身来将那本《女诫》

往地上一摔，愤然说道，“想不到申师傅这位朝廷庙堂的‘镇妖巨石’刚一告病离京，什么蛇蝎鬼魅都跳了出来……太祖高皇帝在世时还有孝慈高皇后辅佐理政哪……郑贵妃于朕可谓裨益甚大，岂是这些宵小之徒抹黑得了的?!”

郑贵妃跪倒在地，悲不自胜，哀哀泣道：“有陛下这般体贴之语，臣妾便已感激不尽。如今倭虏大势已去，朝鲜战局已定，臣妾这一两年焦心苦思，也已经太累了……日后臣妾只想待在后宫静心照抚一下常洵我儿，朝政大事还请陛下自行与内阁、六部议决而行……臣妾相信以陛下之英明睿智、独立不挠，必能开创我大明煌煌盛世的……”

“爱妃……”朱翊钧心头一酸，竟也跪在她面前，与她握手而泣，“你为朕和大明社稷呕心沥血、殚精竭虑、任劳任怨，朕和大明朝却一直难以给你一个母仪天下、布泽四海的‘名分’，朕是有愧于你呀……”

蝉虫在紫光阁外的绿荫丛中忽长忽短、忽扬忽抑地鸣叫着，一声接一声，吵得阁中议事的大明君臣个个心头生烦。

朱翊钧坐在龙椅上，额角沁出了密密的油汗，虽然陈矩一直侍立在他身旁拿着团扇为他拂风吹凉，但他脸上的烦躁难耐之色却始终挥之不去。

赵志皋、张位、石星、何致用等人赐了座，正商议着抗倭大事。

“哦……这倭贼也忒狡猾了，现在一见形势不妙，自己全军困守孤城，便想前来示弱乞和！”张位愤愤地说道，“这世上竟有这等干尽了坏事还来讨便宜的勾当？依微臣之见，还是须得按照李如松、宋应昌所呈奏章之言，积极从各方筹兵筹械，再行挞伐，将倭虏一举歼灭于汉城府中，不留任何后患！”

朱翊钧听了，缓缓点了点头，说道：“张爱卿所言甚是。赵阁老、石爱卿、何爱卿，尔等有何高见？”

赵志皋面无表情，只是轻轻咳了一声，向石星偷偷使了个眼色。

石星会意，拿起倭国的《称藩求和书》，禀道：“陛下，倭国此番历经平壤之败、碧蹄馆之败、龙山大仓失守等一系列惨败之后，已然惶惶不可终日，只得送来了这份《称藩求和书》。看来，他们确系胆破心灰，不敢再与我天朝大军负隅顽抗。所以，这次他们前来称藩乞和，实在是形格势禁，别无他途啊！”

看到朱翊钧也在点头赞同，石星大起胆子，又道：“目前，此情此景之下，十多万倭虏的性命，均是系于陛下一念之间耳！陛下若要效行汉武帝那般开疆拓土、武功彪炳的雄主，便可大举征伐，一举荡平倭虏，并乘机将倭国土地纳入我大明版图；陛下若要效行周文王那般怀柔四夷、文治赫然的仁君，便可以德服人，接受倭虏的哀告乞和，收服他们为东藩属国——一切还望陛下自行决断！”

朱翊钧听了，觉得石星这一番话弯来绕去的，仍然没有切中要害，便开口点明道：“朕无论是效行汉武也罢，效行周文王也罢，都不可能仅凭这一纸乞和空文便撤军罢战的！他们若是真要求降乞和，何不径自在李如松、宋应昌阵垒之前缴械面缚、负荆请罪？”

“陛下，倭人乃是荒岛蛮夷，不识礼法，不通文理，蒙昧得很！他们只怕在李如松、宋应昌阵前缴械投降会被我天朝大军一举屠之……所以，只得辗转千里送书上呈御前，乞求陛下格外开恩……”石星微微沉吟着，又道，“此情此景，还须陛下洞察。”

朱翊钧坐在龙椅上，沉下了脸，半晌不答。

石星瞥了瞥赵志皋，向他丢了个眼色。赵志皋见状，咳嗽一声，捋了捋须髯，不紧不慢地开口说道：“陛下，老臣也赞成将倭虏一个不剩地尽行驱除。不过，请恕老臣直言：近来，漠南蒙古胡虏铁木尔与海西女真纳林布禄在辽东大肆逞凶，顾养谦勉力自保之余仍是十分吃紧——他那告急求援的公函，已经在老臣的案头摞了足足有半人高了！看来，只怕尚未待到朝鲜倭虏荡尽，辽东已呈岌岌可危之势矣……”

“这紫光阁外的蝉虫真是吵得太厉害了！”朱翊钧面色涨得通红，陡然开口打断了赵志皋的话，厉声向陈矩呵斥道，“陈矩，你派几个奴婢去外边的树荫丛里，把那些只知道聒噪不停的蝉虫们统统赶得远远的……”

陈矩从未见到朱翊钧这般声色俱厉过，顿时吓得连连躬身垂手答道：“是！是！是！奴才这就带人到阁外树荫丛里驱蝉。”一边忙不迭地应着，一边倒退着出阁而去。

赵志皋见朱翊钧面色如此不善，顿时急忙噤住了口，脸上露出了一丝干涩的笑容，不敢再多说什么。

朱翊钧目光一抬，冷冷地望向何致用，缓缓问道：“何爱卿，你又有何意见？”

“这……这个……”何致用咬了咬牙，犹豫了许久，还是硬着头皮答道，“陛下有所不知，自从去年年底以来，西北各地连续数月大旱无雨，灾区百姓苦不堪言……他们也需要朝廷及时开仓赈灾啊……这样一来，我们户部筹给东征大军的粮草，便得凭空缩减一半……无论前方是战是和，微臣心里只有一个念头，就是盼着这场东征之役能早日顺利结束——这于国于民，都是再好不过了……”

朱翊钧静静地听完了他的话，默然端坐在龙椅上，面色沉沉，也不开口说话。

隔了许久，他才长长地吁出一口气来，慢慢站起身来，背负双手缓缓踱到紫光阁窗前，将目光投向了遥远的西方，徐徐讲道：“只要倭虏一刻不缴械面缚出城投降，这东征之役就一刻不能停！辽东的兵马既然暂时不能抽调，那就传旨给四川巡抚王继光，让他在一个月内聚齐五万川军急速赶赴朝鲜支援李如松和宋应昌他们……石爱卿拟旨回复给倭国使臣，就说朕的意思是：让他们要么束手就擒，乖乖出城缴械投降，一切听候天朝发落，朕自当宽大处理；要么负隅顽抗，那便是自取灭亡，死无葬身之处！”

赵志皋和石星互相对视了一眼，半晌方才懒懒地应道：“臣等明白。”

努尔哈赤的誓言

正午的阳光落在辽东铁岭卫北城城楼上，刀锋一般在坚硬的墙面上割开了交错纵横的伤口。朔方特有的雪白炽光如同黏稠的浓液，淌在插满了箭镞和断刃的宽石板上。一双厚底高帮的牛皮战靴便踏在这如水的阳光里，溅起一串“噔噔噔”的清脆声响。

努尔哈赤就在城楼甬道上这么踱来踱去，不时地往墙垛外看去，双眉几乎拧成了一团。他身边那一排战旗“呼啦啦”地随风摆着，像一面面在半空中砍凿的卷刀，却撕不开那厚重的凛凛秋风。

“哧哧哧”一阵锐响，正在此时，城楼下一蓬利箭似泼雨一般疾射上来！

“将军小心！”易寒从他身后一跃而起，手中钢刀立时舞成了一团银光，挡在了他身侧！

“当当当”一串脆响过后，易寒已将那些箭矢打落了一地。他回头一看，却见努尔哈赤正安然而立，微微侧着头，口里不知何时竟已紧紧叼住了一支几乎是擦面射来的箭矢！

“将军，这里太危险了——您还是到指挥台后棚去避一避吧！”易寒十分紧张而急切地向他喊道。

“呸！”努尔哈赤把口一张，将那支箭矢吐落在地，冷冷地向城墙下看了一眼，“纳林布禄手下那些射手的身手就这么差劲？——连一支箭都射不准！真是辱没了我女真人的赫赫威名！”

他话虽是这么说着，但还是转过身来走向了城楼指挥台的大棚那里。易寒手里紧握利刀，寸步不离地贴身保护着他一路行去。

大棚门口处，蓟辽总督顾养谦和辽东总兵方德泽正在那里扶着台柱翘着脑袋四下张望。见到努尔哈赤缓缓走近，顾养谦禁不住将袍角一提，一溜小跑地奔了过来：“龙虎将军！龙虎将军！您……您刚才在城楼甬道上看到我大明援军杀来了吗？”

努尔哈赤听了，不由得冷哼一声，正色说道：“顾总督，本将军才没那工夫去理会这些事情！俗话说：‘求人不如求己，求援不如自强。’本将军刚才是到城楼那边巡察敌人的军情去了……”

“嘿！你说得倒是轻松，不求援？不向外求援行吗？咱们城中兵马只有两万，外面的敌人多达十万！那些蒙古胡虏又那么剽悍凶猛……”顾养谦横了努尔哈赤一眼，脸上的表情说有多难看就有多难看，“这都怪李如松和宋应昌那两个家伙，把我们辽东军中的‘霹雳炮’‘虎蹲炮’‘大将军炮’都拉到朝鲜战场上去了……弄得咱们如今对付如此强悍的蒙古胡虏和女真叛贼，实在是一筹莫展！”

“顾总督这么讲，可就有些不妥了！宋经略、李提督他们拉走‘霹雳炮’‘大将军炮’等亦是迫不得已嘛！”努尔哈赤语气里带出了一丝嘲讽，“这外面的蒙古胡虏、女真叛贼，既没有倭寇手中那样的‘火绳枪’，又没有倭寇那样锐利的‘狼牙刀’，咱们现在杀出去近身肉搏还会惧了他们？想当年宁远伯李成梁大帅坐镇辽东的时候，何曾动用过一枪一炮与蒙古胡虏、女真叛贼较量过？照样是一刀一矛杀得他们鬼哭狼嚎、抱头鼠窜！”

顾养谦一听努尔哈赤当着他的面如此称赞李成梁，便不禁立刻拉长了一张胖脸，道：“本督也自知不及宁远伯父子之英勇果决……你努尔哈赤既是如此思念宁远伯父子，不如干脆给圣上呈去一道奏折，建议朝廷把本督免了，把宁远伯重新召回沈阳坐镇，这样你就满意了吧?”

“顾总督您怎能这样说呢?”努尔哈赤听了，没想到他的器量竟如此褊狭，毫无追善止过之襟度，便双目炯炯放光地正视着他，“本将军讲这些话，是希望您能辨清时务、奋发图强，带领我等一道打开局面、杀出重围啊！本将军可没有顶撞冒犯您的意思，您可不要想偏了！”

顾养谦被他噎得暗暗吞了一口闷气，拿眼直瞪着他。方德泽却是李成梁当年的幕僚出身，素来熟知努尔哈赤耿直磊落的性格，急忙出来转圜道：“顾总督、龙虎将军，大家都是为了国事嘛！何必坏了彼此的私交友谊哪。顾总督，龙虎将军他就是这么一副脾气，也是出于一片好心……你人人有大量，就莫再计较了……”

顾养谦听方德泽这么说，心头暗想，你这方德泽是辽东派系出身，当然要为努尔哈赤讲好话啦！若不是他一上来就对本督含讥带笑、指手画脚，本督才懒得和他这个不懂礼仪的女真酋长“计较”什么呢！但他也不好再和努尔哈赤僵持下去——虽然这个女真小酋长脾气太冲了，可他却是目前三军之中最能打硬仗的一把好手，自己真要是把他气走了，后果可就严重了！于是，他缓和了语气，慢慢地说道：“本督刚才也是一时气话……龙虎将军你也包涵着点儿。龙虎将军，您刚才不是到城楼上去巡察敌情了吗?您莫非已经想出了破敌之策?”

“破敌之策嘛，本将军暂时还没想出来。但是突围之计，本将军倒想出了一条，”努尔哈赤毫不理会顾养谦话中的暗讽意味，照着自己近日来苦心谋划好的思路讲道，“顾总督、方总兵，您只要拨给本将军五千铁骑，再加上本将军麾下原有的五千女真骑士，本将军就能从敌人力量最为薄弱的北门突围而出……”

说着，他伸手一指城北，继续侃侃而道：“这北门外的女真叛贼最是麻痹大意的——本将军突围之后，就和一直在沈阳城外围负责游击扰敌的舒尔哈齐他们迅速会合。然后，我们再配合城中大军，里应外合，形成对敌军的‘腹背夹击’之势，如此一来铁岭之围可不攻而自解！”

顾养谦一听，连忙说道：“龙虎将军！你这是在准备抛弃本督逃出城外自谋出路了吗？……如今大敌当前，你可不能丢下本督不管啊！”

努尔哈赤哭笑不得：“顾总督怎会这样想？本将军若是有心逃走，还会待到今日吗？还会在这里一直陪着您和蒙古贼军、女真叛贼没日没夜地并肩战斗这么多天吗？”

“不行！你的突围之计，本督不能采用！咱们还是耐心地待在这铁岭城内吧！朝廷一定会派人来救咱们的……”

“谁会来救？”努尔哈赤一怔。

“李如松啊！”

“可是李提督正准备在汉城府对倭虏发起最后的致命一击啊！朝廷怎会让他来救？这会干扰我大明的平倭大计的……”努尔哈赤一听，急了。

顾养谦满不在乎地斜了他一眼：“那可由不得他了！赵阁老他们一定会让他来救援咱们的！你放心，本督是赵阁老座下最得意的门生，他是不会见死不救的……还有，他李如松不是口口声声宣称自己是多么的‘忠君爱国’吗？辽东和朝鲜孰轻孰重，恐怕他还是能分得清楚吧！”

努尔哈赤听了这些话一时呆住了，瞧着顾养谦那一张恬不知耻的嘴脸，恨不能一拳砸将上去！

隔了半晌，他才慢慢平复了心情，在沉默的压抑之中，面无表情地走下了城楼台阶。

方德泽看着努尔哈赤的背影，忧心忡忡地对顾养谦说道：“顾总督……其实龙虎将军的那条‘突围之计’也并非一无可取之处！”

顾养谦将目光冷冰冰地扫向他：“本督是这里的三军主帅，本督说怎么办就得怎么办！他努尔哈赤情愿去头撞南墙，就任他撞去！你还是和本督一起联名再写一道八百里加急求援奏章给圣上吧！”

方德泽见他脸色大是不善，只得一缩头，道：“是……属下遵命！”

那边，易寒疾步紧随上来，向努尔哈赤贴身低声问道：“将军，我们应该怎么办？”

“你立即下去集结咱们所有的女真儿郎，随时做好突围的准备。”努尔哈赤一边往前走着，一边吩咐道。

“这……这……顾总督和方总兵那里……”

“我们女真儿郎才不会像顾养谦、方德泽这样的蠢材那样，非要把脱险的希望寄托在别人身上不可！”努尔哈赤的声音坚硬如铁，“那区区十万蒙古胡虏、女真叛贼岂能困得住我努尔哈赤？”

同时，他抬起头来，望着天空，在心底暗暗立誓：

我努尔哈赤发誓，在这一生当中，绝不会让任何庸人与蠢材凌驾于我的头顶之上胡作非为、发号施令！我一定要建立起属于我自己的谁也打不破的威权！

易寒在旁边略一迟疑，又嗫嗫道：“将军，咱们‘女真军’突围出城自然不是问题。但您真的要把顾养谦、方德泽他们撇下不管？”

努尔哈赤沉吟了好一会儿，暗想：自己带着“女真军”突出城外，但顾养谦、方德泽仍会故意守城不出给李如松施加压力逼他分兵来救，如此一来朝鲜平倭之事必将被掣肘拖乱！可惜那么多大明将士捐躯疆场才换来的赫赫战功，怎可被这些懦弱小人毁于一旦？不行，我定要想出办法，破解这个僵局！

于是，他心念顿定，把大手一挥：“易寒，咱们还是先突围出去再说，在外边就有办法变被动为主动了！”

下诏班师

“如此精到深刻而又耐人寻味的语录文章，怎么会起了《呻吟语》这么个名字呢？”朱翊钧坐在御花园里一座嵯峨峻挺的太湖石假山旁，翻看着手里一册瓦蓝色封面的书籍，悠悠地说道，“吕爱卿，你可否将此中含义解释给朕听一听？”

吕坤穿着一身粗布蓝袍，整个人干净得仿佛刚用幽泉清水洗涤过一般。他听得朱翊钧如此问道，应声欠身款款而答：“启奏陛下，微臣写这本《呻吟语》，全是平素病中所作，别无所长。呻吟者，病声也。呻吟语者，病时之语也。病中疾痛，唯患病者自知之，只能体验在心，而难以启齿与他人详言也。常人之病一愈，便旋即忘了初时之病痛，而唯有微臣常是欲忘而不能。微臣多年来一直体弱多病，病时呻吟不已，便将病中呻吟之语一一记在簿册，引以为戒，但求不复再生此病。不料，时间一长，微臣所患之病愈多，所记呻吟之语亦愈多，不知不觉之际，便集成了这本书册……”

“原来如此……朕也瞧你这书中‘呻吟之语’，或为体病而发，或为心病而发，皆是切身体悟……”朱翊钧微微笑着，轻轻点了点头，又饶有兴趣地问道，“本来，你一身之呻吟，你自己一人听之闻之即可——为何却又让书坊将它刊印出来流传于世呢？”

“微臣之所以刊印流传此书，其目的正是为了让世人警醒：世人患病呻吟之语，源于恐惧之真心，发于战战兢兢之真情，显于悔吝吉凶之真意，而随时随处不可疏忽遗忘，”吕坤说道，“否则，待到日后再有恶疾猝袭，纵是呻吟之声不绝于天，只怕也追悔莫及！”

“是呵……是呵……与其追悔莫及于后，何如恐惧修省于前？与其纵欲种祸于后，何如约己自持于前？多少人又何尝不是如你所言在大病初愈之际便忘了自己先前病中的呻吟自悔之语了？”朱翊钧的声音慢慢低了下来，“他们都忘了……都忘了……只有朕，只有朕还记得……可是，他们都以为朕一个人所记的呻吟之语似乎只是一场无人倾听的呓语罢了……”

吕坤静静地听着朱翊钧的这些话，两行清泪沿着他的双颊无声地流了下来。

“吕爱卿，且不论你这本著作中的一句句格言铭训是何等精深淳正，便是你这番著书立言之旨，亦堪称高瞻远瞩了！朕同意你将它刊印出来广布于世——刊印之费，朕让内务府给你出了！”朱翊钧忽地开口转换了话题，慢慢翻开了《呻吟语》，挑了几句格言出来，缓缓吟道，“你书中这句‘有忧世之实心，泫然欲泪；有济世之实才，施处辄宜。斯人也，我愿为曳履执鞭’，真是深得朕心啊！——不知道在吕爱卿心目之中，朕可算得上是这‘斯人’中之一吗？”

“陛下乃是天纵英君、旷世雄才，有涵天覆地之伟才，西荡宁夏哱拜之乱，北驱蒙古胡虏之患，东遏倭寇以安朝鲜藩国——这等震古烁今的奇功大业，虽秦皇汉武亦难望其项背……”吕坤说完，容色一正，深深拜倒在地，恭然又道，“微臣能在陛下面前效忠勠力，已是三生有幸、极感荣宠，又岂是‘曳履执鞭’一词可道尽微臣衷心钦服之意的？”

“哦？‘西荡宁夏哱拜之乱，北驱蒙古胡虏之患，东遏倭虏以安朝鲜藩国’……石爱卿，你错了，这些震古烁今的奇功伟业，岂是朕一人所建立得下来的？是我大明李如松、宋应昌那样的公忠体国之臣与朕同心协力建立起来的……”朱翊钧说到这里，眼圈一红，竟是泪落如珠，他隔了半晌，方才定了心神，悠悠然说道，“吕爱卿，你刚才话中的遣词造句当是实事求是、恰如其分啊——‘东遏倭寇以安朝鲜藩国’，一个‘遏’字，丝毫不为朕所虚饰，丝毫不给朕脸上贴金。换了赵志皋、石星他们，必会颂扬朕是‘东平倭寇以安朝鲜藩国’……看来，申太傅没有荐错你，你的确和他们这班尸位素餐、粉饰太平的‘滑头’不同啊……”

“陛下，微臣刚才所言失礼了……”吕坤急忙谢道。

朱翊钧徐徐摆了摆手，止住了吕坤，淡淡地说道：“你这番直言之评，朕自信还能容之。唉，你有所不知：朕何尝不想‘东平倭寇以靖海隅’？倭寇杀我将士、耗我粮饷、坏我器械，朕岂甘为他们的花言巧语所惑而纵虎归山？不是朕想一举靖平，而是天不助朕啊……”

“朕何尝不懂如果就此放走倭军，他们明年必当再次入侵，当使倭军片甲不还。那日在紫光阁中与内阁、兵部、户部商议平倭之事时，朕已下定决心调遣五万川军赴朝平倭。不料天灾骤降，四川多处遭灾，更可恨那播州土司杨应龙，图谋不轨，致使川军不能大部抽调入朝。朕不得已，只有下诏给四川巡抚王继光，让他救助受灾各州百姓，并率兵进剿杨应龙。”

讲到这里，朱翊钧蓦然站了起来，目光灼灼地盯着吕坤，情绪一下显得异常激动起来：“然而，即使是在这样艰难的情形下，朕还是没有放弃全力支持李如松、宋应昌的东征大军在前方彻底扫平倭寇——朕已调出四川参将刘綎率军五千开赴朝鲜，并决定要动用陕西驻军和京畿禁军营的五万精兵陆续入朝……”他伸手从太湖石假山旁的那张香几上拿起一封黄绢奏折，抛给了吕坤，沉声而道：“喏，就在这时，朝鲜藩王李昖送了一份八百里加急快奏上来，并且还派了柳梦鼎、郑昆龙那两个‘多哭星’使臣一同前来……你且瞧一瞧他在这上面说了什么？！”

吕坤伸手接过，翻开那封黄绢奏折，一阅之下，顿时双颊通红，接着往下越看便越气愤，读到最后，不禁将奏折“啪”地合上，激愤异常地叱道：“这个李昖！他居然也来苦苦恳求我天朝答应倭国臣服乞和之事，尽快收兵罢战，让他早早返回汉城府重整河山……难道倭虏焚他宗庙、毁他宫殿、掠他财宝、杀他臣民的种种深仇大恨，他自己都不想报了吗?!”

“呵呵呵，吕爱卿，你有所不知啊：朕算是把他的‘潜台词’读透了——他这么急着催我们大明与倭国罢战撤军，是担忧朕在荡平倭虏之后吞并了他那三千里河山罢了……”朱翊钧冷冷一哼，摇了摇头，深沉地说道，“他这真是以小人之心度君子之腹啊！朕若是贪图他这三千里河山，又与倭虏何异？朕若真要起意攫夺他这三千里河山，他又挡得住吗？真是可笑可叹之极！”

“不过……既然朝鲜自己提出请求明倭双方息战议和，赵志皋、石星他们顿时来了精神，忘了当日病痛之时的‘呻吟之语’了，高兴得像什么似的，天天不是上书就是面奏，直说当初本为朝鲜遭难而出兵征伐，而今亦可因朝鲜的请求而罢兵归国……所以，对于倭虏提出的臣服退兵之请，朕也只得允了……罢了，罢了，朕愿一肩挑下后世的这个‘靖倭不净’的骂名……”

“陛下，陛下！”吕坤伏身把头重重叩响，泪流满面，哽咽着说道，“微臣以为，陛下宽仁博爱、视臣如子、恩泽六合，纵有驱净倭虏之功，不及您恩抚万民之德也！我天朝发兵征倭所为何事？正为保民护国也！我天朝息戈抚倭又是为何？无非为天下苍生也！陛下此举，屈万乘之威而伸圣佛之志，可鉴日月，可垂万世也……”

“哪里，哪里……吕爱卿你这番话就是谬赞了。这一年多来，朕也有些累了……朕这一年多来所历之事，足有常人二三十年所历之事那样的艰险复杂、坎坷曲折……不瞒吕爱卿，朕虽是才过而立之年，却觉得自己一下仿佛老了二三十岁，”朱翊钧慢慢地抬起头来，望向天际那一缕浮云飘飘掠过，口吻变得悠长而又深远，“朕也是想在有生之年为天下子民拼尽全力挣得一个太平盛世罢了。”

“倭国上下既已称藩谢罪、投书乞降，朕以华夷共主、四海至尊，自当以顽童稚子视之，不复穷究其责，但令其撤军归岛，永不再侵朝鲜、永为天朝东藩属国，”陈矩略显尖细的声音在东征大军帅帐中回荡着，他正抑扬顿挫地宣着圣旨，“李如松、宋应昌可撤去汉城重围一角，放其一条生路，任其归岛而去。不得有误。钦此。”

不料，他念罢之后，帅帐之中却是一片沉寂，连空气似乎都凝结了。李如松、宋应昌和东征诸将跪在地下，面现悲愤之色，个个只是咬着唇，沉默不语。

“李如松、宋应昌接旨。”陈矩又扬声宣道。

李如松和宋应昌如两尊铜像一般跪在地下一动不动，仿佛没有听到他的话一样。

“这个旨不能接！”祖承训再也按捺不住，一边抹着眼泪，一边大声嚷嚷起来，“咱们在朝鲜风餐露宿、拼死拼活，好不容易快要打下汉城、全歼倭贼了，岂能眼睁睁地看着这帮畜生就此脱身逃去？就是咱们在场的诸位将士想要答应，只怕也还得问一问长眠在朝鲜土地上的史儒、戴朝弁、李有升、朱均旺等弟兄们肯不肯答应哪！”

“放肆！”陈矩脸色一凛，冷冷叱道，“祖承训！你一介武夫怎会懂得圣上的良苦用心？所谓‘恩威当使有余，不可穷也’。你明白了吗？”

祖承训仍是毫不示怯，梗着脖子，嘀咕着：“祖某不懂得什么有余，只知道对付这狗日的倭贼，就得除恶务尽。”

陈矩知他脾性固执，也不与他争辩，走近李如松、宋应昌身旁，俯身伸手，将他俩双双拉了起来，轻轻道：“请李大帅、宋大人借一步说话，可否？”

宋应昌拿眼瞥了一下李如松。李如松站着并不动身，淡淡说道：“请陈公公就在此处讲话。”

陈矩脸上红了一红，便肃然回道：“吕坤大人写给您二位的密函想必收到了吧？”

“收到了。”李如松和宋应昌齐齐应道。

“既是如此，你们自然也懂他这封密函的意思，”陈矩将那卷黄绫圣旨一举，递到了二人眼前，“那为何还不接旨？”

“李某不再请求多派一兵一卒，只希望他能再给我东征军两个月的时间，”李如松缓缓地说道，“否则，我李某就此罢兵议和，实是心有不甘哪！一切还求陈公公转告圣上，成全了咱们东征大军‘不破倭虏誓不还’的壮志吧！”

“李如松，倭虏已破，穷寇勿追，”陈矩正视着他，一字一句地说道，“再者，顾总督他们在铁岭卫也被十万蒙古胡虏、海西女真困在了城里！圣上若是再给你两个月时间，只怕这汉城得手之日便是辽东失陷之时！你让圣上如何取舍？”

“唉！”李如松和宋应昌叹了一声，眸中清泪夺眶而出。

陈矩也不多言，将那卷黄绢圣旨轻轻放在了帐中书案之上，又从怀中取出一卷黄绫诏书，面向跪伏在营帐中另一侧的朝鲜国王李昖及柳成龙、李镒等群臣念道：“朝鲜李昖等接旨！”

“臣等接旨。”李昖、柳成龙、李镒等急忙叩头应道。

“奉天承运，皇帝诏曰：尔国虽介海中，传祚最久，一切皆因倾慕中华所成。近者倭奴一入，而王城不守，原野暴骨，庙社为墟。追思丧败之因，岂尽适然之故！或言王偷玩细娱，信惑弱小，不恤民命，不修军实，启侮诲盗，已非一朝，而臣下未有言者。前车既覆，后车可不戒哉？惠檄福于尔祖，及我师战胜之威，俾王之君臣父子相保，岂不甚幸？第不知尔新从播越之余，归见黍离之故宫、烧残之丘陇，与素服郊迎之士众，噬脐疾首，何以为心？改弦易辙，何以为计？”陈矩字正腔圆，慢慢读来，“朕之视王，虽称外藩，然朝聘礼文之外，原无烦尔一兵一役。今日之事，止以大义发愤，哀存式微，固非尔之责德于朕也。大兵将撤，王今自还都而治之，尺寸之土，朕无与焉。其可更以越国救援为常事，使尔国恃之而不设备，则处堂厝火，行复自及。猝有他变，朕不能为王谋矣。钦此。”

“臣等谢天朝隆恩，”李昖领着朝鲜诸臣将头在地上叩得砰砰作响，泪光满面地谢道，“天朝此番拯危济困、再造河山之恩，我朝鲜臣民将勒石刻碑、世世代代永铭于心！”

四月十八日晨，长长的两排虎蹲炮、霹雳炮、大将军炮等在汉城府南门左右两侧绵延而列。一尊尊重炮后面，是一队队如同铁塔一般耸然驻立的大明辽东骑士，一个个挺抢执矛、剑拔弩张，威风凛凛地逼视着从城门里告降而出的倭虏。

在这两边重炮、骑兵夹列而成的那条狭长的“甬道”上，倭兵倭将们正一队接着一队如同打了蔫的公鸡一般垂头丧气地从汉城府南门撤退而出。

这条“甬道”的尽头，迎面而来的是铠甲鲜明的李如松，他犹如一尊威武绝伦的天神般乘着高头战马凛然而立。他的身侧，站着同样意气风发的宋应昌、李如柏、李如梅、祖承训、查大受、李宁、吴惟忠、骆尚志等明将。

李如松望过去，走在倭军前列的倭将、大名们一个个灰溜溜的如丧考妣——在他凌厉如刀的目光一扫之下，每个倭将都不自觉地在马背上低下头，仿佛一片乱草被无形的利刃凭空割过！

小早川隆景依旧捂着自己的胸口在辕车上有气无力地咳喘着，瞧他那模样回到日本也活不了多久了；立花宗茂依旧僵硬地板着一张冷脸，眉宇间那一派因在李如松手下惨败而带来的羞辱之色似乎永远也抹之不去；小西行长却缩着脑袋，仿佛一直到现在还对平壤之败心有余悸，几乎不敢拿正眼来迎视他们。只有宇喜多秀家无法逃避：作为三军统领的他，脸色惨青地滚下马来，半躬着身，双手托起一柄雪亮的战刀，低垂着头，拖着沉重的步伐缓缓而行，一直走到李如松的马前，才“扑通”一声单膝跪地，将手中倭刀敬呈上来，用刚刚学会的那句汉语结结巴巴地说道：“大……大明将军……阁下！我……们认……认输了！”

他此话一出，大明将士阵中顿时爆发出一阵海啸般的欢呼之声——这欢呼冲霄而起，响遏行云！

李如松却依然似大山一般威严凝重、不苟言笑。他伸手一把抓起宇喜多秀家的献降之刀，在半空中高高一举，气吞万里地冷声喝道：“你们既然亲口认输了，那就要永远记住今天的这个惨痛教训才行！”

听了来岛通明的翻译，宇喜多秀家和他身后倭将们的脸色不禁变得一片灰白，宇喜多秀家哆嗦着嘴唇，应了一声：“嗨！”

“另外，你们带上我大明天朝的两句铭训回去给你们那位太阁大人——‘犯我中华者，虽远必诛’！‘胆敢跳梁者，虽强必戮’！”李如松右手一挥，将那柄倭刀“嗖”地钉射在宇喜多秀家脚边的荒草地上直没至柄，同时他一字一句从胸腔深处如同钢敲铁击一般铿锵有力地迸响而出，“你们可记住了?!”

倭将们心头俱是大震，纷纷垂下头去，嗫嚅地答道：“记……记得了。”

然后，李如松将胯下战马一拨，斜身让开到了右边，盯视着倭虏将士们犹如丧家之犬一般惶惶然夺路南奔而逃……

在“哗哗啦啦”一片旗矛拖地之声中，倭军一直向南抱头窜出四十里外，这才终于缓得了一口气，就地歇了下来。

然而，大明雄师果然是信守承诺，并没有尾随追袭而来。

那加藤清正停下来后越想越是惭怒，“啊”的一声，从马背上飞跃而下，凌空一刀直劈而出，正中一块岩石的棱角。

“当”的一响，那岩石被他劈得火星四溅、石屑横飞！然后，他猛地提着刀柄转过身来，向众倭将勃然怒道：“今日我等受到李如松他们如此羞辱，难道诸君很甘心吗？秀家大统领、小早川大佬，请恕我清正直言：你们真是太软弱了！即便真要向大明求和，咱们也不能吐出汉城府这块肥肉啊！”

宇喜多秀家的脸色早已如同煮虾似的气成了酱紫色：“虎之助，你别说了……”

小西行长却“嗤”地从鼻孔里哼了一声出来，怪声怪气地说道：“加藤君你也只知道在背地里发一发牢骚罢了！有本事你敢再去和大明军斗一斗吗？”

“斗就斗！我‘虎加藤’还怕你这‘小行长’的激将不成？”加藤清正把倭刀抡圆一舞，险险劈到了小西行长的鼻尖上。”

“加藤住手！行长住口！都不要再闹了！”小早川隆景在车辇上爆吼一声，似晴天霹雳般着实震住了他俩。然后，小早川隆景把双手伸在虚空中重重一按，下令道：“退兵求和，是太阁大人的旨意，难道你们想违抗吗？龙山大仓被烧，粮源已竭，我等再留在汉城府里傻乎乎等死吗？只有借着求和的名义，我等才能从大明诸军的重重包围中全身而退啊！”

“现在谁都不要再吵了！我军即刻采用‘分番迭休’撤兵之法，先用一支劲旅原地殿后防护，主力部队依序向前行；行进二十里后，再另设一支劲旅殿后，让先前殿后部队跟上大军主力同行。如此交替撤退而南，尽管我军行军速度会稍显迟缓，却是最稳妥的半攻半守之道，总不致被明国追兵蹑袭而乱了阵脚！”

他这位大老前辈站出来发言训话了，加藤清正和小西行长也就只得不再斗嘴下去了。小西行长转身自去安排部署自己旗下的兵马。加藤清正却一动不动站在原地，闷了片刻，冷冷地冒出了一句：“我清正的人马，就一直全程参与殿后防护吧——别的部队落在后面，我不放心！”

鸟岭退敌

太阳就要落山了，满目的山河都被余晖包裹着，红彤彤如血如火，映得李如松眉发尽赤。

他坐在城头之上，望着城中震天动地的欢呼声、锣鼓声、口号声，又望着一排排残破不堪的民房，神色阴晴不定，感慨之情也是满腹盈荡，抑之不止。

“如松你在这里坐着想什么呢？”宋应昌满面笑容，背负双手踱了上来，“汉城府的老百姓到处在寻觅着你这位拯救他们于倭寇魔掌之中的‘李大帅’呐！你却一个人躲到了这里来……”

“我在看这北城下的‘杀人坝’——宋大人，您没发觉城墙下这块地坝的泥土红得十分厉害吗？”

宋应昌往下面瞧了一瞧：“是啊！这朝鲜的土质大都是黑乎乎的，这么大一块地坝怎么却是暗红得如同……”

“暗红得如同瘀血是吧？”李如松深深然而道，“它是大有来历的——听汉城的一些残丁给本将军谈起，那一日倭虏在碧蹄馆兵败之后，宇喜多秀家、加藤清正、立花宗茂为了泄愤，便将汉城府中无辜百姓押出四万八千人在这地坝上集中起来，列成一条‘长龙’。然后由加藤清正、立花宗茂等带领两千多个倭兵，挥刀一一斩杀过去。可叹那么多朝鲜士民，竟是一个个引颈受戮，无人胆敢起身逃遁！这俘虏一路杀得是比宰猪屠羊还顺手……朝鲜百姓尸体的鲜血流了一天一夜，直染得这土坝血红血红。”

“真是岂有此理！四万八千士民！当时若是群起而抗之，两千倭虏纵有火铳长刀，又能斩得了多少？想不到朝鲜素为仁义之邦，治下士民竟是‘个个皆作活死人，人人俱无丈夫气’！”宋应昌愤然而道，“怪不得朝鲜旬月之间举国尽丧！”

李如松悠悠而叹：“李某在想，倘若有一日倭寇大举侵入我中华腹地，我中华儿女亦会似这些束手待屠的朝鲜士民一样郁郁受死而不愤不起否？”

“这……这……”宋应昌沉吟着讲道，“宋某也不好回答你这个问题——但只要有子茂你们这样的‘国之干城’，我中华儿女就绝不会沦落到他们这样的地步的！”

李如松苦笑了一下：“那个朝鲜国王李昖当日西遁义州之时有一首感怀诗写得很好——‘国事仓皇日，谁能李郭忠？去邠存大计，恢复仗诸公！痛哭关山月，伤心鸭水风。朝臣今日后，宁复更西东？’真希望我大明朝永远不蹈朝鲜之覆辙，永远莫因争权分党内讧不息而招来外侮啊！”

宋应昌知道他是在为自己辽东军因平倭功高、木秀于林而被一些廷臣妄加攻斥而感叹不已，于是便安慰他道：“你记李昖的这些亡国丧气之诗做什么?近来朝鲜上下都在传诵这样一首七绝：‘扶桑尽败服中华，大好河山归我王。喜气顿消塞外雪，乾坤再造永不忘。’我大明平倭拯朝的丰功伟绩，被他们编成了诗歌在四处传唱呐！你应该感到高兴才是啊！”

“高兴！高兴！李某当然是高兴啊！”李如松拍了拍手掌，站起了身子向宋应昌缓声说道，“宋大人，李某此番入朝平倭诸役之中，因为灭贼心切，所以不免在言语之间对你有所不敬，还请您多加原谅！”

说着，“扑通”一声，双拳一抱，竟朝他单膝跪下施了一礼！

宋应昌急忙上前把他扶了起来：“如松，你这是干什么？你我灭寇同心，怎会计较这区区小节，宋某把过去一切的不愉快都忘得一干二净了！”

就在这时，城楼下忽然响起了一阵阵喧哗之声：

“哎呀！这是哪里来的鬼兵鬼将啊？”

“是暹逻兵！肯定是暹逻兵！身上的衣服好奇怪啊！”

“缅兵！缅兵！我见过缅甸人就是这样的。”

……

宋应昌和李如松相顾愕然，急忙下楼来看，只见一队队肤色黝黑的蛮兵列陈而来，他们头缠红帕巾，腰系青布带，身背毒矢筒，手持长弯刀，显得煞是古怪。而领头的那个将领更是生得豹头虎睛、浓眉大嘴，身躯壮实如铁人，手上那长达七尺的金背九环大砍刀看起来寒光灼灼，刺人双目。

“哎呀！是‘刘大刀’！”李如松一见之下，脱口叫了出来。

宋应昌也急忙迎了上去：“刘綎将军，原来是您来了……”

来者正是奉命入朝支援平倭大计的五军三营副总兵刘綎。他是巴蜀一境最为骁猛的大将，所率川军亦是勇冠西南。见到宋应昌迎前而至，他把大刀往地上一拄，“锵”的一响，声震耳鼓：“倭寇呢？倭寇在哪里？经略大人，我们要马上前去杀敌！”

宋应昌在这里不好拂了他的一腔斗志，只一迭连声道：“好好好！您且带上您的川兵兄弟们先下去歇息。”

李如松却一声长叹送了上去：“哪里还用得着歇息？刘綎将军，咱们一道原地转身班师回朝罢……”

“班师回朝？”刘綎双眼圆睁，惊诧莫名，“刘某与众兄弟远道而来，便是为了剿灭倭寇建功获赏，岂可一矢不交、一刀不接便班师回朝也?”

宋应昌急忙过来直拉李如松的衣角。李如松却不管他，直言而道：“圣上已下旨接受倭寇的乞降，咱们此刻不走，更待何时?”

“倭寇会真的乞降？那老母猪都会上树了！这分明是他们的缓兵之计嘛！宋经略、李将军，你们可不能大意!”

宋应昌只得正面回应道：“真的。我们已经烧了他们的龙山大仓，倭寇总不能在这里等着被我军白白困死吧！除了乞降求活，他们还有别的路可选吗?”

“就该把他们这群禽兽白白困死！”刘綎满腔义愤地讲道：“刘某从鸭绿江一路走过来，沿途只见处处喋血、尸横遍野……唉，朝鲜人被他们害得真惨!”

“我们也是无可奈何啊！”宋应昌苦苦而言，“圣上让我们接受倭寇乞降，而且铁岭卫顾总督那里又催着如松他们过去解围……”

刘綎遥望着被晚霞烧得一片通红的南边天空，沉吟着说道：“宋经略莫非真以为倭寇会乖乖地退回釜山？他们目前只是退出了汉城府，朝鲜南部四道还在他们的魔爪之中……我大明雄师总要一步一步蹑随在他们后面去全盘接收那些陷落的城邑才行啊!”

听他这么一讲，李如松的脸色也凝重了起来：“省吾将军（刘綎字“省吾”）说得不错！咱们不能以为只要收复了汉城府就万事大吉了！一直要把倭寇赶回日本才是关键!”

“可……可是顾总督那里正催着你和辽东军回去解围救命哪!”宋应昌黯然言道，“他这个人……心胸狭窄、睚眦必报，难缠得很啊……”

“这……这……”李如松不禁面露为难之色，一时踌躇难决。

刘綎亦是无可奈何：他带来的这五千兵马是奉旨平倭而来的，转挪到铁岭卫那边去使用恐怕也不妥。

汉城楼上立时陷入了一团令人窒息的沉闷中，似枯井一般令人难以闯破。

蓦然之际，远远的一骑飞驰而到，在城墙道边朗声呼道："李将军、宋经略，我家将军有喜讯禀报！"

刘綎眯起了眼睛应声看去："他是谁？"

"他是建州卫龙虎将军努尔哈赤的贴身侍卫易寒。"李如松全身一震，连忙大步迎了上去。

那易寒一个腾跃下了马来，顾不得去擦拭额头上的豆大汗珠，趋步近前，抱拳禀道："李将军、宋经略，我家将军数日前率部下'女真军'已突破铁岭卫，然后他与舒尔哈齐大人一道以虚张声势、攻其不备之计策，扬言佯攻纳林布禄在海西的老巢——叶赫东城！这一招逼得纳林布禄进退失据，只得邀了五万蒙古胡虏仓皇回防叶赫东城。如今还只剩五万蒙古胡虏围在铁岭卫外，顾总督那里应该再无大患了……"

讲到这里，他胸中气息高高一提，虽把脸庞涨得血红，话声却说得十分响亮而流利："我家将军奋不顾身诱敌而去，就是希望李将军、宋经略能够全力平倭而不必再分心西顾！"

"真的？真是……真是……"李如松一下冲上前紧紧抱住了易寒的双臂，只觉眼眶一热，泪光一涌而出，"龙虎将军真乃世所罕见的忠勇之将也！为了平倭，他当真是奉献太多了！"

宋应昌也喜得连连欢呼："这……这真是太好了……真是太好了……"

刘綎呵呵一笑："待这边朝鲜之事了结，刘某定去建州卫寻你家龙虎将军好好痛饮几坛老酒！"

李如松倏地一个旋身，振声吩咐道："李如柏、李如梅你们率领两万八千辽东军立刻动身回援铁岭卫！本将军在此汉城府居中坐镇，西事危则援西，东事危则援东！查大受、祖承训，你们率七千辽东军，随刘綎将军前去追蹑倭寇，直到把他们逼回日本！”

“是！”刘綎和诸位辽东将领齐齐高声而应。

李如松又唤过宋应昌来：“宋经略，劳请您稍后去和柳成龙他们协调一下，让朝鲜水师名将李舜臣率领他的龟甲船队，立刻赶往釜山海口一带巡逻，以便随时切断倭寇的海上运粮通道，呼应我们的南下蹑逼倭寇之大计！”

浓浓的碧荫笼罩之下，朝鲜忠州的鸟岭关寨位于两堵高高耸立的峭壁拥夹之间，恰似一道巨闸平空落下，紧紧锁住了明军的南进之路。

而且，这寨门前地势狭窄，满地尖角棱石，到处都是荆棘灌木，既铺不开大队人马，又绊手绊脚地令人行动迟滞。

刘綎、查大受、祖承训等率领众明军追到此处时，都不得暗暗抽了一口凉气：这等险要的关寨，叫人如何轻易攻克得了？他们再往前一望，又都脱叫了一声“苦也”！——却见那寨楼顶上高高地飘扬着两面大旗，一面大旗上只用朱砂写着“南无妙法莲花经”七个血红的大字；另一面大旗上则绣着两串粗黑的桔梗，而桔梗底端则又各是一只凶光毕露的蛇眼！很显然，这寨楼里还驻扎着不肯向南退去的倭寇！看来，倭贼的狡逞之心不死，今日要想让他们乖乖移交出关寨，只怕是不易善了了。

刘綎认不得那面古古怪怪的“桔梗蛇目家纹旗”，却识得另一面写有“南无妙法莲花经”的血字大旗，诧异地向随行而来的朝鲜忠清道巡察使许顼问道：“倭虏挂起这面佛旗做什么？他们打仗时莫非还要乞求佛祖的保佑？”

“这个是被我们朝鲜军民骂为‘饿虎之王’的倭酋加藤清正的军旗!”许顼盯着那面怪旗，把牙齿咬得“咯咯”作响。

“‘饿虎之王’?他很厉害吗?”刘綎冷笑了一下。

“嗯——他就像一头饿虎一样，不，是一头疯虎，见人就杀、见财就抢、见屋就烧，最是枭狠凶残……”

“哼！倭虏真是虚伪至极啊！一方面假装成吃斋念佛的大和尚，另一方面却杀人如麻、禽兽不如!”刘綎把手中大砍刀凌空一舞，虎虎生风，“你们前去骂战，引这倭酋出来，让我‘刘大刀’替你们报仇!”

许顼应了一声，拍马而前，带了百十名朝鲜士兵到了寨楼门下，扯起嗓门大呼起来：“兀那倭狗，大明天军驾到，快快开门出迎!”

片刻过后，只听得螺号呜呜长鸣震耳欲聋，紧接着鸟岭关寨大门洞开，那加藤清正身披玄铁重铠，头戴蛇目纹长乌纱帽头盔，手持一柄长长的片镰枪，身骑栗红高马，率领两千余名日军，汹汹然直扑而出。

原来，加藤清正率本部人马殿后退到这鸟岭关寨之时，深感此地险要之极，颇有“一夫当关万夫莫开”之势，便向小早川隆景、宇喜多秀家建议守住此关与明军再做一番周旋，力图借此保住南部各道而向明朝“讨价还价”。小早川隆景、宇喜多家秀对他这个建议半推半就，最后商定留下他这支队伍在此固守并试探明军的底细，而他俩仍然带着倭军全力往南撤到大邱城以谋后举、伺机而动。

许顼自然是不知道倭虏竟然怀有如此不可告人的阴谋，打马迎前，朝加藤清正痛斥而道：“倭贼，你们都已在王京公开投降了，为何还要占据这鸟岭关寨不肯退却？若再稍缓，小心天军取尔性命!”

加藤清正两眼往上翻到了脑门顶上，完全是一副“死猪不怕开水烫”的模样，故作姿态地说道：“我就是要留下来欣赏你们朝鲜美丽的风景，这又如何？我清正可不像他们那样毫无雅兴，我实在是太喜欢你们这里的山山水水了……所以，请你们耐心一些，等我看饱了后自然会走的。”

“你……你……”许顼没有想到他的脸皮居然厚到了这种地步，一时竟被气得说不出话来。

刘綎在后面瞧不下去了，“呔”的一声大喝，提着金背九环大砍刀策马上前，凛然说道：“你若要观看风景很好，那你先把武器缴出来，朝鲜的风光任你看个遍！”

听了通事官的翻译，加藤清正双目斜睨，上上下下打量了他一番，忽然两腿一夹马背，“嘚嘚嘚”冲到旁边一棵双人合抱的大树前，“呼”地一枪刺去——“笃”的一响，竟将那树身笔直地贯穿而过，刺出了一个透亮的窟窿来！

然后，他转过脸来望向刘綎等人，阴阴地笑道：“这样吧，你们有本事来把我手上这杆片镰枪缴去就是！”

查大受、祖承训见状，心底都是一阵剧震：这倭虏酋好生凶猛！只怕硬拼硬斗也难有敌手！

刘綎却连眉梢都没有晃动一下，神色镇静如常，拍了拍胯下战马，从容不迫地走到那棵大树前，“呀”地一声劲喝，金光一闪，扬手之际挥起一片罡风，把那大刀平平横削过去。

“嚓”的一响，那棵大树竟被他一刀拦腰削断——树身的上半截顿时“轰隆隆”地倒了下去，激得尘土飞扬！

加藤清正一见，不由得心弦暗震，瞳孔立时紧紧一缩：想不到大明国将士之中竟也有如此厉害的猛士！

但他却并不胆怯，反而似嗜血成性的野狼一般眯起了双眼，用生硬的汉语说道：“这位将军，你可敢来和我清正切磋切磋？”

刘綎听罢，气冲斗牛地喝道：“谁怕谁啊？这可是你约战在先的哟！”说着，便欲提刀上前。

“且慢！刘将军勿要冲动！”查大受急忙赶来将他的马缰一把拉住：“陛下既已经接受了他们的乞和，你此刻若是与他们再战，且不是授给了后方那些御史们攻击你的口实？挑起战端这个咎责，可是你承受得起的？暂且隐忍一下吧！”

“我刘某可不怕担责！”刘綎硬声硬气地说道，“将领在外，应当随机应变，君命有所不受！况且，这倭酋分明是摆出了架势要挡我们的南下之路！就是你们李大帅今天到了这里，也应该是和我一样对他们迎头反击！”

“反击当然是要反击的，但也要量力而行嘛！”祖承训瞧了一眼加藤清正那凶神恶煞的模样，附在刘綎耳边低声说道：“刘老哥，你有所不知，这加藤清正实乃倭虏中的第一猛将，而且他又占据了鸟岭关寨的地利之便，你我在这里怎么占得了他的上风？”

刘綎听罢，把大砍刀往下一劈：“难道我等就在这里白白看着他耀武扬威不成？这口气，你让刘某如何咽得下去?!”

他俩正说之间，加藤清正已在对面将片镰枪狠狠一挥，舞出“飒”的一声厉啸，扬声吼道：“兀那明猪，在那边嘀咕什么？快快放马过来与我一战！”

一听他这怪叫，刘綎面色一凛，抡起大砍刀又要冲上，却被祖承训紧紧拉住不得向前。

查大受也毫无惧色地拍马过去，答道：“倭酋！你少来张狂！大爷们今天走得累了，没心情陪你发疯！等我们下去歇息好了明早再来找你算账！”

他身边的朝鲜通事员叽里呱啦把他的话翻译成倭语讲给了加藤清正。加藤清正双眉一扬，冷傲之极地横削了他一眼，然后不言不语地带着倭兵退回了寨中。

“你……你怎么放他们回去啦?”刘綎好不容易挣脱了祖承训的拉拽，冲得前来，却不料倭贼又尽行退回去了！他气得直吹胡子，冲查大受嚷了起来。

“刘将军不要动怒。待我问过他们朝鲜人来。”查大受神色平静，喊过许项，认真问道：“你们确实就只有鸟岭山道这一条路径通往南部各道吗？咱们能从其他途径绕过去吗?”

许项想了一会儿，摇了摇头：“在忠州这一带，也就只有鸟岭山道这唯一的一条路径了，再往西去就是清州了……”

刘綎还没有听完，已是怒斥了起来：“咱们面对倭虏不战而避、绕道而行，岂不让他们看得更轻更贱了吗？要绕道你们绕去！我刘綎定是不干的!”

祖承训重重一叹：“哎呀！刘老哥你误会查兄的意思了：他是准备以一支骑兵绕到倭贼他们的后面，配合你刘老哥施以腹背夹击之计！届时，倭虏必会束手就擒!”

刘綎心想：这还差不多！便闭了嘴不再乱嚷了。

这时，许项若有所忆，进言而道：“启禀三位将军：绕道清州那边确实太远了，且又难说那里有没有倭虏守候，去了反而更加误事。不过，据许某在这忠清道驻守多年所知，与这鸟岭往南相距一百五十里外的槐山玉华溪谷内有一个‘仙游洞’，洞口从山腹中间直穿而过，可以从它里面绕出转到鸟岭的背后……”

“真有这样的妙洞?”刘綎和祖承训一听，都惊喜得险些跳了起来。

“嗯。”许项用力地点了点头。

查大受一摆手，半吞半吐地说道：“真有此洞，也要以防万一：就怕倭虏也会对它有所知晓而事先出兵占据了!”

许项思忖着回答：“许某是这样想的：倭虏扼住鸟岭关寨这样公开而明显的要塞是可以理解的，但对‘仙游洞’这样的偏僻山洞就未必十分上心了。”

“你说得也是。不管这些了，总要去实地侦察一下才行的。”祖承训没有查大受那么多的牵绊犹豫，径自便问，“那‘仙游洞’内宽不宽大？咱们这些骑兵、火器通行得过去吗？”

“‘仙游洞’的洞口、洞腹都宽大得很，五四大马可以并列而进，天朝王师在洞内完全能够畅通而行。”

听了许顼的回答，查大受、祖承训和刘綎都把脑袋凑成了一圈商量起来。刘綎抢先讲道：“你两位率辽东军先去那边去试一下，若是果能绕将过去，这是天佑之幸，一切就不必多说了；若是发生了意外，你们还是回来和我会合，咱们到那时候也只有‘狭路相逢勇者胜’了！”

查大受和祖承训晓得他是八头大牛都拉不转的犟脾气，只得任他而为了。查大受眨了眨眼睛：“刘老哥，你非要留在这里和倭贼死磕到底也行！只是，你要做一点儿牺牲、受一点皮肉之苦了！”

“什……什么皮肉之苦？”刘綎是丈二金刚摸不着头脑。

祖承训拍了拍他的肩膀：“这样说吧：祖某和查兄假装和刘老哥你发生不快之事，然后我们一怒之下弃你不顾而去，把你撂在这里来迷惑和麻痹这些寨子里的倭贼。待我们辽东军退出数十里后，观察后面确无倭虏跟踪刺探，再往南斜折入槐山玉华溪谷，找到那个‘仙游洞’疾通而过，最后绕回来和刘老哥你腹背夹击这群不知死活的倭虏！”

刘綎听完，哈哈笑道：“你两个的鬼点子真多！”

“唉！我们这些鬼点子啊，都是被倭虏逼出来的……我们要比他们更狡猾才能斗得过他们啊……”祖承训也苦笑着说道。

那边，查大受身形一动，却将钵盂般大的拳头提了起来，“呼”地一下就朝刘綎面门上打了过来，同时沉沉说道：“刘老哥，对不起了——你该挨的皮肉之苦可来了哟!”

“好消息!好消息!主君大人!”

足轻小卒犬半助一溜儿烟似的跑到加藤清正面前，兴奋得脸庞的肌肉都扭变了形:“明军退了!明军退了!”

加藤清正“哦”了一声，急忙抢身从寨楼的瞭望口望出去，只见一队队明军骑兵卷起了旗帜、收起了帐篷，果然往北撤了回去。

“怎么回事?”加藤清正暴吃一惊，“明军怎么会不战而退?还有，他们又留在这里做什么?”

他伸出手指向了高高飘扬着的“刘”军大旗之下的那些川军营垒。一部分川军像看热闹似的怪啸尖笑着目送辽东军的撤离。

“听我们派出去的朝狗(指投降日军的朝鲜奸细)回来禀报，查大受、祖承训等辽东军将领见主君大人您守住了鸟岭关寨，自知不是您的对手，便萌生了退避返回之意。然而刘綎不愿意，骂了他俩是‘懦夫、软蛋’——双方一来二去就拉扯扭打起来:刘綎的鼻梁几乎被打歪了，查大受的头顶被擂出了一个大包，而祖承训的脸也破了几条口子……于是，明国的辽东骑兵们盛怒之下就丢下了刘綎和他的手下们自顾自撤走了……”

加藤清正听罢，撇了撇嘴:“也怪不得刘綎瞧不起他们——他们可真是‘懦夫’‘软蛋’!任他们滚了也好!这个刘老头愿意死守在这里和我清正死磕，我清正就‘奉陪到底’!——另外，你让人送信去给宇喜多大统领说:我虎加藤会把明军阻挡在鸟岭关寨以北，真的就不用回大邱和他们会合了!希望他们在趁我挡住明军的这段时间里赶紧拓定南部各道，稳固根据地以谋后图!”

过了三四日，刘綎养好了脸伤，于是率领着手下的数千川兵径直来到了鸟岭关寨前，一边侦察地形，一边寻找可乘之机。

许项陪查大受、祖承训他们去了玉华溪谷“仙游洞”，留下了自己的侄儿许良当刘綎的通事官兼向导。刘綎把鸟岭四周的地势仔仔细细打量了很久，不无诧异地问许良道：“这鸟岭的地形是‘两山夹一谷，道狭如羊肠’，如此易守难攻，真不知道倭虏当初是怎样攻下来的？”

许良被他这一问，窒得满脸通红，嗫嚅着羞愧而答：“刘将军，当初倭虏来攻，我国守将申砬、金汝岉二人商议对敌之策，也颇费了一番脑筋。金汝岉讲道：‘倭虏来势汹汹，难以撄锋。鸟岭实为天险也。若不固守，则为彼所据矣。不如发兵速速进至鸟岭，伏兵峡中，等待倭贼入谷，然后我军据两边峭壁乘高射之，蔑不济矣！即便不能当其锋，再退卫京师未晚也。’但申砬却自负地答道：‘敌乃步卒，我乃骑兵，无鸟岭天险亦可胜之。仗鸟岭天险，胜之而不武！不足以扬我之国威！不如撤至鸟岭外弹琴台，背水而陈，待倭贼出谷之后再一举放马踏杀之。’就这样，他们把鸟岭天险拱手让给了倭虏……”

刘綎听得大吃一惊，脱口叫道：“老子见过蠢得白白送钱给人的，直到今天才听见蠢得白白送命给人的事情，真是大长见识了！”

许良涨红了脸，侧了过去，为自己的同胞之有勇无谋而深感羞愧难当。

刘綎笑罢之后，招手唤过自己的蛮兵侍卫张木儿，肃然吩咐道：“咱们在这儿也不能干等查将军、祖将军他们了！你是我刘某人手下轻功最好的，先露一手到那峭壁顶上去给大家鼓一鼓劲儿！”

张木儿默然地点了点头，把手中弯刀衔在嘴里紧紧咬住，然后走到崖壁之下，抓住一根垂下地来的粗实藤蔓扯了一扯，忽地一声呼哨，身形一起，和着那藤蔓凌空荡了上去！

他荡到了半空之际，放开藤蔓，又是往上一纵，跳到一根从壁腰处伸出来的松树冠上一弹，借力而升，竟似猿猴一般攀枝附岩、走石窜壁，八九个起落之后已然跃到了鸟岭关寨的西崖之上！

许良在刘綎身边看得眼神都直成了一条线，啧啧咋舌："这简直是'飞人'下凡啊！刘将军您手下既有这等能人异士，还怕什么鸟岭天险啊！"

"我帐下像这样的好汉子还有七八十个哪。"刘綎煞是得意地说道："若是再过两日查将军、祖将军他们那边还没有消息传来，本将军就要动用他们这支'飞人奇兵'偷袭鸟岭关寨了！"

他正说之间，骤闻鸟岭关寨背后凭空响起了"乒"的一声脆响！接着"噼噼啪啪"爆豆似的火铳声和震山动岳的喊杀声狂涌而起，把鸟岭关寨一下淹没了！

刘綎一下勒紧了马缰，振臂高呼起来："听啊！这是查将军、祖将军他们绕到倭虏背后在发起猛攻了！众儿郎们！做好一切准备，分头出击了！"

原来，在这两日内，查大受、祖承训率数千明军在许项带路下迅速迂回穿插进了槐山玉华溪谷。在初到"仙游洞"外面的时候，他们隐隐听到了里面传出嘈杂的人声马鸣和兵器"叮当"之音。

难道倭虏把这个巨洞也占领了？所有人的心弦一下子猝然绷紧了。

在这个关头上，查大受却显出极难得的冷静沉着来："狭路相逢勇者胜！现在只能是拼了！"

当辽东精兵们准备充足后突然杀将出去时，却发现守在洞门的竟是朝鲜一支军队！幸亏有许项同行，方才辨认出了他们是朝鲜义军——他们把这险要偏僻的"仙游洞"建成了敌后游击的根据地。

于是在这不期而至的幸运推助之下，数千辽东军终于顺利通过了"仙游洞"，绕到了鸟岭背后，立刻斜折北上，赶赴鸟岭关寨背面实施了猛烈的狙击！

“轰”的一响，一支明军的“火蛇箭”飞射而至，深深地钉在了鸟岭关寨楼顶的桔梗蛇目家纹旗旗杆之上——炽烈的火舌沿着旗杆疾卷而上，须臾间便将那面旗帜烧成了一蓬飞灰！

加藤清正望着四面八方的山林丛中到处都招展飘舞着大明的军旗，又看了看自己那些被吓得双腿发软战战兢兢的家兵们，万般无奈地将手中片镰枪在地板上重重一顿，仰天慨然长叹：“看来，这一次朝鲜之战，我们真的是失败了——唉！明军真狡猾、真厉害啊！罢了，大家都撤了吧！”

事实亦是如此：他们再撑下去，就要在鸟岭这里被刘綎的川军和查大受、祖承训的辽东军腹背夹击之下“包饺子”了。

听到不可一世的加藤首领也说出了这样的话，他手下的倭兵们顿时如释重负，一哄而逃！

退守在大邱城的宇喜多秀家、小早川隆景、小西行长等日本将领在接到加藤清正据守的鸟岭关寨失陷的消息后，第一时间内慌不迭地全军撤出大邱城，逃到了朝鲜最南端的釜山西生浦，只等丰臣秀吉派船队渡海过来接送回国。

而且，他们还火速交出了先前俘获的朝鲜王子临海君、顺和君，朝鲜陪臣金贵荣、黄廷彧、黄赫等人质，由沈惟敬送回汉城府，表示出了真正的求降姿态。

来到釜山倭城之下，目睹着倭军在那些城头上高高挂起了醒目的白旗，宋应昌才禁不住发出深深一声慨叹，仿佛是在问自己，又仿佛是在问别人：“这些倭虏今日是被打得抱头鼠窜、认输不迭了，却不知以后他们真的会将这些惨痛教训永铭于心、永不再犯否？”

“他们记不得又怎样?”李如松掷地有声地道，“倘若他们胆敢再犯，只要我李如松尚有一口气在，就会请命圣上，与诸位再度出征平倭！他们来多少次，我们就毫不手软地打多少次——直到把他们彻底打趴下为止!”

宋应昌却依旧满面愁容，远望天边飞动的流云，缓缓说道：“有李提督和诸位将军在，自可震慑倭寇，保我大明太平。但宋某却担心，我等百年之后，倭寇终为子孙忧啊!”

李如松虎目一睁，一脸坚毅，大声说道：“只要倭寇贼心不死，来犯一次，打他一次；来犯十次，打他十次；来犯百次，打他百次！今日，有我等东征平倭；二十年后，有我等子辈平倭；五十年后，又有我等孙辈平倭！子子孙孙无穷匮也，有何忧哉!”

听了此言，连一向愁眉紧锁的宋应昌，也不觉展颜而笑。李如松、刘綎、祖承训、查大受、李如柏、李如梅、吴惟忠、骆尚志等人更是豪情顿生，纵声大笑。那朗朗笑声竟似升入天际，在大地上空回荡，经久不息。

尾声：跳梁者，虽强必戮

大明万历二十一年（1593）四月十八日，迫于中朝联军的威势，侵朝日军被迫从汉城直退到朝鲜南端釜山港，并陆续分批撤回日本本土。

至此，李如松统率的大明东征大军用了不到四个月的时间，在朝鲜军民的配合下，一举光复了朝鲜国土。朝鲜国王李昖时隔一年返回王京主政，万历援朝平倭战争告一段落。

此后，明朝兵部尚书石星等人极力主和，李如松统率东征大军于年底十二月胜利班师，只留刘綎、骆尚志率军留驻朝鲜。

李如松归国后，万历皇帝加封他为太子太保，赏赐颇丰。万历二十五年（1597）冬，辽东总兵一职空缺，万历皇帝起用李如松赴任。次年四月，李如松率军追击敌军，孤军深入，陷入重围，力战而死，实现了他“马革裹尸”的豪情壮志。万历皇帝对此痛悼不已，下令归葬李如松，赠少保、宁远伯，为他建立忠烈祠，以供后人瞻仰。

宋应昌回国后升任右都御史，原兵部侍郎的职务，由顾养谦接替。但宋应昌已经厌倦了朝廷的明争暗斗，以致心灰意冷，不久即请旨回到故乡杭州，隐居孤山。

丰臣秀吉在日军大部分撤回本土之后，也终于得到了淀姬所生的幼子丰臣秀赖。他为了让丰臣秀赖成为丰臣家嗣子，日后顺利接掌政权，逐步疏远了养子丰臣秀次，并在两年之后派石田三成逼令丰臣秀次自杀，并将其全家屠灭净尽。

万历二十五年正月，丰臣秀吉再度野心勃发，发兵十六万侵入朝鲜。

万历皇帝深感除恶未尽之弊，立即罢免怯战误国的兵部尚书石星，处死一心瞒上讲和的沈惟敬，陆续调派八万大军救援朝鲜，很快便取得战场优势，将日军压制到朝鲜南端。

这一战局一直持续到万历二十六年八月十八日，以致丰臣秀吉在内外交困中暴病身亡。石田三成、小西行长等人拥立丰臣秀赖接任关白。随后，以石田三成为首的五奉行知会以德川家康为首的五大老，下令给侵略朝鲜的日军将士，命其火速撤回日本。

中朝联军抓住战机，水路并进，全面出击，力争除恶务尽、全歼日军。在露梁海战中，明军水师副将邓子龙偕同朝鲜名将李舜臣，重创日军，但邓子龙与李舜臣也在这一战中双双阵亡。最终，十六万日军经过拼命死战，只剩一半残兵败将逃回了日本。

大明万历二十七年四月，明军班师回国，万历皇帝在紫禁城午门受俘。次月，颁《平倭诏》诏告天下，其中有两句话恰如其分地概括了这场战争："我国家仁恩浩荡，恭顺者，无困不援；义武奋扬，跳梁者，虽强必戮！"

日本在丰臣秀吉死后，再度陷入内乱。1600年，石田三成联合小西行长等忠于丰臣氏的大名，与德川家康联军展开关原之战。德川家康获得胜利，随后处死了石田三成、小西行长等人，从此逐步掌握了日本的最高权力。1603年，德川家康任征夷大将军，开创了统治日本二百多年的江户幕府时代。1615年，大坂之战爆发，德川家康彻底歼灭丰臣家，将丰臣家男丁不分老幼全部处死。

德川家康临终时留下遗命，严令自己的子孙继位掌权之后，永远不得妄自挑衅大海彼岸的中国，只需固守本岛以自保，以免重蹈当年一代狂枭丰臣秀吉夜郎自大跳梁猖獗挑战大明，而致损兵折将、身死族灭的覆辙。